伏俊琏 徐正英 主编

四川省古代文学特色文献研究团队
中国人民大学古典文献研究中心
西华师范大学国学院

古代文学特色文献研究

袁行霈题

（第一辑）

上海古籍出版社

编委会（按音序排列）

伏俊琏　蒋玉斌　金生杨　罗建新
孙　宝　王胜明　文航生　徐正英
杨小平　余作胜　郑海涛　周晓琳

伍非百(1890—1965)

汤炳正(1910—1998)

郑临川(1916—2003)

杨世明(1937—)

晋太保孝王祥之碑

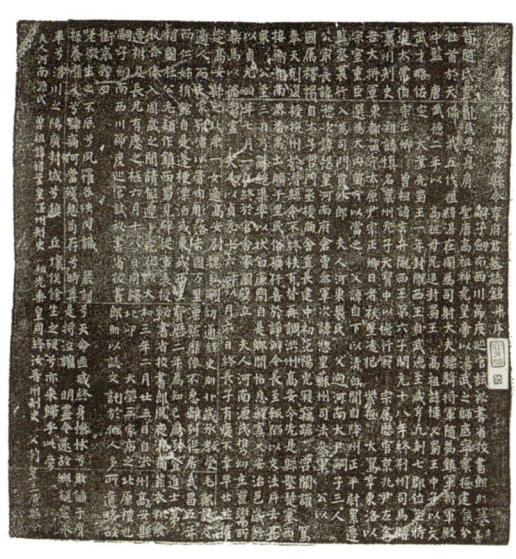

李愻墓志 　　　　　　　　　　李愻墓志盖

敦煌写本P.3716v《赵洽丑妇赋》

敦煌写本P.2633《崔氏夫人训女文》《咏孝经十八章》

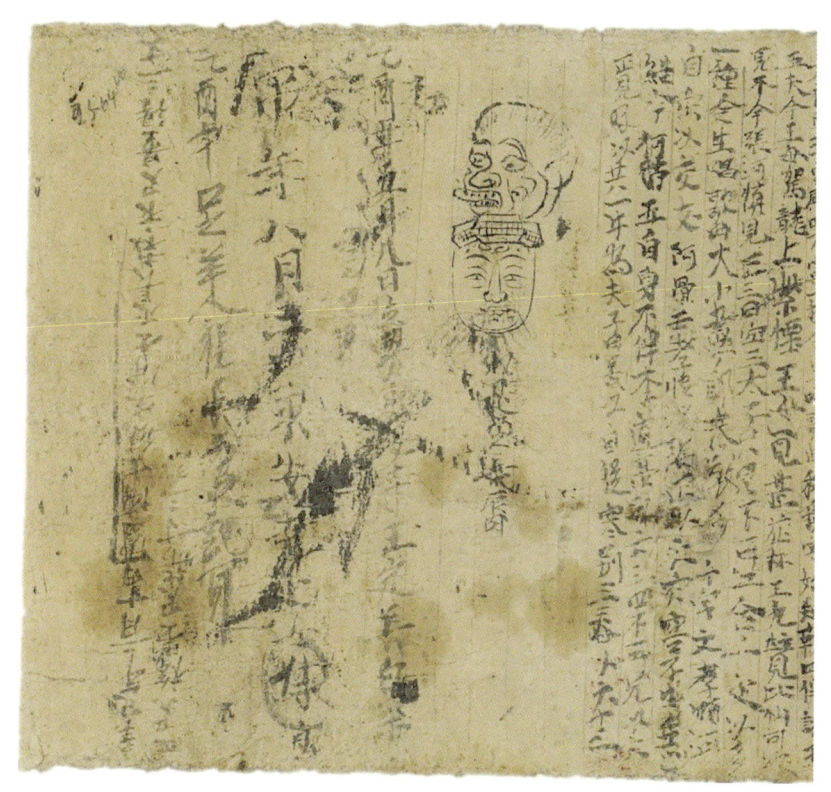

敦煌写本P.2564v卷尾线描头像、杂写等

敦煌写本P.3821《十二时行孝文》

弗堂類藁
伯犀

河山匝牧名勝白芥青繊更有聲色少善鸞
行鵝別空廉夫官食人間無漏上客六逈眼
等慈人宏盛冠蓋鋒夢標華畹譽凌藉
淫州善字蛙延刀心寒鵠渡瀼秋望異世老
壽修碧津搶小時宅風戍古塵障陌宇屋久歲
深陳造怨和楚州長怨脈獮春識 姚華

姚华手迹

编纂缘起

一

西华师范大学的前身是西山书院和川北农工学院。西山书院由著名学者伍非百先生创建于1943年。川北农工学院成立于1946年，是抗日战争时期内迁到四川三台的东北大学在迁回沈阳时留下的部分教师组建而成的一所高校。1949年，川北农工学院与西山学院合并，成立川北大学。1950年，川北文学院（建于1946年）也合并到川北大学。1952年全国高校院系调整，川北大学合并川东教育学院（原乡村建设学院）、四川大学和华西大学的部分专业，组建成四川师范学院。1958年，更名为南充师范学院。1989年，学校恢复原校名四川师范学院。2003年，更名为西华师范大学。

西华师范大学的古代文学学科有着优良的传统，建校以来，伍非百(1890—1965)、李炳英(1889—1957)、徐仁甫(1901—1988)、胡芷藩(1902—1968)、李源澄(1909—1958)、周虚白(1906—1997)、傅平骧(1909—1999)、汤炳正(1910—1998)、刘君惠(1912—2000)、屈守元(1913—2002)、孙次舟(1915—2000)、郑临川(1916—2003)、周子瑜(1929—)、牟家宽(1930—1993)、胡嗣坤(1936—2012)、何承桂(1937—2002)、杨世明(1937—)、佘正松(1947—2013)等几代著名学者曾在此任教数年或终身任教。伍非百是国学大师梁启超的学生，李炳英、傅平骧、汤炳正受业于国学大师章太炎，李源澄是经史大师蒙文通的高足，郑临川是闻一多的弟子。他们以丰厚的学养、严谨的治学方法、丰硕的研究成果和高尚的学术道德，为西华师大的古代文学学科建设作出了巨大贡献。新世纪以来，西华师大的古代文学学科研究秉承老一辈学者严谨求实的学风，注意吸收国内外的新思想和新方法，结合地域文化特色，形成了自己的研究方向和学术风格：巴蜀文化与古代文学研究、艺术文献（音乐、美术）与古代文学研究、唐代边塞诗研究、文学地理学研究、古代城市文学研究、古代词曲研究；近年来，在出土文献（石刻文献、敦煌文献）与古代文学研究方面也取得了一批成果。近10多年来，本学科教师主持的国家社科基金项目有："中国边塞诗史"、"俗赋研究"、"中国古代城市文学史研究"、"敦煌文学编年史"、"明代词曲史研究的新视阈"、"明代小说寄生词曲研究"、"秦汉荀学研究"、"清代学术思潮的嬗变与小说评点研究"、"儒学嬗变与魏晋文风建构"、"中国古代政治诗史"、"'晚唐体'研究"、"历代《楚辞》图像文献研究"、"《古文苑》校注"、"宋代散佚乐书辑考"、"李绅及其诗歌研究"等10多项,同时也主持完成了40多项教育部项目和省社科规划项目、省教育厅项目。出版了《巴蜀文化大典》《巴蜀艺文五种》《巴蜀文学史》《四川历代文化名人词典》《长江诗词选》《四川诗选》《中国边塞诗史》《笳吹弦诵传薪录:闻一多、罗庸论中国古典文学》《闻一多论古典文学》《稼轩词纵横谈》《中国古代诗歌史》《中国文学的伦理精神》《中国古代作家的文化心态》《中国古代文学女性形象新论》《中国古代城市文学史》《空间与审美:文化地理视域中的中国古代文学》《古代诗歌选》《历代咏梅诗选》《先秦文学与文献考论》《楚辞文献研读》《司马相如作品注释》《扬雄集校注》《谶纬与汉代政治及文学之关系研究》《后汉书语言研究》《人物志校注》《儒学嬗变与魏晋文风建构》《俗赋研究》《唐诗史》《杜甫评传》《高适研究》《高适诗文注评》《李颀及其诗歌研究》《王昌龄集编年校注》《刘长卿集编年校注》《李益研究》《李尚书诗集编年校注》《司空曙诗集校注》《贾岛诗集笺注》《杜荀鹤及其〈唐风集〉研究》《敦煌赋校注》《敦煌文学总论》《敦煌文献词语考察》《敦煌文学文献丛稿》《陈尧佐诗辑佚注析》《文同全集编年校注》《柳永周邦彦词选注》《苏舜钦集编年校注》《唐庚集编年校注》《龙川词校笺》《大慧宗杲与两宋诗禅世界》《稼轩词纵横谈》《汪元量及其诗词之研究》《郑樵传统语言文字学研究》《元散曲通论》《元曲选语法问题研究》《明清散曲史》《明代中晚期小说与士人心态》《明代词风嬗变研究》《〈聊斋志异〉的清代衍生作品研究》《章学诚文论思想及其文学批评研究》《梦与醒的匠心:蠡测与缕析〈红楼梦〉的写作技法》《冯时星及其〈缙云文集〉研究》《艺术的幽思——琴棋书画》《书斋的瑰宝——纸笔墨砚》《君子的风范——松竹梅兰》《眉庵集点校》《怀星堂集点校》《严可均集点校》《徐有贞集点校》等数十部学术著作。在《中国社会科学》《文学遗产》《文学评论》《中华文史论丛》《文史哲》《文献》《北京大学学报》《南京大学学报》《复旦学报》等刊物发表论文数百篇。荣获教育部科学研究优秀成果奖、省社会科学优秀成果奖等数十项。本学科组教师参加编写的《汉语大词典》,为我国迄今收录字数最多的字典,是我国字典编纂史上的里程碑。西华师范大学的古代文学学科不仅是四川省和西南地区的学术重镇,在国内学术界也有自己的一席之地。

西华师范大学中国古代文学学科是我国1978年恢复学位与研究生教育制度后首批招收硕士学位研究生的学科,30多年来,培养了中国古代文学和中国古典文献学学科的硕士研究生400多名,其中一些毕业生已成为本学科的著名学者。

编纂缘起

2015年春,四川省实施"省社会科学高水平研究团队"建设工作,西华师范大学文学院决定申报古代文学与文献研究团队,我作为该团队的负责人,经过与学院领导和团队成员的讨论商量,经过对学校数十年来学术积淀和现在学术队伍研究状况的梳理,决定以古代文学"特色文献"为研究对象申报团队。"四川省古代文学特色文献研究团队"由此产生。申报材料得到了评审组专家的充分肯定,在获得批准的20个团队中,以高分名列前茅。所谓"古代文学特色文献研究",主要包括出土文献(敦煌文献、石刻文献)与文学研究、地方志文献与文学研究、艺术文献(音乐、美术文献)与文学研究;还包括与古代文学研究相关的其他文献,如古代城市生活文献、古代神秘文化(如谶纬、占卜、堪舆等)文献等等。这几个研究方向的确立,一方面是本学科长期积淀凝结而成,同时也是为了探索古代文学研究的学术增长点,引导青年学者确立自己的研究领域。

本团队是一个开放性的学术集体,以文学院古代文学和古典文献学两个学科的教师为主,并吸收文学院、历史学院、美术学院等相关学科的教师参加,同时还聘请校外有影响的专家参加项目,指导工作。

我们以古代文学"特色文献"为主要研究对象的设想得到了国内学界诸多朋友的肯定和支持。中国人民大学古典文献研究中心主任徐正英教授慨然应允和我们联手创办《古代文学特色文献研究》辑刊,这对我们是一个极大的鼓舞。徐教授多年来主要从事唐代以前出土文献与文学关系的研究,成果颇丰。中国人民大学古典文献研究中心的支持,是"四川省古代文学特色文献研究团队"发展之初的良好机缘。

二

作为"四川省古代文学特色文献研究"团队责任人,我深感责任重大。这几个月来,我阅读了《西华师范大学校史》,也涉猎了西华师大几代学人的研究论著,我被这些丰厚的学术成果所震撼。70年来,数代西华师大的学人默默耕耘,坚守着晚清以来的"蜀学"传统:从小学入手,从目录文献学入手研究文史,从艺术入手研究诗词曲。他们不事张扬,不事宣传,孜孜矻矻地进行着学术研究和人才培养,贡献出了一大批学术成果。治学之余,他们挥翰泼墨,吟诗作赋,对联写记,对自己的家乡充满着深深的眷恋和挚爱。而年轻一代学者,毕业于不同的大学,如北京大学、复旦大学、四川大学、山东大学、浙江大学、吉林大学、中山大学、南京师大、华东师大、西南大学、上海大学、陕西师大、四川师大、上海音乐学院,而多数又有博士后经历,以文学为立足点,涉足哲学、民俗学、音乐学、美术学等诸多学科。这些著名大学严谨的学风,尤其是博大宽容的学术胸怀,让诸位同仁治学眼界开阔,相处和谐。在这样环境里工作生活,我感到身心快乐。

30年前,我从先师郭晋稀(1916—1998)先生读《文选》,至左思《蜀都赋》"江汉炳灵,世载其英。蔚若相如,皭若君平。王褒韡晔而秀发,扬雄含章而挺生"①,掩卷沉思,心向往之。1989年,又随郭师参加在江油举行的全国赋学研讨会,会后上峨眉,登剑阁,探青城,观大佛。之后又多次游历巴蜀大地,尤其印象深刻的是广汉三星堆遗址的高大青铜人像,那种突眼、巨耳、耸鼻、阔嘴的青铜面罩,金沙遗址出土的光芒四射的太阳图案,足以令人心折骨惊,叹为观止。

巴蜀文明,在中华文明发展史上具有举足轻重的作用,她是镶嵌在黄河文明和长江文明太极图上的一个巨大榫卯,具有黄河文明和长江文明的双重特点而又独具特色。巴蜀文化与中原文化碰撞不久,在文学园地,西汉时期的蜀中文人就扮演了极具特色的角色,在中国文学史上孕育出了个性极度张扬的文化精灵:司马相如、王褒、扬雄等。司马相如(约前179—前118)是巴蜀大地的第一个文学大家,带着巴蜀文化的雄肆和不拘一格,让辞赋这个楚文化因素占主导地位的文体更加雄奇和诙谐,司马相如于是成了"赋圣"。但在中国一般老百姓心中,司马相如更是"情圣"。他写自传,把自己与卓文君的传奇爱情大书特书,深深地吸引了"爱奇"的司马迁(约前145—前90),把它全文载入《史记·司马相如列传》中,惹得他的蜀中老乡扬雄(前53—18)、苏东坡(1037—1101)咬牙切齿地批评他"窃訾"、"污行不齿"②。王褒(约前88—约前55)则以诙谐和幽默令世人耳目一新。《僮约》就是一篇用民间契约的形式写的俗赋,描写悍奴便了一年四季的劳动,以四言为主,节奏铿锵,韵律和谐,在戏谑中隐含着深深的忧虑。《责须髯奴辞》把贵族胡须的"妍姿"与须髯奴进行比较,表面上是描写须髯奴的"丑陋肮脏",骨子里则包含着对下层人民的同情。其《碧鸡颂》是奉皇帝之命去益州祭祀碧鸡的调侃之作,作者借此文微讽汉宣帝求碧神之荒唐。而扬雄更是一个大奇人,他的最大特点是不服输:孔圣人有《论语》,他就要作一部《法言》;五经中有《周易》,他就作了《太玄》;据传周公有《尔雅》,他就作一部《方言》;秦宰相李斯有《仓颉》,他就作一部《训纂》;屈原为"楚辞"大家,扬雄既"悲其文",又不服其文采,于是作《反离骚》和《广骚》,"又旁《惜诵》以下至《怀沙》一卷,名曰《畔牢愁》"③;他的同乡前辈司马相如以赋见称,

---

① 《文选》卷四,中华书局,1977年,第81页。
② 扬雄《解嘲》,郑文《扬雄文集笺注》,巴蜀书社,2000年,第211页;苏轼《司马相如创开西南夷路》,孔凡礼点校《苏轼全集》,中华书局,1986年,第2011页。
③ 《汉书》卷八七《扬雄传》,中华书局,1962年,第3515页。

他也不服气,作四赋力图超越相如。历史上巴蜀文学的第一个百花园,就如此姹紫嫣红,鲜艳夺目,难道不令人神往吗?

我多年来从事敦煌文学研究,敦煌学与巴蜀的关系,是我多年来思考的一个学术难题。敦煌文学中艺术性最高的作品韦庄的《秦妇吟》是从西蜀传到敦煌而被保存下来的,保存在敦煌写卷中的我国最早的道教文学话本《叶净能诗》是从蜀地传到敦煌的,敦煌历史题材的代表性变文《王昭君变文》是从蜀地传到敦煌,再经过敦煌艺人的改写。而莫高窟出土佛经中传自蜀地或者根据蜀地印本抄录的写本更不在少数。当年敦煌人用的黄历也多传自蜀地。敦煌远在河西走廊最西端,和蜀地之间隔着沙漠戈壁,草地高原,沟壑纵横,道路崎岖,何止千山万水。那么当年的这条丝绸之路到底经过哪些地方?两地如何交通的呢?学术界研究多是从文献到地图,缺乏实际考察①。真正要得陇望蜀,还有待于历史地理学的田野考察。

所以,我们的特色文献与古代文学的研究,应当在跨学科的研究方面迈出重大步伐,在与人文社会科学的多个领域的交叉研究中有所开拓、有所创新。南充,唐初始称果州,希望我们的特色文献与古代文学研究也结出累累果实。

伏俊琏

2015 年 10 月 22 日

---

① 学界代表性的研究成果有:严耕望《唐代岷山雪岭地区辐射交通述》,《唐史研究丛稿》,香港九龙新亚研究所,1969 年,第 633—642 页;唐长孺《南北朝时期西域与南朝的陆路交通》,《魏晋南北朝史论拾遗》,中华书局,1983 年,第 168—195 页;陈祚龙《中世敦煌与成都之间的交通路线》,《敦煌学》第一辑,第 79—86 页。

目　录

编纂缘起 ··· 伏俊琏（1）

中国古名家言总说 ··· 伍非百（1）
《屈原列传》理惑 ··· 汤炳正（9）
从乐府诗到曲子词 ··· 郑临川（24）
巴蜀文化与巴蜀文学 ··· 杨世明（32）

今本《竹书纪年》所载早期郑国史地问题疏辨 ······························· 邱　奎（43）
司马相如"买官""窃色""窃财"辨 ·· 伏俊琏（56）
质疑王祥卧冰求鲤三题 ··· 王胜明（66）
蔡邕"二意"考辨 ··· 余作胜（77）
论曹植与佛教音乐关系的演变 ·· 鲁立智（94）
《世说新语》引《诗经》述论 ··· 强中华（100）
碑志中的皇唐玉牒
　　——以新刊唐代墓志勘正李唐宗室世系一例 ······························ 吴炯炯（109）
吴仁杰《离骚草木疏》版本源流考 ··· 罗建新（113）

敦煌本《丑妇赋》校注商榷 ··· 项　楚（121）
论《敦煌讲经变文研究》的成就与不足 ··· 杨小平（128）
写本文化语境中的敦煌孟姜女曲子 ··· 吴　真（140）
敦煌本《董永词文》戏剧化问题探论 ··· 喻忠杰（155）
问计于春与举觞称寿：由《玉烛宝典·正月孟春》论中古中国的信仰、
　　仪式、文学与知识之关系——兼论敦煌书仪的相关问题 ············· 邵小龙（168）

敦煌本《王昭君变文》源自蜀地考 ………………………… 朱利华（182）
敦煌歌辞《发愤长歌十二时》写本细读研究 …………… 郑 骥 瞿 萍（191）

杂文与赋体杂文 ………………………………………… 欧天发（210）
先秦兵书对汉赋的影响
　　——以《孙子兵法》为主 ……………………………… 伏奕冰（225）
从宋初类书文献《事类赋》与《青衿集》看"西昆体"的诗学意义 ……… 曾祥波（232）
经史批判与祝允明复古文风的学术向度 ………………… 孙 宝（246）
清人黄金台《听鹂馆日识》中小说、戏曲资料探释 ……… 郑志良（258）
清代小说评点的征实倾向与文献价值 …………………… 蒋玉斌（283）
姚华年谱 …………………………………………………… 郑海涛（294）

序跋

《先唐文学与文学思想考论》序 ………………………… 曹道衡（344）
《儒学嬗变与魏晋文风建构》序 ………………………… 林家骊（347）
《谶纬与两汉政治及文学之关系研究》序 ……………… 伏俊琏（350）

书评

评《敦煌文学总论》 ……………………………………… 傅璇琮（354）
评《空间与审美——文化地理视域中的中国古代文学》 ……… 胥洪泉（360）

国家社科基金项目介绍

国家社科基金后期资助项目：中国古代政治诗史 ………………………（364）
国家社科基金一般项目：历代楚辞图像文献研究 ………………………（367）
国家社科基金后期资助项目：李绅及其诗歌研究 ………………………（370）
国家社科基金一般项目：宋代散佚乐书辑考 ……………………………（372）

简介与约稿 ………………………………………………………………（375）

中国古名家言总说

伍非百

一、什么是"古名家言"?

班固《汉书·艺文志》分中国古代学术为九家,而"名家"占其一。什么是"名家"?就是专门研究与这个"名"有关联的学术问题,如名法、名理、名言、名辩、名分、名守、形名、正名等学问的皆是。而在当时最流行、最显著的是"名法"、"名理"、"名辩"三派。"名法"是研究"形名法术"之学的,这一派应用在政治上就是申不害一流的"术家",应用到法律上就是商鞅一流的"法家"。他们都注重"循名责实"、"综核名实"的法术。后世称为"刑名"的,实则"形名学"之末流,不过"刑名"二字内涵比"形名"更窄了。另一派叫"名理",是研究所谓"极微要眇"之理论的,如辩论"天地之终始,形风雨雷霆之故","万物之所以生恶起"及"时、所"、"宇宙"、"有穷、无穷"、"至大、至小"、"坚白"、"无厚"、"影不动"、"指不至"、"火不热"等问题。这一派是中国最早的自然科学理论家,在春秋末年至战国初、中期,曾流行过一时。不过当时都当作"戏论",因为无法实验,有些人认为有趣,有些人斥为无益,到秦汉统一时就亡绝了。晋人清谈乃其余风,故晋人有时称善清谈者为善谈"名理"。又一派是"名辩",乃研究"名"、"辞"、"说"、"辩"四者之原理和应用的,详言之,就是研究"正名"、"析辞"、"立说"、"明辩"的规律和有关的问题。有时亦涉及思维和存在的问题。这派以惠施、公孙龙为代表,班固《艺文志》所列的"名家",大约以属于此派者居多。这派在当时最盛,差不多各家都有人研究它,如儒家的孔子和孟、荀,墨家的墨子和南方墨者,都极深研,或有专著。不过他们别有专长,没有归入"名家"。

二、为什么"名家"与"形名家"乃异名而同实之称?

"名"之称盖始于尹文,其后司马谈、班固因之,世遂以好微妙之言,持无穷之辩者,谓之"名家",实非古谊。考"名家"最著者邓析,而刘向称"析好形名",是邓析乃"形名家"也。其次则惠施、公孙龙,而鲁胜谓"施、龙皆以正形名显于世",是施、龙亦"形名家"也。苏秦谓"形名之家皆曰白马非马",夫白马非马乃当时辩者之说,而苏秦以属之"形名家",是当时辩者之徒亦"形名家"也。夫如是,则"形名"与"名",乃古今称谓之殊,非于"形名家"外别有所谓"名家"。盖"形名"之变而为"名",犹"法术"之变而为"法",皆由繁以入简,非有他义。世人不察,疑"名家"外,别有"形名家",误矣。

《庄子·天道》曰:"故书曰'有形有名'。形名者古人有之,而非所以先也。"又曰:"'五变而形名'可举,九变而'赏罚'可言也。"何谓九变五变？曰:"古之明大道者,先明天而道德次之,道德已明而仁义次之,仁义已明而分守次之,分守已明而形名次之,形名已明而因任次之,因任已明而原省次之,原省已明而是非次之,是非已明而赏罚次之。赏罚已明而愚智处宜,贵贱履位,贤不肖袭情,必分其能,必由其名。"所谓分守、因任、原省、是非,皆形名家所有事。由是而见诸政治,则为商鞅、申不害之综核参同。由是而见诸语言,则为惠施、公孙龙之坚白同异。这两派所业不同,声称异号,而其旨则出于一,皆所谓"形名家"也。是故邓析、商鞅、申不害、惠施、公孙龙、韩非,史籍皆以"好形名"称之,其故可深长思之也。

三、"名家"何故托始于邓析？

"名家"之学,始于邓析,成于别墨,盛于庄周、惠施、公孙龙及荀卿,前后历二百年,蔚然成而大观,在先秦诸子学术中放一异彩,与印度的"因明",希腊的"逻辑",鼎立为三。其时代亦略相当。邓析著书最早,惜不传。墨子辩经与亚里斯多德之逻辑范畴、命题、分析等同时,或尚早数十年。考诸子之学,盛于战国,而其源皆出于春秋之世。其间以儒、墨、名、法、道五家最为显学。儒之孔子、墨之墨翟、法之管仲、名之邓析、道之老聃,皆后世所盛称者。仲尼明周公之术,墨翟修孔子之教,故儒墨盛于鲁。齐表东海,太公用霸,故管仲之法兴。老聃为柱下史,多识成败,又仕宗周,故明南之术。这四家之兴起,都各有他们的时地、政治、文化背景。而邓析始创"形名"于郑,其原因安在？盖与郑国"铸刑书"一事有关。因为"形名"与"刑法"是相待而生的伴侣。周家方隆盛时,各秉周礼;是用"礼治"。及其衰也,"礼"失而"法"代兴;改用"法治"。先是管子治齐,著书明法,颇有"形名"之言。其后郑人子产"铸刑书"。"刑书"者,今所谓"成文法"。科条章明,著之文字,与众共守。未有"刑书"时,当官者以意断事,上无成例可援,下亦无所据以责难辨覈。"形名"兴,上可据"刑书"以断狱,而有考核情实、引用条文之事;下可据"刑书"以致讼,而有解释条文、分析事实之争。于是而"辩"生。由在上者之"辩",操形效名,遂为申、韩形名一派。由在下之"辩",正名析辞,遂为施、龙形名一派。斯二者,皆起于"铸刑书"之后。

孔子曰:"必也正名乎!名不正则言不顺,言不顺则事不成,事不成则礼乐不兴,礼乐不兴则刑罚不中,刑罚不中则民无所措手足。"由此言之,则"刑罚"与"名"之关系甚大。当子产铸刑书时,晋叔向贻书谏之曰:"吾闻治事以义,不闻以法。民知争端矣,将弃礼义而争于书,刀锥之末皆竞争之。乱狱滋丰,贿赂并行,终子之世,郑其败乎!"盖言"刑书"为争器也。叔向认为既有成文之法,则有名例之比。他曲解固执,将文字之一点一划,皆以为争端(按刀锥指刑书文字之点划言,后人作微末之利弊,是非),从而断定郑国从兹多狱。寥寥数语,于"形名"出于"刑书"之故,曲道无遗。

四、形名学之流衍

形名之为学,"以形察名,以名察形",其术实通于百家。自郑人邓析倡其学,流风被于三晋(韩、赵、魏),其后商鞅、申不害皆好之,遂成"法、术"二家。其流入东方者,与正名之儒、谈说之墨相摩荡,遂成"儒墨之辩"。其流入于南方者,与道家之有名、无名及墨家之辩者相结合,遂为"杨墨之辩"。至是交光互映,前波后荡,在齐则有邹衍、慎到,在宋则有儿说,在赵则有毛公、公孙龙、荀卿,在魏则有惠施、季真,在楚则有庄周、桓团,在韩则有韩非,皆有所取资于"形名家"。综其要旨,可别为六:

1. 君操其名,臣效其形。形名参同,赏罚乃生。若韩非、申不害之所谓"术"者,这是一派。

2. 言者名也,事者形也。言与事合,名与形应。若商鞅之所谓"法"者,这是一派。

3. 名不正则言不顺,言不顺则事不成。正名顺言,使万物群伦各当其名,各守其分,不相惑乱。若尹文所谓"名分""名守"者,这是一派。

4. 别殊类使不相害,序异端使不相乱。秩然有序,范然有型。名足以指实,辞足以见极。若墨翟、邹衍、荀卿之所谓"正名""析辞""立说""名辩"者,这是一派。

5. 游心于坚白异同之言,窜句于畸偶不仵之辞。上智之所难知,人事之所不用。耗精冥索,穷年于"心""物""力"之推求。若邓析、别墨、惠施、季真、公孙龙之相与辩者,这是一派。

6. 以不辩为大辩,以不言为至言。刿心于滑疑之耀,著语于是非之表。若慎到、庄周所谓"齐物"者,这是一派。

以上六派，大别之，归于"政治""语言"，而总其极于"形名"。自"形名"之称，一变而为"名家"。后世专以属之好辩之徒，且专以属之辩，且专以属之辩"坚白""无厚"之言者，甚非"形名家"之古谊。

五、现存的"古名家言"有些什么篇籍

班固《艺文志》所列"名家"书籍，共七家，计三十六篇，到现在仅存三家，其中《尹文子》杂，《邓析子》伪，只有《公孙龙子》五篇而已。这些书所以散亡，理论太专门，太艰深难懂，是其一因。东晋鲁胜说："自邓析至秦时，名家者，世有篇籍，率颇难知，后学莫复传习，至于今五百余岁，遂亡绝。"但是，最大的原因，还是政治上的关系。因为名家综核名实，观察太精密，议论太锋锐，虚则虚，实则实，真真伪伪，丝毫不容假借。专制皇帝最怕他们明辨是非，揭露本质，动摇民心。一批所谓正统的学者，也怕他们甚于洪水猛兽。专制皇帝用牢狱、捕快、刀锯、鼎镬对待他们，而所谓正统学者在辩论真理方面，敌他们不过，就利用帝王的权威，以刑罚禁锢把这派思想扼杀。因此，名家书籍，亡绝得最早最速了。

名家书籍全部亡绝了吗？曰：是又不尽然。直接的专门的名家篇籍，诚多亡绝；间接的兼业的名家篇籍，尚有流传存在者。如《墨子》书中的《经上下》《说上下》《大取》《小取》，《庄子》书中的《齐物论》，《荀子》书中的《正名篇》，都是"名家者流"的专著。不过以前的学者，都把它当作墨家、道家、儒家的著作看待，而不把它认为名家的遗说而加以解释和发挥。因此似亡绝而又不是亡绝。鲁胜在他的《墨辩注叙》里说："墨子著书，作《辩经》，以立名本，惠施、公孙龙祖述其学，以正形名显于世。"又说："《墨辩》有上下《经》，《经》各有《说》，凡四篇，与其书众篇连第，故独存。"可见《经上下》、《说上下》，四篇原属名家篇籍，其得以保存至今日者，全靠它与《墨子》书众篇连在一起，故得不亡。假若单行，如邓析、惠施、黄公之书，也就可能在秦汉时就亡绝了。《经》《说》四篇因连第《墨子》书而存，《齐物篇》一篇因连第《庄子》书而存，《正名》一篇因连第《荀子》书而存，皆系同一理由。现时存在的"古名家言"有：

1. 《墨子·经、说上下》四篇
2. 《墨子·大、小取》二篇
3. 《尹文子》二篇（杂）
4. 《公孙龙子》六篇
5. 《庄子·齐物论》一篇

6. 《荀子·正名》一篇
7. 其他短章单句散见诸子书中者
8. 《邓析子》二篇（伪）

六、如何研读古名家篇籍

上述仅存之"古名家言"篇籍，大抵编简残缺，字句脱讹，文义艰深难懂，非先经一番整理校释之功，不易研读。兹将上列各书大意，简说如次：

1. 《墨子·经、说上下》四篇：这是先秦诸子书中最艰懂的篇籍，也是二千年来从未经人篡改，保存古代哲人辩者逸说较多的一部书。它用极精简的文字，极有系统的组织，将邓析至墨子时代所有"名家"相訾相应之说，及名家与各家对诤的问题、术语、原理、原则都一一加以审核、标志。此书为墨子自著抑或墨家钜子亲承师说所著，今尚不能确定。但它是墨家经典著作，则毫无疑义。墨家前期有"从事""谈辩""说书"三派，其后发展为邓陵、相里、相夫三墨。在《庄子》成书的时候，已经肯定为"墨经"，故《庄子》称："相里勤之弟子五侯之徒，南方之墨者苦获、已齿、邓陵子之属，俱颂《墨经》，而倍谲不同，相谓'别墨'。以坚白同异之辩相訾，以觭偶不仵之辞相应。以巨子为圣人，皆愿为之尸，冀得为其后世，至今不绝。"曰"俱诵"、曰"相訾、相应"、"皆愿"，可见其为三墨共同尊奉之书。《墨子》中《兼爱》《非攻》《节用》《尚同》等篇，皆上、中、下三篇大同小异的文字，独此四篇为一贯而有组织之文，有《经》有《说》，都无异词。若非三墨尚未分派以前的作品，何能如是整齐书一？且尚有一点足以反证《墨经》为墨子晚年作品，而非墨子死后"后期名家"惠施、公孙龙等时代逐渐完成之书，因为后期名家巨子公孙龙以"白马非马论"擅名于时，而《墨经》中并无一字提到"白马非马论"。即使推到公孙龙以前的惠施、儿说、庄周、孟轲以及苏秦所称的"形名之家"，都谈到"白马非马"，而《墨经》无论《经说》倒未提及，可见这四篇成书时代尚早于苏秦、庄周、惠施、儿说、孟轲诸人。至于这四篇书最初的名称，据《晋书》鲁胜《墨辩注叙》，当名《辩经》。"墨辩"二字，乃墨子《辩经》四字之简称。内容大部分是属于"名辩"的，包括古代名家所专门研究的名、辞、说、辩四者的原理和应用。另一部分则是辩"名理"的，即古代学者对自然现象所发明的力、光、数、形的抽象理论，和一些关于知识论、宇宙论（时、空）的朴素见解。还有一部分则是周、秦诸子各家学派所争辩的问题和论式。其文体条理密察精简，既便记忆，亦便思考。《经上》为"正名"之文，有类界说定义，《经下》为"立说"之文，有类纲要原则。虽寥寥短章，各不满百，而一时代之名辩要义，大率在是。

唯是研读《墨经》之难，有为一般古籍所不具者如：

（1）它的古本原理是离章断句，后来改为两行旁读，后又改旁为直。数经变更，章句错综难寻。

（2）古本《经说》单行，晋人鲁胜引说就经，两本并存；后人又离《经》还《说》，以致《经》《说》混淆，或有《经》无《说》，或有《说》无《经》，或《经》《说》互无，交相错综。因此在研读时，往往因一二字句之出入，需经年累月考订。甚至至今还不能定。

2.《墨子》中《大取》《小取》二篇：《大取》《小取》原为《墨子》众篇之一，与《经说上下》四篇互相发明。因为它自成篇，故也可各自为解。《小取》专讲名辩、方术，文章整齐，条理密察，是"古名家言"中最易懂的一篇。《大取》最为难懂，比《经上下》还要深奥。它是用自己所发明的辩证方术，论证自己所主张的兼爱学说。脱句错字特别多，又没有各家学说可资比证，所以甚费爬梳。

《大取》《小取》，皆《墨辩》之余论。《大取》言"兼爱之道"，以墨家之辩术，证成墨家之教义，所重在"道"，其所取者大，故曰《大取》。《小取》明辩说之术，以《辩经》之要旨，组成说辩之论文，所重在"术"，其所取者小，故曰《小取》。"取"字的本义，在《墨子》书里已自有说明。《经上》："法，取同观同。"又曰："法，取此择彼，明故观宜。"又曰："去取俱能之，是两知之。"大抵皆实施辩证之义，徒知其名而不能取，犹不知也。《经下》曰："知其所不知，说在下名取。"《贵义》篇中述其义曰："非以其名也，以其取也。"所以"取"义为"见诸实践施行"，这是"取"字的正诂。

3.《公孙龙子》五篇：公孙龙子之书，处处与墨子《辩经》为论敌，这是中国古代名家两大论宗。不懂《公孙龙子》，就不能读《墨经》，不懂《墨经》，也无法了解《公孙龙子》。所以研究这两家的书，应当相辅而行，才会相悦以解。故余著《墨辩解故》时，于《公孙龙子》已有校勘互证，到《墨辩解故》脱稿，《公孙龙子发微》初稿，也就大体完成。《公孙龙子》书，《汉书·艺文志》里说是"十四篇"。现仅存六篇，除《迹府》是后人结集外，实只五篇。扬雄说它"诡辞数万以为法"，可见公孙龙是讲"办法论"的。他和惠施一派的"辩者"，都是从"历物之意"入手。历物之意就是分析物理。

4.《庄子·齐物论》一篇：《齐物论》是一篇有名的文章，唐人就有"熟读《南华》第二篇"之句。历代注者不下数百家，但多是用释道两家教义解释。因校释名墨古籍，发现《齐物论》中全是用名墨两家术语，而破诘百家之说，也多是从"名辩学术"攻入，才恍然于《庄子》书中所谓"儒墨之辩"、"杨墨之辩"，都是针对他们的"名辩"而言，并非泛论一般学术思想。如《齐物论》之"非指""非马"，是针对《公孙龙子》的"白马""指物"

而发。"我与若辩""吴谁使正之"中"辩""正"二义,是针对《墨经》的"辩胜当""正无非"之论而发。"彼是说"是兼破《公孙龙子》、《墨辩》两家的"彼此可,彼此不可,彼此亦可"之论而发。其他"未始有物"、"未始有始"、"未始有无"、"知止其所不知",则总破惠施等一切辩者之"知识论""宇宙观"等。因此,可以看出《齐物论》是与《公孙龙子》、墨子《辩经》彼此对立,互为论敌之名家学说。不通一家,则不能通两家,不通两家,亦无通一家以至三家之循环论战。

5.《荀子·正名》:荀子是战国末年最后的一个大师。《史记》说他"三为祭酒","年五十始来游学于齐","齐尚修列大夫之缺","最为老师"。他的书对于各家都有总结性的批评,虽然他的见解偏重儒术,但他对于各家各派的长短,都能分别去取。这一点在他的《非十二子》和《解蔽》篇里,表现得很明确。对于"名家"当然也不例外。《正名》篇是他吸收"名家"各派的长处而弃其短,取其所明而解其所蔽,可以说是一篇名辩学者经过多年的讨论后简明总结。在篇首提出"后王之成名","刑名从商,爵名从周,文名从礼,散名之在万物者,则从诸夏之成俗曲期"。这等于是为后代"审定名词",订几条审定的标准。篇中论"所缘有名"与"制名之枢要",则取诸《墨辩》。"所缘以同异"及"异状同所"诸例,则取诸《公孙龙子》。"名无固宜","约定俗成",则取之于《齐物论》"寓诸庸"之旨。三点都是承继《墨辩》《公孙龙子》《庄子》三家之辩的精华。反面所提出的"三惑",则是指惠施、邓析、公孙龙及其他辩者在不同程度上的错误之例。而他最大的成就,是把从邓析、孔子以来发展的由正名而析辩而立说而明辩的过程,明白清楚地指出为"名"、"辞"、"说"、"辩"四级,使我们从学术思想上,知道由孔子的"正名"发展墨子《辩经》,及再由墨家之"辩",回到荀子之"正名",是一脉相承,回还往复的。这篇书是战国名家发展到最高阶段的结论,从此也就变质为儒家专有的"正名"学派,而不再是百家争鸣的"名家""辩者"了。

这篇书,从文句上看,通畅易晓,比起《齐物论》和《小取》还要明白。不过中间有几个术语,如"命期"、"曲期",和辩者常用的论式辩题如"非而谒","马非马"等有所不同,以前注家往往用文人常识,儒家通义来解说,不易骤晓。现在都依古名家言义加以校正解释,如"命期"即"名辞","曲期"即"方言","非而谒"即"非无谒","马非马"即"白马非马论",也就容易明白了。

以上所举古名家言篇籍,有正、有反、有合。墨子《辩经》(《大小取》附),正也。《公孙龙子》,反也。庄周《齐物论》、荀子《正名》,合也。《齐物论》为破坏性的合,《正名》为建设性的合。《齐物论》后流为魏、晋间之清谈名理,《正名》本儒家正统学说,其

· 7 ·

后流为"春秋学"之"正名分",董仲舒之"深察名号"。其蔽极于汉季之标榜"名节",魏、晋初之夸饰"名教"束缚思想逾深。刘劭《人物志》及《士採》《士纬》等书,俱列入名家,而"古代名家学"遂亡。

其他《尹文子》杂,《邓析子》伪,兹不具述。

1962 年 12 月

作者简介:伍非百(1890—1965),本名伍程骧,四川蓬安人。1928 年,任南京中央大学教授。抗日战争爆发后,除一度担任过四川大学、华西大学教授外,他集中主要精力,创办了南充西山书院和川北文学院。1949 年后,兼任川北大学(今西华师范大学前身)校务委员会副主任委员。1953 年任四川省图书馆馆长,1965 年去世。伍非百素好诸子之学,尤喜墨家、名家,著有《墨子解故》《中国古名家言》《东维子文集校注》《铁崖古乐府校注》等。梁启超、廖季平、谢无量等对其"墨子研究"评价很高。

《屈原列传》理惑

汤炳正

一、今本《屈原列传》存在的问题

《史记·屈原列传》，本来是研究屈原生平事迹最主要的资料，也是现存较早和较系统的资料。如果以《楚世家》《新序》《国策》等互相参证，则屈原生平事迹，不难秩然得其条贯。

但今本《史记·屈原列传》却存在不少问题，致使屈原事迹前后矛盾，首尾错乱。总括前人所举者，例如：屈子赋《骚》，既叙于怀王疏原之时，又叙于襄王既立之后，则《离骚》之作，究在怀王之世，抑在襄王之时？此其一；又上文既曰"（怀）王怒而疏屈平"，"屈平既绌"，"屈平既疏，不复在位"，而下文又曰"虽放流，睠顾楚国，系心怀王"，则怀王之世，屈原究竟是被"疏"，抑或已被"放流"？此其二；"虽放流，睠顾楚国，系心怀王"到"王之不明，岂足福哉"一大段评论赋《骚》的文字之后，忽接"令尹子兰闻之大怒"，则子兰之怒，究竟是怒屈子赋《骚》，抑是怒屈子之"既嫉"子兰？如果是怒屈子之"既嫉"子兰，则何以中间忽然插入一段评论赋《骚》之语，致文意扞格不通？此其三；又上文"离骚者，犹离忧也"到"虽与日月争光可也"一大段，寻其内容与语气，实与下文"虽放流"以下"其存君兴国而欲反覆之，一篇之中三致志焉……"一大段紧密相承，皆对屈子赋《骚》所作之评语，但中间何以又插入"屈平既绌"到"屈平既嫉之"历叙数十年来秦楚兴兵的一大段，致前后互不相蒙？此其四；全传行文，何以屈原、屈平交互错出，称谓混乱？此其五；……以上这些问题不解决，则对屈原生平事迹就无法理出一条可靠的线索，从而对屈原平生的政治活动、文学创作、思想发展等，也就无从得出一个合乎实际情况的结论。

正因为今本《史记·屈原列传》存在很多问题，故历代研究《屈原列传》的人，曾不断进行探索，企图得一合理的结论。但见仁见智，聚讼纷纭，结论各有不同。其从文学角度而为之说者,对"离骚者,犹离忧也"到"虽与日月争光可也"与"虽放流"到"岂足福哉"这两大段文字的插入,或谓此乃史迁的变体,或谓此乃史迁奇玮之妙笔,或谓此乃夹叙夹议的龙门笔法。但"变体"也好,"奇玮"也好,"夹叙夹议"也好,而从行文之规律言之,则首先要求其"通",如果章节段落之间前无所承,后无所受,首尾横决,文理龃龉,则史迁之文必不至驽劣乃尔。清梁玉绳《史记志疑》曾引于慎行《读史漫录》云:"世之好奇者,求其故而不得,则以为文章之妙,变化不测。何其迂乎?"近姜亮夫同志虽极力推崇史迁《屈原列传》中这两大段文字是"以苍茫郁勃之气,发为倜傥自恣之文,不能悉以文章规矩相绳",但又谓"此盖古人文法未甚缜密之处","此固不容阿谀"(见姜亮夫《屈原赋校注》)。总之,从文学角度来看,至今还没有得到很好的解决。

其次,从历史角度而加以探讨者,则亦有各种不同的结论。例如屈原之作《离骚》,本在怀王时代被疏之时,亦即壮年时期。自汉以来,除《史记·屈原列传》外,如刘向的《新序·节士》、班固的《离骚赞序》、王逸的《离骚经章句序》以下,都是如此,而近古以至现代的屈原研究者,则多根据今本《屈原列传》中"顷襄王立"以下"虽放流"一大段评《骚》文字,并佐以其他论据,谓屈原赋《骚》乃在顷襄王时,亦即晚年时期。如王闿运的《楚辞释》,游国恩同志的《楚辞概论》《屈原》,郭沫若同志的《屈原研究》,都作如此主张。但亦有感到此说之不安,而游移于以上二说之间者。如姜亮夫同志的《屈原赋校注》、刘永济同志的《笺屈余义》等,皆谓《离骚》之作,当始于怀王之世,成于襄王之时。盖由于今本《史记·屈原列传》既叙屈原赋《骚》于怀王之世,又评屈原赋《骚》于襄王既立之后,故欲以此调和这个不可否认的矛盾。总之,从历史角度探讨《屈原列传》者,始终还没有作出较为稳妥精确的结论。

尤其应当注意的是,清末的廖平,在他的《楚辞新解》里,认为《屈原列传》全篇文义不贯,前后事实矛盾,竟以此为根据,断定屈原并无其人。而这个结论,后来却被胡适所利用,在他的《读楚辞》里,借口屈传的矛盾,否定屈原的存在,说什么屈原是后人凭空捏造出来的"箭垛式"的人物,从而在中国历史上把屈原这位伟大诗人一笔抹掉。

不难看出,由于今本《史记·屈原列传》存在很多矛盾,给屈原研究者带来不少困难和问题,致使屈原生平事迹之真相,无由大白于后世,是不可以不辨。

二、今本《屈原列传》之被窜乱及原本《屈原列传》的本来面目

考今本《史记·屈原列传》中由"国风好色而不淫"到"虽与日月争光可也"一段,在

班固的《离骚序》中引用时，说它是淮南王刘安《离骚传》之语。盖刘安的《离骚传》班氏犹及见之，故加引用，其言信而有征，历代对此并无异议。但是，这里却有两个问题至今没有解决：即对《屈原列传》里的刘安这一段话，人们始终认为是史迁自己采入《屈原列传》的，而并没有意识到它是被后人窜入的。其次，今本《屈原列传》中属于刘安《离骚传》的话，是止于上述的那一段，抑或还有其他部分，人们至今还没有明确地识辨出来。因而对屈原事迹的考证，纠葛百出，缠绕不清。如果能将以上两个问题理清，还原史迁《屈原列传》的本来面目，则屈原的生平事迹和创作活动，自然会条贯分明，了如指掌，前人之所纷然聚讼者，亦不难迎刃而解。

今按，史迁当时并未见过刘安的《离骚传》，今本《屈原列传》中所引刘语，乃后人所窜入者。因为史迁的《史记》和刘安的《离骚传》都写成于汉武帝之时；刘安《离骚传》之写成，虽略早于《史记》，而史迁实未得见。所以，史迁在《史记·淮南王列传》中，只云："淮南王安为人好读书鼓琴，不喜弋猎狗马驰骋。亦欲以行阴德，拊循百姓，流誉天下。时时怨望厉王死，时欲叛逆，未有因也。"而关于淮南王所著书与辞赋，则一字未及。至班固撰《汉书》时，《淮南王传》全袭《史记》，唯于"流名誉"句下，始增补下列一段："招致宾客方术之士数千人，作内书二十一篇，外书甚众。又有中篇八卷，言神仙黄白之术，亦二十余万言。时武帝方好艺文，以安属为诸父，辩博善为文辞，甚尊重之。每为报书及赐，常召司马相如等视草及遣。初安入朝，献所作内篇，新出，上爱而秘之。使为《离骚传》，旦受诏，日食时上。"高诱《淮南子叙目》亦云："初，安为辩达，善属文。皇帝为从父，数上书，召见，孝文皇帝甚重之，诏使为《离骚赋》，自旦受诏，日早食已。上爱而秘之。天下方术之士，多往归焉。"（高诱的这段话，跟《汉书》大致相同，但有两个错误：第一，"孝文皇帝甚重之"，"文"字显系"武"字之误。"皇帝为从父"句，因既误"武"为"文"，故世系关系不得不改。实则孝文帝时，刘安年尚幼小，所谓招致宾客著书立说等一切活动，都跟他的年龄不相适应，故应以《汉书》为是。第二，《离骚赋》也显系《离骚传》之误。荀悦《汉纪》的《孝武皇帝纪》，虽"武"字未误，而"传"亦误"赋"。此盖因《汉书》中"使为《离骚传》"之下，又叙刘安献"赋颂"，故与《离骚传》相涉而误。《汉纪》全以《汉书》为据，而顾炎武《日知录》曾谓：《汉纪》"间或首尾不备，其小有不同，皆以班书为长"。误《离骚传》为《离骚赋》，当即其中之一例。荀、高都是东汉末年人，而荀悦的错误，影响较大。说详下段。）考史迁书例，凡前人著述，或叙其书目篇卷，或录其作品原文，或具体，或概括，总是以不同的形式反映出来。而著述宏富如刘安者，竟在《史记·淮南王列传》中一字未提，这决不是偶然的。因为刘安的《离骚传》等，史迁并未见过。

有的同志认为《史记·淮南王列传》：刘安谋反时，胶西王臣端议曰："淮南王安，废法行邪，怀诈伪心……臣端所见，其书、节、印、图，及他逆无道事验明白，甚大逆无道，当伏其法。"这其中的"书、节、印、图"的"书"，即指淮南王所著诸书。但我认为这样理解"书"字，是不确的。因为这里的"书"跟"节"、"印"、"图"四者并举，事实上皆指刘安谋反时的"物证"而言。而且紧接上文，皆有所承。所谓"书"，是指刘安听伍被计所伪造的文书等，亦即上文所说："伪为丞相御史请书，徙郡国豪杰任侠。……又伪为左右都司空上林中都官诏狱逮书，以逮诸侯太子幸臣。"所谓"节"、"印"，是指刘安谋反时所伪造的"节"与"印"等，亦即上文所说："王乃令官奴入宫，作皇帝玺，丞相御史大将军军吏中二千石都官令丞印，及旁近郡太守都尉印，汉使节，法冠。"所谓"图"，是指刘安谋反时所绘用的军事地图等，亦即上文所说："王日夜与伍被、左吴按舆地图，部署兵所从入。"因此，下文胶西王举出"书、节、印、图"，为"大逆无道，当伏其法"的罪证。如果其中的"书"是指的《淮南鸿烈》《离骚传》等，则武帝当时如此喜爱的书，怎能据此以构成"伏法"的罪状？故从《史记·淮南王列传》中，实难找到史迁曾见过《离骚传》等书的痕迹。

至于史迁当时之所以未见淮南王所著书及《离骚传》等，盖当时这些书，虽已献之武帝，而未宣布于世。故史迁并未得见，当然更无从著录于本传，更无从采入《屈原列传》。淮南王书当时之所以未布于世，推其原因，盖不外其始武帝"爱秘"之，故未予宣布。所谓"爱秘"，当谓置之手边，秘不示人，或置于刘向《七略》所谓"秘室之府"；并不是付之"太常、太史、博士之藏"，供史官披阅。继因淮南王以谋反被诛，故又不便宣布。汉代因谋反而不传其书者，史有事例。如《汉书·儒林传》云："世所传百两篇者，出东莱张霸。……以中书校之，非是。霸辞受父，父有弟子尉氏樊并。时大中大夫平当，侍御史周敞，劝上存之。后樊并谋反，乃黜其书。"可见，由于刘安谋反被诛，其书未得宣布流传，这在当时是可以理解的。在这种情况下，史迁即使见过刘书，亦不便广为征引传播，况因上述种种原因，史迁并未得见。迨元成之世，刘向校书中秘，始得淮南王书而叙录之（见高诱《淮南子》序）。而《离骚传》亦当同时出现。故班固撰《汉书》，始得据所见以补《史记·淮南王列传》之缺。因此，史迁既未见过刘安的《离骚传》，则今本《史记·屈原列传》中所引用的《离骚传》，并非原本《史记》所固有，乃后人窜乱之文；而且由于窜乱者学识卑劣，以致前后矛盾，文理不通，历代学人，咸受其累。

其次，刘安《离骚传》语之被窜入《屈原列传》者，其实并不止于班固所引用的那一段。就今本《屈原列传》而言，由"离骚者，犹离忧也……"到"虽与日月争光可也"，由"虽放流……"到"岂足福哉"，这两段文字都是后人割取《离骚传》语窜入本传者。要确定这个问题，首先不能不对未被割裂的《离骚传》的原型作一番探讨。

根据班固的《汉书·淮南王传》和《离骚序》，都说刘安作《离骚传》；只有荀悦、高诱等，才说是作《离骚赋》。其实班固的说法，具有最高权威。因为他不仅在《淮南王传》里述及刘安作《离骚传》的事实，而且他确实也读过《离骚传》的原文，并在他的《离骚序》里加以引用和评价。（刘勰的《文心雕龙》里，有时称之为"传"，有时称之为"赋"，盖因刘安书已佚，故只得根据不同的记载而为之说。）刘勰在《辨骚》里引用《离骚传》的一段话，全系从班固的《离骚序》里转抄而来，并没有见过原文。因此其中对字句的省略和剪裁，与《离骚序》完全一致。而王念孙竟认为《汉书·淮南王传》中《离骚传》的"传"字当系"傅"字之误，"傅"乃"赋"之同音借字，刘安所作乃《离骚赋》，非《离骚传》（见《读书杂志》）。王氏此说实大误。因为据班固《离骚序》中所云，刘安所作的《离骚传》，既有总叙，又有注文，并不是"赋"。他说：刘安以为"五子以失家巷，谓五子胥也。及至少康、贰姚、有娥佚女，皆各以所识有所增损，然犹未得其正也"，这就是指的《离骚传》中的注文而言。所以王逸在《离骚经章句序》中又称它为"淮南王安所作《离骚经章句》"。颜师古《汉书》注说《离骚传》犹如《毛诗传》之类，这说法是对的。但《离骚传》又有一个总叙，班固序引用"国风好色而不淫"一段，说是"淮南王安叙《离骚传》"的话，也就是指这个总叙而言。今本《屈原列传》中所窜入的，也就是《离骚传》的总叙部分。由此可见，刘安的《离骚传》跟后来班固、王逸之注《离骚》其体制是相同的，即注文之外，又有总叙。

现在，我们如果把被后人窜入《屈原列传》中的两大段文字联系起来（当然中间难免有所删节），更可以发现刘安、班固、王逸三家的总叙，虽论点不尽相同，而其结构层次基本上是一致的。这也许是班、王袭用了刘氏旧例的原因。例如：

（1）解释《离骚》的命名：

离骚者，犹离忧也。……（刘）

离，犹遭也。骚，忧也。……（班）

离，别也。骚，愁也。……（王）

（2）阐述《离骚》的内容：

> 上称帝喾,下道齐桓,中述汤武……（刘）
> 上陈尧舜禹汤文王之法,下言羿浇桀纣之失……（班）
> 上述唐虞三后之制,下序桀纣羿浇之败……（王）

（3）说明赋《骚》的意图及怀王不听忠谏的结果：

> 其存君兴国而欲反覆之,一篇之中三致志焉。然终无可奈何,故不可以反,以此见怀王之终不悟也。……身客死于秦,为天下笑。（刘）
> 以讽怀王,终不觉悟,信反间之说,西朝于秦。秦人拘之,客死不还。（班）
> 冀君觉悟,反于正道而还己也。……拘留不遣,卒客死于秦。（王）

从以上的比较可以看出,未被割裂的刘安的《离骚传》,其结构层次,与班固的《离骚序》、王逸的《离骚经章句序》大同小异。因此,今本《屈原列传》中被后人窜入的《离骚传》的话,不仅班固所引用的"国风好色而不淫……争光可也"这一段,而是从"离骚者,犹离忧也"直到"争光可也"这一大段。这是刘安《离骚传》的前半部。其次,从以上的比较中更可以看出,今本《屈原列传》中由"虽放流"到"岂足福哉"这一大段,也是后人窜入的《离骚传》语。这是刘安《离骚传》的后半部。前半后半不仅文笔风格完全一致,而且结构层次也脉络相通。两段合起来,犹可以看到接近完整的《离骚传》的梗概。

既然把后人窜入部分由《屈原列传》中剔除出去,则原本《屈原列传》的真面目即呈现出来。即史迁原本《屈原列传》,大体与刘向《新序·节士》篇相近。虽详略互见,而梗概略同。其"忧愁幽思而作《离骚》"之下,跟《节士》篇一样,紧接着就是秦使张仪至楚献地,诱楚绝齐。盖屈原既绌,张仪之计始得行,叙笔极为严密。这中间并没有今本"离骚者,犹离忧也"到"虽与日月争光可也"一大段文字。在怀王客死于秦,长子顷襄王立,"屈平既嫉之"之下,也跟《节士》篇一样,紧接着就是襄王听信谗言,放逐屈原。这中间也没有今本"虽放流"到"岂足福哉"一大段文字。《节士》篇的资料,其价值仅次于《屈原列传》,虽不能说他与史迁所根据者同出一源,但同为先秦古传之仅存者,则可断言。故其基本梗概是互相吻合的。

后人何以要窜入这两段文字?从前一段看,盖企图接在屈原赋《骚》之后,对《离骚》的内容作一番阐述与评价。这一段的窜入,除了史实与评语互相杂厕,文意扞格以外,倒没有别的大问题。至于第二段的窜入,盖企图说明怀王国败身亡为天下笑,是由于不纳屈原忠谏的结果。但这一段却窜错了地方。如果是窜在怀王"竟死于秦而归葬"之下,虽文理扞格,尚不大乖于史实。而不谓竟窜于"长子顷襄王立"和"屈平既嫉之"之下,遂致文理扞格,史实淆乱,造成千古疑案。除本文第一节所举者外,又如日本泷川龟太郎《史记会注考证》于屈传"终不悟也"一段下引日本学者中井积德曰:"怀王既入秦而不归,则虽悟无益也。乃言'冀一悟'何也?"可见此段疑案,不仅古今同感,亦中外一致。

三、屈原研究中疑难问题的解决

由于揭示了今本《屈原列传》被后人窜乱的事实,恢复了原本《屈原列传》的本来面目,于是在屈原研究中一向聚讼纷纭的疑难问题,也就不难予以合理的解决。

第一,关于屈原赋《骚》的年代问题。这是由今本《屈原列传》而引起的争论焦点之一。

今按屈原赋《骚》,不是在襄王放原之后,而是在怀王疏原之时。两汉以来古说,本无歧异。刘向的《新序》、班固的《离骚赞序》、王逸的《离骚经章句序》等书,都是一致的。由近古到现代,才有人提出《离骚》作于襄王之世的说法。这个说法的产生,当然不止一个原因,但今本《屈原列传》被后人窜入的"虽放流……岂足福哉"一大段文字,却是引起问题的重要原因。但不知原本《屈原列传》在顷襄王即位之后并没有这一段文字,与两汉诸家古说并无二致。在恢复了原本《屈原列传》的本来面目后,这一说法就失掉了它的根据。至于刘安的《离骚传》,是否有此说法呢? 经过上述的探索,知道刘安也是把屈原赋《骚》放在怀王信谗之后。下文虽然涉及怀王之死,但不过是为了说明怀王之死是由于不采纳屈原在《离骚》中謇謇忠谏的结果,并不是说明赋《骚》在怀王死后,当然更没有涉及襄王放原之事。可见刘安也没有《离骚》作于襄王时的说法。未被窜乱的《屈原列传》和未被割裂的《离骚传》,皆条理明晰,毫无矛盾。浅人窜乱,乃成疑案。所谓离之则双美,合之则两伤。

当然,主张《离骚》写于襄王之世的,还有其他的证据。如游国恩同志在《楚辞概论》中曾举出《离骚》的下列词句,说明它是屈原晚年的作品,不是壮年的作品:

(1)汩余若将不及兮,恐年岁之不吾与。

(2) 惟草木之零落兮,恐美人之迟暮。

(3) 老冉冉其将至兮,恐修名之不立。

但游氏所举的这三例,不仅不能证明《离骚》是晚年的作品,相反地更足以证明它是壮年的作品。因为从这三句的语气看,凡两言"将",则所谓"零落"、"迟暮"、"老",显指将来而言,非指现在而言;凡三言"恐",则分明是怕老之将至,而非言老之已至。另一方面,我们还可以举出与此相反的三个例子来说明这个问题:

(1) 及荣华之未落兮,相下女之可诒。

(2) 及年岁之未晏兮,时亦犹其未央。

(3) 及余饰之方壮兮,周流观乎上下。

就时间的称谓来看,其曰"未落",曰"未晏",曰"未央",曰"方壮",则显指壮年而言;就心情的表现来看,则三句凡三言"及",则其欲乘方壮之年复兴楚国的汲汲之情,宛然如见。如果把这两组例句加以对照,不难看出,谈到"未央"、"方壮"等,则三言"及";而谈到"零落"、"迟暮"等,却是两曰"将",三曰"恐"。从这两种不同的语气上,完全可以证明《离骚》是作于壮年而非作于晚年。这跟《涉江》所云"余幼好此奇服兮,年既老而不衰"的思想感情是不一致的。据史实考之,《离骚》之作,当在怀王十六年以后,亦即屈原遭谗被疏之时,时屈原正三十多岁,古人所谓"三十曰壮"之年。因此,我们不仅不应当根据《离骚》内容来肯定《屈原列传》被窜入的正确性,而且应当根据《离骚》的内容进一步证明《屈原列传》的窜乱乃浅人所为。

第二,关于屈原在怀王时是被"疏"还是被"放"的问题。这也是由今本《屈原列传》而引起的论争焦点之一。

按这个问题,汉代似已两说并行。其认为怀王时屈原只是"疏"的,有史迁、班固等,认为怀王时屈原已被"放"的,有刘向、刘安等。这显然是两种不同的传说。史迁在《屈原列传》中对原在怀王时事,只曰"王怒而疏屈平",曰"屈平既绌",曰"屈平既疏,不复在位",则是史迁认为终怀王之世屈原只是被疏,而非被放,与班固序《离骚》的说法是一致的。而刘安在他的《离骚传》中说:"虽放流,睠顾楚国,系心怀王,不忘欲反,冀幸君之一悟,俗之一改也,其存君兴国而欲反覆之,一篇之中,三致志焉。"是刘氏以为怀王之世,屈原已被流放,而且赋《骚》。这跟刘向《新序·节士》中所云"(怀王时)

屈原逐放于外，乃作《离骚》"的说法是一致的（王逸《离骚经章句序》的说法，与刘安、刘向相同。他说："[怀]王乃流屈原，屈原……乃作《离骚经》。……言已放流离别，中心愁思，犹依道径以讽谏君也。"王序"流"字，今本或改为"疏"字，非也。刘师培《楚辞考异》同意《文选》李善注引唐本王序作"流"，是也。因为王逸《离骚》注有"已虽见放流，犹莳众香"之语，则王氏以为怀王时原已被放无疑。洪氏《补注》引一本王序"流"作"逐"，字异义同，亦当为古本之可据者）。但不幸后人竟割取刘安《离骚传》之语，窜入史迁的《屈原列传》中，以致同是怀王之世而前言被"疏"后言被"放"。这是把两种不同的材料拼凑在一起时所必然发生的矛盾现象。因为"疏"与"放"在原则上是有区别的。《荀子·大略》杨注云："古者臣有罪，待放于境，三年不敢去，与之环则还，与之玦则绝。"屈原当时被疏情况，盖既不在朝廷，但又并未流放，只是外居待放，故后来怀王曾一度召还使齐。到了襄王之世，才被流放。顾炎武在《日知录》中对于这个矛盾，曾谓："此乃太史公信笔书之，失其次序。"主张把"虽放流"一段，改在"顷襄王怒而迁之"之下。后来梁玉绳的《史记志疑》也同意这个说法。但这个改法，只不过是在字面上把"虽放流"跟"怒而迁之"统一了起来，而不知"虽放流"一段的内容是指怀王时事，"怒而迁之"是指襄王时事。把怀王事移入襄王时，不仍然是矛盾吗？故梁玉绳又自加小注云："细玩文势，终不甚顺。"郭沫若同志在《屈原研究》中为了解决这个矛盾，主张把"虽放流"句中的"放流"解释成"放浪"。认为被"疏"时仍然可以到处"放浪"，跟怀王时只是被"疏"，并不矛盾。但是，如果知道"虽放流"一段乃是后人窜入之文，删之以复原本《屈原列传》的本来面目，则这个矛盾也就不存在了。

有同志认为史迁既主张怀王之时屈原被疏而赋《离骚》，为什么他在《报任少卿书》中又说"屈原放逐，乃赋《离骚》"？因谓"史迁一人亦有两说，理不可通"（刘永济《笺屈余义》，见《武汉大学学报》1956年第一期）。要解决这个问题，首先要知道史迁对传记文与抒情文在行文措词上的不同。他在传记体的《屈原列传》中，叙述严密不苟，已如前述，而对抒情体的《报任少卿书》，则以发泄其愤懑之情为主，故曾连类而及地写出了下列一段文字：

盖文王拘而演《周易》；仲尼厄而作《春秋》；屈原放逐，乃赋《离骚》；左丘失明，厥有《国语》；孙子膑脚，《兵法》修列；不韦迁蜀，世传《吕览》；韩非囚秦，《说难》《孤愤》；《诗》三百篇，大抵圣贤发愤之所为作也。

《史记·太史公自序》也有与此大同小异的一段话。但如果以《史记》列传考之，则此段不仅跟屈原的事迹不相合，而且吕不韦之著《吕览》，乃在迁蜀之前，不在迁蜀之后；韩非之著《说难》《孤愤》，乃在囚秦之前，不在囚秦之后。然而决不能因此而说史迁对他们的事迹，也有两种不同的说法。因为先秦两汉对此并无异说。盖史迁因情之所激，奋笔直书，致与传记体的列传有所出入。因此，"屈原放逐，乃赋《离骚》"一语，乃史迁一概括之笔抒其情，并非以叙述之笔传其事。而且相对成文，则"疏"别于"放"；如综括其事，则"放"可兼"疏"。固不能因此而疑史迁游移其词，兼采两说；更不能因此而疑今本《屈原列传》中的矛盾乃原本《史记》所已有。

第三，"令尹子兰闻之大怒"，所怒者究为何事？这也是前人对今本《屈原列传》怀疑难解的问题之一。

今既考定原本《屈原列传》并没有"虽流放"到"岂足福哉"这一段，则"令尹子兰闻之大怒"这句话，是跟上文"长子顷襄王立，以其弟子兰为令尹。楚人既咎子兰，以劝怀王入秦而不反也。屈平既嫉之"这段话连在一起的。它既上承"楚人既咎子兰"，也上承"屈原既嫉之"。特子兰对楚国人民群众对他的责难是无可奈何的，故只得把怒气集中在屈原身上。根据《楚世家》，当时怀王归丧于楚，"楚人皆怜之，如悲亲戚"，则人民痛恨子兰之劝王入秦，可以想见。据本传上文，当秦昭王欲与怀王会时，"屈平曰：'秦虎狼之国，不可信，不如无行。'"而"怀王稚子子兰劝王行"，则屈原痛恨子兰之劝王入秦，也是必然的。而且以当时的民情来看，既反对子兰，势必倾向屈原，这对子兰是极不利的。所以"令尹子兰闻之大怒"云云，承接上文，极为紧密。《史记·太史公自序》有云："怀王客死，兰咎屈原，好谀信谗，楚并于秦……作《楚世家》第十。"可证史迁是把"兰咎屈原"跟"怀王客死"联系在一起的。这跟原本《屈传》是相吻合的。即"屈平既嫉之"句下紧接着就是"令尹子兰闻之大怒"。自后人在中间窜入了"虽放流"一大段评《骚》的话，则似乎子兰之"怒"，是怒屈原之赋《骚》，就跟原本《屈原列传》所叙事态完全不合了。今既考定原本《屈原列传》并没有这一段，则疑难自然冰释。

第四，今本《屈原列传》中"屈原"、"屈平"两种称谓交互出现，这也是屈原研究者怀疑不解的问题之一。

考《史记》列传，一般来讲，篇首虽名、字并举，但篇中则或称名、或称字，前后一致。而今本《屈原列传》全文，却名、字互见，或称屈原，或称屈平。有人认为这是因为史迁杂采诸史，未暇整齐划一之故。这个说法当然也有道理，如《史记·陈涉世家》就是如此。但从《屈原列传》来讲，由于联系到上述种种复杂原因，则决不能用史迁本人"未暇整齐划一"来解释,而应当是由于窜乱者的史料来源不同之所致。

考今本《屈原列传》,在称谓上有下列四种情况:(1)被后人窜入的两大段,皆称"屈平";(2)夹在被后人窜入的两大段之间的本传原文,亦皆称"屈平";(3)被窜入的前一大段之前的本传原文(即"忧愁幽思而作《离骚》"以前),则或称"屈平",或称"屈原";(4)被窜入的后一大段之后的本传原文(即"令尹子兰闻之大怒"以后),则全称"屈原"。从这里可以推见,刘安的《离骚传》原文,皆称"屈平",史迁的《屈原列传》原本则皆称"屈原"。自从后人以前者窜入后者,即发生了同一列传中称谓错乱的现象。而后之读者为了统一这个矛盾,就有人把夹在《离骚传》的两大段之间的本传原文,一律改成"屈平";但在前一大段之前的本传原文,则只改了比较接近窜文的一部分;而在后一大段之后的本传原文,则又完全未改。这种改写,盖非出于一时一人之手,故古本《屈原列传》改者少,而今本《屈原列传》,则改者较多。据《文选·报任少卿书》李善注所引《屈原列传》,从"屈原者名平"到"而作《离骚》"这一大段,只有接近窜入部分的"平伐其功"、"平病王听之不聪"两句内的"原"改为"平",其余皆仍称"原"。而今本《史记·屈原列传》,则由此上溯,将唐本未曾改的句子如"使屈原为令"、"原草藁未定",也皆改"原"为"平"。不难看出,李善所据唐本《屈原列传》尚不像今本涂改之多。由此可以推见,除窜入部分外,本传原文只称"屈原",不称"屈平"。"平"、"原"互见,是窜乱以后的现象,应当恢复其本来面目。

第五,今本《屈原列传》还存在着论点上的矛盾。这是一个最重要的问题,但一向没有引起人们的注意。

关于论点上矛盾,主要表现在对屈原的行谊和《离骚》内容的评价上,本来汉代人对屈原及《离骚》的评价是极不一致的,甚至于是相反的,刘安、贾谊、扬雄、班固、王逸等,论点各不相同。但刘安《离骚传》的两大段评论,如果是史迁引入本传作为正面材料而构成本传的组成部分,则其论点应当跟自己的论点完全相同(因为,他并没有标出是引用谁的话,而是作为自己的意见提出的)。但考之本传赞语,史迁对屈原所作的评价,其主要论点却跟传内所引刘安语完全相反。这就更进一步证明了刘安的两段话,决不是史迁引用的,而是后人窜入的。

史迁的本传赞语是这样说的:

太史公曰:余读《离骚》《天问》《招魂》《哀郢》,悲其志。适长沙,观屈原所自沉渊,未尝不垂涕,想见其为人。及见贾生吊之,又怪屈原以彼其材游诸侯,何国不容,而自令若是。读《服鸟赋》,同死生,轻去就,又爽然自失矣。

史迁在这段话里,对屈原生死去就问题的评价,有三层意思:(1)对屈原大志未遂,沉渊而死的遭遇,表示无限的同情,故云"悲其志";(2)同意贾谊的观点,认为以屈原的才智,应别逝他国,以求有所建树,不当沉渊而死,故云"又怪";(3)以《服鸟赋》中"同死生,轻去就"的道家观点作结,说明"去"与"就"固不必过分执着,即"生"与"死"也不能绝对化,这是从另一角度对前两观点的补充,故云"又爽然自失"。

对于第一个观点,汉代人大致相同。因此,它跟刘安的意见,并没有什么矛盾。但是,第二个论点,却跟刘安大不相同。刘安的《离骚传》认为屈原"虽放流,睠顾楚国,系心怀王",虽"死而不容自疏(刘安这里所说的"自疏",系借用《离骚》"吾将远逝以自疏"的"自疏",即指远逝他国而言),是"泥而不滓"的高尚行为,是"与日月争光"的不朽精神。可以说对屈原热爱祖国的行谊,是推崇备至的。但从史迁所写的传赞来看,则显然是不同于刘安这个论点的。他所同意的,倒是贾谊《吊屈原赋》的结论,即:

般纷纷其离此尤兮,亦夫子之故也。历九州而相君兮,何必怀此都也。凤凰翔于千仞之上兮,览德辉而下之。见细德之险微兮,摇增击而去之。彼寻常之汙渎兮,岂容吞舟之鱼。横江湖之鱣鲸兮,固将制于蝼蚁。

这就是史迁所说的"以彼其材游诸侯,何国不容,而自令若是"的结论之所由来。

史迁之所以同意不应轻于一死而当别有建树的论点,并不是偶然的,这跟他的个人遭遇是分不开的。他在《报任少卿书》中曾说:"且夫臧获婢妾,犹能引决,况若仆之不得已乎?所以隐忍苟活,函粪土之中而不辞者,恨私心有所不尽,鄙没世而文采不表于后也。"因此,《史记》在生死去留问题上,对不轻于一死而能别有建树的人,总是予以肯定的。如《伍子胥传赞》云:

怨毒之于人,甚矣哉!王者尚不能行之于臣下,况同列乎?向令伍子胥从奢俱死,何异蝼蚁?弃小义,雪大耻,名垂于后世,悲夫!方子胥窘于江上,道乞食,志岂尝须臾忘郢邪?故隐忍就功名,非烈丈夫孰能致此哉!

余如他在《魏豹彭越列传》《季布栾布列传》赞中也都有同样的论点。这就无怪乎他同意贾谊对屈原的批评，也就无怪乎他跟刘安的评语是互相矛盾的。当然，这个论点，也是在战国的游说之风的影响下形成的，并不完全是贾、迁结合个人遭遇而对屈原所提出的独创的意见。但是，在这里，我们并不是为了评价史迁、刘安两家论点的优劣。所以提出这个问题，不过是用以说明今本《屈原列传》中刘安的话，并不是史迁引用的，而是后人窜入的，故出现了前后论点上的矛盾。史迁的第三个论点，是"同死生，轻去就"，这也跟刘安的观点不同。刘安对屈原处理生死去就问题的磊落态度和坚贞意志，是表示极端赞扬的。而且认为屈原对自己的不幸的遭遇所表现出的悒郁痛伤，是应当的。因为"人穷则反本，故劳苦倦极，未尝不呼天也；疾痛惨怛，未尝不呼父母也"。但史迁对此，则同意贾谊"同死生，轻去就"的。考史迁在人生的穷通问题上，往往以道家的观点作最后的宽解。说者谓其"论大道先黄老而后六经"（见《汉书·司马迁传赞》、《后汉书·班彪传》），不是没有原因的。如史迁的《悲士不遇赋》，在抒写了一番"虽有形而不彰，徒有能而不陈"的愤激之情以后，终于归结到"逆顺还周，乍没乍起。理不可据，智不可恃。无造福先，无触祸始。委之自然，终归一矣"（见《艺文类聚》三十）。因此，他在屈原的评价上，也就很自然地会同意贾谊《鹏鸟赋》中"同死生，轻去就"的道家观点。道家主张顺乎自然，自适其适，生死去就，毫不执着，"适来，夫子时也；适去，夫子顺也。安时而处顺，哀乐不能入也"（《庄子·养生主》），"忠谏不听，蹲循勿争，故夫子胥争之，以残其形"（《庄子·至乐》），这跟屈原为祖国"虽九死其犹未悔"，"虽体解吾犹未变"（《离骚》语）的以死自誓的斗争意志，以及"欲高飞而远集兮，君罔谓汝何之？欲横奔而失路兮，盖志坚而不忍"（《惜诵》语）的坚决不肯离开祖国的爱国主义精神，是完全不同的。史迁同意贾谊《鹏鸟赋》的道家观点，这无疑跟刘安《离骚传》的论点是不一致的。

通过上述分析，也可以证明今本《屈原列传》中引刘安《离骚传》的那两大段评价，决不是史迁的原文，而是后人所窜入的，所以才产生了论点上的矛盾。因为，汉代人对屈原的评价，意见极不一致，甚至相反，这并不足为奇。但一个人的意见，却应自成体系。

近来学术界，往往用今本《屈原列传》中的刘安语，证明史迁对屈原的评价跟刘安是一致的，把他们两人作为西汉时代同一论点的代表者。这显然是以后人窜入本传中的文字代替了史迁的论点，因而也就把刘安和史迁两个不同的论点混为一谈，这似乎是不妥当的。由于这是中国文学批评史上的一个重要问题，故为之详加辨证如此。

关于《史记·屈原列传》中的论点跟传末史迁赞语的论点之间的矛盾，前人虽未明显地提出来,但从他们对赞语的解释上看,似乎已有所发觉。如清何焯《义门读书记》云:"赞又怪屈原以彼其材云云,即赋内历九州二句,谓贾生怪之也。爽然自失,亦谓贾生。更不下一语,含蓄无尽。"何氏好像认为这是史迁在客观地叙述贾生的论点,并不代表史迁自己的看法。这显然是因为这个论点跟传内论点相矛盾,故曲为之解。但赞语中"悲其志",是史迁"悲"之;"想见其为人",是史迁"想见";为什么这个"又怪"和"自失",反而只代表贾生的论点而不代表史迁的论点呢?为什么史迁在这里竟"不下一语"呢?根据史迁在其他传赞中对远逝他国有所建树的人的赞扬以及在《悲士不遇赋》中以道家论点作结的情况看来,则"又怪"一句,分明是史迁同意贾生别逝他国的论点而"怪"屈原;"自失"一句,分明是史迁也同意贾生"同死生,轻去就"的论点而认为前面所说生死去就问题也未免太绝对化了,故感到"自失"。这都是史迁根据贾生的论点对屈原的生死去就问题所表示的态度,并不是什么"不下一语,含蓄无尽"。最近读到刘永济同志《屈赋通笺》的《屈子学术》章,对赞语"游诸侯"句,谓"太史公此语,故为跌宕之词"。好像史迁此语,只是起行文上的波澜作用,并不代表史迁任何观点。他对"同死生,轻去就"一句,又认为《鹏鸟赋》多道家言,但"屈子非不知此,特以宗臣之义,与国同休戚,且其所学与其所处,亦异贾生,故不为耳。子长读《鹏鸟赋》而自失以此"。这又好像赞语中的"自失",是史迁对"同死生,轻去就"论点的否定。刘永济同志以上的两点说法,显然是因为赞语与传内的论点互相矛盾,故曲为之解,以求统一。但以史迁在其他传赞中的一贯论点和《悲士不遇赋》中的论点证之,则前者既不是什么"跌宕之词",后者也不是对道家论点的否定。恰恰相反,它是代表了史迁对屈原生死去就问题的个人的看法。而追索何、刘二氏之所以如此解释,都是因为赞语与传内论点不一致而引起的。如果知道传内的论点只是刘安的论点被后人所窜入,并不是史迁的论点,则所有这些曲解,都是不必要的了。

四、结　语

史迁的《史记》刊布以后,续补或窜乱者甚多。其续补于本书以外者,如冯商的《续太史公书》;其续补于本书以内者,如褚少孙的补《日者》《龟策》等列传;其窜乱于章句之间者,如《司马相如传赞》之引用扬雄《法言》,皆是也。即以跟屈原合传的《屈原贾生列传》而言,则除前面已经考订出的窜乱部分以外,尚有"曾唫恒悲兮,永叹慨兮,世既莫吾知兮,人心不可谓兮"四句。据王念孙考订,《楚辞·怀沙》并无此四句,乃后人根据《怀沙》下文"曾伤爰哀"等四句的异文所窜入者。这个考订是可信的。又如贾传之末云:"及孝文崩,孝武皇帝立,举贾生之孙二人至郡守,而贾嘉最好学,世其家,与余通书,至孝昭时列为九卿。"《考证》引凌稚隆的话,认为史迁卒于汉武末年,此言贾嘉"至孝昭时列为九卿",乃后人所增。清钱大昕序梁玉绳《史记志疑》曾云:"自少孙补缀,正文渐淆。厥后元后之诏,扬雄、班固之语,代有窜入。或又易今上为武帝,弥失本真。"可见,《史记》被后人窜乱之处甚多,其错误显然者,已多被后人所订正,独《屈原列传》中的刘安语,却迄今被人认为是史迁原文,以致影响了对史迁作品艺术风格的评价,影响了对屈原生平事迹的考证,影响了对中国文学批评史的探讨,所关至巨,故不惮词费,为之订正如上,并希学术界不吝赐教。

1956 年 6 月初稿
1962 年 1 月定稿

作者简介:汤炳正(1910—1998),字景麟,晚年斋名渊研楼,山东省荣成县人。曾受业于国学大师章太炎。1944 年 7 月,应伍非百之邀担任南充西山书院教授;1949 年 5 月,兼任私立川北文学院中文系教授兼系主任。1950 年后,任川北大学、四川师范学院(今西华师范大学前身)教授。1956 年 8 月,四川师范学院分为南充、成都两个部分,汤先生随学校搬到成都,任四川师范学院教授。汤先生在语言学、文学、历史学、文献学、神话学方面卓有建树,尤以语言学理论和楚辞学研究蜚声海外。重要著作有《语言之起源》《屈赋新探》《楚辞类稿》等。

从乐府诗到曲子词

郑临川

中国诗歌在历史发展过程中形成的两大体系——以音乐为主供歌唱用的乐府诗，和使用律调语言抒情、叙事、状物、说理读来上口的古近体诗，到了唐宋两代，更加熟悉，达到空前未有的高度，于是便出现了文学史上有名的唐诗和宋词。古体、近体诗在唐代最发达，是这时期的主要成就，这就是唐诗。乐府诗在宋代由于乐调翻新和体制完备，深受王公贵族和社会群众的广泛喜爱，成为这时期最为发达的特种诗体，这就是宋词。而宋词又是从唐代的曲子词逐渐发展演进成功的。

可见词是属于乐府诗体系的音乐文学，是从乐府诗中派生出来的新品种。它根植于隋代融汇中外乐调的燕乐，萌芽于唐代民间流行的曲子词，经过晚唐五代文人的加工拓展，终成为繁荣于两宋的新体乐府抒情格律诗。何以由此名称？因为就音乐性质来说，词该是乐府诗，而就诗的体制来说，它又是由齐言的近体诗（五七言的律诗和绝句）转化而成的杂言格律诗，是在五七言的齐言格律诗之后出现的格律更严格、更复杂的新型格律诗。因此它便有了"乐府"或"长短句"的名称。苏轼词集名叫"东坡乐府"，辛弃疾词集成为"稼轩长短句"，原因就在这里。但它和旧乐府诗最大的不同，在一般乐府诗是先有词后有配曲，词却是先有曲谱然后按谱填词，所以它又名"倚声"。它和五七言近体诗不同，一是形式上有齐言杂言之分，二是内容上有广狭之别。作为诗取材比较自由广泛，可以抒情、叙事、状物、议论，而词则是以抒情为主，因而又被称为"诗中之诗"。

词究竟起源于何时，是多年来专家争论的问题，主要可概括为两个大派：一派主张起源于唐以前的六朝或隋代，另一派主张起源于唐代绝句。主六朝说的可以明代的杨慎（《词品》），清代的徐釚（《词苑丛谈》）、毛奇龄（《西河词话》）等人为代表。他们所持的根据是六朝文人乐府诗中有过不少的长短句，如梁武帝（萧衍）的《江南弄》、沈约的《六忆诗》、鲍照的《梅花落》等诗，但这只是但从诗的形式上着眼，理由并不充足。主隋代说的有当代的任二北先生,他是由间接推理出来的结论。他认为词起源于唐代的曲子词,而曲子词又是从隋代的燕乐发展来的,所以说词应该是起源于隋代。但这话仅能说明词和燕乐的音乐渊源,却无法解释诗词相续的嬗变关系。所谓"燕乐",就是西晋以来,在战乱引起的民族大融合中,西北兄弟民族随着通商、旅游、婚姻等活动交往,带来西域的各种乐曲,同内地传统的汉族民间音乐相结合,从而产生出一种新乐调,当时很受民众欢迎,最初它和统治阶层的所谓"雅乐"是对立的。它原在民间流传,后来被贵族们发现而且爱好,便流入上层社会,逐渐地竟吸收成为国家的官方乐曲。唐代的十部官乐,传统的"清乐"只占了一部,其余九部全是胡汉结合的"燕乐"杂曲,可见它在国内流行的善变。古代"燕""宴"两字通用,因为这种音乐是在宴会场面演奏来助兴的乐曲,所以称为"燕乐"。它有点像现代的轻音乐或舞蹈曲。由于演奏受时间和娱乐现场的限制,来源于"燕乐"的歌词在内容和风格方面不能不受到很大的制约,不可能像诗一样取材广泛,写得严肃庄重。所以说,在输入域外音乐引发词体兴起这方面,也有兄弟民族的一份功劳在内。主唐人绝句说的学者们认为,绝句是齐言诗,字句整齐,因乐律不便,临时由乐工增减字句,日久便成了长短不齐的新诗体。这就是所谓"散声说"、"和声说"和"泛声说"。他们共同的特点,就是把曲子有腔无句的声调添上字。代表这派主张的有宋代的沈括(《梦溪笔谈》)、王灼(《碧鸡漫志》)、朱熹(《朱子语录》)、胡仔(《苕溪渔隐丛话》)等人。他们提供的证据主要有:如《渔歌子》本是一首七言绝句,把第三句减少一个字,成为两句叶韵的三言,就构成了这首新的词牌;《玉楼春》,本是两首相重的仄韵七言绝句;《生查子》,是两首相重的仄韵的五言绝句;《浣溪沙》是两首相重的平韵七绝,而每首各减去第三句,变成了七言六句的词体;后来在两片各添上一个三字句,又成了《摊破浣溪沙》的新牌调。其他像《菩萨蛮》《浪淘沙》等词牌,都是五七言绝句的增减字句错落而成。这种说法也有一定道理,但只能解释少数词牌的来源,不能说明词牌的普遍现象。

自从清末光绪二十五年(1899)四月,在甘肃敦煌发现了古代抄本卷子,其中存有不少唐代和五代民间流传的所谓"曲子词"。它的形式和风格正同我们现今所见的词体相似,于是大家认为词的起源问题算是基本得到了解决。就是说,它既不是起源于六朝的文人乐府或隋代的燕乐杂曲,也不完全起源于唐代绝句,而是从唐代"胡夷里巷之曲"的"曲子词"发展来的。"曲子词"的得名,就是指有谱(曲子)有词的歌曲。后来"曲子词"名称被简化,习惯上就称它叫"词"。

综合以上所述,我们可以这样认识:词,是根植于隋代的燕乐,萌芽于唐代的民间曲子词,成长于五代,而大盛于两宋,是一种新型的乐府抒情格律诗。因为如果没有燕乐美好的新曲子,词就无从发挥它动人的音乐魅力;没有唐代近体诗的发达,也就不会有词的精工艺术技巧和优美丰富的言语词汇。不然就无法解释自《诗经》以来,早已存在杂言诗体,为什么那么长时间没有发展成为像唐以后这样专门化的词体呢?所以,它必须得到新的燕乐出现和唐诗极盛这两个历史条件完全具备,才育发成功这种声词并茂造诣极高的新型乐府抒情格律诗——词。

　　词既然从燕乐开始扎根,但由燕乐杂曲发展到完备的词式,中间还有一段不短的曲折过程。上面提到燕乐在唐代已取得代了传统的雅乐(清商乐),由民间侵入到宫廷,这个转变的关键人物是唐玄宗(李隆基)。他本人就是燕乐的爱好者和演奏家。燕乐演奏时是用琵琶、羯鼓、笙篥伴奏,击羯鼓更是玄宗的专长。燕乐的演奏以乐曲为主,其次舞蹈,并不重视歌词。所以初期的燕乐演奏的歌词并不用专门人来写,而是随意把当时诗人现成的诗句摘引填充歌唱。如有的取李峤《汾阴行》的煞尾四句;有的取高适《哭单父梁少府》的尾四句作为乐曲迭唱;有的取王维《终南山》五律中间两联为《隋州歌》第一叠;有的取杜甫《赠花卿》七绝为《水调歌》第二叠等等。可见当时的演唱诗句不一定和曲谱相合,只是随意引来作唱词而已。这是唐代早期乐工采诗入乐的一般风气。可见这种风气无形中鼓舞了诗人们的创作情绪,他们都以自己的诗句能被乐工采用传唱为光荣。旗亭画壁的故事,记高适、王昌龄、王之涣三位诗人在郊外旗亭与歌伎唱曲,私相约定,画壁记下所唱各自诗句的数量,作为评比诗名高下次第的标准。这虽是小说家言,却放映了唐代早期采诗人的实况。其中所采以七言绝句为最多,推动了七绝诗歌创作的盛行,被后人称之为唐代乐府诗的正宗。后来由于采用七言诗句人乐歌唱不便,乐工们便暂时使用叠句或加衬字来解决,于是就有了叠句或用长短句的唱法。典型的例子如把王维的一首《渭城曲》(又名《送元二使安西》)中第三句唱时连唱三遍,称为"阳光三叠"。因此,唐人写绝句往往最重视三四两句。以后乐工为了便于发挥音乐技巧,进一步把原诗七字一句的齐言单调句式改为参差的长短句,把《渭城曲》由原来的二十八字增加到一百一十三字,使乐曲也随之起伏变化,大量使用反复叠唱的和声字句,在音乐上更显得丰富多彩,增强了美听的艺术感染力。这就是以曲谱为主按谱制作歌词的开始,所以当时称之为"曲子词"。这也是由诗合乐向按谱填词的过渡阶段,"曲子词"的雏形已经出现,由乐府诗跨进翻新的词体时代即将揭幕了。中唐以后,演唱的需要增加,歌词在燕乐中越来越显得重要,乐工们改唱的长短句格式便逐渐引起部分文人的注意。有些重视民歌的诗人,如王建、张志和、白居易、刘禹锡等人,也偶然试作几曲,如王建有《调笑令》,张志和有《渔歌子》,白居易有《忆江南》,刘禹锡有《潇湘神》等。刘在他的《杨柳枝》词中甚至说:"请君莫奏前朝曲,所唱新翻《杨柳枝》。""曲子词"在文人中的影响不难想见。有一批著名诗人带头写作,"曲子词"便以新体诗的风彩在诗坛露面,鼓舞了更多写作的人,扩大了社会影响。到唐代末年,政局十分混乱,科场风气不正,文人对上升的政治出路感到失望,便从诗酒生活中自我陶醉。像温庭筠一类有才华的诗人,也放下了士大夫的架子,经常混迹歌楼伎院,专用这种通俗流行的新民歌体为歌伎们写些侑酒助欢的艳丽歌词,他本是音乐行家,又长于写浪漫的唯美诗歌,一时成了专写艳词的高手,很受正统文人的鄙视。所以《旧唐书》这样评论他:"士行尘杂,不修边幅,能逐弦管之音,为侧艳之词。"从温庭筠开始,词的写作算是有了自己的专门作家,正式进入以曲谱为主按谱填词的阶段,大破了文人七言近体诗的旧格律形式,形成了偏重音律和以长短句为主的新品种。温庭筠以他大量的写作实践,让词在诗歌园地里崭露头角,再经过五代词人继续创造开拓,词便由诗的附庸分化独立而"别是一家"了。

总之,词,是在唐代市民爱好的燕乐歌词(曲子词)基础上发展起来的,从萌芽到成体共经历了采诗入乐,改诗合乐,按谱填词三个阶段,时间大约是盛唐到晚唐一段时间里。就词与诗歌关系来说,它是唐代乐府新民歌和文人格律诗(近体诗)相结合的产物。可以说,没有唐代近体诗的高度发达,也就不会为词的诞生提供优厚有利的艺术条件。但由于它属于音乐文学,同燕乐关系密切,在内容不免受到侑酒场面的制约,因而自然形成了以婉约风格为正宗的所谓"诗庄词媚"的传统。

从乐府诗到曲子词的产生,说明了诗和词的继承发展关系,下面再进一步就词体在音乐、取材、风格和语言等几方面简介几个主要特点。

一、格 律 精 严

上面提到词是乐府诗中的格律诗,但它比唐代近体诗的格律,在声调方面更严格复杂。因为它首先得倚声填词,歌词必须受词牌的音律限制,丝毫不容改换,形成调有定式,句有定字,字有定声,韵有定位的特点。

词人必须依调填词,依声定字,按韵定声,不但要讲四声(平上去入),而且须辨五音(唇齿喉鼻舌)和清浊(阴阳)。所以填词时就必须重视选调、择韵、辨声几个方面。选调,就是适合于表现作者喜怒哀乐的词牌,不能随便取用。如《满江红》《念奴娇》《贺新郎》《水调歌头》等词牌,适宜表现慷慨激昂的感情;《八声甘州》宜于发抒幽渺清远的情思;《沁园春》宜于铺写壮阔奔放的境界等等。目的是要使词的文情与曲调的声情配合得当,这样才能收相得益彰,优美感人的艺术效果。词的牌调据清人万树《词律》及其增补数目所载,合计八百七十五个词牌,二千二百九十多种体式。但一般常用的并不多,所以清人舒梦兰所编的《白香词谱》只收了词牌一百多,足供常人使用。择韵,就是一方面注意选择和文情相合的韵脚,如情绪高亢的多用平声韵,放达感情多用萧豪歌麻江阳等韵。同时还要考虑如何适当的处理好连韵、换韵、通押韵、暗韵等环节。连韵词就是每句叶韵,如《浣溪沙》;换韵词如《菩萨蛮》四换韵,《清平乐》两换韵等;通押韵词如《西江月》《定风波》等词句中有平仄两韵通押的韵脚,这在词中是少有的;暗韵词是指句中有韵,如秦观《满庭芳》("山抹微云")词下片开始三句:"销魂当此际,相襄暗解,罗带轻分。"第一句中的"魂"字,与后面"分"字叶韵,"魂"字就是暗韵。其他入史达祖《双双燕》("过春社了")词中的"芳径芹泥雨润";张炎《高阳台》("接叶巢莺")词中的"当年燕子知何处,但苔深韦曲,草暗斜川"。两词中的"径"和"年"都是暗韵。词这样依声填写,唱来才能声情并茂,悦耳美听。辨声,就是词中用的每一个字都须符合声律的需要,如此才能唱得不致拗口,破坏声情。如平音字适宜作收腔,入声字音调短促,不能在词的结构中起行腔转调作用,所以词中起带动、转折、顿挫作用的只有靠上去二声的字,而去声字的作用最大。因此,词学家们认为《摸鱼儿》词首句的第一个字必须用仄声方显得有力。可是晁补之《买陂塘》(《摸鱼儿》词调的别名)首句"买陂塘旋栽杨柳"的第一个"买"字虽是仄声,又不如辛弃疾的同调词首句"更能消几番风雨"的"更"字用的恰当,因为"买"字是上声,而"更"字是去声,唱时在声情上显出了沉咽苍凉,有千回百折之感。但又认为这首辛词下片"休去倚危栏"一句的"休"字该用去声却用了平声字,读起来就不够有力。又如柳永的名篇《八声甘州》("对潇潇暮雨洒江天")一首,连同他风格对立的豪放词苏东坡也不能不称许"此语于诗句不减唐人高处"。因为在全词中,此法有多种变化,而且在重要环节上放上许多有力的去声字,像"对"、"渐"、"望"、"叹"、"想"等字。使全词在转折气时格外显得空灵摇曳,情韵深长。由此不难看出填词辨声的重要性。但发展到南宋后期,作家过分强调辨声,以致出现了文情迁就声情的偏向,如词人张炎的父亲张枢,在一首词中为了辨声,竟把"锁窗幽"一句改为"锁窗明",因为按词律此处需要用阳平声字。可是"幽"与"明"两字明明是反义词,为了迁就词律弄得明暗颠倒,就不免失之拘泥了。

　　从以上说明看来,词的格律精严,可想而知。表面上,词句长短不齐,似乎比五七言近体诗显得自由灵活,但格律的要求却比近体诗不知要严格多少倍。它既要打破平仄相间和隔句叶韵的古近体诗的组成形式，有时还要有意制造拗句以配合词体和内容的需要，如东坡《念奴娇·赤壁怀古》就是一例，作者有意制造拗句，用来表达豪壮激越的情感，使声调矛盾和思想矛盾得到统一，读起来起到声情并茂的效果。可见要把音乐语言和文学语言结合得密合无间，需要花多少时间和精力，一种文体的成熟决不是短期内可以成功的。所以词中的小令和慢词形式虽然在中唐曲子词里同时出现，而小令高度成熟在北宋前期，慢词兴起却在小令之后，因为它的篇章结构和声调配制更加错综复杂，需要更长的实践实验时间。正由于此，填词比写诗的难度更大。《全宋词》总数不到《全唐诗》的一半，陆游一人写诗就近万首，而多产的词人辛弃疾全部词作不过六百多篇，这一事例也可作词律森严的旁证。当然，宋代以后词的乐谱大量失传，不复能歌，人们不再受乐律的拘束，像写诗一样但依平仄填词，产量超越古人，自又当别论。

二、取材纤细

　　词是由燕乐歌词发展来的，而燕乐的性质是供人们在花间尊前演奏取乐的工具，这样就大大影响了作家填词时取材与风格。它既以抒情为主，在酒筵场面所写就离不了恋情或别情（芳思旅愁），或者是纤巧的写景与咏物刻画，而且是写来歌伎们唱的，因而常采取代言体的妇女口吻，有人戏称为梅兰芳式的男人作妇女腔，所以在表现形式上，包括取材、构思、选声、配用天地山川和鸟兽草木等，在客观景物中寄托作者的情思，而词的取材尤其要选择极其轻灵细巧的事物。于是写天象离不了断云、微雨、疏星、淡月；言地理常用远峰、曲岸、烟渚、渔汀；言动物辄举海燕、新雁、流萤、凉蝉；描宫室多状藻井、画堂、雕阑、玉砌；言用具恒用银锭、金鸭、凤屏、鸾镜；言服饰无非彩袖、罗衣、瑶簪、翠钿；写情绪每偏于芳绪、闲愁、俊赏、幽怀；此外如亭榭、花柳之类的一般物件，也要经过加工成为"风亭月榭"、"柳昏花暝"，以构成清美境界和朦胧景象。即使写悲壮激越的感情，亦常取材于细微景物，如姜夔《扬州慢》（"淮左名都"），本是写破国伤乱的哀思，词中用的不都是"荠麦"、"波心"、"废池"、"冷月"一类词汇么？再如辛弃疾《摸鱼儿》（"更能消几番风雨"），写的是志士忧国的怨情，用的还是"落红"、"飞絮"、"烟柳"、"斜阳"这些细小词汇。如果在诗里这样写，便嫌纤巧，而写入词中，正好是花团锦簇的当行本色。因为它原写来娱乐助兴的，好比旧戏的服装道具，越是彩色斑斓，越能引人入胜。这显然和晚唐以来温李等诗人讲究纤秾色彩的唯美诗风有着紧密关联。如果再往上推，可以溯源到六朝的"宫体诗"。故五代词人欧阳炯在《花间集》中写道："自南朝之宫体，扇北里之倡风。"这话不是随便说的。

取材既然纤细,构思便倾向于轻灵,形成"能言诗所不能言"的风格。如杜甫乱中回家探亲,在《羌村》诗中写过两句:"夜阑更秉烛,相对如梦寐。"表现的感情是沉恸厚重的。而小晏(几道)在他的一首《鹧鸪天》("彩袖殷勤捧玉钟")词里,同样写久别重逢的心情,却写成这样的场景:"今宵胜把银釭照,犹恐相逢是梦中。"经过把烛光换作银釭的加工点染,表现的感情由沉恸变为轻快。因为前者是写家人乱后重逢,惊魂初定,故以朴素之笔达痛定思痛之情,而后者是贵公子和歌伎别后相见,故不惜用富丽景色来装点欢快场面。杜诗和晏词相比,写情一重一轻,杜诗如高山坠石,沉重有力;晏词如平湖受风,微波荡漾,更足耐人寻味。王国维说:"诗之境阔,词之味长。"这话是中肯的。所以他又说:"凝重有力,则词不如诗,而摇曳生姿,则诗不如词。"

三、表情微婉

这种艺术手法可能是受晚唐唯美诗风刻意的影响,同时也是由于受到题材和篇幅的限制。词的篇幅很短,最长的慢词《莺啼序》才二百四十个字,一般的小令、中调都在百字以下。为了在有限的材料和篇幅中表现丰富的意境和复杂的感情,就不能不更经济地巧用比兴手法,写出深远的弦外之音,使词的内容不致因形式短小而显得浅露。词比诗更难也在这里。就是说词人爱用含蓄委婉的手法抒情写景,少用赋体而多用比兴,多用富于暗示性的句子表现幽邈缠绵的感情。如李煜两句有名的词:"问君能有几多愁,恰是一江春水向东流。"(《虞美人》)末句不但表现作者思想感情的广度和深度,同时也暗示了年华虚度的伤逝情绪,抒发了往事一去不复返的感慨。情在景中,意境何等阔大繁富。又如隋炀帝(杨广)有两句五言诗:"寒鸦千万点,流水绕孤村。"秦观把它化用在一首送别的《满庭芳》("山抹微云")词中,由两句齐言换成三句杂言:"斜阳外,寒鸦万点,流水绕孤村。"它比原诗单纯写景缺乏情致就显得十分高明。通过斜阳暮色的点染烘托,结合长短句音节的抗坠顿挫,使感情显得曲折多姿,它隐含离人对所爱者的依恋、体贴、感伤诸般情绪,却是融情入景,意在言外,使人咏味无穷。又如小晏写的两句词:"落花人独立,微雨燕双飞。"(《临江仙》)原也是从前人惜春诗词借用来的。他把诗人原句一字不改引进词中,抒发对一位姑娘深情怀念的印象,由前后叙事和描写的映衬,竟然画龙点睛,用旧句表达了当时的怜爱和此刻的惆怅,把词人一往情深的千头万绪全然括尽,真所谓"不着一字,尽得风流"。词的表达微婉,由此可见一斑。

四、语 言 通 俗

　　同诗比较,词的言语较为通俗明白,这是顺应文学发展的时代潮流大势所趋,也是受了民间曲子词和晚唐通俗文学(白话与变文俗讲之类)影响的自然结果。同时,时代变迁,文学欣赏者的成分和趣味也有了改变。自中唐以来,市民阶层兴起,他们对于过去那种专为贵族阶层服务的所谓风雅醇正的诗歌语言感到陌生乏味,有意于文艺要使用和自己口语相近的通俗化的语言。在早期的敦煌曲子词和《云谣杂曲子》中,就保存着不少当时的方言口语,这是最好的证明。到了宋代,虽然词人的文化程度逐渐加深,但时代潮流和社会要求是不可抗拒的,仍然出现了像柳永、张先、李清照、朱敦儒这些大力写词明白如话的词人,在他们的影响下,才产生了苏轼、辛弃疾这样杰出的词家,用他们的杰作为词的通俗化奠定了坚实基础。如李清照这两句词:"守着窗儿独自,怎生得黑。"(《声声慢》)语言够通俗了,在词中非但不嫌俗气,反被推作千古名句,深受词学家们高度赞赏,甚至说这个"黑"字不许第二个人押,似乎肯定了李清照对这个字使用的专利权。又说同调中那"寻寻觅觅,冷冷清清,凄凄惨惨戚戚"十四个连续叠字,妇人情刻画得深入透彻,凄婉动人。如果有人在诗中这样写,准被划入打油诗无疑。前人说:"五言律诗,如四十个贤人聚会,着一个屠沽儿不得。"那种典型的贵族文学的偏见,终于被词的以俗为雅出色地突破了。这种通俗语言新体诗的诞生和普及,不仅为古典诗歌创造提供了新品种,而且预告了戏曲一类通俗文学的高潮即将到来。

作者简介: 郑临川(1916—2003),湖南龙山人,1942年毕业于西南联合大学中文系,师从闻一多、罗庸先生,同时受教于朱自清、沈从文、罗常培、刘文典、吴宓等先生。大学毕业后,先后在成都、重庆等地中学任教。1954年到南充四川师范学院(今西华师范大学)任教,先后为副教授、教授。郑先生是当代著名学者、古诗词专家。著有《笳吹弦诵传薪录——闻一多、罗庸论中国古典文学》《闻一多论古典文学》《稼轩词纵横谈》《中国古代诗歌史》等。

巴蜀文化与巴蜀文学

杨世明

巴蜀文化,是巴文化与蜀文化的结合体。巴文化是巴国和包括巴族及"濮、賨、苴、共、奴、獽、夷、蜑之蛮"在内的巴人创生的文化。蜀文化是蜀国和包括蜀族在内的蜀人创生的文化。由于巴与蜀不仅紧密结壤,而且同样生存于四川盆地这样的地理环境之中,有着相近的语言,相近的生产、生活方式及习惯,交流极频繁,故其文化亦极相近、相通,于是逐渐形成为一文化共同体。"巴蜀"并称,始于战国,秦汉则屡见。如《战国策·秦一》:"苏秦始将连横,说秦惠王曰:大王之国,西有巴蜀汉中之利,北有胡貉代马之用,南有巫山黔中之限,东有崤函之固……此所谓天府,天下之雄国也。"又李斯《谏逐客书》:"惠王用张仪之计,拔三川之地,西并巴蜀,北收上郡,南取汉中。"又《史记·项羽本纪》:"巴蜀道险,秦之迁人皆居蜀。"《汉书·地理志》:"(楚)信巫鬼,重淫祀。而汉中淫失枝柱,与巴蜀同俗。"可见,此时人们已把巴蜀视为一体。汉武帝设十三州部,有益州,基本上纳入全巴蜀之地,这进一步巩固了巴蜀文化区的地域性结构。

作为一方古老的文化分布,巴蜀既是整个华夏文化的分支,在总体上必然明显表现出华夏文化的本质特点。但毫无疑问,他同时还具有自身独有的地方特色。这些特色在漫长岁月中固然要发生变化,然而只要这种文化还存在,其根本的要素是不会消失的。

巴蜀文化最根本的特点是什么呢?蒙文通先生曾指出:"辞赋和黄老、天文、灾异之学,在两汉时巴蜀颇以此见称。"(《巴蜀古史论述》)其说至确,今再推扩而言之。

一、物质文化特别发达

其中尤富于创造性与开发性的有以下几个方面:

1. 茶,蜀中种植饮用最早。故顾炎武云:"是知自秦人取蜀而后始有茗饮之事。"(《日知录》)

2. 酒,巴蜀声誉古今。《华阳国志·巴志》:"秦犯夷,输黄龙一双;夷犯秦,输清酒一钟。"可见夷(巴)酒之贵重。

3. 盐,李冰守蜀,盐井已凿。汉时临邛即以"井火"煮盐。此为国内首创。

4. 蚕桑,为古代几大中心之一。汉代蜀锦驰名中外。

5. 菜蔬丰富,讲究饮食。先民即"尚滋味","好辛香"(《华阳国志·蜀志》),今之川菜,享誉至隆。

二、文化教育,后来居上

1. 与中原交通晚而少,故文学之士,先秦无闻。汉景帝时,文翁守蜀,选好学之士入京师就学,学成回乡,授以官职,又立学校,由是蜀学比于齐鲁。(《汉书·循吏传》)故汉代蜀中人文特盛,如严君平、司马相如、王褒、扬雄,名气极大。正如苏轼所云:"文章之风,惟汉为盛,为贵显暴著者,蜀人为多。盖相如唱其前,而王褒继其后,峨冠曳佩,大车驷马,徜徉乎乡间之中,而蜀人始有为文之意,弦歌之声,与邹、鲁比。"(《谢范舍人书》)六朝而后,巴蜀人文蔚然,代不乏人。其中李白、苏轼,均为旷代顶峰。

2. 蜀中史学颇为发达。陈寿的《三国志》,可追美《史》、《汉》。常璩的《华阳国志》,是现存我国古代最早的地方史著作。宋朝蜀中史学特盛,范祖禹参纂《资治通鉴》,分修唐史。李焘的《续资治通鉴长编》,"淹贯详赡,固读史者考证之林也",后世评价甚高。他如李心传之《建炎以来系年要录》、王偁《东都事略》、李攸《宋朝史实》,均为一代名著。

3. 天文历术颇有成就。汉落下闳创《太初历》,扬雄著《难盖天八事》。前蜀胡秀林制《永昌历》。唐时袁天纲善观天象。梁令瓒与宋张思训均造有浑天仪。黄裳作《天文图》。

4. 印刷业在国内处领先地位。现存《陀罗尼经咒》为国内发现之最早版印作品,即发掘于成都。蜀中与杭、闽并为三大印刷中心。宋初开宝年间在成都雕刻之《大藏经》,历十三年,凡刻版十三万片,其规模令人惊叹。宋蜀刻大字本之《七史》,宋蜀刻唐人集二十余种,均极有名,至今视为珍宝。

三、儒风偏薄,宗教气氛浓,非正统化倾向明显

1. 巫风颇盛。王逸序《九歌》:"昔楚国南郢之邑,沅湘之间,其俗信鬼而好祠。"巴蜀与楚相邻而同俗。

2. 蜀中是道教发源地之一。东汉沛人张道陵在大邑鹤鸣山修道创教,其孙张鲁倡"五斗米道",此即"正一道"。

3. 蜀人接受儒家经典较晚,所受影响也不很大,其中《易》学最精。如汉代赵宾、严遵、扬雄,都通《易》,严尤有大名。此外阆中谯玄、成都杨由、新都段翳、广汉折象,对《易》都有研究。宋时龙昌期、谯定、苏轼、李舜臣、魏了翁、张栻均精于《易》,故程颐有"《易》学在蜀"之叹。儒、道都说《易》,蜀人好《易》而疏于其他经书,宋以后,除魏了翁、张栻,蜀中理学家很少,这都可以看出蜀人对儒家学说持较通达的态度。

4. 蜀中多奇才。就人才之数量说,蜀中并不突出,但往往出奇人,出大才。如司马相如,是两汉"文章两司马"之一,名声、影响都很大。他说:"盖世必有非常之人,然后有非常之事;有非常之事,然后有非常之功。"非常,这就是一种新的价值观。扬雄与司马相如并称"扬马",在某些时代,地位比相如还高。到唐代,有陈子昂、李白,这两人一个拨乱反正,扭转了唐诗的方向,一个竖起了盛唐诗的高峰。宋代出了"三苏",几乎占了"唐宋八大家"一半。南宋的虞允文以一书生而扭转败亡大局,也是旷代奇才,独有千古。近现代巴蜀奇人更多,不必细数。这种现象值得注意,它同巴蜀文化环境的相对封闭及非正统化,恐怕很有关系。

四、巴蜀文化有很强涵容性,亦颇具反抗性

1. 巴蜀民风淳朴,好接纳,不排外。从战国时秦国灭巴蜀,即向巴蜀移民,此后屡次移民入蜀。清初有所谓"湖广填四川",移民比土著还多。蜀人既能相安无事,而客户也对巴蜀文化认同,这表现了巴蜀文化的谦和与大气。蜀中是多民族地区,历来却很少争斗。历史上每逢大乱,灾民常入蜀避难。如东汉末避乱入蜀的流民有数万,其中颇多士人,据统计,《三国志·蜀志》列传士人,客籍有三十四人,土著仅十七人。唐末从中原入蜀避乱的文士如韦庄、毛文锡、牛希济之类有六十多人。这似乎都能说明这一点。这有利于蜀中文化发展。

2. 蜀人好客,尊贤爱才。凡入蜀之帝王将相,良吏骚人,均能受到尊重。如李冰、文翁、刘备、诸葛亮、张飞、赵云、杜甫、白居易、李德裕、黄庭坚、陆游,蜀中都有祠庙,岁时祭奠。蜀虽封闭,这种谦虚态度,却有助于文化的交流。

3. 蜀地闭塞,但不固执守旧,对方外先进事物,学习汲收极快。如巴蜀的地方戏叫"川剧",内含高(高腔)、昆(昆曲)、胡(胡琴戏)、弹(乱弹)、灯(灯戏),多数是从外地引入而加以地方化。又如三代时蜀中蒙昧,而一至文翁兴教,学风翕如。唐宋以后兴书

院,蜀中宋有鹤山书院,清有锦江书院、尊经书院,均颇有名。近代革命风起,蜀中响应极快,都表现了跟进潮流的积极倾向性。

4. 蜀人的反抗性也很强。"天下未乱蜀先乱,天下已治蜀后治",虽不全对,亦非凭空之论,历史上巴蜀起义不少,透露出巴蜀文化谦和大气的质性中,也有很刚烈的一面。

五、巴蜀文化具有明显的不平衡性

1. 地理上的不平衡性。巴蜀有平原,有丘陵,有高山,自然条件差异很大,经济和人文状况也不同。条件最好的是成都平原,《华阳国志·蜀志》云:"蜀沃野千里,号为陆海,旱则引水浸润,雨则杜塞水门,故《记》曰:水旱从人,不知饥馑,时无荒年,天下谓之天府也。"说的就是这一带。城市兴建也很早。据《华阳国志》,在秦惠文王二十七年(前311),张仪与张若"城成都,周回十二里,高七丈;郫城周回七里,高六丈;临邛城周回六里,高五丈"。可以想见其繁华。而平原周围环境则较差。如"巴、阆、邛、僰间,穷谷嶊岩,去水泽绝远,类多硗瘠之区,自不能如江东、浙西之湖田、圩田,衍至数倍也"(《嘉庆四川通志·田赋》)。所以"扬一益二"(《容斋随笔·卷九》)之说,仅指成都平原。川东、川北,则较苦寒。唐代,长孙无忌流放黔州,李贤迁巴州,颜真卿贬蓬州,陆贽、白居易迁于忠州,刘禹锡迁于夔州,真所谓"巴山楚水凄凉地",与锦城之乐相比,其差异确乎不可以道里计。然而这种地理环境方面的不平衡,又形成巴蜀景观的奇妙而多变,以此引起不少骚人墨客来巴蜀观光,留下大量文艺作品。

2. 自然地理和经济地理上的不平衡,也造成了人文方面的不平衡。大致说来,成都及其周围文化最发达,川南次之,川东北又次之,西部最差。举例说,谭正璧《中国文学家大辞典》收录宋代四川的文学家,共77人,其籍贯分布是(参考曾大兴《中国历代文学家之地理分布》,湖北教育出版社1995年出版):

成都	14人
崇庆、新津	3人
德阳、绵州	5人
青城	2人
邛州、仙井	3人
眉州(眉山、丹棱、彭山、青神)	16人
嘉州洪雅	1人
简州	3人

安岳	2人
资州	2人
利州	2人
合州	2人
广安	1人
果州西充	1人
兴州	1人
隆州（仁寿、贵平、井研）	6人
梓州	6人
遂州	2人
重庆璧山	1人
剑州梓潼	1人
叙州宣化	1人
阆中	2人

这当然有他的偶然性，但不能说没有一点必然性。

3. 巴蜀文化在发展过程中，各时代也是不平衡的。文学是文化（特别是精神文化）的重要因素，可以借之做大体上的衡量。我们同样引用上面的资料，看看巴蜀各代文学家情况。

先秦	0
两汉	7人
三国西晋	4人
东晋十六国	0
隋唐五代	23人
宋辽金	77人
元代	6人
明代	12人
清代	21人

虽然文学家不等于文学，文学也不等于文化，但他毕竟是一种重要表征，显示出了巴蜀文化在纵向发展中的不平衡性，这是难以否认的。如果我们留心这一点，并认真去破解各代文化盛衰的原因，那么，各代文学之所以消长，也许就能够有一个合理的解释。

以上所说,只是巴蜀文化最基本的特征,只供了解其基本梗概而已,在叙述其文学史的时候,也许会接触到某些深入方面。

下面再谈谈巴蜀文学。

巴蜀文学是一个很大的题目,涉及面很宽。我这里主要谈谈巴蜀文学范围以及巴蜀文学的成就和不足等问题。

一、巴蜀文学的范围

这看起来似乎不成问题,但实际上很难处理。比如,第一,"巴蜀"的地理范围,历史上常发生变化,我们究竟以何时为准?第二,巴蜀的文学家,有很多主要活动于区外,甚至于绝大多数作品,创作于外地。对这类文学家,我们如何处理?是否要把他们纳入巴蜀文学之内呢?第三,历史上,入蜀的文人很多,而且往往在蜀中写有诗文,这些人,并非巴蜀籍贯,在清理巴蜀文学历史时,应何以处之呢?

关于"巴蜀"的地理范围,我认为如以今天的四川省、重庆市所辖为准,既合理,又方便。理由是:第一,按文化学的观点看,地理环境同文化有着密切的关系,特别是在一种文化的最初形成阶段,这种条件往往是带有决定性的因素。巴文化与蜀文化最初形成于巴国与蜀国,而巴国、蜀国的地理位置,其稳定的范围,就在四川盆地,即今天的重庆市及四川省内成都平原及其以东地区。巴蜀文化既产生于这一片土地上,也承传发展于此,那么以此为主要研究对象,应该说是合理的。第二,巴国、蜀国消亡以后,秦国在巴蜀旧地,建置了巴郡、蜀郡,巴蜀文化在此继续发展。此二郡的辖地,也基本上在四川盆地之内。第三,巴蜀故地,在两汉以后,州郡之设置,屡有变化,称谓不一,但历代恒以巴蜀指称之,其范围仍无大变。而就文化而言,其地域性、整体性,愈来愈稳定而显明,那么,我们把研究范围作如此界定,还是合适的。第四,古汉中及鄂、滇、黔之局部,在一定时期曾纳入巴蜀地区某些政权及政区之内,但时间不长。这些地方在历史上更长久的另有归属,并且在文化上他们亦从属于长期归属的地域,因而,我们在叙述巴蜀文化及文学的时候,把他们分离出去,是必要的。第五,四川省西部高山,即四川盆地以西、青藏高原东缘部分,不属于传统巴蜀文化区。这里分布的主要是藏族、羌族、彝族等兄弟民族,他们有自身的文化。但是由于种种原因,特别是地理上相邻,文化上交流频繁,因而文化上必然产生相互影响。在这片土地上,亦偶有汉语言文学家。这些文学家受巴蜀文化的影响很大,我们在研究巴蜀文学时,似不该置他们于不顾。为此,按照今天的行政区划，将之纳入研究范围，是最为方便的。

先说蜀籍文学家。

有很多蜀人，他们的祖籍、生地、主要活动地方，都在蜀中，这类文学家是巴蜀文学史的叙述对象，这是毫无疑问的。可是，也有不少人虽然生于蜀，长于蜀，却长期宦游于外，这类人该如何处理呢？这里面又主要有两种情况：一是虽宦居乡外，甚至至老不归，但离乡前在巴蜀本有作品，离乡后亦常有思乡之作，如苏轼、张问陶，他们与巴蜀文学的关系，可谓密切，这类人必须纳入，是没有问题的。二是虽然久居外地，但最后归蜀，且在蜀中有著作，如陈子昂、李调元，这类人之必加介绍，看来也不必商讨。还有少数人，他们祖籍巴蜀，可是出生境外，其中又有不同情况。一类如苏舜钦，祖籍在蜀，出生于河南开封，一生不曾入蜀，其著作亦似与蜀无关，但由于他的诗歌影响很大，蜀中不能说没有受益，因而亦应略有介绍。一类如虞集，允文之五世孙，迁居崇仁（今属江西），一生主要活动于川外，然而曾经返乡，且有作品，对他自然应加叙述。一类如苏过，是苏轼之幼子，终生未入蜀，可是他受苏轼影响很大，文学上有巴蜀的"基因"，略加交代仍是必要的。再者如邓文原，绵州人，随父流寓钱塘，其集名《巴西集》，示不忘本根，离蜀既不久，其创作亦有蜀中血缘，也应略加介绍。至于像杨基、徐贲，祖籍是蜀人，离蜀较久，其著作与蜀中文学，似未受影响，也未施影响，好像没有什么关系，但他们在感情上不忘乡土，因缘未断，故也应阑入。而像张孝祥、陈与义，祖籍在蜀，然离乡已久，其著作与巴蜀也没有什么联系，虽然颇有成就，却不必勉强牵附。

另外，有少数文学家，如李白、李珣，他们祖籍不在巴蜀，但生长于蜀，文学素养孕育于蜀，在蜀作品亦多，此类人似应视为正宗之蜀人加以考评。

关于外籍入蜀的文学家，数量也是不少的。

他们多数是因为游宦当官而来。中国古代没有专业文学家。在那时，学习和创作文学是士人必备的文化素养，它的功用是多方面的。一是通过它教育自己，了解人生，了解社会，适应生活，这就是孔子所说的"兴、观、群、怨"。二是以此言志抒情，实现交流。三是用于记事，藉之流传。四是用于教育与娱乐他人。五是寄托自己的才能。六是作考试当官的"敲门砖"。此外，可能还有其他用途，无庸具论。古代作官的均是士人，所以他们多数都有文学修养，于是走到哪里，就写到哪里。历代巴蜀的文学作品，除了上述的蜀籍文学家外，就是这一大批入蜀官员之所为，其数量亦不在少数。

除此而外，也有为受业而来的，如赵晔；为省亲而来的，如张载；为漫游而来的，如王勃；或因贬谪、上任、出差而路过的，等等。他们虽非蜀人，在蜀时间也不很长，但如果作品多而且影响大,同样不应忽视。

上述这些客籍人在巴蜀创作的文学作品,固然要收录于其别集,传于原籍,遗之子孙,但毫无疑义,它们首先会在蜀中流传,并在蜀中产生影响,因而,它应该算是巴蜀文学的一个重要部分。特别是有的文学家,在巴蜀居留既久,作品又多,文学成就很高,像杜甫、陆游,他们对巴蜀文学产生的影响,恐怕不比任何蜀籍文学家差。对这样的人,我们似应给以高度重视。地域文学,它的地域应基本固定,但其文学创作及其特性,既决定于文学家,也接受外地域文化影响。本籍人走出去,是把蜀地文化文学传统传送给外地,施加影响于外,施惠于外,同时也藉此展示出蜀地文化文学之特质。外籍人入蜀,是把外地域文化文学输入巴蜀,使巴蜀文化文学受容新的营养,并在此基础上得到进一步发展。犹如河流,既有本源,又不断汇入支流,它是常新的,也是永恒的。所以,要全面认识巴蜀文学,对于来蜀的客籍文学家,决不能采取排拒态度。

二、巴蜀文学的成就

评估巴蜀文学,我以为可以从以下几个方面来看。

首先从文学家看。巴蜀历代的文学家,如从数量上说,并不占优势,因为中原、齐鲁、江南、两淮,都远多于巴蜀。参考上文所引的《中国历代文学家之地理分布简表》一书可知。巴蜀文学家的优势在其质量。从汉代以来,巴蜀出产了司马相如、王褒、扬雄、陈寿、陈子昂、李白、苏洵、苏轼、苏辙、虞集、杨慎、张问陶等文学家,他们都是中国文学史上的名人。迄今为止,几乎任何中国文学史,都要对上述这些人的文学成就作出介绍。中国诗歌的顶峰为李、杜,四川占其一。唐宋八大家,四川占其三。《文心雕龙·铨赋》所谓"辞赋之英杰"凡十家,四川有司马相如、王褒、扬雄,占了三家。中国文学史上最杰出的人物,可以冠以"最最"字样的我认为只有庄子、屈原、司马迁、陶潜、李白、杜甫、苏轼、关汉卿、曹雪芹,这些人,每一省区不到一人,而四川却拥有两位,这真是得天独厚,人杰地灵。四川这些文学家,生养于巴蜀,受家乡山水人文之熏陶,所谓钟灵毓秀,再加上刻苦学习,终成高才博学,当其走出三峡,眼界大开,耳目一新,所得益广,于是宕激而为诗文,遂能度越时人,所以四川历代多大家、名家,其文学成就自然很高。这是比较突出的。

其次是巴蜀文学开拓性很强,因而对中国文学有较大贡献。如司马相如之于赋,虽前有枚乘开大赋之端,但未极其变,未造其铺张恢宏之能。而到他手中,"不师故辙,自抒妙才,广博宏丽,卓绝汉代,明代王世贞评《子虚》《上林》,以为材极富,词极丽,运笔极古雅,精神极流动……其为历代评骘家所倾倒,可谓至矣"(鲁迅《汉文学史纲要》)。此外如陈子昂之于唐诗,所谓"崛起江汉,虎视函夏,卓立千古,横制颓波,天下翕然,质文一变"(卢藏用《右拾遗陈子昂文集序》)。他是为盛唐诗开辟道路的先锋。李白是浪漫主义诗歌的顶峰,影响了后代数不清的诗人。又如苏轼,在词的创作中开启了豪放一派;宋诗到他笔下,才真正确立有别于唐诗的新格调;其赋进一步显示了散文赋的魅力;策论、小品成为后人学习的楷模,其他文章,行云流水,无所不能。其影响之大,在中国文学史上,恐怕没有谁能相比。当然,上述文学家的成就,是与继承学习我国各地文学家的优长分不开的,但巴蜀文学优良传统给他们的滋养也是很重要的。

再次是巴蜀文学涵容性很强,能虚心学习、吸收外来文学家的成就,这就丰富了巴蜀文学宝库。如杜甫一生创作了一千四百多首诗,有九百多首就是在巴蜀所作。他的作品,反映了在巴蜀的生活,也融入了巴蜀山水、巴蜀人文给他的营养,所以深受巴蜀人民喜爱。他这些诗歌还对巴蜀文学产生深远影响,成为后来巴蜀文学家学习的典范。因而,杜甫在蜀中的创作,应看作是巴蜀文学极为珍贵的一部分。陆游在蜀写了很多诗,后来名其集为《剑南诗稿》,可见他是极为重视他在蜀中的生活及创作的。王世祯入蜀诗作不少,虽然他是名家,但人们认为他入蜀后诗风一变,所作为一生之最佳。像这种情况,难以遍举。陈衍云:"蜀中山水巉刻,而所生诗人若伯玉、太白、东坡所为作,不甚似其山水;其似者,转推寓公、游客少陵、山谷、剑南诸人。岂前数人者生于蜀而多宦游四方,故蜀中之诗少;后数人者,宦游其地而诗多欤?然文与可、唐子西、韩子苍皆蜀中诗人之著者,亦皆宦游四方,其诗则与后数人相近。"(《赵尧生诗稿序》)这也说明,游蜀文学家之于巴蜀文学,是有很大贡献的。他们使巴蜀文学变得极为丰厚。

再次,正如杜甫、山谷、陆游等人有功于巴蜀文学一样,四川的文学家走出三峡,生活于其他地区,也把自己的文学才情奉献给了那些地方,其作品成了当地文学宝库的一部分。像李白、杜甫,其祠堂何止一处。这种功效,似乎亦不必讳言。

此外,在唐末五代,中原遍地战乱,唯蜀中与南唐安宁而富足,这两处自然成了文学的中心。花间词就是这时在蜀中产生的。他的影响极为深远。中国的楹联也在此时萌生于后蜀。梁章钜说:"尝闻纪文达师言:楹帖始于桃符,蜀孟昶'余庆''长春'一联最古……按《蜀梼杌》云;蜀未归宋之前,一年岁除日,昶令学士幸寅逊题桃符版于寝门,以其辞非工,自命笔云:'新年纳余庆,佳节号长春'。"(《楹联丛话》一)这也是巴蜀为中国文学做出的贡献。

总的说,在赋文诗词方面,蜀中的文学家已达到了我国文学的最高水平。

三、巴蜀文学的不足

巴蜀文学也有一些不足之处。

首先,巴蜀文学直到19世纪末,仍未能实现文学主体的转化。这个转化,即抒情文学向叙事文学转化,文言向白话转化,雅文学向俗文学转化。而这一变化,在中原和江南,至迟元明之际就已发生,此后产生了很多话本、拟话本、长篇章回小说、杂剧、传奇等新的文学成果。那些地区,赋文诗词仍然存在,但势力已经减小,因为高峰已过,难乎为继。可是这一切在巴蜀却基本没有发生。责任当然不在巴蜀本身,因为南宋后期以后,四川接连遭受战争的破坏,人口减少,经济萎缩,城市普遍萧条,市民阶层弱小,根本没有形成文化消费市场,缺少对世俗文化、文学的需求,再加上文学家为了逃难,纷纷外迁,所以当时东部的新变化,巴蜀错过了,机会失掉了。于是,四川的文学,只能是传统的老一套。宋以后巴蜀文学走下坡路这是客观历史造成的。一直到20世纪,这种缺失终于得到弥补,且有后来居上之势,但那已属于新文学的范畴了。

其次,巴蜀文学在理论研究方面也显得不够。这些文学家都有自己的创作主张、经验,可是系统的理论著作却很少。陈子昂革新诗风,主要靠他的创作实践。宋以后,除了王灼、杨慎、李调元,基本上没有什么诗话、词话之类的著作,而其他地区,这类著述则甚多。由于缺乏理论,难以指导和推动创作,也就难以形成文学群体和流派,也难以宣传蜀中的文学成就与特色。本来,宋以前巴蜀文化的个性色彩是很鲜明的,形成了所谓的"蜀学"、"蜀党",但后来没有人总结,这种地域个性就慢慢减少了,这是很可惜的。

再次,蜀中民间本有很丰富的文艺资源,却未被重视和利用。如巴渝一带早有一种叫《竹枝歌》的民歌,《水经注》已有载,《乐府诗集》所谓"《竹枝》本来出巴渝"。唐代刘禹锡谪夔州,对其作了润饰,写出了《竹枝》九首,且有小引云:"四方之歌,异音而同乐。岁正月,余来建平,里中儿联歌《竹枝》,吹短笛,击鼓以赴节……昔屈原居沅湘间,其民迎神,词多鄙陋,乃为作《九歌》,到于今,荆楚歌舞之。故余亦作《竹枝》九篇,俾善歌者飏之。"刘禹锡可谓善于采民歌之长。蜀中文学家有很多善于向民间学习,如杨慎、李调元等,但多数文人对此缺乏认识。蜀中民歌、情歌、民间故事相当多,古代都未很好搜集整理,这种状况近代才有改变。蜀中文学始终沿正统雅化之途,缺少变化,与此是有关系的。

以上所说是我对巴蜀文化与文学最基本的认识。

作者简介: 杨世明(1937—),四川峨眉人。西华师范大学文学院教授。主要从事中国古典文学的教学及研究。著有《淮海词笺注》《唐诗史》《刘长卿集编年校注》《巴蜀文学史》,点校有杨基《眉庵集》,合编有《古代诗歌选》《历代咏梅诗词选》《中国古代从政故事大观》《巴蜀艺文五种》等。参与主编了五百万言的大型文献《巴蜀文化大典》。

今本《竹书纪年》所载早期郑国史地问题疏辨

邱 奎

提 要：明天一阁刊今本《竹书纪年》对西周郑国历史地理问题载之较详，至其所涉地望名称，则与其他古籍颇有出入，因该书系晚出"伪作"，故每为人轻忽。经由对此史料的考证，可推论郑桓公初居之"洛"在今陕西商洛一带。幽王初年，郑桓公伐"郐"，即《郑语》史伯所说"申缯西戎方强"之"缯"，亦即曾国，地在今河南南阳一带。因伐郐之功，郑桓公增土迁邑，都于郑父之丘，故国以"郑"名，其地应正近于今陕西华县一带。故今本《纪年》所载郑桓公立国之史与《国语》《史记》《汉书》之说实微异而大同，未必纯出杜撰，足为探讨早期郑国史问题提供一重要文献参考。

　　明人范钦天一阁校订本《竹书纪年》为"今本"《纪年》的最早刊本，其书对西周时期郑国史事有两条较为特异的记载：其一，宣王二二年（前806），"王锡王子多父命，居洛"。① 其二，幽王二年（前780），"晋文侯同王子多父伐郐，克之。乃居郑父之丘，是为郑桓公"。② 第一条文之王子多父即郑桓公，桓公名"友"，"多"盖其字③，此条独见"今本"。第二条文亦见《水经注》所引"古本"而文不同，彼曰："周惠王子多父伐郐，克之，乃居郑父之丘，名之曰郑，是曰桓公。"④愚意以为，西周时期郑国史地问题，古书所言各异，史家考辨纷纭，其间诸多疑难，至今尚未定谳，与其因"今本"系晚出伪书而蔑弃不论，未若平心夷考，或于其中亦不无可供参咨之处。兹疏辨其文意，考求"洛"、"郐"、

---

① ［明］范钦订《竹书纪年》，四部丛刊初编影印天一阁刊本，上海书店，1985年，第15叶右。
② 同上，第16叶左。
③ 详参陈槃《春秋大事表列国爵姓及存灭表譔异》（三订本），上海古籍出版社，2009年，第66页。
④ ［北魏］郦道元著，陈桥驿校证《水经注校证》，中华书局，2007年，第520页。按，《水经注》所引古《纪年》，"伐郐"前或作"同惠王子多父"，或作"周惠王子多父"，或作"周宣王子多父"，异见迭出，然其分歧乃在王子多父为谁之子，因非关本文宏旨，故不繁论。

"郑父之丘"之地望,以期为郑桓公立国问题献一新解。

"居洛"说

今本《竹书纪年》系王子多父居洛之事在宣王二十二年(前806),而《史记·郑世家》云此年"友初封于郑",①王国维《今本竹书纪年疏证》卷下便迳以"今本"袭《郑世家》文。按,"王子多父"之号并不见于他书,亦可能此事非出杜撰。至于"洛",愚以为即春秋战国所称之上洛。《水经·丹水注》引古本《纪年》曰:"晋烈公三年,楚人伐我南鄙,至于上洛。"②又,哀公四年《左传》曰:"司马起丰析与狄戎,以临上雒。"③"雒"亦即"洛",此两书之上洛,即《汉书·地理志》弘农郡之上洛,在今陕西洛南。其称"洛"者,因源出洛南冢岭山之伊洛水得名。

据春秋郑国执政子产所述本国史,可印证郑桓公初居之"洛"即在"上洛"一带的可能性。昭公十六年《左传》子产曰:"昔我先君桓公,与商人皆出自周。庸次比耦,以艾杀此地,斩之蓬蒿藜藿,而共处之,世有盟誓,以相信也。"④按,子产之言自当有据。其可注意者二:一是"商人",孔疏以其为商贾之人,其实"商贾之名,疑即由殷民而起",⑤故此文中"商人"乃殷商遗族。二是桓公与商人"俱出自周",显然是由宗周畿内东迁,则子产之言明白道出郑之东迁始于桓公,其与商人由宗周而东出,固然可能是郑之初居地本来即在宗周畿内。由此文可见郑与殷遗关系之密切。再据《国语·郑语》所载郑桓与史伯之问对,可知东迁并非仓促之举,乃早有预划,其携商人出周而东,自非仅需一朝盟誓可为。亦即是说,郑桓公尚未东迁之时,郑之境内即有众多殷商遗族,若将今本《纪年》之"洛"解为西汉弘农郡上洛一带,则其地左近多有与殷商相关之山川地名,确可解释此事。

其一,弘农郡商县相传为商之始祖契所居之地。《水经·丹水注》云:"契始封商。《鲁连子》曰在太华之阳。皇甫谧、阚骃并以为上洛商县也。殷商之名,起于此矣。"⑥又,《史记·殷本纪》曰契"封于商",裴骃集解:"郑玄曰,商国在太华之阳。皇甫谧曰,

---

① 《史记》,中华书局点校本,1959年,第1757页。
② [北魏]郦道元著,陈桥驿校证《水经注校证》,第486页。
③ 《春秋左传正义》,中华书局缩印阮元校刻《十三经注疏》本,1980年,第2158页。
④ 同上,第2080页。
⑤ 徐中舒《从古书中推测之殷周民族》,《国学论丛》,1927年1期,第111页。
⑥ [北魏]郦道元著,陈桥驿校证《水经注校证》,第486页。

今上洛商是也。"张守节正义:"《括地志》云,商州东八十里商洛县,本商邑,古之商国,帝喾之子卨所封也。"①按,商县故地在今陕西商洛商山北麓。郑玄、皇甫谧、阚骃等俱以为契初封于此,虽此地未必确属契之始居地,但其地山名商,邑名商,应与殷商之族甚有关系,曾为殷商族聚居地之一。正如陈槃先生所言:"此等散布华县西南之殷遗,意其初祖契之私祀,必因仍不绝,后世不察,遂谓契实居此耳。"②

其二,弘农郡卢氏、陕县一带地名与商之名臣伊尹相关。《吕氏春秋·本味》载伊尹身世传说,言其为"有侁氏女子"所得,又言"其母居伊水之上",③检《汉书·地理志》弘农郡卢氏县,"熊耳山在东,伊水出"。④伊水与伊尹相关,熊耳山为伊水所出,其地在今三门峡卢氏县。又,所谓"有侁氏",高诱注曰"侁读为莘",⑤《史记·殷本纪》即言伊尹"为有莘氏媵臣"。⑥庄公三十二年《左传》杜注曰:"莘,虢地。"⑦其地在今三门峡陕州区。则莘与伊水皆东去上洛未远,是此区域之地名与殷商之伊尹相关。

综上,若将此王子多父所居之"洛"解为汉弘农郡之上洛,则在此一郡之中,与殷商相关之地名颇多,要其曾为殷人居地。如此,今本《竹书纪年》之"居洛"说,恰可合于《左传》子产所言郑桓公与殷遗关系之密切。故今以为,王子多父最初居地应求之于汉弘农郡境,其地有商丹盆地随丹水由西北向东南狭长分布,正当今陕西商洛一带。

"伐鄫"证

王子多父伐"鄫"之文只见于天一阁刊今本《纪年》一系,至于永乐大典本及戴校本《水经注》所引"古本"则皆作"邻",据"古本"校"今本"者亦多改"鄫"为"邻"。一字之差,国地皆别。前人因多从"邻"之文,乃由此与《汉书·地理志》明载的郑武公"卒定虢、会之地"⑧说显然违悖,于是郑国东迁以及灭桧时间问题,遂成聚讼之府。近年李峰先生创为新论,独从"今本"伐"鄫"之文,由《国语》勾稽出西周末周鄫为敌之迹,以申"伐鄫"说。⑨今按,李氏所言虽属推证,但亦合于事理。鄙意亦以为作"鄫"者未必全然

---

① 《史记》,第91—92页。
② 陈槃《春秋大事表列国爵姓及存灭表譔异》(三订本),第93页。
③ [战国]吕不韦等著,陈奇猷校释《吕氏春秋新校释》,上海古籍出版社,2002年,第744页。
④ 《汉书》,中华书局点校本,1962年,第1549页。
⑤ [战国]吕不韦等著、陈奇猷校释《吕氏春秋新校释》,第748页。
⑥ 《史记》,第94页。
⑦ 《春秋左传正义》,中华书局缩印阮元校刻《十三经注疏》本,第2080页。
⑧ 《汉书》,第1652页。
⑨ 详参李峰《西周金文中的郑地和郑国东迁》,《文物》2006年9期,第75—76页。

叵信,此虽伪书之孤辞,然细商其事,则觉于晚周史地颇能通洽,且与其他文献所载郑史矛盾最少。兹补证如下:

先论王子多父所伐之鄫的地望,并推测伐鄫路径。鄫为古国,字又作"曾"。石泉先生曾据出土曾国铜器考证出西周晚期到春秋中期曾人活动范围,"西起南阳盆地南部,东入随枣走廊,包括走廊东南端邻近地带的漳河谷地"①。近年曾国墓葬发掘及曾国铜器出土益富,尤其湖北随州叶家山墓地新出曾国有铭铜器之后,黄凤春等先生据之论断西周早期曾国政治中心即在"随州市㵐水以东的区域",而西周晚期后,"曾国的疆域迅速拓展,并领有汉东、汉北直至南阳盆地以南一带的广袤区域"。②按,"曾"应即王子多父所伐之"鄫"。前已申王子多父所居之"洛"在今商洛一带,由此伐曾,甚合行军地利。盖史籍虽多纷散,地名屡经迁革,然山川改易并不如此无常,由地形及后世古道,未必不可推测西周城邑之分布及道里之通绝。欲由"洛"至"曾",即由今之商丹盆地一带至南阳盆地、随枣走廊一带,其最捷之途,恰有"武关道"正可经商洛出湖北十堰,进而再达襄阳、南阳,偪近"曾"之疆域。此道历来是关中东南指向南阳、襄阳之军事要道。另外,取道后世所称的潼关道、殽山殽道、函谷道,由此出关中,南下方城,进逼南阳盆地,更为平易。③

再探王子多父伐鄫的原因。西周末"鄫"之情势,见于史籍者只有《国语·郑语》史伯所说"申缯西戎方强",④而王子多父伐鄫之由,则正可缘此从周末东南诸国形势消长及地缘关系推测。此论苦无实据,但毕竟此类本属单传佚史,不信固然审慎,假设其可信,再推验其是否合理以存疑,亦未必不可。今以为鄫之被伐正因其"方强",而由王子多父率军征伐,乃更有其深刻背景。

据《郑语》史伯言曾之"方强"在幽王时,"方"之言甫也,是曾之强乃西周季世之事。此正与近年考古发现曾国铜器所呈现之曾疆域范围变化相应,张昌平先生据文献著录铜器和历年发现曾国铜器,勾摹出西周晚期至战国时期曾国疆域的变化情况,认为"西周晚期至春秋早期曾国铜器分布在漳河上游、滚河上游、涢水中上游三个区域","这一

---

① 石泉《古代曾国——随国地望初探》,《武汉大学学报》(哲学社会科学版)1979年1期,第59页。
② 黄凤春等《湖北随州叶家山新出西周曾国铜器及相关问题》,《文物》2011年11期,第83页。
③ 按,关于商洛地区的战略作用及此两条行军途道情形,可参史念海先生《秦巴山间在历史上的军事活动及其战地》《关中的军事地理》,载《河山集·四集》,陕西师范大学出版社,1991年,第253—254、260—262、165—171页。
④ 《国语》,上海古籍出版社校点本,1998年,第519页。

时期曾国的实力十分强大","春秋早期之后,曾国的实力范围退出了漳河、滚河一带,大约仅局限在涢水中上游一带,这一时期曾国的实力衰退"。① 而前引黄凤春等先生据数年前叶家山新出曾国铜器进行的研究,再次印证"西周早期曾国的畛域并不大",进入西周晚期后,其疆域骤广,成为"汉东第一大国",并进而以禹鼎铭文所记鄂侯驭方史事,推测曾国疆域拓展至汉北及南阳盆地一带的原因,"应与周王剪灭鄂国有密切的关系"。②

按,考古材料所见西周晚期曾国疆域之扩张与史伯所言之"方强",若合符契。若再将鄂国之史与王子多父伐鄫之事置入其中作一假设,似能得出更为明晰的推论。曾国北望成周,东南邻楚,西为王子多父所居之洛,而与其密迩相接的,则是鄂国③。周一度与鄂交好,鄂侯所处之南阳为一富庶之地,且当中原与江汉、宗周与成周之要冲。然由厉王时期禹鼎铭文④,知当时鄂侯率南淮夷、东夷伐南国,周王命西六师、殷八师与武公两番伐鄂,王命中有"勿遗寿幼"⑤之词。其后便不见鄂国史迹,盖因此伐而微亡。鄂侯叛周,正如后世之藩镇骚动,必至一方失控;迨其被伐,便又南阳空虚,江汉南土失镇。故厉王之后,继位者宣王中兴,为弥补东南空虚,乃命召伯虎平定淮夷,其事见于《大雅·江汉》;又封申伯于谢,其事见于《大雅·崧高》。然而宣王时对南国之经略,与西周强盛鄂侯与周室交好时南土之辖治,两相比较,以孰为胜,则不可仅凭宣王雅诗之夸饰文句而论⑥。况且,厉王时伐鄂,至宣王时方复图南土,其域荡乱空虚之际,正是曾国乘隙而入之机。其趁周之衰而北上,危及南阳盆地,亦将阻滞宗周、成周与江汉南国之交通,"周室之屏翰"⑦之地震动,故周室出兵剪伐其锋。而之所以其地并无大型曾人遗

---

① 张昌平《曾国铜器的发现与曾国地域》,《文物》2008年2期,第62页。
② 黄凤春等《湖北随州叶家山新出西周曾国铜器及相关问题》,《文物》2011年11期,第83—84页。
③ 西周中晚期鄂国之确切地望尚未最终确定,诸家考辨,可参少华《鄂国铜器及其历史地理综考》,《考古与文物》1994年2期,第87—93页;李学勤《论周初的鄂国》,《中华文史论丛》2008年4期,第1—7页。数年前河南南阳夏饷铺发掘西周晚期至春秋早期鄂国墓葬群,其中有贵族墓及出土铜器,尚在进一步考古研究中,应可证明当时有鄂国贵族聚居在南阳,此必将为晚周鄂国地望之力证。鄂当大致在南阳盆地一带,正与曾相连,静方鼎铭曰王"命静司在曾鄂师",亦可证曾鄂地域相毗。
④ 按,此于禹鼎时代从徐中舒说,见其《禹鼎的年代及其相关问题》,《考古学报》1959年3期,第53—66页。此外,禹鼎时代尚有夷王说、孝王说,要之皆在宣王、幽王之前。
⑤ 李先登《禹鼎集释》,《中国历史博物馆馆刊》1984年6期,第111页。
⑥ 按,宣王事见于《大雅》者多,其虽号称中兴,然当时诗风之善于夸饰渲染铺排,未必皆为事实,历代治《诗》者偶有道及。兹为行文之便,仅引崔述《丰镐考信录》卷七所言:"《雅》之咏文武事者,事实多而铺张少;咏宣王事者,事实少而铺张多。此亦世变之一端也。"又曰:"宣王之时虽尚未至是,然亦不免小事而张皇之。城方封申,亦仅仅耳,而其词皆若威震万里者。"
⑦ [宋]王应麟著,栾保群等校点《困学纪闻》,上海古籍出版社,2008年,第385页。

迹发现,可能正因宣王时封申伯于谢,经略南土,牵掣曾之势力,而幽王时王子多父复伐曾而克之,其势便渐寖衰退。

王子多父伐鄘,因鄘之扩张危及周室。幽王之时西周将亡,然并非全然无力用兵,如《后汉书·西羌传》所载"幽王命伯士伐六济之戎,军败,伯士死焉",①便是据《竹书纪年》所录幽王用兵之一例。其轻于用兵,既可西伐,于理亦可东征。又,禹鼎铭文记厉王时伐此境之鄂国,先以西六师殷八师伐,却"弗克伐噩","武公乃遣禹率公戎车百乘,斯驭二百,徒千"以伐鄂,于是"禹以武公徒驭至于噩,休获厥君驭方"。②厉王时伐鄂除大用西六师和东八师外,尚需借武公之"徒驭",其实即武公私兵。王室衰微,诸侯卿士日盛,是西周后期大势,而宣王时用兵频数,晚年政衰,至幽王时,周之王师断不可能恢复至盛世规模。故此年伐鄘,由王子多父为之,恐应亦类似武公遣禹伐鄂之故事。

"郑父之丘"考

天一阁刊今本《纪年》言王子多父居郑父之丘事条例井然,伐鄘之时称"王子多父",克鄘而后居"郑父之丘",乃改称"郑桓公"。愚意此文最应重视之处,恰在其透露出郑国之得名缘故是因桓公受封居于郑父之丘。前所考王子多父居"洛",并非郑国初封,而是王子多父受锡命得采邑,至伐鄘之后,居郑父之丘,方列为诸侯,始有"郑国"之名。清人雷学淇即曰:"桓公之称郑,自是伐鄘以后之名","非初即封郑也"。③ 陈逢衡亦曰:"居洛之命,乃命之治洛邑,非以洛邑封王子多父也。至幽王二年,乃居郑父之丘,名之曰郑,不得以二十二年之居洛当之也。"④皆得其别。于是,考定"郑父之丘"地望,便为覈论今本《纪年》所言郑国初封地之关键所在。

前人论"郑父之丘"地望,多求之于东方。如《水经·洧水》云"又东过郑县南",此"郑县"为新郑,郦道元注先引《纪年》"伐郐克之乃居郑父之丘"云云,紧承其下即引皇甫谧《帝王世纪》曰:"或言县故有熊氏之墟,黄帝之所都也,郑氏徙居之,故曰新郑矣。"⑤是郦氏虽未明言郑父之丘在新郑,但观其行文,似确有意以为"郑父之丘"即

---

① 《后汉书》,中华书局点校本,1965 年,第 2872 页。
② 李先登《禹鼎集释》,《中国历史博物馆馆刊》1984 年 6 期,第 111 页。
③ [清]雷学淇《竹书纪年义证》,台湾艺文印书馆,1977 年,第 398 页。按,雷学淇持"伐郐"说,故此文作"郐",今不从其说,于其原文则照引,读者察之。
④ [清]陈逢衡《竹书纪年集证》,《续修四库全书》影印清嘉庆刻本,上海古籍出版社,2002 年,第 423 页。
⑤ [北魏]郦道元著,陈桥驿校证《水经注校证》,第 520 页。

"有熊氏之墟",地在郑东迁后之境土新郑。度其立说之据,则似仅有"丘"与"虚"同训为确切,然"郑父"与"有熊氏",则不见关联。此后,清高士奇《春秋地名考略》曰:"若新郑,在郑州南四十里,莘在后矣。或者初迁时尝居此,其即《竹书》所谓郑父之丘与。其地亦祝融氏之虚,周封管叔鲜。"①大略亦从郦道元说。雷学淇《竹书纪年义证》既以"郑父之丘,未详所在",复言:"《韩诗内传》谓殷末有郑交甫,《穆天子传》以圃田为圃郑,则郑丘在今郑州近是。曰'郑父之丘'者,郑父即交甫之类,先曾国于此者。"②是又推其地不在新郑,而在郑州。近人陈槃先生亦论郑父之丘在"郑县、新郑之间"的殷遗旧地。③

上数家均在"新郑"、"郑县"一带求"郑父之丘",其地不出今河南郑州一域。然郑桓公于西周末谋东迁避祸,其事明载《国语·郑语》,由彼文显然可见桓公势力所重者本在宗周。《汉书·地理志》京兆尹郑县下自注言其地为"周宣王弟郑桓公邑",④是班固以为郑国初封在今陕西华县。郑玄《诗谱》云:"今京兆郑县,是其都也。"⑤《毛诗正义》引郑玄《发墨守》亦曰:"桓公国在宗周畿内,武公迁居东周畿内。"⑥按,史书地志之作,应参诸图籍,徵诸耆旧,而郑玄亦博闻大儒,故郑国初封宗周畿内之说,绝非无根之谈;然王子多父因居"郑父之丘"方为郑,又是今本、古本《竹书纪年》共持之论,也不宜完全忽视。故若以为"郑父之丘"在东方,则《纪年》与《汉书》、《诗谱》大异,两造之下,是非难决,以致整个郑东迁之史都因而混淆莫明。愚以为,其实郑国初封宗周畿内与《竹书纪年》所言郑桓公居"郑父之丘"本不矛盾,前人纠辩纷纷,实未思"郑父之丘"本或在宗周畿内,且与汉京兆尹郑县相去不远。

"郑父之丘"一名所以难考,盖因其仅见《纪年》,故难以取他书互参。然今循清人

---

① [清]高士奇《春秋地名考略》,上海古籍出版社影印《文渊阁四库全书》本,2002年,第150页。
② [清]雷学淇《竹书纪年义证》,台湾艺文印书馆,1977年,第411页。
③ 详参陈槃《春秋大事表列国爵姓及存灭表譔异》(三订本),第77—91页。按,陈氏弟子张以仁先生《郑国灭郐资料的检讨》一文述乃师之意曰:"槃庵师据日本学者白川静及清儒雷学淇等之说,认为殷商时代,已有非姬姓之郑国,卜辞上的郑,便在京兆郑县。后来宣王即以之封桓公,也就是《竹书纪年》所说的'郑父之丘'。"今愚三籀陈槃先生原文,见其于郑父之丘地望并无详考,反复推求其意,其曰:"郑父之丘旧矣,桓公之,因以为新国之氏。此新国者,殷遗郑氏之旧地。"而殷遗旧地何在,陈氏以为有二,"今河南郑县与新郑县之间,盖即其旧地之一","复次今陕西华县即西郑",乃其旧地之二。究竟何处旧地方为"郑父之丘"所在,据陈氏言"桓公之东徙其民于洛东,寄帑虢郐,居郑父之丘者,东西并郑,本自一家。"知陈氏所定"郑父之丘"地望,乃是"郑县、新郑之间"的殷遗旧地。愚见与张先生所说不同,今不敢蔽之以掩己愚,故附辨于此。然若误会陈槃先生原意,自是余之过,读者察之。
④ 《汉书》,第1544页。
⑤ 《毛诗正义》,中华书局缩印阮元校刻《十三经注疏》本,1980年,第335页。
⑥ 同上,第336页。

阎若璩所述"事无所证,当求之迹,迹有不明,当度之理"①之法,据相关人名姓氏迂回探论地名,则其地未必全然无稽。古地多有以"丘"名者,丘即陵阜,"阜"又与"父"音近义通②,故"郑父之丘"可省称"郑父"、"郑丘"。又,古人命氏,本有因地得氏之例,故以氏之所出,亦可证地之所在。成公二年《左传》载齐晋鞌之战,"晋解张御郤克,郑丘缓为右",③其下又有"缓曰"云云,杨伯峻曰:"云'缓曰',可知'缓'是名,'郑丘'是氏。"④所见甚确。古以某丘为氏者并不寡见,多系以邑以地命氏。如乘丘氏,鲁庄公十年《春秋》曰"公败宋师于乘丘",杜注:"乘丘,鲁地。"⑤《汉书·艺文志》阴阳家有"《乘丘子》五篇",注云"六国时"⑥人,邓名世《古今姓氏书辨正》卷三四以"乘丘"为氏。又如籍丘氏,定公八年《左传》曰:"籍丘子鉏击之,与一人俱毙。偃且射子鉏,中颊。"杜注:"子鉏,齐人。"⑦知"子鉏"为字,"籍丘"为氏。外如《通志·氏族略》所胪列之谢丘、瑕丘、吾丘、商丘、闾丘、梁丘、轩丘、龙丘、陶丘、雍丘等氏,皆属此类。以此类推,追源溯本,见于《左传》之"郑丘"氏应即因地而得氏,其先即出自"郑父之丘"。虽鲁成公世距周幽王初已两百余年,人经数代,然后裔子孙承远祖姓氏,于理固无怪。

"郑丘"之氏仅见于《左传》之"郑丘缓",其人身在晋师,据杜预所揭"臣非君命不越境"⑧之例,可料其为晋人。何以春秋之"郑丘"氏在晋,而《竹书纪年》载"郑父之丘"之地为郑桓公所居,细思其故,盖因其地于幽王时曾属郑,至春秋时又为晋有。考诸史,新郑之地终春秋世未为晋有,故晋国之郑丘氏不得出乎此。而春秋时晋土恰另有两区曾为西周末郑桓公居地,一为"阴地",一为"河外列城",今意"郑父之丘"即当于彼间求之。

"阴地"见于宣公二年《左传》:"晋赵盾救焦,遂自阴地及诸侯之师侵郑。"杜注:"阴地,晋河南山北,自上洛以东至陆浑。"⑨又,哀公四年《左传》曰"蛮子赤奔晋阴地",下文又出"阴地之命大夫"。杜注:"阴地,河南山北,自上洛以东至陆浑。"⑩是泛言。江

---

① [清]阎若璩《潜丘劄记》,凤凰出版社影印上海书局石印《清经解》本,2005年,第257页。
② 详参程二行《春秋都邑何以多以"父"名》,《中国典籍与文化》,2000年4期,第27—29页。
③ 《春秋左传正义》,中华书局缩印阮元校刻《十三经注疏》本,第423页。
④ 杨伯峻《春秋左传注》(修订本),中华书局,1990年,第791页。
⑤ 《春秋左传正义》,第1766页。
⑥ 《汉书》,第1733页。
⑦ 《春秋左传正义》,第2142页。
⑧ 同上,第1844页。
⑨ 同上,第1866页。
⑩ 同上,第2158页。

永《春秋地理考实》以卢氏东北有阴地城,而《左传》有阴地命大夫,故谓"阴地自有其邑","当以卢氏阴地城为是"。① 是确指。顾栋高《春秋大事表》曰:"卢氏县有阴地城,为晋之阴地。宣二年赵盾自阴地率诸侯之师以侵郑,哀四年蛮子赤奔晋阴地,杜俱注'晋河南山北,自上洛以东至陆浑'。上洛,今陕西商州雒南县;陆浑,今河南府嵩县。其地南阻终南,北临大河,所谓河南山北也,而卢氏县乃命大夫屯戍之所。犹南阳为河南之总名,而别有南阳城,则在修武也。"②是兼泛言、确指而说。杨伯峻即从之曰:"阴地,据杜《注》,其地甚广,自河南省陕县至嵩县凡在黄河以南、秦岭山脉以北者皆是。此广义之阴地也。然亦有戍所,戍所亦名阴地,哀四年'蛮子赤奔晋阴地',又'使谓阴地之命大夫士蔑'是也。今河南省卢氏县东北,旧有阴地城,当是其地。此狭义之阴地也。"③据此,可见春秋晋之"阴地",大致已囊上所考西周末王子多父所居之"洛"在内。

"河外列城"见于僖公十五年《左传》,晋曾许诺:"赂秦伯以河外列城五,东尽虢略,南及华山,内及解梁城,既而不与。"孔疏:"列城五者,自华山而东,尽虢之东界,其间有五城也。"④五城之名今虽不可确知,然传文已自言其界域所至,其在"河外",河为北界,华山为南界,顺黄河沿华山北麓而东,至虢。其西端所起,因此时秦之东已接晋之西,故不言。顾栋高曰:"秦至文公,未尝越岐以东一步,丰镐故物,依然尚在也。是时周之号令犹行西土,虢、郑懿亲虽从王东迁,而其故封无恙,呼吸可通。鲁庄之二十一年,惠王与虢酒泉,酒泉在今同州府澄城县。计东迁至此,已历平、桓、庄、僖四世九十四年矣,而金瓯尚无缺也。直至鲁僖之二年,而秦穆公灭芮,即其地筑王城以临晋,滨河而守;晋亦于僖五年灭虢,守桃林之塞,秦晋遂以河为界,丰镐故都沦入于秦而不可反矣。计至此距初迁已及百有二十年。"⑤知至春秋鲁僖公之初年秦晋方以河为界。又,据《史记·秦本纪》,秦康公二年,"秦伐晋,取武城",张守节《正义》引《括地志》云:"故武城一名武平城,在华州郑县东北十三里也。"⑥其时当春秋鲁文公八年(前619),知此前郑县一带尚属晋。又,《秦本纪》载秦惠文君六年(前332),"魏纳阴晋,阴晋更名宁秦",裴骃《集解》引徐广曰:"今之华阴也。"⑦其时已在战国,知此之前华阴属晋。顾栋高《春秋大事

---

① [清]江永《春秋地理考实》,凤凰出版社影印上海书局石印《清经解》本,2005年,第1956页。
② [清]顾栋高《春秋大事表》,中华书局点校本,1993年,第613页。
③ 杨伯峻《春秋左传注》(修订本),中华书局,1990年,第654—655页。
④ 《春秋左传正义》,第1805页。
⑤ [清]顾栋高《春秋大事表》,第891—892页。
⑥ 《史记》,第195—196页。
⑦ 同上,第205—206页。

表》引高氏曰:"盖阴晋亦在五城之中矣。"①是春秋之初,"河外列城"西端固包今之华县一带。则班固所说郑桓公初封之地京兆郑县,或即河外列城西端所起之处。

如是,桓公先居"洛",后居"郑丘",两地正在春秋晋之"阴地"及"河外列城"范围。郑丘缓于鲁成公二年(前589)在晋师为车右,而据上考,阴地及河外五城于春秋之时多属晋土,故设此区域或正是郑父之丘所在,则当时晋人有以"郑丘"为氏者,便于理可通。再据今本《纪年》之先载居"洛",再载居"郑父之丘",知其地别为二。而洛大致与晋之阴地相当,则郑父之丘可能当在与阴地隔一华山之河外列城之区。《纪年》言郑桓公郑父之丘而称郑,而《汉书》说郑初封地在京兆尹郑县,疑两书其实暗合而非相异,郑父之丘与京兆郑县恐本不相远。至其地所以名"郑"之故,乃因此地多殷遗。"郑"之初文为"奠",此地之称"郑",源于殷商之奠方。胡厚宣《殷代封建制度考》举卜辞中武丁时有"子奠",他辞又有"次在之奠"、"我奠受年"诸文,并推考殷商奠方地望曰:"其地与周宣王封弟桓公友于今陕西华县境之郑地域正合,是郑之名亦不始于周,自殷武丁以来旧矣。"②其说颇可参。

附说"谢西九州"、"咸林"、"棫林"、"拾"、"留"

经上文所考,郑桓公居洛、伐郐、居郑父之丘三事,既能合乎事理,徵诸方舆山川亦通,且与最为传统的郑居京兆郑县说、郑武公灭虢郐说并无抵牾,应堪为西周郑国史略供参择之用。然《国语》、《世本》、《公羊传》、《诗谱》诸书对早期郑史尚另有所记,欲审今本《纪年》言之虚实,则于此类异说不可避而不顾,故今不揣戈陋,附陈零星之见于此。其中不无堪与"今本"相互印证之处,至于难以厘清之疑问,则亦不敢妄断。

其一说"谢西九州",此见于《国语·郑语》。彼载郑桓公与史伯谋议迁国之事,以数番问对连缀成篇。桓公问"何所可以逃死",史伯当即对以"济河洛颍之间",告以伐"虢郐"。此第一番问对。桓公未遽许,转问"南方不可乎",史伯乃对以楚之先祖有功德,故"其子孙必光启土,不可偪也","唯荆实有昭德,若周衰,其必兴矣",故不可南迁。此第二番问对。桓公复问"谢西之九州何如",史伯曰"其民沓贪而忍,不可因","唯谢郏之间,其冢君侈骄,其民怠沓其君,而未及周德"故其地易取。此第三番问对。据韦注,谢郏之间"谓郑南谢北,虢郐在焉",则"谢郏之间"亦近"济河洛颍之间",此即重申

---

① [清]顾栋高《春秋大事表》,第654—655页。
② 胡厚宣《甲骨学商史论丛初集》,河北教育出版社,2002年,第30页。

首番问对所告之意而已。经此三番往复,计议渐定①。按,《郑语》之文固系后人手笔,如借史伯之口盛夸楚国一段,便可见"出自楚地"②之痕迹。然纵其多出增益,亦有底本,如其三番问对,开篇史伯即告以取虢郐,而郑桓公却未立即应允,乃一询南方,一询谢西九州,其故便可深思。窃疑正因郑桓公初居洛,又有伐鄶之胜。鄶之东南可至楚,即桓公所问之"南方"。鄶之西近"谢西九州",韦注曰:"谢,宣王之舅申伯之国,今在南阳。谢西有九州,二千五百家曰州。"③今按,"九州"非泛言,乃实有其地名,即昭公二十二年《左传》所载"九州之戎"居地,④全祖望《经史答问》卷四尝考"九州之戎在晋阴地",⑤陈槃先生说其地"即今豫西渭南群山中",⑥皆是。郑桓之所以特问"谢西九州",联系居洛、伐鄶之事,则自是地缘相近,且尝于南阳之区有所经略之故。《郑语》斯问,若非背后隐有史实,断难臆设。盖此正与今本《纪年》之事暗通,未宜推委于文势纵横虚构之笔而已。

其二说"咸林"、"棫林"。郑玄《诗谱》曰:"宣王封母弟友于宗周畿内咸林之地,是为郑桓公。今京兆郑县,是其都也。"⑦王引之以"咸林"即《世本》之"棫林",雷学淇更以《世本》之"棫林"即襄公十四年《左传》之"棫林",且以汉扶风雍县有秦代棫阳宫,推棫林在镐京西北。近人复多联系金文中"奠"、"咸"之类地名及大郑宫、棫阳宫之类遗址,以论郑初封地在关中平原西部,似能以二重证据法遥应雷氏之论。然而,对雷氏所举之棫林,高士奇《春秋地名考略》据《左传》本文所载战事进展论曰:"诸侯所涉,不过在同、华之间泾口之下流,更进而后及于棫林耳。又,是役也,诸侯皆不欲进,复以军帅不和,不及取成而退,晋人谓之迁延之役,安得深入敌境而至于泾阳乎。"⑧此可谓读史得间,正见雷氏远附扶风之疏。李学勤先生对此类说者金文及考古研究中之罅隙亦作有切实的质疑,颇中肯綮,复提出"不能排除郑桓公所居本是咸林,因棫林习见而误改的可能性"。⑨ 今按,高、李之说义据确切,可见定"棫林"在关中西部之说诚有疏失。高氏早已论明晋之伐秦,先出同州、华州间,后至棫林,旋即回师,不可能深入秦之腹地,则

---

① 详参《国语》,第507—515页。
② 邱锋《论〈国语·郑语〉产生的地域和时代》,《甘肃社会科学》2007年2期,第124页。
③ 《国语》,第515页。
④ 《春秋左传正义》,第2100页。
⑤ [清]全祖望《经史答问》,凤凰出版社影印上海书局石印《清经解》本,2005年,第2396页。
⑥ 陈槃《不见于春秋大事表之春秋方国稿》,上海古籍出版社,2009年,第215页。
⑦ 《毛诗正义》,中华书局缩印阮元校刻《十三经注疏》本,1980年,第335页。
⑧ [清]高士奇《春秋地名考略》,上海古籍出版社影印《文渊阁四库全书》本,2002年,第287页。
⑨ 李学勤《夏商周年代学札记》,辽宁大学出版社,1999年,第41页。

"棫林"本距今华县不甚远。若不论"棫林",姑设《诗谱》之"咸林"并非字误,则其地望亦可略推。寻《诗谱》行文通例,则"宗周畿内咸林之地"是指封疆,"京兆郑县"是国都。亦如其既言陈"都于宛丘之侧",复言其封域在"豫州之东";既言曹都在"济阴定陶",复言其封域在"雷夏菏泽之野"。① 国都处封疆之中,郑既都京兆郑县,则咸林之地必包此区域。据此,若于京兆郑县左近求咸林,则《汉书·地理志》所载河东郡安邑有巫咸山,巫咸为商王太戊之臣,或咸林之"咸"与之相类,俱与巫咸相关。河东安邑在今山西夏县,正与河南三门峡隔河相望。而如前考,三门峡之卢氏、陕州,均有关乎伊尹、有莘氏之地名,而王子多父又曾居洛,此数地与华县掎角相对,恰大致当于春秋时晋国"河外"、"阴地"之境,地形地貌自成一区域,而"河外列城"西起今华县、华阴一带,东尽三门峡一带,故鄙意疑"咸林"之地即在此区域中,当去华县不远。

其三说"拾"与"留"。《史记·郑世家》司马贞索隐引《世本》曰:"桓公居棫林,徙拾。"②桓公十一年《公羊传》曰:"古者郑国处于留。先,郑伯有善于郐公者,通乎夫人,以取其国,而迁郑焉,而野留。"③拾与留之所在,说各不一,今则推测其地名或皆与鄶人有关。前据今本《纪年》考王子多父有伐鄶之事,而春秋郑国确有"鄫"地,检襄公元年《春秋》,左氏经文曰"次于鄫",杜注:"郑地,在陈留襄邑县东南",④其地在今河南睢县。疑其即郑桓所伐之鄶人,于春秋时已迁居至此,故地以"鄫"名。该地左氏作"鄫",同年公羊家经文却作"合",⑤二家同地异名。赵坦《春秋异文笺》卷九解其故曰:"'鄫'古或省作'曾','曾'、'合'篆文相近。"⑥陈槃先生从其说,甚是。陈氏又增引甲骨金文之"曾"字例,有迳作"合"字之形者,有甚似草书"甾"之字形者⑦。今按,以字形论,甲金文字中"曾"、"合"、"留"形似,后世以隶草书之,恐《世本》之"拾"即"合",其与《公羊传》之"留",俱即为"曾",其得斯名,当是郑桓公乘伐鄶之利占据鄶地,或挟鄶人经营斯地。而细斟《公羊传》文意,"留"似已在东方,则《世本》与《公羊传》所载或是指郑国迁出宗周后之事。然郑自桓公谋东,寄孥与贿,"十邑皆有寄地",⑧数年之后方卒定都

---

① 《毛诗正义》,第375、384页。
② 《史记》,中华书局点校本,1959年,第1758页。
③ 《春秋公羊传注疏》,中华书局缩印阮元校刻《十三经注疏》本,1980年,第2220页。
④ 《春秋左传正义》,第1928页。
⑤ 《春秋公羊传注疏》,第2300页。
⑥ [清]赵坦《春秋异文笺》,凤凰出版社影印蒉英馆石印《清经解续编》本,2005年,第10213页。
⑦ 详参陈槃《春秋大事表列国爵姓及存灭表譔异》(三订本),第557—558页。
⑧ 《国语》,第523页。

新郑,其间详情不悉,故"拾"与"留"之地望今实难确考,要之其名洵或与郑所伐之"鄫"有关。

结　　语

经由对天一阁刊订今本《竹书纪年》所载两条早期郑国史料之疏通证明,略能见其地名实而非虚,其史事亦衡之事理而可通,验之文献而有徵。如是,则西周郑史可据之增一推论。兹约撮其要:周宣王之世,郑桓公尚为王子,而非诸侯,其采邑在"洛",地在今陕西商洛一带。幽王初年,王子多父伐"鄫",此鄫即《郑语》史伯所说"申缯西戎方强"之"缯",即曾国。因伐鄫之功,王子多父增土迁邑,都于郑父之丘,故国以"郑"名,其地应正近于今陕西华县一带。

若如此说,则今本《纪年》所载郑桓公立国之史较他书为详,而与《国语》《史记》《汉书》之说比观,实微异而大同,与《世本》《公羊传》等书所言或亦不无联系,未必不可相佐。前人或因鲜信"今本",未遑深求其意,于是执"古本"与其他文献立异,是非难决,异说滋蔓。而以今之所证观之,则与旧籍多合,颇少争讼,或正如阎若璩《潜丘劄记》所论"地理之说,袭谬踵讹固不胜数,而一欲凿空出新,反不如旧说之安"[1]者欤。然晚周史事,隐晦者多,证实唯难,本篇亦不过多出推度之论,冀差堪略存臆测而已。

基金项目: 四川省古代文学特色文献研究团队(川社联函[2015]17号)建设项目。
作者简介: 邱奎,文学博士,西华师范大学文学院副教授。

---

[1] [清]阎若璩《潜丘劄记》,凤凰出版社影印上海书局石印《清经解》本,2005年,第253页。

司马相如"买官""窃色""窃财"辨

伏俊琏

提 要：从西汉扬雄开始，对司马相如的批评就没有中断过，批评的焦点集中在"买官"、"窃色"、"窃财"方面。汉初文景时期曾实行"赀选"的选官制度，司马相如的"以赀为郎"正是用这种国家法定的方式获得郎官，是合法的，不存在买官的问题。司马相如和卓文君私奔成都，是采用当时娶寡妇常用的"协议抢婚"的方式，不存在"窃色"的问题。至于司马相如和卓文君从卓王孙那里得到了巨额财富，其中很大部分是按照当时的法律卓文君应得的部分，不存在"窃财"的问题。

司马相如是汉代著名的辞赋家，后世不少人认为他的品行有瑕疵。扬雄在《解嘲》中说："司马长卿窃訾于卓氏。"①颜之推《颜氏家训·文章篇》云："司马长卿窃赀无操。"②刘勰在《文心雕龙·程器篇》也说："相如窃妻而受金。"③苏轼在《司马相如开西南夷路》和《司马相如之谄死而不已》中更斥责"司马长卿以污行不齿于蜀人"，"如相如，真可谓小人也哉"！④此后，批评司马相如"窃赀""窃色"者代有其人，时至今日，持这种观点的还大有人在。本文就《史记·司马相如列传》中"以赀为郎"、"私奔成都"和"窃赀卓氏"等涉及司马相如品行的几个关键问题提出来进行讨论。

一、说"以赀为郎"

《史记·司马相如列传》较为详细地记载了司马相如的生平，开篇曰：

---

① ［西汉］扬雄著，郑文笺注《扬雄文集笺注》，巴蜀书社，2000年，第211页。
② ［北齐］颜之推著，王利器集解《颜氏家训集解》（增补本），中华书局，2002年，第237页。
③ ［梁］刘勰著，郭晋稀注译《文心雕龙》，岳麓书社，2004年，第453页。
④ ［宋］苏轼著，孔凡礼点校《苏轼全集》，中华书局，1986年，第2011页。

> 司马相如者，蜀郡成都人也，字长卿。少时好读书，学击剑，故其亲名之曰犬子。相如既学，慕蔺相如之为人，更名相如。以赀为郎，事孝景帝，为武骑常侍。①

《汉书·司马相如传》基本转录了《史记·司马相如列传》的全文，但《史记》所载的"以赀为郎"之"赀"字，《汉书》作"訾"。颜师古解释说："訾读与赀同。赀，财也。"②颜师古的解释本来是对的，但由于太简略，以致后人理解有误，认为司马相如的官是化钱财买来的。

"訾"与"赀"二字的异同，裘锡圭先生有精准的论述：

> 当财产讲的"赀"本是訾量之"訾"的分化字。秦汉政府为了收税等方面的需要，经常訾量各家各户的财产，因此"訾"引申而有"所訾量的家产"，以至一般的家产的意思。居延汉简中记户赀之简，有"凡訾直（值）十五万"、"訾直五万千"等语，熹平四年陶瓶有"訾财千亿"等语，都用"訾"表示这类意义。后来才改"言"旁为"贝"旁，分化出了专用的"赀"字（"赀"字出现后，訾量的"訾"往往也写作"赀"。《说文》："赀，小罚以财自赎也。"这一意义的"赀"屡见于睡虎地秦墓所出的秦律。赀财、訾量的"赀"可以看作他的同形字）。《史记》、《汉书》中，家赀之"赀"本来也作"訾"，但是有的被后人改成了"赀"。例如：《史记·张释之传》有"以訾为骑郎"语，今本《汉书·张释之传》已改"訾"为"赀"。《汉书·司马相如列传》有"以訾为郎"语，今本《史记·司马相如列传》已改"訾"为"赀"。③

"以訾为郎"和"以赀为郎"的真正含义，是说司马相如是以家庭财产的多寡为标准而当选的郎官。《辞源》"赀郎"条："有一定家资为官的人。《史记·司马相如列传》：'以赀为郎，事孝景帝，为武骑常侍。'后世称以纳赀得官者为郎。"④徐复等编的《古代汉语大辞典》"赀郎"词条的释义是："《史记·司马相如列传》：'以赀为郎。'谓因有家财，被任为郎官。后因以称出钱捐官者。"⑤这些解释其实并不准确。因为有一定家资为

---

① ［西汉］司马迁《史记》卷一百一十七，中华书局，1959年，第2999页。
② ［东汉］班固《汉书》卷五十七，中华书局，1962年，第2529页。
③ 裘锡圭《文字学概要》，商务印书馆，1988年，第251—252页。
④ 《辞源》，商务印书馆，1983年，第2963页。
⑤ 徐复等编《古代汉语大辞典》，上海辞书出版社，2007年，第1735—1736页。

官,是特定时期内的选官制度。不明了这一点,很容易把它理解成出钱买官。

"訾选",是汉代文景时实施的一种官吏选拔的方式,凡拥有相当资产的富户,自备车马衣服到朝廷做官,叫做"訾选"。"訾选"的实行,有社会政治经济等多方面的原因。先秦以来的儒家认为,有恒产(固定的产业)者才能有恒心(持之以恒的毅力);没有恒产,如果有文化教养,也会具备恒心。但既无恒产也没有文化教养者就没有恒心,做事会无所顾忌。所以,这两类人所具有的社会责任是大不相同的。① 汉初文景时期,国家经济得到迅速发展,一部分人不仅拥有丰厚的资产,而且掌握着文化资源。为了拉拢这批富有阶层进入统治阶级行列,使社会稳定发展,"訾选"制度便应运而生。"訾选"必须具备一定的条件:第一,要有丰厚的家产。《汉书·张释之传》师古注引如淳说:"《汉注》赀五百万乃得为常侍郎。"②《司马相如传》师古注也说:"赀,财也。以家产多得拜为郎也。"③ 第二,赀选者要有身份限制,如商人、赘婿、触犯过法律的人不能"訾选"入仕。第三,要有政治才能。当然无产阶层中,也有才能出众者,所谓廉士就是这类人。《汉书·景帝纪》后元二年(前86)景帝颁诏:"今訾算十以上乃得宦,廉士算不必众,有市籍不得宦,无訾又不得宦,朕甚憋之。訾算四得宦,亡令廉士久失职,贪夫长利。"应劭曰:"古者疾吏之贪,衣食足知荣辱,限訾十算乃得为吏。十算,十万也。贾人有财不得为吏,廉士无訾又不得宦,故减訾四算得宦矣。"④ 标准由十万减至四万,就是对有文化而家产不足的廉士的一种照顾。清代学者何焯《义门读书记·前汉书》中说:"訾郎犹今择有身家之人,非入粟拜之比。汉初得官皆由訾算。"⑤

但是,訾选的先决条件是有钱的人,财产的限制使得选官的范围极其有限。另一方面,虽然对财产来源有一个限制(商人、贪污者不得訾选),但实行过程中,情况就逐渐变异。到了汉武帝时期,由于穷兵黩武,经济发生了严重危机。为了解决财政紧张的状况,武帝于元朔六年(前126):"诏令民得买爵及赎禁锢,免减罪。置赏官,名曰武功爵,级十七万,凡直三十余万金。诸买武功爵至千夫者,得先除为吏。"⑥"武帝即位,干戈日滋,财赂衰耗而不赡。入物者补官,选举陵迟,廉耻相冒。兴利之臣,自此始也。其后,

---

① 《孟子·滕文公上》:"民之为道也,有恒产者有恒心,无恒产者无恒心。苟无恒心,放辟邪侈,无不为已。"又《梁惠王上》:"无恒产而有恒心,惟士为能。"
② [东汉]班固《汉书》卷五十,中华书局,1962年,第2311页。
③ [东汉]班固《汉书》卷五十七,第2529页。
④ [东汉]班固《汉书》卷五,第152页。
⑤ [清]何焯著,崔高维点校《义门读书记》,中华书局,1956年,第292页。
⑥ [北宋]司马光《资治通鉴》卷十九,中华书局,1956年,第622页。

府库益虚,乃募民能入奴婢得以终身复,为郎增秩,及入羊为郎,始于此。其后四年,置赏官,命曰武功爵。……始令吏得入谷补官,郎至六百石。""黄霸以待诏入钱赏官,补侍郎谒者,坐罪免。后复入谷沈黎郡,补左冯翊二百石卒史。"①此时的"赀选"已经演变为赤裸裸的权钱交易,使一些人通过"入粟补官"、"入财者得补郎"进入官场,利用手中权力,中饱私囊,导致吏治腐败,连武帝近臣也感叹"郎选衰矣"②。所以,武帝中后期的"訾选"与司马相如时期的"訾选"名虽相同,但本质已发生了重大变化。

《史记》中"以赀为郎"这个短语只用过两次,除了《司马相如列传》这一次外,还有《张释之列传》:"以赀为骑郎,事孝文帝。"可见"以訾(赀)为郎"是文帝、景帝时期的选官用语。武帝以后,在叙述卖官鬻爵时从未使用"以赀"一词,而选用明白表示买卖性质的词,如"卖爵"、"入粟"、"输粟"、"入钱"、"入物"、"入财"、"买爵"等词汇。所以司马相如的"以赀为郎"与武帝后期的卖官鬻爵是不一样的,司马相如的官并不是买来的,而是赀选而来。

二、说"私奔成都"

根据《司马相如列传》的记载,相如并不喜欢在天子跟前做"武骑常侍",正好梁孝王来朝,当时梁王门下有邹阳、庄夫子、枚乘等一批文学之士,于是相如借身体不好辞掉了官职,来到了梁国,加入到梁园文学集团中。《子虚赋》就是这个时期创作的。几年后,梁孝王去世,继任者不好文学,相如只得回到家乡成都。在不得志之时,他的朋友王吉在临邛(今四川邛崃)做县令,他便应邀来到临邛。

> 临邛令缪为恭敬,日往朝相如。相如初尚见之,后称病,使从者谢吉,吉愈益谨肃。临邛中多富人,而卓王孙家僮八百人,程郑亦数百人。二人乃相谓曰:"令有贵客,为具召之。"并召令。令既至,卓氏客以百数。至日中,谒司马长卿,长卿谢病不能往,临邛令不敢尝食,自往迎相如。相如不得已,强往,一坐尽倾。酒酣,临邛令前奏琴曰:"窃闻长卿好之,愿以自娱。"相如辞谢,为鼓一再行。是时卓王孙有女文君新寡,好音,故相如缪与令相重,而以琴心挑之。相如之临邛,从车骑,雍容闲雅甚都;及饮卓氏,弄琴,文君窃从户窥之,心悦而好之,恐不得当也。既罢,相

---

① [南宋]徐天麟《西汉会要》,上海古籍出版社,2006年,第527页。
② [西汉]司马迁《史记》卷三十,第1437页。

如乃使人重赐文君侍者通殷勤。文君夜亡奔相如,相如乃与驰归成都。①

相如与文君私奔之事,受了后世的很多批评。这种批评不能说没有道理,但其最大的不足是用后世的观念衡量汉代人的做法。这里有两个问题要说明:一是寡妇再嫁问题,二是寡妇再嫁的方式。

先说寡妇再嫁问题。汉代妇女地位比较高,班固《白虎通·嫁娶篇》中曾说:"妻,齐也,与夫齐体。"②在婚姻问题上,她们也有较多的主动性。寡妇再嫁,也是合法合理的事情。我们可以举出很多例证。汉武帝的姑母馆陶公主寡居,先是私通董偃,后来公开化,并且得到汉武帝的认可。武帝有一次探望馆陶公主时尊称董偃为"主人翁",一时"董君贵宠,天下莫不闻"③。汉昭帝的姐姐鄂邑公主"内行不修,近幸河间丁外人"④。据《汉书·霍光传》记载,骠骑将军上官桀等按当时"以列侯尚公主"的制度,"欲为外为求封"⑤,没有成功后,又为外人求光禄大夫。他们认为这是正大光明的事情。杨树达先生《汉代婚丧礼俗考》第一章《婚姻》之第六节《改嫁改娶》中罗列了诸多寡妇再嫁的史实。薄姬初嫁魏豹,再嫁刘邦;平阳公主初嫁曹时,再嫁卫青;敬武公主初嫁张临,再嫁薛宣;王媪初嫁王更得,再嫁王乃始;汉元帝冯昭仪母亲初嫁冯昭仪父,再嫁郑翁;臧儿初嫁王仲,再嫁长陵田氏;汉桓帝邓后初嫁邓香,再嫁梁纪。更有甚者,汉初丞相陈平的妻子,之前曾有五次婚姻,而且前面五个丈夫都是死亡。陈平却设法接近讨好张氏家长,最终娶了富家寡妇。⑥

著名社会学家吴景超先生1931年发表的《两汉寡妇再嫁之俗》一文认为,陈平娶妻的故事,"有好几点值得注意:第一,嫁过五次的女子,不厌再嫁。第二,寡妇的尊长,不但不劝寡妇守节,还时时刻刻在那儿替她物色佳婿。第三,嫁过几次的女子,也有男子喜欢她,要娶她。第四,寡妇的父亲,并不以为女儿是寡妇,而降低其择婚的标准。此点从张仲的态度可以看得出来。张负肯把女儿嫁给陈平,并非降低标准,乃是他有知人之明,看清陈平虽然贫困,将来终有发达的一日。"⑦

---

① [西汉]司马迁《史记》卷一百一十七,中华书局,1959年,第3000页。
② [清]陈立撰,吴则虞点校《白虎通疏证》,中华书局,2007年,第490页。
③ [东汉]班固《汉书》卷六十五,第2855页。
④ [东汉]班固《汉书》卷六十八,第2934页。
⑤ 同上。
⑥ [西汉]司马迁《史记》卷五十六,第2051—2052页。
⑦ 吴景超《两汉寡妇再嫁之俗》,《清华周刊》第37卷536—537号,1932年。

虽然我们看到的材料记载的都是贵族间的事，但贵族的风气必然是整个社会风气的反应，我们看《汉书·朱买臣传》记载朱买臣的妻子因不满老公的性格而提出离婚，就知道当时的妇女在婚姻中是占有相当主动性的。

再说汉代寡妇再嫁的方式。寡妇再嫁的方式是多种多样的，其中有一种"抢婚制"，其历史渊源很久远，有的学者认为它是原始社会掠夺婚姻的遗存。梁启超在《中国文化史》中指出："社会学者言最初之昏姻起于掠夺，盖男子恃其膂力，掠公有之女而独据之，实为母系革命之始。我国载籍中虽无明征，然《易》爻辞屡见'匪寇昏媾'之文，其一曰：'乘马班如，泣血涟如，匪寇昏媾。'夫寇与昏媾，截然二事，何至相混？得毋古代昏媾所取之手段，与寇无大异也？故马蹄蹴踏，有如啜泣，谓之遇寇。细审乃知为昏媾也。爻辞据孔子推定，谓'兴于殷之末周之盛德'。若吾解释不缪，则掠昏之风，商周间犹未绝矣。即据《昏礼》所规定，亦有痕迹可寻，如亲迎必以昏夜，不用乐，女家三日不单烛。其制本意皆不可晓，若以掠昏遗蜕释之，则是掠者与被掠者两造各求遇密焉耳。今俗亦尚有存其余习者，如婿亲迎及门，妇家闭门，妇家儿童常哗逐媒妁之类皆是。"①抢婚制可分为两类：一类是真正的抢劫，这种掠夺式婚姻历代都有。像夏桀抢夺有施国的妹喜，商纣抢夺有苏国的妲姬，春秋时楚文王抢夺息国王后，楚庄王欲夺夏姬为妻等。第二类可以叫默契抢婚，这种默契抢婚，是双方事先商议好的，主要是针对寡妇。中国传统观念认为，死了丈夫的女人有"克夫"之嫌，尤其是结婚不久就死了丈夫或死了不止一个丈夫的寡妇。《左传·成公二年》记楚庄王欲娶夏姬为妻，申公巫臣说夏姬"是不祥人也"②，就是指她的"克夫"。因为寡妇有不祥的"晦气"，可以用非正常的抢婚形式得到"冲洗"。司马相如所在的巴蜀地区，汉代以后才与中原地区的文化交流逐渐展开，因而保留了更多的独特民俗。《汉书·地理志》记载巴蜀一带："民食稻鱼，亡凶年忧，俗不愁苦，而轻易淫泆，柔弱褊阸。景、武间，文翁为蜀守，教民读书法令，未能笃信道德，反以好文刺讥，贵慕权势。"③所谓"未能笃信道德"，实际上是说和中原的道德准则不同。《史记·司马相如列传》是根据司马相如的《自叙》改写而成的，《列传》中津津乐道的和卓文君私奔之事，正是司马相如的自我炫耀，但又符合当时蜀地的风俗。虽然还没有发现司马相如时代巴蜀地区的抢婚史料，但唐宋以来，有关西南地区

---

① 梁启超《梁启超全集》，北京出版社，1999年，第5080页。
② 杨伯峻《春秋左传注》，中华书局，1990年，第803页。
③ ［东汉］班固《汉书》卷二十八，第1645页。

的抢婚史料时有所见,如陆游《老学庵笔记》、范成大《桂海虞衡志》,以及清人方桂的《东川府志》和曹树翘《滇南杂志》都有记载。而宋人周去非《岭外代答》卷十云:"深广俗多女,嫁娶多不以礼。……始也既有桑中之约,即暗置礼聘书于父母床中,乃相与宵遁。父母乍失女,必知有书也。索之衽席间,果得之,乃声言讼之,而迄不发也。岁月之后,女既生子,乃与婿备礼归宁。预知父母初必不纳,先以醨酒入门。父母佯怒,击碎之。婿因请托邻里祈恳,父母始需索聘财,而后讲翁婿之礼。"①这段记载,可以为司马相如窃卓氏的注脚。

我们认为,司马相如和卓文君私奔的方式是当时"抢婚"风俗的一种表现。司马相如为什么要采用这种方式呢?我们推测:一则卓文君为"新寡",有不祥的"晦气",当用抢婚为其冲刷;二是因为当时妇女地位高,寡妇再婚也不会降低标准,富有的卓王孙为自己新寡的女儿择婿,当然不会降低标准。司马相如虽曾"以赀为郎",说明家境还是相当富有,还在朝廷和梁国做过官,有一定的积蓄。但回到成都时已是家道衰落,要用正常的婚礼迎娶卓文君,庞大的聘礼也是一个很大的问题。所以采用私奔的方式就是一个较好的选择。既符合当时的礼俗,又可以减少丰厚的聘礼,是一箭双雕的好事。卓王孙大怒于文君私奔相如,并非大怒女儿再嫁,而是不满意司马相如是个穷光蛋,尤其不满意相如用抢婚的方式完成其婚姻。抢婚虽然是当时的婚俗之一,但毕竟是婚礼中的下策。

三、说"窃赀卓氏"

《史记·司马相如列传》记载,相如、文君到了成都,家居徒四壁立:

> 文君久之不乐,曰:"长卿第俱如临邛,从昆弟假贷犹足为生,何至自苦如此!"相如与俱之临邛,尽卖其车骑,买一酒舍酤酒,而令文君当垆。相如身自著犊鼻裈,与保庸杂作,涤器于市中。卓王孙闻而耻之,为杜门不出。昆弟诸公更谓王孙曰:"有一男两女,所不足者非财也。今文君已失身于司马长卿,长卿故倦游,虽贫,其人材足依也,且又令客,独奈何相辱如此!"卓王孙不得已,分予文君僮百人,钱百万,及其嫁时衣被财物。文君乃与相如归成都,买田宅,为富人。②

---

① [南宋]周去非著,杨武泉校注《岭外代答校注》,中华书局,1999年,第430页。
② [西汉]司马迁《史记》卷一百一十七,第3000—3001页。

对于所谓司马相如"窃妻受金",从表面上看,确有一石二鸟之计,不仅获得佳人的死心追随,而且通过其窃妻而受金,摆脱了生活的窘境。但事情的真相并非如此。

从《史记·司马相如列传》的记载言,回临邛是他们的一种最佳选择。他们不能坐吃山空,那该如何办呢?卓文君的回答是"从昆弟假贷尤足为生",并无向卓王孙索取财物的想法。"假贷"是一种十分正常的社会行为。况且到临邛后,他们二人共同参与劳动,直面窘境,放弃自小过惯的衣食无忧的生活,毅然自己动手,自力更生维持自己的生活,并未有窃赀的意图。为何去临邛谋生,而不选择其他地方呢?除了"从昆弟假贷",人脉资源好之外,还有一个重要原因,就是临邛的地理优势。据《史记·司马相如列传》和《史记·货殖列传》记载,临邛为古巴蜀四大古城之一,秦汉时期这里"舟车争路,商旅敛财",有铁矿,靠经营盐铁等致富的比比皆是,故有南来北往的人流,是西南地区经贸往来的枢纽,市场的需求旺盛。

瞿同祖先生在《汉代社会结构》中认为汉代社会等级划分的标准大致有四个方面。第一个尊崇脑力劳动者。脑力劳动需要具备大量的知识,并在维持社会和政治秩序方面有举足轻重的作用,而体力劳动不需要这么多知识。因此,脑力劳动就成了较高社会地位的象征,体力劳动就成了下等人的营生手段。第二个标准是受教育的程度。因知识是从事脑力劳动的必要前提,受教育的程度从而也就变成了一种评价的标准,读书人会受到整个社会的高度尊重。第三个标准是财产。因为财产可以决定一个人有多少可供选择的机会,从而在一定程度上决定他的等级地位。除此以外,财产也是可以提供受教育的手段。尤其财产是通过"赀选"跻身统治者行列的基本条件。第四个标准是政治权势,且需十分重视。因政治权力的分配和社会地位与财富的分配之间,有一种密切的共生关系。政治地位不仅可以给他的占有者带来权利和名望,同样也给他带来了致富或发家的机会。一旦跻身富贵,一个穷困潦倒的人也会有高人一等的地位;与此同时,他的政治地位又会迅速给他带来财富。[1]

司马相如曾在天子身边为官,又到当时的文化中心梁国做官,所以回到家乡后,自然成为名人而受到欢迎。不仅临邛令一再拜访,而且当地的富商卓王孙也设宴款待了司马相如。而卓王孙设宴款待司马相如、王吉的原因是卓王孙作为商人,在政治上没什么权力。且其经济力量不断受到政治权力的威胁,卓王孙试图跟有权势的官僚和贵族结交,以求得他们的庇护。作为受到皇帝青睐的文化名人司马相如,虽一时贫穷,但其发展潜力还是巨大的,不然县令、富商是不会巴结的。尤其是富豪们虽有财富可以享受

---

[1] 瞿同祖《汉代社会结构》,上海人民出版社,2007年,第72—74页。

足够的荣华,但却超越不了他们在政治上的法定地位。所以卓王孙与司马相如的联姻,其实是两股文化势力的联合。

还有一个问题要讲清,卓文君从父亲那里得到"僮百人,钱百万,及其嫁时衣被财物"①,好像是相如和文君设局套来的。如果结合当时有关继承的法律,就会知道,这部分财产是文君应得的。汉代女性是有继承权的,《史记·货殖列传》:"而巴寡妇清,其先得丹穴,而擅其利数世,家亦不訾。清,寡妇也,能守其业,用财自卫,不见侵犯。"②寡妇清"能守其业,用财自卫,不见侵犯",是因为其继承权利有法律的保障。如张家山汉简《二年律令·置后律》规定:"死,毋子男代户,令父若母,毋父母令寡,毋寡令女,毋女令孙,毋孙令耳孙,毋耳孙令大父母,毋大父母令同产。"③其继承顺序是:儿子→父母→妻子→女儿→孙子→重孙→大父母→同产。《二年律令·置后律》还规定:"寡为户后,予田宅,比子为后者爵。"④寡妻继立为户主,按照法律继承田宅,和儿子继承户主和爵位的相关权益是一致的。所以,卓文君是有权利继承丈夫遗产的,即使公婆健在,由他们来继承,但文君带去的嫁奁是一定得继承的。汉代陪嫁成风,嫁奁丰厚。不仅"遣女满车,富者欲过,贫者欲及"⑤,家境富裕的人家还往往陪有侍婢。《急就篇》卷三:"妻妇聘嫁赍媵僮,奴婢私隶枕床杠。蒲蒻蔺席帐帷幢,承尘户幰条缋总。"⑥颜师古注曰:"赍者,将持而遣之也。媵,送女也;僮,谓仆使之未冠笄者也。言妇人初嫁,其父母以仆妾财物将送之也。"⑦女子对嫁奁拥有所有权,可以自由处置。张家山汉简《二年律令·置后律》:"女子为父母后而出嫁者,令夫以妻田宅盈其田宅。宅不比,弗得。其弃妻,及夫死,妻得复取以为户。弃妻,畀之其财。"这是说,因父母死亡而继承户主的女子出嫁时,她的田宅可以纳入丈夫的田宅范围,如果两者的宅舍相距较远,则妻子的宅院不能纳入丈夫的家中。一旦女子被遗弃,或者丈夫死了,她可以索回自己的田宅、财产,重新获得户主地位。说明女性独立的财产权受到法律的保护⑧。卓王孙富拟天子,他给文

---

① [西汉]司马迁《史记》卷一百一十七,第3001页。
② [西汉]司马迁《史记》卷一百二十九,第3260页。
③ 朱红林《张家山汉简二年律令集释》,社会科学文献出版社,2005年,第230页。
④ 朱红林《张家山汉简二年律令集释》,第233页。
⑤ [东汉]应劭著,吴树平校释《风俗通义校释》,天津人民出版社,1980年,第336—337页。
⑥ [西汉]史游著,曾仲珊点校《急就篇》,岳麓书社1989年,第182—184页。
⑦ 同上,第183页。
⑧ 关于汉代妇女的继承权问题,可参看:王辉《试析汉代妇女的继承权》(《信阳师范学院学报》2007年第4期),翟麦玲《论汉代女子的财产继承权》(《鲁东大学学报》2009年第5期),李均明《张家山汉简所见规范继承关系的法律》(《中国历史文物》2002年第2期),臧知非《张家山汉简所见西汉继承制度初论》(《文史哲》2003年第6期)。

君的陪嫁一定相当丰厚。这些嫁奁,在她新寡时带回了娘家。她和相如以私奔的形式成婚,虽不合当时大家的礼仪,但也合乎抢寡妇的婚俗。所以卓王孙虽然大怒,但法律规定的文君应得之分,在他在心平气消后还是给了文君。至于后来,司马相如以天子使者身份持节使蜀,蜀郡太守及其属官都到郊外迎接相如,县令更是背负着弓箭在前面开路,蜀人都以此为荣。于是卓王孙、临邛诸位父老都凭借关系来到相如门下,献上牛和酒,与相如畅叙欢乐之情。卓王孙更是感叹万分,"自以得使女尚司马长卿晚,而厚分与其女财,与男等同"①,那是古今商人共有的本性,与相如"窃财"无涉。

历史上诸多对司马相如的批评,是建立在对司马相如时代的政治制度、法律制度、文化风俗理解不全面的基础之上的。孟子说,要"知人论世"。汉初文景时期曾实得"赀选"的选官制度,司马相如的"以赀为郎"正是用这种国家法定的方式获得郎官的,是合法的,不存在买官的问题。而司马相如和卓文君私奔成都,是采用当时娶寡妇常用的"协议抢婚"的方式,不存在"窃色"的问题。至于司马相如和卓文君从卓王孙那里得到了巨额财富,其中很大部分按照当时的法律是卓文君应得的,不存在窃财的问题。

基金项目:四川省古代文学特色文献研究团队(川社联函[2015]17号)建设项目。
作者简介:伏俊琏,文学博士,西华师范大学文学院教授。

---

① [西汉]司马迁《史记》卷一百一十七,第3047页。

质疑王祥卧冰求鲤三题

王胜明

提　要："卧冰求鲤"是最为著名的中国古代民间传说之一,近年来,山东临沂、江西抚州、河南新安皆声称为王祥"卧冰求鲤"发生地。但考诸历代各类文献,则知唐代及先唐文献并无王祥"卧冰求鲤"之说,所谓王祥"卧冰求鲤"乃宋人附会"楚僚卧冰"事。山东临沂所称"孝河"或"王祥河"最早出现于宋代文献,且王祥祖籍临沂,琅琊王氏之盛始于王祥,王祥之后,衣冠之盛甲于江左,故其所谓"卧冰求鲤"处很可能是后人附会。其余各处"卧冰求鲤"处及王祥墓等多为散居各地王氏后人追奉先祖而后建,或当地官员士绅推崇王祥孝行而仿建,综合分析相关文献,王祥"求鱼"处应在洛阳新安。

"卧冰求鲤"是中国古代著名的民间传说之一,也是非常重要的文学创作题材,讲述晋人王祥冬日为继母捕鱼,孝行感天而冰破鱼跃之事。后世奉为孝道经典故事,元人郭居敬将其列入"二十四孝",如今已经入选山东省民间文学类非物质文化遗产,山东省临沂市兰山区白沙埠镇因之举办两次"孝河文化节",称:"孝子王祥卧冰求鲤、侍奉继母的故事感动和教育着一代又一代的后人,王祥卧冰求鲤的孝河也成了历史敬仰的孝贤圣地。"[①]

但是,声称为王祥"卧冰求鲤"发生地者,全国有三处。其一,山东临沂:"孝河又称孝感河,王祥卧冰求鲤处,位于山东临沂白沙埠镇境内。"[②]其二,江西抚州,见江西"大江论坛"之"崛起抚州"栏目所载《强烈声讨山东临沂,典故卧冰求鲤出自抚

---

① http://baike.baidu.com/link?url=ZAkY-8I4HTJQDpb0DnmQYI6kxT6X7mDsnxYxSOqm54Xazee5rMS-hUp5aLtTkR8ebIFpeKzyL1oLmG7soDL2_a。

② http://baike.baidu.com/view/1748949.htm?fr=aladdin。

州》①网文。其三,河南新安,见《洛阳晚报》2013 年 10 月 18 日庄学《王祥河:"卧冰求鲤"发生地》②。

王祥"卧冰求鲤"究竟在何处?让我们从历代文献所载王祥及其"卧冰求鲤"记录中探寻真相。

一、唐代及先唐文献并无王祥"卧冰求鲤"之说

王祥"求鲤",最早见于东晋孙盛《晋阳秋》:"后母数谮祥,屡以非理使祥,弟览辙与祥俱。又虐使祥妇,览妻亦趋而共之。母患,方盛寒冰冻,母欲生鱼,祥解衣将剖冰求之,会有处冰小解,鱼出。"③谓王祥欲剖冰求鱼,正好一处河冰融化,鱼跃出。事件当属巧合,叙事较为客观。但在孙盛《异同杂语》中,却变为孝心感天的灵异事件:"祥字休徵。性至孝,后母苛虐,每欲危害祥,祥色养无怠。盛寒之月,后母曰:'吾思食生鱼。'祥脱衣将剖冰求之,少顷,坚冰解,下有鱼跃出,因奉以供,时人以为孝感之所致也。"④文中冰裂鱼跃,不再是巧合,而为上天奖励孝道的结果,刻意加工痕迹明显。

干宝在《异同杂语》基础上增添若干信息,以小说创作手段神化王祥"性至孝"的感染力,情节更加生动。《搜神记》卷十一云:"王祥字休徵,琅邪人。性至孝。早丧亲,继母朱氏不慈,数谮之。由是失爱于父,每使扫除牛下。父母有疾,衣不解带。母常欲生鱼,时天寒冰冻,祥解衣,将剖冰求之。冰忽自解,双鲤跃出,持之而归。母又思黄雀炙,复有黄雀数十入其幕,复以供母。乡里惊叹,以为孝感所致。"⑤所补"黄雀入幕"事出萧广济《孝子传》:"祥后母忽欲黄雀炙,祥念难卒致。须臾,有数十黄雀飞入其幕。母之所须,必自奔走,无不得焉。其诚至如此。"⑥

唐人房玄龄等撰《晋书》在此基础上整合《世说新语》、《孝子传》等材料,继续增益完善,卷三十三王祥本传云:"王祥,字休徵,琅邪临沂人,汉谏议大夫吉之后也。祖仁,青州刺史。父融,公府辟不就。祥性至孝。早丧亲,继母朱氏不慈,数谮之,由是失爱于父。每使扫除牛下,祥愈恭谨。父母有疾,衣不解带,汤药必亲尝。母常欲生鱼,时天寒

---

① http://bbs.jxnews.com.cn/thread-474366-3-1.html。
② http://lywb.lyd.com.cn/html/2013-10/18/content_996114.htm。
③ [南朝梁]刘孝标注《世说新语》卷上之上引,四部丛刊景明袁氏嘉趣堂本。
④ [南朝宋]裴松之注《三国志》卷十八《魏书·吕虔传》引,中华书局,2011 年,第 119—450 页。
⑤ [东晋]干宝《搜神记》卷十一,明津逮秘书本。
⑥ [南朝梁]刘孝标注《世说新语》卷上之上引,四部丛刊景明袁氏嘉趣堂本。

冰冻,祥解衣将剖冰求之,冰忽自解,双鲤跃出,持之而归。母又思黄雀炙,复有黄雀数十飞入其幕,复以供母。乡里惊叹,以为孝感所致焉。有丹柰结实,母命守之,每风雨,祥辄抱树而泣。其笃孝纯至如此。"①

比较上述材料,可见从晋代开始,王祥孝行故事一直在不断增益和完善中,情节因之越加生动和神异。《晋阳秋》所述王祥事比较简单平实,仅围绕"求鲤"展开叙事,并无其他枝蔓,甚至王祥籍贯、后母姓氏等信息皆未叙及。《异同杂语》所述鱼跃之事明显带上神异色彩。与《晋阳秋》和《异同杂语》相比,《搜神记》叙事比较完整,不光增加王祥籍贯琅邪、继母朱氏等背景信息,还补充"黄雀入幕"等相关内容。唐修《晋书》本传基本沿袭《搜神记》,但内容更加丰富,又加入王祥家世信息及"守柰"等事,使其更加符合史书叙事风格和体例。

上述材料的共同点是,王祥"求鱼"并非如后世所言"卧冰求鲤",而是"剖冰求鱼",并且在接受过程中逐步形成"扣冰泣笋"典故,如隋人萧吉《五行大义》卷二:"舜之至孝,尚大杖则逃;王祥扣冰,孟宗泣笋,此岂是义方之教?"②

可见,唐代及先唐文献并无王祥"卧冰求鲤"事。

二、王祥"卧冰求鲤"乃宋人附会"楚僚卧冰"事

王祥"求鲤"的叙述混乱肇端于宋代,主要表现有二:其一是各类文献记载王祥"扣冰(剖冰)求鱼"地越来越多,主要有以下地区:1. 保州曹河(今河北省保定市徐水县漕河镇),见于黄震《黄氏日钞》卷六十七:"七十里至保州。十里,过徐河;十里,过曹河,俗传王祥卧冰处。"③ 2. 江南东道武进县(今江苏省常州市武进区),见于乐史《太平寰宇记·江南东道四》:"孝感渎,去州八十五里。王祥,临沂人。事后母,寓居武进县尚义乡。母疾思鱼,祥解衣,将剖冰求之,忽双鲤跃出,即此渎也。"④ 3. 毗陵(今江苏常州市区),见于史能之《(咸淳)重修毗陵志·古迹》:"卧冰池一在郡城太平桥南,一在武进县滆湖西,曰孝感渎。"⑤ 4. 淮南道望江县(今安徽省安庆市望江县),见于乐史《太平寰宇记·淮南道三》:"望江县,南二百十六里,旧五乡,今三乡……王祥池,在县西南二十

---

① [唐]房玄龄等《晋书》卷三十三,中华书局,1974年,第987页。
② [隋]萧吉《五行大义》卷二,清佚存丛书本。
③ [宋]黄震《黄氏日钞》卷六十七,至元刻本。
④ [宋]乐史《太平寰宇记》卷九十二,中华书局,2007年,第1842页。
⑤ [宋]史能之《(咸淳)重修毗陵志》卷二十七,明初刻本。

里即卧冰取鱼处也。"5. 抚州（郡治临川，今江西省抚州市临川区），如刘克庄《御书抚州忠孝堂》："郡旧有颜公祠，前人纪咏详矣。王祥卧冰池在孝□寺，距城五里许。"①又潘自牧《记纂渊海》卷十一："抚州……金溪水、铜斗山、灵秀山皆在金溪，卧冰池在城东，乃王祥卧冰之所。"② 6. 沂州（今山东省临沂市），见于潘自牧《记纂渊海》卷十七："沂州……泽笔池，在沂水县城内，王羲之曝书堂前……王祥河，在峄县北，即卧冰跃鲤处。"③ 7. 浙江吴兴（今浙江省湖州市吴兴区），见于谈钥《（嘉泰）吴兴志·事物杂志》："卧冰池，在县西南六十里，方广十余丈。旧编云：故老相传，以为王祥卧冰之所。"④

其二是为了渲染王祥孝行，将唐代及先唐文献所载王祥"扣冰（剖冰）求鱼"事逐步改为"卧冰求鲤"。在北宋早期文献中，有关王祥"求鱼"，一般皆谓"扣冰"或"剖冰"，李昉等所编《太平御览》多处录王祥事，皆言"扣冰"或"剖冰"。如其《时序部十一》引《孝子传》："盛寒，河水坚冰，网罟不施。母欲得生鱼，祥解褐扣冰求之，忽冰小开，有双鱼出游。"⑤《鳞介部八》引《晋书·王祥传》："母欲生鱼，时天寒水冻，祥解衣将剖冰求之，冰忽自解，双鲤跃出，持之而归。"⑥《帝德》录庾信《王祥扣冰鱼跃》："王祥之母，鲜鳞是求。冰连钧浦（《文苑英华》等作"钓浦"），冻塞寒流。精诚有感，无假沉钩。二老同膳，双鱼共浮。"⑦但从乐史《太平寰宇记》开始，"扣冰"或"剖冰"即变为"卧冰"，如前引卷一百二十五《淮南道三·舒州》之"望江县"条："王祥池，在县西南二十里。即卧冰取鱼处也。"⑧这是北宋文献中所见极少的王祥"卧冰"资料。

王祥"卧冰求鱼"之说广泛现于文献是在南宋，当时很多著作中均有类似说法，如刘克庄《杂咏一百首·王祥》："礼律通称母，能分继与亲。乃知履霜子，绝似卧冰人。"⑨邵雍《梦林玄解·梦占》："占曰：王祥卧冰，出鱼救母。今若梦之，父母有病渐愈，妇人有孕主生孝子，经商有意外之望。"⑩史能之《（咸淳）重修毗陵志·山水》："孝感渎，在

---

① ［宋］刘克庄《御书抚州忠孝堂》，载《后村集》卷九十，四部丛刊景旧钞本。
② ［宋］潘自牧《记纂渊海》卷十七，清文渊阁四库全书本。
③ 同上。
④ ［宋］谈钥《（嘉泰）吴兴志》卷十八，民国吴兴丛书本。
⑤ ［宋］李昉等《太平御览》卷二十六，中华书局，1960 年，第 125 页。
⑥ 同上，卷九百三十六，第 4159 页。
⑦ ［宋］李昉等《文苑英华》卷七百八十，中华书局，1970 年，第 4117 页。
⑧ ［宋］乐史《太平寰宇记》卷一百二十五，中华书局，2007 年，第 2481 页。
⑨ ［宋］刘克庄《杂咏一百首·王祥》，载《后村集》卷十四，四部丛刊景旧钞本。
⑩ ［宋］邵雍《梦林玄解》卷二，明崇祯刻本。

县西南七十里,通漏湖,晋王祥与继母寓此卧冰,得双鲤。故名。"①释惠洪《林间录》卷上:"嗟乎,人莫不有忠孝之心也,而王祥卧冰则鱼跃,耿恭拜井则泉冽,何也?盖其养之专,故灵验之应速如影响。"②曾季狸《艇斋诗话》:"卧冰于鱼事,用之则可。孟宗乃母亡后思母所嗜冬月生笋,恐不应用也。"③袁甫《承务郎致仕洪君墓志铭》:"然王祥事母孝,一日母思食鱼,走溪浒求弗获,忽双鳞跃出,取以进。语子女曰:'始吾疑王祥卧冰近诬,今信矣。'"④

上述混乱的出现,说明宋人对王祥孝行的不断推崇和景仰,因此才会出现七地争相标榜为王祥"卧冰求鱼"地的盛况。但时人对王祥求鱼事的认识并未达到一致,同一诗文或著作中,会同时出现对王祥"扣冰"("剖冰")、"卧冰"的不同叙述,如郑思肖《王祥剖冰图》:"母病杯羹意未谐,解衣竟欲卧冰开。有心直透清波下,安得无鱼跃出来。"⑤诗题明言咏"剖冰",但诗中却言"卧冰"。吴淑《事类赋·地部》:"《晋书》曰:王祥事后母孝谨。母冬月思鲤鱼,祥遂脱衣叩冰,冰开,有双鲤跃出。"⑥先言"王祥求鱼而见卧",后又引《晋书》云"叩冰"。谢维新《事类备要·亲属门》:"祥解衣将剖冰求之,冰忽自解,双鲤跃出。"⑦标题为"天寒卧冰",释文却云"卧冰"。同一著作中出现多处王祥"卧冰"或"求鱼"地的例子亦不鲜见,除前引《太平寰宇记》卷九十二所载武进县(今江苏省常州市武进区),卷一百二十五所载望江县(今安徽省安庆市望江县);《记纂渊海》卷十一所载抚州(今江西省抚州市),卷十七所载沂州(今山东省临沂市)之外,王象之《舆地纪胜》一书记载了四处王祥"卧冰"地,卷四谓在吴兴:"卧冰池,在吴兴县,旧编云王祥卧冰之所。"⑧卷六谓在武进:"孝感渎……晋王祥,临沂人。事后母寓居武进县尚义乡,母思鱼,祥解衣将剖冰求之,忽双鲤跃出,即此渎也。"⑨卷二十九谓在抚州临川县:"忠孝堂,在郡治(临川),绘王太傅祥、颜鲁公像于中郡,有王祥扣冰池故也。"⑩卷四

---

① [宋]史能之《(咸淳)重修毗陵志》卷十五,明初刻本。
② [宋]释惠洪《林间录》卷上,清文渊阁四库全书本。
③ [宋]曾季狸《艇斋诗话》,清光绪琳琅秘室丛书本。
④ [宋]袁甫《承务郎致仕洪君墓志铭》,载《蒙斋集》卷十八,清文渊阁四库全书补配清文津阁四库全书本。
⑤ [宋]郑思肖《王祥剖冰图》,载《郑所南诗文集》诗集,四部丛刊续编景林佶手钞本。
⑥ 吴淑《事类赋》卷八,宋绍兴十六年刻本。
⑦ [宋]谢维新《事类备要》前集卷二十五,清文渊阁四库全书本。
⑧ [宋]王象之《舆地纪胜》卷四,清景宋钞本。
⑨ 同上,卷六。
⑩ 同上,卷二十九。

十六谓在望江:"王祥池,在望江地。《志》云王祥得双鲤处。"①其实对于这些记载,宋人也心存疑虑,如王象之《舆地纪胜》卷第二十九:"卧冰池,在郡城东。王祥乃琅琊人,世传沂水岁寒冰厚,独祥卧处阙而不合。临川旧亦有冰泮之异,由是疑信相传,岂祥避地卢江,遂成遗迹耶?"②祝穆《方舆胜览》卷二十一:"卧冰池,在郡城东。王祥乃琅琊人,岂祥避地卢江,遂成遗迹耶?"③

宋人改王祥"剖冰(扣冰)求鱼"为"卧冰求鲤",很可能是将东晋楚僚"卧冰求鲤"事附会于王祥。《搜神记》卷十一云:"楚僚,早失母,事后母至孝……乃梦一小儿,语母曰:'若得鲤鱼食之,其病即差,可以延寿。不然,不久死矣。'母觉而告僚,时十二月,冰冻,僚乃仰天叹泣,脱衣上冰,卧之。有一童子,决僚卧处,冰忽自开,一双鲤鱼跃出。僚将归奉其母,病即愈。寿至一百三十三岁。盖至孝感天神,昭应如此。"④个中原因一方面可能是误抄所致,因为《搜神记》卷十一载孝子事迹14条,其中王祥、王延与楚僚三人事迹相连,故在传抄时将楚僚"卧冰"与王祥"剖冰"事迹混淆,遂将"扣冰(剖冰)求鱼"而改为"卧冰求鲤"。另一方面则可能是有意附会,因为王祥以孝著称,在践行"以孝治天下"的封建王朝都是重点旌表对象。早在西晋时期,就是朝廷标榜的典型,"武帝践阼,拜太保,进爵为公,加置七官之职"。"太保元老高行,朕所毗倚以隆政道者",享受"赐几杖,不朝,大事皆谘访之"⑤的超级待遇。更为重要的是,王祥兄王览之孙王导在东晋建立和稳定过程中起到了举足轻重的历史作用,位极人臣,与其从兄王敦一内一外,形成"王与马,共天下"的格局,王氏后人因之极盛于江南,为天下第一望族。族中人才辈出,冠冕不替,有"琅琊八王"之称:"晋王氏自王书生祥、览,而祥位三公。同时衍、绥、澄、戎、敦、导、玄并位至三公,才名冠世,人号琅琊八王。导之后洽、悦、昙首、弘、俭又累世贵盛,与五代相终始。"⑥因琅琊王氏之盛始于王祥,"晋王祥之后,衣冠之盛甲于江左,公之弗施也,或者天将侈之于其后也"⑦,因此为了宣传王祥"孝感天神"之神迹,遂将东晋楚僚"卧冰求鲤"事附会王祥。

---

① [宋] 王象之《舆地纪胜》卷四十六,清景宋钞本。
② 同上,卷第二十九。
③ [宋] 祝穆《方舆胜览》卷二十一,清文渊阁四库全书本。
④ [晋] 干宝《搜神记》卷十一,明津逮秘书本。
⑤ [唐] 房玄龄等《晋书》卷三十三《王祥传》,第988页。
⑥ [明] 王圻《续文献通考》卷二百十一,明万历三十年松江府刻本。
⑦ [明] 郑善夫《少谷集》卷十二,清文渊阁四库全书补配清文津阁四库全书本。

三、王祥"求鱼"处应在洛阳新安

王祥"卧冰求鲤"乃后人附会,但"剖冰求鱼",事应不虚。那么,王祥"求鱼"究竟在何处?种种材料显示,应在洛阳新安,理由有二:

其一,从晋代开始,传世文献即有孝水或王祥河在洛阳新安的记载。曾与王祥同朝为官的潘岳有《西征赋》,云:"澡孝水而濯缨,嘉美名之在兹。夭赤子于新安,坎路侧而瘗之。亭有千秋之号,子无七旬之期。"①此赋最早透露了王祥"求鱼"的地理信息,赋中"孝水"正是寻找王祥"求鱼"处的钥匙。潘岳《伤弱子序》云:"惟元康二年(292)三月壬寅,弱子生,五月,余之长安,壬寅,馆于新安之千秋亭。甲辰而弱子夭,乙巳瘗于亭东。"②则此赋作于元康二年(592)潘岳自洛阳赴长安时逗留新安期间,说明当时新安已有"孝水"。赋中所谓"嘉美名之在兹"即在嘉美王祥孝行。北魏郦道元《水经注》亦云洛阳有"孝水",谓孝水本名"俞随水",因王祥孝行而改名。《水经注·谷水》云:"《山海经》曰:平蓬山西十里厘山,其阳多琈㻬之玉。俞随之水出于其阴,北流注于谷,世谓之孝水也。潘岳《西征赋》曰:澡孝水以濯缨,嘉美名之在兹。是水在河南城西十余里,故吕忱曰:孝水在河南郡。"③

唐代文献中,即有以孝水命名的洛阳地名,如唐天宝七年(748)《唐故文安郡文安县尉太原王府君夫人勃海李氏墓志铭并序》云:"夫人即衡水公第三女,载十八,适于王氏,时王公衡水主簿回而结婚也……夫人以天宝七载十一月四日遘疾,终于河南县孝水里私第舍,春秋卌有四。惟夫人性含谦顺,德蕴贤和。惜乎,以天宝七载十一月廿四日葬于洛阳北原,礼也。"④亦有将孝水作为洛阳特殊地标的文献记录,如唐志中出现"孝水"的墓主人或家于洛阳,如显庆二年(657)《大唐故张夫人墓志铭》:"夫人张氏,河南伊阙人也。氏族之兴,焕乎绨素。或名标孝水,见美宣王;选重诸侯,垂光鲁册。"⑤"伊阙"即唐东都洛阳伊阙县。或卒葬于洛阳,如乾封二年(667)《唐故左骠骑左一车骑将军上柱国王君墓志铭》:"以显庆三年十月七日寝疾,卒于思恭里第,春秋六十有六……粤以乾封二年二月十八日,合葬于北芒山之平原,礼也……圣武发祥,宾笙演庆。银册

---

① [晋]潘岳《西征赋》,载《文选》卷十,上海古籍出版社,1986年,第446页。
② [晋]潘岳《伤弱子序》,同上。
③ [北魏]郦道元著,陈桥驿校证《水经注校证》,中华书局,2007年,第390页。
④ 北京图书馆金石组《中国历代石刻拓本汇编》,中州古籍出版社,1989年,第25册,第154页。
⑤ 周绍良、赵超《唐代墓志汇编》,上海古籍出版社,1992年,第256—257页。

传宝,金貂阐命。孝水征源,仙凫早泳。"①乾封二年(667)《唐故游击将军信义府果毅都尉韩逻夫人苑陵县君靳氏墓志铭并序》:"粤以大唐乾封二年六月九日卒于时邕里,呜呼哀哉!即以其年七月十四日合葬于邙山之阳,礼也……鸳飞桃李,端默成蹊。魂归松栢,风景含凄。荆云遽敛,楚日先霾。心崩孝水,悲深乃怀。"②咸亨二年(671)《唐故奉议郎上柱国史府君墓志铭并序》:"公藻神孝水,疏构仁峰。汪汪怀不测之津,岩岩峻弥□之趾……以咸亨二年十月十四日,春秋五十有一,薨于私第……以其年十一月十六日,窆于邙岭之阳清风之里,礼也。"③上述资料中"思恭里"、"时邑里"皆为东都洛阳城坊名,"北芒山"、"邙山"、"邙岭"皆指北邙山,乃洛阳著名葬地,因墓主人卒葬洛阳,遂于墓志铭中以孝水作为洛阳地标,寄托哀思。

  元代有石刻文献说明洛阳孝水与王祥的关系,至正三年五月"晋太保孝王祥碑"碑文云:"□□河南三十里,有小河自南而北,曰孝水。水右以居成聚,曰孝水店。"④明清记录更多,如李贤《明一统志·河南府》:"孝水,在府城西南三十里,源出谷口山,流入涧水,世传晋王祥剖冰于此。"又云:"王祥墓在府城西。"⑤而张瀚《北游纪》则直洛阳孝水乃王祥"王祥剖冰得鲤处":"自孟津南渡,曰河南,亦曰周南。周南以东,有忠臣唐狄梁公墓碣,有孝子晋太师王祥石碑,而河名孝水,即王祥剖冰得鲤处。"⑥明人又称孝水"王祥河"。如文翔凤《伊书子南国讲录一》:"昔过洛西之王祥河,礼之。"⑦清人如顾炎武《肇域志》卷二十九:"少室山,西接万安阙、塞山,半入洛阳界。谷口山,在县西南三十里,谷水所出,晋王祥葬此山下,名孝水,流入于涧。"⑧顾祖禹《读史方舆纪要》卷四十八:"孝水在府西二十里,出谷口山,本名谷水,晋王祥卧冰于此,因改为孝水。"⑨杨守敬《隋书地理志考证》卷三:"缺门山,今新安县西三十里……孝水今洛阳县西二十里。《纪要》:出谷口山,本名谷水,晋王祥卧冰于此,因改为孝水。"⑩高一麟《洛阳古意二十首·王祥河》一诗:"不惜严寒□一身,购来异膳供慈亲。而今犹跃双双鲤,谁是当年冰

---

① 周绍良、赵超《唐代墓志汇编》,上海古籍出版社,1992年,第456—457页。
② 同上,第462—463页。
③ 赵君平《邙洛碑志三百种》,中华书局,2004年,第79页。
④ 《晋太保孝王祥碑》收藏于今河南洛阳市新安县磁涧镇老井村王氏祠堂(当地人称王祥庙)。
⑤ [明]李贤《明一统志》卷二十九,清文渊阁四库全书本。
⑥ [明]张瀚《北游纪》,载《松窗梦语》卷二,清钞本。
⑦ [明]文翔凤《伊书子南国讲录一》,载《皇极篇》卷十,明万历刻本。
⑧ [清]顾炎武《肇域志》卷二十九,清抄本。
⑨ [清]顾祖禹《读史方舆纪要》卷四十八,清稿本。
⑩ [清]杨守敬《隋书地理志考证》卷三,清光绪二十七年刻第三次校改本。

上人。"①

新安孝水现已干涸,但其故道当地人称王祥河,今洛阳市新安县磁涧镇尚见王祥河及王祥河桥,可见以王祥孝行命名的孝水或王祥河自西晋初潘岳时代至今一脉相承。今洛阳市新安县尚有孝水村,从唐代孝水里、元代孝水店村到今孝水村,以孝水命名的古村落亦千余年绵延不绝。

其二,山东临沂所称"孝河"或"王祥河"最早出现于宋代文献,资料记载缺乏历史连续性,很可能是后人附会。临沂"孝河"即"孝感河"之简称,又名"王祥河",因纪念王祥、王览兄弟孝友村而得名,民国《临沂县志》云:"孝感河源出城北桃花岭,东南经孝友村,村为王元公故里,河所由名也。"②传世文献记录最早见于宋代,潘自牧《记纂渊海》卷十七云:"王祥河在峄县北,即卧冰跃鲤处(《纪胜》)。"③李贤《明一统志》卷二十三:"王祥河,在沂州北二十五里,源出王祥庙后,即其卧冰跃鲤处,又名孝河。"④陆釴《(嘉靖)山东通志》卷五全文摘引。章潢《图书编·沂水考》:"沂水又南,径诸葛城,又南径王祥墓,孝感水入焉,其水出墓西戚沟湖,剖冰跃鲤之地。"⑤顾炎武《肇域志》卷十七全文摘引。顾祖禹《读史方舆纪要》卷三十三云:"孝感泉,在州北二十五里王祥墓侧。《志》云:沂水入州境,径诸葛城,又南径王祥墓西,孝感水入之是也。"⑥

上述文献说明两个问题:第一,宋代之前没有关于临沂"孝河"、"孝感河"、"王祥河"等文献记载,因王祥祖籍临沂,宋代开始为褒扬王祥孝行,遂以"孝感"等名河。

第二,上述资料所称临沂王祥"卧冰跃鲤"、"剖冰跃鲤"处的"孝河"、"孝感河"、"王祥河"等均源出王祥庙后或王祥墓西戚沟湖,则河因王祥庙或墓而得名。但唐修《晋书》王祥本传云:"烈、芬并幼知名,为祥所爱。二子亦同时而亡。将死,烈欲还葬旧土,芬欲留葬京邑。祥流涕曰:'不忘故乡,仁也;不恋本土,达也。惟仁与达,吾二子有焉。'"⑦其所谓"故乡",即山东临沂,"本土"即京邑洛阳,可知王祥已视洛阳为本土,以临沂为故乡。又:"西芒上土自坚贞,勿用甓石,勿起坟陇。"⑧则知王祥葬于洛阳邙山而

---

① [清]高一麟《洛阳古意二十首》,载高一麟《矩庵诗质》卷十一七言,清乾隆高莫及刻本。
② [民国]沈兆祎等《临沂县志》,民国六年铅印本。
③ [宋]潘自牧《记纂渊海》卷十七,清文渊阁四库全书本。
④ [明]李贤《明一统志》卷二十三,清文渊阁四库全书本。
⑤ 章潢《图书编》卷五十四,清文渊阁四库全书本。
⑥ [清]顾祖禹《读史方舆纪要》卷三十三,清稿本。
⑦ [唐]房玄龄等《晋书》卷三十三《王祥传》,第990页。
⑧ 同上。

非山东临沂。且历代文献亦不乏王祥墓在洛阳的记录，如李贤《明一统志》卷二十九："王祥墓，在府城西，祥晋太保。"①薛冈《天爵堂文集》卷七："戊寅旦，登洛阳城……城之北有姬公庙、二程夫子祠，有晋太保王祥墓。"②穆彰阿《(嘉庆)大清一统志》卷二百七："王祥墓，在洛阳县西。"③王士俊《(雍正)河南通志》卷七："孝水，在府城西南三十里，源出谷口山，东流入涧河水。西有晋王祥墓，故名王祥水。"④王士俊《(雍正)河南通志》卷四十九："王祥墓，在府城北一十里北邙山，祥晋太尉。"⑤可见，真正的王祥墓在洛阳北邙而非山东临沂，宋代以来文献所载临沂王祥墓应是其故乡人追念王祥事迹而后建的纪念性墓葬建筑。相对于自西晋即存在的洛阳新安"孝水"和王祥墓，山东临沂以宋代文献中才开始出现的后建王祥墓和庙而得名的"孝河"、"孝感河"、"王祥河"等为依据而命名的王祥"卧冰求鲤"处，缺乏足够的历史依据。

与山东临沂"孝河"、"孝感河"、"王祥河"等得名类似的还有南京江宁的王祥墓，宋代及其后文献多载江宁有王祥墓的记录，如王象之《舆地纪胜·碑碣》："晋王祥墓碑，在江宁县之城西南何城寺之北。"⑥周应合《(景定)建康志·风土志二》："王祥墓，在城西南八十里化城寺之北，有断碑。"⑦顾起元《客座赘语》卷八："王祥墓，在江宁化城寺北。"⑧程哲《蓉槎蠡说》卷七："王祥墓，在江宁化城寺北。"⑨此种情况一如前述洛阳之外各地所称的王祥"卧冰"或"求鱼"处。其中，王祥墓皆为散居各地王氏后人追奉先祖而后建，如"《景定建康志》言金陵有太保王祥墓，当是导南渡时奉之以来。后子孙七十许人，六朝史皆有其传，此古今所未有，固由太保兄弟盛德所贻"⑩。"卧冰处"则为各地追慕王祥事迹而托名，如武进县卧冰池"相传晋太保王祥之后尝居此，追慕祥德，故以名池"⑪。常州卧冰池"一在郡城太平桥南，一在武进县滆湖西，曰孝感渎……至晋拜太保，未尝至毗陵。但其孙俊尝封永世侯永世县，尝属毗陵。览孙导显于江左，子孙往往

---

① [明]李贤《明一统志》卷二十九，清文渊阁四库全书本。
② [明]薛冈《天爵堂文集》卷七，明崇祯刻本。
③ [清]穆彰阿《(嘉庆)大清一统志》卷二百七，四部丛刊续编景旧钞本。
④ [清]王士俊《(雍正)河南通志》卷七，清文渊阁四库全书本。
⑤ 同上，卷四十九。
⑥ [宋]王象之《舆地纪胜》卷第十七，清景宋钞本。
⑦ [宋]周应合《(景定)建康志》卷四十三，清文渊阁四库全书本。
⑧ [明]顾起元《客座赘语》卷八，明万历四十六年自刻本。
⑨ [清]程哲《蓉槎蠡说》卷七，清康熙五十年程氏七略书堂刻本。
⑩ [明]焦竑《焦氏笔乘》续集卷七，明万历三十四年谢与栋刻本。
⑪ [明]李贤《明一统志》卷十，清文渊阁四库全书本。

居此,追慕祖德,故以卧冰名池、孝感名渎尔"①。至于江西抚州临川和浙江湖州吴兴"卧冰处",则乃唐人颜真卿在此二地为官时因推崇王祥孝行而仿建的纪念性建筑,附会王祥"卧冰求鲤"事。大历三年(768)四月,颜真卿刺抚州,五年后转刺湖州(今浙江湖州市),临川和吴兴的"卧冰池"即形成于此时,目的在于引导郡民风,宣扬忠孝,两地方志中都能找到相关记载。久而久之,当地民众遂以为王祥"卧冰求鲤"处就本地。

综上所述,历史上的王祥"求鱼"处应在洛阳新安而非山东临沂。

基金项目: 四川省古代文学特色文献研究团队(川社联函[2015]17号)建设项目。
作者简介: 王胜明,文学博士,西华师范大学文学院教授。

---

① [宋]史能之《(咸淳)重修毗陵志》卷二十七,明初刻本。

蔡邕"二意"考辨

余作胜

提 要：《律历意》《乐意》是蔡邕"十意"中的两种，曾被收入《东观汉记》，同时也有"十意"单行本流传，大约在宋元时期散亡。不过，《律历意》比较幸运，因以司马彪《续汉书·律历志》的名义附载于范晔《后汉书》而得以较为完整地流传至今；其"律"部资料源于京房《律术》，记载的主要内容是京房六十律和候气之法。《乐意》则完全散亡，现在能见的只有"汉乐四品"等少数几条佚文。蔡邕《叙乐》与《乐意》不是同书异名，二者也不存在隶属关系，而是各自独立的两种音乐著述。于文华《十意辑存》中的"二意"辑本，规模虽大，但严重背离辑佚学术规范，既歪曲了文献原貌，又掺杂了诸多误辑之文，须审慎待之，不可轻信。

蔡邕是东汉时期著名的文人、学者，同时又是成就卓越的音乐家。蔡邕的音乐著述颇多，《律历意》《乐意》（以下简称"二意"）即是其中两种。由于散佚时代很早，致使"二意"面貌比较朦胧，人们对"二意"的认识也较模糊。清人于文华对此"二意"有所辑佚，但由于不守辑佚规范，导致辑本存在严重的问题，产生了不少误辑和附会之文，歪曲了"二意"的本来面目，难免对今天的研究产生误导。本文钩沉索隐，对"二意"的文献问题予以考证辨析，以求最大限度地廓清"二意"状貌，方便读者认识、研究和利用这两种乐书。置论不当之处，祈请方家同好指正。

《律历意》《乐意》系蔡邕为《后汉记》所撰"十意"中之二意。蔡邕"十意"不见公私书目著录，最早为《后汉书》卷六〇下本传所记载：

> 邕前在东观，与卢植、韩说等撰补《后汉记》，会遭事流离，不及得成，因上书自陈，奏其所著十意，分别首目，连置章左。①

---

① ［南朝宋］范晔《后汉书》，中华书局，1965年，第2003页。

> 其撰集汉事,未见录以继后史。适作《灵纪》及十意,又补诸列传四十二篇,因李傕之乱,湮没多不存。①

"十意"之"意",实即史书之"志"。唐刘知幾《史通》卷三《书志》说得很清楚:"原夫司马迁曰书,班固曰志,蔡邕曰意,华峤曰典,张勃曰录,何法盛曰说。名目虽异,体统不殊。"②蔡邕为何改"志"为"意"?清惠栋《后汉书补注》对此有所解释,该书卷十四释"十意"云:"'意'犹'志'也,避桓帝讳,故作'意'。赵戒本字志伯,后避讳改字意伯,见《孔庙置守庙百石碑》。"卷一五释"戒字志伯"云:"蔡邕作《汉记》十意,'意'即'志'也,亦因避讳所改。"③关于"十意"的撰作目的和缘由,蔡邕的《戍边上章》有明确交待:

> 臣自在布衣,常以为《汉书》十志,下尽王莽,而世祖以来,唯有纪传,无续志者。……天诱其衷,得备著作郎,建言十志皆当撰录。遂与议郎张华等分受之,其难者皆以付臣。……科条诸志,臣欲删定者一,所当接续者四,前志所无,臣欲著者五,及经典群书所宜掎摭,本奏诏书所当依据,分别首目,并书章左。④

至于"十意"的具体篇目,蔡邕此处没有列举,《后汉书》本传李贤注提到"六意",即"《律历意》第一,《礼意》第二,《乐意》第三,《郊祀意》第四,《天文意》第五,《车服意》第六"⑤。此外尚有"四意",其目未详,诸家之说甚多,因无关本文主旨,此不详述。据《戍边上章》所载,蔡邕撰写"十意",在任职东观之前即已着手,其资料基础是乃师胡广所传之"旧事"。进入东观后,正式获准撰写"十意",但不久便因罪流徙朔方,"十意"全部撰成当在蔡邕戍边期间。

一、《律历意》考

《律历意》是"十意"中撰写最早的一种。蔡邕《戍边上章》云:

---

① [南朝宋]范晔《后汉书》,第2007页。
② [清]浦起龙撰,王煦华整理《史通通释》,上海古籍出版社,2009年,第52页。
③ [清]惠栋《后汉书补注》,《续修四库全书》影印清嘉庆九年冯集梧刻本,上海古籍出版社,2002年,第270册,第586页下、第591页上。
④ 见《续汉书·律历志下》刘昭注所引,[南朝宋]范晔《后汉书》,第3083页。
⑤ [南朝宋]范晔《后汉书》,第2004页。

> 先治律历,以筹算为本,天文为验……道至深微,不可独议。郎中刘洪,密于用算,故臣表上洪,与共参思图牒。①

司马彪《续汉志》"论"曰:

> 光和元年中,议郎蔡邕、郎中刘洪补续《律历志》,邕能著文,清浊钟律;洪能为算,述叙三光。今考论其业,义指博通,术数略举,是以集录为上下篇,放续《前志》,以备一家。②

以上两则材料告诉我们,《律历意》编撰于光和元年(178),其编撰者为蔡邕与刘洪,而非蔡邕一人。虽然是二人合作完成,但任务分工非常明确,即蔡邕撰律而刘洪造历。

《律历意》最初的篇卷情况,今已难详知。据上引《续汉志》之文,司马彪曾将《律历意》分为上下两篇,以成其《续汉志》。司马彪"集录为上下篇"有仿效《汉书》的目的,《汉书·律历志》即作一卷,分为上下两篇。然司马彪所"集录"的"上下篇"是否意味着《律历意》原本即分上下两篇呢?虽难下断言,或亦相差不远。因为《律历意》由"律"和"历"两部分构成,且此两部分不出一人之手,而由蔡邕、刘洪分别撰成,故《律历意》分为上下两篇,上篇载律,下篇言历,当是符合情理的。及至刘昭注补范晔《后汉书》之时,"乃借旧志,注以补之。……分为三十卷,以合范史"③。刘昭将司马彪《续汉书》八志分为三十卷,具体到《律历志》,就是将原本的上下两篇分为上中下三卷。因此,附于今本《后汉书》的《续汉志》分卷更非《律历意》之旧。

《律历意》在后世有两个别称。一是《律历志》,前文所引司马彪《续汉志》云"议郎蔡邕、郎中刘洪补续《律历志》"即是此例,《文选》李善注所引亦径称"蔡邕《律历志》"(见下文)。二是《律历记》,如袁山松《后汉书》云刘洪"检东观著作《律历记》"、"与蔡邕共述《律历记》"即是此例。④ 又如:

> 晋灼曰:"蔡邕《律历记》'候钟律,权土炭,冬至阳气应,黄钟通,土炭轻而衡

---

① 见《续汉书·律历志下》刘昭注所引,[南朝宋]范晔《后汉书》,第3083页。
② [南朝宋]范晔《后汉书》,第3082页。
③ 刘昭《后汉书注补志序》第2页,见《后汉书》附录。
④ 见《续汉书·律历志中》刘昭注引《袁山松书》,[南朝宋]范晔《后汉书》,第3043页。

仰;夏至阴气应,蕤宾通,土炭重而衡低。进退先后,五日之中。'"(《史记》卷二七《天官书》裴骃《集解》引;《汉书》卷二六《天文志》颜师古注引)①

晋灼曰:蔡邕《律历记》"凡阳生阴曰下,阴生阳曰上"也。(《汉书》卷二一《律历志上》颜师古注引)②

晋灼所引蔡邕《律历记》两条文字,与《续汉志》所载大致相同,略有删节,故此处《律历记》当系《律历意》,而非蔡邕在《律历意》之外还撰有他种律历书。晋灼、袁山松为两晋时期人,他们同称《律历记》而非《律历意》或《律历志》,说明《律历意》在当时确曾题名《律历记》,而非征引者的临时改称。《律历记》之名首见于晋人称引,此后在宋元明清典籍《群书考索》《玉海》《郝氏后汉书》《喻林》《天中记》《后汉书补逸》等书中一直被沿用。

《律历意》在后世形成了多种不同版本。《律历意》作为"十意"之一,曾被编入《东观汉记》。司马彪撰《续汉书》八志,取《律历意》而更其名为《律历志》;梁刘昭注范晔《后汉书》,病其无志,遂取司马彪八志注而补之。故今本《后汉书·律历志》所载实即蔡邕、刘洪之《律历意》。③ 就此而言,《律历意》在流传中,至少形成了《东观汉记》本、司马彪《续汉书》本、范晔《后汉书》本三种版本。

此外,还当有单行本流传,理由是:(一)古人引述《律历意》,常与"蔡邕"连称,作"蔡邕《律历志》"或"蔡邕《律历记》"。《律历意》若以《东观汉记》《续汉书》《后汉书》内置篇卷的名义被引述,是无须特别标出"蔡邕"二字的,但若作为单行本被引述,则有此必要。(二)典籍所引,尚有不为《续汉志》所取的《律历意》佚文。《文选》卷五六陆倕《新刻漏铭并序》李善注:"蔡邕《律历志》曰:凡历所革,以变律吕,相生至六十也。"④ 这条佚文既不见于《续汉志》,又被直接引作"蔡邕《律历志》",应当是出自《律历意》的单行本。综上可知,《律历意》虽被编入后汉史书,但在唐时仍有单本流传。下文所述

---

① [汉]司马迁《史记》,中华书局,1982年,第1342页;[汉]班固《汉书》,中华书局,1962年,第1300页。按:"律历记",中华书局本《汉书》作"历律记",当是排印之误。
② [汉]班固《汉书》,第966页。
③ 丘琼荪《历代乐志律志校释·缀言》胪列六大证据对此问题进行详考,可参。见丘琼荪《历代乐志律志校释》,人民音乐出版社,1999年,第21—24页。
④ [南朝梁]萧统编,[唐]李善注《文选》,影印清嘉庆十四年胡克家刻本,中华书局,1977年,第777页上。

司马贞《史记索隐》引《律历意》之文而单言"蔡邕云",亦可为此左证。

《东观汉记》《续汉书》早已亡佚,《律历意》主要内容赖司马彪《续汉志》和范晔《后汉书》而得以留存。从《续汉志》所载可以知道,《律历意》之"律"部内容主要为京房《律术》的六十律及候气之法。对于这一资料来源,《律历意》说得很清楚:

> 房言律详于(刘)歆所奏,其术施行于史官,候部用之。文多不悉载。故总其本要,以续《前志》。①

京房《律术》原本早已不存,因此蔡邕《律历意》就成了保存京房六十律及候气法理论的功臣,使得中国古代律学史上如此重要的理论不致遗失。

《续汉志》又是保存《律历意》内容的功臣。但《续汉志》所载亦非《律历意》足本,其中有所删削,上述《文选》李善注所引《律历意》佚文不见于《续汉志》即可为证。因此,清代以来,陆续有学者对《律历意》遗文予以辑录,今见辑本有收入《四库全书》的《东观汉记》②本(以下简称"四库本")、清严可均《全后汉文》③本(以下简称"严本")、清于文华《十意辑存》④本(以下简称"于本")、吴树平《东观汉记校注》⑤本(以下简称"吴本")。四个辑本中,四库本、吴本仅录《文选》李善注所引佚文一条,严本辑得佚文两条,于本则是规模最大的一个辑本。

于本规模虽大,但问题很多,其要者约有如下数端:

其一,舍刘洪所撰之"历"不录,代以源自他书的蔡邕论历文字。前文已述,《律历意》为蔡邕、刘洪二人合撰,任务分工也很明确,司马彪、刘昭及蔡邕本人对此均有具体交代,于文华《十意序》及《叙录》也采用了这些采料。但于氏明知《律历意》为蔡、刘二人所撰,却在重建《律历意》文本时不录刘洪之"历",这种做法有些令人费解。因为这不单改变了《律历意》的著作权属,也失去了蔡邕、刘洪所撰《律历意》之旧貌,距离辑佚宗旨甚远。

---

① [南朝宋]范晔《后汉书》,第3001页。
② [汉]刘珍等撰,[清]姚之骃辑《东观汉记》,影印《文渊阁四库全书》本,上海古籍出版社,1987年,第370册。
③ [清]严可均辑《全上古三代秦汉三国六朝文》,影印清光绪年间王毓藻刻本,中华书局,1958年。
④ [清]于文华辑《十意辑存》,《二十四史订补》影印《东阳于氏丛书》本,书目文献出版社,1996年,第4册。
⑤ 吴树平《东观汉记校注》,中华书局,2008年第2版。

其二，分卷欠妥。于本取法刘昭，分《律历意》为上中下三卷。关于分卷依据和各卷资料来源，于文华有所说明：

> 据（司马）彪说，则邕、洪之书各集上下一卷，兹故舍洪说而录上篇，以复其旧而还其真，仍题上中下三卷。上卷则全录今之《续志》，中卷则刺取邕议，其散引他书与文出蔡邕，可节以备考，录之以为卷下云。①

这样的分卷并不妥当：正如前文所论，司马彪将《律历意》集录为上下篇，虽不一定即是《律历意》原貌，但较刘昭分为三卷更接近原貌。刘昭为"合范史"而改变了《律历意》的卷数，他的变更服务于特定目的，对此我们不能苛责。但于本旨在重建《律历意》，就应当尽可能恢复《律历意》原貌，包括其篇卷。然而于本没有取法司马彪，而是片面沿袭刘昭的三卷分法，严重偏离了《律历意》篇卷原貌。

其三，误辑之文多见。（1）卷上"《前书》十志下尽王莽"至"先治律历，以筹算为本，天文为验"一段，系《续汉志下》刘昭注所引蔡邕《戍边上章》文字。②（2）卷下"《前汉志》但载十二律，不及六十律尺寸相生"两句，系《宋书·律历志上》所引蔡邕《戍边上章》文字。③（3）卷下"周天三百六十五度四分度之一"至"小寒、大寒居之，齐之分野"一段，系《续汉志下》刘昭注所引蔡邕《月令章句》文字。④ 以上数段文字，或出《戍边上章》，或出《月令章句》，虽是蔡邕手笔，也与律历相关，但终究不是《律历意》之文。于氏录入《律历意》，实属误辑。

其四，有些佚文编排不当。卷下"《前汉志》但载十二律"和"凡律所革"两条，均是论律文字，与该卷论历内容不协，应入于专门论律之卷上为宜。

综上可知，于本是一个不符合辑佚学术规范的本子，质量很差，几乎无法取用。

辑本之外，《史记》司马贞《索隐》也引有《律历意》之文，中华书局点校本对其中一条文字的下限的判断似有不当，有必要予以辨析。《史记》卷二五《律书》司马贞《索

---

① ［清］于文华辑《十意辑存》，《二十四史订补》影印《东阳于氏丛书》本，第4册，第794页下。
② ［南朝宋］范晔《后汉书》，第3083页。
③ ［南朝梁］沈约《宋书》，中华书局，1974年，第212页。原文为："蔡邕从朔方上书，云《前汉志》但载十二律，不及六十。六律尺寸相生，司马彪皆已经志之。"今按：于氏在引用时因遗漏"六十"下之"六"字，导致了断句错误和文意改变。
④ ［南朝宋］范晔《后汉书》，第3080—3081页。

隐》云：

> 蔡邕曰："阳生阴为下生，阴生阳为上生。子午已东为上生，已西为下生。"又《律历志》云："阴阳相生自黄钟始，黄钟至太蔟，左旋八八为五。"从子至未得八，下生林钟是也。又自未至寅亦得八，上生太蔟。然上下相生，皆以此为率也。①

点校本《史记》将"蔡邕曰"以下四句均断为蔡邕之语。按《索隐》仅标以"蔡邕曰"，未明出自蔡邕何书。核诸文献，首二句"阳生阴为下生，阴生阳为上生"见于《续汉志上》②，当系《律历意》文。此下"子午已东为上生，已西为下生"二句，则不见于《续汉志》，是否亦为《律历意》文，值得商榷。

单从司马贞《索隐》文本环境看，"子午已东为上生，已西为下生"二句的出处有两种可能：其一，系司马贞引蔡邕《律历意》文。之所以不见于《续汉志》，或是《续汉志》因疏忽而漏录，或是《续汉志》有意删而不录。其二，是《索隐》自身文字，旨在对前引《律历意》二句作补充性解释。我们认为，此二句是《索隐》之文，而非出自《律历意》。

检诸文献可知，"子午已东为上生，子午已西为下生"两句，在司马贞《索隐》之前，已见于《周礼·大司乐》贾公彦疏：

> 据《律历志》而言，子午已东为上生，子午已西为下生。上生为阳，阳主息，故三分益一。下生为阴，阴主减，故三分去一。案《律历志》，黄钟为天统，律长九寸。林钟为地统，律长六寸。大蔟为人统，律长八寸。又云：十二管相生皆八八，上生下生，尽于中吕。阴阳生于黄钟，始于左旋。八八为位者，假令黄钟生林钟，是历八辰，自此已下皆然，是八八为位，盖象八风也。③

相同的说法亦见于《周礼·大师》贾公彦疏：

> 云"下生者三分去一，上生者三分益一"者，子午已东为上生，子午已西为下

---

① ［汉］司马迁《史记》，第1251页。
② ［南朝宋］范晔《后汉书》，第3001页。按：两"为"字，《续汉志》均作"曰"。
③ ［汉］郑玄注，［唐］贾公彦疏《周礼注疏》，影印《十三经注疏》本，中华书局，1980年，第788页中。

生。东为阳,阳主其益,西为阴,阴主其减,故上生益,下生减。以三为法者,以其生,故取法于天之生数三也。①

贾疏两处提及的《律历志》,均指《汉书·律历志》,而非蔡邕《律历志(意)》,因为"三统"之说的文字见诸《汉书·律历志》所载。"子午已东为上生,子午已西为下生"两句系贾公彦据《汉书·律历志》总结而来。② 贾公彦的总结不为无据,因为《汉书·律历志》明确将十二律与十二辰方位对应,并一一说明十二律的上下相生关系。然而《续汉志》(《律历意》)则完全没有提及十二律与十二辰方位的对应关系,因此从内容上看,"子午已东为上生,已西为下生"当非《律历意》之文。

司马贞著《史记索隐》在孔颖达注《礼记》、贾公彦注《周礼》之后,或是吸收了孔、贾二公的成果。司马贞《索隐》吸收他人成果对所引之文作进一步申述,其实并非仅有此例。如上文所列《索隐》引用《律历志》"阴阳相生自黄钟始,黄钟至太簇,左旋八八为五"数句,系出《汉书·律历志》③,其下有注:

> 孟康曰:"从子数辰至未得八,下生林钟。数未至寅得八,上生太簇。律上下相生,皆以此为率。伍,耦也,八八为耦。"④

对比孟康注文,可知司马贞《索隐》"从子至未得八"以下六句系从《汉书》孟康注抄录而来,文字略有改动。司马贞抄录孟康注文是为《汉书·律历志》作注,准此文例,则司马贞抄录贾公彦"子午已东为上生,子午已西为下生"两句为《律历意》"阳生阴为下生,阴生阳为上生"两句作注,亦在情理之中。

---

① [汉]郑玄注,[唐]贾公彦疏《周礼注疏》,影印《十三经注疏》本,中华书局,1980年,第796页上。
② 按:在贾公彦之前,《礼记正义》卷一四《月令》孔颖达疏亦有类似说法:"云五下六上者,谓林钟、夷则、南吕、无射、应钟,皆被子午已东之管,三分减一,而下生之。六上者,谓大吕、大簇、夹钟、姑洗、中吕、蕤宾皆被子午已西之管,三分益一,而上生之。"(郑玄注,孔颖达疏《礼记正义》,影印《十三经注疏》本,中华书局,1980年,第1354页中)据《新唐书》卷五七《艺文志一》载,贾公彦曾奉诏参与孔颖达主持的《礼记正义》七十卷的撰写,当时其身份为国子助教。(《新唐书》,中华书局,1975年,第1433页)又据《旧唐书》卷一八九上《贾公彦传》,贾公彦在唐高宗永徽年间(650—655),官至太学博士,撰《周礼义疏》五十卷、《仪礼义疏》四十卷。(《旧唐书》,中华书局,1975年,第4590页)贾氏撰《周礼义疏》当在参撰《礼记正义》之后,其《周礼义疏》中"子午已东为上生,子午已西为下生"两句或是参考了《礼记正义》的成果,或者《礼记正义》中的那些论述本来就是由贾公彦撰写而成。又据《新唐志一》,贾公彦尚独撰《礼记正义》八十卷,则其作此论述更不足为奇。
③ [汉]班固《汉书》,第965页。按:今本《汉书·律历志》无中间"黄钟至太簇"五字。
④ 同上,第966页。

二、《乐意》考

《乐意》与《律历意》一样,很早即已亡佚。但《乐意》没有《律历意》那样幸运,未能进入司马彪《续汉志》,加上遗存的佚文和其他资料较少,因此其面貌更加幽隐迷离。

《乐意》在后世多与《礼意》一起被合称为《礼乐志》,但《乐意》是否真曾与《礼意》合为一志,则值得考察。《后汉书》蔡邕本传李贤注云"《律历意》第一,《礼意》第二,《乐意》第三",可知"十意"之中,《乐意》与《礼意》二者是分立的。但在实际的文献征引中,《礼意》、《乐意》未见被分开单独引用,而是合称,在《续汉志》刘昭注、《编珠》、《艺文类聚》、《文选》李善注、《后汉书》李贤注、《初学记》、《太平御览》、《乐府诗集》、《路史》、《东汉会要》、《玉海》、《资治通鉴》胡三省注等书、注中被引作"蔡邕《礼乐志》"。这种称引不一的矛盾即便在《后汉书》李贤注自身也存在:《蔡邕传》注将《礼意》《乐意》分开书写,而《班固传》注引"大予乐,郊祀、陵庙、殿中诸食举乐也"两句时却标作"蔡邕《礼乐志》"①。《后汉书》李贤注成于众手,加之没有充裕的时间详细校订,踳驳漏略在所难免,出现这样的矛盾似可理解。然而,蔡邕《礼乐志》不见任何书目著录,也未见其他文献有相关说明,只在被征引时使用,它与《礼意》《乐意》究竟是怎样的关系呢?这有两种可能:一是《礼》《乐》二意并未真正合并,人们引作《礼乐志》只是出于延续传统的习惯,因为蔡邕自言其"十意"是仿续《前汉书》十志而作,而《前汉》十志中,礼、乐合撰,名为《礼乐志》。二是《礼》《乐》二意确实曾合并为《礼乐志》。从梁刘昭以下至于唐宋,人们在文献征引时只使用"《礼乐志》"之名,且在"《礼乐志》"名下征引的既有礼的内容,也有乐的内容,说明《礼》《乐》二意被合并的可能性更大。

《乐意》与《律历意》一样,也有四个辑本,即:四库全书《东观汉记》本(以下简称"四库本")、清严可均《全后汉文》本(以下简称"严本")、清于文华《十意辑存》本(以下简称"于本")、吴树平《东观汉记校注》本(以下简称"吴本")。

四库本、严本、吴本所辑均只有"汉乐四品"一条:

> 汉乐四品:一曰大予乐,典郊庙、上陵、殿[中]诸食举之乐。郊乐,《易》所谓"先王以作乐崇德,殷荐上帝",《周官》"若乐六变,则天神皆降,可得而礼也"。宗庙乐,《虞书》所谓"琴瑟以咏,祖考来假",《诗》云"肃雍和鸣,先祖是听"。食举

---

① [南朝宋]范晔《后汉书》,第1376页。

乐,《王制》谓"天子食举以乐",《周官》"王大食,则命奏钟鼓"。二曰《周颂·雅乐》,典辟雍、飨射、六宗、社稷之乐。辟雍、飨射,《孝经》所谓"移风易俗,莫善于乐",《礼记》曰"揖让而治天下者,礼乐之谓也"。社稷,《诗》所谓"琴瑟击鼓,以御田祖"者也。《礼记》曰"夫乐,施于金石,越于声音,用乎宗庙、社稷,事乎山川、鬼神",此之谓也。三曰《黄门鼓吹》,天子所以宴乐群臣,《诗》所谓"坎坎鼓我,蹲蹲舞我"者也。其短箫、铙歌,军乐也。其传曰"黄帝、岐伯所作,以建威扬德,风劝士"也。盖《周官》所谓"王师大献则令凯乐,军大献则令凯歌"也。孝章皇帝亲著歌诗四章,列在食举,又制云台十二门诗,各以其月祀而奏之。熹平四年正月中,出云台十二门新诗,下大予乐官习诵,被声,与旧诗并行者,皆当撰录,以成《乐志》。①

这是《乐意》留存文字最多的一条佚文。由于并未明确第四品乐是何乐,因此在乐府诗史上引起了很多讨论②,本文不再赘述。

于本在四个辑本中规模最大,所辑佚文共十条。其中有些条目存在误辑问题,以下依次予以考辨:

（一）

王者有食举之乐,所以顺天地,养神明,求福应也。今官乐但有太蔟,皆不应月律。可作十二月均,各应其月气,乃能感天地,和气宜应。明帝始令灵台六律候,而未设其门。《乐经》曰十二月行之,所以宣气丰物也。月开斗建之门,而奏歌其律。诚宜施行。(此下于氏案语云:"此即蔡邕《乐意》'各以其月祀而奏之'之事。《玉海》一百四两引此文,一列入《十二门诗》,一列入《汉月令迎气乐》,今据录。蔡邕原《意》当有此文。")③

按:这段文字系汉太常乐丞鲍邺建初二年(77)上书言乐之文,最早见于《续汉书·

---

① [南朝宋]范晔《后汉书》卷九五,第3131—3132页。
② 可参王运熙《乐府诗述论》(增补本),上海古籍出版社,2006年,第225—232页;赵敏俐等《中国古代歌诗研究——从〈诗经〉到元曲的艺术生产史》,北京大学出版社,2005年,第166—167页;孙尚勇《乐府文学文献研究》,人民文学出版社,2007年,第92—96页;钱志熙《论蔡邕叙"汉乐四品"之第四品应为相和清商乐》,《北京大学学报(哲社版)》2010年第2期,第50页。
③ [清]于文华辑《十意辑存》,《二十四史订补》影印《东阳于氏丛书》本,第4册,第797页下。

律历志上》刘昭注引《薛莹书》所载,其文较此为详。① 这段文字既非蔡邕本人之言,又未见标作《乐意》或《礼乐志》,于氏仅据"各以其月祀而奏之"一句即将其辑入《乐意》,太过主观,不可信从。

（二）

短箫铙歌之乐,其曲有《朱鹭》《思悲翁》《艾如张》《上之回》《雍离》《战城南》《巫山高》《上陵》《将进酒》《君马黄》《芳木》《有所思》《雉子班》《圣人出》《上邪》《临高台》《远如期》《石留》《务成》《玄云》《黄爵行》《钓竿》等曲,多序战阵之事,列于鼓吹。(此下于氏案语云："蔡邕叙乐：'四曰短箫铙歌',此二十二曲即其目也。从《玉海》一百四引《晋志》录补。")②

按：上述所引《乐意》"汉乐四品"确曾述及短箫铙歌,但未见记载曲名。现存文献最早记录铙歌二十二曲者是《晋志·乐志》③,因此于氏将这段文字辑作《乐意》之文,缺乏证据。此外,《玉海》所引与《晋志》原文有出入：其一,《方木》一曲,《晋志》各本及《通典》《文献通考》《记纂渊海》等书所引均作《芳树》,《玉海》当是误引；其二,"多序战阵之事"一句,《晋志》各本及《通典》《文献通考》《记纂渊海》等书所引均位于"列于鼓吹"之下,《玉海》当是窜误。于本从《玉海》转引第二手材料,不核实《晋志》原文,以致沿袭《玉海》之误。

（三）

天子享宴食举乐十三曲：一曰《鹿鸣》,二曰《重来》,三曰《初造》,四曰《侠安》,五曰《归来》,六曰《远期》,七曰《有所思》,八曰《明星》,九曰《清凉》,十曰《涉大海》,十一曰《大置酒》,十二曰《承元气》,十三曰《海淡淡》。(此下于氏案语云："蔡邕叙乐：'二曰天子享宴',《通典》谓'汉享宴食举乐十三曲',今从《宋志》所列汉太乐食举十三曲录入。蔡邕原《意》当有此文。")④

---

① [南朝宋]范晔《后汉书》,第5015页。
② [清]于文华辑《十意辑存》,《二十四史订补》影印《东阳于氏丛书》本,第4册,第797页下。
③ [唐]房玄龄等《晋书》,中华书局,1974年,第701页。
④ [清]于文华辑《十意辑存》,《二十四史订补》影印《东阳于氏丛书》本,第4册,第797页下—798页上。

按：这段文字见于《宋书》卷一九《乐志一》①，但首句"天子享宴食举乐"作"汉太乐食举"，此系于氏所改，然未予说明。《乐意》确实述及天子享宴之乐，但是否记载了此十三曲之名，没有相关材料能够证明。《宋志》记载了汉太乐食举十三曲之名，但未说明其材料来源，是否即据《乐意》？从《宋志》引书体例看，我们难作此判断，因为《宋志》在引"汉乐四品"时曾明确指出为蔡邕所叙，而此处则未言出自蔡邕。因此于氏认为"蔡邕原《意》当有此文"，通过主观臆测将这段文字辑入《乐意》，缺乏文献根据，不足为信。

（四）

章帝永平十八年十二月癸巳，有司奏："孝明作登歌，正予乐。"（此下于氏注云："据录同上。"）②

按：于氏所注出处不详，"据录同上"当指此条出处与上条相同，然上条所注《通典》《宋志》均无此记载。检诸文献，此段文字实出《玉海》卷一〇六《音乐·乐章》"汉登歌"所引，"章帝"作"章纪"。③《玉海》这段文字系从《后汉书》卷三《章帝纪》节录而来，原文是：

（永平十八年）十二月癸巳，有司奏言："孝明皇帝圣德淳茂，劬劳日昃，身御浣衣，食无兼珍。……备三雍之教，躬养老之礼。作登歌，正予乐，博贯六艺，不舍昼夜。……臣愚以为更衣在中门之外，处所殊别，宜尊庙曰显宗，其四时禘祫，于光武之堂，间祀悉还更衣，共进《武德》之舞，如孝文皇帝祫祭高庙故事。"④

这是一份关于明帝庙号和庙祭问题的奏议，虽提及明帝"作登歌，正予乐"的举措，但主旨不是论乐。这条文字出自《后汉书·章帝纪》而非《乐意》，加上其主旨也并非论乐，故于氏将其辑入《乐意》极为不妥。此外，于本此条佚文还存在抄录或改字错误。《玉海》作"《章纪》"，于本作"章帝"，其间虽仅一字之差，但区别很大。《章纪》是《玉海》所

---

① ［南朝梁］沈约《宋书》，中华书局，1974 年，第 538—539 页。
② ［清］于文华辑《十意辑存》，《二十四史订补》影印《东阳于氏丛书》本，第 4 册，第 798 页上。
③ ［宋］王应麟《玉海》，影印清光绪九年浙江书局刊本，广陵书社，2007 年，第 1940 页上。
④ ［南朝宋］范晔《后汉书》，第 130—131 页。

注的引文出处,于本作"章帝"则为帝号,二者性质本不相同。更为重要的是,"章帝"与"永平十八年"相连,则是历史常识上的张冠李戴,因为"永平"并非章帝年号,而是明帝年号。这种错误若是笔误或目误,尚情有可原;若系特意改动,则表明于氏甚欠斟酌。联系上条于氏改"汉太乐食举"作"天子享宴食举乐"之例来看,此处系于氏改动的可能性比笔误或目误的可能性为大。

(五)

《汉兴以来兵所诛灭歌诗》十四篇。(此下有于氏案语:"蔡邕自叙有云:'与旧诗并行者,皆当撰录,以成《乐志》。'今从《玉海》一百六引《汉志》据录。")①

按:《玉海》卷一〇六《音乐·乐章》据《汉书·艺文志》所载,在"汉鼓吹铙歌"条下收录"《汉兴以来兵所诛灭歌诗》十四篇"。于氏据《玉海》而非《汉志》辑录这条佚文,在据书时代属性上是舍近求远。揆其初衷,当是因《玉海》将此"十四篇"定性为"汉鼓吹铙歌",而《乐意》所叙"汉四品乐"恰恰提及"黄门鼓吹"与"短箫铙歌",因为这个联系,遂将此"十四篇"辑作《乐意》之文。然而,这个理由并不成立:首先,此"十四篇"为《汉志》所录,而《汉志》本于《七略》,从文献来源上看,此"十四篇"无论如何均不出自《乐意》。其次,蔡邕撰作包括《乐意》在内的"十意",是有感于"《汉书》十志,下尽王莽,而世祖以来,唯有纪传,无续志者。"可以看出,蔡邕撰"十意"的目的是续《前志》,记录光武帝以来的后汉制度和史事,而此"十四篇"皆为前汉之作,从记事时限上看,也不当在《乐意》的范围之内。因此,这条也属误辑。

通过以上考辨,我们可以看到,于本规模虽大,但不符辑佚学标准,致使所辑佚文真伪混杂,误辑现象严重。此外,该辑本还存在重复辑佚、佚文编排随意及文字抄录错误等问题。因此,对这个辑本的文字要慎重对待,切不可轻信盲从。

三、《叙乐》与《乐意》关系辨析

蔡邕所撰的音乐著述中,还有一种名为《叙乐》。《叙乐》未见公私书目著录,其名最早出自《后汉书》卷六〇蔡邕本传:

---

① [清]于文华辑《十意辑存》,《二十四史订补》影印《东阳于氏丛书》本,第4册,第798页上。

其撰集汉事,未见录以继后史。适作《灵纪》及十意,又补诸列传四十二篇,因李傕之乱,湮没多不存。所著诗、赋、碑、诔、铭、赞、连珠、箴、吊、论议、《独断》、《劝学》、《释诲》、《叙乐》、《女训》、《篆势》、祝文、章表、书记,凡百四篇,传于世。①

今存明确引作蔡邕《叙乐》的佚文惟《北堂书钞》卷九六《谶》所载一条:

> 世祖追修前业,采谶纬之文,曰太予乐府,曰黄门鼓吹。②

此条佚文"曰大予乐府"、"曰黄门鼓吹"两句亦见于蔡邕《乐意》。③

由于《叙乐》早已淹没不存,除《北堂书钞》所引一条佚文之外,没有其他资料,因此人们对其认识比较模糊。加上《北堂书钞》所引佚文中的两句与《乐意》佚文相同,导致自清代以来,学界有人认为《叙乐》与《乐意》同为一书,也有人认为《叙乐》是《乐意》的序言。对于这两种观点,本文都不赞成,以下予以辨析澄清。

第一种观点首出严可均。严氏所辑《全后汉文》卷七一《蔡邕三》设《叙乐》一目,抄录上述《北堂书钞》所引佚文一条,其下案语云:

> 此即《戍边上章》之《乐意》,唯多首二语耳。本传称邕所著百四篇有《叙乐》一篇,即此篇也。④

严氏因《叙乐》中"曰大予乐府"、"曰黄门鼓吹"两句与《乐意》相同,遂认为《叙乐》与《乐意》同为一书。此说为清人于文华⑤、姚振宗⑥,今人钱志熙⑦等继承。这种说法是否可信呢?我们认为值得商榷。

---

① [南朝宋]范晔《后汉书》,第2007页。
② [唐]虞世南编撰,[清]孔广陶校注《北堂书钞》,中国书店,1989年,第368页上。
③ 按:"大予乐府",《乐意》作"大予乐",是,"府"字当是《北堂书钞》引《叙乐》时所衍。
④ [清]严可均辑《全上古三代秦汉三国六朝文》,影印清光绪年间王毓藻刻本,中华书局,1958年,第876页上。
⑤ [清]于文华辑《十意辑存》,《二十四史订补》影印《东阳于氏丛书》本,第4册,第797页上。按:于文华于"汉乐四品"文字之下,辑《北堂书钞》所引《叙乐》文字,作为《乐意》异文。
⑥ 按:姚振宗《后汉艺文志》卷二"蔡邕《乐志》"条照录严可均之案语,见《二十五史补编》,中华书局,1955年,第2363页下。
⑦ 见钱志熙《汉魏乐府艺术研究》,学苑出版社,2011年,第222—223页。

严氏断定《叙乐》即《乐意》的主要根据不外三个方面：一是二书作者相同，均为蔡邕所著；二是二书性质相同，均为乐书；三是二书的文字也有部分相同。在古典文献史上，同一人所撰不同之书存在相同文字，实为正常现象，如汉刘向的《说苑》与《新序》、宋王应麟的《玉海》与《困学纪闻》等均有内容雷同者。这样的例子很多，不烦赘举。同一作者的题名不同之书，其佚文内容若有雷同，表明二者可能是同一书，但不能证明二者必定是同一书。因此，严氏认为《叙乐》即《乐意》，其根据并不充分。

更为重要的是，若将《叙乐》看作《乐意》，则上文所引《后汉书》蔡邕本传关于蔡氏著述的一段文字即有多处矛盾无法解决：其一，在这段文字中，对《叙乐》与《乐意》（按：文中总提"十意"，即内含《乐意》）同时提及。假如《叙乐》即《乐意》，有何必要重复提及？即便确有必要，何不直言《乐意》，而非更名《叙乐》不可呢？其二，《乐意》是"十意"之一篇，属史书叙述文字；而与《独断》、《劝学》、《女训》、章表等同列的《叙乐》当是单独的论议文字；《叙乐》与《乐意》的文献属性及文体特点有异，二者无法等同。其三，《后汉书》说蔡邕所撰"十意"等史籍是"多不存"，而《叙乐》等百四篇则是"传于世"，因此《后汉书》所载蔡邕两类著作的存佚状况并不相同。《乐意》与《叙乐》分属两类著作，设若《叙乐》即《乐意》，岂不前后矛盾，存佚两可？

严氏虽然提到了《后汉书》本传关于《叙乐》的记载，但他可能并未与上文记载"十意"的文字连起来对读，因此其判断难免臆测之嫌。其实，严氏虽提出此说，但在辑佚实践中并未贯彻这种观点：严氏在《全后汉文》卷七〇《蔡邕二》设《乐意》一目，却又于同书卷七一《蔡邕三》设《叙乐》一目。既然认为《叙乐》与《乐意》同为一书，就应当只设一目，将出自两种书名之下的佚文合辑，又何必分设二目，徒费笔墨？这显然是视《乐意》与《叙乐》二物。

关于《叙乐》与《乐意》关系的第二种观点，出自清人曾朴。曾氏《补后汉书艺文志并考》卷二"蔡邕《琴操》"条云：

> 案或以蔡邕本传有《叙乐》而无《琴操》，疑《琴操》即在《叙乐》中，犹《琴道》为《新论》之一篇耳。（原注：马瑞辰说如此）然今考《书钞》九十六引蔡邕《叙乐》曰"世祖追修前业，采谶纬之文，太乐曰大予乐府，曰黄门鼓吹"，其文与《续汉·礼仪志》所引蔡邕《礼乐意》（原注：原作"志"，今据《续律历志》所引《戍边上章》作"意"改）同，则所谓《叙乐》者，乃十意中《礼乐意》之序文，非别有成书也，其不能

容二卷之《琴操》可知矣。①

此处所引马瑞辰的观点,出自马瑞辰《琴操校本序》。马瑞辰认为《叙乐》包含《琴操》,诚然是无根据的猜测②,但曾朴用以反驳的理由——《叙乐》为《礼乐意》之序文,从而不能容纳《琴操》二卷——同样难以令人赞同。曾朴因《北堂书钞》所引《叙乐》之文与《礼乐意》相同,即以《叙乐》为《礼乐意》之序文,这与上文所析严可均认为《叙乐》即《乐意》的推导逻辑相同,无须再辨。曾朴之所以没有像严可均那样将《叙乐》与《乐意》等同,乃是因为他将《叙乐》之"叙"作为文体看待,如《补后汉书艺文志并考》卷四即云《蔡(邕)集》佚目"赋有《零雨赋》……叙有《叙乐》(原注:《书钞》九十六)"③。然而仅从字面上作解释,难以据信。我们可以设想,蔡邕所著之书甚多,当不止《礼乐意》有序,仅就"十意"中今存的《律历意》而言,即有序文。为何《后汉书》蔡邕本传舍他书之序,而仅录《礼乐意》之序——《叙乐》呢?这很难说得通。若承认曾朴的说法正确,何由《北堂书钞》引用时只用《叙乐》之名而不用《礼乐意》的名义呢?为何《北堂书钞》所引文字,又比今存《礼乐意》文字多出"世祖追修前业,采谶纬之文"两句呢?可见曾朴只看到了《叙乐》与《礼乐意》佚文相同的部分,而未注意到有异的部分。

据上分析,我们认为,《叙乐》与《乐意》并非同一篇文字,《叙乐》也非《乐意》的序言,二者应是蔡邕所撰的各自独立的两种音乐著述。

结　　论

《律历意》和《乐意》是蔡邕"十意"中有关音乐的两种著述,其性质是史书的律志和乐志。它们曾被收入东汉刘珍等人编撰的《东观汉记》中,同时也随"十意"单行本流传。"十意"单行本大概宋代以后即已失传,《东观汉记》则在元代散失,自此以后,蔡邕"二意"就淹没难闻。

不过《律历意》比较幸运,它除了被收入《东观汉记》和"十意"单行本外,还被司马

---

① [清]曾朴《补后汉书艺文志并考》,《二十五史补编》本,中华书局,1955年,第2481页中下。
② 马瑞辰之所以提出这一观点,其起因是蔡邕《琴操》不见著录,也不见《后汉书》本传有载,故疑其包含在《叙乐》中。然古人之著作不见于目录著录和本传记载者所在多有,不得以此而否认《琴操》独立成书。再者,古人引书,或称书名,或举篇名,或书名、篇名连用,而今存的蔡邕《琴操》佚文,广泛分布于唐宋以后的众多典籍之中,却无一例引作《叙乐》或《叙乐·琴操》。古人称引《琴操》方式的如此一致,也说明《琴操》不可能是《叙乐》的一部分,否则就与古人的引书习惯完全不符了。
③ [清]曾朴《补后汉书艺文志并考》,第2547页下。

彪较为完整地收入《续汉志》，嗣后《续汉志》又被刘昭成建制地附载到范晔《后汉书》，由此至少形成了《东观汉记》本、司马彪《续汉书》本、范晔《后汉书》本以及"十意"单行本等四种版本。尽管《东观汉记》、司马彪《续汉书》及"十意"单行本尽皆亡佚，但由于范晔《后汉书》尚流传于世，因此《律历意》名亡而实存，其基本内容得以保留至今。

《律历意》由蔡邕和刘洪合作编撰，成书于光和元年（178）。在后世流传中，《律历意》常被称作《律历志》和《律历记》。该意原始篇卷当是两篇，而非现在见于《后汉书》的上中下三卷。其中"律"部的资料来源于西汉京房的《律术》，记载的主要内容是京房六十律和候气法。由于京房《律术》早已散佚，《律历意》遂成了保存京房六十律理论的功臣。根据前文的分析，我们可以得到以下这条史源学线索：京房《律术》→蔡邕《律历意》→司马彪《续汉书·律历志》→范晔《后汉书·律历志》。

《乐意》则不如《律历意》幸运，未能进入司马彪《续汉志》，"十意"单行本散佚后，《乐意》也彻底散亡，我们现在能见的只有"汉乐四品"等少数几条佚文。清代以来学者认为蔡邕所撰《叙乐》就是《乐意》或《乐意》序言的说法，都不合理；我们认为《叙乐》与《乐意》是蔡邕所撰的各自独立的两种音乐著述，二者不是同一事物，也不存在隶属关系。

《律历意》与《乐意》自清代以来，都形成了四个辑本，即：四库全书《东观汉记》本、严可均《全后汉文》本、于文华《十意辑存》本、吴树平《东观汉记校注》本。四个辑本中，以于文华辑本规模最大。但该本不是依据严格的辑佚学术规范产生的辑本，既歪曲了文献原貌，又杂糅诸多误辑之文，不利于我们对《律历意》与《乐意》的认识、研究和利用，没有多少文献价值，须审慎待之。

基金项目：四川省古代文学特色文献研究团队（川社联函[2015]17号）建设项目。
作者简介：余作胜，文学博士，西华师范大学文学院副教授。

论曹植与佛教音乐关系的演变

鲁立智

提　要：曹植与佛教音乐的关系，一直难以确切说明。通过对相关文献的整理，可以发现，涉及他与佛教音乐关系的文献，是逐渐演变的。演变的脉络是：他先与佛教的赞呗有了关系，不久又与佛教的转读有所联系。虽然仍不能确定曹植与佛教音乐的真实关系，但这种关系被不断地强化，是可以肯定的。

一、问题的提出

曹植制呗，不载于正史，真伪亦难辨。近世以来，很多人表示怀疑甚至否定，如汤用彤论及于此，惟云"佛家相传"[①]，显见心存疑虑；任继愈则明确表示："说他信佛并制梵呗是不可信的"[②]。以后，K. P. K. Whitaker、王小盾[③]等相继进行了否定，包括对于曹植佛教信仰的否定。

有的学者则认为此事可信，为了证明其真实性，他们尽力论证曹植的佛教情怀与音乐素养。如田青认为："作为一个在政治上不得意的怀才不遇之士，他不可能不对当时最时髦的新思想——佛教本能地感到极大的兴趣。"[④]项阳强调："当他主动加入改梵为秦行列的时候，他的优势便显现出来。他深爱音律，这显然是指中土音律；他'属意经音'，在其封地中的'鱼山'开始了对梵呗的改造。"[⑤]

按信佛与制呗，不必混为一谈。其时魏地虽有佛教，但被视同黄老，佛法未昌。曹

[①] 汤用彤《汉魏两晋南北朝佛教史》，上海书店，1991年，第126页。
[②] 任继愈《中国佛教史》（第一卷），中国社会科学出版社，1981年，第171页。
[③] 王小盾、金溪《鱼山梵呗传说的道教背景》，《中国文化》2012年第2期，第134—135页。
[④] 田青《张骞与曹植——中国佛教音乐的起源》，《佛教文化》1992年第3期，第22页。
[⑤] 项阳《"改梵为秦"中的"学者之宗"曹植》，《天津音乐学院学报》2007年第1期，第39页。

植本不甚信黄老,自然也难论其佛教信仰,但佛教文化的异域特色必能吸引曹植的注意。就佛教典故言,现存汉译的本生经有《太子墓魄经》《修行本起经》《中本起经》《佛说兴起行经》等,佛陀故事流传世上,曹植对此异域奇闻必有所接触;就佛教声呗言,当日的中原,梵僧已是常见,接触到梵僧歌呗,也是意料中事。只要具备这两个条件,以曹植的博学多艺,感梵声(不必神乎其迹)创制梵呗之事不无可能。可惜,限于资料,已无法证实。特别是经过了后人的渲染,曹植与佛教音乐的关系已经超出了创制梵呗的范围,他还成了佛教转经的奠基人,真实性更是扑朔迷离。在这种情况下,我们不妨转变视角,从分析此事的演化入手,在已知的范围内发掘出某些未知来。

二、曹植与梵呗

曹植与佛教音乐的关系,最早见于南朝宋刘义庆《宣验记》以及刘敬叔《异苑》,《异苑》云:

> 陈思王曹植,字子建,尝登鱼山,临东阿,忽闻岩岫里有诵经声,清通深亮,远谷流响,肃然有灵气,不觉敛衿祗敬,便有终焉之志。即效而则之,今之梵唱,皆植依拟所造。①

天竺方俗,凡是歌咏法言,皆称为呗,至于此土,则分为咏经之转读与歌赞之梵呗,《异苑》明确地说明此乃梵唱,这与《宣验记》所云"遂依拟其声而制梵呗,至今传之"②相同。可见,在南朝宋时,世人仅仅是将曹植作为歌呗的创制者看待的。《宣验记》与此语词相类,应该有相同所本,则此事的最早记载又当早于南朝。

齐梁时代,僧祐有《法苑集·陈思王感鱼山梵声制呗记》记载此事,其记已佚,但我们仍然能够分析出,僧祐仅仅是将曹植作为赞呗的创制者看待的。其因有三:一,此文题目中只提到制呗,没提及转读;二,僧祐《出三藏记集》卷十二《法苑杂缘原始集目录·经呗导师集》中,第一至第十七为歌呗部分,第十八、十九为转经部分,第二十为唱导部分,第二十一为三科综述,本目序次第八,与转读的内容较远;三,唐道宣《广弘明集》云:

---

① [南朝宋]刘敬叔《异苑》(与《谈薮》合集),中华书局,1998年,第48页。
② 引文见唐释玄应《一切经音义》卷十五"歌呗"条;唐释慧琳《一切经音义》卷二十七"歌呗"条。

植每读佛经,辄流连嗟玩,以为至道宗极也,遂制转读七声升降曲折之响,故世之讽诵,咸宪章焉。尝游鱼山,闻空中梵天之赞,乃摹而传于后,则备见梁《法苑集》。①

《法苑集》唐代尚存,此于《新唐书·艺文志》亦可考见。道宣述及曹植制转读与梵呗两事,然而味其句中"则"字,《法苑集》应该只记载了曹植制梵呗之事,并没有曹植制佛经转读之事。

按道宣的说法,《法苑集》中不但记载了曹植"撰文制音,传为后式",同时记载了曹植所制梵呗的数量,"其所传呗凡六契"②,大概其中也记载了呗辞甚至是唱法。这六契呗辞,在梁慧皎《高僧传》中也有所提及,传云:

原夫梵呗之起,亦兆自陈思,始著《太子颂》及《睒颂》等,因为之制声,吐纳抑扬,并法神授,今之"皇皇"、"顾惟"③,盖其风烈也。④

若六契之数属实,很可能两颂分别有三契,这与当日梵呗高僧大多造梵呗三契的记载是相应的。我们虽已无法得见《太子颂》及《睒颂》的文辞,然顾名思义,一为颂佛陀成道之前,一为颂睒子大孝⑤(佛陀本生)。

慧皎之言,一曰"盖其",再曰"恐或",均属猜测之言,今人据慧皎猜测之言论断,结论已然难以确定;更遑论对慧皎之言有所误解者。《高僧传·经师》篇论云:

始有魏陈思王曹植,深爱声律,属意经音,既通般遮之瑞响,又感鱼山之神制,于是删治《瑞应本起》,以为学者之宗,传声则三千有余,在契则四十有二。⑥

学界对"三千有余"、"四十有二"一段文字,历来解说纷纭。田青认为,这是说曹植

---

① [唐]道宣《广弘明集》,《大正新修大藏经》第52册,台湾新文丰出版公司,1996年,第119页。
② [唐]道宣《集古今佛道论衡》,《大正新修大藏经》第52册,第365页。
③ 顾惟乃发语词,所以皇皇与顾惟必非同一首呗辞。
④ [梁]慧皎《高僧传》,《大正新修大藏经》第50册,第415页。
⑤ 有学者以睒子事迹最早见于《六度集经》,此经译出时间晚于曹植为由,否定《睒颂》,此乃不知"有的经在他之前已在社会上流行"(任继愈语)之事实。
⑥ [梁]慧皎《高僧传》,《大正新修大藏经》第50册,第415页。

创制了三千余首佛曲;而谢立新反对说,曹植只活了40岁,在鱼山也只有3年的时间,不可能创作三千余首佛曲①。徐文明《鱼山梵呗与早期梵呗传承的几个问题》一文认为:"从慧皎自己所举例证来看,早期所作梵呗,都较简略,支谦三契,康僧会一契,昙籥一契,又帛法桥作三契,尸梨密多罗(高座)作胡呗三契,昙籥弟子法等作三契。如此曹植的六契已经是最多了,四十二契显然与众不伦。有证据表明,四十二契的巨构直到齐代才产生……如果说曹植以一人之力,一下子便创作出了四十二契,虽然他才高八斗,天下独步,也确实有些困难。"②

面对此种争论,我们又该如何理解和接受呢?

三、曹植与转读

学者们对《高僧传·经师》篇之论研究甚多,但似乎少有注意其前后段落者,以至于产生了上述的讨论和辨析,而这些本属无谓之争,因为慧皎所说乃是转读,并非梵呗。至僧祐时代,曹植与佛教音乐的关系还仅限于创制梵呗。依现存资料,从梁慧皎《高僧传》开始,曹植与转读产生了关联:

> 始有魏陈思王曹植,深爱声律,属意经音,既通般遮之瑞响,又感鱼山之神制,于是删治《瑞应本起》,以为学者之宗,传声则三千有余,在契则四十有二。其后……(列举其后的转读名家及末流)
>
> 但转读之为懿,贵在声文两得……(详述转读原则,现状,理想效果等)。
>
> 然天竺方俗,凡是歌咏法言,皆称为呗,至于此土,咏经则称为转读,歌赞则号为梵呗。昔诸天赞呗,皆以韵入弦管,五众既与俗违,故宜以声曲为妙。(由转读过渡到梵呗)
>
> 原夫梵呗之起,亦兆自陈思……(列举其后的梵呗名家、名目及末流)③

为了清楚慧皎的说法,此处对其内容做了简单明了的划分。当我们注意到了此段文字的论述顺序,我们就可以知晓,慧皎在此论述了两方面的内容,先是转读,后是梵

---

① 田青《佛教音乐的华化》,《净土天音:田青音乐学研究文集》,山东文艺出版社,2002年,第5页。
② 徐文明《鱼山梵呗与早期梵呗传承的几个问题》,《中国鱼山梵呗文化节论文集》,宗教文化出版社,2007年,第69页。
③ [梁]慧皎《高僧传》,《大正新修大藏经》第50册,第415页。

呗,论述转读时,他先指出,曹植"既通般遮之瑞响,又感鱼山之神制",般遮瑞响指执乐神般遮翼鼓琉璃琴,以偈赞佛之事①,鱼山神制已如前述,两句均指创制歌赞而言。因为曹植有创制梵呗的才能,所以才有创制转读的可能。三千余声、四十二契之《瑞应本起》,乃是转读之事,与梵呗无关。

梵呗并撰曲、辞,而转读惟制声调,供讽诵经典者遵循,并不涉及经典本身,所谓"删治",只是针对转读声调而言的。然则何谓"传声则三千有余,在契则四十有二"?《经师》篇论当日僧人转读之弊云:"破句以合声、分文以足韵。"意谓有些人为了合乎曲调的需要,将原本一句的经文割裂开来;为了唱来押韵,把本非一句的经文揉捏在一句中。那么,正确的转读应该是句与声合、意与韵合的。可见,一"声"乃是就曲调而言的,反映到辞上就是意思完整的一句,传声三千有余就是曹植创制的转读共有三千多句。那么,一句又该如何确定呢?我们可以从宋词中获得一些提示,宋代曲子有《八声甘州》,此调前后段共押韵八次,故名"八声",每一声中都有或长或短的几个小句子,想来三千余声也该如此,虽然我们无法知道声与声之间是如何区别的。

对"契"的理解,周一良《读"唐代俗讲考"》称:"似乎契又不仅是经里的节段,还有音乐上的意义,各契互不相同";关德栋《〈读唐代俗讲考〉的商榷》称:"所谓一'契',实在是指一个'歌赞'而已"②;田青以为"'契'的意思,很可能是曲谱"③。虽无法探究实际,但就转读而言,大概不会有三千多句截然不同的调子,所以,"在契四十有二"指转《太子瑞应本起经》时,全经被分成四十二节,应该不会错的。

四、对两种传说的不同接受

慧皎撰《高僧传》之后,后世对曹植与佛教音乐关系的看法不一,人们比较多地认可曹植创制梵呗,其中一部分且认可曹植创制转读,而有些人不但不认可曹植创制转读,甚至也不认可曹植创制梵呗。古代的佛教著述中,似乎没有一部直截、明确地否定曹植与佛教音乐的关系的,但从一些论述中,我们还是能够看出其中所蕴含的怀疑态度。

有些人完全怀疑曹植与佛教音乐的关系,如宋释本觉《释氏通鉴》如此记载曹植:

---

① 见《长阿含经》卷十《释提桓因问经第十》。
② 《敦煌变文论文录》,上海古籍出版社,1982年,第160、167页。
③ 田青《佛教音乐的华化》,《净土天音:田青音乐学研究文集》,山东文艺出版社,2002年,第6—7页。

"陈思王曹植,字子建,精通书艺,不好黄老,惟每读佛经,必留连嗟玩,以为至道之宗。尝著辨道论以见意,今载藏《弘明集》。"①曹植与佛教的关系主要体现在他与佛教音乐的关系上,作者却完全不提及创制梵呗或转读之事,显然对此有所疑虑,元僧熙仲《历朝释氏资鉴》与此相同。

有些人怀疑曹植创制转读之事,在记载此事时,只强调创制梵呗,丝毫不提及转读,如唐沙门窥基《妙法莲华经玄赞》(卷四)、释玄应《一切经音义》(卷六)、释慧琳《一切经音义》(卷二十七)、五代释景霄《四分律钞简正记》(卷八、十六)、宋释赞宁《宋高僧传》(卷二十五)、《大宋僧史略》(卷二)、宋释志磐《佛祖统纪》(卷三十五)等,皆是如此。

有些人甚至怀疑曹植制梵呗之事,如唐释道宣《续高僧传》云:"呗匿之作,沿世相驱,转革旧章,多弘新势。讨核原始,共委渔山,或指东阿昔遗,乍陈竟陵冥授。未详古述,且叙由来,岂非声乖久布之象?唯信口传,在人为高,毕固难准,大约其体,例其众焉。"②详其文意,似乎对曹植制呗有所怀疑。然而,无论从个人意愿还是弘扬佛教的角度,他都希望这是事实,所以,他在另外两部弘法著作即《广弘明集》《集古今佛道论衡》中,又记载了创制梵呗与转读的传说。而宋释赞宁《宋高僧传》则曰:"或曰:'此只合是西域僧传授,何以陈思王与齐太宰捡经示沙门耶?'"③显见得当日对此产生怀疑的不在少数。

结　论

对于曹植与佛教音乐的讨论,除非有新的资料出现,否则只能存在于有无之间。从他与佛教音乐的关系不断被丰富来看,曹植可称得上是这个领域的荷马。

基金项目:四川省古代文学特色文献研究团队(川社联函[2015]17号)建设项目。
作者简介:鲁立智,文学博士,山西师范大学文学院讲师。

---

① [宋]本觉《释氏通鉴》,《卍新撰续藏经》第76册,台湾新文丰出版公司,1977年,第18页。
② [唐]道宣《续高僧传》,《大正新修大藏经》第50册,第706页。
③ [宋]赞宁《宋高僧传》,《大正新修大藏经》第50册,第871页。

《世说新语》引《诗经》述论

强中华

提　要：《诗经》作为一部文化经典，对后世产生了深远影响，即使是在经学相对没落的汉末魏晋时期也不例外。以《世说新语》为例，此书涉及与《诗经》有关的事迹近三十件，其中多记载汉末魏晋士人在相互对话中灵活化用《诗经》的逸闻趣事。这些士人在化用《诗经》时，几乎都不指出所引之诗句出自《诗经》，而是直接把《诗经》的原话或典故活用为谈话的有机组成部分，这一方式正是魏晋士人言谈崇尚机锋的表现。另外，刘义庆的叙述语也有五处化用《诗经》。

众所周知，魏晋名士是魏晋风度的创造者。具有怎样的素质才能称为名士？当时的名士王孝伯（王恭）说："名士不必须奇才，但使常得无事，痛饮酒，熟读《离骚》，便可称名士。"（《世说新语·任诞》）晋人干宝又说，当时"学者以老庄为宗而黜《六经》"①。事实上，仅仅能够熟读《离骚》远远不能概括魏晋名士的文化修养，而"学者以老庄为宗而黜《六经》"也并不完全符合历史事实。作为知识群体，魏晋名士学识渊博，对于儒家经典也是相当熟悉，而且能够灵活运用儒家经文。本文围绕《世说新语》，探讨汉末魏晋士人的《诗经》学修养。在分析时，文章首先分别列出《世说新语》与《诗经》的每一处结合点，然后分析这些诗句在汉末魏晋士人言谈中的含义与妙用。在引述《世说新语》原文时，本文参照余嘉锡《世说新语笺疏》②，引文所属篇目，在正文中以夹注方式标出。为了使文意明白易懂、简洁流畅，针对具体情况，或引全文，或择其要点，或译为现代汉语。下面，逐条分述与论析。

---

① ［唐］房玄龄等《晋书》，中华书局，1974年，第135页。
② 余嘉锡《世说新语笺疏》，上海古籍出版社，1993年。

一、胡为乎泥中;薄言往愬,逢彼之怒

受大儒郑玄影响,郑玄家中奴婢亦读《诗》。郑玄惩罚奴婢,让其处于泥水中,另一婢女问曰:"胡为乎泥中?"答曰:"薄言往愬,逢彼之怒。"(《文学》)"胡为乎泥中"源于《诗经·邶风·式微》:"式微,式微,胡不归? 微君之躬,胡为乎泥中!"据《毛传》:"泥中,卫邑也。"①此婢理解并用为泥水中,纯属断章取义。"薄言往愬,逢彼之怒"源于《诗经·邶风·柏舟》:"我心匪鉴,不可以茹。亦有兄弟,不可以据。薄言往诉,逢彼之怒。"②奴婢亦能活用《诗经》,足见郑玄影响之大,《诗经》传播范围之广。

二、是以贱民颠倒衣裳耳

边让初见袁阆,举止失措。袁阆因问边让为何"颠倒衣裳"? 边让答曰:"明府初临,尧德未彰,是以贱民颠倒衣裳耳。"(《言语》)"颠倒衣裳",典出《诗经·齐风·东方未明》。袁阆以《诗》发问,边让以《诗》作答,其回答既表明他知《诗》识礼,尊敬袁阆,但同时又微文刺讥。《荀子·大略》:"诸侯召其臣,臣不俟驾,颠倒衣裳而走,礼也。"③可见,边让"举止失措",乃是尊敬袁阆的表现。同时,据《毛诗·序》和《毛传》,此诗乃刺"朝廷兴居无节,号令不时","故群臣促遽,颠倒衣裳"。④边让的弦外之音是:正因为你袁阆德行未彰,我边让才惧怕你;如果你德行如尧,又岂会让下属如此慌张?

三、公旦《文王》之诗,不论尧、舜之德而颂文、武者,亲亲之义也

袁阆向荀爽问及颍川才德名士,荀爽首先提及自己的诸位兄长,袁阆略有不满,荀爽答曰:"公旦《文王》之诗,不论尧、舜之德而颂文、武者,亲亲之义也。"(《言语》)荀爽以周公所作《诗经·大雅·文王》赞颂文王、武王为据,说明自己首先推赞兄长的做法符合儒家亲亲之道。

四、情钟舅氏,宜以"渭阳"为名

魏明帝曹叡为外祖母建造馆舍成,问馆舍命以何名。侍中缪袭说:"陛下圣思齐于哲王;罔极过于曾、闵。此馆之兴,情钟舅氏,宜以'渭阳'为名。"(《言语》)《诗经·秦

---

① [汉]毛亨传,[汉]郑玄笺,[唐]孔颖达疏,龚抗云、李传书、胡渐逵、肖永明、夏先培整理,刘家和审定:《毛诗正义》(上),北京大学出版社,1999年,第153页。以下同书仅注页码。
② 《毛诗正义》(上),第115页。
③ [清]王先谦撰,沈啸寰、王星贤点校《荀子集解》(下),中华书局,1988年,第486页。
④ 《毛诗正义》(上),第337页。

风·渭阳》:"我送舅氏,曰至渭阳。"据《毛诗序》及孔颖达《疏》,《渭阳》乃秦康公念母之作。秦康公之母,乃晋献公之女。秦穆公欲立晋献公的儿子重耳为晋君时,秦康公的儿子康公时为太子,送舅舅重耳于渭水之北,"念母之不见,我见舅氏如母存焉"①。缪袭以此诗典故为据,认为魏明帝为外祖母建造馆舍,情钟于舅舅那一边的亲人,就会自然而然地想起自己的亡母甄氏,故宜以"渭阳"为名。

五、《黍离》之痛

《世说新语》两次提及《诗经·王风·黍离》。《伤逝》载,东晋武帝司马曜去世,王恭告其诸弟云:"虽榱桷惟新,便自有《黍离》之哀!"司马曜的陵寝勾起了王恭的无限伤感。"《黍离》之哀"典出《诗经·王风·黍离》。另一处为刘义庆的叙述语。(详后)

六、无小无大,从公于迈;伯也执殳,为王前驱

孙盛跟随庾亮打猎,庾亮在猎场忽见一七八岁小儿,因问:"君亦复来邪?"此儿应声而答:"所谓'无小无大,从公于迈'。"乃知此儿是孙盛的小儿子齐庄。(《言语》)"无小无大,从公于迈"出自《诗经·鲁颂·泮水》②。小儿即能化用《诗经》,足见孙家颇重《诗》教。又,司马昱做抚军时,与桓温入朝,两人相互推让对方先行,桓温推辞不过,因曰:"伯也执殳,为王前驱。"然后先行。司马昱亦谦逊地回答:"所谓'无小无大,从公于迈。'"(《言语》)桓温语出《诗经·卫风·伯兮》③,司马昱语出《诗经·鲁颂·泮水》。这则文献表面上展示了桓温和司马昱的相互谦让,实际上表明当时桓温实力强大,司马昱都得侧目相让。

七、《北门》之叹

李充家贫,常叹无人赏识。殷浩问他能否屈就百里县令之职。充曰:"《北门》之叹,久已上闻。穷猿奔林,岂暇择木!"表示愿意接受县令之职。(《言语》)《北门》之叹,源于《诗经·邶风·北门》:"出自北门,忧心殷殷。终窭且贫,莫知我艰。已焉哉!天实为之,谓之何哉!"《毛诗序》:"《北门》,刺仕不得志也。言卫之忠臣不得其志尔。"④李充化用《北门》,叹息自己穷困不遇。

---

① 《毛诗正义》(上),第433页。
② 《毛诗正义》(下),第1396页。
③ 《毛诗正义》(上),第242页。
④ 《毛诗正义》(上),第169页。

八、先集其惨澹

东晋高僧道壹喜欢修饰言辞,曾从京都回东山,遇雨,诸和尚问及路上风景,道壹答曰:"风霜固所不论,乃先集其惨澹。郊邑正自飘瞥,林岫便已浩然。""先集"一词源于《诗经·小雅·頍弁》"如彼雨雪,先集维霰"①。(《言语》)道壹以"先集"指代雪粒。僧人亦读《诗经》,足见儒家经典传播范围之广。

九、桑椹甘香,鸱鸮革响

北方人张天锡来到东晋都城,为晋武帝司马曜器重。当时有人嫉妒他,问张:"北方何物可贵?"张曰:"桑椹甘香,鸱鸮革响。淳酪养性,人无嫉心。"(《言语》)张天锡化用《诗经·鲁颂·泮水》:"翩彼飞鸮,集于泮林。食我桑黮,怀我好音。"②言外之意是说,我张天锡为人厚道,鸱鸮都被感化;你们这些人心存嫉妒,愚顽不化,连鸱鸮都不如。

十、天步屯蹇

王中郎赞赏张天锡的见识,但又取笑说:"你的见识绰绰有余,为何还被苻坚制服?"张天锡回答说:"阳消阴息,故天步屯蹇;否剥成象,岂足多讥?"(《言语》)"天步",典出《诗经·小雅·白华》:"天步艰难,之子不犹。"《毛传》:"步,行。犹,可也。"《郑笺》:"犹,图也。天行此艰难之妖久矣,王不图其变之所由尔。"③"屯蹇""否剥"典出《周易》,指不顺。张天锡意思是说,他被苻坚制服,乃是天意,非自己的过错,没有什么可讥笑的。

十一、昔我往矣,杨柳依依。今我来思,雨雪霏霏;訏谟定命,远猷辰告

谢安问诸子弟:"《毛诗》何句最佳?"谢玄云:"'昔我往矣,杨柳依依。今我来思,雨雪霏霏。'"谢安云:"'訏谟定命,远猷辰告。'"(《文学》)前者源于《诗经·小雅·采薇》,此乃"命将率遣戍役,以守卫中国"之诗。④而后者源于《诗经·大雅·抑》:"无竞维人,四方其训之。有觉德行,四国顺之。訏谟定命,远犹辰告。"乃德服天下,四方归顺,"布政于邦国都鄙","为天下远图庶事,而以岁时告施之"之意。⑤谢安胸怀天下,渴

---

① 《毛诗正义》(中),第870页。
② 《毛诗正义》(下),第1404页。
③ 《毛诗正义》(中),第928页。
④ 《毛诗正义》(中),第588页。
⑤ 《毛诗正义》(下),第1163—1164页。

望天下归顺东晋王朝,故认为此诗较描写征战之苦的《采薇》更有"雅人深致"。

十二、夏侯湛作《周诗》

夏侯湛作《周诗》,示潘安仁,安仁曰:"此非徒温雅,乃别见孝悌之性。"潘因此作《家风诗》。(《文学》)据刘孝标注,《周诗》乃《诗经》中《南陔》《白华》《华黍》《由庚》《崇丘》《由仪》六篇"有其义而亡其辞"的诗。夏侯湛补之,称为《周诗》。① 可见夏侯湛对《诗经》兴趣浓厚。其所补之诗,"非徒温雅",又"别见孝悌之性",足见尊奉儒家诗教。潘岳仿夏侯湛作《家风诗》,亦间接追慕《诗经》。

十三、凤鸣朝阳

张华称赞"顾彦先凤鸣朝阳"(《赏誉》)。"凤鸣朝阳"典出《诗经·大雅·卷阿》:"凤凰鸣矣,于彼高冈。梧桐生矣,于彼朝阳。"②张华化用此典,称赞顾荣为迎着朝阳,栖于梧桐,高声鸣叫的凤凰。

十四、九皋之鸣鹤,空谷之白驹

有人问及蔡洪吴中世家大族,蔡洪盛赞吴中贤人,其中称严仲弼为"九皋之鸣鹤,空谷之白驹"。(《赏誉》)"九皋之鸣鹤"源于《诗经·小雅·鹤鸣》"鹤鸣于九皋,声闻于天"③。"空谷之白驹"则源于《诗经·小雅·白驹》:"皎皎白驹,在彼空谷。生刍一束,其人如玉。毋金玉尔音,而有遐心。"④两诗均是赞叹贤人之词。

十五、中心藏之,何日忘之

何晏、邓飏让管辂为其作卦,预测他们能否位至三公。卦成,管辂称引古义,深以戒之。何晏因云"中心藏之,何日忘之"。(《规箴》)"中心藏之,何日忘之"语源《诗经·小雅·隰桑》。⑤管辂劝诫何晏慎于官场竞进,何晏化用此诗表示将铭记于心。又,石崇不肯把宠妾绿珠送给孙秀,潘岳曾对孙秀无礼,孙秀怀恨在心。后来孙秀为中书令,潘岳问孙秀:"孙令,忆畴昔周旋不?"秀曰:"中心藏之,何日忘之?"后来,潘岳、石崇均被孙秀所杀。(《仇隙》)孙秀不忘旧怨,睚眦必报,与儒家精神了无关联,却也引《诗》以达其意,足见其熟悉《诗经》。

---

① 《世说新语笺疏》,第253页。
② 《毛诗正义》(下),第1135页。
③ 《毛诗正义》(中),第670页。
④ 《毛诗正义》(中),第675页。
⑤ 《毛诗正义》(中),第925页。

十六、召伯之仁，犹惠及甘棠

桓玄想用谢安的旧宅作军营，谢安的孙子谢混说："召伯之仁，犹惠及甘棠；文靖之德，更不保五亩之宅？"玄惭而止。(《规箴》)"召伯之仁，犹惠及甘棠"典出《诗经·召南·甘棠》："蔽芾甘棠，勿剪勿伐，召伯所茇。蔽芾甘棠，勿剪勿败，召伯所憩。蔽芾甘棠，勿剪勿拜，召伯所说。"①《韩诗外传》："召伯暴处远野，庐于树下。百姓大悦，耕桑者倍力以劝。于是岁大稔，民给家足。尔后在位者骄奢不恤元元，税赋繁数，百姓困乏，耕桑失时。于是诗人见召伯之所休息树下，美而歌之。《诗》曰：'蔽芾甘棠，勿剪勿伐，召伯所茇。'"②谢混以儒家经义阻止了桓玄，足见儒家经义仍在士人心中颇有影响。

十七、面如凝脂

王羲之称杜弘治"面如凝脂"(《容止》)，此语化用《诗经·卫风·硕人》"肤如凝脂"③，指杜弘治的面色柔滑如脂。

十八、爪牙、腹心

桓玄称"今腹心丧羊孚，爪牙失索元"。(《伤逝》)"爪牙"语源《诗经·小雅·祈父》："祈父，予王之爪牙。"④"腹心"语源《诗经·周南·兔罝》："赳赳武夫，公侯腹心。"⑤在桓玄眼里，羊孚、索元二人乃是自己的得力干将。

十九、生纵不得与郗郎同室，死宁不同穴

郗超死后，其妻兄欲迎妹还，郗超之妻终不肯归，并说："生纵不得与郗郎同室，死宁不同穴！"(《贤媛》)郗超妻化用《诗经·王风·大车》"穀则异室，死则同穴"⑥语，以示忠于亡夫，不愿离开郗家之志。

二十、角枕粲文茵，锦衾烂长筵

袁乔拜访刘恢，刘恢仍在内室睡觉。袁乔作诗调笑道："角枕粲文茵，锦衾烂长筵。"(《排调》)此诗化用《诗经·唐风·葛生》："角枕粲兮，锦衾烂兮。予美亡此，谁与独旦？"⑦此本妇人思念亡夫之作，意思是说，用骨角装饰的枕头还是那样鲜艳，锦被

---

① 《毛诗正义》(上)，第78页。
② 赖炎元《韩诗外传今注今译》，台湾商务印书馆，1979年，第32页。
③ 《毛诗正义》(上)，第223页。
④ 《毛诗正义》(中)，第671页。
⑤ 《毛诗正义》(上)，第50页。
⑥ 《毛诗正义》(上)，第270页。
⑦ 《毛诗正义》(上)，第401页。

还是那样灿烂,只是我的爱人舍我而去,谁来陪伴孤独的我到天明?袁乔不顾诗歌原意,断章取义,调笑刘恢与其妻共眠不起。刘恢妻因此愤愤不平,称袁乔为"古之遗狂"。

二十一、蠢尔蛮荆,敢与大邦为仇;薄伐猃狁,至于太原

荆州襄阳人习凿齿与太原人孙绰在桓温处相聚,孙绰取笑习凿齿道:"蠢尔蛮荆,敢与大邦为仇。"习凿齿回敬道:"薄伐猃狁,至于太原。"(《排调》)孙绰化用《诗经·小雅·采芑》"蠢尔蛮荆,大邦为仇"语①,取笑习凿齿为愚蠢的南蛮。习凿齿针锋相对,化用《诗经·小雅·六月》语②,挖苦对方为北方少数民族猃狁。

二十二、王乃复西戎其屋

《排调》载,会稽王司马道子的宾馆是版屋,谢重去拜访他时,仰头看着房子说:"王乃复西戎其屋。""版屋"一词,源于《诗经·秦风·小戎》"在其版屋,乱我心曲"③。谢重化用此典,似有嘲笑司马道子追慕西北戎风之意。

二十三、人之云亡,邦国殄瘁

孙绰见褚裒,谈及刘恢去世,流泪讽咏曰:"人之云亡,邦国殄瘁。"此语源自《诗经·大雅·瞻卬》④,意思是说,贤人已去,国家就要衰败了。刘恢生前并不重视孙绰,孙绰却引《诗》以赞刘恢,故遭到褚裒的呵斥,时人也"咸笑其才而性鄙"。(《轻诋》)又,女子络秀自称"门户殄瘁"(《贤媛》),"殄瘁"即败落,亦源自《诗经·瞻卬》。

二十四、朝宗

范汪投奔桓温,桓温非常高兴,谢其远来之意。范汪内心深处本为投奔桓温而来,但又担心自己的行为颇有迎合时势之嫌,将损名声,故说:"虽怀朝宗,会有亡儿瘗在此,故来省视。"(《假谲》)"朝宗"一词,源于《诗经·小雅·沔水》"沔彼流水,朝宗于海"⑤。范汪化用此典,表示自己像流水归海一样归附桓温,但他又说,恰巧我的亡儿埋葬在此地,所以过来看看,足见其意欲归附桓温,又想找一托辞,掩饰自己真实意图的复杂心态。

---

① 《毛诗正义》(中),第646页。
② 《毛诗正义》(中),第640页。
③ 《毛诗正义》(上),第416页。
④ 《毛诗正义》(下),第1261页。
⑤ 《毛诗正义》(中),第666页。

二十五、臣进退维谷

殷仲堪的父亲得了虚悸症,听到床下蚂蚁响动,以为是牛在争斗。晋武帝司马曜不知病人就是殷仲堪之父,因问:"有一姓殷的人,生的就是这种病么?"殷仲堪流涕而起曰:"臣进退维谷。"(《纰漏》)"进退维谷"语出《诗经·大雅·桑柔》①,殷仲堪以此表明自己处于尴尬境地:不答则藐视君王权威,答则有损父亲尊严。可见,儒家尊君、孝亲的思想对殷仲堪影响至深。

以上所述均为汉末魏晋士人称引《诗经》的情况。除此之外,刘义庆的叙述语也五次化用《诗经》,本文一并论析。《言语》载,东晋初立,温峤渡江,拜访王导,陈述怀、愍二帝被掠平阳,社稷宗庙被毁,帝王陵墓被毁之状,颇有《黍离》之痛。《言语》载,谢重与王恭是亲家,谢重做太傅司马道子的长史时,被人弹劾,于是王恭请谢重做自己的长史,当时司马道子与王恭有隙,不想让王恭得到谢重,就让谢重回来做咨议。刘义庆说,司马道子这样做,实际上是"外示縶维",实则离间谢重与王恭的关系。"縶维"一词语源《诗经·小雅·白驹》:"皎皎白驹,食我场苗。縶之维之,以永今朝。所谓伊人,於焉逍遥?皎皎白驹,食我场藿。縶之维之,以永今夕。所谓伊人,於焉嘉客?"②原诗意思是说主人拴住客人的马儿,不让离去。这里取挽留之意。《识鉴》称车胤"清通于多士之世"。"多士"指人才众多,语源《诗经·大雅·文王》、《周颂·清庙》、《鲁颂·泮水》"济济多士"。《栖逸》称"荆州刺史桓冲将尽讦谟之益","讦谟"语源《诗经·大雅·抑》"讦谟定命",指宏大的谋划。《栖逸》称戴安道的兄长欲建式遏之功。"式遏"语出《诗经·大雅·民劳》"式遏寇虐"③,意思是阻止寇仇,引申为为国效力。

通过以上考察可见,汉末魏晋时期,不少士人对《诗经》并不陌生,他们在言谈中适时化用《诗经》,或增强了谈话的说服力,或平添了谈话的趣味性,或加大了语言的讽刺度。在《世说新语》与《诗经》有关的所有逸闻趣事中,只有五处明示了与《诗经》的某种关联:荀爽指出公旦《文王》之诗的亲亲之意;李充发出《北门》之叹,直接用了《诗经》中的篇名;何晏采用"《诗》不云乎"的传统方式;谢安和谢玄明指《毛诗》哪句最佳;夏侯湛补作《诗经》之《周诗》,潘安仁评价此诗并作《家风诗》。除此之外,其他引《诗》或化用《诗经》典故均是把原诗或典故直接灵活转化为自己谈话的有机组成部分,而未明示

---

① 《毛诗正义》(下),第1187页。
② 《毛诗正义》(中),第674页。
③ 《毛诗正义》(中),第1139页。

其与《诗经》有何关联。这种用《诗》方式使得士人们的话语充满机锋。何谓"机锋"？"机锋"一词，《世说新语》两见。《言语》载，顾和还未成名时，去拜访丞相王导，王导当时很困倦，竟然对着来客睡着了。顾和为了让王导与他交谈，于是对同坐人说："从前我听族叔顾荣说，王丞相曾经协助中宗，保全了江南。如今丞相贵体小有不适，实在令人焦急啊！"王导因而醒来，称赞顾和说："此子珪璋特达，机警有锋。"意思是说，顾和反应敏捷，善于言谈。又《排调》："锺毓为黄门郎，有机警，在景王坐燕饮。时陈群子玄伯、武周子元夏同在坐，共嘲毓。景王曰：'皋繇何如人？'对曰：'古之懿士。'顾谓玄伯、元夏曰：'君子周而不比，群而不党。'"景王司马师问"皋繇何如人"，此语道出了锺毓父亲锺繇的名讳。锺毓反应灵敏，针锋相对，称皋繇为"古之懿士"，巧妙地道出了司马师父亲司马懿的名讳。锺毓又化用孔子"君子周而不比，小人比而不周"（《论语·为政》）①以及"君子矜而不争，群而不党"（《论语·卫灵公》）②的话道出陈玄伯父亲陈群、武元夏父亲武周的名讳。《世说新语》因称锺毓"有机警"。综合两处来看，所谓"机锋"，指反应敏捷，充满智慧，善于言谈。充满机锋的言谈造就了简洁含蓄、意蕴无穷的语言表达效果。在言谈中反应敏捷，充满智慧，追求语言的简洁含蓄，这正是魏晋风度汲汲追求的目标之一。

基金项目：四川省古代文学特色文献研究团队（川社联函［2015］17号）建设项目；2010年度国家社会科学基金西部项目：《秦汉荀学研究》（编号：10XZX0005）。

作者简介：强中华，文学博士，西华师范大学文学院副教授。

---

① 杨伯峻《论语译注》，中华书局，1980年，第17页。
② 杨伯峻《论语译注》，第166页。

碑志中的皇唐玉牒
——以新刊唐代墓志勘正李唐宗室世系一例

吴炯炯

李博义,唐高祖李渊之兄李湛第二子,又出继于伯父梁王李澄,受封为陇西王,两《唐书》本传均不载其以下世系①,唯《新唐书·宗室世系表》②著录其相关世系:

			梁王澄。
	博义,以蜀王第二子继。		彭城王士衍。
	温州刺史、蒋国公怀让。	荆州司马玄弁。	淄州刺史、陈国公玄同,以陇西王博义第五子继。
慎终。	京兆尹慎名。		
	司门员外郎自下。		

有关梁王李澄以降之世系,自两《唐书》起,便是聚讼纷纭,莫衷一是,读史者多有措意焉。已故前辈学者岑仲勉先生于《唐史余渖》中列有"梁王澄后"一条,其云:

《旧书》六〇:"澄、洪并无后,博义即湛第二子也。"《新书》七八:"梁王澄蚤

---

① 《旧唐书》卷六十《李博义传》,中华书局,1975年,第2356—2357页;《新唐书》卷七八《李博义传》所载略同,均未载其后代世系,中华书局,1975年,第3535—3536页。

② 《新唐书》卷七十上《宗室世系表上》(以下或简称《表》),第2022—2025页。当代学者据石刻文献补订此表者仅见四文即胡可先《〈新唐书·宗室世系〉补正》,《徐州师范大学学报》1998年第3期,第99—103页。潘明福《〈新唐书·宗室世系表〉匡补》,《贵州大学学报》2005年第1期,第95—102页。陈于全《〈新唐书·宗室世系表〉"蔡王房"补考》,《中国典籍与文化》2010年第4期,第131—135页。张琛、勾利军《〈新唐书·宗室世系表〉校补》,《北方文物》2012年第2期,第70—72页。台湾学者詹宗祐《点校本两唐书校勘汇释》曾将胡可先、潘明福、周绍良(见《唐志丛考(续)》,有部分条目涉及《表》的内容,《文献》2007年第1期,第53—64页)等之相关考证汇为一编,并详列诸家征引之资料,或有不同意见之处以按语形式考证,方便利用,可惜只是"旧"辑,并无"新"考,中华书局,2012年,第666—680页。

薨,无嗣。"《廿二史考异》五一云:"世系表,梁王澄子有彭城王士衍、江东郡王世证、衡山郡王世训三人,又以蜀王第二子博乂继,岂诸子蚤薨绝而后以博乂嗣之乎?然澄既有三子,不得云蚤薨矣,博乂传亦不言出继梁王事,盖表传之文,多不相应。"《新旧唐书互证》九云:"按《旧唐书·博乂传》云,澄、洪并无后,世系表洪下有巴陵郡王盘陁;旧书又云洪为郑王,与世系表言为汉王又异。"按有子未尝不可言早薨,但不得云无后;如谓均以他人之子继梁王之后,何至继者四人?况据表,士衍业以博乂第五子玄同继,何故复以博乂直继梁王?又玄同之次,有荆州司马玄弁,不知是士衍亲生者抑是入继者。凡此皆记载不明,难以推考。①

《表》是现存唯一一种李唐宗室世系的整体记录,诚非虚言,但亦存在着诸多阙讹之处②。清季以来,大量出土的唐人墓志中,关涉李唐宗室人物、世系者亦有不少,恰可据以补正《表》中相关世系的阙讹。新出唐宗室成员《唐故洪州高安县令李府君(愻)墓志铭并序》于李博乂一支相关世系记载甚详:

  我五代祖讳湛,在周为司射大夫、骠骑将军,随为镇军将军、殿中监。唐武德二年,以高祖母兄,追封蜀王。高祖讳博乂,蜀王中子……曾祖讳玄弁,陇西王第六子,开元十八年终荆州司马,赠襄州刺史。祖讳慎名,襄州元子。天宝中,以德行冠宗属,历官京兆尹、左金吾大将军、东都留守、太原尹、宗正卿……父讳自下,以清白闻。自降(绛)州正平尉累迁监察里行,入为司门员外郎……嗣子三人,公最长,讳愻;次讳悫,皇河南府仓曹参军;次讳愡,皇苏州司法参军……长子有庆,不幸早世。③

---

① 岑仲勉《唐史余渖》,中华书局,2004 年,第 8 页。
② 最主要的问题是因为缺乏该类型的谱牒文献,虽然谱牒之学在唐大盛,但是因为唐代著名的姓氏书《元和姓纂》中有关李唐宗室世系的部分已经散佚不存,我们已经无法窥见林宝所记录的唐代宗室系谱,而《古今姓氏书辩证》中有关唐宗室世系的部分,基本上因袭了《表》,经过前人的研究,认为文献意义不大。参[唐]林宝撰,岑仲勉校记,郁贤皓、陶敏整理,孙望审订《元和姓纂(附四校记)》,中华书局,1994 年;[宋]邓名世撰,王力平点校《古今姓氏书辩证》,江西人民出版社,2006 年。
③ 录文为笔者所录,署为"嗣子剑南西川节度巡官试秘书省校书郎助纂并书",拓片图版见赵君平编《邙洛碑志三百种》二四九,中华书局,2004 年,第 295 页。录文又可参吴钢主编《全唐文补遗》第八辑,三秦出版社,2005 年,第 140—142 页。张琛、勾利军《〈新唐书·宗室世系表〉校补》也据《邙洛碑志三百种》刊布的图版注意到了这条资料,但是作者似乎没有细读《表》文,因此,没有注意到其实李博乂已经出继梁王李澄,《表》已将其列入梁王房,故其世系并不见于蜀王房,机械地在蜀王李湛下补入博乂以降之世系,大谬。

该志是李助为其父李愻归葬所作的墓志,撰者李助年幼而孤,依长姊生活,姊殁飘零他乡。后受知己荐引,登第入仕,入杜元颖之幕。其先,父母殁于江汉,因家贫而无力袝归祖茔,直至李助出仕,因俸禄而积累了一些财富,才将父母及亡兄的灵柩归葬洛阳,完成了他所肩负的家族使命。志主李愻是李唐宗室,但是作为远支疏属,到他的时代,家道已不显赫,仕途亦不顺,只做到了高安县令,就连归葬洛阳的费用都无法负担,只得暂厝他乡。同时,李愻仅官至南方区区小县县令,官履和政绩大约乏善可陈,故在墓志书写中,能够大书特书的只有家族引以为自豪的宗室血统了,正因为如此,这方墓志中最引人注目的就是有关家族世系的叙述。

《表》将玄同、玄弁列于梁王房彭城王士衍之下,且明言玄同"以陇西王博义第五子出继"士衍,同样认为玄弁是士衍之子。今据《李愻墓志》之记载,可知玄弁并非士衍之子,而是"陇西王(博义)第六子"。宋人修《表》之时,可能既有玄同出继士衍的记录,又知玄同、玄弁二人的兄弟关系,故将玄弁误列于玄同之后、士衍之下。再者,无论《李愻墓志》还是《表》均未载玄弁亦曾出继士衍。故当据《李愻墓志》之记载,将玄弁移正于博义之下,在温州刺史、蒋国公怀让之后。

又,《表》阙载自下以降之世系,此志之记载恰可补阙。可据《李愻墓志》补正《表》中博义一支世系如下:宗正卿、陇西恭王博义,以蜀王(湛)第二子继;第六子玄弁,荆州司马;玄弁长子慎名,京兆尹;以同行"慎"字推,故《表》中之慎终抑或玄弁之子、慎名之弟;慎名生自下,司门员外郎;自下生愻、憨、惚。愻,洪州高安县令;愻生有庆、助,有庆早卒,助官剑南西川节度巡官试秘书省校书郎。

此外,《[前阙]主簿杜府君之夫人陇西李氏墓志铭□(并)□(序)》之志主为自下长女,憨、惚之姊,题有"弟惚书",亦载玄弁以降世系:"曾祖玄弁,皇朝荆州司马,赠襄州刺史;祖慎名,皇朝宗正卿,赠工部尚书;父自下,皇朝司门员外。夫人即员外之长女也……弟憨,以夫人无子,远迁其柩。"[1]其中世系、人名、官职与《李愻墓志》所载均相合,可资佐证。

				澄。
				博义。
				玄弁(第六子)。

---

[1] 拓片图版见河南省文物研究所等编《千唐志斋藏志》,文物出版社,1984年,第932页;录文又收入周绍良主编、赵超副主编《唐代墓志汇编》大历〇四〇,上海古籍出版社,1992年,第1785—1786页。

(续表)

				慎名。
慎终。				
				自下。
	惣。	惷。		憗。
			助。	有庆。

由于在现存的唐代文献中关于李唐宗室人物及谱系的记载比较零碎,利用传世唐代文献对李唐宗室谱系进行系统勘正的空间不大,《表》是传世唐代文献中唯一有关李唐宗室世系的完整记录,于我们研究唐代宗室而言义重大。清末至今,唐代墓志的大量出土,其中有关李唐宗室人物的墓志之文恰好可弥补传世文献的不足,作为校补《表》中世系的文献基础,在千年后的今天,藉此种出土遗文,以"二重证据法",我们尽可能完整地呈现李唐宗室之谱系,清楚地了解李唐天潢贵胄的传承,于唐代家族史、政治史的研究,意义非凡。

作者简介:吴炯炯,历史学博士,兰州大学敦煌学研究所讲师。

吴仁杰《离骚草木疏》版本源流考

罗建新

提　要：成于南宋庆元三年（1197）的吴仁杰《离骚草木疏》，凡四卷；然在历代书目中，有将书名误作《离骚草木虫鱼疏》者，有将其卷数误记为二卷者。是书自刊行以来，历代皆有覆刻、影钞者，今存版本不下十五种；这其中，刻本以南宋庆元六年罗田县庠本为最早，抄本以毛氏汲古阁本为最精善，印本以《丛书集成初编》本最为清晰易得。在古籍传播史上，《离骚草木疏》具有个案意义，通过对其版本状况的历时观察，在一定程度上可见出宋代典籍版本流布、嬗变的大致轮廓。

南宋淳熙进士吴仁杰博学洽闻，著述宏富，有《古周易图说》《洪范图》《盐铁新论》《陶渊明年谱》《郊祀赘说》《两汉刊物补遗》《杜甫年谱》《离骚草木疏》诸书行世。这其中，《离骚草木疏》"征引宏富，考辨典核，实能补王逸训诂所未及。以视陆玑之疏《毛诗》、罗愿之翼《尔雅》可以方轨并驾，争骛后先，故博物者恒资焉"①，于《楚辞》学、名物学研究皆有重要参考价值，故多为学人所重。且是书自宋庆元六年（1200）梓行以来，历代皆有覆刻、影钞之作面世，诸多藏书家亦对其有叙录、题跋，这就使得其版本流布甚具特色：既有宋版存世，又有今本流传；既具精雕细镂之刻本，亦存缮写精绝之抄本与清晰易得之印本；既存国内诸本，又见域外写本。可以说，在古籍传播史上，《离骚草木疏》具有了作为典型的个案意义，通过对其版本状况的历时观察，学人即能在一定程度上见出宋代典籍版本流布、嬗变的大致轮廓。有鉴于此，笔者拟参稽文献，对《离骚草木疏》之版本进行系统考述，冀使学界明其源流，于阅读、研究是书之际能择善而从；同时亦可对宋籍之刊刻、传抄、庋藏诸问题有所了解。

---

① ［清］永瑢等《四库全书总目》，中华书局，1965年，第1268页。

一、《离骚草木疏》之成书

据吴仁杰《〈离骚草木疏〉序》①载,是书成于宋"庆元丁巳四月"。其时朝野党人倾轧,"韩侂胄方专拥戴功,与赵汝愚相轧,既而斥汝愚,罢朱子,严伪学之禁,从而得罪者五十九人"。吴仁杰曾讲学于朱子之门,且与朱子素有书信往复,然在此次"党禁"事件中,因其"官止国录,未敢诵言,乃祖述《离骚》,譬诸草木,按神农《本草》诸书,为之别流品,辨异同",遂撰成《离骚草木疏》,"以芳草嘉木,比于忠义独行之士;莸草恶木,比于奸邪妄倖之臣"②,借注《离骚》来抨击时政,抒发己见。而这,也是后世学人品鉴仁杰之书时所常用之视域,如清祝德麟《离骚草木疏辨证》:"其《自序》云:'苏、芙蓉以下四十有四种,犹青史忠义独行之有全传也,资、菉蒎之类十一种,传着卷末,犹佞幸奸臣传也。彼既不能流芳百世,故使之遗臭万载'云云。意其时侂胄用事,奸佞盈庭,立伪学之目,绝正人之路,熏莸倒置不着衔名,以识区别。"③即以不同类属之草木来比附忠义独行、佞幸奸臣,从而点明仁杰在"庆元党禁"中著书以见志之用心。

二、《离骚草木疏》在历代书目中的著录情况

据《离骚草木疏》庆元六年罗田县庠原刊本,吴氏之书当名为《离骚草木疏》,卷数为四卷,如宋晁公武《郡斋读书志》赵希弁《附志》:"《离骚草木疏》四卷,右通直郎行国子录河南吴仁杰撰,庆元间自序。"④后多家同此,如张金吾《爱日精庐藏书志》:"《离骚草木疏》四卷,宋庆元刊本,焦弱侯藏书,宋通直郎行国子录吴仁杰撰。"⑤傅增湘《藏园群书经眼录》所载是书之四种不同版本,皆作"《离骚草木疏》四卷,宋吴仁杰撰"⑥。其他如钱曾《述古堂藏书目》、陈树杓《带经堂书目》、沈德寿《抱经楼藏书志》、瞿镛《铁琴铜剑楼藏书目录》、丁立中《八千卷楼书目》、范邦甸《天一阁书目》、嵇璜《续文献通考》、法式善《陶庐杂录》、刘锦藻《清续文献通考》、孙梅《四六丛话》、吴寿旸《拜经楼藏书题跋记》、张之洞《书目答问》等亦如是。

---

① [宋]吴仁杰《离骚草木疏》,宋庆元六年罗田县庠原刻本。
② [明]屠本畯《离骚草木疏补》,明万历二十一年刻本。
③ [清]祝德麟《离骚草木疏辨证》,清乾隆五十八年悦亲楼刻本。
④ [宋]晁公武编,孙猛校《郡斋读书志校证》,上海古籍出版社,1990年,第1167页。
⑤ [清]张金吾著,冯惠民整理《爱日精庐藏书志》,中华书局,2012年,第383页。
⑥ 傅增湘《藏园群书经眼录》,中华书局,1983年,第981—982页。

然在历代书目题跋中,是书之名称与卷书却有所出入,概言之,主要有以下两种情况:

(一)书名误作《离骚草木虫鱼疏》

对仁杰之书名,有记作《离骚草木虫鱼疏》者,如明焦竑《国史经籍志》:"《离骚草木虫鱼疏》二卷,吴仁杰。"①黄虞稷《千顷堂书目》:"宋吴仁杰《离骚草木虫鱼疏》四卷。"②倪灿《宋史艺文志补》:"吴仁杰《离骚草木虫鱼疏》四卷。"③据《隋书·经籍志》载,首部出现于集部"《楚辞》类"中,且以"草木"为名之著作,乃是梁代刘杳之《草木疏》。然而,后世著录刘杳是书之名却时有变动:《梁书》刘杳本传记载其书名为《楚辞草木疏》,《隋书·经籍志》载刘杳是书名为《离骚草木疏》,《旧唐书·经籍志》、《新唐书·艺文志》皆记其名为《离骚草木虫鱼疏》,可知刘氏之书传世起码有三种不同之名称。迨至仁杰时,是书已经亡佚。是故,为有别于刘氏之书,仁杰乃"独取诸二十五篇之文","命曰《离骚草木疏》"。迨至明际,屠本畯以为吴仁杰《离骚草木疏》"缺'鸟兽'为非通论",故"芟其蔓衍而补益之,改书斗南旧观","别撰《昆虫疏》",并题曰《离骚草木疏补》。故焦弱侯、黄俞邰、倪闇公等记吴仁杰《离骚草木疏》为《离骚草木虫鱼疏》者,盖或误以屠本畯之书名而为仁杰之书名也。清人于敏中《钦定天禄琳琅书目》:"其称《草木虫鱼疏》者,乃甬东屠本畯所撰,则知焦竑所载并未加考也。"④亦可备一说。

(二)卷数误记二卷

至于是书之卷数,相关书目中亦有作二卷者,如明焦竑《国史经籍志》载录吴仁杰书卷数为二卷。钱谦益《绛云楼书目》:"吴仁杰《离骚草木疏》二卷。"⑤对此现象,清于敏中《钦定天禄琳琅书目》指出:"焦竑所载只二卷,此为四卷亦不相符。"仁杰之书,向无二卷之本,至于焦弱侯、钱牧斋等将其记作二卷者,或为笔误,或是将南朝梁刘杳《离骚草木虫鱼疏》之卷数误作是吴仁杰《离骚草木疏》之卷数。

三、《离骚草木疏》的主要版本

据方燦《〈离骚草木疏〉跋》载:宋庆元六年(1200),"国录吴先生以淹该之学,从政

---

① [明]焦竑《国史经籍志》(四),中华书局,1985年,第13页。
② [明]黄虞稷著,瞿凤起、潘景郑整理《千顷堂书目》,上海古籍出版社,1990年,第446页。
③ [清]倪灿《宋史艺文志补》,中华书局,1985年,第30页。
④ [清]于敏中《钦定天禄琳琅书目》,清光绪十年长沙王氏刻本。
⑤ [清]钱谦益著,陈景云注:《绛云楼书目》,中华书局,1985年,第106页。

之暇,训释诸书,誉刊后进,不为不多,比以《离骚草木疏》见属刊于罗田旧县庠",则是书初刻之时乃在南宋庆元六年。

嗣后,是书或刻或抄,流传极广,版本甚多,如傅增湘《藏园群书经眼录》载录有罗田县庠刊本、毛氏汲古阁抄本、清方甘白抄本、刘端临抄本四种,张之洞《书目答问》著录有《知不足斋丛书》本、《龙威秘书》本,而《中国古籍总目》则载录其有宋庆元六年罗田县庠刻本、明刻本、明抄本、《龙威秘书》本、《四库全书》本、《知不足斋丛书》本、《艺苑捃华》本、《榕园丛书》本、《崇文书局汇刻书》本、清方甘白抄本、清抄本①。此外,是书尚有元刊本、明范大澈抄本、清常熟钱氏钞曹秋岳本、清文瑞楼石印《离骚三种》本、商务印书馆《丛书集成初编》本等。今按其形态,分刻本、抄本、印本三大类型叙录如下:

(一) 刻本

1. **宋庆元六年(1200)罗田县庠原刊本**。国家图书馆藏本,一册。此本版式高阔,左右双边,上下单边,黑色栏线,无书耳、牌记。半页十二行,行二十一字,书名在上,篇名在下。白口,双黑鱼尾,上鱼尾下方标有卷数,上有字数,下鱼尾处记页次,书口下端记刻工姓名。无目录;卷端题"离骚草木疏第一";次行题"通直郎行国子录河南吴仁杰撰";次入正文,先引王叔师、洪庆善注,亦用郭璞、陆玑之说,复加按语,以抒己见;卷末题"庆元丁巳吴仁杰自序","庆元庚申中秋日河南方燦敬识",有"州学生张师尹校对、罗田县县学长杜醇同校正、免解进士蕲州州学正充罗田县县学讲书吴世杰校正"三行文字,复有"宏治五年孟秋读过"识语一行,虽不知何人所记,然亦足证此本于有明之际曾为私人收藏。

至清初,此本流入徐乾学传是楼,今卷首钤"弱侯"、"乾学"、"徐健庵"诸印可为其证。徐氏藏书散出后,其又为汪士钟所得,今此本钤"汪印士钟"、"阆源父用"、"振勋汪印"诸印可为其证。汪氏藏书散出后,其又为山东聊城杨氏海源阁所得,今此本中钤有"宋存书室"、"杨印以增"、"绍和"、"协卿"、"东郡宋存书室珍藏"、"杨绍和审定"、"杨氏海源阁藏"、"东郡杨绍和字彦和藏书画印"诸印可为其证。海源阁藏书散逸后,此本辗转收归国家图书馆。

2. **元刊本**。陈树杓《带经堂书目》:"《离骚草木疏》四卷,元刊本,明叶石君藏书,宋吴仁杰撰。"②汪士钟《艺芸书舍宋元本书目》:"《离骚草木疏》四卷"③。则是书当有

---

① 中国古籍总目编纂委员会《中国古籍总目·集部》(一),中华书局、上海古籍出版社,2012年,第11页。
② [清]陈征芝藏,陈树杓著,陆心源、周星诒批注《带经堂书目》,北京图书馆出版社,2008年,第76页。
③ [清]汪士钟《艺芸书舍宋元本书目》,王云五《丛书集成初编》,中华书局,1983年,第17页。

元刊本,然今未见。

3. 清乾隆四十五年(1780)鲍氏《知不足斋丛书》本。国家图书馆藏本,一册。此本每半页九行,行二十一字,上下黑口,左右双边,版心题卷数,下有页数,下黑口处镌"知不足斋丛书"六字。扉页题"离骚草木疏";首为二页目录,篇首和版心刻"离骚草木疏目录"七字,第四卷目录处记有"荍草附录";卷端题"离骚草木疏卷第一,宋本校雕";次行署"通直郎行国子录河南吴仁杰撰";次入正文;卷末有吴仁杰跋、方燦识、校正者题名三行,"乾隆庚子季秋歙西长塘鲍氏知不足斋校正重雕"一行文字,又有鲍廷博之识语,其辞曰:"刻斗南先生《两汉刊误补遗》既竣,姚江邵太史晋涵以宋雕《离骚草木疏》相示,复为校而刊之。"

4. 乾隆五十九年(1794)石门马俊良辑刻《龙威秘书》本。国家图书馆藏,一册。此本系覆刻鲍氏《知不足斋丛书》而成。每半页九行,行二十一字,左右双边,黑色栏线,无鱼尾,大黑口;封面和目录篇首及版心刻有"龙威秘书二集"六字;正文版心刊有卷数和页码;卷末有仁杰自序、校正者题名三行及鲍廷博跋。

5. 同治七年(1868)顾之逵辑刻《艺苑捃华》本。国家图书馆藏,一册。此本系覆刻鲍氏《知不足斋丛书》本者也。每半页九行,行二十字,左右双边,黑色栏线,白口,版心雕有卷数、页数和"离骚草木疏"。卷末有仁杰自序、校正者题名三行及鲍廷博跋。

6. 同治张丙炎辑刻《榕园丛书》本。国家图书馆藏本,一册。此本系覆刻鲍氏《知不足斋丛书》本。每半页十行,行二十一字,左右双边,黑色栏线,黑口,版心、序及目录题"榕园丛书",卷末有仁杰自序、校正者题名三行及鲍廷博跋,钤有"逸经阁收藏图书"等印。

7. 光绪三年(1877)崇文书局《三十三种丛书》本。国家图书馆藏,一册。此本系覆刻鲍氏《知不足斋丛书》者也。每半页十二行,行二十四字,四周双边,黑色栏线;双黑鱼尾,粗黑口;版心雕有卷数、页数和"离骚草木疏";封面后题"光绪三年三月湖北崇文书局开雕",次目录,入正文;卷末有仁杰自序、校正者题名三行及鲍廷博跋。

(二) 抄本

1. 明抄本。国家图书馆藏本,一册。此本半页十行,行十八字,白口,四周单边,蓝格,偶见眉端有墨笔校文者。首万历甲戌夏五月罗浮山樵黎民表序,题《离骚草木疏序》,然细审其文意,实是为屠本畯《离骚草木疏补》而作,盖传抄者之误录也。卷端题"离骚草木疏卷第一";次行署"通直郎行国子录河南吴仁杰撰";次入正文。

2. **明范大澈抄本**。此为黄裳先生藏本。据其《来燕榭书跋》载：此本半页十一行，行二十一字，白口，左右双边，版心下有"卧云山房"四字，后跋大字，半页八行。末有仁杰自序、方燦跋与校正者题名三行，钤有"范印大澈"、"子宣父"、"卧云"、"万书楼"、"平生乐事"、"沧瀛外史"、"范大澈图书印"、"知不足斋主人所贻吴骞子子孙孙永保"等印①。

3. **常熟钱氏钞曹秋岳本**。钱增《读书敏求记》："此书经屠本畯删改，后从曹秋岳处钞得原本。"则钱氏曾从曹秋岳处抄有宋本《离骚草木疏》，然今未见。

4. **毛氏汲古阁抄本**。哈佛大学汉和图书馆藏本，一册。此本每半页十二行，行二十四字，左右双边，上下单边，黑色栏线，无鱼尾，白口，版心标明卷数和页数，无刻工姓名。所抄字体工整秀丽，缮写精绝，纸墨俱佳。书上钤有"密均楼"、"黟山黄氏竹瑞堂藏书"、"美人芳草"、"雨山草堂"、"正鋆秘籍"、"蒋祖诒"、"谷孙"、"汲古阁"、"长尾甲印"、"曾亮"、"葛君"、"均之心赏"、"不可思议"、"毛氏图史子孙永保之"等印章。

5. **清方甘白手钞本**。国家图书馆藏，一册。此本每半页十行，行二十一字，上下黑口，左右双边，版心镌"知不足斋正本"六字。封面朱笔题："乙卯暮春无咎购藏越明年丙辰中秋题记，方甘白手写离骚草木疏"；卷端题"离骚草木疏卷第一"；次行署"通直郎行国子录河南吴仁杰撰"；次入正文。书眉间多有朱、墨二色校注，有批云："仁杰于庆元间著此书，其意似有所指"，"庆元正韩侂冑用事时，明人补疏'虫鱼'，失其旨矣。"卷末录吴仁杰跋，方燦敬识，又有方甘白之手跋，其辞曰："乾隆丙申九月，借吴郡朱氏宋刊对录，再假钱塘汪氏抄本覆勘。宋刊多误，钞本多所是正。可喜也，甘白手录。"又有东洲跋曰："乾隆庚子十月覆校，莲梦居主人。方君甘白，博雅士也。工书，善写书，兹录知不足斋本见赠，余报以白金二两。东洲。"此盖方氏传抄鲍廷博知不足斋本，而校以宋刻、汪抄者，故为崔富章先生等推许为善本②。

6. **清乾隆间辑《四库全书》本**。据于敏中等《钦定天禄琳琅书目》载：影宋钞集部著录虞山席鉴钞本《离骚草木疏》一函二册，宋吴仁杰撰，四卷，后仁杰自记，宋方燦跋。影钞字画结体在欧、柳之间，"非工书者不能得此"③。《四库采进书目》载安徽省呈送一部，版本不明，《总目》亦著录作影宋抄本。又据，民国间纂修《海宁州志稿》卷十四、二

---

① 黄裳《来燕榭书跋（增订本）》，中华书局，2011年，第18页。
② 崔富章《楚辞书录解题》，高等教育出版社，2011年，第811页。
③ 崔富章《楚辞书目五种续编》，上海古籍出版社，1993年，第313页。

十九载祝德麟《离骚草木疏辨证》四卷祝氏官编修时,值朝廷开四库馆,下诏广求天下遗书,两淮盐政李质颖遂将所购得指宋本书十五种,装潢进呈,而德麟备员襄事,因得窥其《离骚草木疏》影宋抄本,因其亥豕盈目,甚或不可句读,其既窃录副本,取《永乐大典》,逐条对勘,复取《尔雅》《山海经》《淮南子》《齐民要术》及各种《本草》详校,字剔句搜,凡改正四百五十字有奇,增损二百五十字有奇,其说与他书异同者,时出己见,附注条下,以"德麟按"别之。据此可知,是书于乾隆间影宋抄本至少有三,而馆臣选其一耳①。此本半页八行,行二十一字,四周双边,单鱼尾,细黑口。版心刻有"离骚草木疏"、卷数和页码,上书口处有"钦定四库全书",封面有"钦定四库全书,集部,离骚草木疏卷一、二;详校官监察御史臣、曹锡宝;检讨臣、何思钧覆勘;总校官知县臣、缪琪;校对官编修臣、卢遂;滕录监生臣、周昆"等信息。提要篇首有"钦定四库全书 集部一",第二行刊有书名和"楚词类"八字,版心刻有"离骚草木疏"、卷数和页码,后有"总纂官臣纪昀、臣陆锡熊、臣孙士毅;总校官臣、陆费墀",钤有"文渊阁宝"、"乾隆御览之宝"等印。

(三) 印本

1. **民国二年(1913)上海文瑞楼《离骚三种》本**。国家图书馆藏,一册。此本系覆刻鲍氏《知不足斋丛书》者也,封面题"离骚三种,离骚笺离骚集传离骚草木疏,君宜署",次页题"上海文瑞楼印"。此本每半页十二行,行二十六字,左右双边,白口,单鱼尾。卷末有仁杰自序、校正者题名三行及鲍廷博跋。

2. **民国二十四年(1935)上海商务印书馆《丛书集成初编》本**。此本以鲍氏《知不足斋丛书》底本,将吴仁杰《离骚草木疏》加以标点,收入《丛书集成初编》印行。

四、吴仁杰《离骚草木疏》之版本系统

据上引诸本可知,宋庆元六年(1200)罗田县庠所刊刻之《离骚草木疏》为是书之最早版本;迨至元代,有据宋本而覆刊者,然今不存;至明时,是书抄本甚多,有黎民表序抄本、范大澈抄宋本等,其中最为著名者当推毛氏汲古阁抄本;有清一代,是书流布极广:有抄本如常熟钱氏钞曹秋岳本、四库馆臣据安徽巡抚采进本钞本,有刻本如《知不足斋丛书》本,此本因最为精善,故后《龙威秘书》本、《艺苑捃华》本、《榕园丛书》本、《崇文书局三十三种丛书》本、文瑞楼《离骚三种》本、方甘白抄本、《丛书集成初编》本皆覆刻

---

① 崔富章《四库提要补正》,杭州大学出版社,1990年,第453页。

或影钞此本,兹列图表如下:

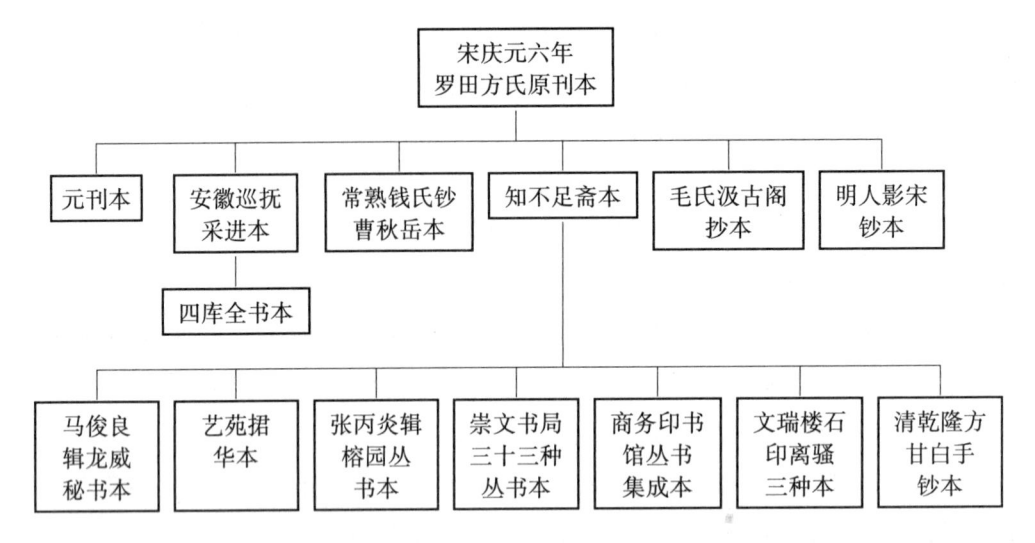

```
                    宋庆元六年
                    罗田方氏原刊本
    ┌──────┬─────────┬──────────┬─────────┬─────────┬─────────┐
  元刊本  安徽巡抚   常熟钱氏钞   知不足斋本  毛氏汲古阁  明人影宋
          采进本     曹秋岳本                抄本       钞本
              │
          四库全书本
    ┌──────┬──────┬──────┬──────┬──────┬──────┐
  马俊良   艺苑捃  张丙炎辑  崇文书局  商务印书  文瑞楼石  清乾隆方
  辑龙威   华本    榕园丛    三十三种  馆丛书    印离骚    甘白手
  秘书本           书本      丛书本    集成本    三种本    钞本
```

据兹表可知,存世《离骚草木疏》诸本中,以宋庆元六年(1200)罗田县庠刻本为最早,以《知不足斋丛书》本为精善且袭用最广者,故欲探研是书者,可取兹二者对读,则得其真矣。而在古籍传播史上,《离骚草木疏》具有个案意义,通过对其版本状况的历时观察,在一定程度上可见出宋代典籍版本流布、嬗变的大致轮廓。

基金项目:四川省古代文学特色文献研究团队(川社联函[2015]17号)建设项目,2014年度国家社会科学基金青年项目:《历代〈楚辞〉图像文献研究》(编号10BZW059)。

作者简介:罗建新,文学博士,西华师范大学文学院教授。

敦煌本《丑妇赋》校注商榷

项 楚

敦煌本《丑妇赋》现存两个写本,甲卷:P.3716号,全篇完整,首尾皆题《赵洽丑妇赋一首》;乙卷:S.5752号,首尾皆残,存13行,起"结束则",止"书上趁",无前后题,据内容判定为《丑妇赋》残卷。本篇的校录本有三种,分别载于潘重规《敦煌赋校录》、张锡厚《敦煌赋汇》、伏俊琏《敦煌赋校注》。① 其中张本错讹较多,潘本录文最精,故伏本即以潘本录文为底本,而伏本后出居上,校注最为详尽,作者锲而不舍,在"后记"中对正文内容再加补充和改正,并且又发表《〈敦煌赋校注〉补正》②一文,再次对《校注》内容提出补正意见22条。《丑妇赋》篇幅短小,全文300余字,语言通俗,描写生动,是敦煌俗赋的代表作品之一,受到研究者的重视和读者的喜爱。然而正因为语言通俗,反而增加了今天释读的困难。下面就对各家校注提出若干商榷意见,依照潘本文字逐条写出。

一、畜眼已来丑数

伏注:畜眼,同"蓄眼",谓映入眼中。

楚按:"畜眼"一语,释者有不同的读音,不同的释义。《汉语大词典》"畜眼"条:"对自己眼睛的谦称。唐杜甫《遭田父泥饮美严中丞》诗:'酒酣夸新尹,畜眼未见有。'"而对类似的"畜耳",《大词典》也解释为:"对自己耳朵的谦称。宋陈师道《次韵苏公观月听琴》:'殚精有后语,畜耳无前闻。'"这是把"畜"字理解为名词,"牲畜"之义,把"畜眼"、"畜耳"作为对自己眼睛、耳朵的谦称,颇有太史公自称"牛马走"的意味。但这确实过于自我贬低了,今人不易接受。伏注称"畜眼"同"蓄眼",是完全正确的,但说"畜

---

① 潘重规《敦煌赋校录》,《华冈文科学报》第11期,1978年11月,第275—303页;张锡厚《敦煌赋汇》,江苏古籍出版社,2003年;伏俊琏《敦煌赋校注》,甘肃人民出版社,1994年。
② 伏俊琏《〈敦煌赋校注〉补正》,《敦煌学》第22辑,1999年,第35—40页。

眼……谓映入眼中",却又不确了。这个"畜"(同"蓄")是动词,保有之义,"蓄眼"就是长有眼睛,"畜耳"就是长有耳朵,前举各例皆应如此理解。P.3211号王梵志诗:"虽然畜两眼,终是一双盲。"是说虽然长了两眼,仍是双眼瞎,这个"畜两眼"不可能理解为对自己两眼的谦称,也不能理解为映入两眼。

二、幍飞蓬兮成鬓

这个"幍"字,张本录作"操",校记称原作"幉"。潘本录作"幍",校记:"甲卷'幍'作'幉',敦煌卷子'巾'往往作'忄',疑当作'幍'字,广韵六豪:幍,同绦,编丝绳也。言编飞蓬成鬓,鬓如飞蓬也。"伏本亦录作"幍",有说曰:"按:'幉'字即'幡'字,敦煌写本常移动字的结构,此将右下角之'田'移至右方中间,幡,通翻。《列子·周穆王》:'老成子归,用尹文先生之言深思三月,遂能存亡自在,幡校四时,冬起雷,夏造冰。'殷敬顺释文:'幡音翻。校音绞,顾野王读作"翻交四时"。'幡飞蓬兮成鬓,谓鬓翻飞蓬也。然甲、乙卷相较,乙卷作'幍'义胜。"

楚按:乙卷此段原文缺失,所谓"乙卷作'幍'义胜"之说乃空谷来风,没有根据。甲卷此字右上部模糊难辨,似是书作"幉",并非"幍"字。窃谓此字即是"幧"字。《方言》卷四:"络头,帩头也。……自河以北,赵魏之间曰幧头。"按《玉篇·巾部》:"幧,七消切。幧头也,敛发也。"因知"幧"即敛发之义,敛发之巾则曰幧头。此字文献中亦作"幓"、"帩"、"绡"、"襂"等多种形体,如乐府古辞《陌上桑》:"少年见罗敷,脱帽着帩头。"《丑妇赋》"幧飞蓬兮成鬓",言丑妇首如飞蓬,而以幧头束之始能成鬓也。

三、无兮利之伎量

伏注:潘本校记:"兮利,犹犀利。"张本校记:"兮疑为'分'之形误。"按:潘校"犀利"是。犀利伎量:指用尖锐的言词驳倒对手的能力。

楚按:"犀利"的本义是坚固、锐利,本来用于武器、工具等实物,引申而扩大应用范围,则语言、目光等非实物之锐利也可称为"犀利"。伏注"犀利伎量:指用尖锐的言词驳倒对手的能力",其实是从"言词犀利"的用法联想而来,并不符合作者的原意。原文"犀利伎量(俩)"是泛称厉害的本领,并非专指言词而言。

四、披掩则藏头出屑

伏注:"屑"疑为"齿"字之误。"藏头出屑"写丑女青面獠牙之状,作"屑"既意不工,又不叶韵。

楚按：伏注指出"作'脣'既意不工,又不叶韵"是正确的,疑为"齿"字之误,则并不恰当。原文"结束则前蹇后跤,披掩则藏头出脣","结束"、"披掩"皆指衣装穿着而言,并非形容容貌。所以我怀疑这个"脣"字是"尾"字之误,"藏头出尾"正是形容穿着之"前蹇后跤"、顾此失彼。其实"藏头出尾"本是俗语,后世则多作"藏头露尾",如元王晔《桃花女》杂剧二折："不争我藏头露尾,可其的知恩报恩。"孔文卿《东窗事犯》杂剧二折〔斗鹌鹑〕："据着你这所为,来这里谎神瞒鬼,做的个藏头露尾。"

五、以犊速兮为行

伏注：疑"犊速"同"觳觫",皆屋部字；"以犊速兮为行",指丑妇行动时像哆嗦发抖的老牛。

楚按："犊速"是摇摆、摇晃的意思,亦作"独速",孟郊《送淡公》第三首："侬是拍浪儿,饮则拜浪婆,脚踏小船头,独速舞短蓑。""独速"正是形容船头作舞时的摇晃之状。按"犊"与"独"同音,古书中常混用,如《吴越春秋·勾践入臣外传》："越王服犊鼻、着樵头。"《太平御览》卷六八八引作"王衣独鼻惨（原注：音取遥反）头",即"犊"误作"独"之例。其实"独速"、"犊速"都是口语记音的词,并无区别,《丑妇赋》的"以犊速兮为行"是描写丑妇走路时左右摇摆的鸭行之状。

六、闻人行兮撼战

伏注：撼战,挑起事物。《宋史·刘昺传论》："亦使攘臂恣睢,撼战无忌。"攘臂恣睢,正可借以描写丑女撼战之状也。

楚按：《丑妇赋》的"撼战"就是战抖、颤抖,《破魔变》："大者雾中觅走,少者云中撼战。"原文"闻人行兮撼战,见客过兮自捶"是描写丑妇对外界事物的反应过度而夸张,是一种心理疾患的表现。

七、罢 故 庄 眉

伏注：罢,疑为"摆"字缺泐；故,疑为误识"敷"字草书而误者。"摆敷"盖贴花黄之类。

楚按：原文"罢故"并没有错,"罢"即废弃、停罢之义,"故"即陈旧、过时之义,"罢故庄眉"就是废弃旧妆。原文"何忍更涂香相貌,罢故庄眉",是说无法忍受丑妇不断地涂脂抹粉,更换旧妆,花样翻新。清翟灏《通俗编》卷二三《妇女脂粉加丑面》:"《唐子》引谚曰:脂粉虽多,丑面徒加;膏泽虽光,不可润草。"可作为《丑妇赋》此二句之注脚。

八、人家有此恠疹

张本录作"怪疹",校记:"怪疹,原作'恠疹',即'怪疹'之俗写。"

伏注:怪疹,怪病。这里指丑妇。

楚按:据字形读"恠疹"作"怪疹"虽然不错,但这个"疹"字其实是个错字,应作"沴"。"沴"即灾害不祥之气,《广韵》去声十二霁:"沴,妖气。"《庄子·大宗师》:"阴阳之气有沴。"成玄英疏:"阴阳二气陵乱不调,遂使一身遭其疾笃。"唐佚名《虮蜉传》:"窃见云物频兴,沴怪屡作。""沴怪"就是"怪沴"的同义倒文。《丑妇赋》的"怪沴"犹云妖怪,是对丑妇极端厌恶的说法。

九、则须糠火发遣

伏注:发遣,发送。古代民间用糠和水,用手粘麻秆,晒干,长数尺,插架上或木牌上,燃之,光如烛等,可作为照明之烛炬,亦可用来驱散鬼怪,此谓之"糠火发遣"。

楚按:中国古代虽有"糠灯"等物作为照明之用,但未闻有"驱散鬼怪"之说。承蒙张小艳女士见告,在敦煌发病书中也有用"糠火"遣送令人生病的作祟之鬼的用例。下面引录 P.2856《发病书》中的两例。其一:

> 未日病者小厄。未者小吉,天上商女,主将人,故知病者困厄不死。赛(寒)热,腰背痛,心中恍惚,狂言,大小便难,令人吐逆,好食生吟(冷)。祟在水神、司命、丈人、土公,遣星死鬼、客死鬼[为祟]。男轻女重,鬼字阿公,亦字神公、仲和,在人舍东辰地,去舍五十步,糠火,米人代送。亥日小差,丑日大差,忌卯。

又:

> 戌日病者大重,戌者天魁,天上北斗长史,主收人命,故知病大[重]。头目、腰背、胸胁满胀,咽喉不利,短气吐逆,四支重,乍寒乍热,祟在天神、北君、家亲、丈人、遣星死鬼、断后鬼为祟。鬼字叔止、女山,在人舍南九十(十九)步或九十步,以脂

饼十番、水二杯,糠火送之。寅日小差,辰日大差,生死忌午。男差女剧。

所以张小艳说:"'糠火送'似指以糠火及其他供物遣送那些令人生病的'作祟之鬼'。"《丑妇赋》既称丑妇为"怪渗",又云"则须糠火发遣,不得稽迟",盖比丑妇为作祟致病之鬼物,应该尽快休罢,大有"送瘟神"的意味。

十、所有男女总收取

伏注:总,原卷作"惣"。按:疑"惣"是"凭"之形误,与下文"任"字互文。男女:儿女。这句说发遣丑妇时让她把所有的儿女都领走。

楚按:"惣"字是"总"字异体,全都的意思,并非"凭"字形误。"所有男女总收取"是说发遣丑妇时把所有儿女都留下,而非让丑妇都领走,"收取"的主语是男方,而非丑妇。按中国古代宗法制度,把子嗣看作家族血脉的承续,离婚时必须留下,不存在让女方领走的可能。在文学作品中,蔡琰《悲愤诗》中描写"己得自解免,当复弃儿子"一段,便是离异时母子告别的感人场景。

十一、好 去 好 住

潘校:"住"原作"柱",似当作"住"。

伏校:按:当作"往",作"住"则义不通畅。

楚按:作"住"是。"好去"、"好住"是唐人送别时的祝愿之语,留者对行者称"好去",如杜甫《送张十二参军赴蜀州因呈杨五侍郎》:"好去张公子,通家别恨添。"白居易《送春归》:"好去今年江上春,明年未死还相见。"行者对留者称"好住",如戎昱《送李参军》:"好住好住王司户,珍重珍重李参军。"《伍子胥变文》:"子胥别姊称好住,不须啼哭泪千行。"《丑妇赋》的"好去好住"是发遣丑妇之时双方的告别之语。

十二、信 任 依

潘校:信任依,似脱一字。

张本录作"[任]信任依",校记:任信,原脱"任"字,从潘本。

伏校:按"任"字疑为"住"字形误,此句当作"信住信依",谓随你嫁给任何人。

楚按:各家校说不同,其实原文并无脱文,但"依"字是"伊"字的同音字,指丑妇,"信任"是任随之义,"信任依"应和上文连读作"好去好住信任伊"一句,谓双方离异之后,丑妇的去向全由自己,与男方再无关涉。

基金项目:2014年度国家社科基金重大招标项目"敦煌变文全集"(批准号:14ZDB095)成果。

作者简介:项楚,浙江永嘉人,著名的敦煌学家、文献学家、语言学家和文学史家,四川大学杰出教授。他的研究领域以敦煌学为核心,涵盖了语言学、文学、文献学和佛学等诸多方面。出版有《敦煌文学丛考》《敦煌变文选注》《王梵志诗校注》《敦煌诗歌导论》《寒山诗注》等多种专著并发表多篇学术论文。

编者按:项楚老师是我国敦煌学研究的杰出学者,而且不遗余力地培养敦煌学人才,谆谆教诲,提携后学,奖掖后进。他培养的博士、硕士研究生数以十计,遍布全国各地,已成为我国敦煌学、佛学、语言学、古代文学、古典文献学等研究领域的中坚力量。我虽然未能亲炙先生,但30年来,一直受到先生的厚爱和提携。1994年,我的习作《敦煌赋校注》出版后,就给项老师寄一本。很快收到老师的回信(1995年1月28日),用不短的文字对我的习作进行了充分肯定。今把信中的评价文字引录如下:

赋是中国传统文学的主要文体之一,敦煌石室所出各赋,除少量传世名篇外,多数是久已佚失的唐人之作,而尤以所谓"俗赋"最具特色,令人耳目一新。数十年来,这类俗赋曾经许多学者研究,而辑为赋集者,则有潘重规及张锡厚二人。潘集创获尤多,而大陆学者较为陌生;张辑虽然晚出,反不如潘集之精审可靠。伏俊琏《敦煌赋校注》则是校理敦煌赋的最新成果,它具有以下特点:

一、内容最称完备,收赋20余篇,大超出潘张二集,手此一编,可睹敦煌赋之全貌。

二、广泛吸取各家之说,折衷去取,实具集校集注之性质,汇聚各家研究之精华于一书。

三、作者对书中各篇,皆据原卷影本加以覆校,故有新的发现;对于各家之说,亦能重新审视,提出己说。

校理敦煌文书之难处,世人已有了解,因此本书的每一点创获,都是难能可贵的;即或偶有疏失,亦无伤大醇也。因此,我认为本书是敦煌赋校理的集大成之作,是敦煌文学研究的又一可喜成果。

2003年,我在西北师范大学作为学科带头人申报的"中国古典文献学"博士点获得批准(当时是二级学科申报,国务院学位委员会审批),学校奖励了两万元科研资金,我即给项老师打电话,请他来讲学。项老师立即答应,并于次日早晨飞抵兰州,下午、晚上连续做学术报告,第二天就回成都了。2013年底,在台湾成功大学举行的敦煌学国际学术研讨会上,项老师提交的论文是《敦煌本〈丑妇赋〉校注商榷》,而且主要是改正我20多年前的习作《敦煌赋校注》的错误。我读后异常感动,多好的老师呀!这么大的学者,竟对一个无名后学的作品进行这样细致的指导。我当即给项老师写信,要求把这篇文章交由我负责发表。项老师接到信,马上给我电话,完全同意。因此,编完项老师的大作,我还是浮想联翩,禁不住记了上面一段因缘。

伏俊琏
2015年10月5日

论《敦煌讲经变文研究》的成就与不足

杨小平

提　要：《敦煌讲经变文研究》是1969年12月罗宗涛先生在台湾政治大学的博士论文，既存在通过佛经研究变文、词语考释多有据可信、变文定名较可靠、初步为变文断代、考证变文俗讲仪式详细、考察变文用韵详尽等成就，又存在部分考释词语欠妥、个别断代存在模糊欠妥等不足。

一、罗宗涛先生及《敦煌讲经变文研究》

罗宗涛先生，1938年生，广东潮安人。先后毕业于台湾政治大学中文系、师大国研所硕士班、政治大学中国文学研究所博士班。曾任政治大学教授兼中文系所主任、文理学院院长、教务长等，并曾担任逢甲大学首任中文系主任及香港浸会大学客座教授。著作有《敦煌变文用韵考》（众人出版社1969年出版）、《敦煌讲经变文研究》、《敦煌变文社会风俗事物考》（文史哲出版社1974年10月第1版）、《石窟里的传说——敦煌变文》（时报出版社1981年出版）等论著。《敦煌变文用韵考》是台湾第一本关于变文方面的专著。他是台湾第一位敦煌学博士，对敦煌变文进行过更为深入也更为宽泛的研究。

《敦煌讲经变文研究》是1969年12月罗宗涛先生在台湾政治大学的博士论文，导师是高明先生和王梦鸥先生。《敦煌讲经变文研究》是政治大学中国文学研究所的第一篇博士论文，《敦煌讲经变文研究》手抄本于1972年由台北文史哲出版社影印出版问世，佛光出版社2004年铅印出版。由于对其了解不多，多误为是罗宗涛先生1972年在台湾政治大学的博士论文，介绍敦煌变文研究的时候也很少提到这本书，没有给予正确的评价和应有的地位。例如之言《七十年来的敦煌变文研究》[①]、陈明娥《20世纪的

[①] 之言《七十年来的敦煌变文研究》，《古籍整理研究学刊》1990年4期。

敦煌变文语言研究》①未提及罗书一个字。

《敦煌讲经变文研究》是台湾最早的一本研究敦煌变文的博士论文,是第一本全面性研究讲经变文的专著,也是罗先生最具代表性、权威性的作品。全书共六章,分为《题材考》《用韵考》《语体考》《仪式考》《时代考》《余论》。全书通过严密地考证,对二十篇讲经变文的校勘、题材、用语、仪式、时代等各方面都加以论证,对敦煌变文作了系统全面的考论。其中的《用韵考》《时代考》《语体考》等章富有卓见,研究深入。全书对讲经变文详为校勘,订正前人所校或句读之疏失,文字精审,所提出的见解精审。

第一章《题材考》:通过罗列佛经故事,逐一说明二十篇变文有关题材,变文演述的就是佛经故事,变文二十篇并为十五节。又考讲经变文所引佛经,别为一节。敦煌讲经变文是从佛经转变而来,通过佛经来探索变文题材,从而对变文进行研究。因为变文多采用唐五代时候的通俗语言,写卷潦草,多讹误残缺,通过考变文的题材来掌握纲领,使变文研究大意不出现大的差错。

第二章《用韵考》:分平声、上声去声、入声三节。平声又分为:支脂之微齐、皆灰咍佳;歌戈麻、鱼虞模、尤候幽、萧宵肴豪;东冬钟、江阳唐、庚耕清青、蒸登;真谆臻文欣魂痕、元寒桓山删先仙;侵覃谈盐添咸衔严凡等部。通过运用语音学、语言学的方法,考察变文的用韵,可以研究当时韵部的分合。韵部既明,就可用于变文校勘、一般别字的本字考证、变文流行时代与地域研究。

第三章《语体考》:分词汇考、俗语考二节。词汇考对变文中的名词、代名词、数目字、动词、助动词、副词、形容词、前介词、连接词、句末助词进行讨论。俗语考对"筹"、"万寿"、"须人"等四十二个疑难俗语进行详细的研究。通过对变文中语词的研究,有助于变文研读、唐五代语言情况的了解。

第四章《仪式考》:论俗讲仪式,通过变文引申推论俗讲的大略,详细讨论俗讲的听众成分,开讲时间、场所、所获财利、尼讲等。通过对俗讲仪式的考察,有助于了解俗讲的流布发展。

第五章《时代考》:逐一讨论三十九篇变文在文学发展史上的具体创作时间。考明各篇变文的时代极具价值,多从变文本身考察推论,大多信而有征。通过变文时代的推测,有助于认识变文创作的过程。

---

① 陈明娥《20世纪的敦煌变文语言研究》,《敦煌学辑刊》2002年1期。

第六章《余论》：对前面五章未讨论的其他问题进行研究。

二、《敦煌讲经变文研究》的成就

全书以博览经藏、文史文献的深厚学识为基础，再以绵密扎实地考证工夫，来研究讲经变文各方面的问题。全书从宏观与微观两个角度对讲经变文进行研究，主要的成就有以下几个方面：

（一）通过佛经研究变文

讲经变文从佛经转变而来，如果不能够明白变文题材来源，变文演变的轨迹就将无法进行确切的了解，对变文的解读也就容易望文生义。罗先生将讲经变文二十篇作全面性的一一考证，弄清其佛经题材来源。罗先生在浩瀚的经藏中博采众经，落实每一篇变文所取有关经藏来源。而且罗先生不只是略明其出处，而是务必力求将有关诸经一一检出比勘，察明其是否确和变文有关。他拟补写卷残阙标题，修改前人拟补错误，工夫深密，态度严谨。

罗先生提出：俗讲、变文既兴于佛教宗派林立之际，其与宗派之间有无关联？不但提出这样深入的问题，而且通过研究当时佛教发展的状况进行解答。他认为，变文兴盛的时代与当时佛教的发展状况可互为印证。

（二）词语考释多有据可信

讲经变文多用当时通俗的语言，而写卷潦草，且多讹误残缺，令人读之窒碍难通。变文中的语体词汇充满许多当时的口语、俗语，现在不少已难明其所指，是研读变文的重要障碍。《敦煌变文字义通释》有《待质录》，罗先生对其中不少词语进行了研究，得出了许多可信的结论。罗先生对"乘"、"筹"、"万寿"、"须人"、"朋博"、"手力"、"隔事"、"露柱"、"一纳"、"笑效"、"辜饶"、"勃笼"、"洋铜"、"德质"、"眉"、"酸眉"、"花色"、"大家"、"问头"、"房卧"、"方便"、"邪憧"、"肬脣"、"降颡"、"唅"、"哎哆"、"兴易"、"兴生"、"闻健"、"闻早"等三十九个疑难俗语进行研究考证。但由于台湾海峡的隔绝，其研究成果不为大陆专家学者熟悉了解，导致研究成果未被有效合理地利用。其中有的词语至今仍然属于疑难俗语，有的词语后来被大陆学者攻克，但毕竟没有看到罗先生的研究考释，浪费了有限的人力资源。这说明台海敦煌专家学者需要多进行文化学术交流，实现资源共享，提高研究效率。下面具体介绍：

1. 乘

《维摩诘经讲经文》:"赴乘情成察乘怀。"蒋礼鸿说:"用古韵来说,'乘'、'朕'本是同部,'乘'可以说是'朕'的假借。"①

罗宗涛说:"惟'乘'何以为'我',蒋氏以为'乘'乃'朕'之同音通假,则不免牵强。其实古人行草'我'字即颇类'乘'字,如唐怀素辄作如此之体。故乘之为我,不过以形近,传写讹误所致;并非'乘'有我之义,亦非'朕'之通假。"

项师也说:"'乘'就是'我'的形讹。"②

变文"乘"为"我"形误,罗宗涛先生在1969年已经发现,项楚师在1983年加以指出错误原因并举出变文用例。《通释》从第一版到第五版的各个版本都没有吸收这一研究成果。

2. 筹

《难陀出家缘起》:"有事谘闻娘子,请筹暂起却回。"

罗宗涛引《降魔变文》:"胜负二途,各须明记:和尚得胜,击金鼓而下金筹;佛家若强,扣金钟而点尚字。"罗宗涛说:"筹,梵语 salaka,算人数之器,亦于投票或其他场合用之。"斯六一七一:"□雷高语任争筹,夜半君王与打钩。"《太平御览》卷三十三引《周处风土记》云:"腊日祭后,叟皆以意藏,分为二曹,以效胜负,一筹为一都,负者起拜谢胜者。"唐无名氏《玉泉子》:"崔骈文郎中作录事下筹。""命酒纠来,要下筹,且罚爵,取三大器物,引满饮之。"唐郑蒉《才鬼记》:"翘翘时为录事,独下一筹,罚蔡家娘子。"罗宗涛说:"饮酒有筹,犯规者下筹罚酒。前引《玉泉子》,后至者下筹罚酒;则难陀中途离席,当亦有罚,是可类推而知者已。"③

《通释》从第一版到第六版的各个版本仍然列为《待质录》,说:"'请筹'似是和《牡丹亭》里春香领'出恭牌'同类的事。"④

3. 万寿

《难陀出家缘起》:"各请万寿暂起去,见了师兄便入来。"

罗宗涛说:"至于'万寿'一辞,似为难脱敬酒告退之辞,古人敬酒皆以'寿'为称,而苏轼《罢徐州往南京马上走笔寄子由诗》云:'洗盏拜马前,请寿使君公。'变文中复多以

---

① 蒋礼鸿《敦煌变文字义通释》,上海古籍出版社,1997年,第3页。
② 项楚《敦煌文学丛考》,上海古籍出版社,1991年,第109页。
③ 罗宗涛《敦煌讲经变文研究》,台湾政治大学博士论文,1969年,第316—318页。
④ 蒋礼鸿《敦煌变文字义通释》,第556页。

'万福'为问安之语——《难陀出家缘起》即有之。然则,当其敬酒之际,盖以'万寿'之语为祝耳。"①

《通释》从第一版到第六版的各个版本都列为《待质录》②,1997年出版的《校注》说:"各请万寿,疑当作'今请一筹'。盖'各''今'形近;'万'原卷作'万',与'一'亦形近。"③2002年黄征《变文字义待质录考辨》说:"'各请万寿'与上文不相协,夫妇对饮,'各'字无处落实。疑'各'为'今'字形讹,'万寿'为'一筹'形讹。"④

4. 斩候

《维摩诘经讲经文》:"多将汤药问因依,大照国师寻斩候。"《通释》从第一版到第六版的各个版本都列为《待质录》⑤。

罗先生说:"国师既谓医者,则'斩候'当与医务有关。今有三种假设:(一)'斩候'或即'脉候':《维摩诘经讲经文》之二又云:'今日脉陈头疼,口苦渴死(中略)医□□□□脉候,直是□□□者。'(五八○页)然则五七九页之'斩候',或即'脉候'之讹。(二)或即'证候':《晋书·天文志》云:'历象昏明之证候。'此谓天象之证验也;陶弘景《肘后方·序》云:'其论诸病证候。'则犹今云'症候'也。'证'字《广韵》音诸应切,照母证韵;'斩'字《广韵》音侧减切,庄母蹥韵。上去声通用,变文之例多有;而庄母照母通用,《维摩诘经讲经文》之一亦有其例。顾变文中以 m 收音各韵,其 m 之韵尾虽有消失之趋势,然而,当其消失之际,率转为 n 之收音,而非 ng 也。(三)或即'诊候'。"⑥

项楚师1983年也说:"至于'斩候',疑当作'证候','斩'字是'证'字的音讹。《广韵》上声五十三蹥:'斩,侧减切。'属正齿二等字。又去声四十七证:'证,诸应切。'属正齿三等字。据罗常培《唐五代西北方音》所说,'正齿音的二三等不分',则'斩''证'二字在唐五代西北方音中,声母是相同的,罗书又举出'庚'注'侵'之例,以此类推,'斩''证'的韵尾也应该相近,则'证'字误写作'斩'字是完全可能的。变文中'寻证候'与'问因依'对举,意义相似。"⑦

---

① 罗宗涛《敦煌讲经变文研究》,第318页。
② 蒋礼鸿《敦煌变文字义通释》,第556页。
③ 黄征、张涌泉《敦煌变文校注》,中华书局,1997年,第595页。
④ 黄征《敦煌语言文字学研究》,甘肃教育出版社,2002年,第70页。
⑤ 蒋礼鸿《敦煌变文字义通释》,第557页。
⑥ 罗宗涛《敦煌讲经变文研究》,第325页。
⑦ 项楚《敦煌文学丛考》,第101页。

5. 至暗

《搜神记》:"其天女初时不肯出池,口称至暗而去。"《通释》从第一版到第六版的各个版本都列为《待质录》。《通释》云:"'至暗'疑就是现在说的'倒霉,晦气'。"①

罗先生说:"若从蒋说,则'而去'二字失其着落——以天女终未离去,而仍在池中也。……天女既裸体不得出池,而与昆仑相持,因口称'至暗而去',至暗而去,意谓至日落后于昏暗中出池离去也。此就字面解释即得,不必视为特殊之俗语也。"②

袁宾在1985年也说:"照这样理解,似乎天女说了声'晦气'之类的话就离开了。其实不然,天女并未离开,只是田昆仑不肯归还天衣,所以她口称'至暗而去'(待到天黑下来再离去,因她裸体在池)。"③

对照罗先生和袁先生的论证,我们可以发现罗先生的研究在时间上的领先和台海进行文化交流的重要性和紧迫性。

(三) 变文定名较可靠

罗书通过对变文佛经题材等的研究,发现变文的定名存在问题,提出了新的见解。例如北农33号写卷,《敦煌变文集》定名为《地狱变文》。向达先生说:"原本无题,依故事内容拟补。"

罗书说:"夫地狱中之施刑于罪人,率藉种种循环运行之机械设备,固无待临时'觅得一条铁棒'以施刑也;且地狱之惩罚罪人,亦从未涉及墓所之死尸。然则,此篇之内容与地狱全无关联,至为昭灼。"罗书引《经律异相》卷四十六"鬼还鞭其故尸十五"(出《譬喻经》)、失译《分别功德论》卷三、康会译《旧杂譬喻经》卷下第五十一条进行论证,谈及"摩娑枯骨"、"散花臭尸"。(页182—184)罗书指出:"是以此篇之不可称为'地狱变文'亦明矣;若欲就内容拟题,则不如作'鬼鞭故尸变文'为差近之。"④

项楚师1983年也说:"但云'据故事内容'拟补题名为《地狱变文》,则并不恰当,亦可见对故事内容的理解尚存隔膜。原文虽有'绕身饿鬼道'之语,但这是追述的话,故事并不发生在地狱。原文屡云'来到墓所'、'坟问(间)呵责尽头搥'、'直至墓所'等,故事发生在墓地,与地狱无关,是显然的。"项楚师并引《经律异相》卷四七《鬼还鞭其故

---

① 蒋礼鸿《敦煌变文字义通释》,第561页。
② 罗宗涛《敦煌讲经变文研究》,第327—328页。
③ 袁宾《〈敦煌变文集〉校补》,《华东师范大学学报》1985年2期。
④ 罗宗涛《敦煌讲经变文研究》,第182—183页。

尸》引《譬喻经》、康会译《旧杂譬喻经》卷下、失译《分别功德论》卷三、失译《天尊说阿育王譬喻经》进行论证。①

《敦煌变文校注》根据项楚师所言，把《地狱变文》改名为《譬喻经变文》。

（四）初步为变文断代

考证变文各篇的创作时代，有助于中国文学史、汉语史和中国佛教史的研究。变文断代研究一直是变文研究的薄弱环节。有不少变文的时代不明，由于时代不明，变文的利用价值受到影响，涉及时代的时候研究结论就模糊，直接影响了相关研究以及一些结论的可信性。《近代汉语读本》说："变文具体年代难定。"②曲金良指出：敦煌变文的创作时间，多家前贤已有些零散的考证，很少用于变文问题研究，系统汇考更为少见，而实际上这项工作有利于对作品时代形成整体认识，对有关问题得出合乎实际的结论。③蒋冀骋《敦煌文献研究》说："尽可能对变文和其他材料进行断代研究。时代不明，语料无法使用。由于条件限制，断代研究很难。"④

《敦煌讲经变文研究》对《目连缘起》、《目连变文》、《大目乾连冥间救母变文》、《太子成道经》、《八相变》、《破魔变文》、《频婆娑罗王后宫采女功德意供养塔生天因缘变》、《太子成道变文》、《不知名变文》（两种）、《祇园因由记》、《降魔变文》、《四兽因缘》、《丑女缘起》、《欢喜国王缘》、《难陀出家缘起》、《地狱变文》、《维摩诘经讲经文》（六篇）、《佛说阿弥陀经讲经文》（四篇）、《无常经讲经文》、《父母恩重经讲经文》（两篇）、《金刚般若波罗蜜经讲经文》、《妙法莲华经讲经文》、《佛说观弥勒菩萨上生兜率天经讲经文》、《长兴四年中兴殿应圣节讲经文》等三十多篇变文的创作时代分十七组逐篇进行了考证，根据题材、用韵、语言、仪式，列举主要证据，并举次要证据，得出了不少结论，可惜一直未传播到大陆，未得到应有的重视。现将其考证结论列表如下：

篇　　　名	创　作　时　间
《目连缘起》	821—824 年
《目连变文》	825 年前后

---

① 项楚《敦煌文学丛考》，第 12—15 页。
② 刘坚《近代汉语读本》，上海教育出版社，1985 年，第 26 页。
③ 曲金良《敦煌写本变文、讲经文作品创作时间汇考——兼及转变与俗讲问题》，《敦煌学辑刊》1987 年 1、2 期。
④ 蒋冀骋《敦煌文献研究》，湖南师范大学出版社，2005 年，第 289 页。

(续表)

篇　　名	创　作　时　间
《大目乾连冥间救母变文》	847年—921年
《太子成道经》	晚唐—907年
《八相变》	907—920年
《破魔变文》	907—920年
《频婆娑罗王后宫采女功德意供养塔生天因缘变》	五代作品
《太子成道变文》之一	晚唐前
《太子成道变文》之二	晚唐前,早于《太子成道变文》之一
《太子成道变文》之三	851年后—晚唐
《太子成道变文》之四	851年后—晚唐
《太子成道变文》之五	晚唐前,早于《太子成道变文》之一
《不知名变文》之三	851年后不久
《祇园因由记》	703—748年
《降魔变文》	748—749年
《四兽因缘》	929年前后
《丑女缘起》	五代中叶以前
《欢喜国王缘》	晚唐五代
《难陀出家缘起》	晚唐五代
《地狱变文》	晚唐五代
《维摩诘经讲经文》之一	763—947年
《维摩诘经讲经文》之二	763—947年
《维摩诘经讲经文》之三	比其他《维摩诘经讲经文》早
《维摩诘经讲经文》之四	763—947年
《维摩诘经讲经文》之五	763—947年
《维摩诘经讲经文》之六	763—947年
《佛说阿弥陀经讲经文》之一	821—839年
《佛说阿弥陀经讲经文》之二	821—839年
《佛说阿弥陀经讲经文》之三	676—700年
《佛说阿弥陀经讲经文》之四	676—700年

(续表)

篇　　　名	创 作 时 间
《无常经讲经文》	874 年后
《不知名变文》之二	874 年后
《父母恩重经讲经文》之一	晚唐
《父母恩重经讲经文》之二	比《父母恩重经讲经文》之一早
《金刚般若波罗蜜经讲经文》	晚唐
《妙法莲华经讲经文》之一	晚唐五代
《妙法莲华经讲经文》之二	晚唐五代
《佛说观弥勒菩萨上生兜率天经讲经文》	806—906 年
《长兴四年中兴殿应圣节讲经文》	933 年

曲金良 1987 年获得台湾学者邱镇京的《敦煌变文述论》,如获重宝,并说:"该书为今见系统推测敦煌俗文学作品之著作时代之唯一者。"虽然实际上,推测敦煌变文的著作时代,邱书并不是唯一的,但从曲金良先生的话我们就可以看出罗书的珍贵。罗宗涛《敦煌讲经变文研究》已经讨论了三十九篇变文,占领整个变文的一半。后来其他学者研究成果也与其结论一致。如罗书认为《破魔变文》当在 907—920 年作,曲金良进一步推测为《破魔变文》当在 915—922 年作。罗书认为《降魔变文》当在 748—749 年作。

（五）考证变文俗讲仪式详细

罗书在向达《唐代俗讲考》[①]、孙楷第《唐代俗讲轨范与其本之体裁》[②]的基础上,以俗讲话本材料为主,对变文俗讲仪式进行了详细的考证,包括讲述当时俗讲开讲时间、场所、所获财利、尼讲等,逐一排比俗讲的先后内容。通过考察,论证了俗讲的流布发展。

陆永峰在 2000 年出版的《敦煌变文研究》才对变文演出的仪式进行讨论。陆书是其在四川大学攻读博士学位的毕业论文,比罗书晚了三十一年。陆永峰并未能够看到罗书,其参考文献中也未罗列这一重要的研究专著。

---

① 向达《唐代俗讲考》,《燕京学报》16 期,《文史杂志》第三卷第九、十期合刊。
② 孙楷第《唐代俗讲轨范与其本之体裁》,北京大学《国学季刊》第六卷第二号。

(六) 考察变文用韵详尽

罗书在其先出版的《敦煌变文用韵考》一书基础上对六十一篇变文的用韵进行了详细的考察。罗书根据《广韵》反切,参考《集韵》《龙龛手鉴》《玄应音义》等,归纳变文用韵情况,作《敦煌变文韵谱》《敦煌曲韵谱》。

周大璞在四年后的1973年也发表《敦煌变文用韵考》,对变文用韵进行了细致考察,划分出23个韵部,并分别罗列出了韵字、韵谱和通韵,论述了变文声调的变化问题①。

三、《敦煌讲经变文研究》的不足

(一) 部分考释词语欠妥

1. 大照

《维摩诘经讲经文》:"大照国师寻斩候。"蒋云:"'照'或是'曌'字的错误。"

罗宗涛认为蒋说"所言甚是",并说:"'大曌'一词,用以形容国师。"②

罗先生承接蒋礼鸿先生《通释》的看法,解释欠妥。"大照"一词并不是用以形容国师的。项楚师《敦煌变文字义析疑》指出:"校'照'为'曌',原文仍不可通。此处'大照'当作'待诏'。'大'与'待'同音通用。……'照'字则是'诏'字之讹。'待诏'是对医人的尊称,唐制,翰林院待诏中,包括有医人在内。"③

2. 生杖

《汉将王陵变》:"发使交(教)人捉他母,遂将生杖引将来。"

罗先生说:"然则'生杖'即'生荆之杖',变文或称'荆杖'或称'生杖'。"④

蒋冀骋《敦煌文献研究》也说:"'生杖'可以围身,可以围绕,可以牵引,可以似云集,与枷的形制不合。只有杖(荆条)才可以围身,荆条、棍皆可牵引,只有荆条才可缠身,才能有如鱼鳞,才可云集。所以,我们认为'生杖'即新砍的荆条。"⑤

罗先生和蒋冀骋先生的说法存在问题。对"生杖"一词的理解,必须结合所有变文用例加以分析。变文中一共出现了四个"生杖"用例,其中《大目乾连冥间救母变文》

---

① 周大璞《敦煌变文用韵考》,《武汉大学学报》1973年3、4、5期。
② 罗宗涛《敦煌讲经变文研究》,第325页。
③ 项楚《敦煌文学丛考》,第101页。
④ 罗宗涛《敦煌讲经变文研究》,第326页。
⑤ 蒋冀骋《敦煌文献研究》,湖南师范大学出版社,2005年,第254页。

说:"母子相见处:[□□□□□□],生杖鱼鳞似云集。"根据该用例,"生杖鱼鳞似云集"是对母子俩人而言,只有母亲带有"生杖","生荆之杖"不能够捆缚,不可能出现"犯人像云一样多聚集着。"

项楚师《选注》说:"凡'生杖'皆应作'绳杖',是古代捆缚罪人的刑具。"①项楚师把"生"读作"绳",是正确的。但是"杖"、"棒"并不能够捆缚犯人,也不能够围绕。我们认为"生杖"即"绳杖",偏义复词,"生"通"绳","生"、"绳"同属平声,声韵均同,得由通假。"绳"指绳索、铁索,"杖"并不表义,属于连类而及。而用绳索、铁索捆缚犯人是古代最常见的方法,绳索、铁索可以围身,可以围绕,可以牵引,可以用来捆绑目连母亲后形成"鱼鳞"状,似云集。而且变文用例中说"铁锁锁腰,生杖围绕","生杖"当即前面的"铁锁"(即铁索)。如此,则问题迎刃而解。

3. 须人

《不知名变文(二)》:"莲花成(城)节度使出敕:须人买(卖)却莲花者,付五百文金钱须(谁)人。并总不肯买(卖)却莲花。"

罗先生为帮助问题,引隋阇那崛多译《佛本行集经》卷三,如下:我时即至一鬘师家,语彼人言:仁者可卖此花与我。尔时彼人报于我言:仁者童子,汝可不闻——降怨大王出勅告下:所有华鬘悉不听卖与于他人。何以故?王欲自取持供养佛。我闻彼人如是语已,复更至于余鬘师店求索华买。彼还答我如前不异。(T03n0190_p0666c07-12)罗宗涛根据所引认为:"经言'降怨大王出勅',变文既变作'节度使出敕';则变文所谓之'须人',当即佛经所云之'鬘师'。"罗宗涛又说:"苏摩那花,梵语 sumana,佛典多作'须摩那'。"罗宗涛下结论说:"然则,鬘师以'须摩那'花为鬘者也。此变文为所见变文讹误最甚之一篇,遂讹略'鬘师'为'须人'耳。"②

罗先生的考释欠妥。"须人"并不是"鬘师"。对照"须人买(卖)却莲花者"与"所有华鬘悉不听卖与于他人",我们可以发现,《佛本行集经》中的"华鬘"即变文中的"莲花"。《佛本行集经》卷三又说:"所有香油华鬘之属,不听一人私窃盗卖。"(T03n0190_p0666c22)"女从我边受五百金钱,即授五茎优钵罗华,持以与我。"(T03n0190_p0667a27)从中我们可以看出:"华鬘"即优钵罗华;"须人"即所有的人,任何人。《校

---

① 项楚《敦煌变文选注》,中华书局,2006 年,第 170 页。
② 罗宗涛《敦煌讲经变文研究》,第 319—320 页。

注》指出:"袁宾谓'须''谁'音近借用,'须人'即'谁人',近是。"①

(二) 个别断代存在模糊欠妥

由于断代的困难,罗书在断代的结论也存在模糊和欠妥之处。如所推断的年代过于宽泛,有的变文断代实际上是重复了前贤已有的研究结论。如罗书认为《破魔变文》当在907—920年作,而《变文集》校记已经指出"当作于907—922年之间"。结论未能够统一在每一节末尾进行具体的标注,也未能在第五章末尾列表进行标注。同时,罗书未把断代研究与变文中有关的人名、地名、职官以及有关社会制度、历史事件等加以结合。如果罗书把变文中可以供断代研究的人名、地名、职官以及有关社会制度、历史事件等结合起来,得出的结论会更加可靠,推测的创作时间会更具体,更加接近变文的实际创作时间。

基金项目:四川省古代文学特色文献研究团队(川社联函[2015]17号)建设项目;2010年四川省哲学社科规划课题(SC10B024)。

作者简介:杨小平,文学博士,西华师大文学院教授。

---

① 黄征、张涌泉《敦煌变文校注》,第1137页。

写本文化语境中的敦煌孟姜女曲子

吴 真

提 要：传统的敦煌写卷研究，往往忽略具体的写本情境。近年由于国际敦煌项目公布的敦煌伯希和残卷原件照片，使得敦煌写本的文化语境研究成为可能。现存四种敦煌孟姜女曲子，写手和抄写情境各异，既有乐工的演出用唱本，也有寺院僧人、学郎的练习抄本。写手身份的多样性给写本带来了个人书写习惯、书写次序、语调音韵、讲述场合、装帧形式等变异性，有助于我们理解孟姜女故事在写本时代的口头传播，以及孟姜女曲子在晚唐五代的流行程度。

1925 年，刘复（半农）从巴黎抄回敦煌伯 2809 中的一首曲辞，命名为《孟姜女小唱》，顾颉刚以"狂喜"来形容此次发见，并受启发产生了孟姜女故事的四个推论。① 事实上，刘、顾二人只得见伯 2809 孟姜女曲子《捣练子》的一半内容。到了 1954 年，王重民《敦煌曲子词集》不仅补齐了伯 2809 的整首《捣练子》，而且另外搜集到两种敦煌写本《捣练子》，即伯 3911、伯 3319 背。② 1961 年，藏于法国国家图书馆的伯 3718《曲子名目》被发现，此写本在 1970 年代后期因为任二北、饶宗颐、波多野太郎之间的争论得到较充分讨论。在这些曲子之外，敦煌文学还有孟姜女变文系列的写本，除了较为人知的 1920 年代发现的伯 5039，1990 年代以来又陆续有斯 8466＋斯 8467（大英图书馆）③、俄

---

① 刘复（半农）《通讯：敦煌写本中之孟姜女小唱》，《歌谣》周刊第 83 号，1925 年 3 月 22 日，后收入《孟姜女故事研究集》，上海古籍出版社，1984 年，第 185—188 页。刘复只抄得两首中的一首，路工编辑《孟姜女万里寻夫集》据此收入，上海出版公司，1955 年。

② 王重民《敦煌曲子词集》，上海商务印书局，1954 年。任二北《敦煌曲校录》（上海文艺联合出版社，1955 年）加以校录，项楚《敦煌歌辞总编匡补》（台北新文丰出版公司，1995 年）有所补充。

③ 1991 年，荣新江从英国图书馆复印介绍斯 8466、斯 8467，推定两种本为一本，且当为伯 5039 孟姜女变文的前半。张鸿勋《新发现的英藏〈孟姜女变文〉校证》，《敦煌俗文学研究》，甘肃教育出版社，2002 年，第 245—259 页。

Дх11018(俄罗斯科学院东方研究所)+伯5019(藏法国国家图书馆)+BD11731(藏中国国家图书馆)的缀合本。①

比起1920年代孟姜女故事研究发凡时期仅有一种敦煌写本可见,我们现在所见的9种敦煌孟姜女写本,无疑大大扩充了唐代孟姜女故事的研究空间。1971年饶宗颐的《敦煌曲》、1987年任二北的《敦煌歌辞总编》、1994年高国藩《敦煌民间文学》已经较有意识地综合各种敦煌写本进行比较研究。②由于侧重点在于训解文字,这些研究秉着"择善而从"原则,往往从4种敦煌孟姜女曲子写本中择出文字最为雅训的版本,加以点校和归纳主题思想,各本之间的互异之处皆不赘述,因此对于同一内容的不同写本之具体写作情境,难免缺乏必要的考察。又由于研究者往往带着明清孟姜女故事的"先见"进入敦煌孟姜女曲子研究,常常在文字校读之中"执行"这些先见,甚至为了符合孟姜女故事的"情节前后",改变《捣练子》曲子的前后次序,以"连续的戏剧场面"去要求敦煌曲子。③还有校录者和研究者为求文句通顺,随意更改写本文字,而无视敦煌抄本普遍的书写习惯以及写手本人的文字通假方式。

现存敦煌写本,多数为长写卷,因当时特殊的历史环境,许多写卷在流入寺院之后变成僧徒、学郎随意抄写的纸张,所以我们今天看到的多数敦煌写卷,是集佛经、儒书、籍帐、蒙书、俗文等多种文本性质于一身。一个敦煌写卷本身的意义往往是多重的:佛教史、经济史、敦煌社会史、文献学、俗文学史、教育史等,一百多年来,整理者在为敦煌写卷编写条目时,亦往往将同一写卷分割为几种文献,分别立目;而研究者又多根据现代学科的分类体系,从写卷中挑选适合自己学科的敦煌文献加以校录。一种写卷本身所蕴含的完整写本情境,往往由于现代学科分类而被割裂为几种单独的意义世界。比如20世纪50年代文学研究界即已发现伯3319在社司转帖之中夹抄孟姜女曲子片断,却从未追究"夹抄"之因,抄录本亦只抄录曲子,完全忽视上下文的社司转帖和学郎打油诗。而在敦煌研究界,1930年代日本学者已展开对伯3319社司转帖的历史研究,在

---

① 刘波、林世田《〈孟姜女变文〉残卷的缀合、校录及相关问题研究》,《文献》2009年第2期,将法国藏伯5019与国图BD11731补合起来。张新朋《〈孟姜女变文〉〈破摩变〉残片考辩二题》,《文献》2010年第4期,又将俄藏残片与上述两种拼合为一种。吴真《招魂と施食:敦煌孟姜女物語における宗教救済》,《东洋文化研究所纪要》第160册(2011年)。考虑到变文与曲子之写本性质大有区别,本文将集中讨论孟姜女曲子。

② 饶宗颐、戴密微(Paul Demieville):《敦煌曲(Airs de Touen - Houang)》,Paris:Centre National de la Recherche Scientifique 1971年,下文简称"饶本"。任半塘《敦煌歌辞总编》,上海古籍出版社,1987年,下文简称任本。以上两本皆录入本文讨论的4种孟姜女曲子写本。高国藩《论敦煌孟姜女传说》,《敦煌民间文学》,台北联经出版社1994年,第375—386页,自称从原卷微缩胶卷校录全文,但所录不全。

③ 任二北《敦煌曲校录》,第82—84页,《敦煌歌辞总编》,第549—562页。

抄录这一则转帖时,却也丝毫不述同一张纸背的孟姜女曲子和学郎打油诗。

可以说,以上种种敦煌孟姜女文本研究,仍然未将研究文献放回到写本情境(Textual Situation)之中。① 敦煌孟姜女曲子乃是典型的写本时代的遗物,我们不能以宋代以后逐渐固定下来的纸本印刷刻本的概念去框定它们,尤其更不能用作为传世文献的文学刻本去衡量多元庞杂的民间文学写本。相反的,我们应该正视,写手的个人情境之多样性给写本带来的变异性,进一步追问这些不同背景的写手身份如何?孟姜女故事如何被不同表述?孟姜女歌曲在什么情境之下被记录?孟姜女曲子和其他文本(佛经、社司转帖、邈真赞)同处一个写本之中,那么这些不同性质的文本之共同写本情境如何?

当年任饶二人为敦煌孟姜女曲子打嘴仗之时,将战火归结于"书手之讹火"②;可是如果我们从"写本"之特定情境来体察文本,那么这些所谓"书手之讹火",纵然是写手们一时兴到的信手涂抹,却也保留了特定的写本情境。恰恰是个人书写习惯、书写次序、记录曲子的语调音韵、题记所述之讲述场合、装帧形式等等写本特点,才为后人提供了文字校录本和刻本所不具有的口传文学讯息。

如果说 20 世纪的敦煌民间文学研究由于时代限制而无法进入写本情境研究,近年随着海外敦煌文献真迹胶卷的刊布以及敦煌社会历史研究之精进,我们是有可能对于敦煌孟姜女故事展开综合考量的。2010 年,法国图书馆在网络公布了敦煌伯希和残卷的原件照片,从而令打破学科界限的敦煌写本情境研究成为可能。③

一、孟姜女曲子的四种写本情境

1. 伯 3911 号"孟曲子《擣練子》平"

写本描述:6 页的册叶本,薄黄纸,每页有字 6 行,在几种孟姜女写卷中字迹最佳。起一首曲子失题,从"羊子遍野……"开始有 32 字,"孟曲子《擣練子》平"为第 2 种,跨 1—3 页,共 2 首,后接"《望江南》平"3 首、"《酒泉子》平"1 首。每首曲子第一个字有三

---

① 曲金良《孟姜女传说在唐及五代流传》,《民俗研究》2009 年第 4 期,指出敦煌孟姜女传说流行的是多个"版本",就连主人公的名字也同时并存着多种。这样的"不统一",才是孟姜女传说故事传承的生态原貌。但此文仍采用前人的敦煌录文来考察所谓"生态原貌",未能发见敦煌写本的具体历史人文环境以及写手的个人具体情境。

② 1976—1979 年,任、饶分别致函日本波多野太郎,各陈对于伯 3718 校录的意见。来往书信,刊于日本《东方宗教》第 51、53、54 期。任在其后出版的《敦煌歌辞总编》对于饶本多有非议,而饶氏在致波多野氏书信中云:"从校勘规律言,未可为求通顺,而轻意改易碑文。"潘重规《敦煌词话》,台北石门图书公司,1981 年,对此次争论多有评说。

③ 法国国家图书馆"伯希和敦煌写本图像库":http://gallica.bnf.fr/?lang=FR

角形的朱笔,以表示曲子起首,全册的句逗皆有朱笔点句。

写本原文:(按原形抄录,"。"为原写本的朱笔点逗)

  孟曲子擣練子平

  孟姜女。犯梁妻。一去煙山更不歸。造得寒衣無人送。不免自家送征衣。

  長城路。實难行。乳酪山下雪雰々。喫酒則爲隔飲病。願身強健早還歸。同前堂前立。拜詞娘。不觉眼中涙千行。勸你耶娘小恨望。为喫他官家重衣粮。

  詞父娘了。入妻房。莫將生分向耶娘。君去前程但努力。不敢放慢向公婆。

写本性质:包含了调名、动作提示的演出用写本。

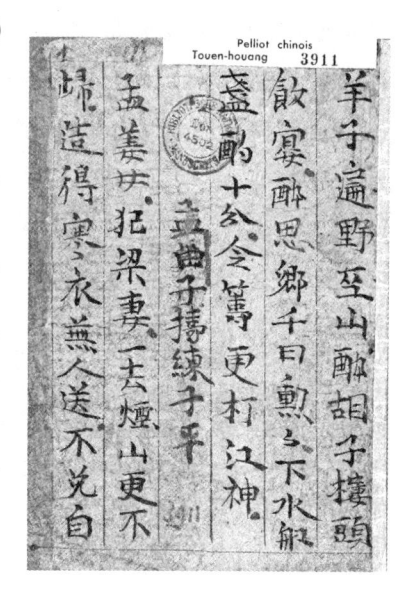

图1　伯3911

  标题写"孟曲子《擣練子》平",已经明示了孟姜女曲子的调名与曲牌,然而历来抄写者均无细审原卷,只抄写"孟曲子《擣練子》",独独遗漏了"平"字。① 从伯3911全本的情境来看,"平"字并非毫无意义的衍文,因为下文的《望江南》、《酒泉子》名下皆有"平"字,这是标识曲子调名的重要标志。而且在孟姜女第一首《擣練子》曲之后标有"同前",后文的《望江南》、《酒泉子》亦有若干个"同前"、"又同前",这是呼应曲名前标明的"平",表示下首与前首需要按照同样的"平调"演唱。

  其次是第二首"词(辞)父娘了/入妻房",其中的"了",应理解为戏曲剧本和佛道仪轨书里面用于提示科介的"了",这里是戏剧动作"辞父娘"已毕的动作提示,而发出这个动作的角色当为杞梁,他在临别之时向妻子嘱咐"莫將生分向耶娘",妻子则答以"君去前程但努力/不敢放慢向公婆"。任本指出此句以下三句乃"代言问答",颇为切合。

  总而言之,伯3911的书写端正,格式规范统一,曲牌、调名、动作提示俱全,并以朱笔加以句读,抄写者应当是俗曲表演的内行,抄写此本的目的相当明确,是为了保证孟

---

① 饶本第276—277页以伯3911为底本录出"孟曲子《擣練子》",不录其他两种,历来转录者皆随此本,遗漏重要信息"平"。原卷图版见饶本图44—45。

· 143 ·

姜女曲子的可唱性、可演性。现存其他 8 种敦煌孟姜女写本皆为卷轴装,独伯 3911 采用敦煌少见的册叶装帧形式,其实这也暗示着其特殊用途,或许如其他篇幅短小的册叶装一样,"是适应了民间念诵佛经、做功德的灵活性而出现的,它的目的是需要方便携带"①。目前可见的敦煌册叶本主要集中于晚唐五代,伯 3911 概为晚唐五代时期敦煌地区的演出提示本。②

2. 伯 2809(1925 年刘半农《孟姜女小唱》之全本)

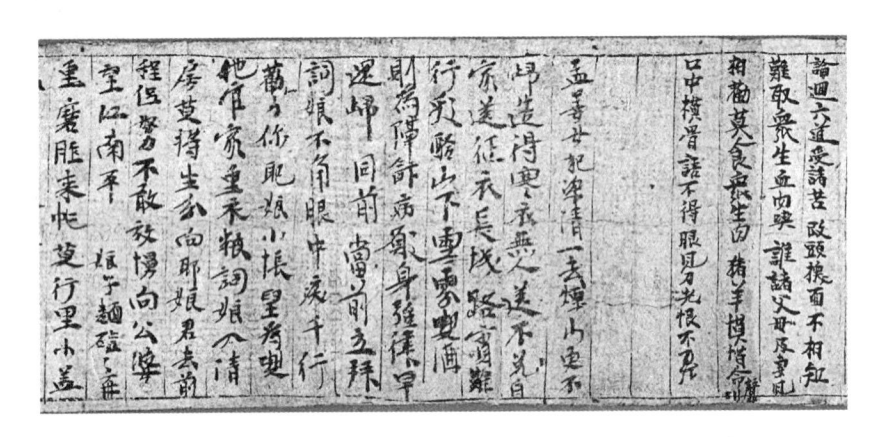

图 2 伯 2809

写本描述:长卷,竖行,前抄有失题的《劝善文》共 29 行文③,空二行后,从"孟姜女,犯梁情"开始,抄有失题的孟姜女曲子 2 首、《望江南》3 首、《酒泉子》2 首、《杨柳枝》1 首,以上曲子皆无句读。全卷抄写者概为同一人,但书写渐次潦草,墨迹也逐渐黯淡,最后《杨柳枝》曲辞未及抄毕即歇笔。

写本原文:(写本无句读,现参照伯 3911 加以点读)

　　孟姜女。犯梁清。一去烟山更不归。造得寒衣无人送。不免自家送征衣。
　　长城路。实难行。乳酪山下雪雰。喫酒则为隔饮病。愿身强健早还归。同前当前立。拜词娘。不角眼中泪千行。勸々你耶娘小悵望。为喫他官家重衣粮。

---

① 李际宁《关于敦煌遗书中的梵夹装》,收入北京图书馆敦煌吐鲁番学资料中心等合编《敦煌吐鲁番学研究论集》,书目文献出版社,1996 年,第 538—549 页。
② 敦煌册叶本研究,可参李致忠《敦煌遗书中的装帧形式与书史研究中的装帧形制》,《敦煌与丝路文化学术讲座》第 2 辑,北京图书馆出版社,2005 年,第 70—94 页。
③ 饶录本称此写本"前为变文廿七行",描述有误,应为《劝善文》。

詞娘入清房。莫将生分向耶娘。君去前程但努力。不敢放慢向公婆。

写本性质： 寺院僧人或学郎的文学抄本。

此写本的孟姜女曲辞内容与伯3911基本相同，历来研究者多用后者作为《捣练子》的正本。但是我们仔细考察二者文字内容，还是可以从一些细微差别体会到书写情境之大不同。

首先是伯2809抄写者显然对于曲辞本身的音乐性漠不关心，因此没有抄写曲牌《捣练子》，直接从曲子内容开始书写。虽然下方在抄录《望江南》时，又抄了"望江南平"字，可是到了最后干脆把本应为"酒泉子平"抄成了"酒泉平子"，这种明显的谬误说明，伯2809抄写者对于"平"字所代表的曲调问题并不关心或者说没有概念，较为漠视曲牌和调名所蕴含的音乐提示。①

其次是伯2809将伯3911的"词父娘了／入妻房"这样一句游离于曲子内容之外的动作提示语，改为"词娘入清房"，如此一来，"词娘入清房／莫将生分向耶娘"变成曲子本身的实质内容，文字也变得符合书面文学的格式音律。

饶本根据卷首《劝善文》劝持斋不吃肉的内容而判断伯2809为寺院僧人或学郎所抄，至于僧人为何学习与传播俗曲，饶宗颐认为："由于和尚需要学习写一点韵文来表达思想作为说偈之用，他们便很应该学术'唱导'的工作来'宣唱法理，开导众心'，所以要接受念经、唱诵、撰拟文辞的训练。又由于唐季的和尚要修习'声赞科'这类学科，因此他们要抄写曲子、声赞一类的韵文。"②通过以上所论及的抄本对音乐性的漠视以及动作提示语"了"字之被抹去，我们可以进一步推论，敦煌孟姜女曲子也作为文学作品（歌词）而被伯2809的僧人学郎记录下来。与伯3911强调写本可演性不同，伯2809抄写者关注是曲辞本身的文字内容，这本来也是寺院抄经的常态。类似的情形有，现存伯3128也抄有曲子《望江南》四首，文词与伯3911、伯2809几乎一样，唯独少了伯3911的"平"字。③ 伯3128共有曲牌五种15首，均无标明声调，这大概也是因为这些曲辞是作为文学作品而非演出曲谱，被记录下来。

---

① 历来诸家或有留意到伯2809几首调名之下注明声调，但未能体察写本对于声调的误写。如傅芸子《敦煌俗文学之发见及其展开》，《白川集》，东京文求堂，1943年，第189页，称伯2809为《唐人平调歌》一卷。

② 饶宗颐《从敦煌所出〈望江南〉〈定风波〉申论曲子词之实用性》，《敦煌曲续论》，收入《饶宗颐二十世纪学术文集》，中国人民大学出版社，2009年，第8册，第716—717页。

③ 伯3128文字，见饶本第258—262页。

伯3911与伯2809内容基本一致,卷子内的《望江南》二首与斯5556号同为颂扬敦煌曹氏归义军政权之曲,王重民、任二北均已指出曲中涉及之史实当在后唐同光元年(922)之后。① 那么很有可能伯3911与伯2809的孟姜女曲子流行时间,乃于10世纪初。

3. 伯3319背

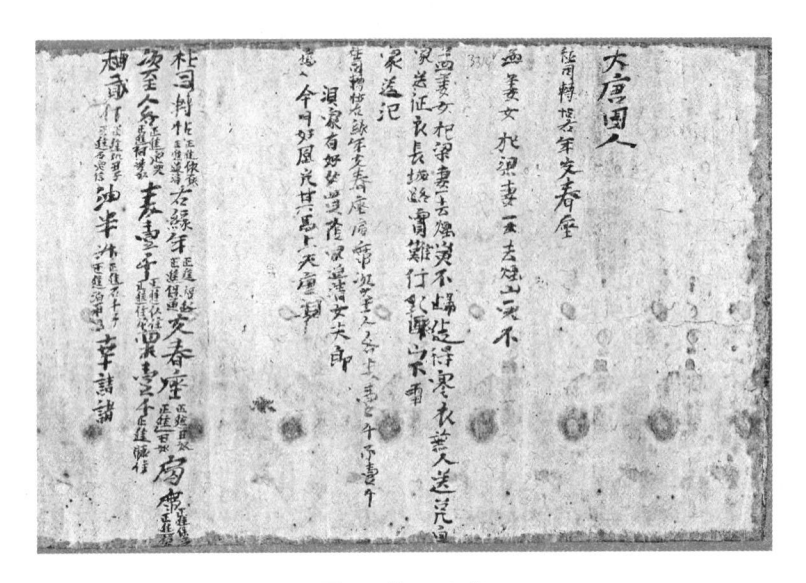

图3 伯3319背

写本描述:长卷,前面存文196行为玄藏翻译的《大般若波罗蜜多经》(首尾俱残,有行栏),楷书字迹端妍。在卷背之末的空白处,从"大唐国人"开始是潦草的杂写,显为另一人所写,其次序如下:"社司转帖右年支春座",隔两行又起行写"孟姜女杞梁妻一去烟山更不",又隔两行重新抄写"孟姜女……"共2行,至"山下雪"又断。又另起一行,书"眾為汜"三个字。再另起行书"社司转帖右年支春座局席……"等字1行。又另起一行书"淇家有好女……"共2行五言诗。又另起一行,书"社司转帖……"共6行。

写本原文:

孟姜女杞梁妻一去烟山更不

孟姜女杞梁妻一去煙山更不歸造得寒衣無人送不免自家送征衣長城路實难行

乳酪山下雪

---

① 王重民《敦煌曲子词集》,第16页。

写本性质：寺院学郎的练习抄本。

任二北先生20世纪50年代未得见敦煌原卷，却称："此调（《捣练子》）诸辞，有三各不同之卷子，以伯2809最不可从：既失调名，错字又特多！其失处兹不备举。"① 其实缺字最多的并非伯2809，而是伯3319背的社司转帖。由于孟姜女曲子零碎的录文混杂于社司转帖之间，又是书于废弃佛经卷背，因此历来文学研究者多弃伯3319不用，未能整件转录。② 恰恰由于书写的随意性，此写本生动反映了孟姜女曲子在敦煌地方社会流行的具体历史情境。

首先是此抄件的主体部分是一件社司转帖，这是一种在敦煌民众的社邑内部、作为社邑举行活动的通知书而流通的应用文书。伯3319这一张转帖是为某年春天社邑举行"春座"（春社）宴席而写，帖后完整抄录了张丑子等十个社人的姓名，意思是此帖应当通知到这些人等。日本那波贞利早于1938年就考证出其中社人"张丑子"，频繁出现于伯3286背、伯2975等5种春座转帖之上，故伯3319的抄写时间当在9世纪后半叶，这也就解释了卷首"大唐国人"的意义。③

其次，与孟姜女曲子词一起出现在社司转帖的另一首失题之诗，内容是"洦家有好女買陰清女郎應□□今日好風光其馬上天唐洦"。这首看似荒诞不可解的打油诗，其实是唐五代流行于西域地区寺院学仕郎中的儿童语体诗。伯4787原抄残存4行有录文："今朝好光骑骑马上天堂须家好女子嫁娶何家家儿。"类似的内容也出现在斯3713背《金刚经疏卷下》之后的空白处，一样的涂鸦式潦草字体，一样的内容："今日好风光骑马上天堂，阿须家有好女。"④

晚唐时期，敦煌寺院开办"寺学"成为地方主要的教育机构，现存有题记的敦煌写

---

① 任二北《敦煌曲校录》，第82页。
② 历来校录本多不录伯3319内文，饶本只有一句提及此版本是转帖："P. 3319社司转帖中，钞孟姜女至'奶酪山下雪'句未完。"见第276页，第290页的介绍反而不正确："P. 3319V，卷面为《大般若波罗密多经》残卷，背为《孟姜女》二首，与P. 2809及3911两卷相同。王集（注：即王重民《敦煌曲子词集》）云依3911调名应为《捣练子》，兹不再录。"饶本的伯3319附有原卷图版（见图54），但辑录不全，只到"须家有好女"的最后一段，失录社司转帖的下半截。
③ 那波利贞《唐代の社邑について》，《史林》23卷第3号，1938年。收入作者《唐代社会文化史研究》，创文社，1974年，第459—574页，另此书第485页只录伯3319背之转帖。郝春文《敦煌社邑文书辑校补遗（二）》，《首都师大学报》2000年第2期亦有讨论此件转帖。任半塘《敦煌歌辞总编》第551页留意到"大唐国人"，认为此四字之作用殊不等闲，正说明写本时代尚在所谓大唐范围，未入五代。但任氏仅由字面解释，未能给出判断的文献根据。
④ 徐俊将此诗定题为《今朝好风光》，《敦煌诗集残卷辑考》，中华书局，2000年，第879页，录出4首《今朝好风光》，其中就有伯3319。徐俊从学郎多抄《春日春风动》《日落影西山》等男女情事的通俗诗歌，指出敦煌学郎诗中有相当一部分是民间盛传之通俗诗歌。徐俊《敦煌学郎诗作者问题考略》，《文献》1994年第2期。

本一大部分是出自这些学郎之手。① 学郎在寺学的日常学习生活主要以学习儒佛经典、抄经练字为主,也需要练习抄写实用社邑文书,现存 81 种"非实用性质的社司转帖"就是这些学郎对着文样、实际文书的习字或草稿。② 或许是为了调节枯燥的抄写作业,这些转帖中常常杂有俗曲、俗诗。比如中国书店藏《佛说无量寿宗要经》的卷背抄有社司转帖,其后有五言诗三首,第一首作:"可怜学生郎,每日书一章。看书佯度日,泪落数千行。"③ 此诗生动地描绘出学郎们于抄经无聊之中抄写俗曲俗诗调剂的情形。伯 2439 背是乙酉年一个名叫"徐再兴"学郎的练习贴,在书写了 8 行杂字之后,又写社司春座转帖,才写 10 字,又换为《晏子赋》一首,没写几个字又换为经文。伯 3621 背也有类似情况,先抄写《锦衣篇》"乱风沙迷"等类似韵文十行,然后抄写社司转帖 5 行,未抄写完,还画了一个小人头像。

当我们了解晚唐敦煌寺院学郎的抄写情境之后,再反观伯 3319 的杂乱无章,头脑渐渐可以浮现当时抄写情境:9 世纪后半叶的某一天,废弃《大般若波罗蜜多经》被分配给敦煌某寺的小学郎,以充作练字本。那天的作业是照抄近日社邑春座转帖范本,小学郎先是郑重地写下"大唐国人"和"社司转帖右年支春座"若干字,忽然忆起近日习得的一首流行曲,于是照着记忆默写下"孟姜女杞梁妻一去烟山更不",写至此,怎么也哼不全整首曲子,不甘心就此歇笔,于是又从头默写"孟姜女……乳酪山下雪",写至此又想不起下文,于是又另起一行,写"眾為汜"三个字,发现还是不对,无奈只好回到今天的作业主题,另起一行书"社司转帖右年支春座局席……"等字。然而这样书写终究无聊,于是又想起近日同学间流行的一首有趣的打油诗,写下"须家有好女……"2 行字。打油诗书完,一看可供练习的作业本已经篇幅不多了,赶紧又另起一行,老老实实把今天的社司转帖抄写作业共 6 行字,一一抄毕。

4. 伯 3718 背《曲子名目》

写本描述:篇幅极长的长卷,录有 17 位敦煌归义军时代名人的邈(貌)真赞。书写年代有天成二年、天福六年、天福七年等年号,卷背又有兵马使宋慈顺等官员监抄题名。在卷背约十分之一的开始处,书写《曲子名目》,以下另起行抄写孟姜女曲子共 11 行,

---

① 徐俊《敦煌诗歌写本特征及内容的分类考察》,《敦煌与丝路文化学术讲座》第 2 辑,第 276—296 页。
② 李正宇《唐五代敦煌的学校》,《敦煌学辑刊》1986 年第 1 期。郝春文《再论唐末五代宋初敦煌社邑的几个问题》,《中国史研究》2005 年第 2 期。
③ 转引自柴剑虹《读敦煌学士郎张宗之诗抄札记》,《敦煌吐鲁番学论稿》,浙江教育出版社,2000 年,第 247—251 页。

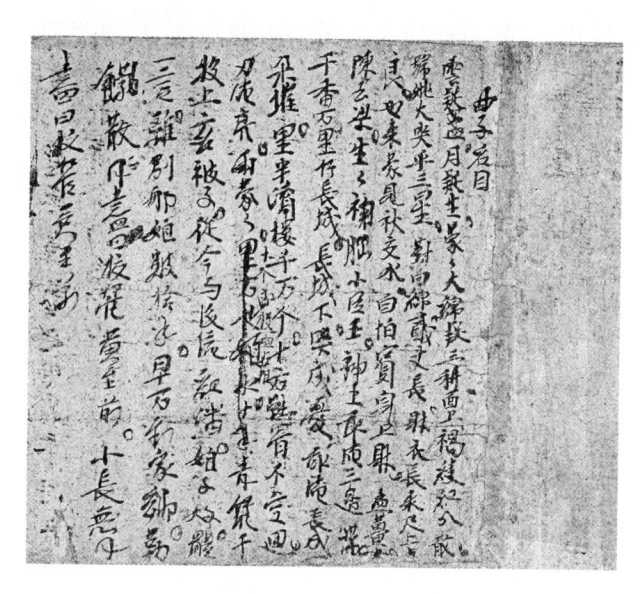

图 4　伯 3718 背

旁有淡笔圈点，此后卷背空白，在卷背中间又有"寺门都"等十几个颠倒的重复书写之字，显为同一写手的练字所为。整幅卷子的字迹甚佳，从《曲子名目》起字越写越潦草，墨水越来越淡。

写本内容：（依照原卷的"。"号句读，括号内为笔者参照饶、任、潘三本所校出）

云疑盏。月疑生。蒙濛大绵疑三耕(更)。面上褐绫红分散。號姚(咷)大哭乎(呼)三星。对白绵。贰丈长。财(裁)衣长来尺上良(量)。也来蒙(梦)见秋交水。自怕宾□身上财(裁)。

孟薑女。陈去(杞)梁。生々掬脑(恼)小臣(秦)王。神王敢淹三边滞。千番万里竹(筑)长城。长城下。哭成(声)忧。敢淹长成(城)一朵(垛)堆(摧)。里半渍楼(髑髅)千万个。十方兽(收)骨不空廻(回)。

刀淹亮。两蒙蒙。十个郎投血沾根。青築(竹)幹投上玄被子。从今与后像貌潘(信和藩)。娘子好。體一言。离别耶娘数拾年。早万(晚)到家乡。勒(勤)辝散。月尽日挍(交)管黄至前(纸钱)。小长无月尽日挍(交)管黄至前(纸钱)。

写本性质： 寺院僧人抄本。

唐宋时期敦煌社会上层人物多于去世前后请当地有名文士为其画像作赞，为的是留下生前容貌德业以供家属子孙、门人弟子祭奠瞻仰,配合画像的文字被称为"邈真赞"。这种特定文体的社会史意义与文学特征,近三十年来学界已经有较为深入的探讨,比如伯3718所抄录的17位名人多为张氏、曹氏、索氏等敦煌权势,此写卷时间跨度约为50年,先后由多位写手抄写,从格式以及专设监抄人的情况来看,伯3718应为敦煌某一寺院的邈真赞结集文范。① 遗憾的是,无论是伯3718卷下面的邈真赞之研究者、还是卷背孟姜女《曲子名目》的敦煌曲研究者,均未将这一种写本的不同文书进行关联研究。其实仔细分辨笔迹,可以看出卷背的《曲子名目》与卷正面最后一篇《李府君邈真赞》行书习惯极其相近,当系出自同一人之手。依照《李府君邈真赞》的后晋天福七年(942)题记②,这一写本大概反映了10世纪中期敦煌孟姜女曲子的传唱情况。

自1961年发现伯3718背面这一件孟姜女曲子名目以来,饶宗颐、任半塘、波多野太郎、潘重规众多学者为本中种种难辨之处,争论不休。此本别字满纸,又乏他本可校,读卷者必须反复推勘,至今仍有仁智异见之说。伯3718背的同音假借字无处不在,而且从不遵循一定书写习惯,比如按照孟姜女故事内容解为"秦杞梁/生々搯恼小秦王/秦王敢淹三边滞",写本却在11个字之中将同一个"秦"音写成三种异字。因此音韵的佶屈聱牙倒是其次,意义上的艰涩难明才是导致学者争论的原因。然而我们如果配合写本的邈真赞抄写情状,大致可以进行如下推测:僧人写手在完成官方抄经任务《李府君邈真赞》之后,一时心血来潮,就着卷背,默写起记忆中的孟姜女流行歌词,是以此本出现较多的同音借用字。约定俗成的"孟姜女"就算在后代文化水平极低的文本中,都很少会被写为"孟薑女",但是伯3718就出现如此明显的同音借用。而"陈去(杞)梁/生々搯脑(恼)小臣(秦)王/神王敢淹三边滞"这一句被研究者们争论几十年的最为棘手之句,或许就是伯3718写手图一时之快的无心默写,因为只是卷背的私人默写,他根本就没有考虑上下文用字的统一,是以同样的"秦",在同一首曲子里可以是陈、臣、甚至是神。

虽然伯3718背的3首曲子符合孟姜女《捣练子》"三三七七七"韵体,但是写手也如伯2809的写手一样,并未书明《捣练子》之名,而命名为《曲子名目》。③ 显然写手对于《捣练子》的曲辞规范也不甚了了,因此在最后一首增抄"小长无月尽日挍(交)管黄

---

① 17篇邈真赞之校注,可参姜伯勤、项楚、荣新江《敦煌邈真赞校录并研究》,新文丰出版公司,1994年。
② 孙修身《伯3718〈李府君邈真赞〉有关问题考》,《敦煌研究》1991年第1期。
③ 历来饶本、任本已经指出《曲子名目》标题与文字内容全不符合,饶宗颐认为"名目"二字,疑有误书,或"名曰"之讹,见《〈敦煌曲〉订补》,《敦煌曲续论》,第646页。

至前(纸钱)"一小节,完全不符曲牌格式。另外,在写至第二首"刃淹亮两蒙蒙"之后,抄者原写"里方也娘永□□"7字,又用直线划去,在旁边改写为"十个郎投血沾根"。这一改错现象,一直没有受到饶、任诸家的注意,笔者认为,这正说明伯3718作者默写歌词、随写随改的实际情形。

二、杞梁在敦煌已经改姓"范"?

当我们了解敦煌孟姜女曲子的写本情境之后,再回顾20世纪30年代研究者们基于伯2809的残曲所作之猜想,可能会产生不一样的观感。1925年根据刘半农抄回的伯2809孟姜女曲子词,顾颉刚的案语第一点即指出:"杞梁的杞字写作犯,固然是形伪,但说不定范郎的范字即由此而来。"魏建功在之后写给顾颉刚的通信中进一步论证说:"'杞'字的形体与'犯'字相似,'犯'字的声音与'范'字相同并且有些形似,于是'杞'字一以形伪而为'犯',再以音讹而为'范'。"①敦煌曲子标识着杞梁改姓范的开始,这一观点历来屡被孟姜女故事研究者征引。80多年前仅凭一件敦煌残卷得出的规律,是否适用于现在可见的9种敦煌写本?兹列表如下:

表1 9种敦煌写本出现的孟姜女、杞梁字样

写本	杞梁(出现次数)	孟姜女(出现次数)
伯3911	犯梁1	孟姜女犯梁妻1
伯2809	犯梁1	孟姜女犯梁情1
伯3319	杞梁2	孟姜女杞梁妻2
伯3718	陈去梁1	孟薑女1
斯8466、斯8467	×	×
俄Дx11018	×	×
BD11731	杞梁处役甚艰辛②1	×
伯5019	×	×
伯5039	不是杞梁血相离1 魂灵答应杞梁妻1	姜女(3)、杞梁妻(1)

---

① 顾颉刚案语见《通讯:敦煌写本中之孟姜女小唱》,《孟姜女故事研究集》,第187页。魏建功《杞梁姓名的与哭崩之城的递变》,《孟姜女故事研究集》,第193页。

② 杞字右上角残,左旁及右下角笔画清晰显示出"木"字,似即"杞"字,但至少可以肯定不是"犯"字。

9种残卷,出现孟姜女丈夫之处共8次,写为"犯梁"有2次,"杞梁"有5次,可以看出,晚唐五代时期的敦煌孟姜女故事中,将"杞梁"形伪为"犯梁",并不构成普遍现象。

而且"犯梁"只出现在曲子《捣练子》三种写本中的其中两种,考虑到曲本较为讲究音韵,因此有必要考究写手心中的读音,究竟是 fàn 还是 qǐ。首先,要解决的是读"杞"为"犯"fàn 是否为敦煌写卷普遍现象?敦煌名族中有一支历史悠久的济北氾氏,有唐一代氾氏出了多名高僧,尤其是孟姜女曲子流行的9世纪至10世纪,现存敦煌就有4篇姓名各异的氾和尚之邈真赞。敦煌另有一支范氏,也是地方的望族。① 氾/范作为姓氏出现,在法国伯希和文书中就有近80件,笔者一一翻阅,发现均书写正确,很少出现假借为"犯"、"杞"的情况。基于这些写本的书写习惯比对,我们大致可以认为,魏、顾二先生所云"杞梁因'杞'而改姓了'范'",至少在敦煌孟姜女写本中不能得到证实,因为这与敦煌人的地方性知识有无法协调之处。

上文指出伯3911是一种注重音律的演出提示本,我们很难想象这样讲究韵律的曲本竟以"fàn 梁"读音去唱原本"杞梁"之音;更无法想象为何偏偏是字迹最劣的伯3319寺院学郎练习抄本,反而两次正确地书写"杞梁"。很有可能,"犯梁"是敦煌人一种书写习惯,笔下写着犯梁,心里读着却是杞梁。敦煌伯2553号《王昭君变文》则写为"玘良",两个字皆被同音假借,而且"良"字的音假又与中唐时期《琱玉集》的"杞良"有所相似。② 同一地区的同一故事人物,在不同写手的笔下呈现不同的写法,但"杞"字仍是按照 qǐ 的谐音加以假借。如此说来,所谓"杞梁因'杞'而改姓了'范'",至少要在敦煌写本的五代时期之后,或许是得力于孟姜女故事某种印刻本的大量刊行,才在宋以后逐渐固定下来。现存唯一的元代刊刻之杂剧选本《元刊杂剧三十种》之中,"范杞梁(良)"已经成为主要的名字,如马致远《任风子》第三折"想当时范杞良筑在长城内",武汉臣《生金阁》第二折"你道他昨来个那埚儿杀坏了范杞梁"。③ 可以想见,随着类似《元刊杂剧三十种》这样大量刊行的纸本印本之流行,一方面促进了孟姜女故事的普及,也大大加快了故事的定型化,以及将杞梁改姓范逐渐固定下来。

---

① 可参姜伯勤《敦煌邈真赞与敦煌名族》对于敦煌氾/范氏之详述,《敦煌邈真赞校录并研究》,第25—26页。
② "玘良妇圣,哭烈筑城",《王昭君变文》校文,黄征、张涌泉《敦煌变文校注》,中华书局,1997年,第158页。
③ 《元刊杂剧三十种》汇集了元代大都(北京)、古杭(杭州)等地坊间刻印的杂剧,是现存元代杂剧的唯一元代刊本。徐沁君校注《新校元刊杂剧三十种》,中华书局,1980年。

三、作为时代流行曲的孟姜女曲

　　1925 年,顾先生指出"这个(孟姜女)小唱可以定为唐代迄宋初的敦煌一带民众曲词",我们通过以上4 种敦煌写本的历史情境考察,可以将时间进一步缩小为"晚唐至五代"(9 世纪中期至 10 世纪中期)。由这 4 种写本的不同写手以及其抄写情境之不同,亦可以窥见敦煌孟姜女曲在那一百年之间的流行普及程度。敦煌人无论是寺院僧人还是学士郎,人人能唱孟姜女曲,而且兴之所至还会抄写、默写曲辞,甚至出现了专门的孟姜女曲演出提示本,以配合变文作为寺院俗讲的演剧内容。

　　流行曲作为孟姜女故事的主要传播方式,早在汉代即已见端倪,西汉王褒《洞箫赋》和东汉蔡邕《琴操》,都是将杞梁妻的叹调作为一种特别的曲调而记载。西晋崔豹《古今注》亦记杞梁妻"其妹悲其姊之贞操,及为作歌,名曰《杞梁妻》焉"。《乐府诗集》即将《杞梁妻》作为相和歌的一种,收入"杂曲歌辞"类。唐代之前的杞梁妻曲,其主题固定为哭城与哀叹,顾先生总结唐代杞梁妻曲为何一变为孟姜女曲说:"由于乐曲里说到城的,大抵是描写筑城士卒的痛苦……在这些歌词中,都有招他们的闺人去痛哭崩城的倾向。杞梁妻既以哭城和崩城著名,自然会得请她作这些歌词中的主人,把她的故事变为哭长城而收取了白骨归家了。"① 在如此的时代背景之下,"古代的乐府,原即是现在的歌剧,流传既广,自然容易变迁"②,纵然远在关山之外的敦煌,演唱、抄写孟姜女歌曲仍然方兴未艾,歌者取敦煌本地熟悉的地名(燕山、乳酪山)题材入曲,切事切景,如在眼前。③

　　正如顾先生从伯 2809 曲子所观察到的,孟姜女送寒衣的情节,当是唐代新发展,即在时代流行的捣衣、送衣主题之上,让孟姜女作了曲中主人。可以看到"送寒衣"在 4 种敦煌孟姜女曲子写本中确实占了最重要的分量,三个版本的《捣练子》曲子和伯 3718《曲子名目》一开首演唱的便是孟姜女送寒衣,而不是哭长城,这大概也说明晚唐五代敦煌社会最为脍炙人口的唱段,是唐代新发展的"送寒衣"曲子,而不是唐前《杞梁妻》曲的哭城。送寒衣作为敦煌孟姜女曲的主旋律,可以从伯 3319 学郎只会反复吟写此一

---

①　顾颉刚《孟姜女故事的转变》(1924 年),收入《孟姜女故事研究集》,第 29 页。
②　同上,第 16 页。
③　龙晦《敦煌歌辞〈孟姜女捣练子〉四首研究》判断它是用陕北宁夏方言的音韵创作的,而且燕山、奶酪山之类的地名所指亦为宁夏一带吐蕃曾占领的地区,这一民歌大致作于元和十四年左右。《龙晦文集:敦煌学散论》,巴蜀书社,2009 年,第 384—394 页。

句的写本情境之中窥见。值得一提的是,任二北先生各种校录本一直将《捣练子》的孟姜女送寒衣置于后首,认为如此方符合"先夫妻送别后孟姜送衣"的情节发展。然而孟姜女《捣练子》曲在三个不同身份的写手笔下皆是先送衣后送别的次序,本身既已说明三个写手是各自按照当时社会流行的曲子顺序抄写的。作为一首时代流行曲,孟姜女曲最为朗朗上口的是送寒衣,那么演唱之时,先唱主调,再唱副歌,也是可以理解的,我们不能轻易以今人所谓的"戏辞"标准去要求敦煌的流行曲。

我们通过写本情境之考察还可以发现,敦煌孟姜女曲子与佛教文化的联系密切。这除了敦煌写本本身即为敦煌佛寺藏本的大背景之外,是否还有其他可能性? 被顾先生认为"是这件(孟姜女)故事的一个大关键"的唐代乐府《杂曲歌辞·杞梁妻》,作者贯休(832—912)亦是僧人,他一生大部分时间在江浙地区游历,902 年之后入蜀,一生并未涉足敦煌。饶宗颐先生曾经说明:"曲子为僧人所爱好。僧人之娴习乐府小曲,六朝以来已成为风尚。"①在晚唐社会,僧人不仅如敦煌伯2708 和伯3718 的僧人写手那样传唱孟姜女曲子,而且还出现像贯休那样的游历僧改写孟姜女乐府曲。这一种僧人传播孟姜女故事的历史情境,尚待更多的写本研究去完整勾勒。

总而言之,通过以上对于敦煌写本情境研究,我们可以看到:即便是同一首歌、同一个故事,在同一地区的不同写手(亦即故事的不同受众)手中,仍会被进行不同程度的改写与生发。伯3911 的写手希望所写之本可以作为实际演出提示的唱本,所以他会严守曲调以及动作提示,伯2708、伯3319 以及伯3718 的写手却把抄写孟姜女曲子当作练字抄经之外的娱乐调节,抄写更重一时文字之快。孟姜女故事受众的多样性(乐工、学郎、僧人)给写本带来了书写情境的变异性。只有体察孟姜女曲子书写情境的私人性、变异性,才能理解唐代孟姜女故事传播转型的具体社会情境,这是宋代以后整齐划一的印刻本所无法提供的。

作者简介:吴真,哲学博士,中国人民大学文学院副教授。

---

① 饶本,第222 页。

敦煌本《董永词文》戏剧化问题探论

喻忠杰

提　要：敦煌写本中的说唱作品《董永词文》形成于唐代，其固有的原生叙事性和说唱性，使其自身表现出较强的戏剧性，并对后世董永题材的戏剧产生了一定影响。董永故事在其口头传播过程中经过不断地细节处理和艺术叠加，在唐以前已经基本形成成熟的故事底本，《董永词文》即是在这样的底本基础上加工和改造的成果。自唐以后，董永故事在敦煌词文中被传唱表演的同时，也在民间社会中被继续酝酿，并进一步民间化和娱乐化。随着敦煌说唱文学在唐五代时期的高度繁荣，《董永词文》在原有民间故事叙事文本基础上有了突破性的变化，艺术性再处理和文学性深加工使其具备了更为稳定的表演外观和故事内涵。正因于此，后世董永故事在演进过程中便主动选择了由说唱词文转向戏剧表演一途，并最终促使戏剧家将其改编为形式各异的董永剧目进行演出。

词文是唐代讲唱文学文体之一。敦煌写本中有其自名，首见于原题"大汉三年季布骂阵词文"的唐人写卷。词文的主要特点是：由纯韵文唱词构成，没有说白，或虽有几句散说，却非叙述故事，仅为歌唱前的交代说明；唱词由上下两句构成一联，每句以七言为主，或稍微变化作三三式六言；大多押偶句韵，个别部分押句句韵，或通篇一韵到底，或一篇中转若干韵；邻韵可以通押，平上去三声混用不避重韵，相当宽泛，从体例看，与后世的鼓词、弹词极为近似[①]。敦煌写本中比较符合上述特征的讲唱作品除《大汉三年季布骂阵词文》外，另有《董永词文》一种。作为一种文体，敦煌所见词文与我国古代民间歌辞、战国时期荀卿的《成相篇》，汉代乐府民歌以及受民歌影响而产生的长篇叙事诗《孔雀东南飞》，六朝时期北方民间出现的《木兰诗》等关系密切；它们都是利用诗

---

① 张鸿勋《敦煌说唱文学概论》，新文丰出版股份有限公司，1993年，第26页。

的形式,叙事言情,刻画人物,敦煌词文直接继承了这种古已有之的民间唱辞和诗歌的形式,并将其融入唐代说唱艺术用韵文形式演述故事的长篇唱词之中①。形成于唐代的这些独特说唱作品,由于其具有与生俱来的叙事性和说唱性,于是自身附着了部分戏剧性,因此对后世戏剧产生了一定影响。本文试图以《董永词文》为基础,通过对董永故事流变过程的梳理,进而寻绎出这一故事从说唱词文到戏剧表演的发展轨辙。

一、敦煌本《董永词文》内容

敦煌所见《董永词文》原卷编号为 S.2204,共 937 字,篇题依故事内容拟补,作者佚名。《敦煌变文集》拟题《董永变文》,但该卷除两句三言外,其余皆为七言,共 134 句,通押一韵,与变文体例未合。从唱词形式来看,似应归入词文为宜②。词文全篇内容如下:

人生在世审思量,暂时吵闹有何方(妨);大众志心须净听,先须孝顺阿爷娘。好事恶事皆抄录,善恶童子每抄将。孝感先贤说董永,年登十五二亲亡。自叹福薄无兄弟,眼中流泪数千行;为缘多生无姊妹,亦无知识及亲房。家里贫穷无钱物,所买(卖)当身殡耶娘。便有牙人来勾引,所发善愿便商量。长者还钱八十贯,董永只要百千强。领得钱物将归舍,谏泽(拣择)好日殡耶娘。父母骨肉在堂内,又领攀发出于堂,见此骨肉音哽咽,号咷大哭是寻常。六亲今日来相送,随东直至墓边傍。一切掩埋总以(已)毕,董永哭泣阿耶娘。直至三日复墓了,拜辞父母几田常;父母见儿拜辞次,愿儿身健早归乡。又辞东邻及西舍,便进前呈(程)数里强。路逢女人来委问:"此个郎君往何方?何姓何名衣(依)实说,从头表白说一场!""娘子记(既)言再三问,一一具说莫分张:家缘本住腶山下,知姓称名董永郎。忽然慈母身得患,不经数日早身亡。慈耶得患先身故,后乃便至阿娘亡。殡葬之日无钱物,所卖当身殡耶娘。""世上庄田何不卖?擎身却入残(贱)人行。所有庄田不将货,弃背今辰事阿郎。""娘子问赌是好事,董永为报阿耶娘。""郎君如今行孝仪,见君行孝感天堂。数内一人归下界,暂到浊恶至他乡。帝释宫中亲处分,便遣汝等共田常,不弃人微同千载,便与相逐事阿郎。"董永向前便跪拜:"少先(失)父母大悒

---

① 颜廷亮主编《敦煌文学概论》,甘肃人民出版社,1993 年,第 284 页。
② 张锡厚《敦煌文学源流》,作家出版社,2000 年,第 548 页。

惶!""所卖一身商量了,是何女人立门旁?"董永对言衣(依)实说:"女人住在阴山乡。""女人身上解何艺?""明机妙解织文章!"便与将丝分付了,都来只要两间房。阿郎把数都计算,计算钱物千足强。经丝一切总尉了,明机妙解织文章。从前且织一束锦,梭声动地乐花香,日日都来总不织,夜夜调机告吉祥。锦上金仪对对有,两两鸳鸯对凤凰。织得锦成便截下,揲将来,便入箱。阿郎见此箱中物,念此女人织文章。女人不见凡间有,生长多应住天堂。但织绮罗数已毕,却放二人归本乡。二人辞了须好去,不用将心怨阿郎。二人辞了便进路,更行十里到永庄。却到来时相逢处,"辞君却至本天堂!"娘子便即乘云去,临别分付小儿郎。但言"好看小孩子,"共永相别泪千行。董仲长年到七岁,街头由喜(游戏)道边旁,小儿行留被毁骂,尽道董仲没阿娘。遂走家中报慈父,"汝等因何没阿娘?"当时卖身葬父母,感得天女共田常;如今便即思忆母,眼中流泪数千行。董永放儿觅父(母)去,往行直至孙宾(膑)傍:"夫子将身来誓挂(筮卦),此人多应觅阿娘。""阿耨池边澡浴来,先于树下隐潜藏。三个女人同作伴,奔波直至水边傍。脱却天衣便入水,中心抱取紫衣裳;此者便是董仲母,此时修(羞)见小儿郎。""我儿幽(幼)小争知处,孙宾(膑)必有好阴阳。阿娘拟收孩儿养,我儿不仪(宜)住此方,将取金瓶归下界,捻取金瓶孙宾(膑)傍。"天火忽然前头现,先生失却走忙忙,将为当时总烧却,检寻却得六十张。因此不知天上事,总为董(仲)觅阿娘。①

作品主要讲述董永年幼时父母双亡,因家贫而无以为葬,于是卖身葬亲。路遇妙解织机的下凡天女,自许为妻,并助董永还债,之后乘云而去。董永与天女之子董仲,年至七岁之时,因不堪众小儿嘲弄其无母之苦,在孙膑指点下上天寻母。原卷未分段落,每句多为七言,全篇仅有唱词,而无说白,整个故事文义前后多有不相衔接之处,据此或可推断该词文原本应有白有唱,此处仅存唱词,而未录说白。

二、董永故事的戏剧化嬗变

董永故事大约发生于西汉时期,最早记述这一故事的文献当是刘向的《孝子传》。《孝子传》一书早佚,《汉书·艺文志》中亦不见著录。但在唐代释道世所著《法苑珠林》卷四十九中却载有《孝子传》故事四则,其中引录了董永故事:

---

① 潘重规《敦煌变文集新书》,文津出版社,1994年,第925—929页。

> 董永者,少偏孤,与父居。乃肆力田亩,鹿车载父自随。父终,自卖于富公,以供丧事。道逢一女,呼与语云:"愿为君妻。"遂俱至富公。富公曰:"女为谁?"答曰:"永妻。欲助偿债。"公曰:"汝织三百匹遣汝。"一旬乃毕。女出门谓永曰:"我天女也,天令我助子偿人债耳。"语毕,忽然不知所在。①

虽然此时所记故事篇幅短小,叙事极为简略,只是粗陈梗概,基本是按照传闻直录,亦无更多细节描述和艺术加工。但是,董永故事在后世流传过程中的构成要素已经基本显现。董永的身世、与天女的相遇以及二人的分离都为后世该故事的继续展开和深入奠定了基础。此外,在曹植(192—232)一首名为《灵芝篇》的诗中存有咏诵董永的诗句:"董永遭家贫,父老财无遗,举假以供养,佣作致甘肥。债家填门至,不知何用归;天灵感至德,神女为秉机。"曹植生活在东汉末年,他能把民间传说故事写入诗中,这说明至少到这一时期董永故事已经在民间流传有相当的时间,而到东汉末年董永故事业已成型②。值得注意的是,曹植诗中的董永故事与《孝子传》所记有所不同,诗中只是说董永家贫,父无遗财,董永只能举债奉亲,并未论及父亡而无以为葬,甚至卖身葬亲云云。从时代相近的两种不同故事版本可以大略推知,董永故事在流传之初,虽然雏形已经具备,但是在部分具体情节上还不够固定。这种情形到魏晋六朝时发生了根本性的变化,从东晋干宝(280—336)《搜神记》开始,董永故事就基本上沿着《孝子传》的模式流传。

干宝《搜神记》卷一所记董永故事是在《孝子传》基础上进行的初步发挥,所以二者在内容上基本相似:

> 汉董永,千乘人。少偏孤,与父居。肆力田亩,鹿车载自随。父亡,无以葬,乃自卖为奴,以供丧事。主人知其贤,与钱一万,遣之。永行三年丧毕,欲还主人,供其奴职。道逢一妇人曰:"愿为子妻。"遂与之俱。主人谓永曰:"以钱与君矣。"永曰:"蒙君之惠,父丧收藏。永虽小人,必欲服勤致力,以报厚德。"主曰:"妇人何能?"永曰:"能织。"主曰:"必尔者,但令君妇为我织缣百匹。"于是永妻为主人家织,十日而毕。女出门,谓永曰:"我,天之织女也。缘君至孝,天帝令我助君偿债

---

① [唐]释道世撰,周叔迦、苏晋仁校注《法苑珠林校注》,中华书局,2003年,第1488页。
② 高国藩《敦煌民间文学》,台北联经出版事业公司,1994年,第99页。

耳。"语毕,凌空而去,不知所在。①

其中尽管补充了诸如董永的籍贯和买主的义举,但是从故事体式和内容判断,它还是属于中国古代早期志怪类小说,董永故事尚处于深度酝酿期。敦煌本唐人句道兴《搜神记》"行孝第一"第二十六条即为董永故事,此本在干宝原本基础上又有所增饰,当属后出,亦可证此故事在唐前的不断沉淀与积累。全文迻录如下:

> 昔刘向《孝子图》曰:有董永者,千乘人也。小失其母,独养老父,家贫困苦,至于农月,与鹿车推父于田头树荫下,与人客作,供养不缺。其父亡殁,无物葬送。遂从主人家典田,贷钱十万文。语主人曰:"后无钱以还主人时,求与殁身主人为奴一世常(偿)力。"葬父已了,欲向主人家去。在路逢一女,愿与永为妻。永曰:"孤穷如此,身复与他人为奴,恐屈娘子。"女曰:"不嫌君贫,心相愿矣,不为耻也。"永遂共到主人家。主人曰:"本期一人,今二人来何也?"主人问曰:"女有何伎能?"女曰:"我解织。"主人曰:"与我织绢三百匹,放汝夫妻归家。"女织经一旬,得绢三百疋。主人惊怪,遂放夫妻归还。行至本相见之处,女辞永曰:"我是天女,见君行孝,天遣我借君偿债。今既偿了,不得久住。"语讫,遂飞上天。前汉人也。②

将这段引文与前述两种不同版本的董永故事相比照,可以看出在故事细节上的一些变化,其中已经出现了艺术化处理的痕迹,故事旁生了些许枝叶。为强化故事夸饰性,原故事中的"与钱一万"变成"贷钱十万",为债主"织缣百匹"变为"织绢三百匹",同时,董永与天女二人的对白亦有所扩展。特别是故事中"鹿车推父于田头树荫下"这一情节的细微变化,尽管与原故事相差无几,但这一场景的描述却与在山东嘉祥所发现东汉武梁祠石室石刻画所绘董永故事内容一致,画面右边树下停一独轮车,车上端坐一老者,左手握杖,右手前伸,身旁置一水罐,头顶上方刻"董父"二字。画面左边有一年轻人站立,手执农具,回身望老者,身旁刻"董永千乘人也"六字。无独有偶,在洛阳故城北半坡出土的北魏孝昌年间(525—528)宁懋石室画像中,亦有董永及其父乘车图③。

---

① [晋]干宝撰,汪绍楹校注《搜神记》,中华书局,1979年,第14—15页。
② 王重民等编《敦煌变文集》,人民文学出版社,1957年,第886—887页。
③ 王建伟《汉画"董永故事"源流考》,《四川文物》1995年第5期,第5页。

从敦煌出现唐人《搜神记》写本,以及在山东、河南等地发现董永故事画像,且文与画内容相合一事来看,自汉代之后,董永故事在民间就已流传甚广,各地所传故事版本的主要情节大体趋于相近,故事性不断增强,细节性描述增多。由此可以肯定的是,董永故事口头传播的底本至少在唐以前已经基本成熟。

敦煌写本中的《董永词文》是在以往民间流传的诸多董永故事的基础之上改编、敷演而来,它的最终形成与刘向《孝子传》和干宝《搜神记》载述董永故事有很深的渊源。《董永词文》故事可以分为两个部分,前段讲述董永双亲亡故,为行孝道而卖身葬亲,路途得遇天女许以为妻,后助董永织锦还债的故事。这一部分与前述文献所记内容大致相同,但在细节描写方面则更显繁富。原来只是"少偏孤,与父居"、"父亡,无以葬"、"自卖为奴"的董永,在词文中不仅父母双亡,家贫无以为葬,且举目无亲、孤苦伶仃,屋漏偏逢连夜雨,十五岁的贫苦少年在这般境地中却又遭强人构陷。这些改编明显较小说所记丰富和精彩许多,董永更显可怜无助、势单力弱,也更易使人对其心生同情。这也为之后董永孝行感动天地,天悯哀弱而遣天女下界以报其德,铺设了更具合理性的前提。另外,词文中人物之间的语言行为也更加充分,人物对话更显深入细致。董永与天女在途中邂逅时的一问一答,天女对自己身份的叙述,为情节的逐步铺开,拓展了更为广阔的话语空间。故事段落中对白的扩充,无疑使事件的再现、情感的表达更具有扩张力和戏剧性。词文后段则写董永、天女分别之后,二人之子董仲年至七岁,因不堪思母之苦,于是在孙膑指点下到阿耨池边寻访生母,并最终得见生母一事。这一部分故事与早期所传董永故事完全无干,属于重新加工补续的内容。但是这样的续编为原本略显单薄的故事平添了更多戏份,使董永故事更加饱满,情节更富曲折。《搜神记》故事中原来天女留下董永独自"凌空而去,不知所在"的开放性结局,转而成为二人"却到来时相逢处,'辞君却至本天堂'!娘子便即乘云去,临别分付小儿郎。但言'好看小孩子',共永相别泪千行"①的生离一幕。由此便衍生出二人之子董仲长大后寻母一事,故事情节再次被延宕,这样的情节扩充,一方面在功能上会增加故事叙事容量,延缓叙事节奏进而推迟故事发展时间,另一方面在突出人物性格、展现事件面貌的同时,也改变了故事叙事的结构,使原本为人所熟知的故事产生陌生化效果,并使故事接受者产生奇特的新鲜感。《董永词文》这种无论是在内容还是形式方面所做的创新和尝试,实际反映出民间故事在传承过程中出于时代和民众的需要,而被不断改造、加工的事实。另外,这

---

① 潘重规《敦煌变文集新书》,第928页。

种基于原有故事而进行的艺术性再处理和文学性深加工，也说明具有说唱性质的词文对故事底本有着根本性的要求，即词文故事内容既要有一定的长度，又要有较强的表演性。

时至宋元时期，在《清平山堂话本》中载有《董永遇仙传》，其中所讲述的故事在唐代董永故事的基础上又有了明显的发展，情节已经甚为可观。而在元代戏剧中已知的董永戏至少应该有两部。钱南扬先生在《宋元戏文辑佚》中辑有六支佚曲，曲名或题《董秀才》，或题《遇仙》，钱先生据此认为这组佚曲属《董秀才遇仙记》，同时他也指出此六曲同属一套，乃饮酒游赏之辞，未详谁唱①，但从"董秀才"、"遇仙"题名和曲目来看，大致可以断定在元代确曾搬演过董永遇仙的杂剧②。另外，明人郭勋所辑《雍熙乐府》卷十四中载有《商调》一套，共八支曲子，曲词虽无标目，作者亦无可考，但从内容判断，其中演绎故事当为董永遇仙一节，该套曲或属元代另一部董永杂剧中的剧曲部分。曲词具体内容如下：

[集贤宾]想双亲眼中血泪滴，撇这生分子受孤恓。又无个枝连亲眷，那里有同气相识？你来时节带得忧来；回时节带得愁回。我做了个没投奔不着的坟墓鬼。这凄凉何限何期？感的这行人痛哭，更和着这客旅也伤悲。

[逍遥乐]母亲也！你闲的我来不存不济，与人家做婢为奴，怎能够追斋累七？我这里似醉如痴，更腮边泪似扒推。母亲也！则你这歹孩儿几时见你？谁似我知他你是谁？走将来厮认义，平白地说道是夫妻。不争在路途中有人察的。我如今在丧服之际，这个罪名儿叫我怎支持？

[醋葫芦]我如今家业无，缺饮食，为无钱葬母卖了身躯。跟我去恐防连累了你，与人家为奴作婢，你正是得便宜翻做了落便宜。

[梧叶儿]你时下还家去，我常常的打听着你。等的咱服孝满，立觅良媒，那其间成佳配，似这般有甚迟。你将言语索依随。化生子女却端的，谁信你三从四德？

[后庭花]我这里待推来怎地推？越教人难舍离。他那里一星星言端的，一桩桩都是实，好教我痛伤悲！甚么夫荣妇贵，他不是官府逼，又不是父母催，又不是图

---

① 钱南扬辑录《宋元戏文辑佚》，上海古典文学出版社，1956年，第192—193页。
② 班友书先生曾撰文论证该组曲子内容与董永遇仙并无关联。见《谈谈董永戏文佚曲的真伪》，《文学遗产》1995年第5期，第117—120页。

饮食,又不恋我富贵。

　　[双雁儿]怎生来平白地和我受颠危,使咱家心转疑;必是和咱家有干系,是前生少欠的,今生来聚会?

　　[醋葫芦]听的我耕锄便是忧,我教他织帛他便喜。我见他相谦相让不疑惑。比及你三百匹绢帛完备的,他道是非同容易,这一场辛苦不轻微。

　　[浪来里煞]你道是愿为奴愿作佣,你道是要赎咱卖身契。想当初卓氏不稀奇,妇人中古今谁似你?若是我有朝一日荣贵,那时节报答你个大贤妻。①

全文完全是以董永的口气讲述遇仙故事,曲词一韵到底,由董永一人主唱,应属"末本"。起先哭母,之后便都是对织女的独白。按故事发展时序判断,当为剧本第一、二折,二人尚属初会。既非官府相逼,又非父母相催,既不图饮食,又不恋富贵,织女却肯嫁与一个陌生人,并愿替他劳作,自然心生疑窦。于是其中便有文章可做,一个怀疑拒绝,一个紧追不舍,结果自然是织女达到目的,董永感激涕零。只是在关节上有些许变化,葬父变成了葬母②。八首曲词从董永离家赴债主家为奴,到路遇仙女自许为婚,直至董永应允婚事,由悲至喜,整个剧情发展一线贯之,层次分明,富于张力。仅仅是整个戏剧开篇部分的一套曲词,就已经将故事铺排得情深势足,微妙入神。再与之前不同形式的董永故事对读,无论是在故事内容、人物形象,还是在语言风格、情感基调上,皆非其他体式的董永故事能与之比肩。另外需要注意的是,剧曲中董永思念双亲的叙述模式与《董永词文》更加接近,而与话本《董永遇仙传》则较为疏远,曲词内容也多承袭《董永词文》③。这也进一步说明此本元杂剧与唐代词文中的董永故事之间存有渊源关系。

　　明清两代是中国古典戏剧的繁盛期,董永故事在这一时期主要是以戏剧的形式进行流传。明代传奇有心一子(生卒不详)《遇仙记》,今无传本,但有评论。吕天成在《曲品》中论称:"《遇仙》,董永事。词亦不俗。此非'弋阳'所演者。"④祁彪佳在《远山堂曲品》中则称:"填词打局,皆人意想所必到者。然语不荒,调不失,境不恶,以此列于词

---

①　[明]郭勋辑《雍熙乐府》(卷十四),《四部丛刊续编》(集部),商务印书馆,1934年。
②　赵景深《董永故事的演变》,载周绍良、白化文编《敦煌变文论文录》(下),上海古籍出版社,1982年,第708—709页。
③　纪永贵《董永遇仙传说戏曲作品考述》,载中国艺术研究院戏曲研究所编《戏曲研究》(第66辑),文化艺术出版社,2004年,第93页。
④　[明]吕天成《曲品》,《中国古典戏曲论著集成》(六),中国戏剧出版社,1959年,第244页。

场,亦莫愧矣。"①明人顾觉宇(生卒不详)所撰传奇剧《织锦记》又名《天仙记》,《曲海总目提要》卷二十五中详细载述了《织锦记》董永故事的情节。其中所演故事情节与话本大致相同,如名号籍贯完全一样,但也改编和增加了不少细节,如原故事中的玉帝变为太白金星,债主一家有了名姓,银瓶变为葫芦,董永得中状元等,这些都与《孝子传》《搜神记》《董永词文》有所不同②。清代以来,民间地方戏剧不断兴起,董永故事在融入地方语言和各地民俗后,逐渐开始在不同的地方戏中正式搬演。比如湖北麻城高腔中有《董永借银》和《卖身葬父》,安徽岳西高腔中有《天星配》和《上工织绢》等,楚剧中有《百日缘》和《董永卖身》,山西蒲剧有《槐阴树》,湖南花鼓戏有《大下凡》,福建梨园戏则有《董永》及《董永与七仙女》等③。这些不同剧种的董永戏,虽然其侧重点各有不同,但是它们的故事内容和叙述框架却都基本一致,而且从中可以见出它们与唐代词文及宋代话本的因承关系。

三、《董永词文》的戏剧化路向

从唐代说唱底本《董永词文》发展到宋元话本《董永遇仙传》,再到元杂剧中的董永剧目,如果只从故事表现体式的形成时序来看,按照时代相邻的就近原则,宋元话本应该对元代董永故事的承载体式影响更大一些。但是,事实却是在宋元话本《董永遇仙传》之后,至今没有发现董永故事沿着文学史前进的惯性,在宋元话本基础上进而演化为明清小说,反而是更倾向于唐代说唱一路,最终完全地定格为戏剧化形式。针对这一问题,纪永贵先生分析有两个原因,一是董永故事所宣示的只是民俗理想,除了文人在笔记中偶尔"实录"一下之外,故事的精神内核不能点燃他们的热情;二是此故事本身包含着两个层次的"戏的因素"能获得民俗理想的赞同,即"看了有好处"和"好看"④。更进一步来说,正是由于董永故事的民间性格和基于民间性格基础之上的故事本身对"表演"的本质追求,最终促使了自元代以降,董永故事只是在戏剧中被不断搬演,而在小说中却始终未曾出现。

董永故事是民间文化的产物,在其发生与形成过程中,无论是董永身世的渐次变化,还是原型故事的逐步叠加,都清晰地显现出其属于民间文化的痕迹。而董永故事从

---

① [明]祁彪佳《远山堂曲品》,《中国古典戏曲论著集成》(六),第54页。
② 赵景深《董永故事的演变》,第710页。
③ 纪永贵《中国口头文化遗产——董永遇仙传说研究》,南京师范大学博士学位论文,2004年,第53页。
④ 纪永贵《董永遇仙传说戏曲作品考述》,第90页。

其最初的形成到它不同的发展阶段,正是沿着首先生发于民间,继而文人主动介入,故事形态从单纯的口头传播到文本流传,之后复归于民间在更广泛的受众群体中进行深度流行,这样一个循环往复的传播路径而逐渐发展起来的。在董永故事循环发展的这一过程中,敦煌本词文无疑是较为重要的一环。故事形态的延续是在口耳相传的代际传承中获得的,而口头传播的主体是广大民众,这样传承的时间越久,故事距离本真形态就越远、越模糊。但是,文本叙事的不断发展与成熟,却在很大程度上可以降低这种口头传播故事的不稳定性。敦煌说唱文学恰好处在中国古代通俗叙事文学成熟期的唐宋之际,而这一时期民间口头说唱艺术也正处于高度繁荣期,这两方面的因素最终促成了《董永词文》这一类民间故事叙事文本的形成,并使之在原有流传基础上有了突破性的变化。

如前所揭,在敦煌本《董永词文》之前,董永故事的文本形式尚显幼稚,内容亦极简略,是典型的笔记体小说故事。但《董永词文》的出现,无论是在外观形式,还是在故事内容上,都发生了根本性的变化。词文开篇伊始,即是一段静场词:"人生在世审思量,暂时吵闹有何方(妨);大众志心须净听,先须孝顺阿耶娘。"这种开场词的使用一改以往直接进入故事讲述的记录形态,转而成为一种讲唱形式,使民间故事的口传式流播转化为说唱式表演。《董永词文》与以往董永故事文本的根本性区别在此便得以体现:词文中开始透射出预设的观众接受群。词文预设观众的出现是故事文本自身戏剧性出现的重要标志,也是词文能够影响戏剧和其他曲艺形式发展的逻辑起点。而在故事内容方面,词文后半部分"董仲寻母"就是民间词人在董永原有故事的基础上不断搬演加工的结果,这样做的主要目的,无非就是增强原故事的戏剧性和观赏性。而这样做的方法却在深层次上体出了民间故事的一种承继关系。敦煌本句道兴《搜神记》中载有《田昆仑》故事,其中所讲田章上天寻母一事与《董永词文》中董仲寻母情节相合,这段故事具体内容为:

> 其田章年始五岁,乃于家啼哭,唤歌歌娘娘,乃于野田悲哭不休。其时乃有董仲先生来贤(闲)行。知是天女之男,又知天女欲来下界。即语小儿曰:"恰日中时,你即向池边看,有妇人着白练裙,三个来,两个举头看你,一个低头伴不看你者,既是(你)母也。"田章即用董仲之言,恰日中时,遂见池内相有三个天女,并白练裙衫,于池边割菜。田章向前看之,其天女等遥见,知是儿来,两个阿姊语小妹曰:"你儿来也。"即啼哭唤言阿娘,其妹虽然惭耻不看,不那肠中而出,遂即悲啼泣泪。

三个姊妹遂将天衣,共乘此小儿上天而去。①

田昆仑之子田章故事起源于先秦,流播于汉魏,传承至唐代②,其发生时间要早于董永故事,田章其人亦为凡人田昆仑与天女之子,在天女返回天界之后,田章在董仲指点下前往寻母。两相对比,敦煌本词文和志怪小说中两则故事的"寻母"情节基本相同,只是在细节上略有差异,《董永词文》化用"田章寻母"的情节,敦煌本田章故事则移用《董永词文》的人物,二者之间的传承和借鉴关系因此显得明显而直接。事实上,类似于这种在民间故事流传过程中,为了增加故事戏份和情节波澜将诸多故事进行复合叙事的做法,很早便在民间故事叙事和传承中流行了。自唐以来,董永故事在敦煌词文中被传唱表演,在民间社会中被持续酝酿,从而使其具备了深刻的民间娱乐性格,这种性格的获得最终使戏剧家将其改编为形式各异的戏剧剧目进行演出,这便是后世董永故事在承传过程中主动择取由说唱词文转向戏剧,而非宋元话本走向小说的一个重要原因。

无论是民间故事早期的载体汉魏小说,还是发展到唐五代时期的新型体式词文,抑或是宋元时期成熟的戏剧,在它们自主具备了娱乐性质之后,就明显地呈现出了民间文化的色彩。尽管这些普世化的民间娱乐载体一直以弱势者的形态存在,而且屡屡受到精英文化的强势引导,但是,小说、词文和戏剧这些故事的叙事形态,从生成之初就始终立足于民间文化,"并且以其特殊的艺术范式而体现出一种根植于民间的、深厚而广博的诗性智慧"③。正如陈思和先生所指出的,民间文化在各种文学文本中渗入的"民间隐形结构的生命力就是如此的顽强,它不仅仅能够以破碎形态与主流意识形态结合成显形结构,施展自身魅力,还能够在主流意识形态排斥它,否定它的时候,它以自我否定的形态出现在文艺作品中,同样施展了自身的魅力"④。正是在民间力量的主导下,中国社会的普通民众才在长久追求的幻想世界中找到了入口,古代戏剧于是正式成为民众的第一娱乐,成为与人们的日常生活相互对应和相互映照的一种普遍的感性生活的仪式。而从娱乐层面看,戏剧的"表演"则是普通大众在娱乐过程中最青睐和最看重的部分,其原因主要在于:戏剧故事在推演过程中所反映的内容虽然大多是在民间经久流传、为观众所熟知的,但观众对故事的整体艺术想象和具体细节认同则是个体而分散

---

① 潘重规《敦煌变文集新书》,第1232页。
② 刘瑞明《论〈董永变文〉和田昆仑故事的传承关系》,《北京社会科学》1991年第4期,第79—81页。
③ 施旭升《中国戏曲审美文化论》,北京广播学院出版社,2002年,第229页。
④ 陈思和《民间的浮沉:对抗战到文革文学史的一个尝试性解释》,《上海文学》1994年第1期,第78页。

的,而表演的方式则是长期固定的,表演不仅能够打动人心、排遣情绪,符合普遍的审美心理,而且它本身并不排斥感官,而是重视感官的享受。尽管戏剧中表演的功能后来一度被用于政治教化,为现实功利服务,但是始终徘徊于社会功利与感官享受两极之间的戏剧表演最终还是自觉不自觉地走向纯粹感官享受的一端,而这正是因为戏剧的根基是世俗的、民间的。

中国古代戏剧中的诸多表演形式大多源自民间说唱艺术,虽然后世很多传统戏剧唱腔中原有的说唱成分已经被戏剧化,并转型为独具风格的戏剧表演,但民间说唱对古代戏剧的影响却依然清晰可辨,其中一个很明显的追索要素就是说唱表演的民间化和娱乐化。从变文到词文,其中词文中的故事形态,如季布故事、董永故事等,就已经基本摆脱了变文中较为明显的仪式色彩和宗教内涵,而具有了浓厚的生活气息,它的情感走向是民间的。《季布骂阵词文》和《董永词文》有着极为相似的发生与流变过程,二者中的核心人物在正史中对其均有简短记述,故事的原型经过在民间的不断积累和沉淀,最终经文人的有意为之而成为说唱艺术的演出底本。故事中既没有对鬼神佛道的宣教,也没有明确禳灾求福的目的,即使故事内容中设置有神道幻化的关目,但在具体的演绎实践中,也是把神人化,所涉内容极其日常化,所搬演故事的娱乐性质非常明显。

随着时代的发展,唐代社会形态逐步发生变化,社会趋于安定、经济相对繁荣,人们在温饱之余,有了追求娱乐的条件,也拥有了休闲的心情,经济的繁荣使一部分人脱离了物质生产劳动,而专门从事艺术生产活动,满足人们消遣娱乐的愿望,因此专业演员和固定观众应运而生①。在这样的背景下,艺术性表演进一步从早期的巫术仪式中解放出来,回归于其原始的抒情本质,并逐渐成为一种纯粹的娱人艺术。说唱艺术滥觞于先秦两汉,兴起于唐五代,而繁盛于两宋,至元明清及近代而大盛于当世。在此过程中,艺术性表演便从原本以祭祀娱神为主转向以抒情娱人为主,开始反映世俗的人情世故,诉之于人们的感官愉悦,给人以审美的感受。说唱艺术中的表演在唐宋时期逐渐变得复杂化与艺术化,但其民间性和娱乐性并未因此而消弭。表演愈加精致,技巧更加纯熟,说唱融入戏剧的距离越来越近。这一时期政治的变化和经济的发展进一步拓展了说唱的世俗化和娱乐化空间,说唱已经开始成为唐代同时期戏弄中重要的组成部分。宋元时期中国古代戏剧走向成熟,一般以形成于两宋之际的南曲戏文为标志。但早期南戏由于"本无宫调,亦罕节奏,徒取其畸农、市女顺口可歌而已","宋人词而益以里巷

---

① 胡明伟《中国早期戏剧观念研究》,学苑出版社,2005年,第19页。

歌谣,不叶宫调"①,尚处于"随心令"之"村坊小曲",由此亦可判定在成熟早期的中国古代戏剧中依然能清晰寻见说唱的轨迹。

基金项目:2012年度教育部人文社科重点研究基地重大项目"敦煌文学作品叙录与系年"(项目编号12JJD770007)。2015年度江西省社会科学"十二五"规化项目"敦煌文献中戏剧发生与表演图像研究"(项目编号15YS16)。

作者简介:喻忠杰,文学博士,江西九江学院文学与传媒学院讲师。

---

① [明]徐渭《南词叙录》,《续修四库全书》集部曲类,上海古籍出版社,2002年,第412、411页。

问计于春与举觞称寿：由《玉烛宝典·正月孟春》论中古中国的信仰、仪式、文学与知识之关系*
——兼论敦煌书仪的相关问题

邵小龙

提 要：隋初由杜台卿编成的《玉烛宝典》一书，因为长久散佚，并未引起学界的关注。《玉烛宝典》统合了以前知识的分裂状态，将各家的学说加以融汇。通过此书孟春正月的部分，我们可以看到中古时期，信仰、仪式、文学与知识之间的促生的关系。这部著作收录的内容不仅丰富，而且保持了各类知识未分离之前的基本状态，因此在中古的思想史和学术史上都具有非常重要的意义。

北周大象三年（581）二月，权臣杨坚逼北周静帝退位，自立为帝，改国号为隋，改元开皇。杨坚即位后，尽管北齐已为北周所灭，但是南方的陈与西梁依然与隋隔江相峙，胸怀平定海内之志的隋文帝，在考察各地风俗的同时，也逐渐将统一的礼乐教化颁行各处。开皇初年，杨坚将原北齐大臣杜台卿征召到都城，杜台卿则献上自己编撰的《玉烛宝典》一书。

《玉烛宝典》著录于《隋书·经籍志》子部之下的杂家类，其中记载《玉烛宝典》十二卷，著作郎杜台卿撰，同时收入《隋志》杂家类的还有《皇览》《类苑》和《华林遍略》等。《皇览》为魏文帝命王象等人撰，《华林遍略》为梁武帝命徐勉等人撰，这两部著作皆为

---

* 本文所引用的《玉烛宝典》，主要参考复旦大学2013年《玉烛宝典》读书班的研究成果，本文的写作亦多受余欣教授和业师伏俊琏教授启发，谨向余老师、伏老师和读书班的其他同学致以谢意。

问计于春与举觞称寿:由《玉烛宝典·正月孟春》论中古中国的信仰、仪式、文学与知识之关系

隋以前重要的类书,由此可见《玉烛宝典》在唐代也被当作类书。

然而隋朝国祚极短,建立数十年后就为李唐所取代。有唐一代无论官修还是私撰的类书,都可谓一世之盛,其中对后世影响深远且存留至世者,便有《北堂书钞》《艺文类聚》《初学记》和《白氏六帖》,《玉烛宝典》却在元以后逐渐湮灭不闻。

直至清末,黎庶昌、杨守敬于赴日访书期间,又将日本所流传的《玉烛宝典》带回国,后来刊印于黎氏主编的《古逸丛书》当中。长期以来,大概受形式的制约,《玉烛宝典》或被用于辑佚,或为古代岁时研究提供参考,对其内容进行深入系统的研究还不够充分①。因此笔者以《玉烛宝典》第一卷为例,希望讨论其中与中古时期的仪式、信仰、文学与知识有关的一些问题,以求正于海内外方家。

一、变革与秩序

关于《玉烛宝典》的体例,杜台卿在卷首的《序》中已有说明。其书采《礼记·月令》之制,分为十二卷,意在言"古帝皇皆以节候为重",故"王者上奉天时,下布政于十二月"。此书每卷先引《礼记·月令》,其次随后引蔡邕《月令章句》,其下则广采经典正注,史传百家之言。"若事涉疑殆,理容河汉,则别起正说以释之",凡"世俗所行节者,虽无故实,伯叔之谚,载于经史,亦触类援引",归入附说。

杜台卿与其父杜弼皆以儒学见长,又以文笔贤于当世。史书言杜台卿性儒素,每以雅道自居。在齐灭去职以后,"以《礼记》《春秋》讲授子弟"②。所以《玉烛宝典》一书能够广泛采摄经、子、史、集诸部的文献,也是杜台卿的家传知识及其平生所学的重要体现。

仅依杜台卿《序》而言,《玉烛宝典》不过是《礼记·月令》的注解,同时大量采摭三代秦汉六朝以来的典籍,而汇为一编。但是结合杜氏《序》之后的《序说》,便可见作者大有深意于其中。其《序说》曰:

---

① 目前中外学界对《玉烛宝典》的研究主要有吉川幸次郎《玉烛宝典解题》,后收入《吉川幸次郎全集》第七卷;石川三佐男《玉烛宝典》,明德出版社,1988 年;周学敏《〈玉烛宝典〉初步整理与研究》,清华大学硕士学位论文,2004 年;Ian. D. Chapman. : *Carnival Canons: Calendars, Genealogy, and the Search for Ritual Cohesion in Medieval China*, a dissertation presented to the faculty of Princeton University in candidacy for the degree of doctor of philosophy, 2007. 关于《玉烛宝典》近年来的研究情况,详见石川三佐男《古逸叢書のについて——近年の學術情報卷九の行方など》。

② 关于杜弼、杜台卿父子的生平,详参《北齐书》卷二十四《杜弼传附杜台卿传》,中华书局,1972 年,第 346—354 页;《隋书》卷五十八《杜台卿传》,中华书局,1973 年,第 1421—1422 页。

先儒所说《月令》,互有不同。郑玄以孟夏命太尉,周无此官,季秋为来岁受朔日,随秦十月为岁首,遂去作《礼记》者,取《吕氏春秋》。蔡邕以为《月令》自周时典籍,《周书》有《月令》第五十三,《吕氏春秋》取周之《月令》,其或与秦相似者,是其时所改定也。束皙又云,案,《月令》四时之月,皆夏数也,殆夏时之书,而后人沿益。略检三家,并疑不尽。何者?案,《春秋运斗枢》:"舜以太尉受号,即位为天子。"然则尧时已有此职。其十月岁首,王肃难云,始皇十二年,吕不韦死,廿六年,秦并天下,然后以十月为岁首。不韦已死十五年,便成乖谬。蔡云周典籍者,案,《周书》序:"周公制十二月赋政之法,作《月令》。"自《周书·月令》耳,且《论语》注云:"《周书·月令》有更火之文。"今《月令》聊无此语,明当是异。束皙云四时皆夏数者,孔子云行夏之时,以夏数得天,后王宜其遵用,非必依夏正朔,即为夏典。其夏时书者,《小正》见存,文字多古,与此叙事亦别。唯《皇览》所引《逸礼》,髣髴相应,当是七十弟子之徒及其时学者,杂为记录,无以知其姓者,《吕氏》取为篇目。或因治改,遂令二本俱行于世。恐犹有拘执,故辨明焉。

自汉代以来先后有郑玄、蔡邕、束皙、王肃诸家注礼,分别为古、今两派,西晋以后,诸家之说各有显黜。南北朝时,江南与江北各执一端,多有正统之争,以哪一月为岁首也有变动。从地缘的角度而言,杜台卿生于北地,其所奉应为古文经学,故于《玉烛宝典》中尊郑玄之说为上。然而杜台卿在《序说》中对郑玄的说法也有辨正,于三家之说外,又提出自己的见解。

据《尚书·尧典》记载,尧舜的时代便有观象授时之举。《月令》既是最高统治者上承天命,以定国是的标准,也是颁行至民间的法令。自汉末以降,多呈分裂之势,战乱频仍,朝代更迭,法令多有不行。北朝自孝文帝以后,多承袭江左汉魏、西晋的礼乐政刑典章文物,至北齐、北周时尚兴礼乐而不废。[①] 南朝则上接王弼以来的学术,大兴尚玄之风。故《隋书·儒林传》言:"自正朔不一,将三百年,师说纷纭,无所取正。"隋定鼎之后,大兴尚儒之风,一时间"学者尤多,负笈追师,不远千里,讲颂之盛,道路不绝"[②]。当时"拔萃出类"的儒者刘焯和刘炫,便以"学通南北"著称。

从《玉烛宝典》的体例可以看出,其书以规范天子诸臣以及庶民大众行为的《月令》

[①] 详参陈寅恪《隋唐制度渊源略论稿》,三联书店,2009年,第47—49页。
[②] 《隋书》卷七十五《儒林传》,第1706页。

为核心,而《礼记·月令》又涵盖了天地阴阳、草木虫鱼、乐律祭祀、五行五色、五味五脏等与天地人有关的各种知识①。其次又引蔡邕对《月令》的注解,接着又引《释名》《尔雅》《毛诗》《尚书》《周礼》《春秋说题辞》《诗神含雾》《尚书考灵曜》《春秋元命苞》《史记》《汉书》《续汉书》《国语》《山海经》,以及《淮南子》《白虎通》《列子》《邹子》等经纬子史之书。最后则依次为《四民月令》、"正说"及"附说"。此外,杜台卿还不时于正文之下,加入自己的注解和评说。

早在《玉烛宝典》之前,便有《吕氏春秋》将四时十二月纳入典籍编撰的体例。但是经汉代独尊儒术以来,经学在后世便成为"上极玄灵,下苞赤县"之学,并逐渐融合了其他许多学术与思想。《玉烛宝典》便建立了这样一个以儒家经典为中心,以四季十二月为序,统摄和包揽了广阔的文化典籍。在当时建设新秩序与新体系的背景下,也提供了一个上关天子,下系庶民知识典范。

实际上,结合我们所掌握的有关类书的知识,《玉烛宝典》并不能完全被归于类书的范畴。此书以《月令》为纲目,杂以子史诸书,虽有类书之形,但所包含的内容却极其丰富。通过甲骨文的记载,我们可以看到大约自商代以来,信仰、仪式、知识与艺术创作等内容就与时令有密切的关系②。人们通过时间对宇宙加以分割以后,并因此而产生了年月日时等计量时间的方式。人类也逐渐结合自身的认识与体验,来规范自身与自然之间的关系。尤其到了秦汉以来,政令与时令相结合,在规范基层政治秩序方面产生了特殊的作用。③ 因此《玉烛宝典》成书于杨坚统一北方以后,大概也有这样的原因。

二、一年之计与一己之福

月令的特点之一,便是敬天顺时,以兴戎祀农桑。杜台卿也在《序》中指出:"昔商汤左相,称日新而献善;姬穆右史,陈朔望以官箴。降在嬴刘,迄于曹马,多历年所,代有著述。幸以石扉钻仰,金府眛思,览其事要,撮其精旨,上极玄灵,下苞赤县,虽冕旒统

---

① 葛兆光教授在为《中古异相》所写的《序》中,提到在古代中国的知识世界中,关于天地人的学问和技术很重要。载余欣《中古异相:写本时代的学术、信仰与社会》,上海古籍出版社,2011年,第2—4页。

② 相关研究见于省吾《释四方和四方风的两个问题》,《甲骨文字释林》,中华书局,1979年;胡厚宣《甲骨文四方风名考证》,《甲骨学商史论丛初集》第二册,成都齐鲁大学国学研究所石印本,1944年;胡厚宣《释殷代求年于四方和四方风的祭祀》,《复旦学报》1956年第1期;杨树达《甲骨文中之四方风名与神名》,见同作者《积微居甲文说》,上海古籍出版社,1986年;饶宗颐《四方风新义:时空定点与乐律的起源》,《中山大学学报》1986年第4期。

③ 参余欣、周金泰《从王化到民时:汉唐间敦煌地区的皇家〈月令〉与本土时令》,《史林》2014年第4期。

纩,天宗帝藉之宜,唯耕馌亩①,条桑划草之务,森罗区别,咸集于兹矣。"其中不仅记载了一年的宜忌,而且包含了有关农事的知识,希望勿失农时。以孟春为例,《月令》便记载"勿聚大众"、"勿置城郭"、"掩骼埋胔"、"不可以称兵"以及不可行夏令、不可行秋令、不可行冬令等。蔡邕《礼记章句》中关于孟春部分记载了相风定时,观星测影,以及与孟春相关的物候。《尚书考灵曜》记载,"气在于春,其纪岁星,是谓大门。禁民,无得斩伐有实之木,是为伐生。"而"佩苍璧,乘苍马,以出游,衣青之时",可使"岁星得度,五谷资矣"。《周礼》则记载牧师于孟春之时便要焚牧。

在《玉烛宝典》正月的部分,不仅有农事的知识,还有关于神灵、祭祀和占卜的知识。《诗神含雾》虽然称东方之神为灵威仰,《春秋元命苞》和《山海经》则记载东方之神为句芒,杜台卿的注中更是引用《墨子》的记载:"昔秦穆公有德,上帝使句芒赐之寿十九年也。"除此以外,据《周礼》的记载,在孟春时节不仅要衅宝镇,还要衅宝器,龟人要衅龟,筮人要相筮,视祲则负责安宅叙降,这些都是为要展开的一年之计所做的准备工作。

此外,随着春天的开始,许多政事也将举行。据《孝经勾命谶》记载:"先立春,乙日救贼,狱吏决辞讼,有罪当入,无罪当出。"《尚书·胤征》则记载,每至孟春,宣令官便持木铎徇于路。在汉代,天子于正月旦幸德阳临轩,公卿百官、蛮貊胡羌都要来陛见。并且两千石以上的官员,可以上殿享受御食。这一天由司空奉羹,大司农奉饭,皇帝与公卿共享觞食之乐。据裴玄的《新语》记载,这一天早上,县官要杀羊和鸡,并且要把羊头悬于门上。

天子公卿以外,士庶平民在孟春之月也有许多规定和禁忌。据记载,正旦之日要爆竹、贴画鸡、插桃枝、吞鸡子、啖五辛菜,祀祖敬老,加冠入学。七日要戴胜,贴宜春之字,十五日作膏糜祀门户,夜间则迎紫姑以卜。据《玉烛宝典》的记载,正月也有忌讳之事,主要有忌器破,忌浣着身之衣等。

在尧舜的时代,测定时间并颁行历法的是当时重要的知识,《尚书·尧典》记载:

> 乃命羲和,钦若昊天,历象日月星辰,敬授人时。分命羲仲,宅嵎夷,曰旸谷。寅宾出日,平秩东作。日中,星鸟,以殷仲春。厥民析,鸟兽孳尾。申命羲叔,宅南交。平秩南讹,敬致。日永,星火,以正仲夏。厥民因,鸟兽希革。分命和仲,宅西,曰昧谷。寅饯纳日,平秩西成。宵中,星虚,以殷仲秋。厥民夷,鸟兽毛毨。申命和叔,宅

---

① 此四字间脱去一字。

朔方,曰幽都。平在朔易。日短,星昴,以正仲冬。厥民隩,鸟兽氄毛。帝曰:"咨!汝羲暨和。期三百有六旬有六日,以闰月定四时,成岁。允厘百工,庶绩咸熙。"①

依靠一年中日月星辰、鸟兽禾稼的变化,羲和二氏分别测定了二分二至和四季,然后尧又将测定的时令授之于民。与羲和昆仲测时的方法一样,无论相风还是测影,都是测定时令的知识,当时与测定岁时相关的活动还有祭祀。依照《月令》的记载,天子要祭祀四方之神。在《四民月令》中,则记载庶民要在元日祭祀自己的祖先。孟春与岁首,本是测定年月以后产生的节点,但作为传统被固定后,就和择吉纳福的信仰相联系。②

有学者认为,上古时期的节令具备浓厚的自然宗教色彩,节气时令往往代表了一种神秘的宇宙力量;另外人们所从事的岁时活动也主要是宗教祭祀的内容。祭祀是上古人们调节、联系、沟通人与神秘自然的重要形式。定期的祭祀活动是年度生活的主要内容,人们往往以祭祀周期,作为时间段落的分界,如"岁时伏腊"、"岁时祭祀"等,岁时几乎成为祭祀的代称。从人们对岁时的认识到岁时活动内容,岁时中的确弥漫着神秘的巫教气息。③ 无论民间所规定的孟春诸项不可行之事,还是纬书所记载的神灵的名字,都在无形之中与一定的信仰相结合,至于佩苍璧,乘苍马,衣青出游的风俗,完全是与五行学说结合后的产物。

尤其元日被作为新年的第一天,也被赋予特殊的象征意义。岁首被确立以后,人们对生活加以有序的划分,以此来安排各种仪式。④ 在新年的开始,人们面对着不可确定的未来生活,也格外看重这一天的意义,唯恐有不祥出现。尤其在此新旧交替之际,不

---

① [汉]孔安国传,[唐]孔颖达疏,廖名春等整理《尚书正义》,北京大学出版社,2000年,第33—35页。
② 实际上《玉烛宝典》汇集了各种占卜的记载,与秦汉简牍中发现的《日书》有一定的相似之处。关于此类研究,可参考饶宗颐、曾宪通《云梦秦简日书研究》,香港中文大学出版社,1982年;工藤元男《雲夢睡虎地秦墓簡〈日書〉と道教的習俗》,《东方宗教》第76期,1990年;蒲慕州《睡虎地秦简〈日书〉的世界》,《中研院历史语言研究所集刊》第六十二本,第四分,1993年;刘乐贤《睡虎地秦简日书研究》,文津出版社,1994年;黄一农《从尹湾汉墓简牍看中国社会的择日传统》,载《中研院历史语言研究所集刊》第七十本,第三分,1999年。
③ 参萧放《天时与人时:民众时间意识探源》,《湖北大学学报》2004年第5期。
④ 法国人类学家范热内普在论述宇宙与人类生活的关系时,认为每一个体的一生均由具有相似开头与结尾之一系列阶段所组成,其中每一事件都伴有仪式。无论个体或社会均无法独立存在于大自然和宇宙之外。宇宙本身受一种周期性控制,而这种周期性体现于人类生活。宇宙同样包括诸过渡时刻、进程以及相对安暇的阶段。因此在人类过渡仪式中,我们应该包括因天象过渡所举行的礼仪,如月令过渡(如望月仪式)、季令过渡(如冬至、夏至、春分和秋分),以及年令过渡(新年或元旦等)礼仪。参〔法〕阿诺尔德·范热内普著,张举文译《过渡仪式》,商务印书馆,2010年,第3—4页。

仅先后有鬼神等莅临,领受民众的飨祭,又决定了未来的祸福命运,所以元日也是一年时运的象征性体现①,新年将届之时,人们往往以虔诚的信仰,通过仪式祈福祛祸避灾以求禎祥,甚至影响未来的运势。不仅如此,在孟春掩骼埋胔、啖五辛盘、饮椒花酒,或许是生活经验的积累,但凡此种种行为,与一定的信仰相结合后,便会被固定为一种仪式,而且这些仪式大多被赋予象征意义,不是和祛除不祥相联系,就是与祈愿未来美好有关。与此相反,一些不具备美好意义的行为,在会被作为禁忌在民间流传。汉哀帝时正旦发生的日食,更成为鲍宣进谏的重要理由。

三、文学与神明

作为一年一度的重大庆典,与孟春相关的重要活动便是祭祀和宴饮,这两类活动皆为重要的庆典仪式,也都与神灵的交通有关。据《月令章句》记载,天子祭祀前要虔诚斋戒,专一其精,不敢散其志,蔡邕认为这样才可以交神明。祭祀不仅要虔诚专精,还要有相应的文辞才能与神明交通。

《尚书大传》记载天子迎日的文辞为:

> 维某年月上日,明光于上下,勤施于四方,旁作穆穆,维予一人某,敬拜迎日东郊。②

类似的记载,亦见于《大戴礼记·公冠》。周代以来王公贵族宴饮,也需要文辞来交流,清华简《耆夜》便记载了商代末期周公在宴饮中所作的一首名为《明明上帝》祝词。其内容为:

> 明明上帝,临下之光,丕显来格,歆是禋明。[残缺]月有盛缺,岁有歇行,作兹祝颂,万寿亡疆。③

---

① 《汉书·鲍宣传》记载,哀帝时,鲍宣以正旦日蚀地震,其上书曰:"陛下父事天,母事地,子养黎民。即位以来,父亏明,母震动,子讹言相惊恐。今日蚀于三始,诚可畏惧。小民正月朔日尚恐毁败器物,何况于日亏乎!"见《汉书》卷七十二《王贡两龚鲍传》,中华书局,1962年,第3091页。
② [清]陈寿祺辑校《尚书大传》卷三,《丛书集成新编》本,新文丰出版公司,1984年,第374页。
③ 参李学勤《清华简〈耆夜〉》,《光明日报》2009年8月3日;相关研究可参伏俊琏《清华简〈耆夜〉与西周时期的"饮至"典礼》,同作者《先秦文献与文学考论》,上海古籍出版社,2011年,第1—11页。

问计于春与举觞称寿：由《玉烛宝典·正月孟春》论中古中国的信仰、仪式、文学与知识之关系

这首诗的内容与天子迎日之辞略有相同，但是后半部分又借宴饮，来为武王颂寿。一般庶民宴饮，祝祷的言辞大概比较简单，《四民月令》记载："元日各上椒酒于家长，称觞举寿，欣如也。"即使有祈祝之辞，估计也是"正月元日，厥味惟新，蠲除百疾"之类。

举觞称寿，不仅是仪式的重要组成部分，而且以文学的形式表现了虔诚的心态。这样的祝辞在后世逐渐变得繁复，文学色彩也越来越浓。曹植的《元会诗》便写道：

> 初岁元祚，吉日惟良。乃为佳会，谨此高堂。尊卑列叙，典而有章。衣裳鲜洁，黼黻玄黄。清酤盈爵，中坐腾光。珍膳杂沓，充溢圆方。笙磬既设，筝瑟俱张。悲歌厉响，咀嚼清商。俯视文轩，仰瞻华梁。愿保兹善，千载为常。欢笑尽娱，乐哉未央。皇家荣贵，寿考无疆。①

《玉烛宝典》也收录了晋代刘臻的妻子陈氏在正旦献给皇帝的祝辞《正旦献椒花颂》：

> 旋穹周回，三朝肇建。青阳散晖，澄景载焕。美兹灵葩，爰采献爱。圣客映之，永寿于万。

据《晋书·列女传》记载，陈氏聪辨能属文，所撰除《椒花颂》外，还有元日及冬至进见之仪。由于史料残缺，我们无法确定《椒花颂》与元日进见之仪的关系，这首颂辞或许为元日礼仪中的一部分。

在文明最早的阶段，文学与仪式便有极为密切的关联，尤其上古时期，许多文学都在仪式中产生。即使到中古时期，文学也并未完全从仪式中脱离。②《礼记·郊特牲》

---

① ［三国魏］曹植著，赵幼文校注《曹植集校注》，人民文学出版社，1984 年，第 491—492 页。
② 仪式与宗教及文学的关系，此前已经有许多学者加以研究，并非本文所要讨论的重点，相关有代表性的研究，有饶宗颐《中国文化上宗教与文学的特殊关系》，《饶宗颐二十世纪学术文集》卷五，新文丰出版公司，2003 年，第 29—37 页；《中国古代文学之比较研究》，《饶宗颐二十世纪学术文集》卷十一，第 767—828 页；田仲一成《中国祭祀戏剧研究》，东京大学出版会，1981 年；戴燕《祖饯诗的由来》，《南京师范大学文学院学报》2003 年第 4 期；余欣《神道人心：唐宋之际敦煌民生宗教社会史研究》，中华书局，2006 年；伏俊琏《文学与仪式的关系——以先秦文学和敦煌文学为中心》，《中国文化研究》2010 年第 4 期；施议对编纂《文学与神明：饶宗颐访谈录》，三联书店，2011 年，第 138—145 页；陈烁《敦煌文学：雅俗文化交织中的仪式呈现》，中国社会科学出版社，2013 年；张小贵《敦煌文书〈儿郎伟〉与祆教关系辨析》，《西域研究》2014 年第 6 期。

中所收录的伊耆氏腊辞云:"土反其宅,水归其壑,昆虫毋作,草木归其泽。①"就是反映文学与仪式关系的典型例证。这首在岁末举行腊祭的腊辞,表现出十足的巫术的意味,因为我们可以看到,主祭者试图通过神灵来禁止这些对农事不利的事项。在古代中国的祭祀中,文学便是人们与神灵沟通的方式之一。在某些祭祀仪式中,文学作品甚至被作为祭物使用。《说文》记载:"春祭曰祠。品物少,多文辞词也。"②不仅如此,伴随着多种祭祀礼仪的繁盛,不仅产生了礼与乐,还形成了不同类型的文体。《周礼·春官·大祝》记载大祝"掌六祝之辞,以事鬼神示。祈福祥,求永贞",这六辞则分别为祠、命、诰、会、祷与诔,在不同的仪式中有各自的作用。据有关文献记载,祝是在祭祀中执掌赞词的人③,也就主要负责这些文学作品的创作。后来这些文学创作除运用于宗教仪式外,在世俗仪式也有体现,这些世俗仪式又大多跟医疗、居住、出行等民生活动相关。

《玉烛宝典》收录的这首《椒花铭》,显示出杜台卿独特的眼光。杜氏在《玉烛宝典序》中认为:"词赋绮靡,动过其意,除非显著,一无所取。"因此收录于《玉烛宝典》中的文辞,大都是杜氏认为中意的作品。这首颂辞被收入《玉烛宝典》,它的文学价值估计也受到杜台卿的肯定,尤其这首作品本身与孟春的信仰相关,并且在元日的仪式中得以运用,与孟春部分其他的内容也十分相称。在《元会诗》及《椒花颂》等作品中,我们依然可以看到祝辞的痕迹,但它们已经不像《明明上帝》的创作那样随意,而是在元日庆典才献于皇帝,并于后世被作为元日颂寿之辞的典范。

四、知识与"精典"

然而从周代的"万寿无疆",到三国时期的"寿考无疆",再到晋朝的"永寿于万",我们很难通过其中偶然的相似性,来判断这些贺辞之间的关系,以及它们被作为知识的传承轨迹。但是我们结合敦煌藏经洞发现的文书,就可以发现元日撰文为君主颂寿的风俗,在唐代仍然被流传,而且在唐代到宋初的书仪中,其中所保留的岁首贺辞确实有相互因袭的内容。

《武则天时期的一件书仪》(P.3900)载元日贺岁云:

---

① [汉]郑玄注,[唐]孔颖达疏,龚抗云整理《礼记正义》,北京大学出版社,2000年,第936页。
② [清]段玉裁注,许惟贤整理《说文解字注》第一篇上,凤凰出版社,2007年,第8页。
③ 《说文》记载:"祝,祭主赞词者。……一曰,从兑省。"《易》曰:"兑为口,为巫。"见《说文解字注》第一篇上,第10页。

> 元正令节,献岁[□](三)辰,庆以三朝,献斯万寿。罇浮柏叶,厄(巵)泛椒花。觞献万年,欢洽四表。①

其中"庆以三朝,献斯万寿。罇浮柏叶,厄泛椒花,觞献万年,欢洽四表"数句,还大致可以看出与陈氏《椒花辞》有相类之处。

又记载《贺正冬表》云:

> 元正肇祚,万福惟新。伏惟陛下,膺(?)乾纳祐,与天同休,声无不宜。②

郑余庆《大唐新定吉凶书仪》(S.6537v14)也记载《贺正表》曰:

> 元正启祚,万物惟新。伏惟皇帝陛下,膺乾纳祐,与天同休,声无不宜。③

以上两则书仪中,"元正肇祚,万福惟新"与"元正启祚,万物惟新"两句,唯将"肇"更换为"启",将"万福"更换为"万物",而"陛下"以下的祝辞则直接相袭。

张傲《新集吉凶书仪》(P.2406)载《贺正献物状》曰:

> 青阳乍启,景福惟新,敢申祝寿之仪,用贺改元之庆。④

其《岁日相迎书》又记载:

> 献岁初开,元正启祚,入新改故,万物同宜。⑤

其后五代时佚名所撰的《新集书仪》(P.3691)中《贺正语》曰:

---

① 赵和平《敦煌写本书仪研究》,新文丰出版公司,1993 年,第 156 页。
② 同上,第 157 页。
③ 同上,第 495 页。
④ 同上,第 522 页。
⑤ 同上,第 529 页。

星霜改候，草木知春，东风未扇其阳和，百辟奉觞于圣寿。伏惟某官与时同庆，宠纳祯祥。①

随着时间的推移，从天子公卿到一般官吏士人之间的通交方式也更显多样，即使受距离的限制，人们依然可以通过不断往复的书信，在岁首来表达祝福和敬意。而且从初唐到五代，在与正月有关的书仪中，受书者不仅从皇帝扩大到官僚，称颂的内容也从祝寿变为祈祥。由此可见，这些表示祝贺的语词作为一种固定模式，也融入士人的知识体系中。

中唐以后出现的"表状笺启书仪"多出自节度使幕下的文人之手，其文辞更趋于典雅。其中《新集杂别纸》（P.4092）正月部分曰：

磔鸡令序，献鸠良辰；七十二候之初，三百六旬之首。伏以仆射魏珠挺价，楚宝齐贤；振公道于明庭，被采服于内署。今则节当更始，候属元正，永延松柏之姿，长奉云天之泽。②

《灵武节度使表状集》（P.3931）所载《正月赞》亦曰：

玉烛调元，青阳应候，睹尧蓂之初坼，领舜历之初新。伏惟尚书，德冠标时，功名间代，履此三春之庆，更资百福之荣，虔祝之情，倚积微恳，伏惟俯赐，照察，谨状。③

上文中磔鸡、献鸠诸词，均为与元日有关的典故，玉烛调元、青阳应候，则为时序变迁岁月更替的代称。以上的两则书仪基本都出自知识修养较高的幕僚文士之手，因此文中有关信仰、仪式与文学等内容的知识，并不需要作太多的阐释和补充。

另外，《武则天时期的书仪》虽然卷首有残缺，但是从残存的部分开始，大致可以确定与书仪中的《年序凡例》有关。这一部分内容不仅引用了《礼记·月令》《周易》《毛诗》《尔雅》《列子》《淮南子》《续晋阳秋》《孔丛子》《风土记》及《晋成康起居注》等文

---

① 赵和平《敦煌写本书仪研究》，第674页。
② 赵和平辑校《敦煌表状笺启书仪辑校》，江苏古籍出版社，1997年，第127页。
③ 同上，第232页。

献,而且在正文中还抄有双行小注。兹录有关重阳的文字如下:

> 九月九日,《风土记》曰:"此日折茱萸房以插头,辟除恶气而御初寒。"《续晋阳秋》曰:"潜尝于九月九日无酒,宅边菊丛中摘盈把,而坐其侧久,望见白衣至,乃弘送酒也。"其日所云:重阳令节,初九嘉辰。纫兰暮序,泛菊阳辰,寨黄英于玉霜,跃紫燕于金拚,桂酒迎寒,菊花含露。①

仅此一段便把有关重阳的风俗、逸闻、禁忌以及在书信中的典范用语尽数道来。在此之后,郑余庆于元和前后撰写的《大唐新定吉凶书仪》,叙例之下依次便是节候赏物、公移平阙、祠部新式等,不仅包含了书信中年月日等不同的用法,而且详细介绍了一年之中的节庆、赏赐、假日、忌日以及书信中的书写格式与收信者的称谓等知识,可谓要而不繁。但是,到了归义军时期张傲的《书仪》中,只剩下《年序凡例》,并且与上述的两类书仪相比,其中关于年月日的介绍也更为简单。所以,综观从初唐到五代时期的书仪,它们逐渐呈现出这样一个发展趋势,那就是在形式上却逐渐变得单一,而且许多与书信内容没有紧密关系的知识,也逐渐从书仪中分离出去。

这样的变化似乎也体现在唐代的类书之中,唐代初年在高祖下令编撰的《艺文类聚》中,主编欧阳询认为"《流别》《文选》,专取其文;《皇览》《遍略》,直书其事"②,因此将文与事合为一编,名为《艺文类聚》。玄宗后来有感于《修文殿御览》等大型类书不便于检阅,又命张说、徐坚等编纂了《初学记》。关于《初学记》的成书原委,《大唐新语》记载:

> 玄宗谓张说曰:"儿子等欲学缀文,须检事及看文体。《御览》之辈,部帙既大,寻讨稍难。卿与诸学士撰集要事并要文,以类相从。务取省便。令儿子等易见成就也。"说与徐坚、韦述等编此进上,诏以《初学记》为名。③

新编成的《初学记》只有三十卷,共二十三部,每部下又分"叙事"、"事对"、"赋"、"诗"、

---

① 赵和平《敦煌写本书仪研究》,第 154—155 页。
② 欧阳询《艺文类聚序》,欧阳询撰,汪绍楹校《艺文类聚》,上海古籍出版社,1999 年,第 27 页。
③ 刘肃撰,许德楠、李鼎霞点校《大唐新语》,中华书局,1984 年,第 137 页。

"赞"五部分,比《艺文类聚》更为简略明晰,易于掌握。

然而到唐末时,韩鄂又在《初学记》的基础上,修成《岁华纪丽》,全书以时序为纪,广泛采集与十二月有关的事对。据书前所载沈士龙序言:

> 自骈丽之体盛,文士往往采集语对,以资窘腹。……至唐而俳偶益工,《初学》等书便专取事对。今观《岁时》一部,当时崇尚可知已。①

由此可见,《岁华纪丽》不仅延续了《初学记》等类书对事对的重视,而且将其中有关岁时的部分抽离出来,汇集为一部著作。除《岁华纪丽》以外,韩鄂还撰有《四时纂要》,《四时纂要》也以月分类,其中所记关于占候、择吉、禳镇的知识极为丰富②。如果《岁华纪丽》和《四时纂要》同时出自韩鄂之手,这两部书对信仰、仪式和文学各有侧重,将其内容组合在一起,则大致与《玉烛宝典》所载相当。值得寻味的是从《玉烛宝典》到《岁华纪丽》和《四时纂要》,这种知识逐渐呈现出的分离趋势,与敦煌书仪由繁到简的转变之间,不知是否确实相关。

但是结合以上的论述,我们大致可以得出以下观点,唐五代时期流行于敦煌的书仪之中,采用了许多骈丽之辞作为固定的内容,尤其是许多有关正月的书仪,可能吸收了汉魏以来一些元日颂寿的赞辞。但是随着这些赞词被广泛应用,其所包含的仪式、信仰和文学的特征也不断被减弱,最终完全失去创新性,仅成为文士之间相互借鉴的固定知识。

由《玉烛宝典》到《岁华纪历》与《四时纂要》的演变,从《艺文类聚》到《初学记》,以及从初唐时期到五代时期书仪的转变,我们可以看到在中古时期的"写本时代"③,知识在再生产的过程中,也被不断地精简和重组。尤其唐五代时期雕版印刷尚未大量普及,因此有关文献的复制和流传极为有限,将有关文献加以拆分和简化,以精选之典的方式流传,也是在当时的传播方式和传播媒介所制约下的必然结果。进而反观《玉烛宝典》这部产生于隋初的著作,却保留了知识的混沌状态,将仪式、信仰与文学的知识混而为一,使我们能够看到中古时期各种知识在分离之前的基本面貌。

---

① 长泽规矩也编《和刻本类书集成》第一辑,上海古籍出版社,1990年,第4页。
② 关于《四时纂要》的论述,可参余欣《神道人心:唐宋之际敦煌民生宗教社会史研究》,中华书局,2006年,第48—49页。
③ 关于中古时期"写本时代"文献的论述,详参余欣《中古异相:写本时代的学术、信仰与社会》,第4—6页。

结　语

　　完成于朝代交替之后的《玉烛宝典》一书,本身也具有划时代的意义。其以月令为纲目,融合了经史百家的知识,将许多与信仰、仪式与文学有关的知识分别归于各月之下,构建了一种集大成的著作形式。从整体来看,以孟春正月的部分为例,通过其中有关信仰、仪式、文学和知识的内容,可以发现信仰对仪式,仪式对文学,文学对知识以及知识对信仰的影响和作用。从个案而言,通过这一卷所收录的《椒花颂》,可以看到文学作品所包含的仪式和信仰的特征在后世被不断削弱,最后为书仪所吸收,成为一种文士之间彼此采用的固定格式。此外,《玉烛宝典》诞生于隋朝创建之初,保存了知识未分流前的混沌原始状态,也值得我们去深入探究。

作者简介：邵小龙,复旦大学文史研究院博士生。

敦煌本《王昭君变文》源自蜀地考

朱利华

提 要：敦煌本《王昭君变文》流传在吐蕃统治时期的河西地区，其故事情节和思想情感均打下了河西人特有的时代印记。通过考察发现中原诗文中关于昭君"转变"的记载均与蜀地有关；而敦煌文献中也不乏与蜀地有关的文献。因此我们推断：敦煌本《王昭君变文》是在蜀地昭君"转变"故事情节上的再创造。

"变文"是敦煌文献中最具特色的通俗文学形式，曾一度成为敦煌讲唱文学的代名词，也是敦煌学者们最为重视的研究对象之一。敦煌变文的发现，使宋元以后诸如话本、诸宫调、宝卷、弹词等讲唱伎艺的起源问题变得清晰可见。关于敦煌变文的来源，向达、龙晦、陆永峰等几代学人均认为与蜀地有关。[1] 本文在以上成果的基础上，具体从《王昭君变文》入手考察变文与蜀地的关系。通过对《王昭君变文》进行文本考察，结合唐代诗文中有关"转变"的记载，以及敦煌文献中与蜀地有关的文献，得出结论：敦煌文献中的《王昭君变文》是流传于中晚唐河西地区的昭君故事，大致产生于834年左右，时值吐蕃统治河西晚期，是河西人在蜀地"转变"基本情节上的再创造。

一、《王昭君变文》的文本考察

《王昭君变文》见于敦煌藏经洞出土的写本，现藏于法国国家图书馆，编号为P.2553。该写本前部残损，无首尾题。1925年，刘复先生编校《敦煌掇琐》时，拟定题目为《昭君出塞》。1954年，周绍良先生《敦煌变文汇录》拟题《王昭君变文》，这一定名得

---

[1] 向达《唐代长安与西域文明》，生活·读者·新知三联书店，1987年；龙晦《敦煌与两蜀文化》，《敦煌研究》1990年第2期；陆永峰《变文与四川》，《四川大学学报》2001年第3期。

到学术界的认可。该变文情节丰富,语言考究,是敦煌变文中的精品之一。现存部分始于昭君出塞途中,其余均为塞外生活的描写。其大致情节概括如下:

（前残）——出塞途中所见荒凉景象与内心愁苦（韵）——到达牙帐后所见塞外风光,拜为"烟脂"皇后（散）——昭君所见册封的盛大场面及惆怅思归之情（韵）——单于传令诸蕃"非时出猎"为昭君解愁（散）——昭君登高所见出猎场景并抒发思乡愁思（韵）——愁怨过度而生病（散）——留下遗言,略叙平生（韵）——昭君的遗言、单于的对答（韵）——昭君病重而亡,单于守丧（散）——单于哭丧（韵）——昭君葬礼场景（散）——单于亲自送葬以及部落前来参加葬礼的情形（韵）——汉使前来吊唁（散）——汉使吊唁场景、单于回忆昭君的蕃中生活并表达怀念之情（韵）——汉使宣读祭词（散）。

史籍中关于王昭君的记载,最早见于《汉书·元帝纪》和《汉书·匈奴传》,但情节都很简单。历经《后汉书》以及《琴操》等唐前诗文、民间传说的逐渐演变,唐以前有关王昭君故事的主题集中在三个方面:"昭君怨"、"青冢说"和"画工说"。《王昭君变文》除了继承这三个主题外,还创造性地增加了以下两方面内容。

首先是对王昭君在蕃中的生活进行了详细描写。主要有册立为"烟脂"皇后、观看诸部落出猎、登高抒发愁思以及临死之际向单于交代后事等内容。如各部落出猎的场景:"围绕烟脂山,用昭君作中心,万里攒军,千兵逐兽……单于传告报诸蕃,各自排兵向北山。左边尽着黄金甲,右件（伴）纷纭似锦团。黄羊野马捻枪拨,鹿鹿从头喫箭穿……"①情节丰富,场面描写阔大;同时还利用大段唱词表现昭君登高观猎时思念故乡的痛苦,以及临死之际仍然不忘向单于交代"妾死若留故地葬,临时请报汉王知"的情节安排,均展示了丰富的蕃中生活内容,较以往同类题材作品有大大的丰富。

其次,塑造了重情重义的蕃王形象。在以往昭君故事的诗文中,有关单于的情节几乎都是一带而过,谈不上形象塑造。《王昭君变文》则细致入微地刻画了单于的形象。昭君入蕃后,他体贴周到;昭君愁极而死后,他悉心按照蕃法安排了隆重的葬礼,并亲自送葬。除间接叙述外,文中还运用对话形式,通过单于之口直接表达对昭君的一片深情。如昭君临死前留下一番遗言后,单于答曰:

忆昔辞銮殿,相将出雁门。同行复同寝,双马复双奔。……凤管长休息,龙城

---

① 《王昭君变文》录文均引自项楚先生《敦煌变文选注》,巴蜀书社,1990年。

（笛）永绝闻。画眉无若择,泪眼有新痕。愿为宝马连长带,莫学孤蓬剪断根,公主时亾(亡时)仆亦死,谁能在后丧(哭)孤魂。

他首先回忆了与昭君相伴的美好时光,又表达了对昭君的眷恋不舍之情。汉使前来吊唁时,单于又有一番表白:"乍可阵头失却马,那堪向老更亡妻!"令使者"闻言悉以悲"。

通过大段场景和细节的敷演,单于已不仅仅是一位民族首领,更是一位体贴入微、温情脉脉的丈夫形象。变文对单于角色的精心塑造,有别于以往诗文中站在中原人角度叙述昭君故事的模式,而是以塞外蕃人的眼光讲述昭君塞外生活的方方面面。联系吐蕃占领河西诸州的这一历史事件①,只有身处吐蕃统治之下,"百姓知单于意,单于识百姓心"这一叙述视角才可能实现。正如吐蕃统治时期的敦煌壁画《维摩诘讲经图》中,出现了以前从未有过的吐蕃赞普形象,并被绘制在各国王子前方的显要位置。这一时期的愿文有不少是为赞普、吐蕃臣僚的祈福内容,如 P. 2807 斋文:"伏惟我圣神赞普,祚承大业,圣备无疆;克修永固,诞应天命;威加四海,恩挟八维;流演一乘,以安百姓……"均体现了吐蕃统治河西这一特殊历史背景下的社会文化心理。② 应当说,王昭君故事发展至此,无论是情节还是思想内容,都是吐蕃统治下的河西人对王昭君故事的重新解读,其中隐含着他们自己的遭遇和情感的倾诉。

二、唐代诗文中的"转变"与蜀地讲唱伎艺

《王昭君变文》浓厚的河西风味,并不能掩盖它源自蜀地的因素。根据现有文献,蜀地本来是变文的发源地之一。"变文"是唐代说唱伎艺"转变"的底本。据当时的诗文记载,"转变"在盛唐十分流行。《太平广记》引《谭宾录》云:

杨国忠为剑南召募使,远赴泸南,粮少路险,常无回者。其剑南行人,每岁,令

---

① 本文"吐蕃统治时期"即"吐蕃统治敦煌时期",即 786—848 年之间。"安史之乱"爆发后,河西陇右兵力调往中原平乱,吐蕃统治者趁西北边防空虚之际大举进犯。广德元年(763)攻进长安,然后以陇右为基地,开始了对黄河以西唐朝领土的大举进攻。764 年攻占凉州,766 年占领甘州、肃州,776 年占领瓜州,786 年占领敦煌,直至 848 年吐蕃统治者退出河西地区。

② 关于《王昭君变文》作于吐蕃统治时期,郑文、邵文实、王伟琴等诸位学者已有相关考证,本文从以上两点加以补充。详见郑文《王昭君变文创作时间臆测》,《西北师大学报》,1983 第 4 期;邵文实《敦煌边塞文学研究》,敦煌教育出版社 2007 年,第 171 页;王伟琴《敦煌变文作时作者考论》,西北师范大学 2009 年博士学位论文第 63 页。

宋昱、韦儇为御史，迫促郡县征之。人知必死，郡县无以应命。乃设诡计。诈令僧设斋，或于要路转变，其众中有单贫者，即缚之。①

郡县诈令僧人设斋或"转变"，乘民众聚集围观之际缚"单贫者"入征，可见安史之乱以前"转变"就已成为蜀地民众喜好的娱乐活动。又据《高力士外传》记载：

上元元年七月，太上皇移仗西内安置……每日上皇与高公亲看扫除庭院、艾薙草木，或讲经、论议、转变、说话，虽不近文律，终冀悦圣情。②

上述为肃宗上元元年（760）七月，玄宗作为太上皇的宫中闲居生活。"转变"和"讲经"、"论议"、"说话"等讲唱活动，成为其闲居解闷的娱乐方式。唐诗中也有关于"转变"的材料。如：

欲说昭君敛翠眉，清声委屈怨于歌。谁家少年春风里，抛与金钱唱好多。（王建《观蛮妓》）
妖姬未著石榴裙，自道家连锦水濆。檀口解知千载事，清词堪叹九秋文。翠眉攀处楚边月，画卷开时塞外云。说尽绮罗当自恨，昭君传意向文君。（吉师老《看蜀女转昭君变》）
长翻蜀纸卷《明君》，转角含悲破碧云。（李贺《许公子郑姬歌》）
绮城春雨洒轻埃，同看萧娘抱变来。时世险妆偏窈窕，风流新画独徘徊。场边公子车舆合，帐里明妃锦绣开。休向巫山觅云雨，石幢陂下是阳台。（李远《转变人》）③

以上几首诗都提到了王昭君故事的"转变"表演，可见王昭君故事是"转变"伎艺中非常流行的题材。其中有一点值得注意，即"转变"与蜀地的关系。《太平广记》指明是蜀地泸南的"转变"。《高力士外传》未明说"转变"与蜀地的关系。据史载唐玄宗曾于

---

① ［宋］李昉等编《太平广记》，中华书局，1961年，第2109页。
② ［五代］王仁裕等撰，丁如明辑校《开元天宝遗事十种》，上海古籍出版社，1985年，第120页。
③ 查屏球《新补全唐诗102首——高丽"十抄诗"中所存唐人佚诗》，《文史》2003年第1期。

天宝十五载(756)六月入蜀,至德二载(757)十二月回京。联系到玄宗精通韵律,擅长乐舞伎艺,曾负责排练了诸多乐舞节目,但他去蜀中之前,宫中没有流传"转变"等的记载,当他从蜀地回长安不久,讲经、论议、转变、说话等讲唱活动,就在皇宫流行。我们只能这样解释,这些讲唱伎艺是从蜀地传来的。《看蜀女转昭君变》明确记载演唱"昭君变"的是长于锦江边的"蜀女"。《许公子郑姬歌》中的演唱者是"郑姬"不是"蜀女",但她用的画图是"蜀纸"制成的,说明其传自蜀地。《转变人》未提及与蜀地的相关信息,但作者李远是巴人,他所描写的情景,当是巴蜀演唱昭君故事的情况。另外,《观蛮妓》也未明说蜀地,但"蛮"是我国古代对长江中游及其以南地区少数民族的泛称,又章炳麟《新方言·释亲属》云:"四川谓婢曰蛮。"可见"蛮妓"很可能即蜀地的歌妓。实际上,"转变"与蜀地存在关系并非偶然。蜀地自汉代以来表演伎艺就很发达,近数十年来巴蜀文化区出土的说唱俑多达上百件,是我国出土汉代说唱俑最多的地区。其击鼓歌唱作俳倡状的陶俑,是活灵活现的说唱艺术的再现。到了唐代,"市人小说"在四川出现,①又据南诏入侵西川掳去"杂剧丈夫两人"的记载②,均可见蜀地表演伎艺之盛,任二北先生曾以"蜀戏冠天下"概括之③。蜀地的安宁和浓厚的佛教氛围,使俗讲、讲经等讲唱伎艺得到了蓬勃的发展,也为变文这一源于佛教俗讲的文学样式提供了丰厚的宗教、社会土壤。④

三、《王昭君变文》与蜀地昭君"转变"的关系

唐诗中"昭君变"的表演者都是女性,"檀口解知千载事,清词堪叹九秋文。翠眉颦处楚边月,画卷开时塞外云。说尽绮罗当自恨,昭君传意向文君"等描写,清楚地说明蜀地的"昭君变"是以昭君为第一人称的口吻演唱的。敦煌本《王昭君变文》与其在叙述视角上有一致处。如昭君出塞途中的唱词云:

……阴圾(坡)爱长席箕援,□(阳)谷多生没咄浑。纵有衰蓬欲成就,旋被流沙剪断根。酒泉路远穿龙勒,石堡云山接雁门,蓦水频过及敕成,□□望见可(岢)

---

① "市人小说"之名,见唐段成式《酉阳杂俎》续集卷四:"予太和末,因弟生日观杂戏。有市人小说,呼扁鹊作褊鹊,字上声。"中华书局,1985年,第201页。
② 见《全唐文》卷七○三李德裕《论故循州司马杜元颖追赠第二状》。
③ 任二北《唐戏弄》,上海古籍出版社,1984年,第44页。
④ 陆永峰《四川与变文》,《四川大学学报》2001年第3期。

岚屯。如今以暮(已沐)单于德,昔日还承汉帝恩。□□定知难见也,日月无明照覆盆。愁肠百结虚成着,□□□(千)行没处论,贱妾傥期(其)蕃里死,远恨家人招取魂。

这段唱词以昭君口吻介绍出塞行程,通过对眼前荒凉景象的叙述,以及内心深处对故土的眷恋和对此行绝望之情的抒发,将"愁肠百结"的心理呈现得真实可信,体现了以"女性书写"为主的叙事模式。又如到达牙帐后所见"更无城郭,空有山川。地僻多风,黄羊野马,日见千群万群,□□(骨咄)羱羝,时逢十队五队……",还有诸部落前来庆贺册封以及"非时出猎"的重大场面,都是以昭君的视角进行描述。文中至少有四段昭君唱词,又有两处昭君的内心独白式语言描写。如"妾闻:'居塞北者,不知江海有万斛之舡(船)……'","妾闻:'邻国者,大而强,小而弱,强自强,弱自弱。何用逞雷电之意气,争烽火之声[威],独乐一身,苦他万姓'",均体现了女性作为第一人称的特点,特别是昭君登高望乡时演唱的一曲《别乡关》云:

妾家宫苑住秦川,南望长安路几千。不应玉塞朝云断,直为金河夜蒙(梦)连。烟脂山上愁今日,红粉楼前念昔年。八水三川如掌内,大道青楼若眼前。风光日色何处度,春色何时度酒泉?可笑轮台寒食后,光景微微尚不传。衣香路远风吹尽,朱履途遥蹑镫穿,假使边庭突厥宠,终归不及汉王怜……

这段唱词用词考究,句式整齐押韵,情感激昂真切,将昭君身在塞外、回乡不能的凄楚无奈之情表达得淋漓尽致,使人很容易将其与唐诗中女艺人"欲说昭君敛翠眉,清声委屈怨于歌"的表演联系起来。

其次,从《王昭君变文》全篇结构来看,可能是在蜀地昭君"转变"情节上的再创造。变文前半部以昭君为主要视角,这与蜀地转变由女艺人表演十分吻合。后半部出现的单于唱词,分别是答昭君临终遗言、为昭君送葬以及接受汉使吊唁后自表心迹。三段唱词均在昭君临终直至病死之后,即昭君作为第一人称的线索中断以后。单于成为叙述主体开始出现,似乎为补充故事情节而设。如果将其删除,全文情节仍然是连贯顺畅的。此外,这几段唱词与基本情节衔接并不紧密。如"宣哀帝问,遂出祭词处若为陈说"一句后,本该接祭词内容,却安排了单于的一段表白:"乍可阵头失却马,那堪向老更亡妻!……莫怪帐前无扫土,直为啼多旋作泥。"后又接"汉使吊讫,当即使回。行至蕃汉界头……乃述祭词……"单于这段表白,明显有后添加的痕迹。联系到前面列举诗文中的昭君"转变"均与蜀地有关,我们推测敦煌本《王昭君变文》很有可能是在蜀地昭君"转变"基础上改编而来。

再次,《王昭君变文》云:"故知生有地,死有处,可惜明妃,奄从风烛,八百余年,坟今尚在。"①成为考证其创作时间的重要线索。据《汉书·帝纪》载:"竟宁元年……赐单于待诏掖庭王樯为阏氏。"一般来说,"八百余年"当不超过八百五十年。王昭君和亲的竟宁元年(前33)后推"八百余年",大约是在公元767—817年之间。从上引中原昭君诗歌作者所处年代来看,除吉师老生卒年不详外,其他作者情况大致如下:李远主要活动在武宗、宣宗两朝(841—859),大约懿宗咸通(860—874)中辞世②,王建和李贺都是8世纪后期到9世纪初期人,李贺卒于816年。可见,至少在816年左右,以昭君故事为题材的"转变"在蜀地已经很普遍了。因此,"八百余年"正是蜀地昭君"转变"形成的时间,而敦煌本《王昭君变文》改编时保留了这一内容,说明敦煌本《王昭君变文》完全可能源自蜀地。

四、从敦煌文献中的蜀地文献看昭君"转变"传入敦煌的可能性

敦煌文献中不乏蜀地传至敦煌者,如P.2003《佛说十王经一卷》,首题"成都府大圣慈寺沙门藏川述"。据晚唐僧人贯休《蜀王入大慈寺听讲》云:"百千民众听经座,始见重天社稷才。"可见该寺俗讲之盛。又如P.2292《维摩诘经讲经文》题记:"广政十年八月九日在西川静真禅院写此第廿卷文书,恰遇抵黑,不知何时得到乡地去。"后蜀广政元年,为后汉天福十二年(947)。该卷写于后蜀西川静真禅院,后流传到敦煌。龙晦先生考证该文用韵与四川方音相合,并认为韦庄《秦妇吟》以及《禅月大师赞念法华经僧》(S.4037)都是由蜀地传入敦煌。③ 此外,张鸿勋先生认为敦煌遗书中的道教话本《叶净能诗》也是蜀地人士所编,并进一步推测可能由四川传入敦煌。④

敦煌文献还可见敦煌人士与蜀地往来的记载,如P.3718《唐故宣德郎试太常寺胁(协)律郎行敦煌县令兼御史中丞上柱国张府君写真》记载张府君生平事迹云:"大中赤

---

① 《王昭君变文》录文均引自项楚先生《敦煌变文选注》,巴蜀书社,1990年。
② 李之亮注《李远诗注》前言,上海古籍出版社,1989年,第1页。
③ 龙晦《敦煌与五代两蜀文化》,《敦煌研究》1990年第2期。
④ 张鸿勋《敦煌俗文学研究》,甘肃教育出版社,2002年,第272页。

县沸腾,驾行西川蜀郡。使人阻绝不通,律星有余。累奉表疏,难透秦关数险。公乃独擅,不惮劬劳。率先启行,果达圣泽。"郑炳林先生据作者张太初职衔考证该文上不早于914年,下不晚于924年五月,又据篇额有"唐",认为当撰于后唐同光元年到二年间①,即923—924年间。该写真赞反映了晚唐曹氏归义军时期敦煌与蜀地之间的政界往来。此外,河西与蜀地佛教界往来更是持续不断,陆永峰先生对此有详细考述②。此不赘述。

仔细翻检敦煌文献,我们还能发现敦煌当时存在不少与蜀地有关的印本文献。如 P.8100 题署"中和二年(882)剑南西川成都府樊赏家历",P.2094《金刚般若波罗密经》题记云:"于唐天复八年(公元908年),岁在戊辰四月九日,布衣翟奉达写。"又云:"布衣弟子翟奉达,依西川印本内,抄得分数及真言,于此经内添之,兼遗漏分也。"其他如 P.3398、P.3493、S.5534、S.5451、S.5544、S.5659、S.5965 等写卷,题记中均有"西川过家真印本"等语。其中 S.5534《金刚般若波罗密经》题记云:"西川过家珍印本,时天复五年岁次乙丑(902年)三月一日写竟,信心受持老人八十有二"。敦煌文献中保存至少十种这类印本,或虽不是印刷本,而与四川印刷密切相关③。以上蜀地文献大多为晚唐本。蜀地流行昭君转变之时河西地区正在吐蕃统治之下,那么蜀地昭君转变底本有无可能在吐蕃统治时期传入河西地区?值得注意的是,敦煌文献中还有一件残缺不全的印本残片,据邓文宽先生考证为《唐大和八年甲寅岁(834)具注历日》,并认为是由敦煌以外的地方流入的④。结合上述几件蜀地印本,该件当同为蜀地传入。据《全唐文》卷六二四载:"(大和)九年(835)十二月丁丑,东川节度使冯宿奏:'准敕,禁断印历日版,剑南、西川及淮南皆以版印日历鬻于市,每岁司天台未奏颁下新历,具印历亦已满天下,有乖敬授之道。'"可见当时四川版印日历之盛,以致引起了官方的干涉。从具注日历传入吐蕃统治下的河西地区来看,蜀地流行的昭君"转变"传入河西也是没有问题的。其传入的时间,极有可能与目前所见最早的蜀地印本日历进入河西地区大致同时,即834年左右。这一时期吐蕃内部矛盾重重,对河西地区的控制已大不如前,河西人改编完成昭君"转变"的时间在传入后不久。

---

① 郑炳林《敦煌碑铭赞辑释》,甘肃教育出版社,1992年,第442页。
② 详见陆永峰《四川与变文》,《四川大学学报》2001年第3期。
③ 龙晦《敦煌与五代两蜀文化》,《敦煌研究》1990年第2期。
④ 邓文宽《敦煌三篇具注历日佚文校考》,《敦煌研究》2000年第3期。

基金项目：2012 年度教育部人文社科重点研究基地重大项目"敦煌文学作品叙录与系年"（项目编号 12JJD770007），2012 年度教育部哲学社会科学研究重大课题攻关项目"法藏敦煌汉文非佛教文献整理和研究"（项目编号 12JZD009）。

作者简介：朱利华，西北师范大学中国古典文献学专业博士研究生、助理研究员。

敦煌歌辞《发愤长歌十二时》写本细读研究

郑骥 瞿萍

提　要：写本文献研究近年来受到了空前的重视，学界已提出不少区别于传统刻本研究的专门理论和方法，强调回归文献本身，重新检视和发掘那些繁芜丛脞的古代写本原生态的信息、意义。细读 P. 2564b 等 4 件抄有民间俗曲歌辞《发愤长歌十二时》的敦煌写本，可知此辞常在《齖𪘨新妇文》中出现的原因，当为鼓励汉族青年在吐蕃统治下依然发愤学习，不废诗书礼乐；又据诸本各同抄内容，特别是正背面题记、杂写，这些写本显然与敦煌学校教育关系密切，其原始用途很可能是学生读物；而 4 件写本的抄写时间，大致集中于 10 世纪 20 年代前后，正是敦煌地区官私学校兴盛之际。此外还可推知 P. 2564v 所见"卢博士"或是 10 世纪前期的沙州官学博士；而 P. 3821f 所见"白侍郎"或是 10 世纪中晚期沙州伎术院师长，并非浅人伪托白居易之举。

十二时是一种得名自古代记时法，约于萧梁甚至更早时代产生，原在民间广为流行的曲调形式。此调长期并重于禅俗，历代创制流传着大量佛教和世俗内涵的"十二时"类歌辞。敦煌藏经洞保存了晚唐五代宋初时期的大量《十二时》歌辞写本，从体量看，属敦煌歌辞作品的最大一宗。经过近百年的搜剔著录，迄今总计辑得写本 31 件，按内容可别为 14 种。

以往包括《十二时》在内的敦煌歌辞研究，基本以文献校理考订和理论研究为主，缺乏对歌辞文本的来源，即写本本身的关注。然近年来，写本研究渐为学界瞩目，一批学者开始尝试从整体性角度探讨作为中古知识信仰主要载体的写本文献，构建研究体系，重估其学术价值。基于此，本文以诸本所抄《发愤长歌十二时》为中心，尝试改变敦煌文学研究的惯用方法，不作纯文本的抽离，代之以细读写本的办法，回归写本文献本身，重点关注正背面全部抄写内容及其相互关系等"写本信息"，尽可能恢复作者创作、书手抄写作品的原始现场。在此基础上,推断歌辞创作或抄写的时代和相关人物身份,并串联敦煌学内外其他知识信息,揭示歌辞的基本概况、主要特征,特别是它们与时代、地域和文化等背景因素的内在关联,即诸写本的抄写背景和歌辞的抄写动机。

一、录文和内容总说

自从塞北起烟尘,礼乐诗书总不存。不见父兮子不子,不见君兮臣不臣。暮闻战鼓雷天动,晓看带甲似鱼鳞。只是偷生时暂过,谁知久后不成身。愿得再逢尧舜日,圣朝偃武却修文。勤学不辞贫与贱,发愤长歌十二时辰。

平旦寅。少年勤学莫辞贫。君不见朱买未得贵。犹自行歌背负薪。日出卯。人生在世须臾老。男儿不学读诗书。恰似园中肥地草。食时辰。偷光凿壁事殷勤。丈夫学问随身宝。白玉黄金未足珍。隅中巳。专心发愤寻诗书。每忆贤人羊角哀。求学山中并粮死。正南午。读书不得辞辛苦。如今圣主召贤才。用尔中华长去武。日昳未。暂时贫贱何羞耻。昔日相如未遇时。凄惶卖卜于廛市。晡时申。悬头刺股是苏秦。贫病即令妻嫂弃。衣锦还乡争拜秦。日入酉。金罇多泻蒲桃酒。劝君莫弃失途人。结交承仕须朋友。黄昏戌。琴书独坐茅庵室。天子不将印信迎。誓隐山林终不出。人定亥。君子虽贫礼常在。松柏纵然经岁寒。一片贞心长不改。夜半子。莫言屈滞长如此。鸿鸟只思羽翼齐。点翅飞腾千万里。鸡鸣丑。莫惜黄金结朋友。蓬蒿岂得久荣华。飘飖万里随风走。

以上录文主要依据原卷图版,并参考任二北(半塘)《敦煌曲校录》(上海文艺联合出版社1955年,第131页)、《敦煌歌辞总编》(上海古籍出版社1987年,第1288页)和张锡厚主编《全敦煌诗》(作家出版社2006年,第5404页)等已有校理成果。因本文重点不在考校歌辞文字,故只直接移录文本,不出校记。

敦煌所出《十二时》作品,内容上除宣讲佛教义理、演绎佛经故事外,还有相当一部分属演说世俗百态、教示人生哲理的民间俗曲。十二时、五更转等曲调,原为民间广泛流传的歌曲形式,并非专为赞佛所用,这是学界的主流观点[①]。《发愤长歌十二时》(拟

[①] 参见郑振铎《敦煌的俗文学》,《小说月报》第20卷第3号,1929年,第476页;任二北《敦煌曲初探》,上海文艺联合出版社,1954年,第69页;王小盾《隋唐五代燕乐杂言歌辞研究》,中华书局,1996年,第427页;林仁昱《敦煌佛教歌曲之研究》,佛光山文教基金会,2001年,第6页;等等。

题)等多种非佛教内涵,而属民间俗曲性质的敦煌《十二时》作品,正是十二时曲调源自民间的明证。

《发愤长歌十二时》,[三韵、七韵、七、七韵]调式,1组12首。自"平旦寅"始,至"鸡鸣丑"终,通过羊角哀勤学仕楚,然为报左伯桃恩不自生,以及苏秦悬梁刺股、朱买臣家贫好学、匡衡凿壁借光等典故劝导青年学子即使一时贫贱困顿,也要懂得砥砺品行,勤勉向学。除属摘抄性质的 P.3821i 外,诸本《发愤长歌十二时》前均有七言 12 句引诗一首,末 2 句作"勤学不辞贫与贱,发愤长歌十二时辰",点明其后《十二时》主旨,诸家录文多以"发愤长歌十二时"为此组《十二时》拟题,兹从之。至于《发愤长歌十二时》的创作时间,同样可由引诗中的"自从塞北起烟尘,礼乐诗书总不存。不见父兮子不子,不见君兮臣不臣……愿得再逢尧舜日,圣朝偃武却修文"等语,定在吐蕃时期[①],而歌辞作者应是当时某位文化修养较高的汉族师长。

需要附带说明的是,"自从塞北起烟尘"诗除作为《发愤长歌十二时》的引诗抄于 S.4129a、P.2564b、P.2633a 外,还单独见于 P.2119v、P.3107v,《敦煌诗集残卷辑考》(第 765—766 页)、《全敦煌诗》(第 3238—3240 页)等有校录。这里须讨论这两本的抄写时间,作为判断《发愤长歌十二时》诸本抄写时间的一项佐证。

P.2119 正面抄原题《法门名义集》1 卷,署"东宫学士李师政奉阳城公教撰"[②]。背面抄"自从塞北起烟尘"诗前 8 句等内容,同一书手在诗末又另行题《曹义通法门名义集》,这说明正面《法门名义集》可能由名为曹义通的佛徒亲自或组织抄写。类似情形又见 S.5549 原题《百岁篇一卷》,据卷末题记,此本为曹义成及陈阇梨、周药奴、阿柳、阿禄等抄,而曹氏之后所列诸人应为协助其抄写的侍从[③]。上述两位长篇佛教文献的抄写组织者,既能发动众人,当属敦煌社会上层人物,又他们名中均含"曹义"2 字,可能与曹议金(按部分敦煌写本也作"曹义金")有关[④]。若此,则 P.2119v"自从塞北起烟尘"诗约抄于 10 世纪初曹议金主政时期。P.3107 正面抄首题《大目乾连冥间救母变文

---

① 参见《敦煌歌辞总编》,上海古籍出版社,1987 年,第 1290 页。
② 《法门名义集》一卷,据署为初唐李师政撰,有佛教辞典性质,无传世本且历来未见著录,独赖 P.2119、P.3009 等十余件敦煌写本得以保存,《大正藏》册 54 据 P.2119 本全文录于"事汇部"下。
③ 参见汤浔《敦煌曲子词地域文化研究》,上海古籍出版社,2004 年,第 24 页。
④ 参见伏俊琏《敦煌赋及其作者、写本诸问题》,《敦煌文学文献丛稿(增订本)》,中华书局,2011 年,第 97 页。按曹议金原名、改名问题,学界讨论颇多。据荣新江等考证,曹议金原名曹仁贵,仅见一兄且名"仁裕"或"良才",并无作"曹义'某'"的兄弟,若此则曹义通、曹义成或为偶合,与曹议金并无关联。然"仁"、"义"本近义连用字,以此种同义、近义字作相同或邻近辈分"排辈字"的现象较常见,这可能也是曹议金由"仁贵"改名的根据之一。因此,我们仍认为曹义通、义成为 10 世纪初曹氏统治集团内部人物。

一卷并序》(仅存开头),背面在一道《戊寅年三月十六日大唐国沙州净土寺大追福设供伏愿誓受佛敕疏》(拟题)前,抄"自从塞北起烟尘"句及次句"诗书"2字。《疏》后又写"大目乾连变文一卷 宝护"10字,《伯希和劫经录》据此称正面书手为"宝护",然细观之下,此10字与正面字迹不同,但与背面其他内容一致,应是抄"自从塞北起烟尘"诗者追记,而"宝护"或为正面内容书手,或为组织者。据考证,敦煌净土寺大致存在于归义军时期的870—979年①,又《疏》中称"大唐国沙州",故P.3107v中的"戊寅",当为858或918年。又据P.2049v《同光三年(925)净土寺值岁保护入破牒》(拟题)等,僧保护为同光二年(924)净土寺值岁,而见诸敦煌文献的净土寺僧中,作"宝某"者较罕见,加之我们已判断"宝护"2字为抄诗者追记,故"宝护"或是"保护"音近之讹。因此,P.3107v"自从塞北起烟尘"等诗句的抄写时间很可能是918年,与上文我们判断P.2119v约抄于曹议金时期近似。

二、分卷细读叙录

《发愤长歌十二时》分别见于P.2564b、P.2633a、P.3821i、S.4129a等4件写本。

(一) P.2564b

P.2564两面抄写,正面是一作品丛抄,行款严整,有乌丝栏,一人抄写,书法较好,未见书手题记。从右至左依次为:

1. 首题《晏子赋一首》,尾题同,首尾俱全,不署作者。该赋又见S.5752、P.2647v、BD00207v等9件写本。伏俊琏师将《晏子赋》定义为"显示对话者才智、能力"的论辩体俗赋,其原本用途在"口头表演",且"为了吸引听众,争辩的内容必须诙谐有趣,语言必须短小精悍,富有节奏和韵律"②;还对其主要写本的抄写时间作出推论③。张鸿勋则根据敦煌讲唱文学诸种特点,分出词文、故事赋、话本、变文、讲经文等5种类型,而以《晏子赋》《茶酒论》《孔子项托相问书》等为开篇讲明故事起因,"中间用主客问答,反复辩难,构成故事的主体;结尾是几句议论,以寄其讽谕之意",基本承袭了汉大赋形式的一种"故事赋"④。此外,颜廷亮曾综合考察了8件《晏子赋》写本的抄写时间,根据同

---

① 李正宇《敦煌地区古代祠庙寺观简志》,《敦煌学辑刊》1988年第1、2期合刊。
② 伏俊琏《敦煌俗赋的类型与体质特征》,《敦煌文学文献丛稿(增订本)》,第110、112页。
③ 参见伏俊琏《敦煌赋及其作者、写本诸问题》,《敦煌文学文献丛稿(增订本)》,第101页。
④ 参见张鸿勋《敦煌讲唱文学的体制及类型初探》,《敦煌俗文学研究》,甘肃教育出版社,2002年,第15页。

本其他内容,认为 P. 2564《晏子赋》可能抄于归义军时期,很可能是 921 年;至于 P. 3821,颜氏据同本悟真作《百岁篇》的时间,将其上限定在 880 年①。从整体上考察《晏子赋》9 件已知写本性质及同抄内容关系的,有李文洁《敦煌写本〈晏子赋〉的同卷书写情况》一文。李文在著录 9 件写本正反面全部内容的基础上,逐一分析了诸本《晏子赋》同抄内容的性质、用途及抄写完整性、行款格式、书法字迹等要素,总结出其中 10 种与《晏子赋》关系紧密的内容,主要是《㜍䶥新妇文》(包括内中《发愤长歌十二时》)等韵文和《太公家教》《崔氏夫人训女文》等童蒙读物②。《敦煌掇琐》(第 33 页)、《敦煌变文集》(第 244 页)、《敦煌变文集新书》(第 1135 页)、《敦煌赋校注》(甘肃人民出版社 1994 年,第 402 页)、《敦煌赋汇》(江苏古籍出版社 1996 年,第 340 页)、《敦煌变文校注》(第 370 页)、《敦煌变文选注(增订本)》(第 1996 页)等先后对《晏子赋》有校理研究。

2. 首题《㜍䶥新妇文一本》,首全尾缺,未抄完,尾题《㜍䶥壹首》,不署作者。该文又见 P. 2633a、S. 4129a。诸本《㜍䶥新妇文》均包括三个部分:一是以四、六言为主,叙述一位天性泼辣好斗,言辞犀利的新妇"欺儿踏塯"、翻盆打碗,又与公婆争吵不休,最后主动请"休"出走的故事,属故事俗赋,结尾又有婆婆与新妇诗各一首,以上是《㜍䶥新妇文》正文;二是"自从塞北起烟尘"诗及《发愤长歌十二时》(上文已详);三是以四言韵语写成,讲述一位赘婿不甘屈居妻家,一朝携新妇忿忿离去的俗赋,其作用可能相当于变文、俗讲结束时的"散座文"或"解座文"③(此部分 P. 2564b 仅开首"咒曰:'唱帝唱帝'"六字,未抄下文),我们拟作《赘婿咒词》。P. 2564b 本《㜍䶥新妇文》三部分,仅《赘婿咒词》另行抄写,前两部分间不空一格,连续抄写。

这里我们重点讨论上述三个部分的互相关系。就此问题,伏俊琏师业已指出历来学者多以几部分间各自独立,互不相干;而他认为由于 3 件写本尾题均在《赘婿咒词》后,故在当时人看来应是一篇前后关联的完整作品,或是演出时作为一组来唱诵④。所论极是。具体来看,《敦煌掇琐》涉及 P. 2633a、S. 4129a 两本,虽对三部分都予校录,但以空格断开且未加说明⑤。王重民《说〈十二时〉》以《十二时曲》为题著录 S. 4129 第二种内容⑥,

---

① 参见颜廷亮《关于〈晏子赋〉写本的抄写年代问题》,《敦煌研究》1997 年第 2 期。
② 参见李文洁《敦煌写本〈晏子赋〉的同卷书写情况》,《文献》2006 年第 1 期。
③ 参见伏俊琏《敦煌俗赋的类型与体质特征》,《敦煌文学文献丛稿(增订本)》,第 117 页。
④ 同上。
⑤ 参见刘复《敦煌掇琐》,新文丰出版有限公司 1985 年影印《敦煌丛刊初集》,第 15 册,第 125—129 页。
⑥ 参见王重民《说〈十二时〉》,原刊《申报·文史》(上海)第 22 期,1948 年 5 月 8 日,今据郑阿财、颜廷亮、伏俊琏主编《中国敦煌学百年文库·文学卷(一)》,甘肃文化出版社,1999 年,第 479 页。

显是将《发愤长歌十二时》与《㜵䰭新妇文》加以区隔。《敦煌变文集》中王庆菽所校《㜵䰭书一卷》涉及 P. 2633a、S. 4129a、P. 2564b 三本,亦全部校录,但将第二部分录入新妇诗内,没有说明①。任半塘认为引诗、《十二时》均与前抄㜵䰭书"丝毫无关",故是偶然会合在先,并为后来不求甚解的书手所据,以致 3 件写本内容相近;再者《发愤长歌十二时》还有见于 P. 3821 的单行本,更说明其原为独立内容②。《敦煌变文集新书》虽校录第二部分,但认为是"抄者杂录写在㜵䰭文中",至于第三部分,潘重规并未对校其余二本,径称 P. 2564b 末 6 字为他人所加,故删去不录③。此则稍感草率。《敦煌变文选注》《敦煌变文校注》先后均以《㜵䰭新妇文》《十二时》和《赘婿咒词》为三种不同内容,故只选录第一部分④。王文才之外,唯王小盾指出《发愤长歌十二时》是被用作俗赋《㜵䰭书》插曲而抄入⑤;郑阿财著录 3 件《发愤长歌十二时》写本时均将其作为《㜵䰭新妇文》之一部⑥。我们认为,既然敦煌文献中仅有的 3 篇《㜵䰭新妇文》均含《赘婿咒词》和《十二时》及其引诗在内,且 3 件写本尾题皆在《赘婿咒词》之后,则后二者无疑与《新妇文》有关。也就是说,所谓《㜵䰭新妇文》,向来不单指第一部分,而应包括续抄部分在内。对《赘婿咒词》和《十二时》及其引诗的作用,我们有以下理解:

《十二时》及其引诗是与㜵䰭新妇故事内涵相近的作品,故一道唱诵。具体看,第一部分叙述了㜵䰭新妇本性野蛮、不合礼教的行为,第二部分随之点出"自从塞北起烟尘"以来"礼乐诗书总不存。不见父兮子不子,不见君兮臣不臣"的社会文明状态。或许作者正欲借此揭示新妇言行无礼的根本原因——敦煌陷蕃导致礼乐传统荡然;进而鼓励汉人青年学子在异族统治的艰难状态下亦要发愤学习诗书礼乐,勿要随波逐流、"只是偷生时暂过",以备"再逢尧舜日"时有地用武,总而言之就是避免过分"吐蕃化"。我们知道,敦煌陷蕃期间,官府教育中断,汉族平民地位较低,反抗斗争不断,与吐蕃统

---

① 参见王重民等《敦煌变文集》,人民文学出版社,1957 年,第 858—862 页。
② 参见《敦煌歌辞总编》,第 1289—1290 页。然王文才在《敦煌曲初探·序》中的认识与任氏此说大相径庭,王氏认为就《㜵䰭书》这类变文的整体组织来说,"杂曲内容与本文不必全有关系,仅在转变完后,配合器乐奏唱杂曲而已"。王氏还认为,《㜵䰭书》中插入《十二时》的情形"绝非偶然抄在一起,正是民间'变文'受了佛曲和讲经文配合使用的影响,而附唱杂曲的痕迹",他还引 P. 3808《长兴四年讲经文》后亦附歌辞十余首的事实证明此类情形并非《㜵䰭书》独有(参见《敦煌曲初探·序》,第 19 页)。王说近是,然未知任氏当时观点与王文才一致否。
③ 参见潘重规《敦煌变文集新书》,文津出版社有限公司,1994 年,第 1197—1206 页。
④ 参见项楚《敦煌变文选注(增订本)》,中华书局,2006 年,第 1035 页。黄征、张涌泉《敦煌变文校注》,中华书局,1997 年,第 1216、1220 页。
⑤ 参见王小盾《隋唐五代燕乐杂言歌辞研究》,第 421、427 页。
⑥ 参见郑阿财《敦煌写卷定格联章〈十二时〉研究》,《敦煌文献与文学》,新文丰出版公司,1993 年,第 113—114、117、118 页。

治上层矛盾不可谓不尖锐,汉族文人在这种处境下定然有礼乐秩序应当如何存亡接续的忧虑,故编创者以鬭䤴新妇为喻,机巧地阐发坚守汉文化传统、避免"吐蕃化"的思想内涵,以教导汉人子弟。不过,上述思想内涵虽立意深远,但其载体毕竟是俗赋、俗曲、词文等民间文艺作品,它们"以讲诵、演唱、传抄为基本传播方式,以集体仪式创作为其创作特征"①,而在文体区分、审美追求方面并无太多自觉意识。因此才造成了如《鬭䤴新妇文》般复杂多变,看似"不伦不类"的文本组合形式。这也正是编创者在《新妇义》最后,重又添上几行仅主人公身份与新妇有关的《赘婿咒词》,以达到散座目的的原因。总之,从编创者的本意看,《鬭䤴新妇文》所含三个部分自有其内容或形式方面的内在关联,敦煌所出3件抄本即为《鬭䤴新妇文》相对固定的版本,只是偶然抄入而后人盲从的可能性微乎其微。但具体到3件抄本的实际用途,综合写本其他内容和抄写时代来看,很可能已非一般公共场合的讲唱脚本,而成了学堂里的用具,甚至多半只是学生读物而已。下文将详细讨论这种可能性。

3. 首题《太公家教壹卷》,首尾俱全,写本末端上方略有残缺,尾题同,不署作者。《太公家教》又见 S.479 等 41 件写本,全篇作四言韵文,依次有序 31 句、正文 281 则、跋 13 句,属家训类童蒙读物。《太公家教》无传世本,又不见于诸家目录。然其名自见于唐代李翱《答朱载言书》以来,历代均有提及,唯其文,元代之后已佚,这一点最早为罗振玉藏敦煌本《太公家教》作跋语的王国维已有详尽考证。王氏同意前人之说,认为《太公家教》"浅陋鄙俚,故馆阁与私家均未著录",但他对过去以"太公"即曾高祖辈分乡村老叟的看法提出了异议,认为"太公"是摘录原文"太公未遇,钓鱼渭水"而来②。王重民又详尽介绍了罗振玉藏本《太公家教》的来龙去脉,并据 P.3454 所抄《六韬》认为《太公家教》乃辑录《六韬》等书所载姜尚对文王的进德之言而成。他同意王国维对《太公家教》元代以后佚失正文的判断,但认为这只在南方发生;进而据钱大昕《补元史艺文志》和法国东方学家古兰(Maurice Courant)的《高丽书录》,考证认为《太公家教》在北方仍长期流传并被翻译成女真文、满文,题《大公书》《太公尚书》等名,传入东北、朝鲜等地③。此后,台湾学者周凤五《敦煌写本太公家教研究》一书,对《太公家教》和《武王家教》分别作了详尽的写本叙录和校勘录文,并将二者与《六韬》进行了综合对

---

① 伏俊琏《敦煌文学总论》,甘肃教育出版社,2013 年,第 5 页。
② 参见王国维《〈太公家教〉跋》,据郑学檬、郑炳林主编《中国敦煌学百年文库》文献卷(二),甘肃文化出版社,1999 年,第 30 页。
③ 参见王重民《敦煌古籍叙录》,中华书局,1979 年,第 219—224 页。按王氏以《太公家教》入子部。

比研究,在详细梳理《太公家教》内容、来源嬗递以及传播散佚的基础上,较合理地批驳了王重民关于《太公家教》来源的观点①。同期,汪泛舟、高国藩等也对《太公家教》的作者、性质、创作和写本抄写时代有所研究,且均有全文校录②。郑阿财、朱凤玉《敦煌蒙书研究》将《太公家教》列入《家训类蒙书》一节,在前人基础上加以系统校理研究,据原文序跋,他们认为作者"太公"仅指一位"历经沧桑的乡村老者"而已③。另据上述诸家辑考,一般认为包含纪年的《太公家教》写本题记有9条,时间跨度有百余年(850—976)。

P.2564 背面亦有乌丝栏,但字迹潦草,书手与正面不同,是一杂抄,全卷不署撰人,亦无题记。据内容信息,我们推测其仍出自学校,与正面类似。P.2564v 从右至左依次为:

1. 阙题佛经 1 篇,首残尾全。《伯希和劫经录》题《不知名佛典》,《敦煌遗书最新目录》拟题《佛顶尊胜陀罗尼经》。该经有武周时期佛陀波利、杜行顗、地婆诃罗等译本传世,据原卷内容,最近罽宾僧佛陀波利译本④。然与之相比,内容前后次第及字词差别仍较大。可从《法国国家图书馆藏敦煌西域文献》,拟作《佛顶尊胜陀罗尼经略抄》⑤。

2. 阙题《百行章疏》1 篇。内含《百行章》"才行章第五十三……"、"准行章第五十四……"、"凡行章第五十二……"、"速行章第五十二……"等内容,多有重复抄写,又间杂其他文字。《法国国家图书馆藏敦煌西域文献》拟题《百行章疏》⑥,兹从之。《百行章》又见 S.1815 等 13 件写本,其中首尾俱全的仅见于 S.1920,有题记的仅 P.2808、BD08668a,据诸家考证,分别抄于 923、920 年。《百行章》1 卷,唐高宗显庆间中书令杜正伦撰,分 84 章立目,正文作四言为主的杂言体诗歌,前有序文;受《孝经》影响明显,主要阐述忠孝观念,也反映了初唐礼法制度和伦理观念。南宋以前目录书多著录,之后散佚。邓文宽及郑阿财、朱凤玉等曾有系统校理研究,后者又将其归入德行类蒙书⑦。

---

① 参见周凤五《敦煌写本太公家教研究》,明文书局,1986 年。
② 参见高国藩《敦煌写本〈太公家教〉初探》,《敦煌学辑刊》1984 年第 1 期;汪泛舟《〈太公家教〉考》,《敦煌研究》1986 年第 1 期;汪泛舟《〈太公家教〉考补》,《兰州学刊》1986 年第 6 期。
③ 参见郑阿财、朱凤玉《敦煌蒙书研究》,甘肃教育出版社,2002 年,第 349—376 页。
④ 参见佛陀波利译《佛顶尊胜陀罗尼经》,《大正藏》册 19,新文丰出版公司,1983 年,第 349 页上—352 页下。
⑤ 上海古籍出版社、法国国家图书馆编《法国国家图书馆藏敦煌西域文献》册 16,上海古籍出版社,2001 年,第 16 页。
⑥ 《法国国家图书馆藏敦煌西域文献》册 16,第 17—19 页。
⑦ 参见邓文宽《敦煌写本〈百行章〉述略》,《文物》1984 年第 9 期;《敦煌写本〈百行章〉校释》,《敦煌研究》1985 年第 2 期。《敦煌蒙书研究》,第 330—348 页。又《敦煌蒙书研究》页 322 著录 P.2564 背面第三项内容为《新合孝经皇帝感词一十一首》,按《敦煌蒙书研究》著录 P.2564 背面第二项内容为白文《百行章》,盖误以原卷续抄之《百行章》疏解文字为《新合孝经皇帝感词》。

此外,《百行章疏》文字之上,还杂写有"河西都(僧)统"、"急急如律令"等大字,抄写时间当更晚。

3. 线描头像2个,观其相貌特征,显然一为胡人,一为中原士大夫。此二像或与卷背前抄两种内容有关。

4. 乙酉年五月八日王定善立契约1行,墨迹较淡,文字不甚清晰。

5. 杂账2行:其一记乙酉年囗羊人事,文字不甚清晰;其二倒书,曰:"辛巳年二月十日卢博士付生绢一疋长,裁衣尺量得三丈四尺福(按即'幅')壹尺七寸三分"。

上文指出,P.2564正面或是学生读物丛抄,背面内容也很可能出自学校。从写本正背面内容看,在除背面杂账、残契、线描头像外的另5种大篇幅内容中,大致具有教诫青年学子或开蒙作用的就有《觝䚔新妇文》《太公家教》《百行章疏》3种。至于《晏子赋》,据李文洁的研究结论,它最多地与童蒙读物等内容同抄。这使我们思考,除了作为论辩性质的故事俗赋之外,见于9件敦煌写本的《晏子赋》,是否还有其他功能?从思想内涵角度看,《晏子赋》讥讽了梁王的以貌取人和傲慢狂悖,肯定了晏子在咄咄逼人的梁王面前,非但不因自身生理缺陷而妄自菲薄,反而据理力争,不辱使命,保全国格的能力和品行。《晏子春秋》所载晏子使楚故事,虽属传说性质,但情节与《晏子赋》类似,至今还是中小学语文课必修篇目之一。因此,《晏子赋》写本除讲唱表演作用外,很可能还被用作学生读物,借晏子故事教育学子,这或许正是《晏子赋》常与童蒙读物同抄的原因。据此,P.2564正背面5种主要内容中可能作为学生读物的就有4种,占80%。比较正背面书法水平、抄写行款和严谨程度,我们判断正面是师长所抄,供学生阅读,背面则为学生习字抄书所用。至于一胡一汉两个头像,大概也是学生所画,其灵感来源或许正是前抄《佛顶尊胜陀罗尼经》的译者佛陀波利和《百行章》的作者杜正伦。

再者,背面末端倒书账目中有"卢博士"一名,值得重视。归义军时期,敦煌学校教育较吐蕃时期有很大进步,州县均恢复和发展了官学。现有研究表明,博士一职至少已在州学恢复设立,已知的州学博士有896年前后在任的张思贤和945—959年前后在任的翟奉达2人①。关于"卢博士"的身份,我们先从买绢账目本身谈起,大致考察其经济实力。据账载,卢博士裁衣用去了生绢1匹。按同属归义军时期的P.4083《丁巳年通颊百姓唐清奴买牛契》(拟题)载:"五岁耕牛一头,断作价值生绢一匹,长三丈七尺。"而据S.1946《常住百姓韩愿定卖妮子契》(拟题),28岁女子值生熟绢5匹。又S.6064《报

---

① 参见李正宇《唐宋时代的敦煌学校》,《敦煌研究》1986年第1期。

恩寺诸色入破历计会》（拟题）载："粟八石，折纳布一匹。"综上可知：在归义军时期的敦煌，1 匹不到 4 丈的绢等值于 1 头成年耕牛，比 8 石粮食值钱（因绢贵于布，而 1 匹布等值于 8 石粟），5 匹绢就可以换 1 名成年妇女。由此可见，卢博士做一次衣服的花费，显然不是一般平民可以承受的。故我们认为卢博士应是归义军时期的一位官学教授官，或即沙州州学或县学博士。按唐制，一般下州州学设经学、医学各 1 名博士，县学设经学博士 1 名，但均列九品之末，俸禄相对微薄，然据翟奉达又兼"朝议郎、检校工部员外"等数职（P. 2623）例，卢博士可能还有其他更高品阶的加官。P. 2564v 抄有官学长官付绢款账文字的可能性既明，则其源自学校，原为学生读物的可能性就更大了。

卢博士付绢款时间在辛巳年，归义军时期有 861、921、981 三个辛巳，据上文指出的两本"自从塞北起烟尘"诗和有纪年《太公家教》的抄写时间，我们认为 921 年可能性最大，而同为卷背所写的"乙酉"，应是 925 年。综上，卢博士或为处在张思贤和翟奉达之间的一位沙州州学博士，或为沙州下辖某一县学博士；而包括《发愤长歌十二时》在内的 P. 2564 正面内容的抄写时间当在 921 年前不久。

（二）P. 2633a

P. 2633 两面抄写。正面是一作品丛抄，行款严整，有乌丝栏，基本为一人抄写，书法较好。从右至左依次为：

1. 尾题《齖䶥新妇文一本》，首残尾全，不署作者，依次存《新妇文》正文大部分内容、《发愤长歌十二时》引诗及正文、《赘婿咒词》3 个部分，前两部分间有一空格，后两部分连续抄写，没有空格，行款格式类似 P. 2564b，足见两本书手均以《齖䶥新妇文》涵括《发愤长歌十二时》及其引诗、《赘婿咒词》在内，并无严格区分之意。

2. 尾题《正月孟春犹寒一本》，首尾俱全，不署作者，题记作"书手判官氾员昌记"，但字迹显与正面大部分内容不合。所谓《正月孟春犹寒》，是取首句为题，正文先依次介绍十二个月份寒来暑往的天气变化，如"四月孟夏渐热"、"九月季秋霜冷"、"十一月仲冬严寒"等；次以四言为主，用问答形式介绍四时八节、山川地理、五德六艺等知识，以上属童谣性质；末抄首题《宣宗皇帝御制劝百寮》文 1 篇。其文本组合形式类似《齖䶥新妇文》，是将多种主题相近内容编入同一题。关于《正月孟春犹寒》，学界研究不多，《伯希和劫经录》简单著录为"尺牍"，盖因其描述逐月天气变化的语言用例，常见于敦煌书仪文献。《敦煌遗书最新目录》《法国国家图书馆藏敦煌西域文献》等除《正月孟春犹寒》外均未著录后两项内容,唯徐俊指出"《正月孟春犹寒一本》中有《宣宗皇帝御制劝百寮》文"①。我们认为所谓《正月孟春犹寒》的前两部分属知识类蒙书无疑,而篇末插入的唐宣宗《劝百寮文》,可被视作德行训导类蒙书,全篇应纳入敦煌蒙书研究范畴。

原题《宣宗皇帝御制劝百寮》短文,又见S.5558c等写本。S.5558,据《英藏敦煌文献(汉文佛经以外部分)》卷八图版及著录,在S.5558b首题《香严和尚嗟世三伤吟》后,接抄首题《宣宗皇帝御制劝百寮》1篇,实为S.5558正面第三种内容,文字大致同P.2633b本②。此本《伯希和劫经录》《敦煌遗书最新目录》等亦未著录。《宣宗皇帝御制劝百寮》文,《全唐文》及《全唐文补编》未收,又鲜有校理本,兹以P.2633b为原本,S.5558c为斯本,比勘录文如下:

宣宗皇帝御制劝百[一]寮

远非道之财,诫过度之酒。傲慢莫起[二]于心,谗佞勿宣于口。学必近善,交义[三]择友。骨肉贫者莫疏,他门虽富勿厚[四]。常思已过之非,每虑之未来各[五]。克己俭约[六]为先,处众谦恭为[七]首[八]。惭[九]食禄而忝窃[十],效农力而未有。

校记:

[一]"劝百",斯本作"百劝","劝"右有钩乙号。

[二]"起",斯本作"去"。

[三]"义",斯本作"语"。

[四]"虽富勿厚",斯本作"须富物厚"。

[五]"每虑之未来各",斯本作"每虽未来之久"。按斯本"虽"当由上文"虽富勿厚"句衍入,又脱"虑"字,盖书手传抄走眼所致;"久"当由"各"讹来。

[六]"约",斯本作"余"。

[七]"处众谦恭为",原本作"耻众恭为",据斯本改。

[八]"首",斯本作"守"。

[九]"惭",斯本作"暂"。

---

① 徐俊《敦煌诗集残卷辑考》,中华书局,2000年,第254页。

② 参见中国社会科学院历史研究所、中国敦煌吐鲁番学会敦煌古文献编辑委员会、英国国家图书馆、伦敦大学亚非学院编:《英藏敦煌文献(汉文佛经以外部分)》卷八,四川人民出版社,1992年,第15页。

［十］"忝窃",两本均作"忝切",音近而误。"忝窃"犹"忝居",谦言愧居其位或愧得其名。

3. 首题《酒赋一本》,不另行,同行署"江州刺史刘长卿撰",首尾俱全,尾题《酒赋壹本》,亦不另行。该赋又见 P. 2488、P. 2544、P. 2555、P. 3812、P. 4993、S. 2049 等 6 件写本,或原题作《高兴歌》。关于该赋作者确是大诗人刘长卿与否,学界尚有争议。伏俊琏师据其"壶觞百杯徒浪饮,章程不许李稍云"句中的"李稍云"及题署中多次出现的"江州刺史"一职,断其创作时间上限为乾元元年(758)①。《敦煌歌辞总编》(第 1764 页)、《敦煌赋校注》(第 212 页)、《敦煌赋汇》(第 201 页)、《全敦煌诗》(第 2425 页)等先后对《酒赋》(《高兴歌》)有校理研究。

4. 首题《崔氏夫人要女文一本》,首尾俱全,尾题《上都李家印崔氏夫人壹本》,题皆不另行。按其文字,基本同 S. 4129、S. 5643 两本所抄原题《崔氏夫人训女文》,唯原题中"训"讹作"要"。古代女性教育,要在训导妇女谨守贞节道德,以相夫教子、侍奉公婆为本分。《崔氏夫人训女文》全篇七言,以母亲口吻训导即将出嫁的女儿,言语通俗,当是唐代民间流行的女训教材。篇末又有首题四言《白侍郎赞》1 首及七言四句诗 2 首(关于"白侍郎",详见下文"P. 3821f")。众所周知,唐代崔氏列一等氏族之首,当时男子多以迎娶崔氏女为毕生梦想与荣耀,而崔氏女便当然地成为集各种美好品德于一身的理想女性之化身。故《崔氏夫人训女文》题作"崔氏",又称长安"李家印",多半是附会托名之举。对《崔氏夫人训女文》,学界关注不多,郑阿财、朱凤玉曾将其归入家训类蒙书,并结合传世女训典籍作过系统校理研究②;《敦煌诗集残卷辑考》(第 290 页)亦有校录。

5. 首题《杨蒲山咏孝经壹拾捌章》,五言组诗,首全尾缺,存前 11 首及第十二首题目,未抄完,卷末另行题记曰:"辛巳年正月五日氾员昌抄竟上。"字迹同《正月孟春犹寒》篇末题记,当同为后人追记。按其内容,大类"P. 3386 + P. 3582"首题《杨满川咏孝经壹拾捌章》。后者题下又注"五言,一名满山",存全篇 18 首。该诗依《孝经》次第展开,概括其大意,显示教示青年学子之旨。《敦煌诗集残卷辑考》校录全诗,又据诗第九章"从来邦有道,不及大中年"及"P. 3386 + P. 3582"本题记中"维大晋天福七年"的纪

---

① 参见伏俊琏《敦煌赋及其作者、写本诸问题》,《敦煌文学文献丛稿(增订本)》,第 93 页。
② 参见《敦煌蒙书研究》,第 409—422 页。

年认为该诗多半创作于唐宣宗大中年间(847—860),而至晚在"P.3386 + P.3582"抄写的天福七年(942)前①,近是。

P.2633v是多种杂写,出于众手,书法较差,根据字迹,正面两则题记或是背面某位书手的追记,正背两面抄写时间间隔大概不长。背面有"崔氏夫人训女闻"、"新妇文一卷并"、"酒赋一本,江州刺史刘长卿"、"正月孟春犹寒"等单行重复杂抄,无疑源自正面内容,另有"太公家教"等字,以上都说明背面可能是学生抄写习字产物。其余杂写中有纪年的还有"壬午年正月九日净土寺南院学仕郎书"、"辛巳年十二月壹日"及辛巳年二月十三日慈惠乡百姓康不子贷生绢残契等。其中"壬午年正月九日净土寺南院学仕郎书"颇受关注,伏俊琏师结合李正宇净土寺大致存在于870—979年的结论,认为此"壬午"为922年,而多次出现的"辛巳"则为921年②,近是。至于任半塘较早所作的正面题记所见"辛巳"是安史之后第一辛巳的判断③,恐因未见背面"壬午年"等杂写致误。然徐俊认为正面书手"氾员昌"屡见于P.2321《癸酉年至丙子年(973—976)平康乡官斋籍》,故"辛巳"是981年。按徐氏所据,盖《敦煌社会经济文献真迹释录(第三辑)》对P.2321的拟题、录文④;而同书第二辑在校录P.2633v《辛巳年(二月十三日)康不子贷生绢契》(《释录》拟题)时,又以"辛巳"为921年⑤。事实上,《释录》并未说明其判别上述两处纪年的依据,故可信度不高,不免造成徐氏误判。又"氾员□"还见P.3757《燕子赋》题记,据P.3757v"天福八年(943)岁次癸卯七月一日"杂写,李正宇认为若"氾员□"即"氾员昌",则P.2633之"辛巳"当为921年⑥。就P.2633正背面各自抄写情况看,正面内容不大可能晚于背面,联系P.2564及两本"自从塞北起烟尘"诗的抄写时间,我们认为P.2633正面《发愤长歌十二时》等内容抄于921年前不久的可能性最大。

此外,依据上文对P.2633正面5种内容用途的定性,除《酒赋》外,其余均与道德教育及知识启蒙密切相关,加之背面习字性质的众多学郎杂写,我们认为P.2633的原始用途与P.2564类似,大概也是敦煌学校里的学生读物。

---

① 参见《敦煌诗集残卷辑考》,第253—263页。
② 参见伏俊琏《敦煌赋及其作者、写本诸问题》,《敦煌文学文献丛稿(增订本)》,第97页。
③ 参见《敦煌歌辞总编》,第1290页。
④ 参见唐耕耦、陆宏基编《敦煌社会经济文献真迹释录》(第三辑),全国图书馆文献缩微复制中心1990年,第239—245页。
⑤ 参见唐耕耦、陆宏基编《敦煌社会经济文献真迹释录》(第二辑),全国图书馆文献缩微复制中心1990年,第113页。
⑥ 参见李正宇《敦煌学郎题记辑注》,《敦煌学辑刊》1987年第1期。

(三) P.3821i

P.3821，册子本，共 20 页，半页 6 到 8 行不等，行 10 到 18 字不等，有乌丝栏，是一诗赋、歌辞专集，但基本不署作者，亦未见书手题记。全册书法较佳，字迹前后一致，硬笔书写，从右至左依次抄有如下 11 类内容：

1. 阙题《缁门百岁篇》，首尾俱全。又见 P.4525、S.2943、S.5549 等本，兹据他本定名。

2. 首题《丈夫百岁篇》，首尾俱全。又见 S.2943、S.5549 等本。

3. 首题《女人百岁篇》，首尾俱全。又见 S.2943、S.5549、S.5558、P.3168 等本。

4. 首题《百岁诗拾首》，首尾俱全。又见 S.930、P.2748、P.2847、P.3054、P.4026 等本。其中 P.2748 首尾俱全，原题《国师唐和尚百岁书》，又有诗序称诗为悟真 70 岁以后"思忆一生所作"。

5—9. 主要为 4 组《十二时行孝文》作品丛抄。其中第 3、4 组间插入《六十甲子纳音》1 篇。敦煌所出相同或相近写本尚有十余件，属占卜文献，郝春文等曾作系统校理说明，但并未涉及此本①，兹定为 P.3821h。

10. 曲子词 1 组，内含《感皇恩》、《苏幕遮》、《浣溪沙》、《谒金门》（其第一首又见 P.3333b）、《生查子》、《定风波》等调，计 15 首，首尾俱全。按原卷《苏幕遮》2 首抄于《感皇恩》2 首后，均题"同前"（即同"《感皇恩》"），王重民、任二北皆以此 2 首曲调异于前者，考补调名作"苏幕遮"②，其余诸调皆有原题。

11. 首题《晏子赋一首》，首全尾缺，未抄完，又或是尾页脱落所致。

以上 11 类内容，前后相接时多不另行，《百岁篇》《十二时》等韵文，有时空出每行正中心一格，分上下两部分抄写。除《晏子赋》外，其余内容多属曲辞，王重民、任二北、饶宗颐、郑阿财、林玟仪、王小盾、张锡厚等或详尽著录，或校理研究，已有丰硕成果，兹不赘述。需要指出的是，据任二北推测，其中曲子词 15 首，大致应作于天宝间③。又因悟真 70 岁以后所作《百岁诗》的抄入，说明 P.3821 抄写时间的上限应在 9 世纪末。至于书手，汤涒认为此本单独成册，以讲唱韵文为主，文体广泛，内容涉及佛教和世俗风情，"抄写者显然系有一定的专门知识及文体鉴别能力，而非单纯的佛教徒或普通的义学生"④。汤

---

① 参见郝春文《〈六十甲子纳音〉及同类文书的释文、说明和校记》，《敦煌学辑刊》2011 年第 4 期。
② 参见《敦煌曲校录》，第 70 页；王重民《敦煌曲子词集（修订本）》，（上海）商务印书馆，1956 年，第 47 页。
③ 参见《敦煌曲初探》，第 233—234 页；《敦煌歌辞总编》，第 645 页。然饶宗颐认为《感皇恩》一类词应作于朱梁开国之际，参见《敦煌曲》，《饶宗颐二十世纪学术文集》卷八，中国人民大学出版社 2009 年，第 469 页。
④ 《敦煌曲子词地域文化研究》，第 24 页。

说其是,同时也反映了该册最初或有讲唱底本的功能。又据 P.3821 所抄 11 类内容中仅第一种《缁门百岁篇》阙题以及《晏子赋》抄至末页最后一字便戛然而止等情形,我们推测此本最初很可能还有其他内容,但因年代久远,首尾均有脱页而致不存。

P.3821 抄有 4 种《十二时》,皆题"行孝文"①,是迄今所见抄写《十二时》组数最多的单件敦煌写本。以下逐一介绍:

P.3821e,首题《十二时行孝文一本》,不另行,首尾俱全,自"夜半子"至"人定亥",计 12 首,抄 25 行,未见别本。歌辞全篇作[三韵、七韵、七、七韵]调式,主要内容如王重民所言,分 12 个时辰讲述干将造剑、许由让天下、神农尝百草、荆轲刺秦、汉初三杰等 12 个历史故事,属民间俗曲性质,唯主题与"行孝"不符,故任半塘拟题作"咏史"。主要校录本有:《敦煌歌辞总编》(第 1276 页)、《全敦煌诗》(第 5403 页)等。

P.3821f,首题《白侍郎作十二时行孝文》,不另行,首尾俱全,自"平旦寅"至"鸡鸣丑",计 12 首,抄 22 行,句间有空格但行不分上下,格式与前抄内容不同。据篇题所示,作者当为"白侍郎"。该辞又见上博 48,是其第 36 种内容,首尾俱全,首题《白侍郎十二时行孝文》。歌辞全篇作[三韵、七韵、七、七韵]调式,题明辞意,全篇劝人事亲悌兄,及时行孝,属民间俗曲性质。该辞主要校录本有:《敦煌歌辞总编》(第 1301 页)、《敦煌诗集残卷辑考》(第 192 页)、《全敦煌诗》(第 2616 页)等。

原题之"白侍郎",学界颇关注且对其身份识见不一。敦煌所出题署"白侍郎"的作品,除本篇歌辞外,主要还有:P.3597 首题《白侍郎蒲桃架诗》(据卷末题记,抄于乾符四年即 864 年),S.619 等抄附于原题《碎金》(一种字书)之后的诗《赞碎金》及《寄卢协律》,S.2633d《崔氏夫人训女文》所附《白侍郎赞》及诗 2 首。王重民径以白侍郎《十二时》与《景德传灯录》所载宝誌《十二时》皆为伪托②。任半塘则以《白侍郎十二时行孝文》之白侍郎即白居易,所据即上述几种敦煌所出署名"白居易"的作品③,似未深入考察。陈祚龙校录本径题《十二时行孝文》,署"佚名"作,又加按语称"原本作白侍郎作十二时行孝文"④;关于《训女文》所附诗、赞,陈氏通过细致考证,也认为"白侍郎"是会昌

---

① 王重民《说〈十二时〉》一文著录称"十二时行孝文,一卷,伯三八二一",另又著录 P.3821 作"白侍郎作十二时行孝文,一卷",当是 P.3821f。按王文又说前者"是讲了十二个历史上的故事",因知是 P.3821e。参见《中国敦煌学百年文库·文学卷》(一),第 479、481 页。
② 参见《说〈十二时〉》,《中国敦煌学百年文库·文学卷》(一),第 480 页。
③ 参见《敦煌歌辞总编》,第 1302—1303 页。
④ 参见陈祚龙《敦煌古抄中世释众唱导行孝报恩的歌曲词文集》,《敦煌文物随笔》,台湾商务印书馆,1987 年,第 290 页。

间长安"俗儒"攀附白居易盛名的伪托①。徐俊在以往诸家考证的基础上,对上述4种"白侍郎"作品的作者问题有精到研究。他认为"白侍郎"应指白居易,但这与作者即为白居易是两回事,进而考证指出《白侍郎蒲桃架诗》即姚合《洞庭蒲萄架》诗,《碎金》P.2058本又题"郑氏"而非"白侍郎",其后所附之诗托名迹象也必较明显,又对陈祚龙《训女文》诗、赞皆为托名的结论表示赞同。至于《十二时》之类作品,他认为唐代文人作家虽亦有创作,但出于托名的可能性仍很大②。此说很有可取之处。然徐氏又推测P.2566、P.4525、P.2841等写本题记所见"白侍郎"也指白居易,且是浅薄学郎攀附白居易盛名而自称"白侍郎门下",敦煌历史上并无"白侍郎"此人③。这一观点却缺乏实据。

涉及"白侍郎"的题记有以下3则:(1)P.2566v原题《礼佛忏灭寂记》题记云:"开宝九年(976)正月十六日抄写《礼佛忏灭寂记》,书手白侍郎门下弟子押衙董文受记……"(2)P.4525v阙题"一生爱酒不惜钱"诗末题记云:"太平兴国七年(982)壬午岁二月十八日白侍郎门下学士厶乙。"(3)P.2841首题《小乘三科》题记云:"太平兴国二年(977)丁丑岁二月廿九日白仕郎门下学士郎押衙董延长写《小乘三科》题记。"

"董文受"另写一则观音画题记曰:"信(心)弟子兼伎术子弟董文受一心供养。"李正宇据此认为董文受是伎术院学生,而白侍郎是伎术院师长④。又3则题记中有真名实姓的两人均任押衙,已是小吏身份,这既符合李氏对伎术院有培养归义军在职官吏功能的判断⑤,又说明董文受等人并非年轻浅薄的学童。再者,上述3则题记时间集中在976至982几年之内,而此前百余年,敦煌文献中未见有"白侍郎门下"的说法。因此,白侍郎确有其人的可能性很大。据其至晚在976已任伎术院师长,白侍郎当出生于10世纪中叶以前。同时,《白侍郎十二时行孝文》也有可能是此伎术院师长"白侍郎"所作,而与白居易无关,创作时间应稍晚于10世纪中叶,即白侍郎任职伎术院前后。上述推测的依据在于迄今仅见的2件《白侍郎十二时行孝文》写本,一是上博48册子本,我们已有另文考证它很可能是937至980年间陆续编成的,其中《白侍郎十二时行孝文》应抄于作品创作后不久。至于P.3821的抄写时间,因其属行款格式比上博48更趋严整规范的册子本,显然不会很早,又其上限在9世纪末,故很可能也是10世纪中叶以后

---

① 参见陈祚龙《唐代西京刻印图籍之一斑》,《敦煌资料考屑》(下册),台湾商务印书馆,1987年,第261页。
② 参见《敦煌诗集残卷辑考》,第276—280页。
③ 同上,第280—281页。
④ 参见《敦煌学郎题记辑注》,《敦煌学辑刊》1987年第1期。
⑤ 参见《唐宋时代的敦煌学校》,《敦煌研究》1986年第1期。

所抄,同样稍晚于《白侍郎十二时行孝文》的创作时间。

　　P.3821g,首题《十二時行孝文一本》,不另行,首尾俱全,自"夜半子"至"人定亥",抄歌辞12首,计17行。该辞另有6件写本:(1)S.5567b,阙题,抄在同卷第一种内容《圣教十二时》(首题)之后,仅存"夜半子"之前12字,下残。(2)P.2690vf,从左往右抄写,首尾俱全,左端首题《十二时》,右端尾题《禅门十二时赞》,自"平旦寅"至"鸡鸣丑",抄歌辞12首。(3)P.2690vk,恢复从右往左抄写,首尾俱全,右端首题《十二时》,左端尾题《禅门十二时赞》,自"平旦寅"至"鸡鸣丑",抄歌辞12首。P.2690vf与P.2690vk,是相同内容在同件写本背面的重复抄写,但字迹、行款不一致,非一人所抄。又P.2690v卷首有杂写干支纪年"甲戌年"。(4)P.3604,首题《十二时》,首尾俱全,自"平旦寅"至"鸡鸣丑",抄歌辞12首。卷末题记曰:"维大宋乾隆德捌年岁次庚午正月廿六日燉煌乡书手兼随身判官李福延因为写十二时一卷为愿。"因知此本抄于970年。按P.2690v抄于甲戌,或为临近的974年。(5)P.3116b,首题《十二时》,首尾俱全,自"平旦寅"始,正面抄至"鸡鸣丑"前4字,一纸已完,故于背面接抄1行,同行尾题《禅门十二时》。(6)罗振玉《敦煌零拾》五《俚曲三种》之三,首题《禅门十二时》,首尾俱全,自"夜半子"至"人定亥",抄歌辞12首。罗氏《跋》称同卷3组歌辞前抄《斋荐功德文》1篇,文后有"时丁亥岁次天成二年七月十日"题记1行,因知此本抄于927年。

　　以上诸本《十二时》,均作[三韵、五韵、五、五韵]调式,内容基本同P.3821g《十二時行孝文》,演说佛教四大皆空思想,又引《法华经》"火宅"等譬喻,劝人"发意断嗔痴"、"努力早出尘","端坐观心",皈依佛门,有一定的禅宗观念,故有多本原题《禅门十二时》。此种内容,显然与P.3821g原题"行孝"不符,当以他本为是。又该组《禅门十二时》,与见于S.427等2件写本的原题《禅门十二时》相比,尽管主旨均属佛家劝信,但内容完全不同。该辞主要校录本有:《敦煌曲校录》(第130页)、《敦煌歌辞总编》(第1375页)、《全敦煌诗》(第5404页)等。

　　P.3821i,首题《十二時行孝文》,不另行,首尾俱全,自"平旦寅"至"鸡鸣丑",抄歌辞12首,计22行。按其内容,与S.4129a、P.2564b、P.2633a《鷰鷤新妇文》中所含《发愤长歌十二时》基本一致,但无辞前"自从塞北起烟尘"七言引诗。按其抄在册子本中,或是自诸本《鷰鷤新妇文》中摘抄而来。另一种可能是该组《十二时》本为独立作品,后来被《鷰鷤新妇文》的编创者编入文中,又附加引诗,揭示辞意;而同时,单篇《发愤长歌十二时》仍独立传抄。

（四） S.4129a

S.4129 两面抄写。正面是一作品丛抄，一人抄写，书法较佳，从右至左依次为：

1. 尾题《舐䶉书壹卷》，首残，有乌丝栏。自"索妇，大须稳审趁逐，莫取（下端残）"句起，续以文末"阿家"与"新妇"两首诗；以上是《舐䶉新妇文》正文。又另起一行，抄"自从塞北起烟尘"引诗及《发愤长歌十二时》正文，自"平旦寅"始，抄24行，每时2行。但由于卷首下端破损严重，故自全卷首行至《十二时》"食时辰"第一行，下半行均残缺。《十二时》后，另起一行，完整抄《赘婿咒词》6行，篇末另行题《舐䶉书壹卷》。《十二时》末"鸡鸣丑"段2行及《咒词》前5行上端，稍有残缺。

2. 首题《崔氏夫人训女文》，首全尾残，残缺文字约有4行，题不另行，又无乌丝栏，可见书手抄写之行款格式前后并不统一、严谨，随意性较大。也就是说，前抄《十二时》引诗、正文及《赘婿咒词》虽多另起一行抄写，初看有分隔内容的意味，但据整本行款格式，另行之举或因引诗、歌辞等属韵文，出于美观考虑，实际上并不能说明书手有意将《十二时》等内容与《舐䶉新妇文》分开。与他本类似地，S.4129a尾题《舐䶉书壹卷》写在《咒词》之后也说明了这一点。

背面是一杂抄，书法一般，字迹前后一致，出自同一书手，但与正面不同。从右至左依次为：

1. "乙酉年正月"5字。据上述其他《发愤长歌十二时》抄本，此乙酉或为925年，而包括《发愤长歌十二时》在内的正面内容应抄于925年前不久。

2. "阇梨身姓王"等杂写。

3. "舐䶉"2字。无疑源自正面内容，当为学生好奇习字所抄。

4. 阙题七言诗1首，上端稍有残缺。该诗残存部分内容言"阴学郎"勤学等事，与正面《发愤长歌十二时》《崔氏夫人训女文》等均为劝诫后学青年的教育性质文本。由此可见，S.4129同样与学校教育有关，最早用途也是学生读物。诗有《敦煌诗集残卷辑考》校录本（页883）。

5. "高保深"3字1行、"社司转帖"4字1行。

三、结　语

通过上文对《发愤长歌十二时》4件抄本（包括多件相关写本）及大量有关校理研究成果的细读叙录和梳理考证，我们已经获得了一个比较清晰的认识，即除摘抄性质、抄成时间较晚的P.3821i外，P.2564b、P.2633a、S.4129a均与920年前后即曹氏归义军初期的敦煌学校教育有着密切联系,这些写本的原始用途很可能是学生读物,正面书手大概是书法较好的师长一类身份,而背面则往往是一般学生习字抄书、记事杂写甚至信手涂鸦的产物。

我们作出上述判断的依据,除正背面主要抄写内容多带蒙书性质外,还有大量极有可能是学生所写、带有纪年的题记和杂写。事实上,绝大多数题记和杂写出现的月份是十二月、正月、二月,这是另一个证明写本本身源自学校的有力证据。每年冬季的农闲时间,秋收已过,正是敦煌寺学、义学等学校开办冬学,百姓子弟结束劳动、入校求学之际,因而学生的题记、杂写自然就集中于这几个月。总之,《发愤长歌十二时》与学校教育有着密不可分的关联,这其实正反映了该辞乃至十二时曲调本身源自民间,作为一种自古以来民众热衷传唱、民间广泛流行的俗曲歌调的原本面貌。

基金项目:2012年度教育部人文社科重点研究基地重大项目"敦煌文学作品叙录与系年"(项目编号12JJD770007),2012年度教育部哲学社会科学研究重大课题攻关项目"法藏敦煌汉文非佛教文献整理和研究"(项目编号12JZD009)。

作者简介:郑骥,兰州大学敦煌学研究所博士研究生;瞿萍,文学硕士,西北师范大学《丝绸之路》杂志社编辑。

杂文与赋体杂文

欧天发

提　要：《汉书·艺文志·诗赋略》于专家赋之外，又列"杂赋"，审其题目应属通俗赋体，曰"杂"则符合聚合与驳杂之训。《文心雕龙》之《杂文》篇，涵盖赋体余绪，以客难系列之自嘲韵文，与对问、七体并列。《四库全书总目》云："议论而兼叙述者，谓之杂说"，此杂说犹今之谓杂文。程毅中谓"拟人的游戏文章"为赋，如宋袁淑《俳谐集》；晋之僧徒以诙谐之骈体文敷演佛经故事。马积高谓有韵的杂文为赋体文、俗赋体。简宗梧以唐人之杂文多与俗赋体制相合，称之为赋体杂文。综论之，赋体杂文表现之旨趣特征约有：一、詈骂刺谑；二、影射讽喻；三、自我解嘲，正语反说；四、转体创题，活跃发挥等项。

前　　言

　　《文心雕龙》之《杂文》与《谐隐》篇居韵文大类之殿末。《杂文》篇总括韵文形式之余绪，《谐隐》则属滑稽悦俗之辞，二者皆与辞赋之文体有关。俳谐之赋或藉诙谐之语而旨在讽刺；杂文则常夹叙夹议，具有箴砭之功能。文而谓之杂者，如《汉志·诗赋略》有"杂赋"十二家，谓屈原、陆贾、孙卿等文人赋以外的搜罗。杂赋之体裁多方，或为客主之对话，或为成相之说唱，或为隐书之趣味，或为名物之铺写，皆无作者之列名，可见属通俗之著作。《文心雕龙》"杂文"总括已具分类之余篇，除对问、七、连珠之体外，又有典、诰、誓、问等体十六品，命意甚广。云杂文系"文章之枝派，暇豫之末造"，虽属主流之分歧，实为作者暇豫之巧构。虽云"负文余力"所撰，然要求"日新殊致"，其文学价值亦未可等闲视之。

　　杂文之有韵者，其体裁实同于赋。《文心雕龙·杂文》篇所举诸例，多属题目虽无赋名而实属用韵的赋体文。《文苑英华》亦将唐人无赋题的赋体文置于杂文类。[①] 学者

---

① ［宋］彭叔夏编《文苑英华》，（台北）华文书局，1965年。

马积高、简宗梧等都曾提出"赋体杂文"的名称与概念。有韵的杂文虽未以赋为题目,实则其好作自嘲自解、谐谑讽刺,或描写小物,其风格亦近于俗赋。本文略述《文心雕龙》及其先后,论述杂文之义涵,并探讨"赋体杂文"之名义。

一、杂文之义涵

篇什分类之名,杂文之外,又有杂言、杂赋、杂记等称,皆略可见古人有关杂字之用法。以下论杂字之训诂,杂言等诸名称,并对杂文一词之范围加以归纳。

杂,古字或作襍,其义训主要有聚合、参杂等义。如《国语·郑语》:"故先王以土与金木水火杂,以成百物。"韦注:"杂,合也。"《国语·楚语上》:"三萃以攻其王族。"韦注:"萃,集也。"《方言》三:"萃、杂,集也。东齐曰聚。"①此皆聚合之义。又《淮南·说山》:"貂裘而杂,不若狐裘而粹。"高诱注:"杂犹驳。"②《说文》作襍,云:"五彩相合也,从衣集声。"《汉书·谷永传》:"相参也。"会合与参杂之义亦可沟通,《国语·楚语下》:"古者民神不杂。"韦注:"会也,谓司民、司神各异。"盖会合之后即有杂糅之现象。

(一) 杂言、杂赋、杂记

《说苑》一书搜集古人之言说之可采者,分类成卷,如《建本》篇论立身好学,《指武》说武略,《谈丛》收纳格言。至其《杂言》篇所收,或为记事,或属对话,或为议论。所谓杂,盖指综采本书其他品类所不收者。

《汉书·艺文志·诗赋略》于专家赋之外,列"杂赋"为第四类。此言"杂",盖指不著作者名的通俗作品,其篇有隐书、成相、器物名等,其品类驳杂不一,非如专家文之有规范可循。通俗之作形态日新,与专家赋未必相同,然亦可诵可玩,故总为一类,谓之杂赋。其编辑所用之名称,亦符合杂之聚合与驳杂二训。

《古文辞类纂》有杂记一类,乃有别碑志类之记叙体。姚氏于"碑志类"之云:"歌颂功德,其用施于金石。……志者,识也。或立石墓上,或埋之圹中。"③大抵为刻石、庙碑、墓志之属。姚氏于"杂记类"云:

---

① [清]钱绎撰集《方言笺疏》,中华书局,1991年,第117页。
② 刘文典《淮南鸿烈集解》,(台北)文史哲出版社影点校本,1992年,第547页。
③ [清]姚鼐编《古文辞类纂·序》,王文濡校注《古文辞类纂注》(原名《评校音注古文辞类纂》),(台北)世界书局,1965,第15页。

  杂记类者,亦碑文之属。碑主于称颂功德,记则所纪大小事殊,取义各异,故有作序与铭诗全用碑文体者,又有为纪事而不以刻石者。柳子厚纪事小文,或谓之序,然实记之类也。①

"有作序与铭诗全用碑文体者,又有为纪事而不以刻石者",就是指序、铭诗、纪事而不在碑石者。内容包含题记、游记、画记等记叙文,是"所纪大小事殊,取义各异"的大类之名,其实也就是在碑志类、传状类、序跋类等之外的纪事文。

(二)《文心雕龙》之杂文说

  《文心雕龙·杂文》说:杂文是"苑囿文情,故日新殊致",举宋玉始造对问,枚乘首制七发,扬雄肇为连珠,谓"文章之枝派,暇豫之末造也",即以对问体、七体、连珠体三者作为杂文类的代表。此三体之外,多种韵文名号的体裁也可归入。上举三种代表文体都与赋体相关,尤其对问体历来皆有可观之作,宋玉的《对楚王问遗行》虽无韵,但以假设为文。如其中曲名称为《下里巴人》《阳春白雪》皆以喻其雅俗之相异,所谓"客"有歌于郢中者,未必有其人。则其人其曲皆属伪托,故姚鼐谓:"设辞无事实"的《渔父》等皆为辞赋类;"辞赋固当有韵,古人亦有无韵者。以义在托讽,亦谓之赋耳"。② 彦和又说:

  自《对问》以后,东方朔效而广之,名为《客难》,托古慰志,疏而有辨。扬雄《解嘲》,杂以谐谑,回环自释,颇亦为工。班固《宾戏》,含懿采之华;崔骃《达旨》,吐典言之裁;张衡《应间》,密而兼雅;崔寔《答讥》,整而微质;蔡邕《释诲》,体奥而文炳;景纯《客傲》,情见而采蔚;虽迭相祖述,然属篇之高者也。至于陈思《客问》,辞高而理疏;庾敳《客咨》,意荣而文悴。斯类甚众,无所取裁矣。原兹文之设,乃发愤以表志。身挫凭乎道胜,时屯寄于情泰。莫不渊岳其心,麟凤其采,此立本之大要也。

这些"客难"系列的自嘲韵文,与对问、七体并列,皆属杂文,故今人亦视为赋之属。又云:

---

① 《古文辞类纂注》,第19页。
② [清]姚鼐编《古文辞类纂·序》,见王文濡校注《古文辞类纂注》,(台北)世界书局,1965年,第22页。

> 详夫汉来杂文,名号多品。或典诰誓问,或览略篇章,或曲操弄引,或吟讽谣咏。总括其名,并归杂文之区;甄别其义,各入讨论之域。

典诰誓问之类,未必有韵,若以广义而言,都可算是杂文。但其义意与对问之属差别颇大,大体为应用或歌诗之形式。

(三) 历代"杂文"之要义

"杂文"在史传所叙作者著述中,本概括指无法列入传统文体的篇什,其含义并不确定,多指如上文"杂"字所训,指聚合、参杂各种无法归类的创新文体。《文心雕龙·杂文》举宋玉始造对问,枚乘首制七发,扬雄肇为连珠为杂文之主要体例,可见在重视骈俪、用韵的唯美文艺时代,赋体文被视为杂文之大宗。近代学者提出的"赋体杂文"一词是对《文心雕龙》的呼应,但其内容更加充实。

1.《后汉书》所谓杂文

《后汉书·文苑传》序录作者之篇什,含有杂文者共四人,略言:

> 杜笃:所著赋、诔、吊、书、赞、七言、女诫及杂文,凡十八篇。又著《明世论》十五篇。
>
> 苏顺:所著赋、论、诔、哀辞、杂文凡十六篇。
>
> 赵壹:著赋、颂、箴、诔、书、论及杂文十六篇。
>
> 侯瑾:作《矫世论》以讥切当时,而徙入山中,覃思著述。以莫知于世,故作《应宾难》以自寄。又案:《汉记》撰中兴以后行事,为《皇德传》三十篇,行于世。余所作杂文数十篇,多亡失。①

是对于应用文如诔、哀辞、颂、箴及赋、书、论之外,而其体无所归属者,称为杂文。以实例言之,如杜笃之作,今《全后汉文》所录有赋五首、论三首、诔一首、吊文一首,另有《连珠》一首、《禖祝》一首、《迎钟文》一首,多属残句。与上引《后汉书·文苑传》之分类对比之下,此中的论三首及连珠、禖祝、《迎钟文》盖皆属于杂文的范围。苏顺著作今所见唯存赋、诔;赵壹只有赋、书,皆不能详其杂文之实况。侯瑾只有《筝赋》、《皇德颂叙》

---

① 以上分见《后汉书》,中华书局校点本,1959年,第2695、2617、2635、2649页。

(盖即《皇德传》之序),①"杂文数十篇"今皆无存。唯据《文苑传》所说侯瑾"作《应宾难》以自寄",此盖亦属设难式的杂文。由此可知,《后汉书》所称的杂文,是"指不能归入赋、诔、吊等大宗文体的论、祝、连珠等杂体文。"②

2. 南、北朝诸史所谓杂文

南、北朝诸史,或以诗、赋、论、颂等之外者曰杂文,近于《后汉书》之说。或以专书之外的文、笔单篇皆为杂文,可谓最广之涵义。节略其说如下:

杨方:著《五经钩枕》,更撰《吴越春秋》,并杂文笔,皆行于世。③

干宝:宝又为《春秋左氏义外传》,注《周易》《周官》凡数十篇,及杂文集皆行于世。④

李充:充注《尚书》及《周易旨》六篇,《释庄论》上下二篇,诗、赋、表、颂等杂文二百四十首,行于世。⑤

袁宏:撰《后汉纪》三十卷及《竹林名士传》三卷,诗、赋、诔、表等杂文凡三百首,传于世。⑥

沈璞:所著赋、颂、赞、祭文、诔、七、吊、四五言诗、笺、表,皆遇乱零失,今所余诗、笔杂文凡二十首。⑦

褚玠:所制章奏、杂文二百余篇,皆切事理。⑧

刁雍:凡所为诗、赋、颂、论并杂文,百有余篇。又……笃信佛道,著《教诫》二十余篇,以训导子孙。⑨

萧撝:所著诗、赋、杂文数万言,颇行于世。⑩

以上诸例,杂文之定义不统一。或以诗、赋、论、颂等之外者为杂文,《刁雍传》云:"诗、

---

① 著作分别在《全后汉文》卷二十八(杜笃)、卷四十九(苏顺)、卷八十二(赵壹)、卷六十六(侯瑾)。
② 说见刘洪仁《古代的"杂文"与杂文》,《四川教育学院学报》,1994年第3期。
③ 《晋书·贺循、杨方传》,中华书局,1974年,第1831页。
④ 《晋书·干宝传》,第2151页。
⑤ 《晋书·文苑·李充》,第2391页。
⑥ 《晋书·文苑·袁宏传》,第2398页。
⑦ 《宋书·自序·劭弟璞》,中华书局,1974年,第2465页。
⑧ 《陈书·文学·褚玠》,中华书局,1972年,第461页。《全陈文》卷十六有《凤里蝉》。
⑨ 《魏书·刁雍》,中华书局,1974年,第871页。
⑩ 《周书·萧撝列传》,中华书局,1971年,第753页。有《请归养表》。

赋、颂、论并杂文。"此义近于《后汉书》,但"论"体已逸出杂文范围,自成独立。其他皆取广义者,以专书之外皆谓杂文:杨方的二本专书之外,统称为"杂文笔",兼含散、韵之体而言,即是其他作者中所云的杂文。《李充传》:"诗、赋、表、颂等杂文二百四十首"(卷五十三),即三书之外的文、笔总合,依《全晋文》尚有诫、箴、铭、吊、论(《翰林论》)等篇。《袁宏传》:"诗、赋、诔、表等杂文凡三百首。"《全晋文》存有其书、序、论、赞、碑、铭、祭文、疏,是两本专书之外,其他单篇文体皆称杂文(卷五十七)。干宝于《搜神记》及经学之外,有《杂文集》。"今所余诗、笔、杂文凡二十首。"犹谓有韵、无韵之文笔皆属之。

《萧㧑传》云:"所著诗、赋、杂文数万言",比之"《梁武帝诗赋集二十卷》《梁武帝杂文集》九卷"(《隋书·经籍志》四)似杂文亦可与诗赋分立。《褚玠传》云:"章奏杂文",依《李充传》:"诗、赋、表、颂等杂文二百四十首。"表亦属杂文,则章奏似亦在杂文之内。若依《梁武帝诗赋集》《梁武帝杂文集》分立之例,则章奏不在杂文之内。总以上所论杂文之名称所涵盖,多指专书之外凡单篇者。

3. 唐、宋时所谓杂文

唐初至盛唐的进士科加考"杂文",指的是应用文体的箴、铭、论、表,也可兼指诗、赋,与南朝之说有异。《旧唐书·杨绾列传》:

> 近炀帝始置进士之科,当时犹试策而已。至高宗朝,刘思立为考功员外郎,又奏进士加杂文,明经填帖,从此积弊,浸转成俗。

《旧唐书·礼仪志》:

> (开元)二十五年三月,敕:"……进士停帖小经,宜准明经例试大经,帖十通四,然后试杂文及策,讫,封所试杂文及策,送中书、门下详覆。"

都说唐初至开元间的进士科除了试策还加考杂文,清赵翼《陔馀丛考》卷28《进士》也提到(高宗)永隆二年是进士试诗、赋之始,(德宗)建中二年以箴、论、表、赞代诗、赋。[①]清徐松《登科记考·永隆二年》说:"杂文二首谓箴、铭、论、表之类,开元间始以赋居其一,

---

① [清]赵翼著,栾保群校点《陔馀丛考》,河北人民出版社,1990年。

或以诗居其一。"①箴、论、表、赞等就是所谓杂文,也就是应用文体。《旧唐书·元稹列传》说:"所著诗、赋、诏册、铭诔、论议等杂文一百卷,号曰《元氏长庆集》。"诗、赋也可算作杂文的范围。

宋彭叔夏编《文苑英华》,杂文:收骚、七及有韵之问答体共三十篇。②

4. 明、清所谓杂著、杂文

明吴讷《文章辨体》所举各体,除了七、问对、连珠之外,有杂著一体,吴氏云:

> 杂著者何?辑诸儒先所著之杂文也。文而谓之杂者何?或评议古今,或详论政教,随所著立名,而无一定之体也。文之有体者,既各随体裒集,其所录弗尽者,则总归之杂著也。著虽杂,然必择其理之弗杂者则录焉,盖作文必以理为之主也。③

明徐师曾《文体明辨》所举各体,除了解、释、问对、七、连珠之外,亦有杂著一体,徐氏云:

> 按杂著者,词人所著之杂文也。以其随事命名,不落体格,故谓之杂著。然称名虽殊,而其本乎义理,发乎性情,则自有致一之道。

清《四库全书总目》子部杂家类序云:

> 杂之义广,无所不包。班固所谓"合儒墨,兼名法"也,变而得宜,于例为善,今从其说。以立说者谓之杂学;辨证者谓之杂考;议论而兼叙述者,谓之杂说。……④

一方面说"无所不包"就是杂,又说:"议论而兼叙述者,谓之杂说。"(含杂家类四、五、六)所列举的图书如汉王充《论衡》、汉应劭《风俗通义》、唐封演《封氏闻见记》、宋沈括

---

① [清]徐松撰,赵守俨点校《登科记考》,中华书局,1984年。
② [宋]彭叔夏编《文苑英华》,(台北)华文书局,1965年。又参马积高《历代辞赋研究史概述》,中华书局,2001年,第221页。
③ [明]吴讷《文章辨体序说》、[明]徐师曾《文体明辨序说》,(台北)长安出版社,1978年,第45、137页。
④ [清]永瑢等《四库全书总目·子部·杂家类一》,中华书局,1965年,第1006页。

《梦溪笔谈》、宋赵卫彦《云麓漫钞》、明叶子奇《草木子》之类。本是指一书所含的多种体例而言，或亦指一篇所含之体例，今人释杂文者多引用此语。

清李兆洛《骈体文钞》下编有设辞、七、连珠、笺牍、杂文等五体，谓"多属缘情托兴之作"，"小而能微，浅而能永，博而能检"，属杂文者凡二十二篇：

> 汉王子渊《僮约》《责髯奴文》，晋陆士龙《牛责季友文》、吞道元《与天公笺》，后汉戴文让《失父零丁》，梁吴淑庠《饼说》、后汉班孟坚《奕旨》、梁刘孝仪《探物艳体连珠》、陶通明《授陆敬游十赉文》、袁阳源《鸡九锡文并并劝进》、韦琳《鲤表》、沈休文《修竹弹甘蕉文》、吴淑庠《檄江神责周穆璧》、孔德璋《北山移文》、后汉糜元《吊夷齐文》、晋陆衡《吊魏武帝文》、陈沈初明《经通天台奏汉武表》、魏曹子建《释愁文》、梁王僧孺《忏悔礼佛文》、简文帝《为人作造寺疏》、后汉仲长公《理乐志论》、萧大圜《志言》。①

其中有不少是韵文，属文人的俳谐赋体。

二、杂文之广、狭义涵

（一）广义：指未能归类或尚未归类的文类或文章

《文心雕龙》以文体中的典、诰、誓、问等尚未足以成一大类的文体，都广泛搜罗谓之杂文"总括其名，并归杂文之区"。各篇题材、文体皆不一，典、诰等十六种或韵或否，学者因谓《杂文》篇涵盖各体，谓之"文笔杂"。②

（二）狭义：指上述文章中之重辞藻、论性情、尚义理的文章

《文心雕龙》以对问体、七体、连珠体三者作为能彰显其韵文的代表，创作者是"智术之子，博雅之人"，其成就是"藻溢于辞，辩盈乎气。苑囿文情"，特色是"日新殊致"。指内容或议或叙，或举例譬喻，或寓言暗示，不拘一格，随时议论。命名不循一体，依内容而标其目，于内容文体多所创新。与徐师曾《文体明辨》所云："词人所著之杂文也。以其随事命名，不落体格，故谓之杂著。"《文心雕龙》所举对问等类实属韵文，犹文人所为之杂赋。

---

① 〔清〕李兆洛《骈体文钞》，（台湾）中华书局，四部备要本，1981年。
② 范文澜《文心雕龙注》，（台南）平平出版社复印件，1974年，第5页。

三、近人对杂文与赋体杂文的举例

近代学者对杂文及赋体杂文相关的名称与篇名举例：

杂文：宋玉《对楚王问》《左传》《子鱼论战》，《战国策》之《触龙说赵太后》《庄辛说楚襄王》《虞卿辩驳楼缓》《鲁仲连义不帝秦》《赵武灵王胡服骑射》《淳于髡谏伐魏》《平原君诫平阳君》《燕昭王礼贤下士》《邹忌讽齐王纳谏》《狐假虎威》，《列子》之《愚公移山》《晋国苦盗》，《墨子·非攻上》，《晏子春秋》之《晏子使楚》《景公欲更晏子宅晏子辞以近市得求讽公省刑》《烛邹三罪》，李斯《谏逐客书》《狱中上书》，枚乘《七发》，东方朔《上武帝书》《答客难》，扬雄《逐贫赋》，赵壹《刺世疾邪赋》，司马迁《史记》各篇之《太史公曰》《报任安书》《与挚伯陵书》《太史公自序》等，贾谊《过秦论》《论积贮疏》，晁错《言兵事书》《论贵粟疏》《削藩策》，邹阳《狱中上梁王书》，司马相如《谏猎书》，李陵《答苏武书》，杨晖《报孙会宗书》，张敞《与朱邑荐士书》，何武《荐傅喜书》，《淮南子》之《道应篇》《人间篇》，桓宽《盐铁论》，司马谈《论六家要旨》……①

史评杂文：《史记》之《序》《赞》（如《高祖功臣年表序》《汉兴以来诸侯王年表序》《封禅书赞》《孝武本纪赞》《项羽本纪赞》）、《后汉书》之论赞②

杂文：《进学解》《答问》③

传记体杂文：《伯夷列传》《屈原列传》④

诸子杂文：庄子杂文、孟子杂文⑤

赋体俳谐文：《僮约》《责须髯奴辞》⑥

赋体文：《答客难》《僮约》。称七、九、答问者外，哀吊文如《吊魏武帝文》《哀永逝文》；称为论、说者，如《钱神论》《髑髅说》；称为传者，如《大人先生传》；称为移文者，如《北山移文》；因事立名者，如《奴券》《鸡九锡文》《驴山公九锡文》等。⑦ 又：《责须奴

---

① 邵传烈《中国杂文史》，上海文艺出版社，1991年。
② 刘洪仁《论司马迁的史评杂文》，《求索》1994年第2期。
③ 刘洪仁《古代的"杂文"与杂文》，《四川教育学院学报》1994年第3期。
④ 刘洪仁《论司马迁的史评杂文》，《求索》1994第2期。
⑤ 刘洪仁《〈孟子〉杂文的论辩艺术与讽刺艺术》，《四川教育学院学报》2002年第7期。刘洪仁《士的出现及诸子杂文的基本特色》，《四川教育学院学报》2005年第7期。刘洪仁《论〈庄子〉中的杂文及其影响》，《船山学刊》2005年第1期。
⑥ 马积高《赋史》，上海古籍出版社，1987年，第83页。
⑦ 马积高《历代辞赋研究史概述》，中华书局，2001年，第73页。

文》《牛责季友文》《与天公笺》《失父零丁》《饼说》《奕旨》《授陆敬游十赉文》《修竹弹甘蕉文》《橄江神责周穆璧》等。①

赋体杂文：《天问》《卜居》《渔父》②

俳谐体杂文：《僮约》《责须髯奴辞》《驴山公九锡文》《头责子羽文》《修竹弹甘蕉文》《北山移文》③

赋体文章、赋体杂文：《文苑英华·杂文》中问答、骚、帝道三类之用韵的篇章为赋体文章。唐代有为数不少的赋体杂文，《全唐文》及《唐文拾遗》有《文苑英华》所未收的赋体杂文。④

四、现代学者论杂文与赋的关系

现代学者曾论杂文与赋关系之意见，取三家之说以阐明：

（一）程毅中谓"拟人的游戏文章"为赋⑤。谓宋袁淑《俳谐集》，现存《鸡九锡文》《驴山公九锡文》，梁王琳的《鲲表》与之相似，⑥都是以动物拟人来作游戏文章。僧徒早就采用带有诙谐性质的的骈体文来敷演佛经故事，晋释道安曾写《檄魔文》《破魔露布文》《平魔赦文》等，实际上是一组游戏文章。敦煌写卷《祭驴文》生动幽默，也是赋。

（二）马积高称有韵的杂文属赋体，称为赋体文、俗赋体。马氏谓柳宗元的某些赋是更艺术化的有韵的杂文，共有十二篇。《骂尸虫文》《起废答》是寓言性质的讽刺小赋，《乞巧文》以他人的巧与自己的愚作对比，描绘上层社会虚伪做作之百态，为"正言若反"的讽刺手法。《哀溺文》《招海贾》批判讽刺上层社会的贪婪，以哀愍为主，抒情之意浓。《蝜蝂传》譬喻为官者贪多务得，不至于殒身殆不知止，其讽刺性更强。⑦

马氏论赋之文体演变时列有"俗赋体"，谓《好色》《逐贫》《白发》《头责子羽文》《僮

---

① 马积高《历代辞赋研究史概述》，中华书局，2001年，第25页。
② 刘洪仁《赋体杂文的先导——论屈原的〈天问〉〈卜居〉〈渔父〉》，《社会科学辑刊》2005年第4期。
③ 刘洪仁《论汉魏六朝的俳谐体杂文》，《四川教育学院学报》2006年第7期。
④ 简宗梧《试论〈文苑英华〉的唐代赋体杂文》，《长庚人文社会学报》一卷2期（2008）。
⑤ 程毅中《敦煌俗赋的渊源及其与变文的关系》，《文学遗产》1989年第1期。
⑥ 见《全梁文》卷六十八，[清]严可均校辑《全上古三代秦汉三国六朝文》，中华书局，1958年，第3361页。严氏于其下文校云："《酉阳杂俎》作韦琳《鲲表》"。
⑦ 参马积高《赋史》，上海古籍出版社，1987年，第312—317；《历代辞赋研究史料概述》，中华书局，2001年4月第1版。

约》《奴券》《鸡九锡文》《青衣》《鹖雀》等篇,皆视唐五代以前之俗赋。① "属文体而似赋者"概可称为"赋体文"②。

又说汉时已有不标赋名的赋体文。如东方朔《答客难》,七体、答问、哀吊文等实为赋体。《钱神论》《髑髅说》《鸡九锡文》之类,都是赋体。③ 可见《文心雕龙》所举的杂文,马氏也是当赋体看的。又说《文苑英华》之杂文(包含《文选》中的七体、问答、设论、骚体),除五篇无韵之外,都是赋体。④

(三)简宗梧析论唐代的"赋体杂文"⑤。简氏《试论〈文苑英华〉的唐代赋体杂文》分析《文苑英华》的唐代赋体杂文的用韵情形并阐释其创作动机。有关文体方面的观点为:

1. 唐代赋体杂文有趋于短小精练的趋势。

2. 有的作品用韵从宽认定,入声合韵如《进学解》;偶见平上通押,如《五悲文·悲穷道》;上去通押如《讼风伯》。或好用典故,如《五悲文·悲穷道》《为人谋乞巧文》;或用排比夸饰,如《释疾文》《骂尸虫文》;有的四方铺张,如《招北客文》。

3. 有的采用设辞问对体,如《招北客文》《骂尸虫文》;连用反问,如《悯祷辞》。

4. 有的采用祈祷词,有旨在讽刺时吏者,如《愬螭文》;旨在代人祈求者,如《为人谋乞巧文》《文祝延》;期望疟疠对付恶吏小人者,如《祝疟疠文》。又如《逐毕方文》,则是用以预防火灾的祈禳文。

5. 有的是含有韵文的小说体,如《湘中怨解》。

案:以上程氏认为文人的游戏文章即为赋。马氏把柳的杂文亦视为赋,并没有以用韵与否作为区别。简氏所举唐人杂文大多与俗赋体制相合,故称为"赋体杂文"。统言之,其文字趋向浅俗,文体多方,趣味诙谐,取材广泛,可称之为文人俗赋。

五、赋体杂文的旨趣特征

散体杂文也具有讽刺世情的主题,赋体杂文则有如戏剧性的"表演"。作者以实作虚、以虚作实,模拟本身的亲身经历,常用"代言体",造成寓言的效果。若如韩愈《毛颖

---

① 马积高《历代辞赋研究史料概述》,第20页。
② 同上,第25页。
③ 同上,第73页。
④ 同上,第221页。
⑤ 简宗梧《试论〈文苑英华〉的唐代赋体杂文》,《长庚人文社会学报》一卷2期(2008),第389—432页。

传》，也是寓言体，但不用韵，也无"代言"之形式，就不属于赋体。归纳赋体杂文表现的旨趣特征，可枚举如下：

（一）詈骂刺谑

此体作者之言无所蕴藉，利用寓言体比拟小人于琐细恶物。东方朔有《骂鬼文》，①柳宗元亦有《骂尸虫文》，苏轼有《黠鼠赋》等，皆用责骂之口吻。《骂尸虫文》云：

> ……汝曷不自形其形？阴幽诡仄而寓乎人，以贼厥灵。膏肓是处兮，不择秽卑。潜觑默听兮，导人为非。冥持札牒兮，摇动祸机。卑陬拳缩兮，宅体险微。以曲为形，以邪为质。以仁为凶，以僭为吉。……走逸于帝，透入自屈。幂然无声，其意乃毕。求味己口，胡人之恤！……汝虽巧能，未必为利。帝之聪明，宜好正直。宁悬嘉飨，答汝谀谩。叱付九关，贻虎豹食。下民舞蹈，荷帝之力。是则宜然，何利之得！②

伏俊琏说：

> 我们之所以把《王孙》《蝙蝠》《猿猴》《蚕虱》《剧鼠》《苍蝇》等赋归入俗赋，除了它们以四言为主，语言通俗，风格诙谐之外，还和它们选择的题材有关。③

狭琐之物，一方面以其体小善藏，一方面是精怪变黠，最是难防。故常以其象征险恶之细物，加以究诘。

（二）影射讽喻

柳之《宥蝮蛇文》：对物言情，表现作者的爱物心态。似属对牛弹琴，一厢情愿，但仍具有咏物之风，有暗示讽喻者在。《宥蝮蛇文》一方面是痛惜生物之本性天赋，对其荼毒之行无可深究；一方面对小人身不由己的害人之状更感忧心，故云："世皆寒心，我

---

① 东方朔本有《骂鬼文》，伏俊琏说："东方朔曾作骂鬼文，诵读此文可以却鬼驱邪。此文汉末尚存，王延寿得以读之，他的《梦赋》基本上是摹仿东方朔骂鬼之赋而成，那么《梦赋》中就有东方朔《骂鬼文》的影子。"《俗赋研究》，中华书局，2008年9月，第268页。
② ［宋］彭叔夏编《文苑英华》卷三五七，（台北）华文书局，1965年。
③ 伏俊琏《俗赋研究》，中华书局，2008年，第262页。

独悲尔。"充分表现了对宇宙间为求生存不择手段者的无奈与同情。模拟生物以告其情者,又有韩子的散体《祭鳄鱼文》,彼言:"不听其言,不徙以避之,与冥顽不灵而为民物害者,皆可杀。"直来直往,是一场官话。

(三)自我解嘲,正语反说

谓其仕途志业偪仄,无可申肆,乃藉对话论说,自我宽缓,以消除不平之块垒。如扬雄《逐穷文》、韩愈《进学解》《送穷文》。如《送穷文》中穷鬼向韩愈提出抗议,列举自己的功劳云:

> 吾与子居,四十年余。子在孩提,吾不子愚。子学子耕,求官与名;惟子是从,不变于初。门神户灵,我叱我呵;包羞诡随,志不在他。子迁南荒,热烁湿蒸;我非其乡,百鬼欺陵。太学四年,朝齑暮盐;惟我保汝,人皆嫌汝。自初及终,未始背汝;心无异谋,口绝行语。于何听闻,云我当去?是必夫子信谗,有闲于予也。我鬼非人,安用车船?鼻嗅臭香,糗粻可捐。单独一身,谁为朋俦?子苟备知,可数已不?子能尽言,可谓圣智。情状既露,敢不回避。①

穷鬼自辩,可谓确凿可证。全文以诙谐的情节,透露出文人共有的遭遇、处境。作者虽无法实时解决自己的疑问,但其不平已经过心理剖析而得到缓和。

柳宗元《乞巧文》正语反说,人皆乞巧弃拙,柳子亦云欲去"大拙",终不得去。文中历数自己之拙及天孙所告云:

> ……乃缨弁束袿,促武缩气。旁趋曲折,伛偻将事。再拜稽首,称臣而进曰:"……他人有身,动必得宜;周旋获笑,颠倒逢嬉。己所尊昵,人或怒之;变情徇势,射利抵巇。中心甚憎,为彼所奇;忍仇佯喜,悦誉迁随。胡执臣心,常使不移?反人是已,曾不惧疑;贬名绝命,不负所知。怵嘲似傲,贵者启齿;臣旁震惊,彼且不耻。叫稽匐匐,言语谲诡;令臣缩恧,彼则大喜。臣若效之,瞋怒丛已。彼诚大巧,臣拙无比。……敢愿圣灵悔祸,矜臣独艰。付与姿媚,易臣顽颜。凿臣方心,规以大圆。拔去呐舌,纳以工言。文词婉软,步武轻便。齿牙饶美,眉睫增妍。突梯卷

---

① 《全唐文》卷五五七。

裔,为世所贤。公侯卿士,五属十连。彼独何人,长享终天!"……见有青袖朱裳,手持绛节,而来告曰:"天孙告汝,汝词良苦。凡汝之言,吾所极知。汝择而行,嫉彼不为。女之所欲,汝自可期。胡不为之,而谆我为。……坚汝之心,密汝所持。得之为大,失不污卑。……"①

"他人有身,动必得宜","己所尊昵,人或怒之",作者以为人巧己拙,动辄得咎,希望天孙圣灵给予矜悯。但天孙的使者却严正劝他:"汝择而行,嫉彼不为","宁辱不贵,自适其宜",作者只好守拙终身。本文是讽刺官场的颠倒反复,却反而说是自己祈求巧妍而不得。

(四)转体创题,活跃发挥

转体创题,上举的唐代赋体杂文如《愍螭文》《祝疟疠文》等,借应用体的祈祷文来讽刺小人,也是文字游戏的一种。它们是晋及六朝以来《檄魔文》(晋释道安)、②《鸡九锡文》(南朝宋袁淑)、《北山移文》(南齐孔稚珪)等同类的杂文,借体裁位移之创意,发挥讽刺的效果,也避免了情绪性的攻讦。体裁的转换不只是形式的选择,也反映作者想作突破的创作心理,使想象力充分地驰骋。犹如太史公将本属纪传体的《伯夷列传》以议论形式发抒其孤愤,而韩愈《毛颖传》借对话寓言揭发了文人在政治上的无能为力。赋体杂文利用韵文的轻快节奏,把批判的言辞转变成自嘲或刺谑,是文人着意为之的谐趣文体。

结　语

一、广义的杂文,指无法纳于传统文体的有韵、无韵的篇章。狭义的杂文,指富有情感,表现刺谑、自嘲、俳谐、批判等价值的夹叙夹议,或韵或否的篇章。

二、杂文之有韵者,具有赋体之特质,体制多种、题目殊异,可称为"赋体杂文",简称曰"赋体文";以其通俗具有趣味性,属"俗赋"体。

三、赋体杂文虽题目不称"赋",但实为赋体。其体裁可以为骚体、散文体、对话体;

---

① 《全唐文》卷五八三。
② 龙韶《泛论"檄魔文"诸篇》提要云:"《檄魔文》、《破魔露布文》与《伐魔诏》……三部作品有三个特征:一是三者始终以宣扬佛教教理为宗旨,二是三者具相似的行文与表达方式,三是三者都具高明的比喻技巧,并且运用大量佛教专有名词以提高比喻的效果。"《谛观》64期,第37—58页,1991年1月25日。

其风格可以诙谐、自嘲、讽刺,夹叙夹议。常创新体制,以传、颂、吊文、说、文、论、解、移文等体裁表现其讽旨,并用以名篇。表现了赋体的多元化。

四、以"赋"名篇,但风格、内容属诙谐、自嘲、讽刺者,如《逐贫赋》《鹞雀赋》之类,其风格接近赋体杂文。

作者简介:欧天发,文学博士,台湾嘉南药理大学儒学研究所教授。

先秦兵书对汉赋的影响

——以《孙子兵法》为主

伏奕冰

提　要： 早期兵家讲"主""客"，兵书以主客对话为主；汉赋"述主客以首引"，虚设主客，就是从兵家来的。最早的兵书是讲诵的，需要默记口诵，所以韵律和谐，节奏感强，便于背诵。兵家讲气势，故兵书在修辞方面讲究，对仗排比，比喻对比，这和汉赋的铺排描写有异曲同工之妙。

兵书一般是指人类对战争中战胜之法经验的凝练与总结，这类经验应当是起源很早的，可以说自从原始人类有了战争，就有了对这类经验的总结，最早的总结应当是针对生产工具——即武器的使用的总结，例如在部落战争中应当如何使用木棍、石块、石斧、石刀、石矛等最为原始的武器，这种对战斗中徒手与武器战术动作经验的总结，后世《汉志·兵书略》称之为"兵技巧"，即"习手足，便器械，积机关，以立攻守之胜也"①。到距今三万年左右弓箭诞生后②，武器正式脱离生产工具，成为专门的作战器具③。

进入文明社会后，战争的规模空前提高，"中国的历史，可以说是一部战争史。二十四史中记录的战争的内容占了很大的比例。《史记》的《夏本纪》《殷本纪》所记多半是战争。《左传》所记春秋时代的战争更是难以计数。降及战国，战争更频繁，更惨烈。

---

① ［汉］班固《汉书》卷三〇，中华书局，1962 年，第 1762 页。
② 中国科学院考古研究所实验室《放射性碳素测定年代报告》(四)，《考古》1977 年第 3 期，载为 28945 年；杨泓、李力《中国古兵二十讲》载为 28945 ± 1370 年，生活·读书·新知三联书店，2013 年，第 5 页。
③ 早在弓箭发明之前，人类在与狩猎过程中与猛兽近身肉搏，已经使用木石打制矛、棒、斧、刀，但这些同时也在生产生活中扮演切割、砍伐的角色，即是生产工具又是战斗武器。由于弓箭精确的打击性和强大的杀伤力，使得其专门司职于战斗，兵器也正式从生产工具中独立。

这种情况,一直延续到西汉初年。兵书是对战争和战事的总结,所以中国的兵书经典大部分产生于春秋战国时期"①。《尚书》《逸周书》《左传》等所记载的战争主要发生在平原地区,所以战争以车战为主,交战双方一般选择在空旷的平原上摆开车阵,每车有三名战士,一名御手,负责驾驭战车;一名弓箭手,远程射击敌人;一名戈手,扫清战车周围障碍,保证战车顺利前进。每辆战车配备72名步兵在旁协助作战,他们一般手持弓箭或者戈戟,与战车一起构成一个战车群组。这种车战双方一般约好时间地点,摆开阵势,鸣鼓而进,鸣金则退,欺诈较少,由战车群组冲击进攻,胜负全凭冲击强度、兵员的多寡以及双方的气势。作战时间非常短暂,失败一方往往一触即溃,丢盔弃甲,自相践踏,溃不成军。最经典战役如周武王伐纣的牧野之战,由于周军是统一有序的车阵,面对纣王临时武装的商朝奴隶,阵势一冲即溃,商军纷纷倒戈。车战一直延续到春秋时期,齐鲁长勺之战也是典型的车战②。这种作战方式可谓是典型的君子之战、贵族遗风,是符合周礼的,作战过程中也体现出人道主义关怀,比如"半渡不击"、"不重伤"、"不禽二毛"、"不以阻碍"、"不鼓不成列"。后来在礼崩乐坏的春秋中期,战争中已经是"兵不厌诈",而没落贵族宋襄公依然在战争中遵守上述法则,结果惨败③。

战国已降,战争的发生了本质的变化。首先,周天子更加衰微,战争的目的由春秋初期的"尊王攘夷"争霸战争转变为各诸侯国扩充自身实力的吞并战争。其次,战国中期骑兵的出现,大大加强了军队的机动性、灵活性与远程作战能力。这种吞并战争的实质,决定了古时那种约时而举、鼓进金退的君子之战必将为各国将领所摒弃,取而代之的则是尔虞我诈、变化无常、出其不意、以假乱真的战术战法,并且有时借助阴阳五行之术,战斗变得旷日持久且杀伐惨重。在这种吞并战争中,武将的个人谋略显得愈发重要,往往在战斗中起到决定性的作用。这一时期涌现出一大批将星,比如孙武、吴起、尉缭、孙膑、商鞅、白起、王翦、王贲、廉颇、李牧、项燕等。如果说《汉志·兵书略》中的"兵权谋"中的"以正守国,以奇用兵。先计而后战。兼形势,包阴阳,用技巧"④,主要是对春秋以前战事总结的话,那么,《汉志·兵书略》中的"兵形势"与"兵阴阳",主要是对战国时期的战事的总结:"雷动风举,后发而先至,离合背乡,变化无常,以轻疾制敌","顺

---

① 伏奕冰《论汉代学者对先秦兵书的整理研究》,《宁夏师范学院学报》2015年第2期。
② 见《左传》庄公十年,杨伯峻《春秋左传注》,中华书局,1981年,第182页。
③ 见《左传》僖公二十二年,杨伯峻《春秋左传注》,中华书局,1981年,第397—398页。
④ [汉]班固《汉书》卷三〇,第1758页。

时而发,推刑德,随斗击,因五胜,假鬼神而为"①。

中国兵书的主要经典,就诞生在春秋战国时期,保存至今的主要有《孙子兵法》《孙膑兵法》《司马法》《六韬》《尉缭子》等,虽然并非完全在这时期成书,但是其核心思想是在此时期形成的。其中尤其以《孙子兵法》成就最大、影响最为深远。《孙子兵法》除了在军事哲学上取得璀璨夺目的成绩外,文学价值亦非常值得称道,主要表现为:

第一,语言精练,比喻形象生动

《孙子兵法》仅短短六千多字,却被后世赞为"百代论兵之祖","千古武学之圣",主要是因为它不拘于对具体战役战斗的论述,而是对战争的普遍原理进行哲理化的高度概括浓缩,故而行文简洁,语言形象生动,且条理清晰,读来明快流畅,在句式上有长有短,骈散结合。如《孙子兵法·计篇》:"兵者,国之大事,死生之地,存亡之道,不可不察也。"开篇短短十九字,就点名了战争的重要性和残酷性,以及国家对战争的态度。又如《计篇》:"兵者,诡道也。故能而示之不能,用而示之不用,近而示之远,远而示之近。利而诱之,乱而取之,实而备之,强而避之,怒而挠之,卑而骄之,佚而劳之,亲而离之。"文中仅用"利"、"乱"、"实"、"强"、"怒"、"卑"、"佚"、"亲"等八个字(词)展现出敌人的八种状态,再分别对以八个字(词)说明我军应采取的策略,即"诱"、"取"、"备"、"避"、"挠"、"骄"、"劳"、"离",非常精炼,言简意赅,准确得当,可以说无一复笔,也无一闲笔。类似的经典还如《谋攻篇》:"故用兵之法:十则围之,五则攻之,倍则分之,敌少则能战之,不若则能避之。"用"围"、"攻"、"分"、"战"、"逃"、"避"六字表述了对付敌军有生力量的六种方法,非常精炼准确。还有《势篇》中关于"兵势"的论述:"激水之疾,至于漂石者,势也;鸷鸟之疾,至于毁折者,节也。故善战者,其势险,其节短。势如彍弩,节如发机。""激水之疾"是大自然山川河流的现象,"鸷鸟之疾"是动物界的情况,《孙子》用形象生动的比喻阐明了战争蓄势造势和掌控节奏时机的道理,语言生动,发人想象。同样,在《孙子兵法》中,运用了许多生动形象的比喻,将很多抽象的战争哲学用人们熟悉的自然景观展现出来,使人豁然开朗。例如《形篇》:"胜者之战民也,若决积水于千仞之溪者,形也。"为了阐明军事中的形,《孙子》作了一个巧妙的比喻:军队实力强大,作战时就如同悬崖上百丈高的瀑布,奔腾而下,势不可挡,通过这种形象的比喻,将抽象的,无形的概念变为生动具体的说明。《九地篇》:"故善用兵者,譬如率然。率然者,常山之蛇也。击其首则尾至,及其尾则首至,击其中则首尾俱至。敢问兵可使

---

① [汉]班固《汉书》卷三〇,第1760页。

如率然乎？曰可。"这句是将能征善战的将领比作大自然的常山之蛇，因为常山之蛇灵活多变，警惕性非常高，能首尾相顾，用此比喻善于打仗的将领，非常恰当。《地形篇》："视卒如婴儿，故可与之赴深溪；视卒如爱子，故可与之俱死。"这又是用亲密的父子关系来比喻将领应如何对待士卒。

第二，行文气势磅礴

《孙子兵法》中还大量运用排比、对偶的句子，行文气势磅礴，论点毋庸置疑，这也是先秦兵书的一大特色。如《计篇》："主孰有道？将孰有能？天地孰得？法令孰行？兵众孰强？士卒孰练？赏罚孰明？吾以此知胜负矣。"这七个连续单句排比从国君、将领、天时地利、法规号令、军队、士兵、赏罚七个方面来阐述取得战争胜利的根本。又如《势篇》："治乱，数也；勇怯，势也；强弱，形也。""凡治众如治寡，分数是也；斗众如斗寡，刑名是也；三军之众，可使必受敌而无败者，奇正是也；兵之所加，如以碫投卵者，虚实是也。"再如《谋攻篇》："故善用兵者，屈人之兵而非战也，拔人之城而非攻也，破人之国而非久也。"等等。总的来说，《孙子兵法》中各式各样的排比句运用产生了很强大的表达效果，因为排比这一连串结构相同语气一致的句子整齐地排列起来表达相关内容，看起来整齐醒目，读起来一气呵成，语气强烈，表达效果明显，给人不容辩驳的感觉。

第三，节奏明快，韵律铿锵

先秦时期很多子书都注重押韵，目的是为了便于记忆，兵书亦不例外。为了能让将领诵读记忆，兵书的押韵显得尤为重要。

在《孙子兵法》中主要有《计篇》中："故能而示之不能，用而示之不用，近而示之远，远而示之近。"两个"能"字，两个"近"字前后押韵，形成相抱之势。《谋攻篇》中："是故百战百胜，非善之善者也；不战而屈人之兵，善之善者也。""善"字（音）反复出现，如音乐旋律中的中心音律，不断敲击听者心灵。《形篇》中："是故胜兵先胜而后求战，败兵先战而后求胜。""胜"字前后相抱押韵。《虚实篇》中："故我欲战，敌虽高沟深垒，不得不与我战者，攻其所必救也。""战"字（音）重复出现，"沟"（古音侯部）、"救"（古音幽部）邻韵通叶。还有此篇"微乎微乎，至于无形；神乎神乎，至于无声，故能为敌之司命。"不但"形"（古音耕部）、"声"（古音耕部）、"命"（古音耕部）押韵，而且"微乎微乎、神乎神乎"还具有歌词吟唱手段。《军争篇》中："故用兵之法，高陵勿向，背丘勿逆，佯北勿从，锐卒勿攻，饵兵勿食，归师勿遏，围师必阙，穷寇勿迫，此用兵之法也。""向"（古音阳部）、"逆"（古音铎部）阴入通叶，"从"（古音东部）、"攻"（古音东部）押韵，"食"（古音职部）、"遏"（古音铎部），"阙"（古音月部）、"迫"（古音铎部）入声通押。这种语

228

句押韵的现象在《孙子兵法》和其他先秦兵书中是很常见的。

以《孙子兵法》为代表的先秦兵书的这些文学特点对后来赋体有一定的影响作用，主要表现为三点：

第一，早期兵家讲"主"、"客"，很多兵书也是以主客对话为主；汉赋"述主客以首引"，虚设主客，应当是从兵家来的。先秦时期，很多军事家，都是在主客对话的形式中阐述自己的军事主张，这些主张后来成为其兵学思想的主干部分，由自己及弟子门人书于竹帛，成为兵书。比如公元前684年的齐鲁长勺之战中，鲁国将领曹刿就是在与鲁庄公对话的过程中，阐明的自己的军事主张。两军对阵于长勺，鲁庄公采纳曹刿建议，齐军前进之时，鲁军严阵以待，待齐军三鼓过后，鲁军出击，齐军溃败而走，曹刿下车观察，发现齐军"辙乱旗靡"，遂建议庄公追击，鲁军大胜。战后鲁庄公问制胜之法，曹刿回答道："夫战，勇气也。一鼓作气，再而衰，三而竭。彼竭我盈，故克之。夫大国难测也，惧有伏焉。吾视其辙乱，望其旗靡，故逐之。"①这是典型的问答体，回答简明扼要，紧扣主题，将自己以逸待劳，敌疲我打的军事主张表达而出，这个军事主张后来被左丘明记于《左传》之中。再如春秋末期大军事家孙子以十三篇兵法面见吴王阖闾之时，在对话之间虽未直接陈述十三篇内容，但表达了自己治军以严的主张。《史记·孙子吴起列传》记载孙子以十三篇见吴王阖闾，阖闾已拜读十三篇内容，命孙子以宫女一百八十人现场操练，孙子将众人分为二队，并以阖闾两名宠姬担任队长，进行队列操练，操练中众位宫女嬉笑打骂，不听号令，虽三令五申仍然不改，孙子说道："约束不明，申令不熟，将之罪也。即已明而不如法者，吏士之罪也。"将斩二位队长，吴王见状，急忙求情，孙子又回答说："臣既已受命为将，将在军，君命有所不受。"于是将二位队长斩首，宫女都听从号令，没有异议。这次演习中的对话反映了孙子严明军纪的治军思想。此外，问答体在先秦兵书中非常常见，例如《孙膑兵法》中有《擒庞涓》《威王问》《陈忌问垒》《强兵》；《吴子》中有《图国》《料敌》《治兵》《论将》《应变》《励士》；《尉缭子》中有《天官》。《六韬》六十篇全为问答体。以《孙膑兵法》中《威王问》为例，全篇以孙膑回答齐威王、田忌问话而成。在面对齐威王时一问一答，威王一连十次发问，孙膑一一作答，威王的问话步步紧逼，层层深入，不给人以喘息之机，孙膑沉着应对，逐一解除了威王的疑虑，使其心服口服，最后以"善哉！言兵势不穷"结束对话内容。之后是田忌与孙膑的问答，田忌亦连连发问，孙膑再次冷静处理，对答如上。总体来说，先秦兵书中这种问答体结构大

---

① 杨伯峻《春秋左传注》，中华书局，1981年，第183页。

致是一样的,一般都由君主发问,将领回答,回答时一般论点明确,有条不紊,气势磅礴,一气呵成,它不像《论语》中的问答对话比较简略而偏重口语,而是逻辑严密,结构完整的篇章,如果去掉"问"、"对曰"的形式,可以看作是论说文的滥觞。汉赋继承了这种问答体,贾谊的《鹏鸟赋》用人禽间问答的方式讨论对待生死的观点,枚乘的《七发》用主客之间的七次问答,描述了音乐、饮食、车马、宫苑、田猎、观涛、要言妙道七件事情。司马相如的大赋《子虚赋》与《上林赋》也采用问答体的方式,可以说一问一答的形式也有利于赋体篇幅的扩展。①

第二,兵家讲气势,故兵书在修辞方面也颇为讲究,对仗排比,比喻对比,这和汉赋的铺排描写有异曲同工之妙。先秦兵书一般行文气势磅礴,令人无从辩驳,上文以《孙子兵法》为例,已做论述。汉赋"极声貌以穷文",行文气势宏大,波澜壮阔,例如枚乘《七发》中描写观涛的一段:

  太子曰:"善。然则涛何气哉?"
  客曰:"不记也。然闻于师曰:似神而非者三:疾雷闻百里,江水逆流,海水上潮;山出内云,日夜不止;衍溢漂疾,波涌而涛起。其始起也,洪淋淋焉,若白鹭之下翔。其少进也,浩浩溰溰,如素车白马帷盖之张。其波涌而云乱,扰扰焉如三军之腾装。其旁作而奔起也,飘飘焉如轻车之勒兵。六驾蛟龙,附从太白,纯驰浩蜺,前后骆驿。颙颙卬卬,椐椐强强,莘莘将将。壁垒重坚,杳杂似军行。訇隐匈磕,轧盘涌裔,原不可当。观其两傍,则滂渤怫郁,暗漠感突,上击下律。有似勇壮之卒,突怒而无畏。蹈壁冲津,穷曲随隈,逾岸出追。遇者死,当者坏。初发乎或围之津涯,荄轸谷分。回翔青篾,衔枚檀桓。弭节伍子之山,通厉骨母之场。凌赤岸,篲扶桑,横奔似雷行。诚奋厥武,如振如怒。沌沌浑浑,状如奔马。混混庉庉,声如雷鼓。发怒庢沓,清升逾跇,侯波奋振,合战于藉藉之口。鸟不及飞,鱼不及回,兽不及走。纷纷翼翼,波涌云乱。荡取南山,背击北岸。覆亏丘陵,平夷西畔。险险戏戏,崩坏陂池,决胜乃罢。汹汹潏潏,披扬流洒。横暴之极,鱼鳖失势,颠倒偃侧,沈沈㴸㴸,蒲伏连延。神物怪疑,不可胜言。直使人踣焉,洄暗凄怆焉。此天下怪异诡观也,

---

① 饶宗颐先生有《释主客:论文学与兵家言》,从银雀山汉墓出土的孙膑兵法说起,提出"客主"与赋体的关系。此文虽寥寥数百字,对问题只是点到为止,却对我们启发良多。

太子能强起观之乎？"①

这是我国文学史上第一次对潮水作的生动描写,非常具体、形象。

《汉志》云："不歌而诵谓之赋。"赋是用来"诵"的,所以讲节奏、讲韵律成了赋之所以为赋的本质特征,赋是韵文这一点是毫无疑问的。当然,散体赋在行文过程中也很注重散韵结合,用韵比较灵活,不像后来律赋那样有严格的要求。比如司马相如《上林赋》中："于是酒中乐酣,天子芒然而思,似若有亡,曰：'嗟乎,此大奢侈！朕以览听余闲,无事弃日。顺天道以杀伐,时休息于此。恐后叶靡丽,遂往而不返,非所以为继嗣创业垂统也。'于是乎乃解酒罢猎,而命有司曰：'地可垦辟,悉为农郊,以赡萌隶,隤墙填堑,使山泽之人得至焉。实陂池而勿禁,虚宫馆而勿仞。发仓廪以救贫穷,补不足。恤鳏寡,存孤独。出德号,省刑罚,改制度,易服色,革正朔,与天下为更始。'"②或韵或散,诸多句子排比而下,结构相同。再如宋玉《风赋》中："楚襄王游于兰台之宫,宋玉、景差侍。有风飒然而至,王乃披襟而当之,曰：'快哉此风,寡人所与庶人共者邪？'宋玉对曰：'此独大王之风耳,庶人安得而共之？'王曰：'夫风者,天地之气,溥畅而至,不择贵贱高下而加焉。今子独以为寡人之风,岂有说乎？'宋玉对曰：'臣闻于师,枳句来巢,空穴来风。其所托者然,则风气殊焉。'"③其中"侍"(古音之部)和"之"(古音之部)押韵,"至"(古音质部)、"气"(古音物部)、"师"(古音脂部)入声相押。"天地之气"与"溥畅而至"相押,"枳句来巢"与"空穴来风"对仗。

清代著名学者章学诚在《校雠通义·汉志诗赋第十五》中论述赋的体制特征,总结了"假设问对"、"恢宏声势"、"排比谐隐"、"征材聚事"等四个特征,其中前三个都和兵书关系密切。

作者简介： 伏奕冰,兰州大学历史文化学院博士研究生。

---

① ［梁］萧统编,［唐］李善注《文选》,上海古籍出版社,1986年,第1570—1572页。
② 同上,第376—377页。
③ 同上,第581—582页。

从宋初类书文献《事类赋》与《青衿集》看"西昆体"的诗学意义

曾祥波

提 要：本文以吴淑《事类赋》及丁谓《青衿集》为个案，从文献角度"坐实"了"西昆体"与宋初朝廷提倡文治的文化学术风气之间的渊源。进一步，本文认为"西昆体"作者在诗歌创作的精神气质、人格心态层面基本上仍然遵循着"白体"的情境逻辑，"西昆体"的绝大多数作品只是"白体"的精致形态，难以企及"义山体"的艺术及思想高度。西昆体步武"义山体"后尘却终告失败的结局，表明天水一朝诗歌处于一种与中古政治文化、学术氛围都有本质不同的新局面，已经不能再遵循唐暨唐前诗歌独特兴象境界的路径延续发展。这个转折在某种程度上昭示了唐音、宋调之分野。

宋初太宗、真宗朝提倡"崇文"之治，先后设置崇文院、秘阁、太清楼、龙图阁、天章阁等外廷、内殿的藏书之府，在此编修图籍。① 时人姚铉在《唐文粹序》中说："内则有龙图阁，中则有秘书监，崇文院之列三馆，国子监之印群书，虽唐、汉之盛，无以加也。"② 可见朝廷提倡艺文的空前盛况。上之所好，下必兴焉。太宗、真宗朝在官制上对"内外制"词臣的重视，引发了宋初诗坛"白体"的流行；③无独有偶，朝廷提倡艺文、编修图籍的文化热情对当时学术风气也起到了极大的引导作用，直接导致了"西昆体"的出现。

一、吴淑《事类赋》与"西昆体"之关系

"西昆体"的出现，乃是当时编修类书的学术风气影响波及于文学的必然后果，自

---

① [宋]李焘《续资治通鉴长编》，上海古籍出版社，1986年，第160、270、175、514—515、862页。
② 曾枣庄、刘琳主编《全宋文》，巴蜀书社，1988年，第七册第252页。
③ 宋初职官制度中对内外制词臣的重视，及其对宋初诗歌的影响，笔者另有《从宋初政治的崇文倾向看宋诗气质的形成》（《北京大学学报》哲社版，2004年3期）一文论述。

不待言,然而其间过渡传承的影响作用又是如何发生、实现的呢? 要言之,宋初朝廷兴建馆阁、编修图籍(尤其是类书)的"崇文"之举乃是"西昆体"出现的大环境,受编修类书学术风气影响产生的介于学术与文学之间的著述(吴淑《事类赋》与丁谓《青衿集》)则是这个大环境直接导向"西昆体"的津梁。

吴淑,南唐人,入宋后归朝,试学士院。端拱元年(988),太宗始置秘阁,吴淑即充秘阁校理,著有《秘阁雅谈》五卷,是最早关于秘阁的著述。① 太平兴国二年(977)至雍熙三年(986),《太平广记》《太平御览》《文苑英华》相继编成。"北宋四大书"中完成于太宗朝的三部大书的编撰工作,吴淑都参加了。《事类赋》则是吴淑在集体编修类书(当然,确切地讲《文苑英华》是总集而非类书)的工作之余独立撰成的一部类书。《事类赋》的撰成时间,南宋人边惇德在绍兴十六年给此书新刻本所作的序中认为在太宗"淳化"中,而当代研究者认为撰成时间应从南宋王应麟《玉海》卷五十九所载之太宗"端拱中",②这在时间上恰好紧接着三部大书编成之后。此书撰成之后即进献太宗,随后又奉旨加以笺注。总之,无论从作者的经历还是编撰时间、目的来看,《事类赋》毫无疑问受到"崇文"政治下编修类书学术风气的影响。然而《事类赋》的体例又不同于一般类书,吴淑认为"类书之作,相沿颇多,盖无纲条,率难记诵",故采用"焕焉可观"的赋的形式。③ 这是一个创举,四库馆臣评价说:"类书……镕铸故寔、谐以声律者,自李峤《单题诗》始。其联而为赋者,则自淑始。"④换言之,《事类赋》是第一部以"赋"这种文学形态为载体的类书。一方面,它不像一般类书只对事典材料加以简单排比,而是通过艺术构思将事典有机组织起来,每一条目下都形成一篇富于文学意味的作品;另一方面,它又有着类书严密的结构,条分缕析,以类相从,这又远非汉代大赋一篇之中包罗万象、却显粗略混萌的"原始类书形态"可以比拟。一言以蔽,《事类赋》乃是介于学术与文学之间的中介物。

《事类赋》撰成之后的至道三年(995),吴淑又受命参加钱若水领衔的太宗实录编撰工作,遂与杨亿为同事。⑤ 吴、杨二人因此有机会进行学术上的切磋交流。《宋朝事

---

① [宋]晁公武撰,孙猛校证《郡斋读书志》卷十三下"小说类",上海古籍出版社,1990年,第583页。
② 冀勤、王秀梅、马蓉校点《事类赋注·校点说明》,中华书局,1989年。
③ 《事类赋注》卷首《进事类赋状》。
④ [清]永瑢《四库全书总目》卷一三五,中华书局,1965年,第1145页。
⑤ [宋]杨亿《武夷新集》卷九《宋故推诚保德翊戴功臣邓州管内观察使金紫光禄大夫检校司空兼御史大夫上柱国长城郡开国公食邑二千四百户食实封四百户赠户部尚书钱公墓志铭》,影印文渊阁四库全书本。

实类苑》卷四十"文章四六"门"徐锴"条引《杨文公谈苑》一则遗文可见二人交流之情形:

> 徐锴仕江左,至中书舍人,尤嗜学该博,领集贤殿学士、校秘书。时吴淑为校理……叹服之……(锴)尝欲注李商隐《樊南集》,悉知其用事所出,有《代王茂元檄刘稹书》云:"丧贝跻陵,飞走之期既绝;投戈散地,灰钉之望斯穷。"独恨不知"灰钉"事,及观后汉杜笃《入都赋》云:"荥康居,灰珍奇,椎鸣镝,钉鹿蠡。"商隐之雕篆如此。

这条记载有两点值得注意,第一,此条材料记载之事应该是杨亿从吴淑本人口中听说的(原因有二:首先,《杨文公谈苑》虽是黄鑑所作,但黄鑑是杨亿门人,书中内容多数来自杨亿的谈话。①其次,吴淑是徐锴之兄徐铉的女婿,所叙徐锴轶事应该是出于吴淑之口),可见基于编撰工作对学力的要求,杨亿与吴淑之间确实有过这种"淹贯博通"的学术交流。第二,也是更重要的一点,吴淑曾经对杨亿传达过李商隐诗文在"近代"文坛的影响流布情况。虽然其关注点最初在于李商隐俪偶长短、属缀繁缛的"獭祭鱼"骈文,但这种倾向如果从文体创作过渡到诗学追求上,很容易转化为对百宝流苏、绮密瑰妍的"义山体"的偏爱,从而启发他们写出"西昆体"诗篇。我们再比照参看杨亿一则自述②:

> 公尝言,至道中,偶得玉溪生诗百余篇,意甚爱之,而未得其深趣。咸平、景德间,因演纶之暇,遍寻前代名公诗集,观富于才调,兼极雅丽,包蕴密致,演绎平畅,味有穷而久愈出,钻弥淡而酌不竭,曲尽万变之态,精索推言之要,使学者少窥其一班,略得其余光,若涤肠而换骨矣。由是孜孜求访,凡得到五七言长短韵歌行杂言共五百八十二首。

据此可知,至道中,杨亿在遇到吴淑之前,刚得到义山诗百余篇,但还"未得其深

---

① [宋]陈振孙《直斋书录解题》卷十一"小说家类",上海古籍出版社,1987年,第325页。[元]脱脱《宋史》卷四百四十二《黄鑑传》,中华书局,1999年,第10188页。
② [宋]江少虞《宋朝事实类苑》卷三十四"诗歌赋咏"门"玉溪生"条,上海古籍出版社,1981年,第435页。该书未标明此段文字的来源,但从其收书范围以及此段文字的行文辞气来看,它属于《杨文公谈苑》的遗文应该是没有问题的。

趣"。至道三年(997,也是至道年号的最后一年),杨、吴二人同任编修之职,有了学术上的交流。紧接着至道之后的咸平、景德年间,杨亿研读义山诗,就有了"涤肠换骨"的体会。综合所有可见之现存资料,从时间上的紧密联系和两人学术交流的路径取向来看,杨亿对玉溪诗歌的理解有非常大的可能是得到了吴淑的指点。

除了人事交往、学问授受上的渊源,我们再从创作理路上分析《事类赋》与"西昆体"之间的渊源与差异,以"西昆体"中与《事类赋》题材相关的作品加以比较。例如《西昆酬唱集》中的《鹤》诗五首,分别是刘筠、杨亿、张咏、任随、钱惟演所作,除了人所共知的常见典故如"华亭鹤唳"、丁令威化鹤之外(这类典故太寻常,所以它们的来源也可能是对前人诗句"多重"的袭用,无须专门掉《事类赋》或者其他某种类书的"书袋"),诗中引用的其他如《相鹤经》、鲍照《舞鹤赋》、《庄子》以及《世说新语》、《拾遗记》等稍微冷僻一些的见于子部杂说诸书的事典全部见于《事类赋》中的《鹤赋》。"西昆体"中其他与《事类赋》"同题"的诗作,其中典故几乎都能在《事类赋》中找到,这其中的合辙颇能说明问题。

然而需要强调的是,《事类赋》只是带着文学"外壳"的学术著述,"西昆体"才是文学作品,这个区别的最明显之处表现在:《事类赋》在对每一题目的描述中严格遵循类书的准则,完全以"事类"为基础,决不会在典故之间作"文学性"的联想、比互、换用、隐喻,因为这将打破事类界限,扰乱读者思路中的"先验框架",损害《事类赋》作为类书的阅读功用。而作为诗歌的"西昆体"则不同,作者拥有想象的权力,不受日常逻辑分类原则的限制,一切可以激发美感的文学手段都可以上场。举一个精确的例子,《西昆酬唱集》中钱惟演、杨亿、刘筠、丁谓所作的四首《梨》诗,直接与"梨"相关之典故全部见于《事类赋》的《梨赋》,惟独其中使用的《拾遗记》"甜雪"一典,是诗中唯一不见于《事类赋》中《梨》赋的典故。此典在《太平御览》也不见于"梨"目,而是被归入卷十二"天部"的"雪"目。因为从《拾遗记》原文来看,此条文字只是讲有一种带有甜味的"雪",与"梨"无关,这应该就是《太平御览》以及吴淑没有把"甜雪"收入"梨"目的原因。但是"甜雪"一辞无论从质地、色泽还是味觉感受来看,与"梨"堪称绝配,所以用"甜雪"来代指梨,实在妙不可言。诗心拟象,不可理会,通过辞藻借喻的"挪用",诗人就在文学想象世界中创造了一个在客观现实世界中从来不曾存在过的新形象。所以说,《事类赋》只是用学术编辑眼光对材料加以严格归类,而"西昆体"则是诗人用文学想象思维大幅度调动各种不同类别的物象、事典,在激发、穷尽它们组合"可能性"的基础上,获得经验逻辑之外的审美体验。换言之,《事类赋》只是徒有文学的外表,"赋"的形式在这里只起到一个"语义串合"的作用,而"西昆体"那种源于审美思维而超越日常经验的独特兴象境界,才是文学的奥义所在,这也是"半成品"与"纯文学"的根本区别。因此,《事类赋》缺乏作为纯粹文学作品而独立存在的价值,只是类书编撰学术风气到"西昆体"之间的一个过渡环节。

二、丁谓《青衿集》与"西昆体"之关系

事实上,《事类赋》的出现并不是孤立的现象。即使是在"西昆体"出现之后,这类由学术到文学的"半成品"著述类型仍然没有绝迹,最显著的例子是丁谓的《青衿集》。丁谓列名《西昆酬唱集》中,有诗五首,是"西昆体"中仅次于杨亿、刘筠、钱惟演、李宗谔的一员。① 丁谓晚年贬谪崖州,闲居无事,遂作《青衿集》。据刘克庄《后村诗话》卷三记载:

> 鹤相在海外,效唐李峤为《单题诗》,一句一事,凡一百二十篇,寄洛中子孙,名《青衿集》。

《青衿集》效仿初唐李峤《百廿咏》采用诗的形式为类书之作,这与《事类赋》采用赋的形式异曲同工。丁谓在贬所所作的类似著述并不止这一种,据魏泰《东轩笔录》卷三记载:

> 丁晋公至朱崖……作《青衿集》百余篇,皆为一字题,寄归西洛……又作州郡名配古人姓名诗……不下百余篇,盖未尝废笔砚也。

除了《青衿集》之外,丁谓还有"州郡名配古人姓名诗"之作百余篇,亦有类书意味。据丁谓《青衿集自序》②及他人记载可知其著述之目的,一是为了防止手生,不废笔砚;二是为家中幼童提供学习的范本。两者正体现了类书作为童蒙学习范本和文人辞藻渊薮的基本功能。《青衿集》到南宋时似乎颇为流行,已有人为之做注。③ 此书今已未存

---

① 对于丁谓的"西昆"诗人身份,池泽滋子《丁谓不应归入西昆派》(《四川大学学报》哲学社会科学版,1998年4期)有异议。但其文并未注意到丁谓《青衿集》,而对"西昆体"诗人的定义也嫌狭隘,本文不完全赞同。
② [宋]刘克庄《后村诗话·后集》卷一引,中华书局,1983年,第55—56页。
③ [宋]胡铨《澹庵文集》卷五《罗孝逸先生传》,影印文渊阁四库全书本。

全帙,不过在国家图书馆藏明稿本《诗渊》(书目文献出版社1985年影印本)一书中还保存了八十八首,加上我所辑逸的《天》诗残句(见后),共八十九题,占原书一百二十题的约四分之三。《诗渊》中题为《宋丁谓夹注单题诗》,《单题诗》的名称跟刘克庄的记载是相符的,"夹注"二字当是后人作注之后所加,可能《青衿集》经后人作注后曾以此名行世。《全宋诗》将其全部收入,但似乎没有意识到这批"单题诗"就是《青衿集》的残余部分。其实把它们与前人诗话中引用《青衿集》的只言片语相对照就不难得知,《苕溪渔隐丛话》卷二十四引《漫叟诗话》载《青衿集》中诗句:"若《天》诗云:'戴盆徒仰止,测管讵知之。'《席》诗云:'孔堂曾子避,汉殿戴凭重。'可谓著题,乃东坡所谓赋诗必此诗也。"其中所引《天》诗全篇今已不存,①不过《席》诗尚见于《诗渊》:"著位时专绝,铺筵罄恪恭。鲁堂曾子避,汉殿戴凭重。脯绣矜华靡,莞茅着礼容。轩皇膺帝锡,瑶彩应昂颙。"②《漫叟诗话》所引正是《诗渊》中《席》诗的颔联,惟"鲁堂"为"孔堂",小异而已。

既然《青衿集》还流传下来了相当多的篇章,我们就可以根据它们来窥见原书的面貌。现比照李峤《百廿咏》③的体例将《青衿集》整理重排如下:

　　乾象——天。
　　坤仪——地、山、海、江、河。
　　芳草——草、兰、菊、竹、瓜、莲。
　　嘉树——松、桂、柳、桐、桃、李、梅、梨、枣、橘。
　　灵禽——凤、鹤、莺、燕、雀、乌、鹊、鹰、雁、雉、鸡。
　　祥兽——龙、麟、象、马、牛、豹、熊、鹿、羊、兔、虎、狼、猿、狐、犀、鱼、龟、蛇。
　　居处——楼、桥、船、车、台、窗。
　　服玩——席、帘、镜、扇、烛、酒、茶、冠、笏、佩。
　　文物——书、纸、笔、鼎、棋、印。
　　武器——剑、刀、弓、射、鼓。
　　音乐——琴、瑟、箫、笛、笙。
　　玉帛——珠、玉、金。

---

① 按,此句《全宋诗》失收。当是因《漫叟诗话》此处未点明《青衿集》作者丁谓姓名之故。
② 北京大学古文献研究所编《全宋诗》题作《咏席》,(北京大学出版社,1991—1998年)第2册第1159页。录自《诗渊》第1册第1339页。
③ 李峤撰,张庭芳注《日藏古抄本李峤咏物诗注》,上海古籍出版社,1998年。

整理的结果，《青衿集》的内容与《百廿咏》的体例并不融洽。《青衿集》有相当数量的"单题"是《百廿咏》中没有的，例如"酒"的归类怎么算？"棋"、"印"、"鼎"究竟归入"服玩"还是"文物"？按照李峤《百廿咏》的类目设置意图，放在哪里都欠妥。更大的问题是，李峤《百廿咏》共十二类，每类十题，非常整齐，但丁谓的《青衿集》按照《百廿咏》的体例排列后极不匀称，排除个别类目如"乾象"、"玉帛"应该是篇什散佚的原因，那么"灵含"类多出一种如何解释，更遑论多达十八种动物纳入"祥兽"的臃肿情况？尤其重要的是《萤》《蝶》《蝉》三篇，如果遵照《百廿咏》的体例则完全找不到容身之处。由此可见，虽然《青衿集》号称踵武《百廿咏》，可是在类目设置上却有如此多的明显龃龉之处，这恐怕不能简单用作者才识、兴味的差异以及贬谪流放中缺乏图籍等原因来搪塞。这种不"合体"怎么解释呢？我们再试着用吴淑《事类赋》的类目体例来"安放"《青衿集》的现存篇章：

　　天部——天。

　　地部——地、山、海、江、河、桥、楼、台、窗。

　　宝货部——金、玉、珠。

　　乐部——琴、瑟、箫、笙、笛、鼓。

　　服用部——冠、笏、佩、弓、射、剑、刀、廉、席、镜、扇、烛。

　　什物部——书、棋、纸、笔、印、船、车、鼎。

　　饮食部——酒、茶。

　　禽部——凤、鹤、莺、燕、雀、乌、鹊、鹰、雁、雉、鸡。

　　兽部——麟、熊、虎、狼、豹、象、犀、猿、鹿、兔、狐、牛、马、羊。

　　草部——草、竹、松、桂、桐、柳、兰、菊。

　　果部——桃、李、梅、梨、莲、枣、橘、瓜。

　　鳞介部——龙、鱼、龟、蛇。

　　虫部——萤、蝶、蝉。

很明显，《事类赋》类目框架对于今存《青衿集》四分之三的内容相当"贴身"。如，《事类赋》"饮食部"只有《茶》《酒》两题，《青衿集》也是如此；依照《百廿咏》体例而找不到"着落"的《萤》《蝶》《蝉》正好归入《事类赋》类目中的"虫部"；更重要的是，两书的具体内容除了"天部"、"岁时部"之外，《青衿集》与《事类赋》都相当一致；"天部"、

"岁时部"的不一致,其原因恐怕更多应该归于《青衿集》的篇目散佚,换言之,这种不一致实"天为之",非丁谓本意。

比较之后的最终结论是:除了极个别单题用《百廿咏》的类目来安置显得更合适之外,现存《青衿集》的内容几乎完全符合《事类赋》的类目设置。由此可知,丁谓号称步武李峤《百廿咏》而著述《青衿集》,虽然他确实采用了"咏物五律"的形式,而且有可能在个别类目上也沿用了《百廿咏》的设置,但全书的基本"骨架"来自吴淑的《事类赋》,却是不争的事实。《事类赋》对于"西昆"诗人潜移默化的影响之深,于此可见一斑。

综上所述,"西昆体"出现之前,吴淑与杨亿之间的学术交流对杨亿随后的文学"转向"颇有启发;"西昆体"兴起之后,《事类赋》一书的影响在"西昆"诗人丁谓身上仍然余波尚衍;而"西昆"诸诗作与吴淑《事类赋》一书在事典、辞藻上的众多相似之处,也难以用"巧合"一笔带过——诸此种种,都从细部揭橥了宋初类书编修的学术风气对于"西昆体"重事典、重辞藻之诗学追求的启发意义,《事类赋》正是其中由学术向文学转化的代表性"中介物"。从繁琐的考证中抬起头来,长放眼量,我们不难发现宋初学术及文学的这种情形与初唐之际颇为相似:初唐经历了南北朝分裂与隋末动乱,学术、文学都相当凋敝,唐太宗提倡文治,编修类书,实有以也;而宋初刚从五代战乱中复苏,学术上落后于被它征服的江南诸国,大量编修类书成为朝廷在文化事业上展示国力的手段,同时也可以直接为其崇文政策服务。相似的历史境遇,也就给诗歌带来了相似的助力。对于初唐诗歌的情况,闻一多在《类书与诗》里比喻性的提出"一首初唐诗在构成程序中的几个阶段",分别是:"《文选注》,《北堂书钞》,《艺文类聚》,《初学记》,初唐某家的诗集。"随着当代学术研究的进展,[①]我们还可以试着在这个链条的最后两段之间加上一个环节,使它们过渡得更加自然,即:"……《初学记》——李峤《百廿咏》——初唐某家的诗集。"与之相似,宋初学术到文学演变的某一环节也存在类似轨迹:"《太平御览》、《太平广记》——《事类赋》——'西昆体'。"当然,世移事异,前面毕竟已经有了唐诗这座高峰作为榜样,站在巨人肩上的宋初诗歌找到同样追求事典与辞藻,但是在艺术上更精美、思想上更深沉的"义山体"作为学习的对象,也就不必再重蹈"初唐某家诗集"草创之初的覆辙了。

---

① 参见葛晓音《创作范式的提倡和初盛唐诗的普及:从〈李峤百咏〉谈起》一文,《诗国高潮与盛唐文化》,北京大学出版社,1998年。

三、"西昆体"作者与类书编撰词臣身份的再分析

通过上文的论述可知,"西昆体"作者的特定人选当然只能在编修类书的词臣中寻找,然而这其中也存在着需要详细辨析但却尚未为人所注意的问题。

宋初词臣不能一概而论,可以细分为两类:一种是馆阁词臣,地位较低,往往从事图籍的校勘、修订、编撰工作;一种是两制词臣,他们由馆阁词臣提拔上来,参与朝廷重要文书事务,地位清高,是主政大臣的候补人选、前途无量的"第二梯队"。因此,编修类书的词臣也要相应的细分为两类:一是编撰班子中少数负领导之责的两制词臣,往往是翰林学士,一是做具体工作的大批馆阁词臣。我们以此标准来衡量西昆体的"骨干"成员:

杨亿,文坛宿老杨徽之从孙,七岁能属文。太宗闻其名,雍熙元年(984)昭试赴阙,遂擢为秘书省正字,留京师,时年十一。① 杨亿留京的具体活动史载不详,据我考证应该是留在崇文院中的"三馆"读书。② 宋初以童子诏对合格者,例授秘书省正字,按惯例一般安排在秘阁读书。总之,出身于文学世家,幼年成名得官,并且进入馆阁词臣的工作场所读书,成年后进入馆阁任职,这样的经历不是普通馆阁词臣所能拥有的。真宗朝有类似经历的馆阁词臣,几乎都在"西昆"作者圈子里!"西昆体"的另一主要成员李宗谔,是朝中文翰之首李昉的儿子,《宋史》卷二百六十五本传称其七岁属文,风流儒雅,藏书万卷,李昉居三馆、两制之职,宗谔不数年皆践其地,朝野称为英年早慧、家学渊深之士。钱惟演,吴越王钱俶之子,出身勋贵而又留意文事,博学能文辞,诏试学士院称意,命值秘阁。后任知制诰、翰林学士,终为枢密使。《宋史》卷三百一十七本传称其"于书无所不读,家储文籍侔秘府",这条记载颇可玩味,可与杨亿幼年读书秘阁的经历相呼应。"西昆体"的骨干人员里,只有刘筠的经历不符合我们的"预设模式",他是朝廷专为校雠馆阁书籍从下级官员

---

① 《续资治通鉴长编》卷二十五"雍熙元年十一月癸酉"条,第225页。
② 《宋史》卷三〇五本传载,杨亿留京不久,"俄丁外艰,服除,会从祖徽之知许州,亿往依焉……淳化中,诣阙献文,改太常寺奉礼郎,仍令读书秘阁"。第8149页。据"仍令"二字可知,杨亿第一次就是在秘阁读书,但秘阁在雍熙元年还不存在,"仍令"二字如何理解呢?我推测,第一次应该是在朝中某处图籍之府读书,而与秘阁一体相连、同在崇文院内的"三馆"可能性最大。端拱元年(988)在崇文院内设立秘阁,与其中原有的"三馆"并列。这样,淳化中杨亿到秘阁读书,从大的地理位置来说,就是"再次"回到崇文院。所以,正确的表述应该是"仍令读书崇文院",不过这一次的精确地点在崇文院内的秘阁(关于崇文院与秘阁的关系,参见本文引言部分),史臣下笔之际,既要省文,又想传达更精确的信息,两相抵牾,手不及心,就写成了"仍令读书秘阁"的文字。

中选拔上来的。① 毕竟,"西昆体"最初的出现还带有一些偶然因素,它在很大程度上是杨亿凭借个人的文学魅力聚集了编修《册府元龟》的人员相互唱和而成,尚不能完全显现出其参加者必然的身份特征。而且,据宋敏求《春明退朝录》卷下记载:"徐坚等讨集故事兼前世文辞撰《初学记》。刘中山公子仪爱其书,曰:'非止初学,可为终身记。'"可见刘筠自己也有特别适合"西昆体"写作要求的个人好尚和潜质,所以他才能从众多校勘官中脱颖而出,得到杨亿的特别赏识。"西昆体"出现之后,其特定的追随者就更能说明这种身份的必然性了。以杨亿在世时就已经被公认为其文学风格继承者的晏殊、宋绶为例②(当代研究者更是直接界定他们为"后期西昆派"③),此二人的经历与杨亿就极为类似。宋绶是杨徽之外孙,算是杨亿的远房表兄弟,据《宋史》卷二九一本传记载,"徽之无子,家藏书悉与绶",景德二年(1005)宋绶年才十五,诏试中书,真宗爱其文,迁大理评事,听于秘阁读书。后以知制诰、翰林学士渐至参知政事。家藏书万余卷,手自校雠,博通经史百家,杨亿称其文"沉壮淳丽",自以为不及。晏殊,据《宋史》卷三百十一本传记载,七岁能文,景德二年(1005)以神童荐试,真宗赐同进士出身,擢秘书省正字,令秘阁读书,时年十五。此后任知制诰、翰林学士,渐至大用。

要之,就宋初文官权力结构的金字塔"馆阁词臣——两制词臣——执政大臣"而言,馆阁词臣是数量最多、地位最低的"技术性"的文字工作人员,能够进入两制的佼佼者是少数。通过考察不难看出,"西昆体"的骨干基本上都是那些自幼便才学出众,幼年就得以登入朝廷图籍之府深造的"资深"馆阁词臣,他们后来无一例外任职两制,多数得登高位,属于饱谙台省况味、浸染雍容气象之士,堪称馆阁词臣中的精英翘楚。他们从前有过馆阁词臣的经历,以及由这种文字工作带来的对事典、辞藻的迷恋,现在又身处两制词臣的清要之位,日常诗文唱和皆浸染了"白体"之风。所以,当他们回到馆阁主持编撰工作之时,虽然唤起了从前那种重视事典、辞藻的记忆,在艺术上有突破"白体"直白浅显习气的表现,但这种突破又自觉或不自觉的局限在"白体"精神气质的"框架"之下,很难再进一步。我们可用杨亿"白体"与"西昆体"之作的比较来揭橥此点。④ 如杨亿

---

① 苗书梅等点校《宋会要辑稿·崇儒》"勘书"类"真宗咸平二年闰三月"条,河南大学出版社,2001年,第210页。
② 《续资治通鉴长编》卷八十五"大中祥符八年八月庚寅"条,第751页。
③ 祝尚书《论后期"西昆派"》,《四川大学学报》哲学社会科学版,第2002年第5期。
④ 张明华《从〈武夷集〉到〈西昆集〉:西昆体形成期与成熟期作品比较》(《文学遗产》2002年第4期)一文亦是此种思路,可参见。

《喜贺梁三入翰林》:

> 六鳌云海冠蓬莱,玉署深严枕斗魁。汉殿论兵得颇牧,梁园作赋掩邹枚。趋朝御案香盈袖,侍宴仙茎露满杯。五色天书看视草,悬知独有长卿才。①

这是朝间流行的典型"白体"雍容闲雅的式样。现存《西昆酬唱集》中大多数作品,其实与此类诗作大同小异。比如杨亿《李舍人独直》:

> 阁凤巢高拂彩霓,玉芝香杂武都泥。十行汉札如丝出,六幕尧天倚杵低。露井冰销垂素绠,仙茎日转射璇题。赫蹄云落知谁见,余力何妨颂碧鸡。②

此诗与《喜贺梁三入翰林》的结构脉络及意义内涵完全一致!首联说翰苑地望崇高,颔联赞对方才学渊深,颈联描写具体工作环境的精致,尾联再次恭维对方才学及工作成绩。不同之处只在于用典、遣词,《喜贺梁三入翰林》的用典、遣词较为质实,直书人名和事件,然后径直加以比附。《李舍人独直》的落笔则尽量虚化,用典、遣词都注意挑选字面"美丽"、"奇异"的辞藻,使得全诗的整体基调显得空灵而迷离,这恰是"西昆体"艺术上的一大特色。这是"西昆体"类似"白体"的例子。另外,《武夷新集》中收录的《七夕》、《夜宴》等"白体"宴饮唱和之什则与《西昆酬唱集》中的同名诗作颇为相似,则是"白体"类似"西昆体"的例子(例夥不赘)。由此可见,"白体"一旦注重自我修饰就很容易俏似"西昆"面目。最后再举一例,《西昆酬唱集》卷首有《受诏修书述怀感事三十韵》一诗,交代酬唱活动之缘起,以表明《西昆酬唱集》一书的由来,它正是"白体"风格中比较典型的御制唱和类型(此诗也被《武夷新集》收入)——叙述"西昆"缘起的任务要由"白体"诗作来完成,不是正好说明了"西昆体"与"白体"之间千丝万缕的联系吗?所以说,"西昆体"并非隔代遗传、横空出世,它虽然遥指"义山体"为至亲,但相当部分的血脉仍脱胎于"白体"。"西昆体"浓密的辞藻和超常的意象下,往往并没有需要特别传达(或者说有意遮掩)的深意,读者的理解只限于单纯的文字层面,无法获得衍生的意蕴。换言之,"西昆体"的相当多作品只是"白体"在艺术上更脱俗、更精美的

---

① 《武夷新集》卷四,影印文渊阁四库全书本。
② [宋]杨亿等《西昆酬唱集》卷下,上海书店出版社,2001年,第229页。

形态。

　　对于宋初诗歌来说，体现国家宽松的政治环境和士人高昂的政治理想、展示"文治"成果的任务已经由"白体"唱和之风圆满完成了；而突破"白体"那被反复吟诵而已经显得乏味的单调主题，超越它本来就薄弱无力的艺术表现力，这种更"高级"、更"精致"的诗学追求才能激起词臣中少数长期居于馆阁之地的最有才华、最先锋的"学院派"精英的兴趣，成为他们心目中诗歌发展的出路。《苕溪渔隐丛话》前集卷十六引《蔡宽夫诗话》称"白乐天晚极喜李义山诗文"，且不论此说确否，其中蕴涵的诗学理路则是一致的。其次，随着王朝的逐步稳定，政治机制进入按部就班的日常运作，从普遍的政治兴奋中冷静下来的首先是那些饱谙台省况味的才学经纶之士，他们既熟知历史兴衰沿革，又有丰富的仕宦经历，能接触到朝廷政治的最上层，因而对国家及个人的命运有更深入、更长远的思考，这样的思想、情志、心态也需要婉曲周纳、内敛深沉的诗歌类型来表现，故而既重视辞彩、又寓意深沉的"义山体"首当其选。因此，"西昆体"乃是"崇文"政治下普遍的"白体"唱和之风中，具有"双重"（馆阁——两制）词臣身份的极少数文学清要之臣，在类书编修学术风气的刺激下，形成的一种试图在艺术底蕴和思想内涵上超越时辈（"白体"）的诗学追求。然而事实上，"西昆体"中绝大部分作品只在艺术上下工夫，组织华丽，雕琢辞彩，思想上寓意深沉之作不多。已经由低级馆阁词臣出身而步入高级内外制词臣行列的文翰精英，在诗歌创作的精神气质、人格心态层面基本上仍然遵循着"白体"的情境逻辑，成型后的"西昆体"绝大多数作品只是"白体"在艺术上更脱俗、更精美的形态，难以企及"义山体"的艺术及思想高度。①"西昆体"在一开始就暴露出的精神气质上的不足在后期西昆派诗人如宋绶、晏殊、胡宿、宋祁的作品中表现得尤其明显，此不赘言。值得注意的是，后期西昆派诗人也开始出现分化，如宋祁的全部诗作风格绝不单调，他学老杜，②学民歌，③五古有汉魏风貌，五律渐脱姚、贾之窠臼，七绝饶有情趣，七律命意新奇。宋祁是一个过渡，他在《读退之集》里说："东家学嗜蒲菹味，蹙额三年试敢尝。"④正代表了后期西昆派开始不局限于昆体，愿意尝试其他风格

---

① 当然，"西昆体"有极少数不仅在艺术上，而且在思想内涵上也超越了"白体"的作品，如《明皇》、《汉武》、《南朝》，借古讽今，寓意深沉，是内容与形式结合较好的作品。但是，这些作品在"西昆体"全部诗作中数量太少，无法代表"西昆体"的主流与总体风貌，只能算是"意外"的收获。
② 如宋祁《景文集》卷六《拟杜工部九成宫》、卷七《和贾相公览杜工部北征篇》，影印文渊阁四库全书本。
③ 如《茶蘼花》自注："近世民间杂曲，始有《茶蘼花》者。"《全宋诗》第4册，第2580页。
④ 《全宋诗》第4册，北京大学出版社，1991—1998年，第2614页。

的倾向。这也说明宋诗沿着"西昆体"的路子无法走下去,类似"西昆体"这样的诗学路数只能成为小范围的"试点",无法形成大的潮流了。

四、"西昆体"的诗学意义

回过头来看"西昆体"所效法的"义山体","义山体"有着自己独特的艺术气质,这种气质不妨称之为"神话兴象境界"。"神话兴象境界"在唐暨唐前诗史中如草蛇灰线,有自己独特的演进轨迹,至"义山体"而臻于顶点。"义山体"中伴随大量"神话意象"而生成的梦幻迷离、绚丽瑰妍的艺术境界,与作品主旨中对朦胧变幻心灵境界和深沉邈远"生命意识"的深切把握相互激发,生成了可加以无穷阐释的象征性、多义性,达到了古典诗歌的巅峰。① 作为中古与近古分界的唐宋变革时期,整个时代的政治结构、文化学术、社会心态都在由中古向近古不断"落实",如政治上由讲究出身、门第的贵族政治遗蜕向理性务实的文官政治过渡,学术思想上道统文统的兴起,排斥佛道、讲究秩序,社会心态由唐代的汗漫随意下移到宋代的平实稳健,这些因素都促使士人从高远的幻想中沉静下来,回落到现实的"人间世"。因此,天水一朝诗歌处于一种与中古政治、文化、学术氛围都有本质不同的新局面之下,已经不可能按照这种"神话兴象境界"的路径延续乃至发展了——就以"西昆体"为例,它骨子里是指向"白体"所代表的中唐以降兴起的文官政治的矜持自信、理智务实的文化人格,这与中古以来贵族门阀政治中士人在诗歌创作中所体现出来的柔顺依附而又怨愤激烈的文化人格截然不同。太宗朝两部大型类书《太平广记》、《太平御览》的编撰,从某种意义上正象征着这个变革时代对此前文学中"神话意象"的一次大规模总结,唐暨唐前文学作品所创造的神话世界中的所有人物、情节、场面、意象、辞藻都基本上都被二书廊括其中,在此之后,"神话意象"也几乎没有增添什么"原创性"的新元素。太宗朝之后官方对于此二书的态度从某种角度说明了这种"总结"的本质乃是一种"终结",史载:"玉宸殿乃上(真宗)宴息之所……东西聚书八千余卷。上曰:'此唯正经、正史屡校定者,小说它书不预焉。'"②照此标准,距此不久的太宗朝所编定的汇聚小说诸书的《太平广记》当在"不预"之列。到了仁宗朝,朝廷又"诏国子监见刊印《初学记》、《六帖》、《韵对》等书,皆抄集小说,无益学者,罢之"③。

---

① 笔者另撰有专文《古典诗歌神话兴象世界之演进与终结》(《思想战线》2005年第2期)论述。
② 《续资治通鉴长编》卷六十五"真宗景德四年三月乙巳"条,第561页。
③ 同上,卷一百三"仁宗天圣三年二月癸酉"条,第912页。

如此说来,同样有大量"抄集小说"成分的《太平御览》也可以取消。《太平广记》、《太平御览》之后的类书《册府元龟》,其编撰目标则完全脱离了神话世界,而指向了实在的人间历史,应该说是最符合时代趋尚和政治实用要求的,这个编撰目标也注定了以《册府元龟》编撰班底为起点的"西昆"唱和从根子上更专注于现实政治具体成败得失的著述心态,他们与文学中"神话兴象境界"的扞挌难通,也就可以想见了。退一步说,即使有所涉及,"西昆"诗人的紧要关心处也只在于用事的典雅和辞藻的绮华,而非独特的"神话兴象境界"。我们在前面已经指出,"西昆体"总体的精神实质乃是从"白体"一脉相承而来,只是外表抹上了"义山体"色彩,它并不具备"义山体"独有的那种梦幻朦胧的艺术特质和深沉内敛的丰富心灵境界。所以说,"西昆体"的出现,只仿佛是历史给了诗史一次"重演"的机会,它以这种极尽宽容的方式来彻底证明在天水一朝"义山体"已经无法"昨日重现",并以"白体"诗风不露声色的胜利宣告了古典诗歌之一脉从此由"神话兴象境界"堕入到"现实理性境界",呈现出思想上理性而有逻辑的、行为上积极入世的、日常生活中休闲享乐而富于趣味的总体风貌。这个"绝地天通"的诗史转折,正不妨看作中国古典诗歌中象征唐音、宋调分野的一个标志。

作者简介: 曾祥波,文学博士,中国人民大学文学院副教授。

经史批判与祝允明复古文风的学术向度

孙 宝

提 要：祝允明以系统而犀利的经史批判建立起自身的学术架构。他视儒家元典及汉唐注疏为建立"儒体"的根本，正史是"儒用"的基础，诸子文集则可扩展学识才艺。他突破程朱理学一元化、权威化的思想藩篱，批判科举取士的功利化、浮伪化，注重学术穷理应事、明辨是非的根本性价值，标举"学坏于宋"论，质疑四书独立存在的学术意义。他深研唐宋元明学人著述，以"达德"、"达道"等德义原则展开史学是非的评判，又将志怪野史作为正史的有益补充，以广闻娱情、惩恶扬善。祝允明采用学术批判先行的方式展开对汉唐宋元文学价值的褒贬：推尊汉唐文风以肯定汉唐经学为基础，"诗死于宋"论以"学坏于宋"论为前提；崇尚中晚唐刺世、怪奇文风，以吸收中晚唐诗人论著的批判思想为依归；宣扬声色性情主题，则以《庄子》、《周易·巽卦》、管仲"三归"为论据。上述经史批判思想赋予祝允明复古文风以鲜明的学术内蕴。

祝允明是明代不可多得的学者型作家和艺术化思想者，更在明中期文坛复古风潮中扮演了重要角色。不过，祝允明复古文风不仅与其倾心于六朝或盛唐等某一断代文学范型有关，①更是其学术素养的重构和外化。自北宋以来，科举功令文字以外的经史学问多称为"古学"。② 祝允明自称："醉心古典，期毕华颠。既而摧颓场屋，时文日疏，好古益笃。"③已非常明确的宣扬了对科场外学术的兴趣。其强调以《十三经注疏》为根底，以治经的方式研讨史、子之学，形成了以经史批判为核心的学术观。不仅如此，他将

---

① 参见徐慧《明中期文学复古运动中的"别支"——祝允明六朝论与六朝文风》(《苏州大学学报》(哲学社会科学版)2010年第5期)、史小军、李振松《祝枝山论李、杜》(《人文杂志》2006年第2期)等论述。

② 案，吕希哲师从王安石后，"遽弃科举，一意古学"，即是典型例证。事见[宋]李幼武纂集《宋名臣言行录外集》卷六"吕希哲"条，顺治十八年林云铭刊本，叶1b—2a。

③ [明]祝允明撰《祝氏集略》卷十三，台湾国立中央图书馆编《祝氏诗文集》，1971年，第1039页。

《文选》等文学总集、书法名帖与正史、诸子一起,作为提升学识、技艺与传达心声的手段;他重视文学的学术属性,提出"凡典册不越经、史、子、集,集亦学也";他还将"文"作为"学"的必备载体,认为:"文者,学之饎也。……其在于初,将明理修身以成己用,于时以立政安人,建之为志,行之为行,施之为功业,宣之为文章,充充如也。"①在他这里,"文"不仅与是"学"的支撑要素,也是修身成己、立政安人、建志施功等人格修养与经世目标的直观载录和呈现。祝允明有意识的将文学纳入其学术体系的架构中,深厚的经史渊源、子学素养又使其文学创作具有了鲜明的复古色彩和精深的学术向度。文徵明称其古文"尤古邃奇奥"②,顾璘赞其"学务师古,吐辞命意,迥绝俗界"③,都揭示出其经史修养与文风复古特质的关联。可以说,在古今经史批判的贯通性视域中,先秦儒典、诸子、中晚唐及宋元诸家均按照其内在的学术理路,进入其德理思辨、史实重估、文事模仿创新的系统化过程,从而超越了"文必秦汉,诗必盛唐"以特定朝代为指向的狭隘复古,最终转向了以独立判断与博选约取为主导的通达性复古。正因如此,王世贞称其"至成、弘际,名能复古者,先生盖先登矣"④。以下试分三点加以申说。

一、宗经立本与祝允明征经载道的文风指向

祝允明"生于贤邦仁里而出乎《诗》《礼》之庭"⑤,自幼深受祖父祝颢、外祖徐有贞德操、材略、政业、文艺的熏陶。他总结祝氏家风说:"先人备百行,为仁乃其基。至诚动万物,大孝敷弘规。慈爱无等伦,日月洞肝脾。岂惟天止性,在三道兼师。母氏既圣善,孝敬极壶彝。"⑥可以说,仁、诚、孝、慈、善、敬正是他人伦道德观的根本。成化十五年其子祝续出生,祝颢作《喜允明生儿》云:"但愿书香常似旧,绵绵清白保儒门。"⑦祝允明恪守祖训,大力发扬敦儒重学的门风。其《示续》说:"作好官,建勋名固是门户大佳事,要是次义,只是不断文书种子至要至重,苟此业不坠,则名行自立,势必然也。……

---

① [明]祝允明撰《祝氏集略》卷十二,台湾"国立中央图书馆"编《祝氏诗文集》,1971 年,第 993—994、986—988 页。
② [明]文徵明著、周道振辑校《文徵明集》卷二十三,上海古籍出版社,1987 年,第 563 页。
③ [清]黄宗羲编《明文海》卷一百二十三,中华书局,1987 年,页 1239 上 b—下 a。
④ [明]王世贞《弇州四部稿续稿》卷一百四十八,《景印文渊阁四库全书》第 1284 册,台湾商务印书馆,1986 年,页 151 下 a。
⑤ [明]祝允明撰《祝氏集略》卷十三,第 1060 页。
⑥ [明]祝允明撰《祝氏集略》卷三,第 559 页。
⑦ [明]钱穀撰《吴都文粹续集》卷五十一,《景印文渊阁四库全书》第 1386 册,1986 年,页 584 上 b。

切勿失祖宗以来传家仁厚本子,及方册行墨间也。"①《儿子召试,后忝窃收录,遂蒙钦改庶吉士,留学翰林》又说:"望应非曲学,功欲得真儒。给膳摅文思,休朝读秘书。"②上述亦可视为祝允明夫子自道之谈。成化末、弘治初,祝允明多次参加应天府乡试,此间师事南京吏部右侍郎杨守阯。杨守阯治学以程朱为本,强调躬行力践,"敦大本,励行简,精思力践,期于深造。……守正嫉邪,至死不变"③。这对祝允明诚敬修身、仁孝齐家、批判矫伪世风的价值心态均有塑成作用。随着屡遭会试不第与学术积累日渐宽厚,祝允明逐步形成了"亦不佞佛,亦不逃儒"的混融思想④,原初守身持正的道德人格也裂变为"好酒色、六博,善新声……恶礼法士"的傲诞狂恣之态。⑤ 事实上,这是祝允明深知"苦节"易伪难久而崇尚放达的表现。其《读〈宋史·王安石论〉》说:"昧夫录其(即王安石)苦节之诈,文学之细,将遂蔽其元恶欤?"⑥又《王提醒画古松歌》说:"人言松节劲,不知松气融。……和流则不强,苦节亦道穷。"⑦《周易·节卦》说:"苦节,不可贞。"程颐据以论述汉魏士风之变说:"东汉之士多名节,知名节而不知节之以礼,遂至于苦节。……苦节既极,故魏晋之士变而为旷荡,尚浮虚而亡礼法。"⑧程氏论"名节"、"苦节"到"旷荡"的递变同样适用于祝允明。祝允明由崇正至狂狷,固然不乏老庄与吴中士习的影响,⑨更是其在硗薄世风中去伪存诚而矫枉过正的体现。

祝允明具有鲜明的以贤圣为期的儒格理想,其云:"放四科而八行兮,举六艺而百家。究学问以思辨兮,劭仁行而宽居。行成物以博济兮,卷善道而避肥。通天、地、人以称儒兮,赞化育于玄微。"⑩所谓"四科",即孔门四科;"八行",即孝、悌、睦、姻、任、恤、忠、和,宋徽宗时曾立"八行取士"科。可知他崇尚八行立身、开物成务,又通三才六艺、诸子百家的鸿儒,亦其《示续》所谓"真儒"。他认为周孔礼乐制度与修订五经出于修身御家、治平邦国的客观需要而发,具有"律天而袭地"的确当性和必然性。⑪ 其主张以儒

---

① [明] 祝允明撰《祝氏集略》卷十二,第 979 页。
② [明] 祝允明撰《祝氏集略》卷六,第 687 页。
③ [清] 张夏《雒闽源流录》卷四,《四库全书存目丛书》史部第 123 册,齐鲁书社,1995 年,页 74 下 b。
④ [明] 祝允明撰《祝氏集略》卷二十六,第 1613 页。
⑤ [清] 张廷玉等撰《明史》卷二百八十六,中华书局,1974 年,第 7352 页。
⑥ [明] 祝允明撰《祝氏集略》卷十一,第 917 页。
⑦ [明] 祝允明撰《祝氏集略》卷五,第 671 页。
⑧ [宋] 程颢、程颐撰,潘富恩导读《二程遗书》卷十八,上海古籍出版社,2000 年,第 288 页。
⑨ 暴鸿昌《论明中期才士的傲诞之习》,《求是学刊》1993 年第 2 期,第 102—106 页。
⑩ [明] 祝允明撰《祝氏集略》卷一,第 469 页。
⑪ [明] 祝允明撰《祝氏集略》卷一,第 448—449 页。

家伦常义理作为主体人格构建的初始根基,其《别郑惟益语》说:"存心莫若宽仁,果行莫若义礼。传家莫若俭勤,教子莫若经史。睦族莫若容忍,居乡莫若廉惠。"①足见儒家人伦品质对其修身、传家、睦族的指导意义。他强调儒家道义准则在日常生活中的践履,其《陆德芳室谢氏孺人墓志铭》就说:"为道也者,心本之,理明之,志达之、见之,行焉而道成矣。……百不践于十,斯可病也,曷有践而弗著者哉?"②他直接宣讲忠孝、仁义、礼智、诚敬等儒家人伦观的箴、铭、碑、记、论、议、书、帖、牍、跋、序、状、传志、策问、墓志等,可谓指不胜屈。他善于征引儒典,以破题、承题、起讲。如《陈氏燕翼堂记》全文围绕《诗经·大雅·文王有声》"诒厥孙谋,以燕翼子"展开,至文末"为天下国家皆有道焉,所谓孙也。故称'燕翼'者,先求其孙之道"③,首尾相衔、立论圆足。他还沿袭朱熹"格字训正"之法,联用儒典,训诂字义,凸显人伦德义主题。如《斐斋记》据《周易·革卦》许慎注、《论语·公冶长》徐铉注、《诗经·卫风·淇奥》郑众注、《小雅·巷伯》郑玄注、《周礼·考工记》郑玄注,总结"斐"为动物纹路可观的本义,继而将"斐"向"文"字迁移说:"凡号为文者,文之一端也。……今人之必由其一端者,以求其全一端者,莫大乎《十三经》,莫备乎十九史,以极于百氏言,斐多矣。"④其以《十三经》、十九史、百氏言作为"文"之总汇,突出了"文"以载道传经的功用。其他如《坦轩记》《徐氏三外弟名字训》《史在野字叙》《袁植字叙》《袁氏四子字叙》《徐子易字大纵说》《杨氏三男子名字叙》,亦大致如此。

祝允明诗赋也具有鲜明的尊儒崇经的立场,最典型的为其《大游赋》。此赋作于正德九年第七次会试落第后,其《与朱宪副书》说:"尔日完得《大游赋》一首、《祝子通》数卷,此二者稍具平生之学。"⑤可知,《大游赋》实是其一生学术思想的赋化总结。祝允明也不乏直接宣讲儒家人伦价值和道义准则的诗歌,如《古言》说:"孝弟力田与贤良,直言极谏使绝方。忠君孝父信友朋,礼义廉耻俭恭庄。"⑥即是将儒家忠孝箴言编为七言诗。王夫之是较早集中评价祝允明诗歌经旨理趣者,如称其《述行言情诗》("绩勋惟在力")说:"当枝山之时,陈、王讲学,何、李言诗,不知但俱拾糟粕耳。真理真诗,已无有

---

① [明]祝允明撰《祝氏集略》卷九,第875页。
② [明]祝允明撰《祝氏集略》卷二十,第1358页。
③ [明]祝允明撰《祝氏集略》卷二十九,第1746页。
④ [明]祝允明撰《祝氏集略》卷二十八,第1705页。
⑤ [明]祝允明撰《祝氏集略》卷十二,第1009页。
⑥ 王心湛撰《祝枝山诗文集》,广益书局,1936年,第52页。

容渠下口处。"评《述行言情诗》("璇穹积重宵")说:"只结五字是一篇命笔处,却只大概言之。真《毛诗》,真汉人,唐宋人更须半篇不得分晓。"评《和陶饮酒诗》说:"思柔手辣,字旷情密。真英雄,真理学,生不逢康节、横渠,令枝山落酒人中,是乾坤一愧。白沙、康斋收者,狂汉不得。"评《乙巳闰九月十三夜梦中为游山诗》说:"以三谢华情,写玄儒微理。"①王夫之认为祝允明继承《毛诗》、汉魏文风,是"真理真诗"、"真《毛诗》,真汉人"、"真英雄,真理学"、"写玄儒微理"的典范,正因突破宋人性理而直承先秦两汉宗经载道的经旨,才使其于吴与弼、陈白沙、王阳明理气诗与何景明、李梦阳复古诗而外,理致绵密,独树一帜。

祝允明文风征经载道的一面,除了自身的经学素养外,还深受吴宽、王鏊的影响。吴宽、王鏊与李东阳力主崇雅黜浮,"并在翰林,把握文柄,淳庞敦厚之气尽还,而纤丽奇怪之作无有"②。祝允明《怀知诗·王文恪公》说:"肃肃文恪,有严我师。扣竭空鄙,博约兼资。词组必法,寸履皆规。"③其《吴文定公》亦云:"扣户请益,拱肃趋隅。教曰勗旃,竭景劬书。……一瞻百益,矧曰终身。"④足见其对王、吴学识与文法的步趋。另外,祝允明也受到成弘年间为文尚理、气、格的影响。黄汝亨曾说:"成、弘间作者之文,即才华学术不同,各根本所学而致其才,俱以理为宗,格为律,气为御,词为经纬。"⑤可以说,上述多种因素都促成了祝允明宗经雅重的文风面貌。

二、科场批判与祝允明诗文创作的博学化、情性自然化

祝允明具有强烈的显亲扬名的意识,克绍箕裘的最直接方式就是科考。不过,"永乐间,颁《四书五经大全》,废注疏不用"⑥,举子视野日益狭窄,成化以来已罕有精通"古人制度、前代治迹、当世要务"⑦者。祝允明追求成物兼济、博通天地人的"真儒"之学,以"服膺从圣轨,厉志尊前闻。……玄元极三古,疏通穷八垠"为治学目标,⑧并以此展开对科场弊端的批判:

---

① [明]王夫之撰《明诗评选》卷四,《船山全书》第14册,岳麓书社,2011年,第1304、1305页。
② [明]陆深撰《俨山集》卷四十《北潭稿序》,《景印文渊阁四库全书》第1268册,1986年,页247上a。
③ [明]祝允明撰《祝氏集略》卷四,第624页。
④ [明]祝允明撰《祝氏集略》卷四,第623页。
⑤ [明]黄汝亨撰《寓林集》卷七《正始编序》,《续修四库全书》集部第1369册,上海古籍出版社,2002年,页51下a。
⑥ 《明史》卷七十《选举志二》,第1694页。
⑦ [明]丘濬撰、林冠群、周济夫点校《大学衍义补》卷九,京华出版社,1999年,第80页。
⑧ [明]祝允明撰《祝氏集略》卷三,第564页。

其一,对比隋唐与宋明科考的宗旨、方式与效果,崇尚汉唐经学注疏在选士取材方面的核心地位,否定四书存在的必要;注重学术穷理应事、明辨是非的根本性价值,否定应考之学具有学术意义,主张立足六经、正史,追求经史学识的广博化、系统化。他主张:"凡治经者,……乃取汉贤注传而穷之,次取汉后及唐贤疏义而穷之,又次取宋贤所传者而参穷之。"①他还要求将《中庸》《大学》复归《礼记》,《论语》与《孝经》合而为一经,《孟子》则"散诸论场为便"②,这就否定了"四书"独立存在的意义。祝允明否定科举的学术性,指出:"科举者,岂所谓学耶?"③他认为:"为学正欲求穷理以应事,如徒务讲谈而与事背驰,不能决定,焉用学为哉?今人未尝备读圣人之经,阅历世之史,幼事科举,则便猎涉宋儒之书,抑又不参究其指归。略执数端,便为终身定论。……嘻!六经且未遍读,况求其义理,辨其是非而不缪乎?"④其《书郑生书房壁》又说:"学者之心贵近,愈近则体愈固。学者之志贵广,愈广则用愈充。"⑤足见其力主突破宋儒理学的藩篱,崇尚广博治学、学以致用。他力主"宋以下传解勿接目,举业士讲论毋涉",十三经及汉唐注疏才是建立"儒体"的根本,史书是"儒用"的基础,诸子文集则可扩展学识才艺,⑥以构建起自身系统完整的博学观。

其二,批判科举取士的功利化、浮伪化,提倡法学、水利、舆地、方志、谱学等经世之学。祝允明认为应举之人"进身也在此,其立身也在彼,此所以有似于借用之器",⑦最终使科场疏离了对政术、性理的考察,违背了"王用道以命官兮,官将道而为命"的原则,所取之士也成为"蒙夫昧体而守支兮,直置道以狥名"的俗吏。⑧因此,他提倡有益世用之学。如其认为唐张鷟《龙筋凤髓判》在律学史上地位突出,具有"以辅国家,弼教造士"之用。⑨其《重浚湖川塘记》主张治水以理:"郡大利病,固无越水事,窃尝究研今昔,诸贤绪论,每病其异同。然以为水之纲要,不过宣、防二道。"⑩足见其对水利典籍的重视。其还推崇黄省曾《西洋朝贡典录》具有"叙海表列国之事,辨方域,列山川,计道

---

① [明]祝允明撰《祝氏集略》卷十二,第990—991页。
② [明]祝允明撰《祝氏集略》卷十一,第933页。
③ [明]祝允明撰《祝氏集略》卷十二,第989页。
④ [明]祝允明《祝子罪知录》卷十,《四库存目丛书》"子部"第83册,齐鲁书社,1995年,页750上b。
⑤ [明]祝允明撰《祝氏集略》卷九,第878页。
⑥ [明]祝允明撰《祝氏集略》卷二十七,第1661页。
⑦ [明]祝允明撰《祝氏集略》卷十一,第936页。
⑧ [明]祝允明撰《祝氏集略》卷一,第427页。
⑨ [明]祝允明撰《祝氏集略》卷二十四,第1530页。
⑩ [明]祝允明撰《祝氏集略》卷二十二,第1440页。

里,陈土风,纪产育,述朝贡,以阐王化"①的政治功用。他强调方志"公天下后世之心"②的价值导向,推崇家谱"可以修身,可以齐家,可以化乡,可以达天下"③的功用。此外,祝允明精于子、史之学,且著述宏富,其《烧书论》就其架上数十箧书籍立论,认为可以归入焚烧之列的,有相地、风水术、阴阳、花木、水石、园榭、禽虫、器皿、饮食诸谱录、寓言、志传、古今诗话、浙东戏文、举业之书,以及山经、地志、相形、禄命、课卜等荒诞不经、无益世用者。这一方面折射出其涉猎之广,另一方面也凸显出其对书籍蕴含的教化功用的看重。

其三,反对科场文字钳制情性,力主文艺应复归情性本位。其《容庵集序》认为,科举之下的"文艺"是"经术"的载体和附属品,即"假笔札以代其口陈之义,所主在经术"。他质疑说:"国家又岂尝锢手奷笔,使不得一申其遐衷散抱于情性议论邪?"④可知,情性议论才是文艺之本。祝允明情性自然的哲学基础在于《庄子》不违物性与《周易·巽卦》。其《巽说》云:"居心御事,亦独从物之自然。……约其心入于义理微茫之内,然后出而应之,则发而当焉,达而成焉,乃始无弗顺者,此则入又顺之功力。"⑤这正是其自由不拘、放浪形骸的思想根源。他注重情感价值,其《长相思·多情》说:"为多情,转多情,死向多情心也平,休教情放轻。"⑥他甚至将情感审美凌驾于理性之上,其《说逸》云:"凡境值情而宜焉,凡境不值情而不宜焉。徇宜焉,无约之以理。"⑦可知,物境是否融入情感成为其审美之"宜"的唯一标准。不容否认,祝允明存在由崇尚情性转向恣纵情色的人格裂变。这是一方面受到江浙商业娱乐发达,"人情以放荡为快,世风以侈靡相高"⑧的影响;另一方面,又是其向慕管仲、自觉追求的结果。其《管夷吾小论》说:"九合一匡,无关于小器。三归塞坫,曷伤于仁功?"⑨何晏《论语集解·八佾》"管氏有三归"注引包咸云:"三归,娶三姓女也。"《战国策·东周策》载:"齐桓公宫中七市,女闾七百,国人非之。"一般认为管仲好色豪奢,且首开向妓院征税之例,但祝氏却津津乐道说:

---

① [明]祝允明撰《祝氏集略》卷二十五,第1559页。
② [明]祝允明撰《祝氏集略》卷十三,第1046页。
③ [明]祝允明撰《祝氏集略》卷二十五,第1578页。
④ 王心湛撰《祝枝山诗文集》,广益书局,1936年,第35页。
⑤ 同上,第46页。
⑥ 周明初、叶晔编《全明词补编》,浙江大学出版社,2007年1月,第147页。
⑦ 王心湛撰《祝枝山诗文集》,广益书局,1936年,第45页。
⑧ [明]张瀚撰、盛冬铃点校《松窗梦语》卷七,中华书局,1985年5月,第139页。
⑨ [明]祝允明撰《祝氏集略》卷十,第912页。

"仲生能乐志,夷吾性善养。……毕性声色中,麟台进功赏。"①可见,管仲"毕性声色中"成为其标举情性原则的重要依据。

祝允明经世博学观与情性自然观在其作品中多有流露,并对其文风产生重要影响。陆粲说:"稍长,遂贯综群籍,稗官杂家,幽遐鬼琐之言,皆入记览。发为文章,崇深钜丽,横从开阖,茹涵古今,无所不有。"②概言之,经史诸子之学为祝允明提供了丰富的诗文素材,从而使其左右采获、涵纳古今、文笔弘丽。王夫之还关注其诗歌的情感特征,如评其《大道曲》说:"全不入情,字字皆情。"③论《别唐寅》说:"一味从情上写,更不入事,此谓实其所虚。苏武、李陵不期被祝生夺却颔下珠也。"④不仅如此,祝允明还不避讳感官情色主题,写出大量艳情诗赋。如其《烟花洞天赋》"倾动一时",顾起元认为"自是风流佳话,不必绳以礼法也。"⑤其艳体诗词大多摹物精工,香艳柔婉,如《侠少》、《长安秋》、《拟齐梁内人送别赠拭巾赋》、《忆昔》、《再游虎邱》、《戏作纪梦》、《燕京陌上游妓》、《念奴娇》("玉臂温盟")、《念奴娇·咏银制鞋杯》等,由其拟题就可看出对宫体诗与中晚唐绮艳诗的借鉴。值得一提的是,中晚唐艳体诗人中他尤其崇奉韩偓、元稹、杜牧。这从其《己卯春日偶作韩致光体》《无题二首》其二"再降微之与牧之,依然记得转轮时。毗珠作性收圆业,银粉流香畅艳词"⑥,即可看出。顾璘曾称其"效齐梁月露之体,高者凌徐、庾,下亦不失皮、陆。玩世自放,惮近礼法之儒,故贵仕罕知其蕴"⑦。这既揭示了其艳体诗的祖本,又指出祝氏"玩世自放"有其思想内蕴,是为知人之谈。

三、史学批判与祝允明刺世、奇趣主题的诗史特质

祝允明《答郑河源敬道书》总结自身治学宗旨说:"探理德之真,寻道器之秘,极人世之务,上引圣神,中准时宪,下悾悫人。"⑧这就赋予其史学批判以鲜明的思辨性和经世性的特点。他往往运用儒家道义伦常观、是非观展开史料甄选、史识勘断,并概为"儒生断史案"⑨。祝允明秉承通达的史学发展观,认为古今为相对的历史概念,反对盲

---

① [明]祝允明撰《祝氏集略》卷三,第570页。
② [明]陆粲《陆子余集》卷三,《景印文渊阁四库全书》第1274册,台湾商务印书馆,1986年,页605下b。
③ [明]王夫之撰《明诗评选》卷八,《船山全书》第14册,岳麓书社,2011年,第1593页。
④ [明]王夫之撰《明诗评选》卷四,第1306页。
⑤ [明]顾起元著,陈稼禾点校《客座赘语》卷六,中华书局,1987年,第205页。
⑥ 王心湛撰《祝枝山诗文集》,广益书局,1936年,第68页。
⑦ [清]黄宗羲编《明文海》卷一百二十三,中华书局,1987年,页1239下a。
⑧ [明]祝允明撰《祝氏集略》卷十二,第1005页。
⑨ [明]祝允明撰《祝氏集略》卷二十六,第1605页。

目尊崇一朝而进行褒贬。他将以君臣、父子、夫妇、昆弟、朋友之礼为核心的"达道"与以智、仁、勇为核心的"达德"等人伦德义范畴的普遍性价值作为史学批判的基本原则,如其《固交》、《蜀前将军关公庙碑》、《罪知录》卷三"今世予夺古人多误"条、《元臣论》、《赵孟𫖯论》等,都具有以忠孝德义为本的史论指向。另外,他深研唐宋元明学人著述,形成系统化史学批判的理论根基。其《罪知录》采取先确立论点标目,然后用说、系、演加以论评,说为自评,系为引证古人之论,演为综论引申,而唐宋元明学人笔记著述正是其引证、申论的重点。他还坚持气化万物论以论证鬼神存在的合理性,将野录、霸书、私史、小说作为正史的有益补充,以广闻娱情、惩恶扬善。其《志怪录自序》说:"语怪虽不若语常之益……今苟得其实而记之,则卒然之顷而逢其物、值其事者,固知所以趋避,所以劝惩,是已不无益矣。况恍语惚说,夺目警耳,又吾侪之所喜谈而乐闻之者也。"①足见其赋予野史以丰富见闻、娱乐心神以及促进教化的功用。他搜罗明初至嘉靖间政坛轶事为《野记》,"兵权礼乐,损益变通,既科条之矣。而闾里琐细,物象诡怪,陈其一二,又足以广异闻"②。虽然张朝瑞《忠节记》、朱孟震《河上楮谈》、四库馆臣《野记提要》均指出其不足为据,但可广见闻,以致此书成为许多明清小说取材的重要来源。

  祝允明的史学批判对其文学思想及创作产生多方面影响:

  首先,将通达的史学观融入诗学流变的考察中,认为六经为文学之源,汉唐文学则是六经的衍化,主张"穷披丘坟,精研竹素,根本乎五经,平揽乎十代。(自注:秦汉、魏晋、宋齐梁陈、隋唐)"③。他认为汉唐经学义理宏博,胜过宋人之学,且唐代文学始终与六经文脉贯通:"文极乎六经而底乎唐,学文者,应自唐而求至乎经。"他还认为初唐四杰、张说、苏珽、陈子昂、梁肃、权德舆、吕温、元白、李杜、四李(李华、李翰、李观、李邕)、独孤及、张籍、皇甫湜、李翱、欧阳詹等名家均植根六经三史,唐诗因之成为"独立宇宙,无能间然,诗道之能事毕"④的诗界极则。这正说明其推尊唐诗正以肯定唐学为前提。同样,他贬斥宋诗及元明之诗也基于其对宋元道学的否弃。他标举"学坏于宋论",继而提出"诗死于宋"。他将心情理气视为文学的根本,以温柔敦厚、和平丽则视为诗道所在,认为"宋特以议论为高。大率以牙龃评较为儒,嚚讼哗讦为典,眩耀怒骂为咏歌",显然背离了《诗经》"不著忠孝清贞等语,而所蓄甚至,所劝惩者转深"的自然诗法,

---

① [明]祝允明撰《志怪录自序》,《四库存目丛书》"子部"第 246 册,齐鲁书社,1995 年,页 528 上 a—b。
② [明]毛文烨撰《野记序》,《四库存目丛书》"子部"第 240 册,页 2 下 a。
③ [明]祝允明撰《祝子罪知录》卷八,《四库存目丛书》"子部"第 83 册,页 725 下 b。
④ [明]祝允明撰《祝子罪知录》卷九,《四库存目丛书》"子部"第 83 册,页 735 下 a。

故而径言："诗自唐后,大厄于宋,始变终坏……千年诗道至此而灭亡矣。故以为死。"①祝允明对宋代诗文尚且鄙斥,遑论元明等近代文字。他说:"观宋人文,无若观唐文。观唐,无若观六朝、晋魏。大致每如斯以上之,以极乎六籍。……至乎元与本朝之文虽佳者,亦无必多视,其否者,请与绝迹,毋令厕我面侧。"②正是对宋明学术的颠覆性批判强化了这种尊经为本的复古文学观。

其次,反对盲从宋"四大家"或唐宋"六大家"与一味宗杜的俗见,强调诗文须出经入史、文质相得。他坚持文学风格多样化,要求"理欲其质,词欲其华"。③ 他认为理想的文风为出经入史、学充旨长说:"句句有指,字字有来,一篇大归既已了悉,而单词片言咸有凭依。非经即史,非史即传,故咀之而益隽,味之而逾永。此其学充而才广,自然辞腴而旨长。"④然而,唐宋六家"情状亦殊,而大归一致。要为过矫坠,偏枯瘠刻削,而弗准于中庸",⑤元明每况愈下,"所引不过举业之书,所申不过举业之义,实义无几……皆滥觞韩氏而极乎宋家四氏之习也"。⑥ 他本着"以平心观,以天性概,以定志审,以实学验之"的理性态度,反对过于崇杜。他认为杜诗并不符合诗教多元并包的原则,"诗当温而甫厉,尚柔而甫猛,宜敦而甫讦,务厚而甫露,乃是最不善诗、戾诗之教者,何以反推而倒置之与?"⑦可知,其亦依据儒家诗教观否定杜甫的诗歌成就。同时,他认为宋代尊杜者是自迷门径,"学杜而劣,因成斯状……盖诗自唐后,大厄于宋,始变终坏,回视赧颜,虽前所论文变于宋,而亦不若诗之甚也"⑧。可知,其批杜实是对宋人"崇道学、尚杜诗、雅六家、文一律"⑨进行系统批判的一项内容,更见宋学批判与其诗学批判的密切关联。

再次,吸收中晚唐诗人论著的批判思想,崇尚刺世横议、奇趣文风。王世贞说:"祝京兆好书中唐诗。"⑩另外,中唐学术以"质疑"为基本精神⑪,这对祝允明产生重要影

---

① [明]祝允明撰《祝子罪知录》卷九,页740上a。
② [明]祝允明撰《祝氏集略》卷十二,第996页。
③ [明]祝允明撰《祝子罪知录》卷八,《四库存目丛书》"子部"第83册,齐鲁书社,1995年,页728上a。
④ 同上,页731上b。
⑤ 同上,页730上b。
⑥ 同上,页731下a—b。
⑦ [明]祝允明撰《祝子罪知录》卷九,《四库存目丛书》"子部"第83册,齐鲁书社,1995年,页738上a—b。
⑧ 同上,1995年,页739下b—740上a。
⑨ 同上,1995年,页737上b。
⑩ [明]王世贞撰《弇州四部稿》卷一百三十二,《明代论著丛刊》本,伟文图书出版社,1976年,第6107页。
⑪ 龚鹏程《唐朝中叶的文人经说》,《湖南大学学报》(社会科学版)2006年第1期,第16—27页。

响。他曾作《读罗昭谏〈投所思〉,凄然有触,因效一首,兼用其韵》抒发对罗隐的共鸣。罗隐曾作《谗书》,宣称:"文章之兴,不为举场也明矣。……无其位,则著私书而疏善恶。斯所以警当世而诫将来者也。"①这对祝允明《罪知录》《大游赋》的科场批判思想具有启示价值。中晚唐诗风以"奇诡"、"尚怪"为主调,②这对祝允明诗尚奇趣也具有直接影响。《明史》本传载:"稍长,博览群集文章,有奇气。"③祝允明诗文中不乏崇尚奇士、奇言、奇闻、奇编、奇秀、奇景、奇趣、奇观、奇境、奇变、奇气等主题,对卢仝效法尤多。其《继卢仝体作星字诗》承袭卢仝体奇诡险怪、张弛任意的风格,以二十八星宿不守天位,讽刺君威沦替、内宦与群臣干政乱政、法制废弛。此诗可与祝允明《江淮平乱事状》及《明史·杨一清传》《何鉴传》《马中锡传》《陆完传》所载正德五年至八年(1510—1513)铲除刘瑾、平定刘六、刘七暴乱等史事对读,批判时政的意味极为浓烈。不仅如此,虽然祝允明曾鄙薄杨维桢为"文妖",却在《罪知录》中多次借鉴铁崖乐府诗的史学立场,又积极借鉴其以史为诗的文学手法。如其《拟伤乱》以楚、鲁、晋、秦、巴蜀、关河战事、饥荒为忧念,《代江南水灾谣》《九憨》《水诗》《对酒》《憨时》《沉愤》反映正德五年苏州水患造成的种种惨剧。尤其《九憨》其三"民皆死,如国何?"其八"国无农,其何国?"其九"吊吾民,嗟吾官",④突出民瘼之重,并将批判矛头直指当局腐败、救灾不力,具有诗史特质。

综上所述,祝允明贯彻"精评缪断,收掷刚察,决择自得,要于有用"的经史批判原则形成了自身的学术体系,⑤致力于"趣识既卓而齐量又充,其命题发思,类有所主"的文风建构,⑥从而成为"始仿诸子,习六朝……然古文有机"的先导人物。⑦ 其早年以《五经》《论语》《左传》《庄子》《史记》《汉书》为行文之本,故文风"丰缛精洁,隐显抑扬……而卒皆归于正道";⑧尽管中年以后旁参佛道、由博入杂,但仍采用经史学术批判先行的方式展开对唐宋元明文学价值的褒贬,反对"媚唐而媚宋"的偏狭之见与"地自为派,人自为格"的习气,⑨暗将批判矛头指向茶陵派与前七子。祝允明的文学复古观

---

① 雍文华校辑《罗隐集》,中华书局,1983年,第240—241页。
② [唐]李肇撰《唐国史补》卷下,上海古籍出版社,1979年,第57页。
③ [清]张廷玉等撰《明史》卷二百八十六,中华书局,1974年,第7352页。
④ [明]祝允明撰《祝氏集略》卷三,第587—588页。
⑤ [明]祝允明撰《祝氏集略》卷十二,第993页。
⑥ 王心湛撰《祝枝山诗文集》,广益书局,1936年,第34页。
⑦ [明]王世贞著,罗仲鼎校注《艺苑卮言校注》卷五,齐鲁书社,1992年,第235页。
⑧ [明]王锜撰,张德信点校《寓圃杂记》卷五,中华书局,1984年,第37—38页。
⑨ [明]祝允明撰《祝氏集略》卷二十四,第1549页。

以经史批判为理论基础,其复古文风以出经入史、变正为奇、刺世疾邪为鲜明特色,均体现出深厚的学术向度。明确这一点,对揭示祝允明在明中期文学复古思潮中特色与影响,亦不失为一种可行的思路。

基金项目:四川省古代文学特色文献研究团队(川社联函[2015]17号)建设项目。
作者简介:孙宝,文学博士,西华师范大学文学院教授。

清人黄金台《听鹂馆日识》中小说、戏曲资料探释

郑志良

提　要： 上海图书馆藏有清代浙江平湖文人黄金台的日记稿本《听鹂馆日识》三十五册，这些日记中有大量关于小说、戏曲的资料。小说方面涉及《金瓶梅》《聊斋志异》《红楼梦》《燕山外史》等，戏曲方面涉及《缀白裘》、黄金台的观剧记录以及他与曲家黄燮清的交往等。本文对《听鹂馆日识》中小说、戏曲资料予以阐释，并结合黄金台的诗文创作，探讨黄金台在古代小说、戏曲方面所作的贡献。

一、黄金台其人

黄金台原名森，[①]字鹤楼，号木鸡书屋老人，浙江嘉兴府平湖县人，生于乾隆五十四年（1789），卒于咸丰十一年（1861），享年七十三岁。黄金台长期困于场屋，自嘉庆十年（1805）入县学，经历乡试十余次，皆未能中举，只在道光二十四年（1844）取得岁贡身份。他在《答友人劝赴秋试书》中说："仆自丁卯以来，科历十余闱，曾九入，非不思昂藏变豹，慷慨屠龙；经高千佛之名，山倒三神之地。而乃贾驰运蹇，韩琬途穷；鹄不中心，蛇徒画足。回看故侣，处处泥金；只剩鄙人，年年泣玉。"[②]黄金台平时以授馆为生，后主讲平湖芦川书院，一生著述十分丰富，所著有《木鸡书屋文钞》《木鸡书屋诗选》《左国闲吟》《听鹂馆日识》《红楼梦杂咏》《灵台记传奇》等，并辑有《国朝骈体正声》《国朝七律诗钞》。黄金台以骈体文的创作闻名于时，其《木鸡书屋文钞》五集三十卷都是骈体之作，吴兴徐熊飞评其文曰："平湖黄鹤楼博闻强识，诗歌传诵一时，而尤长于骈四俪六之

[①] 葛嗣浵辑《平湖采芹录》（民国四年刻本）"嘉庆十年乙丑岁试宗师潘"条载："黄森鹤楼，改金台，甲辰岁（贡）。"黄金台《听鹂馆日识》嘉庆二十二年（1817）五月十八日的日记载："是日改名金台。"由此可知，黄金台于二十八岁时改名。

[②] ［清］黄金台《木鸡书屋文二集》卷五，见《清代诗文集汇编》第565册，上海古籍出版社，2011年，第90页。

文。其文比词属事,议论层出不穷,旷然有陵轹千古之志,近时作者未能或先也。……鹤楼精熟《文选》,书粹二书,而于南北朝史事尤兼综条贯,取材以济其用。故其文能于重规叠矩中,运清刚儁上之气,而言之短长、声之高下,一一合于义法。视世之师心自用者异焉,可谓有物有序也已。"①徐熊飞是黄金台的老师,他以"桐城派"古文的法度来评价黄金台的骈文,辞非溢美。同辈友人对于黄金台骈体之作,也是赞不绝口,平湖陈廷璐有诗题为《戊子暮秋,卢揖桥、邓晴溪、钟穆园、曹淡秋招同黄鹤楼宴集灯光山,属画师绘图,鹤楼作序,因赋诗以记其事》,其中第二首曰:"空怜词赋满乡关,樽酒难销块磊襟。花里抱琴来海上,高山流水少知音。(原注:鹤楼词赋超绝时流,蹇于遇,故其辞多香草美人之感。)"②咸丰七年(1857),江苏学政李联琇延黄金台入幕,次年,黄金台寿政七十,李联琇刻《木鸡书屋文》第五集为黄金台祝寿,并撰序曰:"鹤楼先生学有本原,而专精一体,所著《木鸡书屋》四集,刊布风行。今五集成,而先生年七十矣,爰助雕事以寿先生……先生之涉猎万卷,沛然有余,而一发之骈文,虽终身以之可也。"③

　　黄金台骈体文的成就虽高,但以此为研究对象的并未见到;黄金台经历过鸦片战争,他的诗歌中有不少吟咏鸦片战争的作品,龚书铎《黄金台的〈木鸡书屋诗选〉》对此有介绍,④而黄金台更多地引起人们注意的是他在小说、戏曲方面的成就。首先在"红学"方面,黄金台因著有《红楼梦杂咏》而常为红学界提及,被视为早期之红学家;《木鸡书屋文钞》初集卷三有《读〈红楼梦〉图记》,袁行云先生《清人诗集叙录》卷六十三予以著录⑤,王人恩先生《黄金台与〈红楼梦〉》对图记进行评析⑥,2013 年 4 月 19 日《嘉兴日报·平湖版》发表邓中肯先生《黄金台与早期红学》亦探讨黄金台在"红学"史上的地位。其次在戏曲方面,黄金台著有戏曲剧本《灵台记传奇》,吴晓铃先生编订《古本戏曲丛刊》六集目录中收入,郭英德先生《明清传奇综录》亦收录⑦,邓长风先生《明清戏曲家考略》对黄金台的生平有所考订⑧。但是,从小说、戏曲研究的角度看,黄金台仍有大量

---

① ［清］黄金台《木鸡书屋文钞》卷首,见《清代诗文集汇编》第 565 册,第 1 页。
② ［清］陈廷璐《梅花居学吟草》,稿本,上海图书馆藏。陈廷璐所提黄金台作《灯光山宴集序》,见《木鸡书屋文二集》卷三。
③ 见《木鸡书屋文五集》卷首,亦见［清］李联琇《好云楼初集》卷二十一,题为《木鸡书屋骈文五集序》,咸丰十一年刻本。见《清代诗文集汇编》第 682 册,第 187 页。
④ 龚书铎《黄金台的〈木鸡书屋诗选〉》,《中国典籍与文化》1993 年第 4 期。
⑤ 袁行云《清人诗集叙录》,文化艺术出版社,1994 年,第 2191—2192 页。
⑥ 王人恩《黄金台与〈红楼梦〉》,《甘肃教育学院学报》(社会科学版) 1995 年 2 期。
⑦ 郭英德《明清传奇综录》,河北教育出版社,1997 年,第 1085 页。
⑧ 邓长风《明清戏曲家考略全编》(上),上海古籍出版社,2009 年,第 543—546 页。

的资料未予发掘,尤其是他的日记《听鹂馆日识》中载有许多关于明清小说、戏曲的资料,少为人提及。本文拟从《听鹂馆日识》出发,并结合黄金台的诗文,进一步探讨他在小说、戏曲史上的贡献。

二、关于《听鹂馆日识》

黄金台的日记稿本现藏上海图书馆。从上海图书馆的书目检索中可知,上图将黄金台的日记命名为《鹂声馆日志》,这个名称不准确。该书原为平湖藏书家孙振麟所藏,扉页即有"平湖黄鹤楼先生手稿听鹂馆日识后学顾言行署"字样,从这个题署可以看出,书名应是《听鹂馆日识》,而孙振麟的题跋更清楚地说明了此书的来龙去脉:

此《听鹂馆日识》为吾湖黄鹤楼金台先生手稿,前后原装十二册,与府志"经籍"著录同。起嘉庆庚辰(先生年三十二),迄咸丰戊午(年七十),中缺道光戊戌、己亥、庚子(年五十至五十二),及甲辰、乙巳、丙午(年五十六至五十八),凡六年,当是许志修纂时已不存在,否则册数应不止此。考先生所著《木鸡书屋诗文集》《清史稿》已著录,此《听鹂馆日识》彭志时时引及,而经籍门独遗漏,府志所载特详十二册。中有题《木鸡书屋志》者十二年,有题《九孙居志》《半袁老人志》各三年,后有《囗滕居志》《美迟书室志》《便佳室志》《待燕庐志》各一年一改题,而殿以《算亥居志》,时先生年政七十矣。溯首册始于嘉庆庚辰,初名《鹂声馆日志》,厥后馆额更署"听鹂",先生之子棠衫孝廉总编遗稿,即以馆名名此书。许雪门太守创修府志,稿呈志局,名称始定。吾邑在嘉、道时人才之盛,不让雍、乾,即科第而论,以鼎甲起家而掌文衡、称宗匠者,每岁每科必联镳并起。观识中所述,非与先生相过从,即与先生相唱和,其学殖之淹灌,文辞之彪炳,有自来也。其他风俗之厚薄,人情之冷暖,物价之低昂,综计三十余年,罔不殚述。其有关一代之文献,或一家之搜藏,而为前人未及称述者,则据所闻所见一一笔之于书,使后之人有所考覈,则当与钱警石之《曝书日志》、李莼客之《越缦堂日记》并传。余得此稿,幸在去年浩劫之前,新仓未遭兵燹,然经咸丰庚申、辛酉之难,若就先生之后嗣什袭藏之,或早与绛云楼同烬。今将蠹蚀处悉心补缀,又复买线衬之,装成三十三册,爰然而书此。二十七年戊寅秋分孙振麟识于雪映庐。

从孙振麟的题跋可以看出,《鹂声馆日志》是黄金台日记的初名,后来修嘉兴府志,黄金台之子黄晋龄(即棠衫孝廉)编辑其父遗稿,呈志局,定名《听鹂馆日识》。笔者在上海图书馆见平湖陆氏求实斋藏柯汝霖《铎语》一书,此书已被拍成电子文档,其中第12页为"听鹂馆日识"五字,似为黄金台日记的题署。《听鹂馆日识》原为十二册,孙振麟重新装订,成三十三册,起嘉庆二十五年庚辰(1820),是年黄金台三十二岁;终咸丰八年戊午(1858),是年黄金台七十岁。中间缺道光十八年(1838)、十九年、二十年及道光二十四年、二十五年、二十六年共六年的日记。然而,黄金台的日记实际上并不只有这些。

上海图书馆还藏有两册《鹂声馆日志》,作者"佚名",但笔者细读之下,知此两册日志亦为黄金台的日记稿本。一册是嘉庆十九年(1814)、二十年、二十一年的日志,其中嘉庆二十年日志完整;嘉庆十九年、二十一年残缺,而且装订者将这两年日志混装在一起,需要仔细分辨。另一册是嘉庆二十二年、二十三年、二十四年的日志,其中嘉庆二十二年日志从正月十九日开始,前缺,后皆完整。而从时间上看,嘉庆二十四年日志之后正好接上孙振麟所藏的《听鹂馆日识》,因为孙振麟藏《听鹂馆日识》即从嘉庆二十五年开始。从孙振麟的题跋可以看出,他也未见这两册日志。因此,上海图书馆藏黄金台日记实际上有三十五册,时间从嘉庆十九年(即黄金台二十六岁时)始。

综览这三十五册日记,诚如孙振麟所言,其记载"风俗之厚薄,人情之冷暖,物价之低昂,综计三十余年,罔不殚述",内容十分丰富。黄金台写日记时相当细致,每一年、每一月、每一日都有记录,甚至一日之中哪个时辰干什么,也有记载。黄金台一生以教书为主,自然与"书"有不解之缘,日记中记录他借书、读书、抄书、买书、写书等,非常详细。由于长期在乍浦镇做馆,黄金台所读之书很多是从友人处借阅,他有一篇《借书图记》专谈此事①;当然,黄金台也买书,而且他每次买书必记书价,如嘉庆二十三年(1818)十月一日日记载:"巳刻,至文蔚堂,买赵瓯北诗集一部(一洋)。"同年十一月十八日日:"申刻,至宝芸堂,买《吴诗集览》及《国朝六家诗钞》(出价两洋,又加钱三百五十)。"十二月三日:"至宝芸堂,买蒋心余《忠雅堂诗集》一部(价八钱)。"黄金台的生活不富裕,有时还很困顿,他教书卖文,往往不够家用②,因此他对自己一年下来的收支持

---

① 《木鸡书屋文二集》卷三《借书图记》曰:"余也囊乏余钱,情萦竹素,家无担石,性癖图书。非不江泌劳神,顾欢笃志,特是运输子骏,难从秘府搜寻,名逊仲宣,安得贤豪投赠。想青编而时形梦寐,睹赤轴而不觉流涎。……回思廿载以来,若非急急索求,殷殷乞假,则虽隐侯劬学,二万卷岂得纵观?仲郢好文,三千篇奚从辑录也?爰属陆君蓉舫绘图而记之,以文俾儿子晋龄守之。异日者倘能略辨虎鱼,粗知豹鼠,其无忘而父之勤哉。"

② 友人于源在《怀人诗》中提到黄金台说:"卖文无补阮台空,老爱钞书满箧中。摒挡为儿将娶妇,今年忙煞阿家翁。"[清]于源《一粟庐诗一稿》卷三,见《清代诗文集汇编》第663册,第153页。

状况都很细心记录,像道光十五年(1835)四十七岁这一年,"共用钱六十九千,进钱约五十千";道光十六年四十八岁这一年,"共用钱七十七千,进钱九十七千",收入与支出相差较大的,如道光二十一年五十三岁时,"是岁入钱只六十八千,出钱至二百零二千"。这些记载看上去有些琐碎,但对于我们今天了解清后期普通文人的生活却提供了非常细致的材料。黄金台日记的内容与价值不能一一阐述,笔者关注的是其中涉及的小说、戏曲的记载,这部分的内容也相当丰富。

(这里需要说明的一点是,《听鹂馆日识》原有的格式为:某某年、某某月,月之下即为:一、二、三、四、五……二十三、二十四、二十五、二十六……数字后面都无"日"字。本文在引用《听鹂馆日识》原文时,为便于阅读,在日期数字后加上"日"字,如"十月八日",原文即是"十月八"。)

三、《听鹂馆日识》中的小说资料

黄金台作为早期红学家,他写过《读〈红楼梦〉图记》及《红楼梦杂咏》八十首,前者见《木鸡书屋文钞》,后者在《听鹂馆日识》称《红楼梦诗》,有刻本流传于世。但《读〈红楼梦〉图记》与《红楼梦杂咏》到底是什么关系,红学界一直不太清楚,而《听鹂馆日识》中就保留了大量的涉及《红楼梦》的资料,对于《读〈红楼梦〉图》的来历及众多文士题词歌咏都有记载,对《红楼梦杂咏》的写作时间及数量,也有明确记载,借此可以厘清《读〈红楼梦〉图记》与《红楼梦杂咏》的关系。除此之外,《听鹂馆日识》中还涉及《金瓶梅》、《聊斋志异》、《燕山外史》等其他明清小说。

(一) 关于《读〈红楼梦〉图》及题咏

根据《听鹂馆日识》,黄金台最早接触《红楼梦》是在嘉庆十九年(1814)——他二十六岁的时候。本年日记中"涉红"部分摘录如下:

> 十月十日,午刻,借费春林《红楼梦》一部。十一日,阅《红楼梦》。十二日、十三日,阅《红楼梦》。二十九日,巳刻,借俞厚秋《红楼复梦》一部。三十日,阅《红楼复梦》。
>
> 十一月一日、二日,阅《红楼复梦》。十二日,未刻,缴俞厚秋《红楼复梦》一部。十九日,午刻,借俞一山《后红楼梦》一部。二十日,阅《后红楼梦》(卷末附刻吴下诸子和大观园菊花社诗,甚佳)。二十三日,巳刻,借俞一山《续红楼梦》一部。二

十九日,申、酉、戌、亥刻,阅《续红楼梦》。

　　十二月一日,未刻,还俞一山《续红楼梦》。八日,晤翁小海(名希雏,吴江人,工画)。

从这些记载可以看出,黄金台读过《红楼梦》《红楼复梦》《后红楼梦》《续红楼梦》,而且这些书都是从友人那儿借阅的。借给他《红楼梦》的费春林,名椿,平湖诸生,著有《十六国春秋杂事诗》,黄金台《费春林十六国春秋杂事诗序》曰:"我友春林,识见精明,才思壮丽。采戎夷之轶事,悉鼓吹以新声。似王建之宫词,语多悱恻;胜胡曾之咏史,义取箴规。"①借给黄金台《后红楼梦》《续红楼梦》的俞一山,名桂基,平湖诸生,《平湖采芹录》记载,俞桂基嘉庆十年(1805)与黄金台同一年入县学②。俞厚秋,未详;至于黄金台会晤的翁小海,后面将论及。

在嘉庆二十年(1815)的日记中,提到《红楼梦》有两处:"正月二十,未刻,还俞一山《后红楼梦》一部。九月七日,巳刻,还费春林《红楼梦》,复借《金瓶梅》。"黄金台读《红楼复梦》《后红楼梦》《续红楼梦》等书得时间都不长,唯有《红楼梦》在其存放近一年的时间。

嘉庆二十一年(1816),"五月九日,辰刻,招翁小海来画像,取《读〈红楼梦〉图》"。这则记载很重要,它表明《读〈红楼梦〉图》是翁小海所绘,黄金台与翁小海相识在嘉庆十九年十二月八日。翁小海名雏(黄金台称其"希雏"),字穆仲,江苏吴江人,生于乾隆五十五年(1790),卒于道光二十九年(1849),享年六十。翁雏擅长绘画,亦工于诗。秦祖永《桐阴论画三编》"翁雏妙品"载:"翁小海雏,画有夙慧,人物花鸟写真,入手即妙。余见卷册小幅花卉外,草虫水族居多,落墨生动,纤悉逼肖,画龟尤得真趣。跋语小诗,亦复简约超隽,遂臻绝诣。……性坦率简傲,与人接,意有不可,辄矢口弗顾忌讳。君故落落,然自若也。君画学专尚能事,中年后人物写真悉弃去,独于花卉禽虫水族加意,宜其笔墨之造,微入妙也。"③文中说翁雏中年以后不再画人物写真,他绘《读〈红楼梦〉图》时二十七岁,乃中年以前作品,他的花鸟画颇负盛名,有《翁小海花草虫鱼册》传世④。蒋光煦《论画诗》曰:"亡友吴江翁穆仲雏,性情逋峭,

---

① [清]黄金台《木鸡书屋文钞》卷二,见《清代诗文集汇编》第565册,第16页。
② 葛嗣浵辑《平湖采芹录》,民国四年刻本。
③ [清]秦祖永《桐阴论画三编》下卷,光绪八年刻朱墨套印本。
④ [清]翁雏《翁小海花草虫鱼册》,宣统元年上海神州国光社影印本。

勤学工诗,尤善六法,迟回审视,不肯苟下一笔。时手甜熟之枝,深斥其非,独与乌程费子苕丹旭,互相许可。故其写生,生面独开,能于南田、新罗外,自树一帜。论诗则与吾乡潘菉芗广文华,尤称同调,唱和最久。有《论画诗》一卷,搜辑幽隐于方外、闺秀为多。"①翁小海存世的诗集有《屑屑集》《小蓬海遗诗》,②不过他的诗歌中并未提到黄金台,而黄金台有《过平望怀翁小海希雒》:"买棹吴闾去,平波台畔经。日中云气白,烟外浪花青。鱼尾掠空港,凫声入远汀。故人家不远,未及叩柴扃。"③另外,黄金台与翁小海之父翁广平亦相识④。

翁雒为黄金台绘成《读〈红楼梦〉图》后,即有朋友题咏,本年日记载:

六月二十一日,辰刻,许苺磜来会,携至许德水所题《读〈红楼梦〉图》(填词两阕,一[行香子]调,一[卖花声]调)。

九月十日,辰刻,见乡榜会录,解元张嘉金。未刻,李云帆题《读〈红楼梦〉图》(七绝四首)。十八日,申刻,候朱云泉,见其所题《读〈红楼梦〉图》(七律)。

十一月七日,申刻,徐辛庵来会,出其所题《读〈红楼梦〉图》见示(七古)。

日记中提到的许德水,名河,平湖人,著有《乍浦续志》(收入《中国地方志集成·乡镇志专辑》)。黄金台《木鸡书屋文钞》有许河所作序言,两人交往密切,许河卒后,黄金台有《祭许德水文》⑤。李云帆,名锟,平湖人,道光二十年(1840)恩贡生。朱云泉,暂无考。徐辛庵,名士芬(1791—1848),平湖人,嘉庆二十四年(1819)进士,历任广东学政、顺天学政、户部右侍郎等职,著有《漱芳阁集》(见《清代诗文集汇编》第570册),集中未见《读〈红楼梦〉图》题诗。

在接下来的两年中,为《读〈红楼梦〉图》作题词的人越来越多,黄金台一一记录在日记中。嘉庆二十二年(1817):

---

① [清]蒋光煦《东湖丛记》卷六,光绪九年缪氏刻云自在龛丛书本。
② [清]翁雒《屑屑集》、《小蓬海遗诗》,道光二十九年海昌蒋光煦别下斋刻本。
③ [清]黄金台《木鸡书屋诗选》卷六,见《清代诗文集汇编》第565册,第392页。
④ 《听鹂馆日识》嘉庆二十一年十月五日日记载:"已刻,至刘卓亭宅,遇翁海琛(名广平,吴江庠生),出其所撰《吾妻镜补》三十卷相示(……今年五十七矣,尚未留须,亦畸人也)。"
⑤ 《木鸡书屋文三集》卷七《祭许德水文》曰:"丙申岁,主讲观海书院,年已六十八矣。……奈何蓉城易主,蓬岛迎宾,飞鹏无知,适来庚日,梦鸡有兆,遂应酉年。当龙舟竞渡之时,正鹤驾遥昇之际。"知许河生于乾隆三十四年(1769),卒于道光十七年(1837),年六十九。

四月三十日,巳刻,周晓山、李云帆、林雪岩①来会,雪岩出视《读〈红楼梦〉图》题本(集《西厢》曲文,作四言体)。

六月十七日,巳刻,俞芷衫②来会,出示《读〈红楼梦〉图》题辞(七古)。十八日,候屈慈湖,见所题《读〈红楼梦〉图》(七绝三首)。二十七日,申刻,高警庵③来会,出示《读〈红楼梦〉图》题章(七绝二首)。

七月十六日,申刻,至万雨堂处,收到顾蔗香所题《读〈红楼梦〉图》诗(七古)。二十四日,未刻,候方子春④,见所题《读〈红楼梦〉图诗》(七古)。二十八日,巳刻,候万蕉园,见周来雨⑤所题《读〈红楼梦〉图诗》(七绝三首)。

八月十三日,辰刻,候屈畹芬⑥,见《读〈红楼梦〉图》题辞(七律);又见钱唐孙匡叔(正祥)、孙茶云(蒙)皆有题赠(匡叔七律两首,茶云七古);午刻,俞鋆涯信来,并附金山徐莲塘(其衔)所题《读〈红楼梦〉图》诗(七古)。十四日,午刻,何崧磩⑦来访,缴诗草一卷,评点处甚为细腻,更有题词二首(七律),又出示《读〈红楼梦〉图》题词二首(五律)。十七日,午、未刻,代万蕉园题《读〈红楼梦〉图》(集唐女子诗,得八绝)。三十日,巳刻,候陆兰堂,接到林雪岩所寄松江杜子山(元熙)、杜西山(元勋)、周梅卿(本煌)《读〈红楼梦〉图》题章(皆七绝数首)。

九月十四日,辰刻,收到陆笛村(炯)、陆一帆⑧、陈白芬、陆霁村(廷琮)《读〈红楼梦〉图》题词(笛村七绝二、一帆词四阕、白芬七绝二、霁村七绝十)。十五日,酉

---

① 林雪岩,名寿椿,平湖人。著有《鞠泉山馆吟稿》二卷(上海图书馆藏清抄本),此书卷首有道光四年黄金台所作序言,然未见《读〈红楼梦〉图》题诗。
② 俞芷衫,名鉎,平湖人。著有《俞芷衫诗钞》(此集分上、下两卷,后附《少作录存》,上海图书馆藏)、《蹄涔集》(此集四卷,后附《说诗浅语》《读郭摘瑕》,属诗话性质,见《清代诗文集汇编》第599册),集中未见《读〈红楼梦〉图》题诗。
③ 高警庵,名振铺,平湖人,廪生。
④ 方子春,名垌,平湖人,嘉庆二十一年举人。著有《方学博全集》(见《清代诗文集汇编》第573册),集中未见《读〈红楼梦〉图》题诗。方垌与黄金台交往密切,卒后,黄金台作《哭方子春文》曰:"君讳垌,字思臧,同邑人也。通眉早昇,秀骨特殊,年十四为茂才,嘉庆丙子举于乡,道光丙戌大挑二等,摄武义县县训导。后连遭内外艰,服阕,将补钱唐县训导。岂知郑虔冷官,未邀薄秩,萧贯妖梦,遂赋晓寒,方束装赴省,以疾殁于旅舍。年祇四十有三,时甲午七月八日也。"(《木鸡书屋文三集》卷七)由此可知,方垌生于乾隆五十七年(1792),卒于道光十四年(1834)。
⑤ 周来雨,名肇姬,后改名分宝,平湖人,道光二年岁贡生。见《平湖采芹录》"嘉庆元年"条。
⑥ 屈畹芬,名廷庆,平湖人。见《平湖采芹录》"嘉庆十六年"条。
⑦ 何崧磩,名庆熙,平湖人。著有《三红吟馆诗钞》四卷(清刻本,中国国家图书馆藏),集中《枌社七星歌》有咏黄金台,然未见《读〈红楼梦〉图》题诗。
⑧ 陆一帆,名敦伦;陈白芬,名械,道光二年副榜。皆平湖人。

刻,代徐朗斋①题《读〈红楼梦〉图》(集《诗经》句八章,章四句)。

十月九日,巳刻,至万宅,收到戈翰轩②《读〈红楼梦〉图》题词(调[念奴娇])。
十八日,巳刻,至当湖书院,陆云槎(桂馥)、刘楸畦(馨)各赠《读〈红楼梦〉图》题章(云槎七古,楸畦五古)。十九日,未刻,费春林书来,内有《读〈红楼梦〉图》题辞(四言六十韵),又谢兰洲亦寄题四首(七绝)。

十一月二日,未刻,徐朗斋来会,携至陆饮江先生(锡智)③题《读〈红楼梦〉图》诗(七绝四首)。

十二月七日,巳刻,见钱梦庐(天树)④《读〈红楼梦〉图》题词(七绝三首)。

嘉庆二十三年(1818):

二月二十七,戌刻,回至馆中,知徐朗斋于午前来,并携至斗山和尚⑤《读〈红楼梦〉图》题词(七绝二首)。

三月十一日,未刻,收到屈弢园(为章)⑥所题《读〈红楼梦〉图》题词([木兰花慢]一阕)。

四月十二日,申刻,收到知定上人《读〈红楼梦〉图》题辞(七古)。十五日,巳刻,孙半农、丁带泉、金翠岩、吕鸿轩(名柴华,嘉善孝廉)、顾蕉园来访,携至唐秋涛覆书,并魏塘诸同人《读〈红楼梦〉图》题辞(秋涛骈体序一篇、金部三兆铨七律二首、吕鸿轩七绝二首、沈鹤沙嘉槷七绝四首、钟元甫七绝六首、周花农樽元七绝二首、丁带泉七绝四首、曹小秋锡祐七绝二首、章迅斋雷[金缕曲]一阕、顾蕉园七律二首)。十六日,午刻,高益庵⑦来会,出视《读〈红楼梦〉图》题词(五律)。

---

① 徐朗斋,名璟,改名章之,平湖人。见《平湖采芹录》"嘉庆十六年"条。
② 戈翰轩,名茂承,平湖人,道光二十年岁贡生。见《平湖采芹录》"嘉庆十七年"条。
③ 陆锡智,字若愚,号饮江,平湖人,嘉庆十九年进士,官严州府学教授。潘衍桐《两浙輶轩续录》卷二十八有传。
④ 钱梦庐,[清]朱壬林《小云庐晚学文稿》卷五《是耶楼初稿钞小传》载:"君姓钱,讳天树,字承培,一字子嘉,号梦庐。自君祖司马公讳世锜由嘉兴风里迁平邑,遂为平湖人,国子监生。……君卒于道光辛丑六月,年六十四。"见《清代诗文集汇编》第532册,第729—730页。钱天树著《是耶楼初稿》,今未见。
⑤ 斗山和尚,名仪纯,《木鸡书屋诗选》卷六有《善应庵访斗山和尚(仪纯)》,诗后小注曰:"师问及屈芥舟、钱梦庐诸君,盖二十年前师曾主持我邑德藏寺也。"
⑥ 屈为章,字含漪,平湖人。著有《紫华舫诗初集》(国图、上图藏)、《抱影集》(孙振麟题跋,上图藏),集中未见《读〈红楼梦〉图》题词。
⑦ 高益庵,名一谔,平湖人,嘉庆二十一年举人。朱壬林《小云庐晚学吟稿》卷五《伤知己诗十四首并序》有高益庵小传,谓其道光三(1823)年会试落榜,旋卒,年才三十余。(见《清代诗文集汇编》第532册,第656页)

五月七日,申刻,收到张舒园《读〈红楼梦〉图》题词([蝶恋花]一阕)。八日,未刻,收到孙道园、半农《读〈红楼梦〉图》题辞(道园七律一首、半农七绝四首)。九日,午刻,钟元甫、吕秋塘、许秋沙来会,出示《读〈红楼梦〉图》题词(秋塘七古一首、秋沙[沁园春]一阕)。十七日。辰刻,柯春塘①、黄芝山(大照)来会,春塘出视《读〈红楼梦〉图》题章(七律)。二十一日,酉刻,朱砚山答访,视题《读〈红楼梦〉图》七绝四首,又桐乡沈晓沧(潮)题七古一章。

六月八日,巳刻,候方子春、张舒园、沈萍湘②,见萍湘所题《读〈红楼梦〉图》五律二首,鲍介堂(锡年)题七绝三首。二十三日,午刻,冯丹山寄至海昌诸君所题《读〈红楼梦〉图》诗(郭雪帆七古一首、张听五政七古一首、郭西郭一清七绝四首)。

七月三日,辰刻,至当湖书院(是日听课),即候陈白芬、屈慈湖、张绶斋③,见绶斋所题《读〈红楼梦〉图》诗(七绝三首)。五日,卯刻,刘竹桥来会,携至何剑斋(世荣)④所题《读〈红楼梦〉图》诗(五古)。二十六日,卯刻,收到海盐董春泉(澍)《读〈红楼梦〉图》题辞(七绝八首)。

八月十八日,申刻,收到归安杨拙园(知新)所题《读〈红楼梦〉图》诗(七绝二首)。

十月十日,午刻,高警庵来,出示复斋先生⑤所题《读〈红楼梦〉图》(七绝二首)。

十一月二日,巳刻,徐朗斋赠图章一枚,收到谢亚桥、王媚香女史(癯仙)所题《读〈红楼梦〉图》诗(亚桥四、五、六、七言各一首,媚香七绝二首)。三日,申刻,沈叔石⑥至一鹤处相会,出示《读〈红楼梦〉图》题章(七律)。

十二月十三日,辰刻,林雪岩过访,出示近作骈体文数百篇,携至陆春林⑦《读

---

① 柯春塘,名汝霖,平湖人,道光元年恩科举人,任钱塘教谕,著述颇丰,今存《铎语》《武林宅地考》《范忠贞公年谱》《关帝年谱》等。
② 沈萍湘,名锜,改名钦文,咸丰元年副贡生。见《平湖采芹录》"嘉庆十三年"条。
③ 张绶斋,名采,平湖人。
④ 何世荣,平湖人,何庆熙族叔,任富阳县教谕。
⑤ 高复斋,名登奎,平湖人,嘉庆九年举人。朱壬林《小云庐晚学文稿》卷五《复斋诗钞小传》载:"高君复斋,名登奎,字辛伯,由平湖邑庠举嘉庆甲子乡试。……丁丑大挑二等,选授龙游县儒学教谕。……君卒于道光甲申,年五十有七。"高登奎生于乾隆三十三年(1768),卒于道光四年(1824)。
⑥ 沈叔石,名正楷,平湖人。著有《柘西草堂诗钞》(同治二年刻本,上海图书馆藏),集中未见《读〈红楼梦〉图》题诗。
⑦ 陆春林,名镕,平湖人。上海图书馆藏《耆旧诗存》中有陆镕《春林诗选》,书中有陆镕小传,谓其"丙午初冬卒,年六十有二"。

〈红楼梦〉图记》。

为《读〈红楼梦〉图》作题咏的,粗略地统计一下,有六十多人,而且集中在嘉庆二十二年、二十三年。这些人当中,以平湖文人为主。揣测黄金台的意图,似乎是想征集图咏,汇刻成书。但遗憾的是,《读〈红楼梦〉图》我们至今未见到,众多的题咏今亦未见。

(二) 关于《红楼梦杂咏》

光绪三年(1877)上海申报馆出版《痴说四种》,其中就有黄金台的《红楼梦杂咏》八十首,是以《红楼梦》中的人物为题而写成的诗歌,所咏人物与篇数依次是:贾宝玉六首、秦钟二首、柳湘莲二首、冯紫英一首、薛蟠一首、林黛玉六首、薛宝钗四首、史湘云四首、王熙凤四首、秦可卿二首,元春、迎春、探春、惜春、薛宝琴各二首,邢岫烟、李纨、李纹、李绮各一首,尤二姐、尤三姐、香菱各二首,袭人、晴雯各四首,小红二首,麝月、春燕、柳五儿、鸳鸯、平儿、紫鹃、金钏、玉钏、莺儿、妙玉、智能、龄官、芳官、藕官、云儿各一首,夏金桂二首、刘老老一首。我们读黄金台《听鹂馆日识》可以知道这些诗具体作于什么时间,而且能够了解到黄金台所写的诗歌实际不止八十首,而是一百六十首,在日记中这些诗歌的名称不是《红楼梦杂咏》,而就叫《红楼梦诗》。《听鹂馆日识》嘉庆二十二年(1817)日记载:

三月:

二十四日,巳、午、未刻,咏《红楼梦》贾宝玉,得七绝十首。

二十五日,咏林黛玉十首,袭人四首。

二十六日,咏薛宝钗八首,秦可卿四首。

二十七日,咏元春二首,迎春二首,探春四首,惜春二首,王熙凤五首。

二十八日,咏史湘云五首,邢岫烟二首,薛宝琴四首,妙玉四首。

二十九日,咏李纨二首,李纹、李绮各一首,香菱三首,晴雯六首,鸳鸯二首。

三十日,咏紫鹃四首,小红、平儿各三首,金钏、莺儿各两首,麝月一首。

四月:

一日,咏尤二姐二首,尤三姐四首,司棋二首,秋纹、碧痕、春燕、四儿、柳五儿各一首。

四日,咏龄官二首,巧姐三首,卍儿、翠缕、彩云、玉钏、云儿各一首。

五日,咏夏金桂三首,芳官三首,蕊官、藕官、葵官、佩鸾、佩凤、小鹊、绣橘、雪雁、侍书、喜鸾各一首。

六日,咏史太君四首,秦钟四首,刘老老、智能、鹤仙、秋桐、宝蟾、素云、彩屏、贾兰、冯紫英、蒋玉菡各一首。

七日,咏柳湘莲、贾雨村各二首,薛蝌、甄宝玉各一首。(共咏红楼梦男子十人,女子六十人,合计一百六十首)

从日记的记载中可以看出,从嘉庆二十二年(1817)三月下旬到四月上旬,黄金台共创作《红楼梦诗》一百六十首,其中题咏最多是贾宝玉、林黛玉,各有十首,其次是薛宝钗,有八首。黄金台的诗作成之后,他的友人即借阅评点:"(嘉庆二十二年)五月二十六日。费春林来会(题余所咏《红楼梦诗》见示,集玉溪生句,作三七绝)。六月九日,酉刻,俞芷衫借《红楼梦诗》一卷。六月十日,申刻,俞芷衫还《红楼梦诗》一卷,加题辞三绝句。"

至于黄金台《读〈红楼梦〉图记》与《红楼梦杂咏》是什么关系,邓绍基先生在《〈红楼梦新探〉序》中说:

至于黄氏此文缘何题作《读〈红楼梦〉图记》,我想应是"读画"之意,鉴赏画品,谓之"读画"。是黄氏为《红楼梦》人物画所作的记文。文中说:"爱倩虎头,为濡麟角。"似又说明是作者请人作画。这些画幅又当是为他的题红诗作配的,故文中说道:"愧青衫之久困,敢夸杜牧多情。"黄氏屡扼场屋,所以谓之青衫久困。题红绝句,数计八十,不免自夸多情杜牧。篇末"幸彤管之能文,聊示元稹寓意",云云,当指这篇《读红楼梦图记》。如此说来,黄氏先有题红诗,复请人作画(今人所谓"诗画配"),再作此记。那末,诗和记原是相关的,只可惜那些画图(想来应有八十幅)今天我们已见不到了。(《红楼梦学刊》1998年第4期)

看了黄金台的日记,我们知道邓先生的这个说法不准确,黄金台的《读〈红楼梦〉图记》与《红楼梦杂咏》没有关系。

(三)关于《金瓶梅》《聊斋志异》及其他小说

在《听鹂馆日识》中,除了《红楼梦》之外,还涉及《金瓶梅》《聊斋志异》《燕山外史》

等其他小说。

关于《金瓶梅》，前引嘉庆二十年（1815）九月七日，"巳刻，还费春林《红楼梦》，复借《金瓶梅》"。黄金台所读《金瓶梅》也是从费椿处借阅。本年九月"二十七日，阅《金瓶梅》。二十八日，阅《金瓶梅》。"嘉庆二十二年（1817）九月二十七日日记载："辰、巳、午刻，作《老僧读〈金瓶梅〉歌》。"黄金台的这首《老僧读〈金瓶梅〉歌》不见于《木鸡书屋诗选》。

在嘉庆二十二年（1817）的日记中，黄金台记录了他题《聊斋志异》诗八十首：

二月七日，午、未、申刻，咏《聊斋志异》中女子娇娜、青凤、婴宁、聂小倩、侠女莲香、阿宝、巧娘各七言断句一首。（意欲集《聊斋志异》中女子各咏一首，是日先得八章。）

八日，午、未、申、酉刻，咏红玉、林四娘、陈云栖、织成、竹青、香玉、降雪、温姬、阿纤、瑞云、姗姗、葛巾、黄英、颜如玉、晚霞，共十五首。

九日，午、未、申、酉刻，咏白秋练、辛十四娘、连琐、连城、小二、庚娘、阿霞、青梅、公孙九娘、翩翩、江城、邵女，共十二首。

十日，巳、午、未、申刻，咏梅女、阿英、青娥、鸦头、封三娘、章阿端、花姑子、西湖主、伍秋月、莲花公主、绿衣女、荷花三娘子、芳云、宦娘、云萝公主，共十五首。

十一日，咏阿绣、小翠、细柳、神女、湘裙、长亭、素秋、乔女、云翠仙、小谢、蕙芳、菱角、凤仙、爱奴，共十四首。

十二日，咏小梅、绩女、舜华、嫦娥、颠当、吕无病、芸娘、五可、闺秀、纫针、粉蝶、锦瑟、房文淑、胭脂、细侯、商三官，共十六首。（合计八十首）

十九日。申刻，候费春林，以所咏《聊斋》诗请其评阅。

黄金台一连六天写了八十首咏《聊斋志异》中女性的诗歌，遗憾的是这八十首诗也无一首留存下来。

读黄金台的《听鹂馆日识》，可以看出他对小说、弹词都十分感兴趣，也有诸多记载。如嘉庆二十年（1815）正月二十五日，"申刻，同刘竹史听陈秀珍女郎唱说《玉蜻蜓》"；正月二十九日，"阅《觚剩》（钮玉樵名琇撰，皆记国初时事）"。本年三月二十五日，"申刻，借朱午桥《燕山外史》一册（秀水陈蕴斋名球撰）"。由于《听鹂馆日识》中只记录了黄金台读过那些书、写过那些诗文，而这些诗文的具体内容没有在日记中记下，因此必须借助黄金台的诗文集,让我们对他的创作有更多的了解。如《燕山外史》的作者陈球,黄金台在《木鸡书屋文四集》卷五就有专文谈及,现征引如下:

书陈蕴斋事

　　陈蕴斋名球,自号一蕢山樵,秀水人。家在瓶山之麓,少补博士弟子员,屡蹶秋闱,弥勤冬学,读书深柳之堂,抚卷孤松之径。月吟雪讽,力行尤晁丁年;雨晦风潇,高论每及申旦。名高马帐,望重龟山,打头之学舍三间,接脚之鲁生数辈。生平最工骈体文,晕碧裁红,六朝绮丽,抽黄配白,四杰才华。尝得冯梦祯所撰《窦绳祖传》,因成《燕山外史》一编。阳亢宗键户六年,崔慰祖聚书万卷。言皆璧合,句必珠联,凤藻飚腾,龙兼雾落。写欢娱之境,花都解颜;抒愁苦之词,烛亦垂泪。顾其所以著是书者,固别有寄托焉。盖蕴斋以司马之高才,乏伯鸾之佳偶,忧生脱辐,祸起剥床。才牵系足之丝,便肆反唇之剑;空举齐眉之案,忍挥撞腹之刀。邢子才偶入深闺,竟遭吠犬;陈季常惊闻拄杖,难绝狮吼。故其《外史》中言室人之交谪,叙阃内之寡情,几于鼎铸神奸,图描魔母。然亦太甚也矣。蕴斋素擅三长,尤精六法,神追北苑,妙契南宗;郭恕先天外数峰,米元章烟中一抹。今相国阮公督学两浙,时试画于宏文馆,名列第二。公颇重之,后公开府于浙,蕴斋自甘淡泊,不事干求,兔窟羞营,牛官长闭,性惟嗜酒,以此自娱。朝泛孔樽,夜倾毕罋,焦遂高谈,醉惊座上,潘璋索债,立满门间。尝买猪肚一枚,套于左手,啖以佐酒,人笑之不顾也。良由胸藏抑塞,骨抱权奇,是何鸡狗,毋混乃公,且食蛤蜊,不知许事。晚年处境益贫,周舍庭前,惟施荻障,沈颙厨下,仅啖荇根。有闻川学生,载脱粟一航饷之,拒而不纳。献门人之花练,姚察竟尔回头;馈弟子之盘餐,张绪未尝果腹。可知儒者廉果如鸡,莫笑畸人操偏似蚓,斯真一介不取,万钟无加者也。今者董帷尘满,扬塚草长,诗文俱已散失。于君辛伯偶得其小诗数首,急录入《灯窗琐话》中。藏凤半毛,获麟一趾。所惜方干身后,未蒙补阙之荣;还欣元结箧中,略有搜扬之举。

　　这篇文章虽是用骈体写成,但对于我们了解陈球这个人性情性格、旨趣爱好还是很有帮助,譬如文中写陈球手上套着一只猪肚而饮酒的情节,十分生动。当然,文中提到《燕山外史》里"言室人之交谪,叙阃内之寡情",是与陈球的个人生活遭遇有关,陈球与陈季常一样,常常"忽闻河东狮子吼,拄杖落手心茫然"。这对我们进一步研究《燕山外史》亦有帮助。①

四、《听鹂馆日识》中的戏曲资料

作为曲家的黄金台,虽受到关注,但论述其戏曲创作的并不多,原因是他的传奇作品《灵台记》至今不知其内容如何。吴晓铃先生最先著录它为二卷,乾隆刻本,四川省图书馆藏,但这个著录有问题。黄金台生于乾隆五十四年(1789),终乾隆一朝不过六十年,黄金台不可能在七岁前写出这部传奇。近些年,笔者参与《清代古典戏曲总目》的编撰,亦留心过这部传奇,承吴书荫先生告知,他曾托人到四川图书馆查过《灵台记》,但并未找到这本书,不过吴晓铃先生提供的线索还是值得重视。

黄金台的戏曲作品虽未见,但他的《听鹂馆日识》中留有大量的戏曲资料,笔者选择以下三个方面的内容予以探讨。

(一) 关于《缀白裘诗》

《缀白裘》是清代乾隆年间钱德苍编辑的一部折子戏选集,始辑于乾隆二十八年(1763),终成于乾隆三十九年,共出十二集。"此书所选都是当时歌场中最流行的剧目,内容不仅有雅部的昆曲,而且还包罗了花部诸腔。它选录的曲文和说白一律按戏班的串演本为标准,不以传奇的文学剧本为根据。"②因此,它出版之后,极为风行。《缀白裘》虽说以串演本为标准,但它毕竟以文本形态呈现在人们面前,也为戏曲爱好者提供了一个读本,在《鹂声馆日识》中,我们就看到黄金台读《缀白裘》并题诗的记载。

嘉庆二十二年(1817),"四月十二日,申刻,借俞芷衫《缀白裘》四袭(共四十八本)。十三日,阅《缀白裘》(奇文妙句,不可胜赏,意欲择其尤雅者为诗题)。十四日,阅《缀白裘》"。黄金台所读《缀白裘》亦是从友人俞銈那儿借来的,这个《缀白裘》的本子可能是乾隆五十二年(1787)嘉兴增利堂的刻本,它即为四十八册。黄金台读《缀白裘》,觉得其中的剧本"奇文妙句,不可胜赏",准备选择一些雅丽者来题咏。本年六、七月间,黄金台写了大量的咏《缀白裘》中折子戏的诗:

---

① 关于陈球的生平资料,笔者所见不多,潘建国《新见〈燕山外史〉清稿本考略》(《明清小说研究》2008 年第 1 期)提到台湾王琼玲教授撰写过《〈燕山外史〉初探》、《清代四大才学小说·丙编·〈燕山外史〉研究》,并对陈球生平事迹有所考证。承潘建国先生告知,王文中只引用于源(字辛伯)《灯窗琐话》中材料,未见黄金台此文。黄金台与于源是好友,他们对陈球都有所了解。

② 吴新雷《中国戏曲史论》,江苏教育出版社,1996 年,第 208 页。

六月：

十一日，辰、巳、午、未刻，咏《金锁记·送女》《三国志·刀会》《占花魁·劝装》《牡丹亭·叫画》各七律一首。

十二日，辰、巳、午、未刻，咏《琵琶记·辞朝》《翠屏山·反诳》《焚香记·阳告》《永团圆·堂婚》四首。

十三日，辰、巳、午、未刻，咏《一捧雪·搜杯》《水浒记·刘唐》《金貂记·诈疯》《寻亲记·茶坊》四首。

十四日，辰、巳、午刻，咏《玉簪记·秋江》《望湖亭·照镜》《双珠记·卖子》《水浒记·借茶》四首。

十五日，咏《铁冠图·守门》《长生殿·絮阁》《儿孙福·别弟》《烂柯山·逼休》四首。

十六日，咏《昊天塔·五台》《鸣凤记·写本》《长生殿·弹词》三首。

十七日，咏《绣襦记·坠鞭》《西厢记·惠明》《十五贯·访鼠》《千忠戮·草诏》《鸣凤记·严寿》五首。

十九日，辰、巳、午刻，咏《荆钗记·绣房》《琵琶记·赏荷》《西厢记·佳期》《满床笏·笏圆》四首。

二十日，辰、巳、午刻，咏《风云会·送京》《彩毫记·脱靴》《白兔记·回猎》《渔家乐·藏舟》四首。

二十一日，辰、巳刻，咏《红梨记·亭会》《虎囊弹·山门》《渔家乐·羞父》《白罗衫·看状》四首。

二十二日，辰、巳刻，咏《彩楼记·泼粥》《铁冠图·别母》《西厢记·拷红》《牡丹亭·学堂》四首。

二十三日，辰、巳刻，咏《寻亲记·跌包》《琵琶记·坠马》《铁冠图·刺虎》《义侠记·戏叔》四首。

二十四日，辰、巳刻，咏《玉簪记·琴挑》《精忠记·扫秦》《双冠诰·借债》《儿孙福·势利》四首。

二十五日，辰、巳刻，咏《西楼记·拆书》《宵光剑·救青》《狮吼记·跪池》《艳云亭·痴诉》四首。

二十七日，辰、巳刻，咏《荆钗记·相约》《风筝误·惊丑》《一文钱·罗梦》《梆子腔·买脂》四首。

二十九日,辰、巳刻,咏《孽海记·思凡》《蝴蝶梦·扇坟》《青冢记·出塞》《麒麟阁·激秦》四首。

三十日,辰、巳刻,咏《翡翠园·盗牌》《吉庆图·扯本》《蝴蝶梦·劈棺》《梆子腔·打店》四首。

七月:

一日,辰、巳刻,咏《金雀记·乔醋》《鲛绡记·草相》《雷峰塔·断桥》《红梨记·花婆》四首。

二日,辰、巳、午刻,咏《荆钗记·男祭》《千金记·别姬》《党人碑·打碑》《鲛绡记·写状》四首。

四日,辰、巳、午刻,咏《醉菩提·醒妓》《清忠谱·书闹》《钗钏记·观风》《九莲灯·求灯》四首。

五日,咏《衣珠记·折梅》《浣纱记·采莲》《清忠谱·打尉》《醉菩提·天打》四首。

六日,咏《幽闺记·踏伞》《绣襦记·教歌》《琵琶记·拐儿》《白兔记·闹鸡》《梆子腔·戏凤》五首。

七日,咏《连环计·拜月》《占花魁·种情》《琵琶记·吃糠》《牡丹亭·离魂》《烂柯山·泼水》五首。

八日,咏《四节记·嫖院》《疗妒羹·题曲》《葛衣记·走雪》《牧羊记·告雁》《幽闺记·请医》《邯郸梦·云阳》六首。

九日,是夜吐鲜血数口。

十一日,巳刻,候方子春,以《缀白裘》诗属其评定。

十二日,午刻,缴俞芷衫《缀白裘》四袭。

从这些日记的记载来看,从六月十一日到七月八日,不到一个月的时间,黄金台写《缀白裘诗》共104首七律诗。七月九日夜,黄金台吐鲜血数口,其后停笔,他写这些诗,算得上是呕心沥血,这一年黄金台才二十九岁。他将写好的《缀白裘诗》交给方埛,让其评定,朋友也没辜负他的嘱托,嘉庆二十二年(1817)七月二十八日,"候方子春,领《缀白裘诗》一卷,已加评点"。其后,还有一些朋友读过黄金台的《缀白裘诗》,如嘉庆二十二年"八月十九日,卯刻,取还俞芷衫《缀白裘诗》一卷。八月二十五日,申刻,钱莲舟借《缀白裘诗》、《红楼梦诗》两卷。九月十一日,申刻,姚半帆、吕耕芸来会,观《缀白裘诗》"。如同《聊斋志异诗》一样,黄金台所写的《缀白裘诗》也不见于《木鸡书屋诗选》。

(二) 观剧记载

我们可能会怀疑,黄金台在不到一个月的时间里,能写出上百首咏剧诗,他对戏曲真的有那么熟悉吗? 但是,看了他的日记之后,这个疑虑应该能够得到消除。在他的日记里,观剧的记载比比皆是,如嘉庆二十年(1815):

> 正月二十四日,午刻,至霍将军庙,观如意班戏。三月七日,未、申刻,在英烈侯庙,观洪福班戏。三月二十七日,未刻,至兴化会馆,观恒顺班戏。四月八日,午、未、申刻,陈朴园邀至咸宁会所,观集庆班戏。四月二十三日,未、申刻,观集庆班戏于陆家桥。五月五日,申刻,至天后宫,观集庆班戏。五月二十日,未、申刻,陈朴园邀至咸宁会所,观集庆班戏。五月二十七日,未刻,至鄞江会馆,观声华班戏。

嘉庆二十一年(1816):

> 九月十六日,午刻,观如意班戏于鄞江会馆。九月二十五日,申刻,观如意班戏于南司街。十月一日,午、未、申刻,观如意班戏于天后宫。十月三日,午、未、申刻,同绿岩、约园观如意班于天后宫。十月五日,未刻,观如意班戏于满洲营戍。五月二十三日,未刻,至三山会馆,观采如堂戏。十一月三日,午刻,同刘绿岩、陈愚泉观集庆班戏于海食会馆。

黄金台看戏,常常是在午后去戏场,有时一看就是两三个时辰,按一个时辰两小时算,能看四到六个小时,如果不是喜欢,坐上四十分钟也受不了。《缀白裘诗》写于嘉庆二十二年(1817)六、七月间,而本年"五月二十六日,午、未、申刻,在桑园观翠美班戏。二十七日,午、未、申刻,观翠美班戏。二十八日,辰刻,侯谢月波不遇,观翠美班戏。二十九日,未、申刻,观翠美班戏"。一连四天都是出入于戏场。黄金台平时教授私塾,有时外出,也不忘看戏,如嘉庆二十三年,"四月十八日,巳、午、未刻,在府学视荣森班戏。四月十九日,巳、午、未刻,偕吴少杉(之俊)在秀水县署观五福堂戏。四月二十一日,午、未刻,在府学观鸿雅堂戏"。通过这些记载,我们可以看出黄金台算得上一个的戏迷,他对戏曲很熟悉,能在短时间内写出那么多的咏剧诗,也不足为奇。

然而,黄金台观剧的记载,其意义并不仅于此。我们知道在明清文人日记中有不少关于戏曲的材料,都为学界所重视,如明代万历年间潘允端的《玉华堂日记》,其中有关于购买家班演员的记录,并有具体价格,因而受到研究戏班史学者的特别关注;启、祯年间祁彪佳的《祁忠敏公日记》记录大量观剧的事实,对于研究明代戏曲演出极有价值,因而也常为人们提及。到清代,如杨恩寿《坦园日记稿》,"就偏重同治初期十余年间,湖南地区的剧院、戏班、剧种、剧目、演员演技等详况。又反映出剧作者如何研究的,是一部不可多得的湘剧史料。与此前后,江宁籍文学家何兆瀛日记稿(1864—1890),积年累月地把耳闻目睹的摊簧、拖猴戏、昆曲、傀儡剧等,逐一介绍赏析,不失为百年前南京地区珍贵的剧艺资料"①。与杨恩寿、何兆瀛相类似,清末民初温州文人张棡平生酷嗜观剧,他的《杜隐园日记》(起自1888,迄于1942)对所观之剧几无遗漏地见载于日记中,"真实地反映了清末民初浙南一带地方戏剧的演出状况,具有极高的戏剧史料价值"②。同样的,黄金台日记中观剧的记载,对于我们了解嘉道年间浙江平湖地区戏曲演出状况,也具有很高的史料价值。

黄金台观剧,主要记录时间、地点、班社名称,逐年记载,且时间跨度也很大,这里随意选择几个年份来看看。如嘉庆二十四年(1819),"闰四月十六日,午、未刻,在元真观观富林班戏。二十八日,未、申刻,在关庙观锦班戏。二十九日,未、申、酉刻,观锦新班戏。五月一日,午、未、申刻,观锦新班戏"。道光十三年(1833),"四月三十日,未、申刻,观瑞珠戏于天后宫。五月初二日,午、未、申刻,观联升戏于鄞江会馆。五月初五日,未、申、酉刻,观联升戏于天后宫"。道光十七年(1837),"十月十五日,午、未刻,观翠芳戏于霍王庙。十月十九日,未、申刻,观全福戏于大王庙。十月二十七日,观全福戏于鄞江会馆"。如果把日记中提到的班社、演出场所全都辑录出来,对于戏班史、剧场史的研究,都很有意义。

此外,黄金台在日记还记载他与伶人的交往,如"(嘉庆二十年)正月二十二日,酉刻,候朱息庵,即留饮,同席卓雪岩等六人,如意班伶人双吟、双兰陪饮"。而在《木鸡书屋文二集》卷四黄金台写有一篇《义伶杨花传》,记陕西秦腔艺人杨花舍命救主之事,文

---

① 陈左高《明清日记中的戏曲史料》,《社会科学战线》1982年第3期。
② 刘水云、黄义枢《张棡〈杜隐园日记〉中地方戏剧史料》,《文献》2007年第3期。

中说:"莫谓梨园独无义侠,从知菊部自有英雄。于是孟九我绘图以传,许小欧作歌以纪,而余复立传以表彰之。朱颜永逝,休嗤我辈之钟情;白骨留香,窃叹斯人之不死。"他对伶人中的节义之辈也是积极予以表彰。

(三) 与曲家黄燮清的交往

黄金台一生绝大部分时间都是在平湖活动,只是晚年受李联琇之聘而游幕,但是他交友众多。在他所交友人中,笔者特别关注的是曲家黄燮清。我们研究清代戏曲,一般也把它分成前、中、后三个时期,清前期的李玉、李渔、"南洪北孔"可称"四大家",中期的蒋士铨被称为"乾隆第一曲家",而清后期曲家中,黄燮清(1805—1864)是影响最大的一位,他的《倚晴楼七种曲》亦脍炙人口。以往在研究黄燮清的时候,受材料限制,都没有提到黄金台。读《听鹂馆日识》,我们可以细致地了解到"二黄"之间的交往,而且通过黄金台日记的记载,我们能够更充分地考察黄燮清活动的状况,这对于深入研究黄燮清其人也有积极的意义。

《听鹂馆日识》道光十三年(1833)四月二十九日日记载:"是日卜达庵为余言海盐黄韵珊(名燮清,廪生)新撰《帝花女》乐府(记长平公主事),陈琴斋将为付梓,乞余作序。"这是黄金台最早提到黄燮清,本年黄金台四十五岁,黄燮清二十九岁,这时候两人还未谋面,黄金台是从平湖友人卜葆鈖(字达庵)那儿听说黄燮清的。① 道光十五年(1835)五月,黄金台有海盐之游,与黄燮清见面:

> 五月二十日,至海盐。
>
> 二十一日,巳刻,候黄韵珊,晤其尊人晚香先生,其家拙宜园,颇擅水石之胜,韵珊属余撰记(向为国初人李晚研先生别业,今黄氏得之四十年矣)。午刻,游福业寺,回过韵珊处午膳。未刻,偕云槎、韵珊、石砚农游张氏涉园,树石苍古,山水幽峭。
>
> 二十七日,酉刻,韵珊过,畅谈诗文家数。

黄金台这一次是到黄燮清家里,游览了黄家的拙宜园,并在黄燮清的陪同下,游览

---

① [清]俞樾《蹄涔集文钞》卷一《卜玉生传》曰:"卜君玉生,讳葆鈖,字尹甫,又字达庵,浙江平湖人也。"按传所载,卜葆鈖生于嘉庆八年(1803),道光二十年(1840)进士,任四川彭山县县令,道光二十五年(1845)卒于任,年四十三。黄金台《木鸡书屋文四集》卷二有《卜达庵明府遗诗序》。

海盐张氏涉园,《木鸡书屋诗选》卷四有《游张氏涉园同黄韵珊(宪清)、石研虹(丙熺)、张云槎》四首记其事。与黄金台一同游览的张云槎,名谦,海盐邑庙道士,黄燮清《国朝词综续编》卷二十二录张谦词,其中有《菩萨蛮·寄怀黄鹤楼茂才》;张谦辑《道家诗纪》,已收入复旦大学出版社出版的《上海图书馆未刊古籍稿本》。黄金台的此次海盐之行还结交了其他一些友人,其中也有涉及《红楼梦》的:"五月二十八日,未刻,竹洲设席相待,同饮沈评花、萧贯斋(名曾,海宁诸生,善隶篆)、吴月梅(归安人,能写真)、周馥田(海盐人,善画人形)、张云槎、查北山,共七人。酉刻,馥田出示所画《红楼梦图》四十八叶。"

黄金台海盐之行结束后,本年日记中还记有与黄燮清相关之事:

> 六月十九日,作《拙宜园记》(骈体)。二十九日,为黄韵珊作《鸳鸯镜传奇序》(骈体,事载渔洋山人《池北偶谈》)。
> 闰六月十二日,申刻,寄张云槎、黄韵珊、查竹洲三书。
> 七月十一日,是夜梦同家韵珊在一处作诗,互相斟酌。

黄金台所作《拙宜园记》,见《木鸡书屋文三集》卷四,而他为黄燮清戏曲所作的《鸳鸯镜传奇序》,未见于文集中,也不见于黄燮清《倚晴楼七种曲》的序跋之中。

道光十六年(1836),黄金台与黄燮清互有访问,《听鹂馆日识》本年日记载:

> 八月初五,午刻,郁松桥招宴,同席龚巽和等十余人;申刻,海盐黄韵珊特来见访;戌刻,留韵珊夜话。初六,辰刻,过张屋山处商事,陈东堂招同黄韵珊食蟹。十二日,巳刻,寄黄韵珊书。
>
> 九月二十一日,巳刻,舟至海盐,访张云槎道士,赠以《半村居》、《读书斋》诗两种;未刻,候黄莲舫、韵珊昆仲。二十三日,午刻,黄韵珊招食蟹,同席张云槎、吴砚仙(名廷燮,诸生,诗词极工),食罢,韵珊出示近作数百首(诗赋、词曲、骈体无一不美),又见赠新刻《凌波影传奇》一册;酉刻,查作舟招宴,同席黄韵珊等六人。二十五日,申刻,黄韵珊、吴砚仙来,畅谈两时。

道光十六年(1836)八月,黄燮清来到平湖,访黄金台;九月,黄金台到海盐,访黄燮清。黄金台对于黄燮清的文学作品非常欣赏,称其"诗赋、词曲、骈体无一不美"。黄燮清著有《倚晴楼诗集》十二卷、《倚晴楼诗续集》四卷、《倚晴楼诗余》四卷,他的诗歌也是按时间先后编年,在《倚晴楼诗集》道光十五年、道光十六年的诗作中,并未见到黄燮清提及与黄金台交游的作品。这种现象在古人的诗文集中也属常见,因为诗文毕竟不同于日记,不可能事无巨细,皆一一见诸歌咏。但是,黄金台日记的记载,却为我们提供了黄燮清的具体行踪。另外,黄金台的诗歌也有提到黄燮清的,《木鸡书屋诗选》卷四《五月晦日,鸳湖诗社中主人招同柯小坡、黄韵珊、吴彦宣、钱萍矼诸君宴于回溪草堂,堂为钱箨石侍郎故居,酒后成五古一章》,这次聚会,于源亦有诗咏,其《一粟庐诗一稿》卷二有《五月三十日同柯小坡(万源)、黄鹤楼、吴彦宣(廷燮)、黄韵珊(宪清)、钟穆园(步崧)、钱萍矼、黄唐山(晋鈖)、岳缦甫、杨小铁、孙次公、严伯年集回溪草堂作》①,两诗皆作于道光十九年。由于《听鹂馆日识》缺道光十九年的日记,黄金台与黄燮清交往的具体情况,想必在日记中应该有记载。

笔者曾为《清史·文苑传》写过《黄燮清传》,按照撰写要求,先搜集材料,写出他的事迹编年,当时曾参考过陆萼庭先生的《黄燮清年谱》以及一些研究黄燮清的硕、博论文,皆未见引用《听鹂馆日识》。现在根据黄金台的记载,可补充完善黄燮清生平活动的若干细节,如果再撰《黄燮清年谱》,黄金台的日记也是不可或缺的资料。

五、余 论

通过阅读黄金台的《听鹂馆日识》,我们能够清晰地了解到黄金台在小说、戏曲方面所做出的贡献。虽然他的《读〈红楼梦〉图》及众多友人的题跋未见流传,只留下他本人的《读〈红楼梦〉图记》,他的《红楼梦诗》也只存下一半,而《聊斋志异诗》、《缀白裘诗》只首未存,正如黄金台自己所言:"文章一道,能作者未必能传。"②但是,黄金台对于小说、戏曲的关注却是不争的事实。有人可能会说,这些作品都不存了,提它们还有什么意义?然而,笔者却不这么认为。

首先,围绕《读〈红楼梦〉图》,红学史上很多从未提到的人物由此进入我们的视野。根据黄金台的记载,为《读〈红楼梦〉图》写题词的人至少在六十人以上,他们以平湖籍文人为主,这些写题词的人多少都应该接触过《红楼梦》,由此我们也能看出《红楼梦》在这一地区的影响。以前我们提到《红楼梦》的影响之大,总会说起一句话:"开谈不说

---

① 〔清〕于源《一粟庐诗一稿》,见《清代诗文集汇编》第663册,第146页。
② 〔清〕黄金台《木鸡书屋文三集》卷二《南野堂诗集后序》,见《清代诗文集汇编》第565册,第120页。

《红楼梦》,读尽诗书也枉然。"这是说嘉庆年间北京城里的状况,而黄金台关于《读〈红楼梦〉图》题咏的记载,也让我们看到《红楼梦》在东南一隅的流行盛况。

其次,黄金台写成《红楼梦诗》《聊斋志异诗》《缀白裘诗》后,或让朋友借阅,或请朋友评点这些诗,在某种意义上说,也是对这些小说、戏曲进行传播。黄金台的友人中喜读《红楼梦》的人很多,而读《聊斋志异》并给予评论的人亦有之,他的幕主人李联琇即是其中一位,《好云楼初集》卷二十五《题聊斋志异》曰:"蒲留仙此书,激昂郁抱,变幻寓言,以母梦病瞿昙来而生,故尊信象教,扼于文战,故屡嘲主司。惟卷末花神一段,庸俗不类,内载檄文,尤冗陋,殆后人摹仿附增。"①

黄金台以骈体文的创作而负盛名,但是,我们读《听鹂馆日识》,知道黄金台创作的诗歌数量也非常多。然而他留下的诗集只有《左国闲吟》、《木鸡书屋诗选》,前者是咏史诗,后者是道光二十五年(1845)黄金台的家刻本,只有六卷,他为数众多的诗歌并未选在这个集子里,包括《红楼梦诗》《聊斋志异诗》《缀白裘诗》,否则,黄金台的诗歌创作可能早已引起人们的注意。在清代文人中,像黄金台这样写出这么多的咏剧诗、题稗诗的并不多见。诗虽大多不存,但《听鹂馆日识》毕竟给我们留下了线索,而且除了诗歌之外,黄金台的文章也向我们展示了他对小说、戏曲的爱好,这里摘录两篇骈文以见其在小说、戏曲方面的贡献。

书金圣叹《才子书》后

窃以曼倩滑稽,长公怒骂,虽偶涉夫游戏,要无害于纲常。若夫专信稗官,独崇异说,评绿林之豪客,曲尽形容,赞红粉之娇娃,漫加附会,灵谈鬼笑,恣一之私情,楚谚吴歌,悦千奴之庸目,则未有如金氏圣叹之甚者也。以彼唇锋锐利,眼电精荧,假令洗涤邪思,折衷正道,将出其才力,不难了却十人,播厥辞章,尽可自成一子。奈何雕镌俗状,周纳世情,好为阳五之淫辞,惯作桓元之危语。羊颐狗颊,尽是诙谐,马嚘驴鸣,无非穿凿;加以讥弹无忌,夸诞不经,笑刘书为骆驼,诋任圄为虫豸。诗曰:善戏谑兮,不为虐兮。圣叹何相倍之戾也,其贾祸焉,不亦宜乎? 呜呼! 何晏风流,卒婴斧锧;王融险躁,竟被灰钉。叔夜临刑,欷歔爱子;蔚宗论罪,悲泣名娼。伯深之裂胆堪怜,君彦之虉心何惨。语言取累,空留谢客之须;意气自高,已抉杨郎之目。自来才士,都鲜令终,非诡妄以招尤,即轻浮以自败,况区区圣叹也哉。

---

① [清]李联琇《好云楼初集》,见《清代诗文集汇编》第682册,第228页。

(《木鸡书屋文二集》卷五)

书《荡寇志》后

施耐庵《水浒传》，盖据淮南盗宋江作乱一事而敷衍之者也。夫宋江抗拒六师，骚扰十郡，假借忠义，牢笼英豪。耐庵抉摘奸情，形容诈术，振毫端之风雨，妙皮里之阳秋，可谓得春秋诛心之法矣。乃后人妄思画虎，偏欲续貂。漫肆铺张，夸其睦州平贼；别生诡谲，谓其海外称王。虞说无稽，郢书善附；巧言混其皂白，妖语流为丹青。遂至金华庙里，谬称张顺之神；铁岭关前，误指武松之墓。鲁达遗像，尚有流传；董平旧枪，亦形歌咏。斯真盗言孔甘，乱是用彰矣。山阴俞君仲华，学刃峻植，文锋迅驱，淳于意艺擅折肱，洛下闳术穷勾股；而又精明彀略，谙习机铃骑射，有论火器，有考东粤猺民之变。慷慨从军，西洋鬼子之来，激昂献策。其最著者，则继耐庵前传，撰《荡寇志》一书，积二十年，成七十卷。茶残酒冷，墨瘁纸劳，道在尊王，志存灭寇。纪宣和之敝政，故作包荒；书叔夜之奇勋，姑从简略。至于三十六神将，各禀雷精；一十八散仙，别饶风格。卒能腹背交攻，首尾迭应，屡燔狐窟，全扫鼪巢。文虽子虚，义合公是，于以息邪说，于以正人心。而其间幻出一陈丽卿者，何哉？盖仲华少时梦一女将，自言其功，求为立传耳。陈思入梦，既受嘱于精灵；聂隐化身，因细描其笑貌。故其演说丽卿也，孝敬天情，言容地德，木陈忕之仙裔，匹祝瀚之名臣。琴瑟声中，刘三妹诗同唱和；旌旗影里，唐六如力冠英雄。剑妙白猿，骑腾赤骥，一肌一容之态，十荡十决之威，无何丹蝶蘧蘧，自能先觉，碧蟾炯炯，忽悟前因。稳骖阆苑之鸾，好跨韵楼之虎。若夫刘慧娘者，具九柯十匠之材，化八阵六花之法，既而拈来迦叶，斩尽枯藤，三千界世乐婆娑，五百众佛无故也。其他结构之工，点缀之艳，补干之密，呼应之灵，体则有要有伦，气则以整以暇，语则不触不背，意则能纵能收。诏诰擅陆贽之长，书札夺阮瑀之妙，正议则孔明阔大，谑谈则曼倩滑稽。其叙述战阵也，奇正互用，虚实相生，长枪大戟之雄，缓带轻裘之雅，虽魏公子之形执，范大夫之权谋，周太史之阴阳，李将军之器械，自古兵家，蔑以过矣。而况手指迷途，耳提聋俗，严加震撼，密与纠绳，足使穿穴鼯惊，含沙魃泣，北渡之虎化为善心，东徙之枭变其恶语。世庆升平之象，人游熙暤之天。尸山血瀣之余，祥云布濩；鬼烂神焦而后，瑞日弥纶。是书也，出一己之鸿裁，备千秋之龟鉴，飞仙妙笔，古佛婆心，有功世道不浅矣。奚衹与耐庵前传后先辉映，彼此争衡已哉！（《木鸡书屋文五集》卷六）

从这两篇文章我们可以看出,黄金台对金批《水浒》、金批《西厢》以及俞万春的《荡寇志》都很熟悉,并有自己的心得。虽然从思想的角度看,黄金台不脱旧时文人的思域牢笼,他对金圣叹的遭遇毫无同情,但还是佩服他的才华,对《荡寇志》艺术成就的评析,也很深刻。

最后,笔者想说的一点是,本文虽着重探讨黄金台《听鹂馆日识》中小说、戏曲资料,但不可避免地要涉及他的诗文,以相互印证,在读黄金台骈文的过程中,笔者能感受到它的充实与流丽。为《木鸡书屋文》写序的人,都称赞黄金台骈文的高妙,甚至拿它与陈维崧的骈文相提并论。笔者对骈文的研究纯属外行,但黄金台毕竟有三十卷的骈文存世。笔者想,或有精于此道的研究者,可以对黄金台在骈文史的地位作出恰如其分的评价。

作者简介:郑志良,文学博士,中国人民大学文学院副教授。

清代小说评点的征实倾向与文献价值

蒋玉斌

提　要： 在考据学影响之下，清代的小说评点具有了突出的征实倾向与文献价值。其征实倾向主要表现在评点者对征实的直言倡导，在评点中引证旁证材料以征实小说内容，在评点中以评点者亲身经历之事为小说内容作注脚等方面。其文献价值主要有呈现清代方方面面的社会生活，记录清代的风俗习惯，记录大量的文史资料等。清代小说评点的浓厚征实倾向文献价值与评点者传统的小说补史观念有着密切关系。清代的小说评点深受考据之风的影响，它留下的文献是不可多得的研究资料，其价值有待更深入的挖掘。

中国学术发展至清代，取得了很高的学术成就，既有对前代学术的全面总结，又呈现出博大、精深的学术风范，可谓我国学术史的一个高峰。梁启超评清代学术之盛道："本朝二百年之学术，实取前此二千余年之学术，倒影而缫演之，如剥春笋，愈剥而愈近里；如啖甘蔗，愈啖而愈有味。不可谓非一奇异之现象也。"[①] 在大盛的清代学术中，梁启超尤为推崇考据学，将之视为清代最主要的学术思潮。他说："有清一代学术，可纪者不少，其卓然成一潮流，带有时代运动的色彩者，在前半期为'考证学'，在后半期为'今文学'，而今文学又实从考证学衍生而来。"[②] 在梁启超看来，考据学代表了清代学术的最高成就。考据学为清代显学，在其影响之下，清代的小说评点具有了突出的征实倾向与文献价值。

一

征实，本是对纪实类作品的一种要求。然而在清代考据之风盛行的影响之下，征实

---

① 梁启超《中国学术思想变迁之大势》，《饮冰室合集·文集》之七，中华书局，1989年，第102页。
② 梁启超《清代学术概论》，上海古籍出版社，1998年，第2页。

倾向成为清代小说评点最突出的特征之一。

清代小说评点的征实倾向首先表现在评点者对征实的直言倡导,以为小说通例作说明的《凡例》和为小说张目的《序》最为明显。如《三国演义·凡例》强调"据实",毅然删去那些虚诞荒谬情节:

> 后人捏造之事,有俗本演义所无,而今日传奇所有者,如关公斩貂蝉、张飞捉周瑜之类,此其诬也,则今人之所知也。有古本《三国志》所无,而俗本演义所有者,如诸葛亮欲烧魏延于上方谷、诸葛瞻得邓艾书而犹豫未决之类,此其诬也,则非今人之所知也。不知其诬,毋乃冤古人太甚!今皆削去,使读者不为齐东所误。①

倡言征实,可以说是毛氏父子评点《三国演义》的基本评点原则。毛纶还在比较《水浒传》与《三国演义》时提倡"据实":

> 《水浒》所写啸聚之事,不过因《宋史》中一语凭空捏造出来。既是凭空捏造,则其间之曲折变幻,都是作者一时之巧思耳。若《三国志》所写帝王将相之事,则皆实实有是事,而其事又无不极其曲折,极其变幻,便使捏造,亦捏造不出,此乃天地自运其巧思,凭空生出如许奇奇怪怪之人,因做出如许奇奇怪怪之事也。②

《快心编·凡例》第一条则开宗明义地提倡征实:

> 是编皆从世情上写来,件件逼真。间有一二点缀处,亦不过借为金针之度耳。是编悲欢离合,变换处实实有之,非若嵌空捏凑,脱节歧枝者比。③

在《序》中直接倡言征实的就更多。如《白圭志·序》言:

> 夫造说者藉事辑书,尚以为难,若平空举事,尤其难矣。如周末之列国,汉末之

---

① [清]毛宗岗《凡例》,陈曦钟等辑校《三国演义》(会评本),北京大学出版社,1986年,第21页。
② [清]毛纶《毛声山评第七才子书琵琶记·总论》,侯百朋编《〈琵琶记〉资料汇编》,书目文献出版社,1989年,第286页。
③ [清]天花才子《凡例》,[清]天花才子编辑《快心编》,朱眉叔校点,春风文艺出版社,1985年,第2页。

三国,此传奇之最者,必有其事而后有其文矣。若夫《西游》《金瓶梅》之类,此皆无影而生端,虚妄而成文,则无其事而亦有其文矣。但其事无益于世道,余常怪之。①

写于顺治年间托名金圣叹的《三国志演义序》②盛赞《三国演义》的"据实指陈":

近又取《三国志》读之,见其据实指陈,非属臆造,堪与经史相表里。由是观之,奇又莫奇于《三国》矣。③

清代小说评点的征实倾向还表现为在评点中引证旁证材料以征实小说内容。小说情节与人物虽多为虚构,但却是有素材来源的。探寻小说情节的来源与人物的原型,是清代的小说评点最为热衷的评点重点。《野叟曝言》为一部纯虚构小说,作者将小说情节置于明代成化、弘治年间的真实历史进程中来叙述主人公文素臣的人生历程,其情节多有所"据"。在评点中探寻情节来源则为《野叟曝言》评点④之重要特点,"俱本国史""亦依会典,无一事独撰"等评语常见于评点之中。如《野叟曝言》第六十五回总评:

此书经历之处,无一凭空结撰者。惟海外四夷及余所未至,无可考证耳,颇疑昭庆寺后,乃有刘大等居址。⑤

又如《野叟曝言》第八十九回总评:

《宋史》载:刘道隆之倍极丑态,更以堂堂天子,于殿庭广众,令诸臣子轮奸其

---

① [清]晴川居士《序》,[清]崔象川《白圭志》,春风文艺出版社,1985年,第2页。
② 《三国志演义序》的作者署名金圣叹,陈洪撰文《〈三国〉毛批考辨二则》(《明清小说研究》1986年第4期)对此序作者作了考证,推断为毛宗岗,但证据不够充分,存疑。笔者以为署名无名氏更为恰当。
③ [清]无名氏《三国志演义序》,陈曦钟等辑校《三国演义》(会评本),第1页。
④ 据清代西岷山樵《光绪八年申报馆本序》记载:"先祖(即韬叟)颔之,因请为之评注,先生许可;乃乘便缮副本藏诸箧中,先生不知也!"可推知,评点者为韬叟。参见[清]夏敬渠《野叟曝言》,吉林文史出版社1994年,第2页。
⑤ [清]韬叟《野叟曝言》(第六十五回回评),[清]夏敬渠《野叟曝言》,吉林文史出版社,1994年,第1026页。

庶祖母之太妃矣。此较又全之事,不啻百倍过之!其野叟所云"地老天荒无此事,耳闻目见有其人也。"俗儒少见多怪,又奚足以论才子之书?①

除了《宋史》《明史》《明会典》等正史典章外,其他野史、笔记、丛谈、类书等书籍,亦是小说评点探寻情节来源的重要典籍材料。如《野叟曝言》第七十一回总评:

过仙气即可成仙,而以白牡丹、弄玉为证;吃仙粪即可成仙,而以升仙桥为证。前世痴人说下痴谎,为后痴人引证。一部《太平广记》,那一句、那一页不是此类?而疑者什一,信者什九,何也?②

又有《林兰香》评点,多引史书及杂著典籍以参证小说情节,如:

辽懿德萧后以写十香词被诬赐死,是即梦卿题壁书扇之前车。
晋公主谓王戎曰:"亲卿爱卿,是以卿卿。我不卿卿,谁复卿卿?"此等韵致,爱娘有焉。③

对小说人物的原型探寻,在清代的小说评点中更为普遍。石昌渝曾指出《野叟曝言》中的主要人物皆有"据":"这部小说的主要情节纯属虚构,而且充满了光怪陆离的描写,但其主要人物都有根源,或者的作者和作者身边的人物,或者是历史人物。"④如《野叟曝言》第九十九回总评中评点"伯明":

汉末钩党之祸,如伯明者多矣,如素臣者何人?且如伯明者,亦皆废职;而非尽职,则亦无一如伯明者也。作者矫首天外,肯坠入他书窠臼,寻常搬演一折"挂冠全交"之杂剧耶?⑤

---

① [清]韬叟《野叟曝言》(第八十九回回评),[清]夏敬渠《野叟曝言》,第1410页。
② [清]韬叟《野叟曝言》(第七十一回回评),[清]夏敬渠《野叟曝言》,第1123页。
③ [清]寄旅散人《林兰香丛语·寄旅散人引》,[清]随缘下士编辑《林兰香》,春风文艺出版社1985年,第1—2页。
④ 石昌渝主编《古代小说总目》(白话卷),山西教育出版社2004年,第481页。
⑤ [清]韬叟《野叟曝言》(第九十九回回评),[清]夏敬渠《野叟曝言》,第1552页。

《儒林外史》评点在探寻人物原型方面最为深入,几乎小说中每一个较为重要的人物均作原型探究。如金和探寻杜少卿、杜慎卿的原型:

> 书中杜少卿乃先生自况,杜慎卿为青然先生。其生平所至敬服者,惟江宁府学教授吴蒙泉先生一人,故书中表为上上人物。①

在小说评点中以评点者亲身经历之事为小说内容作注脚,这是参证小说的又一重要旁证材料。这以《红楼梦》的脂砚斋评点最为典型。脂砚斋评点中"余"字出现频率很高,以自身经历与情感感受参与小说评点,并参证小说情节。如:

> 一段无伦无理,信口开河的浑话,却句句都是耳闻目睹者,并非杜撰而有,作者与余实实经过。②

又如第七十七回写王夫人到宝玉房中阅人时,脂砚斋评道:

> 一段神奇鬼讶之文,不知从何想来。王夫人从来未理家务,乞不一木偶哉?且前文隐隐约约已有无限口舌,漫阔之潜,原非一日矣。若无此一番更变,不独终无散场之局,且亦大不近乎情理。况此亦此余旧日目睹亲问,作者身历之现成文字,非搜造而成者,故迥不与小说之离合悲欢窠臼相对。想遭冷落之大族见子于此,难事有各殊,然其情理似亦有点契于心者焉。③

方舒岩对《聊斋志异》的评点亦多以亲身经历参证小说。略举两例:

> 吾见世之嫁女者矣。家非素封,而灯烛辉煌,麝兰馥郁,其玉杯金爵,间有世家莫及者。迫事过而门内空空,一如狐之不能终留矣。偶穷其颠末,或曰:移之巨室也。或曰:得之亲友之转相张罗者也。是岂不可以已乎?此谓之浮糜。

---

① [清]金和《〈儒林外史〉跋》,李汉秋辑校《儒林外史》(汇校汇评本),上海古籍出版社,2010年,第690页。
② [清]脂砚斋《脂砚斋甲戌抄阅再评石头记》(第二十五回夹批),上海古籍出版社,1985年,第183页。
③ [清]脂砚斋《红楼梦》(第七十七回夹批),《脂砚斋重评石头记》(庚辰本),《古本小说集成》,上海古籍出版社影印本,第1806页。

余尝游长安，见夫朱纶丹毂，威福一时，未几而名挂弹章，家破人亡，有不忍言者，何得谓之梦哉？曾生幸因梦而得醒，故入山唯恐不深耳。世之方入梦者尚知宜醒，不以醒为梦，庶不终于梦之矣。①

清代小说评点者在评点中特意标出具体时间，这种对具体时间的关注在清代之前的小说评点中出现极少，而在清代的小说评点中则大量出现，这正是清代小说评点征实倾向的重要表现。清代小说评点中出现的具体时间大致有两大类：一是考证小说中故事发生的具体时间。如姚燮《红楼梦》第八回评点：

己酉、庚戌两年过接处，作者欠界划清楚。令粗心读过者，无界限可寻，然断断不能并作一年事也。②

评第二十一回故事发生时间："此回仍是壬子年正月半后事。"③此外还有第三十回的"壬子年五月初间事"、第六十七回的"癸丑年秋间事"等大量具体时间。难怪吴克歧在《忏玉楼丛书提要》中说："山民评无甚精义，惟年月岁时考证綦详，山民殆谱录家也。"④又如冯镇峦在《公孙九娘》评点中对小说背景"于七"案的具体描述：

时顺治十八年十月，命都统济世哈为靖东将军讨之，分驻各旗兵马予登、莱、胶三处，防范海汛，并缉于逆。⑤

评点者对小说故事具体时间的考证，对后世小说研究影响极大，尤其是对小说的索隐研究提供了最为直接的证据，对于读者把握小说故事发生的时代背景，深入理解小说也是有裨益的，但过于坐实小说内容；二是评点者写下评点的具体时间。评点中的具体时间的记录有些是评点者刻意记下的，大量序跋后面记下的时间就属此类，也有非序跋

---

① [清]方舒岩《狐嫁女》（方评），转引自汪庆元、陈光迪《方评〈聊斋志异〉评语辑录》，载《蒲松龄研究》2000年第1期。
② [清]姚燮《红楼梦》（第八回回评），朱一玄编《红楼梦资料汇编》，南开大学出版社1985年，第645页。
③ [清]姚燮《红楼梦》（第二十一回回评），朱一玄编《红楼梦资料汇编》，第649页。
④ 吴克歧《忏玉楼丛书提要》，北京图书馆出版社2002年，第32页。
⑤ [清]冯镇峦《公孙九娘》（夹批），张友鹤辑校《聊斋志异》（三会本），上海古籍出版社，1986年，第477页。

评点中记下的时间,如方舒岩评点《江城》中的时间:"岁癸亥,余与孙佩金、吴效昆,同馆上长林,适厨下奴误市街头青油,作饼以进。一时不觉,至晚,吐痢交至,罔不委顿。"①还有一部分评点中的具体时间是评点者无意识记下的。如脂砚斋评点《红楼梦》:

若从头逐个写去,成何文字?《石头记》得力处在此。丁亥春。②

在序跋中记下具体时间是行文的一种常态,但在非序跋的评点文字中频繁出现评点小说的具体时间,尤其是那些无意识记下的时间,这只能说明是评点者的写作思维惯性使然,这种写作思维惯性正是评点者的考据学思维所致,这也恰好证明了清代的考据之风深深地影响了小说评点的写作。

二

清代小说评点突出的征实倾向,从而使清代小说评点与其他时代的小说评点相比,具有了重要的文献价值。其文献价值主要集中在以下三个方面:

首先,呈现清代的社会生活。清代的小说评点中涉及了清代社会生活的方方面面,由此可观当时社会生活的情形,为我们了解与研究清代社会补充了很重要的活生生的资料。如方舒岩《聊斋志异》评点中关于清代"育婴堂"的记载:

然吾尝游燕都育婴室矣,方春作保孤会时,迎神演戏,观者如堵。婴孩不下数十,卧一上土坑,类骨瘦面黄,水浆多不继者,故死之十八九,存者不得一二。虽曰"育婴",其实杀之矣!③

方舒岩关于"育婴堂"的真实记载,让读者看到了清代"育婴堂"杀人的本质。又如《儒林外史》评点对清代儒林丑态的揭示。第三十六回中武书自言并不会作八股文,而

---

① [清]方舒岩《江城》(方评),转引自汪庆元、陈光迪《方评〈聊斋志异〉评语辑录(续)》,载《蒲松龄研究》2000年第2期。
② [清]脂砚斋《脂砚斋甲戌抄阅再评石头记》(第一回夹批),上海古籍出版社,1985年,第7页。
③ [清]方舒岩《鸦头》(方评),转引自汪庆元、陈光迪《方评〈聊斋志异〉评语辑录(续)》,载《蒲松龄研究》2000年第2期。

学做两篇去考,居然进了学。天目山樵于此处评曰:"此处断而复续,自数不清,无非欲显其聪明历考高等耳。"①由此可观清代儒生的自作聪明与科场的污浊、考官的盲瞽。本回叙述储信、伊昭二人是积年相与博学的,黄小田评曰:"'相与博学',不过为学博生财,于中取利。"②黄小田指出了清代儒林的所谓"相与博学",其实质是老师生财的社会现象。

其次,记录了清代的风俗习惯。张亮采解释风俗:

> 至有人类,则渐有群,而其群之多数人之性情、嗜好、言语、习惯常以累月经年,不知不觉,相演相嬗,成为一种之风俗。而入其风俗者,遂不免为所熏染,而难超出其限界之外。③

可见,风俗是与人们的日常生活紧密相联的,他就存在于我们的衣食住行之中。小说作为一种叙事性文学,更擅长于描写各地的各种风俗。风俗描写,不仅是小说中的典型环境,也是情节发展的重要纽带,某些小说中的风俗描写还成为了重要的审美对象本身。因此,风俗描写是小说的有机组成部分,它自然也成为评点者关注的重点之一,尤其是受考据之风影响的清代小说评点更是如此。《儒林外史》中记载了大量的江南风俗,扬州、南京、杭州等地风俗人情皆特意浓墨写出,颇具《荆楚岁时记》《东京梦华录》笔法。如第四十一回中的南京秦淮河风俗描写,令人飘然神往。其评点亦颇得《儒林外史》之旨趣,记载了很多江南风俗。如第二十三回中卧批本对扬州妓院风俗的记载:

> 或谓王义安无故戴方巾上饭馆,何为也者?曰此无足怪也。扬郡风俗,妓院之掌柜者,非以妻妾为生意者也,总持其事而已。往往住华居,侈结纳,混迹衣冠队中,是其常事。④

黄安谨评点《儒林外史》,不仅重视其中的风俗描写,其至认为正是风俗描写吸引了大量的读者。他说:

---

① [清]天目山樵《儒林外史》(第三十六回夹批),李汉秋辑校《儒林外史》(汇校汇评本),第448页。
② 同上,第450页。
③ [清]张亮采《序例》,《中国风俗史》,东方出版社1996年,第1页。
④ [清]卧闲草堂《儒林外史》(第二十二回回评),李汉秋辑校《儒林外史》(汇校汇评本),第285页。

《儒林外史》一书,盖出雍乾之际,我皖南北人多好之。以其颇涉大江南北风俗事故,又所记大抵日用常情,无虚无缥缈之谈;所指之人,盖都可得之,似是而非,似非而或是,故爱之者几百读不厌。①

《聊斋志异》评点中亦多风俗记载,如何守奇评点《公孙九娘》中关于山东冥婚风俗的记载:

此亦冥婚也。不以葬处相示,彼此都疏,乃独究于莱阳,此异氏史所以有冤哉之叹也。②

最后,记录了大量的文史资料。清代的小说评点者大都为学识渊博、多才多艺的文人,他们在评点中自然留下了大量的可资考证的文史资料。如《林兰香》第二十三回评点中关于古代折扇来源的详细记载:

古人用扇,只有团扇、纨扇、羽扇,并无折迭扇。前明外国进此扇,以纸折迭为之,收入袖内,长不过咫尺,宽不逾一二指,提携最便,其制遂大传于世间矣。③

第二十七回评点中记载关于《西厢记》各种唱腔及其演唱效果的戏曲资料:

《西厢》好辞不止于此,此取其切当夜之景耳。此等曲世之梨园皆唱以昆山腔,不知以弋阳腔唱之,亦足以动情听也。昆山弋阳之外,又有所谓梆子腔、柳子腔、罗罗腔等派者,真乃狗号,真乃驴叫,有玷梨园名目矣。④

以上为"文"方面的文献资料,"史"方面的文献资料在清代的小说评点中则更为常见。如《白圭志》评点中关于明代"选妃之例"的记载:

---

① [清]黄安谨《〈儒林外史评〉序》,李汉秋辑校《儒林外史》(汇校汇评本),第694页。
② [清]何守奇《公孙九娘》(末评),张友鹤辑校《聊斋志异》(三会本),第483页。
③ [清]寄旅散人《林兰香》(第二十三回夹批),[清]随缘下士编辑《林兰香》,第184页。
④ [清]寄旅散人《林兰香》(第二十七回夹批),[清]随缘下士编辑《林兰香》,第215页。

  选妃之例,历朝皆然。大明则五年一换,不至有负一女,则洪武之制度又尽善矣。①

《聊斋志异》评点中关于明代宣宗皇帝因为喜欢草虫导致百姓灾难的记载:

  宣德治世,宣宗令主,其台阁大臣,又三杨、蹇、夏诸老先生也,顾以草虫纤物,殃民至此耶?惜哉!抑传闻异辞耶?②

  清代小说评点中关于清代社会生活、风俗及文史方面的记载,本是小说评点者为征实小说内容而写下的,却在无意中为后世留下了宝贵的文献资料。
  清代的小说评点所呈现出来的浓厚征实倾向与评点者传统的小说补史观念有着密切关系。在传统小说观看来,小说虽为小道,但亦有"可观",可观之处在于或有益于劝惩,或有益于补史。在古代的文体分类中,小说要么归入子部,要么归入史部。以儒家经义为标准的劝惩对小说来说固然重要,但补史功能也是不能忽视的。刘知幾在《史通·杂述》中说:

  国史之任,记事记言,视听不该,必有遗逸。于是好奇之士,补其所亡,若和峤《汲冢纪年》、葛洪《西京杂记》、顾协《琐语》、谢绰《拾遗》。此之谓逸事者也。释:此谓掇拾之书,可补史遗,用资参考。③

  刘知幾作为史学家,明确强调了小说创作的目的是补史之亡遗,这是很自然的。但是,清代的小说评点者受长期以来的补史观念影响,再加上考据之风的盛行,延续并进一步张扬了小说的补史观念。如醉园狂客评点《岭南逸史》的补史作用:

  夫史者,所以补经之所未及也,而逸史者,又所以补正史之所未及也。④

---

① [清]纪昀《白圭志》(第十五回回末评),[清]崔象川《白圭志》,春风文艺出版社1985年,第112页。
② [清]王士禛《促织》(末评),张友鹤辑校《聊斋志异》(三会本),第488页。
③ [唐]刘知幾撰,[清]浦起龙释《史通通释》,上海古籍出版社,1978年,第274页。
④ [清]醉园狂客《序》,[清]花溪逸士《岭南逸史》,中天等校点,百花文艺出版社,1995年,第2页。

《儒林外史》第二回中叙述童生进了学,即使十几岁,也要称"老友";如果不能进学,哪怕八十岁,也要称"小友"。天目山樵对此评曰:"请以补入明朝学校志。"①朱康寿还以具有浓厚的补史意识高度评价了邹弢的《浇愁集》,他说:

> 说部为史家别子,综厥大旨,要皆取义六经,发源群籍。或见名理,或佐纪载;或微词讽谕,或直言指陈,咸足补正书所未备。……顷梁溪邹翰飞秀才,撰次《浇愁集》八卷。介秦君小汀来乞为序,其书大要已备详秦君序内,余维其张皇幽渺,意在振聩发聋,爰不敢以不文辞,而为之墨于简端。噫嘻!儒家木铎,禅门棒喝,斯书有之,余直与之望古遥集而已矣。②

毋庸讳言,清代的小说评点所具有的浓厚征实倾向正是考据之风盛行的产物,它留下的文献是不可多得的研究资料,其价值值得更深入的挖掘。

基金项目: 四川省古代文学特色文献研究团队(川社联函[2015]17号)建设项目,2010年度国家社会科学基金一般项目"清代学术思潮的嬗变与小说评点研究"(编号10BZW059),2010年度西华师范大学校科研启动项目"清代学术思潮的嬗变与小说评点研究"(编号10B022),西华师范大学"中国古代文学与学术"(2014—5)科研创新团队建设项目。

作者简介: 蒋玉斌,文学博士,西华师范大学文学院教授。

---

① [清]天目山樵《儒林外史》(第二回夹批),李汉秋辑校《儒林外史》(汇校汇评本),第22页。
② [清]朱康寿《浇愁集叙》,丁锡根编著《中国历代小说序跋集》,人民文学出版社,1996年,第200页。

姚 华 年 谱

郑海涛

前　言

姚华(1876—1930),字一鄂,号重光、茫父,别号莲花庵主。贵州贵筑(今贵阳)人,光绪二十三年(1897)举人,三十年(1904)进士。姚华是近代学术大师,能文善画,博文强识,其深厚的文艺素养在当时画坛无人能出其右者。被誉为"旧京师的一代通人"。邓见宽先生曾作《姚华年表》对其生平事迹进行考索,然惜其太过简略。本文据姚华《弗堂类稿》《莲花庵书画集》《书适》《五言飞鸟集》《弗堂词·菉猗曲》等著,姚鋆《莲华盦年谱》与邓见宽整理之《姚华诗选》等补充考索其诸多轶事,成《姚华年谱》,以飨学林同好。

凡　例

一、谱主事迹按照年份系录,下注所据资料。

二、《年表》系指邓见宽所撰《姚华年表》,原文载于姚华著、邓见宽点校《书适》(贵州人民出版社1988年)第239页。姚华事迹见于《年表》而不可考具体月日者,均按照原《年表》顺序排列。

三、姚华文学作品大多均可推考创作时间,凡可考具体日期者均单独列出,可推知为某年所作而具体月日不详者则列于该年事迹之后。

年　　谱

光绪二年(1876)丙子　　一岁

姚华(1876—1930),字一鄂,号重光,一号茫父,别号莲花庵主。室名弗堂、莲花庵,人称"弗堂先生"。贵州贵筑(贵阳)人。

光绪二年四月二十六日出生。为长子。

高祖母喻氏,贵筑人,生于乾隆三十年(1765),卒于道光二十七年(1847),生子二人。

曾祖姚玉德,曾祖母吴氏。

祖父姚廷甫,祖母严氏。

父姚源清,字澄海,生于道光二十三年(1842)壬寅十一月三十日,卒于民国六年(1917)丁巳一月三日。与姚华生母费氏成婚于同治十二年癸酉(1873)。

母亲雷氏,修文县人,生年不详,同治二年(1863)癸亥成婚,卒于同治八年(1869)己巳。

亲母熊氏,贵筑县人,生年不详,同治九年(1870)庚午成婚,卒于宣统元年(1909)戊申。

生母费氏,贵州省镇宁县人。生于咸丰三年(1853)癸丑,同治十二年(1873)癸酉成婚,卒于光绪十六年(1890)年庚寅五月四日。

弟姚芛,字芸湄,生于光绪三年(1877)丁丑,卒于光绪二十六年(1900)庚子十一月七日。

妹姚兰,生于光绪十年(1885)甲申,光绪三十三年(1907)丁未与熊继成成婚,卒于一九五七年十月。

妻罗氏,生于同治十三年(1874)甲戌十二月六日,一生勤俭,敬长爱子,任劳任怨。卒于民国十九年(1930)庚午阴历除夕。

长女姚銮,生于光绪十九年(1893)癸巳十二月巳时,民国三年(1914)甲寅与文宗沛成婚,卒于民国五年(1916)丙辰九月四日。

长子姚鋆,字天沃,生于光绪二十一年(1895)乙未六月八日,卒于一九六九年八月一日。

次子姚鋬,字苍均,生于光绪二十四年(1898)戊戌二月二十八日,卒于一九五一年五月。

三女姚鎣,生于光绪二十九年(1903)癸卯五月二十七日,卒于民国十三年(1924)甲子年十月三日。

四女姚鋆,生于宣统元年(1909)乙酉十二月十四日,卒于民国十二年(1923)癸亥四月十二日。

五子姚鋆,生于民国元年(1912)壬子五月十三日,卒于民国十八年(1929)己巳五月十八日。

六子姚鉴,字太坚,生于民国二年(1913)癸丑五月二十三日,卒于一九七九年。

  高祖母喻氏资料据《弗堂类稿》卷四《高祖妣喻太君抚孙事记》。生卒年及父母资料据邓见宽《姚华年表》(文载姚华《书适》附录,贵州人民出版社,1988年,第239页);弟妹及子女资料据邓见宽《姚华家系简述》(文载贵州省文史资料研究委员会编《贵州文史资料选辑》第十八辑,第203页)。关于长女姚鋈的出生时间,年表作"生于光绪十九年癸巳",不够精确。《弗堂类稿》卷十《归同里文氏伯女鋈墓志铭》:"光绪十九年(1893)癸巳十二月巳时生于里。"曾祖与祖父资料据章邵《姚君碑》(文载《贵州文史资料选辑》第十八辑,第202页)。又湘潭周大烈《贵阳姚芒父墓志铭》记:"鋈,日本高等蚕丝学校毕业;鋆,国立北京大学哲学系毕业;出嗣弟芳、鋆先卒;鉴,国立北京师范大学附属中学肄业,女三;鋈、鋆未适人而卒。"六子姚鉴生日《姚华年表》中为五月十三日,误。当为五月二十三日(见下年谱中1928年部分)。关于姚华家系资料还可参阅《弗堂类稿》卷十《生妣费太恭人墓表》《费太恭人墓表碑阴记》《先府君碑》,卷十二《先祖赠中宪公家传》《孝宪先生家传》《先妣雷恭人家传》《继妣熊恭人家传》《生妣费恭人家传》。

光绪六年(1880)庚辰　　五岁

  五岁发蒙至十岁,从学于贵州广顺学正姚荔香(未详)。姚荔香为其取名姚华字重光,弃"学礼"之名。

  《年表》。

光绪十一年(1885)乙酉　　十岁

  学水画,略有所成。后自作《水画歌》记十岁左右往事:"曾忆儿时作水画,持向长者求其名。长者舌强不能举,嗤予小子真憨生。"

  《年表》。

光绪十八年（1892）壬辰　　十七岁

与贵州省普定县罗氏成婚，时姚华十六岁，为廪生。婚后夫妻感情甚笃，罗氏每年生辰姚华均题诗词祝贺。

《年表》。

光绪十九年（1893）癸巳　　十八岁

从艾先生治小学，读段玉裁注《说文解字》，始治小学。

《年表》。

十二月巳时，长女姚鋆出生于贵阳。

《姚华家系简述》。

光绪二十年（1894）甲午　　十九岁

贵阳设书局，因得其便遍观群书。

《年表》。

光绪二十一年（1895）乙未　　二十岁

正月十八日作《题开通褒斜道石刻》。

《弗堂类稿》卷七《题开通褒斜道石刻》："乙未正月十有八日厂估送阅石洲校过本因以取正遂记。"

六月八日长子姚鋈出生于贵阳。

《姚华家系简述》。

辞章、考据之学大进。中秀才，拔置县学第一。友人陈叔通《家献·续篇》记其事："天津严先生修提黔学，诧为奇才，拔置县学第一。由是博涉群书，凡辞章、考据、义理靡不纵览。"

《年表》。

光绪二十三年（1897）丁酉　　二十二岁

经严修选入贵州学古书院就读，书院开设经学、天文学、算学等科目。

《年表》。姚华诗《答董大北平见赠之作》中有"绥阳设讲席，更复树一职"一语，系指贵州绥阳县举人雷廷珍于光绪二十三年丁酉（1897）任学古书院山长一事。时姚华就读于该书院,为雷廷珍学生。(见《姚华诗选》第 2 页《答董大北平见赠之作》注释⑦)同年秋闱乡试中举人。

同窗刘研耕赠号"茫茫",四十岁后姚华自号"芒父"。

《年表》。

光绪二十四年(1898)戊戌　　二十三岁

赴京会试。

《年表》。

光绪二十五年(1899)己亥　　二十四岁

会试落第,潜心著述,成《说文三例表》《小学答问》二书。其中《小学答问》为姚华在贵阳、兴义讲学所用教材。

《年表》。

光绪二十七年(1901)辛丑　　二十六岁

于贵阳开坛讲学。文彦生、黄韵谷、熊述之为其门生。

《年表》。

时年六月重书严修撰《学古书院肄业条约》(拓本现藏贵州省图书馆)。

《年表》。

光绪二十八年(1902)壬寅　　二十七岁

作现存最早诗《将之藜峨除弟服》。

邓见宽编《姚华诗选》,贵州人民出版社,2000 年,第 1 页。

二月赴贵州兴义县,任笔山书院山长。

《年表》。《姚华诗选》中《晓行发清镇二首》《五马坡》《石瓦》《安平晓发》《界路》《山行浃旬,花开更落,始知春已深矣》《竹枝辞四首》等均作于赴兴义笔山书院途中。

著《笔山讲录》、《佩文韵注》。诗歌收入《藜峨小草》集。

《年表》。

在兴义笔山书院任教期间作诗《述梦》《池上步月作》《步月口占》《竹三首》等。

《姚华诗选》。

九月返筑,于东文社习日文、学算等,开始研习西学。并向张协陆学习体操。

《年表》。

作现存最早题画诗《吊屈原日为郭润生题墨兰画扇》。

邓见宽《姚芒父画论》,贵州人民出版社,1996年,第272页。郭润生:未详,当为姚华友人。

作长诗歌《水画歌》,回忆自己幼年时期学习"水画"的经历。"水画"拓印法为姚华其后创作颖拓艺术的滥觞。

《姚芒父画论》第204页《水画歌》、《题水画》诗。

作诗《题水画》(为吕九筱仙作),题诗于水画,创文人画新画种。

《姚华诗选》第12页。吕筱仙:生平不详,当为姚华学生。

作诗《火画歌》。

《姚芒父画论》第170页《火画歌》诗自序:"为刘二镜波作。"首句云"刘二名涛画法奇",可知刘二名涛,字镜波。

作诗《答董大北平见赠之作》赠友人董北平。

《姚华诗选》第2页。董北平:生平不详,当为姚华青年时贵阳友人。

光绪二十九年(1903)癸卯　　二十八岁

第二次赴京会试。

《年表》。又《姚华诗选》第14页中有《夜行偏桥道中》诗自注云"壬寅除夕前一日戏为全平全仄",故姚华赴京会试时间当为壬寅(1902)除夕左右。

作诗《癸卯除夕》,回顾自己会试落第,客居京城的落魄场景。

《姚华诗选》第15页。

五月二十三日女姚鋆生于贵阳。

《姚华家系简述》。

十月入顺天工艺学堂印书科委员兼汉文教席。

《年表》。

光绪三十年(1904)甲辰　　二十九岁

二月由北京赴河南会试,三月回京,参加殿试,中光绪卅年(1904)甲辰科三甲九名进士。

《年表》。

三月居于宣武门外烂缦胡同莲花寺,此后书房、画室自署名有莲华盦、弗堂、小玄海、一鄂等。

《年表》。

五月赴遵义与友人聚会。

《弗堂词》卷一《惜红衣·忆南泊旧游,即题师曾写荷卷子,次石帚韵》自注:"光绪甲辰五月曾赴遵义,卢后甫夔飔招集。又十年再集,已为官道强掠。暂限之南,泊水益鼷。"邓见宽先生认为此系姚华记忆错误,因时年姚华赴春闱,奔走于京城与河南开封之间。中进士后赴工部任,后留学日本,不可能在五月份有遵义之游。姑存疑俟考。

六月,任工部主事,后改任邮船部船政司主事兼邮政司科长,被保送游学日本。

《年表》。

九月就读于日本东京法政大学速成科。

《年表》。

留日期间作诗《留别日本庄司昌造,予以春试将之开封借闱二首》《送刘叙五归国二首》《雪夜课了归寓,道中口占》《大森梅花》《晨光阁望海》等。

《姚华诗选》。庄司昌造:日本人,生平不详;刘叙五:名子明,贵阳人。

光绪三十一年(1905)乙巳　　三十岁

二月应日本友人邀,书八十诗并序装成长卷。

《年表》。

八月入日本东京法政大学银行讲习科,学习甚为勤奋。同窗周大烈记姚华在校期间每日"挟册上堂,书所授语一字不遗,矻矻以厕群强中,图拯救之道"。

《年表》。

秋作诗《泷之川红叶晚眺,示翊云宝钟》赠友人江庸。

《姚华诗选》第19页。

光绪三十二年(1906)丙午　　三十一岁

与日本东京法政大学同学陈叔通、范源濂等组织"丙午社",约定著述法政、金融论著,向国人介绍日本国先进经验。

《年表》。《姚华诗选》中第20页《丙午暑中自日本归,北京天宁寺集》诗即记述该事。

夏,归北京度假。

《年表》。

七月八日作诗贺友人刑端新婚。

《姚华诗选》第21页有《冕之同年庶常自日本假归京师,以七夕后一日婚于津门,以诗贺之,叠莲华寺训黎仲苏韵》诗。

光绪三十二年(1907)丁未   三十二岁

三月作诗送别友人王仲肃归国。

《姚华诗选》中第22页《王仲肃自去年九月言归,自日本送唐三员外瑞铜奉使印度之作,赋此饯之》诗。

六月,日本学习期满,九月毕业,学业成绩为优等,十月底回国。

《年表》。

七月九日作诗送别友人唐瑞铜出使印度。

《姚华诗选》中第23页《自日本送唐三员外瑞铜奉使印度之作,赋此饯之》诗。唐瑞铜:字士行,贵州贵筑人,光绪二十九年(1903年)癸卯科进士,后任户部员外郎,河南财政监理等职。

十月二十五日归国后路过武昌,看望友人陈仲恕。

《姚华诗选》第24页《自日本归,过武昌赠陈仲恕》诗自注云:"丁未十月二十五日。"

归国后寄寓于北京城南莲华寺(烂缦胡同西小巷永庆胡同37号)。其后不断翻修整建,供全家居住,为姚华开门讲学的主要场所。后又设黔菜馆香满园于六部口街,肴馔甚精,陈设书画极雅。

郑逸梅《艺林轶闻》:"姚芒父在北京,曾设黔菜馆于六部口街,招牌为香满园,肴馔甚精,陈设书画极雅。"(《贵阳文史资料选辑》第十八辑,第97页)

十一月应清政府学部两次考试。

《年表》。

十二月调任邮传部邮政司行走。

《年表》。

作诗《秋兴》。

《姚华诗选》第 24 页。

作词《沁园春·寄周髯奉天即题其十岩居图》。

《弗堂词》卷一(民国贵州通志局编撰《黔南丛书》本)。

光绪三十三年(1908)戊申　　三十三岁

三月二日作词《菩萨蛮·戊申三月二日观瑶华为周髯写兰因题》。

《弗堂词》卷一。

七月二十六日作词《沁园春·七月二十六日集云和,酒后放歌示主人朱三,并寄印髯奉天》。

《弗堂词》卷一。朱三(不详)。印髯:周大烈。

八月十二日作《南乡一剪梅·寿冥惜八月十二日二十六初度,和自寿韵》。

《弗堂词》卷一。

十一月十八日作词《夜行船·十一月十八日莲华寺寓斋见月作》。

《弗堂词》卷一。莲华寺:莲花寺。清代曾在贵州为官的洪亮吉、段玉裁均曾在该寺居住。主持瑞光,字雪盫,喜好书画,得姚华指点甚多。姚华署"莲华盫"、"弗堂"、"菉猗室"均与该寺相关。

与友人怜蛦(未详)互相唱和,作诗词述志。鄙夷清末留学子弟汲汲于名利之风,中日以著述自励,退食之暇,据案而读。

《年表》。又《弗堂词》卷一载《江南好》二首,其序云:"怜蛦杂诗读竟然,滕以二词返之。"

作现存最早颖拓——芒父颖拓。

《年表》。

为友人周大烈《夏柳图》题诗。

《姚华诗选》第 25 页《题〈夏柳图〉为周六印昆大烈》诗。

颖拓山谷《松风诗帖》并题诗。

《姚华诗选》第 26 页《颖拓山谷〈松风诗帖〉"钓台惊涛可昼眠"七字,漫题为方叔》诗。方叔:寒先絜,贵州遵义人。

作词《齐天乐·为士行题耿氏补作荑庵退叟身行万里图》。

《姚芒父画论》第419页《齐天乐·为士行题耿氏补作萸庵退叟身行万里图》自注:"戊申"。

宣统元年(1909)乙酉　　三十四岁

正月初一作诗《春晓曲·乙酉元日》四首。

《弗堂词》卷一。

正月十日闻乡人唐炯殁,作词《满江红·戊申除夕得鄂生先生讣,乙酉正月十日作》悼之。

《弗堂词》卷一。

八月十九日京张铁路通车,奉派为接待员。

《年表》。

十二月十四日四女姚銎出生。

《姚华家系简述》。

任殖边学堂财用学教授。

《年表》。

宣统二年(1910)庚戌　　三十五岁

担任邮传部铁路管理所讲习一职,为邮政部统计处编撰《邮政沿革略》。

《年表》。

书"大清邮政局"额,字大尺余。

《年表》。

五月十四日回邮传部,任图书通译局纂修。

《年表》。

八月邮传部派考验留日铁道毕业生国文,兼任川粤汉铁路筹备出处差。

《年表》。

翻译出版日本岩良英著《邮变行政论》。

《年表》。

与范静生等筹备"尚志学会"。

《年表》。

九月,友人桂诗成邀约赴樱桃斜街云瑞堂观赏菊花。次年再次相聚。

《弗堂词》卷一《莺啼序·谱梦窗"残寒政欺病酒",有赠有序,癸丑》序:"庚戌九月,百铸尝约集樱桃斜街之云瑞堂看菊。明年再集,秋尽花阑,益感前游。"

十二月与陈叔通、邵仲威等设私立政法学堂,其后该学堂并入尚志学会,易名尚志学会政法学堂,定于次年春开学。

《年表》。

任京师第一蒙养院保姆研究课历史讲习。

《年表》。

宣统三年(1911)辛亥　　三十六岁

元旦画松,并作诗题之。

《姚华诗选》第27页《辛亥元旦画松》诗。

正月北京清华学堂成立,被第一任校长范源濂聘请为兼职教员,讲授国文。

《年表》。又《姚华诗选》第28、29页《五月初三日清华园道中》《廿四日清华园道中》等均描写了姚华任教清华园的校园生活。

二月十八日作《宣统三年题〈临方以智梅花〉》诗。

《姚芒父画论》第171页。

纂《中国文学要义》。

《年表》。

夏授课之余,就近游览圆明园。

《姚华诗选》第30页《游圆明园遇雨》诗。

秋作诗《小玄海》。

《姚华诗选》第31页。

八月作秋草诗,时人多有唱和者。

《年表》。

十月撰上海万国红十字会驻京分会会章。

《年表》。

闻武昌起义后借题画诗《王瑶卿墨菊,为同翰卿题二首》感慨时局。

《姚华诗选》第32页《王瑶卿墨菊,为同翰卿题二首》诗。

十月二十五日作诗《辛亥十月二十五日昭书谢政,明日为中华民国赋纪》表达对国家新生的期待之情。

《姚华诗选》第33页《辛亥十月二十五日昭书谢政,明日为中华民国赋纪》诗。

十二月著《驿站沿革考》。

《年表》。

中华民国元年(1912)壬子　　三十七岁

年初,作诗赠别友人苏厚盫。

《姚华诗选》第34页《逊政之明日,苏厚盫同年员外舆挂冠去,书此奉别》诗。

二月,当选为临时参议院贵州参议员。时贵州参议员尚有熊铁岩、刘如唐、陈敬民、陈幼苏等人。

《年表》。周大烈《贵阳姚芒父墓志铭》记:"未几,宣统帝逊位,民国建立。被选为临时参议院议员,自是四居议席。然所抱持者盖无一不与人相忤,所谓议会政治,竟未尝参与焉。乃愤然竟弃所学,仍居破寺中,理其旧业,更恣意作书画。"

三月任职于交通部邮航股,四月去职。

《年表》。

始治辞章、"六书"旧义,治经兼训诂大义,并专攻书画、诗词、金石。

《年表》。

撰曲论专著《曲海一勺》,为梁启超主编之《庸言》杂志连载。该著阐释了曲与乐的关系,指出曲的社会地位与功能意义,提出正视曲体的尊体观点。至今为学术界重视。

《年表》。

五月十三日生子姚鋆。

《姚华家系简述》。

孟秋下旬与友人同游颐和园。

《弗堂类稿》卷四《颐和园游记》:"壬子孟秋下澣与季常、立之、印昆、幼苏、叔海同游颐和园。"

辑元百名家曲,并为序。

《年表》。

时北京文艺界称姚华为"秋草诗人",一时唱和者甚众。友人陈师曾作《秋草图》,诗人林宰平题诗《秋草图》。

《年表》。又见《姚华诗选》第35页《秋草六首》。

十一月为教育部聘请为"读音统一会"会员。与鲁迅等二十余位学者共商文字、音韵大事。

　　《年表》。

　　作诗《半山属题铜屏为其尊人灿五先生寿》。

　　《姚芒父画论》第276页。

中华民国二年(1913)癸丑　　　三十八岁

正月五日作《题鞠彦云墓志》。

　　《弗堂类稿》卷八《题鞠彦云墓志》："中华民国二年癸丑太阳二之十于太阴当正月五日菉猗室夜窗。"

正月二十八日作词《莺啼序·谱梦窗"残寒政欺病酒",有赠有序,癸丑》

　　《弗堂词》卷一《莺啼序·谱梦窗"残寒政欺病酒",有赠有序,癸丑》词序记："掌故所在,感概系之。太阴正月二十八日。"

三月读明人卓人月编选《古今词统》,提出"翻词入曲"的观点。

　　《年表》。

三月三日,与诗人、画家、演员四十余人参加梁任公于北京万牲园召集的文艺界人士集会。开始与梁交往(其文字学论著《书适》、曲论《菉猗室曲话》与《曲海一勺》,均首发于梁氏主办之刊物《庸言》)。

　　《年表》。又《姚华诗选》第39页《癸丑上巳梁任公招集三贝子园,分得带字二十四韵》诗。

以百元购置盛明杂剧,开始考证、校勘、注释汲古阁毛晋所刻之《六十种曲》。

　　《年表》。

五月二十三日第六子姚鋆生于北京。

　　《姚华家系简述》。

被选入宪法起草委员会,制宪工作于七月十九日至十月三十日结束。

　　《年表》。

八月十六日,国会通过总统选举法,身兼参议院议员与宪法起草委员会委员的姚华深知此为袁世凯不得民心之举,作《满江红·八月十六日感事》词感之。

　　《弗堂词》卷一。

冬友人陈师曾始来京城,作词二首。

　　《姚芒父画论》第250页《水龙吟·印昆以师曾拟香光仿北苑渴笔山水纨扇遗

墨徵题》序:"是癸丑冬间作。是年师曾始来警示,为赋二阕。"

撰《菉猗室曲话》,与《曲海一勺》为《庸言》杂志交错连载。该著探讨戏曲表演理论,主要是以词论来论曲,对京剧、昆曲的理论发展有重要促进作用。

《年表》。

撰最早公开发表的艺术论文《艺林虎贲》,专门辨析金石字画之真伪,该著由黄远庸《论衡》周刊连载五期。

《年表》。

被清史馆聘为名誉纂修,担任民国大学国文教席。

《年表》。

向教育部读音统一会提出文字统一的建议,撰《今纽六论》,论述文字与注音符号等问题。

《年表》。

作诗《为赵孟纲作画题一绝》。

《姚芒父画论》第277页。

作诗贺友人文静川七十寿辰。

《姚华诗选》中第41页《文静川七十寿》诗。

中华民国三年(1914)甲寅　　三十九岁

二月初三,受国家教育部委派担任北京女子师范学校校长,任期三年。并亲自兼课,每周廿三小时。改文评字,诗文酬答一时甚为忙迫。校园设于东铁匠胡同教育部京师学务局马号旧址。在任期间学监主任为杨荫榆。

《年表》。又《姚华诗选》中《游艺会歌》《伐木歌》《为诸生题画海棠小鸟,赠同窗集会》等均作于任女子师范学校校长期间。

夏至日作《北京女子师范学校甲寅同学录序》。

《弗堂类稿》卷五《北京女子师范学校甲寅同学录序》自注:"甲寅夏至。"

七月被内务部编订礼制会聘为会员。

《年表》。

中秋送别任志清任职云南。

《姚华诗选》第43页《中秋送任志清巡按云南,即席赋诗》。

撰文字学论著《书适》,为《庸言》杂志连载。该著阐述了中国文字的渊源与递变情况,同时还论述了文字的社会意义与作用。

《年表》。

与友人罗掞东、易实父聚会于悯忠寺。

《姚华诗选》第42页《罗掞东、易实父为释道阶约集悯忠寺饯春》诗。

与友人周大烈等同观女剧。

《姚华诗选》第44页《甲寅周六印昆同梁壁园长沙观女剧诗后》诗。

中华民国四年(1915)乙卯　　四十岁

五月二十一日作《题杨刻九成宫醴泉铭》。

《弗堂类稿》卷九《题杨刻九成宫醴泉铭》:"乙卯五月二十一日菉猗室雨窗。"

作《北京女子师范学校乙卯同学录序》记叙在女师任教经历。

《弗堂类稿》卷五《北京女子师范学校乙卯同学录序》自注:"乙卯小书。"

任中华大学国文讲席,兼任政事堂礼制馆编撰。

《年表》。

常与陈师曾共同研讨绘画。

《年表》。

因女师校事心极烦,促归,以《太平乐府》药之,朗读数套始为畅然,告妻云:"此吾蜜也。"

《年表》。

闻袁世凯"将有洪宪建元之耗",作《国庆节对菊抒怀》诗。表达对蔡锷讨袁的支持。后蔡锷殁,与梁启超等人于西单石虎胡同成立"松坡图书馆",纪念蔡锷逝世。其后并入国立北平图书馆(即北京图书馆前身)。

《年表》。

得清宗室旧藏宋人《嘉谷图》,作诗纪之。

《姚华诗选》第47页《得诒晋斋宋人〈嘉谷图〉因题》诗。诒晋斋:清高宗乾隆帝第十一子成亲王永瑆室名。

中华民国五年(1916)丙辰　　四十一岁

正月作《为明信片作不倒翁群立揖让题一绝》,讥讽了不顾节义,攀权依附袁世凯的官场群丑。

《姚华诗选》第49页。

正月十七日作《与鋆儿论书书》，阐明笔法在学书中的重要地位。

《书适》附《与鋆儿论书书》后自注云"上元后二日"。

正月十八日作诗《哭黄远庸》，哀悼于海外被刺身亡的进步新闻记者黄为基。

《姚华诗选》第49页。

二月一日颖拓《汉满君颂》并《任恭碑》并作诗记之。于题记中论述了颖拓的基本特征。

《年表》。《姚芒父画论》第207页《题颖拓〈汉·满君颂〉并〈任恭碑〉》记："丙辰二月一日。"

颖拓《泰山刻石》，为今存该期间颖拓最精者。后郭沫若、马叙伦等学者多次题跋，陈叔通汇编，题名影印出版。

《年表》。

春，以百金购得金鼎拓本，师"倒薤法"入书，并以汉隶入楷书。

《年表》。

四月四日作《题卫景武公碑》。

《弗堂类稿》卷九《题卫景武公碑》："丙辰四月四日菉猗室秉烛书，明日立夏矣。"

四月二十六日四十岁寿辰上作《丙辰生日示及门诸子，并邀翼牟、师曾同作》诗述志，以身教胜于言教示及门诸子，表达了诗人力图以教育救国的思想。自述"师曾铜画，余数数题之。其一刻写菊，题云：'槐堂好古耽金石，治篆攻坚今最名。纵笔为花更奇绝，如将史籀化渊明。'"题铜画为姚华一绝，讲究枯笔燥墨，奏刀随之。

《年表》。《姚华诗选》中《丙辰生日示及门诸子，并邀翼牟、师曾同作诗》。翼牟：陈翼牟，湖南湘乡人，与姚华共事于清政府邮传部。

撰家谱《述德赋》并作详注，纪述姚氏世系情况、祖辈自江西抚州避乱入黔往事及自己四十岁之前经历。

《年表》。

九月三日，长女姚銮病逝。

《姚华家系简述》。又见《姚华诗选》中《九月十日銮儿逝去七日矣》诗。

十二月辞去北京女子师范学校校长职务，潜心学术研究与字画创作。四十岁后书法自成一家，并以书入画。为民国时期重要画家之一。

《年表》。又姚华在北京女子师范学校任职期间曾多次作诗鼓励学生好学求进。如《姚华诗选》中"伊予小子"二首为女子师范生毕业作歌》《"四序成平"为女师运动会歌》等诗均作于1916年。

十二月十四日作词《点绛唇·题枣华〈凭阑仕女〉遗稿,丙辰》。

邓见宽《弗堂词·萚猗曲》(贵州民族出版社,2003年,第22页)注云:"该遗稿仍存姚府,画上词人书有'此鋈所为稿也,凭阑望远,何思之深焉!画工未至,都楚楚有致。丙辰十二月十四日'数语。"

作诗《秋灯纺读图为周养安》。

《姚芒父画论》第279页。

作词《诉衷情·题菱湖泣舟图为董蜕庵》二首,《暗香·画梅枣华遗墨也,雨甥属题,凄然赋此。依韵拟石帚 丙辰》《疏影·再题前墨 依韵拟石帚》。

《弗堂词》卷一。

时友人友人蹇念益寄寓于姚华寓所小玄海,作诗赠之。

《姚华诗选》中《季常入都必假馆于我小玄海,旧图劫地也。师曾补图更貌弊斋,回首前劫不禁慨然。季常好谐,尝以其姓调之。一病经年,不良于履,自悔语谶,更赋一绝》。作题画诗《题〈王孝禹山水画册〉》《再题〈王孝禹山水画册〉一绝》《马平王可鲁绎和属作〈畏曙图〉因题》等。

中华民国六年(1917)丁巳　　四十二岁

至莲花寺求学的青年甚众。

《年表》。

正月,门生陈光焘等百余人集会纪念姚华父亲姚源清去世。

《年表》。

以五百元购得彰德古墓中出土之画砖二块,经辨识为唐代画砖。进而摹写,淳菁阁制成木刻水印笺一。其唐画笺深受学者喜爱,鲁迅、郑振铎曾选姚华唐画笺编入《北京画笺》。

《姚华诗选》第243页《题画砖》诗注。

将自己重金所购《广武将军碑》修订整理后由陈叔通交付商务印书馆出版。

《年表》。

三月释"秦始皇量良诏全文",作长诗《瓦量歌》,肯定陶瓦书迹对保存秦篆的巨大价值。集考证、释文、诗颂于一体,集篆、隶、楷于一体。

《年表》。又见《姚华诗选》第226页《秦始皇二十六年诏四字范残量墨本》诗。

春作《题西山精舍慎宜轩两图为姚叔节》。

《弗堂类稿》卷六《题西山精舍慎宜轩两图为姚叔节》:"丁巳春尽日。"姚叔节:桐城派古文家。

立夏作《果严盦榜书跋》。

《弗堂类稿》卷六《果严盦榜书跋》:"丁巳立夏。"

四月二十六日四十三岁生日作《跋黄小松藏本龙门山石刻》。

《弗堂类稿》卷八《跋黄小松藏本龙门山石刻》:"二十有六日四十三初度菉猗室。"

五月因有感于张勋复辟等军阀混战事件,于二十二日与二十四日分别撰《都门感事诗》、《丁巳都门杂诗十二首》,抨击时弊,对民生疾苦予以同情。其后又续作十二首记其事。

《年表》。《姚华诗选》第61页《都门感事诗》自注云:"丁巳五月二十二日"。第66页《丁巳都门杂诗十二首》诗自注云:"(民国)六年五月二十四日纪事之作也。"

五月为友人宋宝森题画。

《姚华诗选》第59页《题画为宝森》诗。宝森:宋宝森,贵州贵定人。

五月朔日作《王母曾太夫人八十寿序》。

《弗堂类稿》卷四《王母曾太夫人八十寿序》后记:"丁巳五月朔日。"

五月十六日作《节孝王母曾太夫人八十寿序》。

《弗堂类稿》卷四《节孝王母曾太夫人八十寿序》后记:"丁巳五月既望。"

六月担任北京高等师范国文讲席。

《年表》。

七夕夜作《题文宣王庙新门记》。

《弗堂类稿》卷九《题文宣王庙新门记》:"丁巳七夕弗堂夜窗。"

七月二十四日作《题宋安宜之书杜牧〈阿旁宫赋〉石刻》。

《弗堂类稿》卷九《题宋安宜之书杜牧〈阿旁宫赋〉石刻》:"丁巳七月二十四日。"

八月被法制局聘为法律调查。

《年表》。

重阳作词《水调歌头·重阳和惜香,丁巳》。

《弗堂词》卷一。

十月上旬作《题陈师曾拟汉画扇面》,与友人商榷画扇面技法。

《姚芒父画论》第152页《题陈师曾拟汉画扇面》自注:"丁巳十月上旬姚华记。"

十月十日作《题唐刻佛像拓本》,探讨了自己对唐代佛像面部造型与用笔施彩技法的认识。

《弗堂类稿》卷六《题唐刻佛像拓本》:"丁巳十月十日莲华盦书。"

十二月十二日作词《暗香·依韵拟石帚,题枣华"墨梅"》。

《弗堂词》卷一该词序记:"丁巳十二月十有二日"。

十月二十八日作《题郙阁颂》。

《弗堂类稿》卷六《题郙阁颂》:"丁巳十月二十八日莲华盦书。"

中华民国七年(1918)戊午　　四十三岁

正月初一作诗记述与友人陈师曾共赏古玩的雅好和友情。

《姚华诗选》中第71页《师曾来弗堂观近得邯亭士尊,因见号以俪邵亭先生,且许刻印。戊午元日诗以乞之》诗。

正月初七因子放烟火感而作诗。

《姚华诗选》中第72页《人日,儿子放烟火,有字曰"天下太平年",于时海宇多事,京钞每直竟蚀其半,感而有作》诗。

作今存最早题陈师曾画诗《冰川梅花卷》。

《姚芒父画论》第217页注。

二月与周大烈、陈叔通等好友前往苏州邓慰赏梅。

《年表》。

三月至杭州登山游湖。

《年表》。

春为罗灿五绘山水画一轴。画面山峦迭出,高峰入云,颇有贵州山水气势。后该图收入郑振铎编《中国近百年绘画展览选集》。

《年表》。

中国第一所国家美术学校—国立北京美术学校成立。与陈师曾、王梦白、陈半丁等画家共事该校多年。三年后该校改名为北京美术专门学校,即今中央美术学院。

《年表》。

回京后与陈师曾研讨汉画像。

《年表》。

五月二十日作《姚华仿张鞠如武氏祠孝子故事图屏》,并以诗记之。为其人物画代表作。

《年表》。

六月作《为汪心渠写〈道德经〉书后》。

《弗堂类稿》卷六《为汪心渠写〈道德经〉书后》:"戊午六月。"

七月二十日作《蚕种刍论后序》。

《弗堂类稿》卷六《蚕种刍论后序》:"戊午中元后五日。"

八月二十六日作《题曹全碑未洗肥本》。

《弗堂类稿》卷七《题曹全碑未洗肥本》:"戊午八月二十一日菉猗室。"

十一月二十五日作《题原石本司马昇墓志铭》。

《弗堂类稿》卷八《题原石本司马昇墓志铭》:"戊午十一月二十五日菉猗室书。"

冬至作《题鲁峻碑》。

《弗堂类稿》卷七《题鲁峻碑》:"戊午冬至。"

为北京瀛文斋书店题写匾额。

《年表》。

教育部颁布实行读音统一会制定的注音字母三十九歌,姚华参与的读音统一会工作暂时告一段落。

《年表》。

为王君仪著《国音检字》作序。回忆共同创建字母的往事,论古今音韵学。

《年表》。

为爱国将领戴戡作悼亡诗《戴循如戡既克葬,讣至哭之》四首,论定其一生功绩。

《姚华诗选》第74页《戴循如戡既克葬,讣至哭之》诗。

作一屏(四幅)兰菊图,并题诗《春兰秋菊》于其上,赠同窗好友熊继先。该画现藏贵州省博物馆。

《姚华诗选》第73页《春兰秋菊》诗。

提出"金胜石"的书法观点。

《姚华诗选》第229页《得开元金简墨本,以诗记之》诗。

作诗《题邨士尊》《郑征君画松为疏髯赋三十八韵》《冰川梅花卷》《题五伶六扇集》《师曾为予写像,简而有神,因题》。

《姚华诗选》。据《弗堂类稿·诗甲一》中《师曾来弗堂观近得邨亭士尊……戊午元日诗以乞之》诗。当为《题邨亭士尊》。

作《莫友芝篆书八言聊题记》

《姚芒父画论》第183页。

中华民国八年(1919)己未　　四十四岁

一月七日为友人姚锡九刻铜作《姚锡九刻铜序》,该序简要回顾了北京刻铜的盛衰发展概况。

《姚芒父画论》第38页。

二月,作词《扬州慢·为惜仲图松柏独秀斋因题谱石帚》。

《姚芒父画论》第328页《扬州慢·为惜仲图松柏独秀斋因题谱石帚》记:"己未二月望,惜仲过访山斋,属图。"

二月二十一日作《刘彧字觹序》。

《弗堂类稿》卷五《刘彧字觹序》:"己未二月二十有一日。"

春与友人陈叔通、张仲仁、周大烈等南下游西湖。作《曲游春·西湖和梦窗韵,己未》记之。

《弗堂词》卷一。

在北京美术专门学校教授书法与绘画,与陈师曾、王梦白、陈半丁等画家共事。

《年表》。

五月七日作《题旧拓本未洗又一本郑文公下碑》。

《弗堂类稿》卷八《题旧拓本未洗又一本郑文公下碑》:"己未端阳后二日莲华盦记。"

六月作《题延光残碑》。

《弗堂类稿》卷七第《题延光残碑》:"此本为王正儒所得,至己未六月予收之,正儒王莲生也,莲华盦题。"

六月五日与友人唐慰慈聚会于积水潭高庙,归后作《题潘宗伯韩仲元造阁桥记》。

《弗堂类稿》卷七《题潘宗伯韩仲元造阁桥记》："己未六月五日唐慰慈生日招饮积水潭高庙,因访西涯故址,归而秉烛书之。"唐慰慈:贵州人,曾与任志清诸人创设公立中学堂。

仲秋与友人同游圆明园。

《弗堂类稿》卷四《圆明园游记》:"是岁仲秋之初,偕伯助赴海甸会印昆、幼苏,饭于裕盛轩,遂游圆明园。"

九月与友人周大烈、张仲仁等同赴山东曲阜访孔林,归途登泰山,游岱庙,观壁画,拓得李斯泰山刻石残字。

《年表》。又见《姚华诗选》中《同张仲仁登岱作次韵三首》。

十月晦日作《题刘玉志》。

《弗堂类稿》卷八《题刘玉志》:"己未十月晦。"

友人杨潜盦得清故宫残瓦,作诗纪之。

《姚华诗选》第76页《景山亭瓦为杨潜盦拾得》诗。杨潜盦:名昭儁,湖南湘潭人,著名金石学家、书法家。

友人罗复堪登门拜访,作诗赠之并寄陈师曾。

《姚华诗选》第77页《和簠盦韵未就,而簠盦见访,便欣然有作,并寄师曾》诗。

作诗赠同窗好友陈敬民移居北京城中心地段。

《姚华诗选》第77页《陈敬民移家北池子是张子青故宅》诗。

作诗《赣馆观艳秋〈思凡〉,即事柬掞东》《攒泪帖二首》《题画砖》《再题画砖》等。

《姚华诗选》。

中华民国九年(1920)庚申　　四十五岁

二月十五日作词《玉楼春·二月十五日微雪 庚申》。同日友人罗掞东邀约于新明院观程砚秋与梅兰芳合作演出的《上元夫人剧》。

《弗堂词》卷一。《姚华诗选》第83页《花朝罗掞东约集新明院,观〈上元夫人剧〉》诗。

仲夏作诗贺友人陈师曾由槐堂移居西城库子胡同。

《姚华诗选》第85页《陈师曾新居四首》诗。

十月二十四日作《高祖妣喻太君抚孙事记》。

《弗堂类稿》卷六《高祖妣喻太君抚孙事记》记:"庚申十月二十有四日玄孙华

谨述。"

十二月二日为秦少观母夫人寿庆贺。

《姚芒父画论》第285页《写梅为秦少观母夫人寿因题》自注："庚申十二月二日。秦少观：甘肃会宁人。己丑举人，己未进士，参政院参政。"

作《感兴》诗十一首与《续感兴》八首表达自己的处世观念与对社会的认识。

《姚华诗选》第87页《感兴》诗与第92页《续感兴》诗。

作拟宋人青绿山水图，现藏贵州省博物馆。

《姚芒父画论》第175页《庚申题已作拟宋人青绿山水》。

以录话形式作诗赞同门生郑天挺不归葬亲，破除世情风俗的大胆行为。

《姚华诗选》第98页《及门长乐郑毅生葬亲京师，诗以慰之六首》诗。

补立母费氏墓表，所书墓表墨迹现藏贵州博物馆。

《年表》。

时年黔地军阀王文华、袁祖铭内斗甚剧，更兼天灾大旱。姚华挥笔画扇数百件，在北京街头义卖赈济同胞，并委托北京书店、篆刻铺、南纸店义卖画扇，筹得善款数千元悉数汇至贵州有关单位。今存《贵州赈灾赠扇启》。

《年表》。

时友人萧铁珊居广州，作诗寄怀。

《姚华诗选》第82页《庚申寄怀萧铁珊广州》（五首）诗。

中华民国十年（1921）辛酉　　四十六岁

二月十七日作词《玉楼春·辛酉二月十七日再雪》。

《弗堂词》卷一。

三月上旬巳日与友人访王士禛禊迹，作词《虞美人·上巳与印昆出右安门访渔洋禊迹，遂饮花之寺》记之。

《弗堂词》卷一。

四月二十六日四十五岁生日，友人陈师曾登门庆贺。

《姚芒父画论》第220页《庚申四月二十六日四十五初度师曾来以安石榴花牵牛写扇为记，因题二绝句》。

七夕作词《鹊桥仙·七夕查楼观演〈长生殿〉，归，月赤如血》。

《弗堂词》卷一。

重阳登临紫禁城。

《姚华诗选》第 101 页《重阳禁城所见》诗。

十月作《菊品八箴》诗表达自己对菊花的欣赏。

《姚华诗选》第 102 页《菊品八箴》诗自注云:"辛酉十月脱稿。"

十二月祀社日作词《南歌子·辛酉祀社日,闻爆竹声》。

《弗堂词》卷一。

除夕作《辛酉除夕二首》、《除夕喜雪》等诗,表现自己对新生活的期望。

《姚华诗选》第 106、107 页。

与二子姚鋆、三女姚鋻、四女姚鋈、五子姚鋬、六子姚鉴、侄女姚鑫等共绘《十番欢乐图》。其子女多能书善画。

《年表》。

日本东京美术学校教授大村西崖造访中国。陈师曾译日本东京美术学校教授大村西崖著《文人画之复兴》,"与师曾联翩见访,意既相同,言必有合语。"姚华为之作序《中国文人画之研究》,该序后收入《弗堂类稿》,题为《二家画论序》。由中华书局出版。

《年表》。又《弗堂类稿》卷五《二家画论序》:"辛酉大雪北京莲华庵。"

与友人陈师曾、罗复堪作词互为唱和。

《弗堂词》卷一载《南浦·师曾同赋前题 叠韵答之》、《南浦·叠前韵答复堪和作并学其意》。

以赠答诗支持门生何秋江向陈师曾学习。

《姚华诗选》第 100 页《赠何秋江诗》。

与京剧演员程砚秋交往。

《姚华诗选》第 107 页《赠砚秋》诗。

作诗《三题画砖》。

《姚华诗选》第 247 页。

作词《鹧鸪天·释龛乞菊以胭脂没骨写之》《菩萨蛮·刘少泉以花妥墨笔兰花归于我。是刘宽夫先生物,题诗满幅 辛酉》《菩萨蛮·再题花妥兰花幅》《齐天乐·闻石卿述恨》《齐天乐·鼠田寅画乞赋》《一枝春·陈秋风倚石小照》《石湖仙·石帚韵 寿鲁国李老夫妇七十》《南浦·春帆和碧山〈春水〉韵,辛酉》《鹧鸪天·南眉既属写"岳苍湘碧图",以诗来谢,酬之》)。

《弗堂词》卷一。

为陈师曾《荷卷子》题词《惜红衣》。

《姚芒父画论》第221页《惜红衣·忆南泊旧游即题师曾荷卷子》(次石帚韵,辛酉)。

中华民国十一年(1922)壬戌　　四十七岁

元辰作词《卜算子·壬戌元辰》,并到广和楼观京剧演出,作词《鹧鸪天·壬戌元辰,广和楼演富连成部》。

《弗堂词》卷一。《鹧鸪天·壬戌元辰,广和楼演富连成部》词自注云:"肉市查楼,明以来旧为剧场,即今广和楼也。"

正月十五作词《生查子·壬戌上元》。

《弗堂词》卷一。

立春日作词《东风第一枝·壬戌立春日,和竹屋韵》。

《弗堂词》卷一。

三月六日为友人邵伯絅以姜石帚刻"赵德麟"三字篆墨本属颖拓题诗《题颖拓赵德麟》。

《姚芒父画论》第207页《题颖拓·赵德麟》记:"壬戌上巳后三日姚华芒父。"

三月七日作题画诗《牡丹幅》。图幅现藏首都博物馆。

《姚华诗选》第303页。

三月十三日失手打碎古镜,作诗惜之。

《姚华诗选》第108页《堕镜》(三月十三日古镜失手而碎,惜之以诗)诗。

三月晦夜作词《菩萨蛮·壬戌三月晦夜午起,和卢川〈送春〉韵》。

《弗堂词》卷一。

四月二十六日作诗《生日自述》,借宋代文学家苏轼抒发自己意欲以文传世的豪情。

《姚华诗选》第109页。

七月上旬已藏元椠《张子寿集》丢失,作诗《旧藏元椠〈张子寿集〉亡去》(七月初旬)。

《姚华诗选》第113页。

七月十六日作词《念奴娇·壬戌七月既望,释戡招同泛潞河以拟赤壁,属图纪之,因步东坡〈大江东去〉词韵,复校片玉、白石、梦窗诸家制为此词》。

《弗堂词》卷一。

八月十五作词《念奴娇·壬戌中秋,和东坡韵示大儿贵阳》。

《弗堂词》卷一。

九月二日题《三监本皇甫君碑》回忆学书经历。

《弗堂类稿》卷九《三监本皇甫君碑》:"壬戌九月二日对烛观一过,因有所触,漫书其尾。菉猗室。"

九月九日作词《蝶恋花·壬戌九月九日登高不果,饮泰丰楼作》。

《弗堂词》卷一。

秋与友人画家陈衡恪(师曾)、陈年(半丁),诗人陈翼牟、林长民(宗孟)等聚会纪念苏轼作《赤壁赋》840年。

《姚华诗选》第114页《〈赤壁赋〉后十四壬戌,要同师曾、半丁、翼牟、宗孟作图赋诗,皆与东坡同生丙子者也》诗。

十二月六日作词《西江月·壬戌腊八前二日为梅寿内四十八岁》。

《弗堂词》卷一。又见《弗堂词·菉猗曲》第61页注:内:姚华妻子罗氏,年长姚华两岁,一生勤俭,养育子女,任劳任怨。于姚华病亡后的年终离世。

十二月二十日作词《东风第一枝·壬戌十二月二十日立癸亥春,和梅溪韵》。

《弗堂词》卷一。

十二月二十九日,参加北京文人、画家为纪念苏轼诞辰八百八十五周年举办的"罗园雅集",相互切磋艺术,赋诗吟曲,谈古论今,从下午三时至晚间八时,宾主尽欢而散。

《姚华诗选》第120页《罗雁峰集寿苏,和陶兔芝先生又字韵》诗注"罗雁峰集寿苏":民国十一年壬戌(1922)十二月十九日,苏东坡885周年诞辰日,北京文人、画家"罗园雅集"纪念之。

摘取宋名家词中四言句刻为印,凡二十余方。

《年表》。

作诗贺友人梅兰芳得第二子。

《姚华诗选》第111页《梅澜得子》诗。

作词《菩萨蛮·题画》《蓦山溪》《齐天乐·虎皮鹦哥为李释勘赋》《清平乐·咏藕》《渔家傲·本意》《西江月·解嘲》《西江月·病起自述》《西江月·寿内》。

《弗堂词》卷一。

作诗《读〈三祝记〉》《北海》二首《小雪日雪倚枕》《述梦》(忆《张子寿集》亡去也)

《〈张子寿集〉复归,喜叠前韵》《颖拓"赵德麟"篆书题名石刻诸本,一律题后》。

《姚华诗选》。

中华民国十二年(1923)癸亥　　四十八岁

新年作词《西江月·癸亥岁朝闱兴》。

《弗堂词》卷一。

正月十日作《诘鼠赋》。

《姚芒父画论》第370页《诘鼠赋》序:"癸亥正月十日,凌唐集客文光精舍。"

二月二十九日贺友人吴静庵三十七岁生日。

《姚芒父画论》第408页《癸亥二月二十九日吴静庵三十七初度题册二首》。

吴静庵:生平不详。

四月十二日四女姚鋆殁。

《姚华家系简述》。

五月初五日作词《齐天乐·端午和逃禅韵,亦见片玉》。

《弗堂词》卷一。

八月七日,好友陈师曾病逝于南京,作诗文《哭师曾》等哀悼之。并集陈师曾手绘近五十幅"京俗图",另赋词三十四首,合装一册题名《菉猗室京俗词题朽道人画》影印出版,该画册描绘了清末民初北京城的风土人情与晚清贵族形象,具有重要的史料价值、艺术价值与文学价值。其后又集《石帚词(依槐堂稿)》一册,纪述与陈师曾之友谊。

《年表》。又《姚华诗选》第128页《哭师曾》(癸亥八月十日)诗与《玉霜演〈一口剑〉弹词赠诗》。

九月八日为北京淳清阁1924年出版的《陈师曾遗画集》作序《朽画赋》,该序简述了陈师曾从事绘画艺术创作的经理,同时指出陈氏作画诗、书、画三位合一的艺术特征,强调了中国古代绘画的思想意义。

《姚芒父画论》第36页。

十月五日作词《西江月·癸亥十月五日题画》。

《弗堂词》卷一。

大雪日作《题鲁峻碑》。

《弗堂类稿》卷七《题鲁峻碑》:"癸亥大雪菉猗室夜窗书。"

日本地震,售画数百件助赈,作图记其事。

《年表》。

赠诗庆贺友人梅兰芳三十虚岁生日。

《姚华诗选》第130页《浣华三十,其弟子艳秋、碧云为之寿,因赠》诗。

友人陈筱庄五十寿辰,作诗庆贺。

《姚华诗选》第124页《陈筱庄五十寿诗》。

将《莲华盦山水纨画册》《莲华盦花卉纨画册》集成诗书画册。

《年表》。

作诗《双凤院有余姓名者戏成》《偶成,寄李玉峰贵阳》《次韵夔文见赠》《旧书〈长恨歌〉于墨盒子,刻成玉霜得之,属题尾》《赠时鸣》《宪成》。

《姚华诗选》。

作词《南乡子·题双帆画扇》、《菩萨蛮·一居一行画扇》、《西江月·癸亥十月五日题画》、《西江月·布袋和尚》、《南乡子·王梦白背坐仕女,余与师曾各补景,并填此解》、《蝶恋花·双凤院和师曾》、《并蒂芙蓉·本意赠玉霜》、《鹧鸪天·山水扇画自题》、《浣溪沙·和释戡》、《浣溪沙·和清真》三首、《西江月》、《虞美人·山茶腊梅》。又《弗堂词》卷一《题师曾画石帚此册子》中诸作《解连环·和清真》、《卜算子·和竹屋韵》、《谒金门·和竹斋》、《清平乐·和散华庵韵》、《愁倚阑·和〈金谷遗音〉韵》、《太常引·和东蒲韵》、《菩萨蛮·和后山韵》、《好事近·和蒲江韵》、《临江仙·和无住韵》、《南歌子·和友古韵》、《点绛唇·和海野韵》、《青玉案·和芸窗韵》、《定风波令·和竹坡韵》。

《弗堂词》卷一。

中华民国十三年(1924)甲子　　四十九岁

正月初一作诗表达自己居乱世,迎新年的失落心态。

《姚华诗选》第131页《甲子元日立春,七、八年前相传以为景运也》诗。

正月初二友人杨诵庄拜访。

《姚华诗选》第131页《二日雪,杨诵庄过山居》诗。杨诵庄:生平不详。

正月初七送别友人桂百铸经夏口赴成都。

《姚华诗选》第133页《人日送桂百铸将经夏口之成都》。

正月二十九日为友人蒲殿俊贺寿作词《卜算子·上九画红白山茶,寿伯英;同年母七十,甲子》。

《弗堂词》卷一。

二月三日为友人陈叔通先君陈豪遗墨题词。

《弗堂词》卷一《清平乐·兰州先生遗墨"万树梅花一湾水,湖山佳处是吾家"画卷为叔通题,和徐仲可韵》序:"甲子二月三日。"

三月三十日与日本友人小室翠云同游明陵,即兴唱和。次日登八达岭长城。

《姚华诗选》第136页《三月三十日,谒长陵,次小室翠云韵》《翌日,登八达岭长城,次翠云韵》。

四月友人武进丁琦行登门拜访。

《弗堂类稿》卷四《送丁琦行南归序》:"甲子四月,武进丁琦行将自京师归于里,来谒。"丁琦行:武进人,生平不详。

四月与画家凌直之、陈半丁、王梦白于北京樱桃斜街贵州画馆开画会,数百人前往捧场,展出作品数千件。会议展览期间,日本画家小石翠云等到场参观,当时正在北京访问的印度著名诗人泰戈尔亦欣然赴会,并即席发表演说。泰戈尔多次造访姚华,加强了中印间民间文化交流,增进了中印人民的友谊。

《年表》。

四月二十日友人王梦白至莲华庵夜访,以案头折叠扇作蜀葵石榴缀以蝎虎蜘蛛。

《姚芒父画论》第266页《题梦白作摺扇·甲子四月二十日梦白过莲华庵夜话,拾案头折叠山作蜀葵石榴缀以蝎虎蜘蛛,奇趣也。因题长句》诗。

六月四日收得古玺印一百三十。积日考证,并系以绝句。成"题官私玺印"诗一卷。

《年表》。

八月为好友陈师曾《染仓室印集序》作序。

《年表》。《弗堂类稿》卷五《染仓室印集序》:"甲子八月。"

八月十五日作词《朝中措·月季黄绯二色》。

《弗堂词》卷一。该词首两句为"每逢月夕数花辰,杯酒袭芳尘。"

九月九日作词《忆旧游·甲子重九题师曾"芝兰便面"遗墨,为悟园赋》怀念友人陈师曾,并作词《菩萨蛮·食蟹腹疾(甲子九月)九日不出,作画以代登高》。其后又作《水龙吟·印昆以师曾"拟香光仿北苑渴笔山水纨扇"遗墨征题,是癸丑冬间做。是年师曾始来京师。为赋二阕》两首全面评述陈师曾在文学绘画多方面的成就。

《弗堂词》卷一。

九月既望作《丁佛言说文古籀补补序》。

《弗堂类稿》卷五《丁佛言说文古籀补补序》："甲子九月既望。"

于陈晓庄处得见郑振铎译泰戈尔《飞鸟集》，归而以其意演辞二百余首，题名《五言飞鸟集》。该诗集民国二十年（1931）由中华书局刊行，署名"太戈尔意，姚华演辞"。诗集前附学者叶恭绰、诗人徐志摩序各一篇。

《年表》。

十月三日观棋感个人命运之无助。

《姚华诗选》第139页《十月三日，观弈局将竟，而胜负未形，各争劫一子耳，顾所系多讬于此子无益也，拈出咏之》诗。

秋，国立北京美术专门学校师范系一班毕业生高希舜、王石之、邱石冥、王君异、储小石、谌亚逵等六人酝酿成立京华美术专科学校，推举姚华为北京京华美术专科学校校长，并成立董事会。

《年表》。

秋，梁启超集杜韩诗句赠懒而馋画师："日日画一水，十日画一石。朝食千头牛，暮食千头龙。"姚华攘臂云："非寡人无足以当此者。"其人之诙谐由此可见一斑。

《年表》。

十月二十九日三女姚鏊病逝。

《姚华家系简述》。又见《姚华诗选》中《腊月五日雪，感鏊女之逝》诗与《弗堂类稿》卷十《中女鏊墓碑》："甲子初冬晦前一日，贵筑姚鏊疾卒故都莲花寓舍，年二十有二岁。旬日葬西直门外。"

十二月七日作诗词庆贺儿媳淑瑗生辰。

《弗堂词》卷一《浣溪沙·七日儿妇淑瑗生辰，画梅与之》。又见《姚华诗选》中《（甲子腊月）儿媳淑瑗生朝兼示儿鋆》。

十二月六日为妻子罗氏贺五十大寿，作诗词庆贺。

《弗堂词》卷一《浣溪沙·（甲子）腊月六日寿内五十，明日新历明年元辰》。又见《姚华诗选》中《（甲子腊月）六日寿内》。

十二月八日作诗怀念已病逝八年的长女姚銮。

《姚华诗选》第144页《（甲子腊月）八日，适文氏女銮三十三生日，已嫁十年，而亡八年矣》诗。

十二月十四日作诗怀念病逝一年的四女姚鋆。

《姚华诗选》第145页《(甲子腊月)十四日,季女鳌生日,以去年亡》诗。姚鳌:生于宣统元年(1909)乙酉十二月十四日,卒于民国十二年(1923)癸亥四月十二日。死时为北京女师学生。

十二月二十九日东坡生日作诗自拟东坡。

《姚华诗选》第145页《(甲子)东坡生日》诗。

著《中国图谱源流考》,共五篇,目次如下:(一)名篇;(二)上古三代篇;(三)秦汉六朝隋唐篇;(四)宋元明清篇;(五)余篇。文载北京大学《造型美术》杂志第一期,民国十三年六月二十三日出版。该著为造型美术研究会导师的首篇成果,代表了二十世纪二十年代中国美术批评的最高水平,对北京大学美术研究会内外的青年美术创作者与研究者均影响甚巨。

《年表》。又见《姚芒父画论》第46页。

作《平芜晚景》图转赠友人杨修铭(不详),并题词《清平乐·题〈平芜晚景〉轴转赠杨修铭同年》。

《弗堂词》卷一。

作诗《过火神庙求故书》、《代简答叔通上海》、《去时郎官穷而作御,客有伤之者,余以为非病也,七言六韵》、《赠王师子》(原名伟)、《乡道士善画猴,作猴人乞诗,五七言分赋》、《南口车中题荒木十亩画八达岭(长城在其上)册》。

《姚华诗选》。

作词《朝中措·师曾"芭蕉山茶"轴子无款识,散释索词补阙》《丑奴儿·去年写"山楼青话扇"曾和清真,今写其后为"水阁寒琴"仍前韵,更书此词》《菩萨蛮》《柳梢青·贵筑南郭小景》《洞仙歌·寿张翁八十》。

《弗堂词》卷一。

中华民国十四年(1925)乙丑　　五十岁

正月三日祭祀先父姚源清。

《姚华诗选》第147页《(乙丑正月)三日,先公忌辰》诗。

正月六日,因北京城大雪诗兴大发,作诗《(乙丑正月)六日雪》。

《姚华诗选》第149页《(乙丑正月)六日雪》。

正月十五日作画《柳梢月上图》,并以词《生查子·元夜作柳梢月上图小满补题》题之。

《弗堂词》卷一。

四月二十六日虚岁五十,众多社会名流与文艺界知名人生前来祝贺,其中梁启超作《祝姚茫父五十寿诗》庆贺,姚华作《答梁启超》诗酬答。生日聚会上不少故友、学生赋诗撰文。登载报刊,展现了姚华在当时京师文坛的重要地位与多方面成就。

梁启超诗与姚华答作均见贵州文史资料研究委员会编《贵阳文史资料选辑》第十八辑。《姚华诗选》中该诗名为《乙丑正月,五十初度,依韵答饮冰兼呈同座诸公》。又《姚华诗选》中尚录《依韵答叔通》四首,《生日,范孙夫子贻诗,赋谢二首》。惜陈叔通贺寿诗今不传。

六月八日长子姚鋆生日,作诗勉励其慎言重行。

《姚华诗选》第154页《第一子鋆生日,成一百六十字》诗。姚鋆,字天沃,生于光绪二十一年(1895)乙未六月八日,卒于1969年8月1日。青年时期曾留学日本专攻蚕桑专业,归国后任教于贵州、北京、陕西等地农业院校。其生平事迹载《贵阳文史资料选辑》第29、30合辑艾黄叶撰《蚕桑教育家姚鋆》。

六月十三日友人邵伯迥拜访,以所得拓本天统三年造像示姚华。

《姚茫父画论》第206页《题颖拓天统三年造像》:"乙丑六月十又三日,伯迥过访弗堂,以拟拓拟之。"

六月三十日,据清末收藏家陈介祺藏"天统三年造像拓本",为友人邵伯絅将颖拓造像画于扇面,并题词《浣溪沙·为邵伯絅颖拓造像因题》,以词向友人介绍颖拓的基本特征。

《弗堂词》卷一。

八月一日,蹇季常招宴,梁启超书乾隆诗句"夕阳芳草见游猪",姚华书五言六韵诗《题王梦白游猪圈》一首,王梦白依诗意画草地上游猪三头。三人合作《游猪图》,熔诗书画为一体,传为佳话。该画后为报刊界多次看出,后由蹇先艾收藏。

《年表》。

九月八日友人周大烈登门拜访。后陈叔通以此为题赠诗,姚华次韵奉答。

《姚华诗选》第162页《九月八日印昆过京西别业》诗与《叔通以和印昆过余西庄诗见示,次韵奉答》。

十二月六日为妻罗氏五十一岁作《寿内五十有一序》。

《弗堂类稿》卷四《寿内五十有一序》记:"乙丑先腊八二日,罗恭人生五十有一岁,归于余三十有四年矣。"

十二月十日作《姚山记》。

《弗堂类稿》卷四《姚山记》记："作《姚山记》，乙丑冬至后三日也。"

十二月二十一日作《题〈寒林图〉》。

《姚芒父画论》第187页。诗后注云："乙丑嘉平二十有一日。"此图现藏故宫博物院。

十二月二十九日题词明人孙雪居《笠屐图》，并转呈友人谭祖仁等人。

《弗堂词》卷一。《永遇乐·东坡生日题孙雪居〈笠屐图〉，四声谱坡词〈景疏楼〉作，兼呈六禾、篆青、并粤东人》。因苏轼生于北宋景祐三年十二月二十九日，"寿苏"为姚华与同岁友人的固定活动。

北京各大学青年连年上莲花寺听姚华所讲诸子学、文字学、书法学等科目。弟子俞士镇、周一鹤、罗惠伯、郑天挺等根据姚华课堂讲述整理出《弗堂弟子记》，其油印本在北京各大高校广泛传播。

《年表》。

千金购得宋刻十行本《尚书注疏》，王庸生祭酒藏绍兴本，汉隽徐梧生司业藏。

《年表》。

与南海谭祖仁、江阴夏桐孙、长沙章曼仙、仁和邵伯絅等人结聊园词社。

《年表》。

游北京城北郊觉生寺参观明成祖华严钟，作诗表达自己对神权与君权的思考。

《姚华诗选》第157页《觉生寺访明成祖华严钟，乾隆中至万寿寺移此》诗。

为友人陈师曾遗画《京俗话册》两次题词，分前十七阕、后十七阕，共三十四阕。通称《京俗词》，后与《京俗画册》合印出版。

《弗堂词》卷一。

作《陈翼牟小传书后》。

《弗堂类稿》卷六《陈翼牟小传书后》："右李君所为翼牟小传在丙辰六月，今年乙丑，翼牟年已五十矣。"

作诗《读宋刻〈保祐登科录〉第五甲百二人李敏子本贯播州。乡乘难得，纵是前典，亦足欣然。因从毋敛尹先生例以诗援之》《千金买宋刻》《既酬饮冰见赠韵，而赠诗有"校碑"、"攘臂"之语，则以〈前秦广武将军讳产碑〉重出，为余严勘故也。因叠前韵，题所属旧拓归焉》《梦白画猴人立而骑羊也，衣彩则师曾所为，余更补面具，师曾约同赋，诗未就先逝。越二年，其子封可检得，仍属梦白乞诗》。

《姚华诗选》。

作词《菩萨蛮·代内人答寿词自述》《点绛唇·梅》《少年游·乙丑仲春题雁来红扇一名老少年》《西江月·竹坞来琴球径巨幅》《菩萨蛮·西风一夜霜团屋》《醉太平·山亭燕新》《菩萨蛮·连纤细雨槎烟涩》《菩萨蛮·芭蕉樱桃扇》《南柯子·谭瑑青聊园填词图属予为之并系以词》《一斛珠·梅妃拟梅溪体》《清平乐·大雄山民画任大椿句："人行红树，村中雨潮落，青山郭外鱼"》《南柯子·谭篆青聊园题词，图属予为之，并系以词》《如梦令·山茶梅》《太常引·题畏庐画》《南浦·春草和玉田〈春水〉韵》。

《弗堂词》卷一。

中华民国十五年(1926)丙寅　　五十一岁

正月三日绘水仙红梅香橼画扇。

《姚芒父画论》第302页《丙寅正月三日题水仙红梅香橼画扇和梦白作贻铭修二首》。

正月五日作诗咏北京城大雪。

《姚华诗选》第164页《(丙寅正月)五日雪》诗。

正月十日见星陨感慨民生。

《姚华诗选》第164页《(丙寅正月)十日星陨》诗。

正月十五作词《生查子·元夜题山水小幅，丙寅》。

《弗堂词》卷二。

正月十六日作《泰山春望图记》与《陈筱庄退思斋诗集序》。

《姚芒父画论》第189页《泰山春望图记》自注"丙寅惊蛰"。又《弗堂类稿》卷五第442页《陈筱庄退思斋诗集序》亦自注"丙寅惊蛰"。

三月上旬上巳节作词《蝶恋花·丁卯上巳禊集》。

《弗堂词》卷二《蝶恋花·丁卯上巳禊集》词。

军阀段祺瑞制造"三·一八惨案"，杀害北京女子师范大学学生刘和珍、杨德群等四十七人。姚华以女师大前任校长身份同情、关切学生。作《二月六日雪》、《二女士》(以二月之五之役及于难)诗，控诉军阀草菅人命的残忍罪行。

《年表》。又见《姚华诗选》第165、166页。

五月十七日突患脑溢血入北京德国医院治疗，经德人克理博士、英人胡大夫医治渐愈，然左臂残。其间友人严修师、梅兰芳、王瑶卿等均前来探望。病愈后，抱残臂坚持文艺创作,仅月余作扇数十件,集为《姚茫父风画集》,于七月用珂罗版印成。标志其书画创作进入更成熟、苍润的新阶段。

《年表》。又见《姚华诗选》中《答严范孙夫子》二首、《喜缀玉见候道故》、《瑶卿归自海上,属冷红问状,却寄》;又《弗堂词》卷二有《西江月·病院感兴》词云:"安排废疾待康成,却做文园贫病",表达了自己不甘卧病在床,立志有所著述的豪情。《姚华诗选》中《院中见白鸡冠花,兼冷红来候》、《病废将起,赠克理博士》、《将去医院留赠胡大夫》、《代简答季常江南,衍古诗"客从远方来"》诗亦作于病院中。

五月二十三日侄女姚鑫病亡,时年二十八岁,姚华作《侄女鑫墓碑》悼念。

《弗堂类稿》卷十《侄女鑫墓碑》:"鑫之没在丙寅午月二十三日,年二十有八。"

七月为友人陈衡恪所绘莲花庵三图题诗二首。此诗画轴现藏中国历史博物馆。

《姚华诗选》第178页《题莲花庵》诗、第180页《叠前韵怀段懋堂先生》诗。

七夕作诗《七夕三十韵》回顾平生,展望前程,并作诗《题陈师曾莲花寺图第二图》。此图现藏北京中国历史博物馆。

《姚华诗选》第181页,《姚芒父画论》第186页。

中秋作《岱宗堂记》。

《弗堂类稿》卷四《岱宗堂记》篇末记:"丙寅中秋。"

八月十八日作诗《秋分》。

《姚华诗选》第181页。

八月初五作词《三姝媚·丙寅八月初五夜预中秋,和〈金梁梦月词〉韵》,后八月十五作词《三姝媚·中秋叠前韵》。

《弗堂词》卷二。

九月十九日,友人寿石工邀集词社社友重阳聚会,因病未能前往,作《浪淘沙·九月十九日,石工约集词社同人为展重阳之会,病不克与,走笔赋呈,不耐苦吟,聊慰猎心耳》词释之。

《弗堂词》卷二。石工:寿石工(1889—1950),浙江绍兴人,字石工,篆刻家,工书,能词,有《珏庵词》。

十月晦日作《题重刻宋本云麾将军碑》。

《弗堂类稿》卷九《题重刻宋本云麾将军碑》:"丙寅十月晦日莲华盦书。"

十二月七日,长子姚鋆妻淑瑗生日,作散曲贺之。

《菉猗曲》中有[北双调·新时令]（丙寅十二月七日，釜妇淑瑗三十一生日作"岁寒清供"与之因题）。

十二月十一日作套数[北中吕·粉蝶儿]（题画，对雪即景自述，丙寅十二月十一日莲花盫作），表达生活虽艰难，然绝不停止文艺创作的决心。

《菉猗曲》。

冬读《元曲选》，并以《北词广正谱》校其音律，标明衬字。作散曲小令数十首及套数数套。其中有十二月六日做小令《北双调·碧玉箫》、十二月十一日所作套曲《题画对雪即景自述》等。

《年表》。

十二月十五日为桐城人汪衣云所著《文中子考信录》作序。

《弗堂类稿》卷五《汪衣云〈文中子考信录〉序》："丙寅岁暮，桐城人汪衣云以所著《文中子考信录》访予莲华庵，授而读之。……嘉平之望。"

为周印昆画扇至冬成稿，扇面各系一曲小令。周大烈评姚华尤工曲题画。以曲题画为姚华画卷的独特风格。

《年表》。

冬为己作山水画轴两幅，并分别题《清江引曲》。

《菉猗曲》中有[北双调·清江引]（题画）二首。邓见宽编《弗堂词·菉猗曲》第265页注云："作于民国十五年丙寅冬季，曲家病废后所作的山水画轴两幅，分别题上《清江引》曲。"

岁暮作散曲[北正宫·黑漆弩]（题画，和冯海粟韵）二首，自述病后不辍文艺创作之志。

《菉猗曲》。邓见宽《弗堂词·菉猗曲》第266页注："作于民国十五年丙寅(1926)岁暮。"

为北京邃雅斋藏书处题写匾额"邃雅斋"，"藏书处"三字由郑家溉书写。今保存完好。

《年表》。

友人籍亮侪赠诗贺寿，作诗和之。

《姚华诗选》第168页《和籍亮侪五十自寿诗二首》诗。

孙姚由满周岁作诗庆贺。

《姚华诗选》第171页《由孙晬日》诗。姚由(1925—1993)：贵州贵阳人，1947

年毕业于西北工学院,后留校任教。1950—1955年在哈尔滨工业大学和东北工学院读研究生,后任教于北京钢铁学院。

作诗《丙寅正月三日题水仙红梅香橼画扇和梦白作贻铭修二首》《三月六日书事》《大风谣》《题陈师曾〈京俗画册〉三十四词成,更书其尾三首》《次韵印昆题〈风画集〉》。

《姚华诗选》。

绘山水轴赠蹇季常并作诗。

《姚芒父画论》第179页《丙寅题已绘山水轴赠季常》诗。季常:蹇季常,蹇先艾叔父,中国第一所民办官助图书馆松坡图书馆实际负责人。

作词《菩萨蛮·灯光梦影圆》《琐窗寒·题山茶江梅画轴》。

《弗堂词》卷二。

中华民国十六年(1927)丁卯　　五十二岁

正月二日作散曲[北中吕·斗鹌鹑](题画,丁卯正月二日对雪即景),正月四日作[寄生草]《题画《三山海日图》》(丁卯正月四日立春即事作)。

《菉猗曲》。

二月初一作《泰山春望图记》,回忆己未年与友人同游泰山经历。

《姚芒父画论》第190页《泰山春望图记》自注:"丙寅惊蛰。"

与汤定之、陈仲恕和作《枯木竹石图》,并与江翊云、籍亮侪题之。新中国成立后陈叔通辑《姚芒父、汤定之、杨无恙三家书画册》《宣(古愚)、杨(无恙)、汤(定之)、姚(芒父)四家画选》分别影印出版,表达对故友的怀念。

《年表》。

四月作《书陈南眉赠鋆儿字说后》。

《弗堂类稿》卷六《书陈南眉赠鋆儿字说后》:"丁卯四月。"

四月二十八日军阀张作霖在京师看守所杀害李大钊与其他革命者十九人,其中方伯务为姚华学生。姚华题词纪念此事,再次痛诉军阀的残暴罪行。并作题画诗《方生遗墨鸳》《又题方生遗画集》,赞扬方伯务的独特画风与敢于与军阀反动势力顽强斗争的高洁情操。

《年表》。又见《姚华诗选》第198页《方生遗墨鸳》诗与第199页《又题方生遗画集》诗。

四月二十八日为弟妇天水郡君五十一岁寿作序。

《弗堂类稿》卷四《弟妇天水郡君五十晋一寿序》记:"丁卯孟夏既望旬又二日,弟妇天水郡君五十有一。"

端阳以剧词入画,题记云:"惟剧词入画未见前例,何妨创为之。"按:以曲小令题画,不难看出姚华以曲家兼画师的手法,大胆创新。

《年表》。

六月八日适逢大儿姚鋆生日与曾祖母严氏忌日,作诗教育子女牢记清贫本色。

《姚华诗选》第188页《鋆儿生日吾祖母严太恭人忌日也》诗。

七夕作词《减字木兰花·七夕咏牵牛花》。

《弗堂词》卷二。

中秋夜与同乡友人胡绍铨在月下坐而论道,作诗《中秋,岱宗堂与胡十八述曾坐月》记之。自述"余喜造赋,赋成必图。"自夏而秋,作《晚香玉赋》《晚香玉后赋》《晚香玉别赋》《晚香玉余赋》四篇辞赋。"每一赋成,必写为画",有别于《凤尾鞭图》,"画成而为之赋,即题其上"。此《晚香玉赋(并图)》四幅均为写实花卉,画面雅致清秀,长赋自上贯下,构成赋、书、画的长轴,为芒父艺术创作之代表作。

《年表》,又见《姚华诗选》第196页《中秋,岱宗堂与胡十八述曾坐月》、《十六日待月,叠前韵》诗。

重九患病不出,作词《浣溪沙·重九因病不出画登高小景题此》与《齐天乐·重阳采胭脂豆汁作》。

《弗堂词》卷二。

九月二十三日抱病作《题石鼓文原石拓本》。

《弗堂类稿》卷七《题石鼓文原石拓本》:"丁卯九月二十三日莲华盦残臂书。"

为北京中国画学研究会主办的《艺林旬刊》创刊号题祝贺词《题〈艺林旬刊〉》。

《年表》。

作《论画》三首,阐述了中国传统绘画中诗、书、画结合的传统特色,强调了中国古典绘画艺术的学术性。

《姚华诗选》第192页《论画》诗。

冬月作画论《题邵伯絅藏张鞠如人物十六事卷子后》。

《姚芒父画论》第160页《题邵伯絅藏张鞠如人物十六事卷子后》自注:"丁卯冬月伯絅携至山斋因观其尾。"

孟冬作《国立京师大学校女子第一步十九周年纪念赠序》。

《弗堂类稿》卷四《国立京师大学校女子第一步十九周年纪念赠序》记:"丁卯孟冬。"

友人鲤门四十寿辰,作词《满宫花·鲤门以四十之年,举千秋之庆,预图十事,藉写半生。余以分绘其二,复以外孙之句,徵及老妇之吟。自念病废逾载,声调久疏,便欲搁笔。唯是桑海数更,旧人益少,不无系怀,因酬高唱》。

《弗堂词》卷二。鲤门:邓见宽《弗堂词·箓猗曲》注云:"姓刘,贵州人。"(第161页)不知所据。

十一月二十二日为友人任可澄绘其先人墓地图《藏山草堂图》。作词《千秋岁·题藏山草堂图,为主人寿,六一体》。

《姚芒父画论》第188页《藏山草堂图》自注"丁卯嘉平东坡生后三日"。此图现藏贵州省博物馆。《弗堂词》卷二。藏山草堂筑在贵阳东郊水口寺近旁南明河,为贵阳近郊一景点。《藏山草堂图》现藏贵州省博物馆,为该馆传世藏品。

十二月二十五日与二儿媳乐氏见面并赠画卷作纪念。

《姚华诗选》中第186页《丙寅嘉平二十有五日,鋆儿引见新妇永宣(黎县乐氏)礼成班物,题筠州墨竹卷尾与之》诗。《弗堂类稿·诗甲三》为"二十有六日"。

为李祖荫《法学辞典》题诗,称赞其成就。

《姚华诗选》第187页《题李祖荫著〈法学辞典〉》诗。

作词《江城梅花引·题陈朽墨序》、《点绛唇·和朱希真韵,题陈孟群画》、《鹧鸪天·晚香玉菊花双供》、《鹧鸪天·和倬盦韵》三首、《减字木兰花·题雁来红,隐括黄太冲赋》、《减字木兰花·牵牛花扇 以江南豆撅汁写之》、《减字木兰花·拟六一〈留春不住〉原韵》、《少年游·拟屯田〈参差烟树灞陵桥〉原韵》、《武陵春·拟小山〈绿蕙红兰芳信歇〉原韵》、《海棠春·拟淮海〈流莺窗外啼声巧〉原韵》、《天仙子·拟子野〈水调歌声持酒听〉原韵》、《好事近·拟东坡〈湖上雨晴时〉原韵》、《感皇恩·拟东山〈兰芷满汀洲〉原韵》、《醉花阴·拟漱玉〈薄雾浓云愁永昼〉原韵》、《谢池春慢·岱宗堂前新植梅作苞向坼,冬至赋,用子野〈缭墙重院〉韵》、《齐天乐·重阳赋雁来红》、《好事近·内子生辰李曾廉自裴岛以画梅见寄因题》。

《弗堂词》卷二。

作散曲套数[北双调·新水令](题渔家乐画扇),小令[北中吕·牧羊关](冬读书图)

《箓猗曲》。

中华民国十七年（1928）戊辰　　五十三岁

正月初一梅兰芳呈红黄二色山茶腊梅画幅庆贺，作《减字木兰花·戊辰元日，见畹华所作"山茶腊梅"》答之。

《弗堂词》卷二。又见《姚芒父画论》第200页邓见宽注云"姜德明曾写过《姚芒父与梅兰芳》，其中记下'一九六二年举行的梅兰芳艺术生活展览诗纪念梅氏逝世周年的活动之一，会场上便悬有梅氏临姚师的《达摩面壁图》。……梅兰芳把画师姚芒父的一副画像注入了新意，这给后人不少启示。"

一月作词《念奴娇·用平声叶石林体，题松梅，丁卯小寒，值时宪，戊辰初月》感怀国事。

《弗堂词》卷二。

正月二十四日作《跋武梁祠画象》，阐述了画像研究须注重文字记载的观点。

《弗堂类稿》卷六《跋武梁祠画象》："戊辰年正月二十有四日。"又见《姚芒父画论》第156页。

二月四日作《跋武梁祠画象》。

《姚芒父画论》第158页《跋武梁祠画象》自注："戊辰二月四日。"

三月题榕楼雁影卷子，因思亡弟姚芗作《啸篁图》长卷，现藏贵州博物馆；又作《玄琴遗墨题咏凡十六章》。

《年表》。

三月友人黄溯初来访莲花盦，四月作《啸篁楼图记》回忆该事。

《弗堂类稿》卷四《啸篁楼图记》："戊辰春三月，黄溯初来访莲花盦。……是岁四月记。"黄溯初（1883—1945），原名冲，字旭初，后改名群，字溯初，郑楼人，近代实业家、教育家。著作今辑为《黄群集》。

四月与词友邵章唱和黄牡丹词十首。

《弗堂词》卷二存《蝶恋花·黄牡丹，伡盦和师曾韵，叠韵报之》《蝶恋花·伡庵见候话黄牡丹词讯及词成徵图》《蝶恋花·谢伡庵和词三叠前韵限康节事》《蝶恋花·以黄牡丹画扇赠伡庵四叠前韵书其上》《蝶恋花·伡庵得画扇复叠韵书一词于全笺扇见诒五叠前韵谢之》《蝶恋花·六叠前韵书师曾〈绿萼尊前〉词后》《蝶恋花·追维前梦枨触成吟七叠前韵》《蝶恋花·感事八叠前韵》《蝶恋花·赋本事九叠前韵》《蝶恋花·十叠前韵，单题叶御衣黄图中女盘临师曾本并遗墨也》等作均为此次唱和所作。

春仲作《黄冠圭先生及梦仙先生弟兄行乐图记》。

《姚芒父画论》第 168 页《黄冠圭先生及梦仙先生弟兄行乐图记》篇末记:"戊辰春仲。"

端阳后为卓君庸所得古墨作《跋宋仲温墨迹张怀权论用笔十法为卓君庸》。

《弗堂类稿》卷六《跋宋仲温墨迹张怀权论用笔十法为卓君庸》:"戊辰端阳君庸得古墨二纸,携过见示。"故该跋应作于当年端阳后。

五月十日作《题宋仲温七姬全厝志影本》。

《弗堂类稿》卷九《题宋仲温七姬全厝志影本》:"莲华盦晚窗记,戊辰五月十日。"

五月二十日作仿张鞠如武氏祠孝子故事图屏。

《姚芒父画论》第 159 页《姚华仿张鞠如武氏祠孝子故事图屏》自注:"戊午五月二十日。"

五月二十一日病后二年作诗记叙病后生活。

《姚华诗选》第 202 页《五月廿一日病二年矣,世事推移,悄然有忧生之感,伏枕无寐,遽尔成篇》诗。

五月二十三日第六子姚鋆十六岁,作诗记叙父子情谊。

《姚华诗选》第 201 页《(五月)廿三日鋆生,十有六岁,书此篇》诗。姚鋆:姚华第六子。民国二年(1913)癸丑五月二十三日生于北京,毕业于清华大学,留学日本。归国后任教于北京、贵阳等地高校。解放后就职于中国历史博物馆,卒于 1979 年。

五月二十六日为《黄牡丹蝶恋花词册》书尾题诗。

《姚芒父画论》第 323 页《〈黄牡丹蝶恋花词册〉书尾》自注:"戊辰五月二十六日。"

八月九日作诗《八月九日雨后凉甚,晚而有月》。

《姚华诗选》第 204 页《八月九日雨后凉甚,晚而有月》诗。

中秋为友人王梦白作《王梦白小传》。

《姚芒父画论》第 262 页《王梦白小传》自题"戊辰中秋莲华庵记"。

秋,为已故侄女姚鑫所绘十六幅画一一题诗,添加前记、传。精装成《玄琴遗墨》出版。重阳节因病不出,以词答酬友人。

《弗堂词》卷二《应天长·倬盦书示九日退谷登高见红叶之作。久病不出,替吾张目矣。有触于怀,和声奉酬》。

十月二十八日得孙女芸启,作诗庆贺。

《姚华诗选》第208页《(戊辰)十月二十有八日女孙生,命曰芸启,兼广鋈意,连得二篇》诗。

冬至日作词《湘月·冬至题秋声集,用石帚韵,並谱四声》《湘月·冬至子夜叠前韵》寄托自己的愁闷于对理想的憧憬。

《弗堂词》卷二。

十一月望,作《自题山水册尾舆羡涔生》。

《姚芒父画论》第197页《自题山水册尾舆美涔生》自注:"戊辰十一月望莲华盦晴窗。"

腊月初为友人陈叔通作赋梅词。

《弗堂词》卷二《湘月·为叔通写朱梅赋此,叠前韵仍谱四声》。由其后《湘月·腊八前二日,写梅寿内,仍用前韵》词可判断该词作于腊月初左右。

腊月三日作《太极剖判未泐,本魏中岳嵩高灵庙碑》。

《弗堂类稿》卷八《太极剖判未泐,本魏中岳嵩高灵庙碑》:"戊辰嘉平三日。"

腊月初六为妻子寿辰赋梅花词。

《弗堂词》卷二《湘月·腊八前二日,写梅寿内,仍用前韵》。

腊月八日作《题旧拓梁房公碑》《题旧拓王徽君口授铭》《题段志玄碑》《题圭峰碑》《题影本褚临兰亭真迹》。

《弗堂类稿》卷九《题旧拓梁房公碑》:"戊辰腊八。"卷九《题旧拓王徽君口授铭》:"戊辰腊八。"卷九第《题段志玄碑》:"戊辰腊八。"卷九《题圭峰碑》:"戊辰腊八莲华盦晴雨窗书。"卷九《题影本褚临兰亭真迹》:"戊辰腊八。"

腊月初九,友人梁启超逝世,作诗《梁任公挽诗》与祭文《公祭梁任公先生文》哀悼之,诗文高度评价了梁任公成就卓越的一生,并抒发了对故友的痛悼之情。

《姚华诗选》第210页《梁任公挽诗二首》诗。

腊月十一日作《题北齐宇文长碑》。

《弗堂类稿》卷八《题北齐宇文长碑》:"戊辰嘉平月十一日莲华盦雪霁题。"小寒日作《跋李仲璇碑》《题西平王碑》。

《弗堂类稿》卷八《跋李仲璇碑》:"戊辰小寒。"卷九《题西平王碑》:"戊辰小寒莲华盦书。"

除夕作诗词阐释自己关于传统文化中诗、书、画结合的观点。

《弗堂词》卷二《西平乐·题戊辰除夕祭画图,谱清真原韵,有序》词序云:"除夕祭诗,前人旧贯,予欲仿行。因亦祭画,然诗不周于恒人,不乏识者。画周于恒人,识者特少。岂非以能者不能言其意,言者不能畅其旨,宏道无人,故尔茫昧欤。夫诗次第于文章,而画只品目于技艺,非平议也。欲涤此陋,更称慧业,既已成诗,复制词以尽之。图成,因书其后。"又《姚华诗选》第212页《(戊辰)除夕祭画》诗。

岁暮病中作《题具字本张猛龙碑》。

《弗堂类稿》卷八《题具字本张猛龙碑》:"戊辰岁暮残臂书。"

岁暮作《题释迦本龙藏寺碑》《题覆本九成宫醴泉铭》《题唐高退福墓志铭》。

《弗堂类稿》卷九《题释迦本龙藏寺碑》:"戊辰岁暮。"卷九《题覆本九成宫醴泉铭》:"戊辰岁暮。"卷九《题唐高退福墓志铭》:"戊辰岁暮。"

友人王梦白去世。为其作传纪念。梦白善绘猪、猴,曾与姚华共事多年。

《年表》。

门人王伯群(时任国民政府交通部长)北上视察,到姚华府中乞撰述稿刊印。得姚华诗文与其他论著三十一卷,题名《弗堂类稿》,交付中华书局于一九三零年正式刊印出版。

《年表》。又王伯群于一九三零年三月三十日与十二月为《弗堂类稿》作序、跋。其跋云:"《弗堂类稿》吾师所手编。诗十一卷,词三卷,曲、赋各一卷,论著三卷,序记一卷,序跋五卷,碑志、书牍、传、祭文、赞、铭记各一卷,都凡三十一卷。"

著《题画一得》,以笔记体形式,系统总结了姚华本人对中国古典绘画艺术的认识与体会,强调题画与绘画本身二者的紧密联系,呼吁提高画家的艺术修养与文学修养,该文于《艺林旬刊》(后更名为《艺林月刊》)连载逾百期,后为《贵州文史丛刊》于1982年与1983年重刊。

《年表》。又见《姚芒父画论》第59页《题画一得》。

为友人陆丹林《鼎湖感旧图》题词《菩萨蛮·陆丹林鼎湖感图》。

《弗堂词》卷二。

为友人杨祖锡西洋水彩画册《渺一粟斋画册》题词。

《弗堂词》卷二《蝶恋花·题〈渺一粟斋画册〉洋菊》。

为画家汪蔼士竹画题词。

《弗堂词》卷二《清平乐·题汪蔼士竹卷》。汪蔼士:汪吉麟(1871—1960)字蔼士,江苏丹阳人。长于书画,尤工于画梅,长期寄居北京。邓见宽《弗堂词·箓猗曲》第200页注作"汪霭麟(1871—?)",误。

以诗词回忆与友人邵伯綗的交往经历。

《弗堂词》卷二《浣溪沙·和倬盦广和居感旧》《月下笛·倬盦要同赋龙笛,云是清太庙乐,谱清真》。其后岁末又作《绿头鸭·戊辰岁除前五日,立己巳春,和倬盦並同四声》《探芳信·春饼,和倬盦韵,仍同四声》等。

作诗勉励后学张宜生加强文学修养。

《姚华诗选》第214页《赠张宜生》诗。

作诗《鉴儿买得墨盒子刻兰署予款,伪迹也,因题》、《和释堪〈中秋〉韵》、《感兴》、《广和居感旧,和夏闰厂四首》、《清斋》(春蔬乡味,食之甚甘,辄吟二十八字)、《帘声》、《后惜竹》、《题〈麻姑山仙坛记〉》、《红岩古迹》七首、《高南阜诗翰卷子,为邵伯綗题》。

《姚华诗选》。

作词《好事近·元日题松梅画幅》、《减字木兰花·厩中畜乌骓,俊物也。服驾二十年,遂已老敝,且置闲散。意待其尽而瘗也。家人靳饲养,及予病卧,斥去,而以死闻。今一年矣。赋此追惜之》、《汉宫春·腊梅,和子野,並谱四声。子野词出〈梅苑〉》、《减字木兰花·卓君庸示〈柳梅〉诗,且云:柳条而花,梅也。意是倭梅,状若龙爪槐者。邦人别字之柳耳。戏赋荅之》、《菩萨蛮·题春景》、《偷声木兰花·洋晚香玉(种疑出扶桑,都人以其似也,名之。梅后桃前,最宜窗供》、《减字木兰花·香蕉苹果,出芝罘,盖亦新嫁之品。色香颇胜似香蕉实,故得名。文甥赠到,因赋》、《氐州第一·春雁 惊蛰后五日作》《木兰花令·题夏景扇》、《丑奴儿·桃花》、《塞孤·和倬盦〈白海棠〉韵》、《塞孤·题〈秋庄图〉,用屯田韵》、《祭天神·黄牡丹和倬盦韵》、《蝶恋花·芍药》、《减字木兰花·烧烛看〈剑士女〉》、《大酺·一丈红》、《木兰花》、《西江月·秋葵凤仙》、《浣溪沙》、《八声甘州·雷峰塔圮,零砖碎甓,时出宝箧〈印陀罗尼经〉,左季得一卷,属题》、《浪淘沙慢·寒鸦,谱清真〈万叶战、秋声露结〉》、《菩萨蛮·陆丹林〈鼎湖感旧图〉》、《减字木兰花·守瑕得旧扇,故宫物也。中舟已作篆书,署臣字,更属补桂,因题》等。

《弗堂词》卷二。

中华民国十八年(1929)己巳　　五十四岁

春节为友人周印昆游故宫所购摄影《太平花》题词。

《弗堂词》卷二《花犯·咏太平花。相传种出长安,慈禧太后回銮时徙植故宫》

下记:"己巳春节,予友周印昆游博物院,购得摄影,以属予写之。影凡四本,一本仅影其一枝,花略如梨而较小,四出暂枝而开,又如珍珠梅而较大。其三本皆全影分摄者,诚有花浓雪聚之观。予命儿子鳌传其概,鳌对本写其一枝,而纸本少展,余白甚多。因书一词其右,调寄《花犯》。"

正月初友人来访,作词酬答。

《弗堂词》卷二《南歌子·早春治具润老来,而俾盦谢病,明日词至,依韵和之》。

二月,徐志摩为《五言飞鸟集》作序,后该书1931年由中华书局出版。徐序完整记录了姚华与印度诗人泰戈尔之间的友谊,赞扬了姚华病中坚持创作的可贵精神,同时还评述了《五言飞鸟集》以古体诗改写外国诗歌这一创新技法在现当代诗歌史上的重要意义。

《年表》。《五言飞鸟集》序云:"芒父先生在他的诗里,如同在他的画里,都有他独辟的意境。"

二月十四日作词回忆与友人结伴同游市场,观花饮酒的经历。

《弗堂词》卷二《忆旧游·花朝前一日饮城南酒家,明日阴寒微雪,故有卒章"阴晴"之语》。

初春作《题释梦英篆书千字文》。

《弗堂类稿》卷九《题释梦英篆书千字文》:"己巳初春。"

孟春作《题智永真草千文》。

《弗堂类稿》卷九《题智永真草千文》:"己巳孟春偶题。"

春孟作《跋朱君山墓志铭》。

《弗堂类稿》卷八《跋朱君山墓志铭》:"己巳春孟。"

初春友人曹靖陶惠赠红豆,作词谢之。

《弗堂词》卷二有《玲珑玉·曹靖陶惠双红豆,云是文正公手植者。名德芳踪,辄触吟绪,拈成此词,寄荅殷勤》词。由该词"春娇正坼,露时记采秋丛"一语判断当作于初春时节。

清秋节前以词赠答友人李释戡,勉励友人继续对京剧艺术作出贡献。

《弗堂词》卷二《金缕曲·和守白韵,赠李释戡,稼轩体》有"渐近清秋节"一语,《金缕曲·释戡以和守白韵见示,叠韵广之》则云:"晚雨催清节。又秋来明蟾泻水,清螺映发。"故二词当作于清秋节前。又见《弗堂词》卷二《金缕曲·和释戡观剧叠前韵》。

四月十六日生日作诗《五十四初度,用丁卯降字韵》,与友人议论作诗要坚持正路的重要性。

《姚华诗选》第215页。

四月,叶恭绰为《五言飞鸟集》作序,序中评姚华诗集:"此在吾国翻译界不能不谓异军突起。"

《五言飞鸟集》序。

五月十八日,子姚鏊殁。

《姚华家系简述》。又见《姚华诗选》第320页《题第五子鏊〈咏案头晚香玉诗〉》。

六月作《六月题扇》诗。

《姚芒父画论》第180页。

七夕与友人李释戡以词唱和,表达对戏剧《长生殿》的观后感。

《弗堂词》卷二《金缕曲·七夕,和释戡观剧,叠前韵》。

为万鹏九七十寿辰作序,阐述无生之说。其中有云:"予崇老子自然说,虽不治佛家言,但臆揣无生之旨,当亦以自然为归。"此自然说实为自己人生观之表述。

《年表》。

校补元椠杂剧三十种,欲刊行,未果。

《年表》。

著《黔语》,对贵阳方言与风土人情、民俗特产进行考索。

《年表》。

为子姚鏊由厂甸收购得旧扇数幅书写新词于其上。

《弗堂词》卷二《渔家傲·鏊儿于厂甸收得旧扇余所画'一年好景君须记'二句辛酉年作也》。

与友人金梁以词唱和。

《弗堂词》卷二《玲珑玉·金梁梦月词有此解,咏卖冰者,卒章云:晚香冷伴清吟,深巷卖花。自注:儿童卖晚香玉,声亦可听,而金梁未赋,因和韵补之》《天香·题水仙花,和金梁梦月词韵》。

与友人蹇方叔、曹纕蘅诗词唱和。

《姚华诗选》第321页《次蹇方叔〈蟋蟀诗〉韵答之》诗与第322页《和曹纕蘅〈移居城东〉诗后赠之》诗。蹇方叔:蹇先桀,遵义人。曹纕蘅:曹经沅,四川绵竹人。

作诗《题费晓楼寒宵咏雪图》《写图并题咏鋆儿〈案头晚香玉〉》《次蹇方叔〈蟋蟀诗〉韵答之》。

《姚华诗选》。

作词《天香·题水仙花和金梁梦月词韵》《花犯·题王砚田山水图》(王砚田为宫紫玄席鏐作山水图,有董小宛题五言近体,紫玄女曰畹兰,能诗工画,室于冒,盖巢民族也。以才情唱酬闻。小宛题识称紫玄宫太公者,以此画旧藏宫家,后归南湖。为制此词,述其系连)、《燕山亭·和道君〈北行见杏〉作,同倬盦原韵》《天香·咏石涛贝多树子鼻烟壶》《解踏蹀·题钱南图画马》(和清真韵 己巳)、《花犯·赋龙爪水仙,旧曰蟹爪,更以龙名,赋记》、《减字木兰花·蜡梅牡丹画幅》《鹧鸪天·题桥横水木已秋色,寺倚云峰正晚晴林和靖诗意轴》)。

《弗堂词》卷二。

中华民国十九年(1930)庚午　　五十五岁

庚午岁朝拟罗两峰(聘)绘《梅下危坐图》一轴。其人物画上规摹汉唐砖壁画,下至清扬州八怪人物画。故郑振铎评其绘画曰:"虽仅仿古不同创作,然亦开后来一大门派。"(《北京笺谱·序》)

《年表》。

二月二十八日次子姚鋆三十三岁,画《岩畔水仙图》并题曲贺之。

《菉猗曲》中有散曲[北仙吕·一半儿](题《岩畔水仙图》,庚午农历春二月二十八日鋆儿三十三写与之)。

夏日题词于折扇赠次子姚鋆,时姚鋆受命赴南京编辑父亲文集《弗堂类稿》。

邓见宽注《弗堂词·菉猗曲》第259页《弗堂词补遗》载现存折扇扇面题词《芳草渡·题〈燕京访古录〉》,扇面云:"庚午夏节,写与鋆之江宁,以慰远思。"

清明祭奠亡儿姚鋆,作词《女冠子》二首。

《姚芒父画论》第439页《女冠子·清明题亡儿鋆遗墨柳条双燕拟韦端己》(庚午)。由明人毛晋《六十种曲》集校宋代盲词数十则。记中云:"近人有于杂剧中考见宋院本之遗者,余于传奇中考得宋盲词之遗,自觉与之勇,攻读曲三月来而有此获绩,不能不为之狂喜也。"然该书未见刊行。

《年表》。

续撰《题画一得》至三笔(三卷)终。后《贵州文史丛刊》1982年至1983年分三期连载。

《年表》。

继续撰录《黔语》。

《年表》。

初夏,仿王鹏运等《庚子秋词》之体作《庚午春词》后任可澄编《黔南丛书》,将《庚午春词》与《菉猗曲》合编为《弗堂词》,交付贵阳文通书局出版刊行。

《年表》。《弗堂词》卷三《庚午春词》自序云:"词社同仁,仿《庚子秋词》之例,有《庚午春词》之约。选于唐、五代、宋词,凡十有四家,二十有三调,二十有九阕,依调拟作,不命题,不限韵。"其后自署"是岁初夏莲华盦茫茫父漫书"。其中可考具体创作时间者有三月三日作《归国谣·上巳日作,拟飞卿》,寒食节作《采桑子·寒食日寒,拟冯正中》二首,四月五日清明作《女冠子·清明题亡儿鳌遗墨柳条双燕拟韦端己》。其他作于该年不可详考具体月日者有《虞美人·春窗客话,拟南唐后主》二首、《望江南·拟后主》四首、《蝶恋花·春阴,拟六一》、《定风波·复都论,拟六一》、《六幺令·莲华盦白桃花,拟小山》《石州引·弗堂丁香花下作,拟东山。茫父手植一树,枝柯独茂。华时光艳满院,病后连年春日倚杖徘徊,益令人亲》、《下水船·青杏,拟前人》、《八六子·一霎雨过,春益暖矣,拟少游》》、《沁园春·春晴,拟前人》、《雨中华·晴一日,又风,拟东坡》、《早梅芳近·落华,拟清真"花竹深"》、《满庭芳·社园牡丹,拟小山》、《古倾杯·晨闻布穀声,拟乐章》、《雪梅香·春暮,拟乐章》、《一剪梅·牡丹时节,微雨亦佳,夜声仅闻。朝光转冷,及辽阳讯至,则竟日雪也。拟易安》、《芳草渡·兰,拟清真》、《尉迟杯·芍药,拟前人》、《御街行·送春归,生贵筑境内,华似蔷薇,野生沿·途,春暮而华,华落春尽矣,故曰送春归。拟易安》、《锁窗寒·蔷薇,拟清真》、《忆少年·春意,拟易安》。

四月二十六日,五十五岁寿辰,友人陈叔通自上海赴京,与周大烈、骞季常、林宰平、邵伯絅等群贤相会。作自寿诗云:"五旬人意恰秋初,病又五年大未除。痛逝班行疏一雁,劝餐素束得双鱼。填词自校四声谱,问字人耽单臂书。时节蒲葵犹藻耀,饮杯依旧酌清疏。"

《年表》。

五月七日作绝笔词《应天长·怀费宫人和邵伯絅韵,庚午五月七日》。

邓见宽注《弗堂词·菉猗曲》中《弗堂词补遗》第260页。

五月八日晨,突发脑溢血,下午六时许去世,葬于北京西直门外灶君庙姚山。享年五十五岁。

《年表》。

作散曲[北南吕·阅金经](庚午岁朝题拟罗两峰《梅下危坐图》)。

《菉猗曲》。

与章士钊诗词赠答。

《姚华诗选》第323页《得行严诗却寄,同释戡韵》。

姚华著述存目:

《笔山讲录》 (未刊行)

《佩文韵注》 (未刊行)

《艺林虎贲》 1915年连载于《论衡》周刊,为姚华最早公开发表的艺术论文。

《中国图谱源流考》 1924年刊载于北京大学《造型美术》杂志。

《弗堂类稿》 三十一卷

《书适》 一卷

《小学答问》 共二十八章

《黔语》 一卷

《莲花庵书画集》

《贵阳姚华茫父颖拓》

《金石系》 (未刊行)

《古盲词》 (未刊行)

《弗堂词》 三卷

《菉猗曲》 一卷

《说文三例表》 (未刊行)

《元刊杂剧三十种校正》 (未刊行)

《曲海一勺》 一卷

《菉猗室曲话》 四卷

《五言飞鸟集》

《题画一得》 1928年始在《艺林旬刊》上连载近百期

基金项目：四川省古代文学特色文献研究团队（川社联函[2015]17号）建设项目，四川省西部区域文化研究中心2015年度项目、四川省2015年度省哲社项目《姚华著述整理研究》阶段性成果。

作者简介：郑海涛，文学博士，西华师范大学文学院教授。

· 序跋 ·

《先唐文学与文学思想考论》序

曹道衡

自从王国维先生提出了把传统文献资料和考古发现结合起来进行研究的"双重论证法"以来,已经八九十年了。在这方面,我们的史学研究者和古文字学研究者努力实践了这种方法,取得了许多丰硕的成绩。相对来说,我们的文学史研究和文学批评史研究方面,却显得比较滞后。其实这也有其原因。因为在一个较长的时期里,考古发现的史料,大部分是一些实物,即使有文字的实物,也主要是殷商甲骨和两周彝器,至于文学作品则较罕见。但从上世纪的后期以来,情况发生了很大变化,例如"唐革(勒)赋"、"《神乌傅(赋)》"的发现,就给文学史研究者提出了一系列新的问题。近几年上海博物馆所藏战国楚简"《孔子诗论》"的发现,更给我们的文学史和文学批评史研究带来了巨大的震动,使我们对过去《诗经》研究方面一些结论,都需要重加审视。特别是许多竹简、帛书的出现,证明了历来流传的一些古籍如《六韬》《文子》《晏子春秋》等,多为先秦古籍,并非如过去一些人说的那样出于后人伪托。因此对历来一些"辨伪"、"疑古"之说也应该重加审核。显然,据此认为那些相传的古书全部可信未免草率,但一律以"伪书"目之,更非笃论。在这方面,我们也面临着许多繁重的史料鉴别任务。也许,这些工作,还需要许多人的共同努力。

在这方面,徐正英博士的《先唐文学与文学思想考论》一书,确实作出了可喜的成绩。正英博士长期从事先秦至六朝文学和文论的研究。他对当代的文艺理论有较高的素养,例如《从〈世说新语〉看魏晋士人的生命意识》诸文,都能结合魏晋时代一些士人的种种表现,运用美国学者马斯洛等人的学说,加以解释,使人耳目一新。但更重要的,则在他能扎扎实实地钻研原始资料,从中得出比较可信的结论。尤其难得的是他除了努力钻研传统的文献资料外,还对考古发现的资料,进行深入刻苦的研究。例如关于各种文体的起源问题,他就大量地阅读了已经发现的许多甲骨文和金文,论证像"表"、"谱"、"诰"等文体实始于殷商。这个论点就是过去很少有人谈到的。过去的学者往往说:各种文体,多起源于"五经"。这种说法除了囿于古人"尊经"的偏见,也自有其原因,那就是他们所见的古籍,最早无过《诗经》《尚书》,而现在的事实证明殷商的甲骨文显然早于《尚书》和《诗经》(《尚书》中的"虞夏书"和多数"商书",大部出于后人追记)。因此推论文体起源应该上溯甲骨文、金文,这是完全合理的。在探讨甲骨文、金文的问题时,正英博士还提到了甲骨文中许多有文学意味的文字,这就比过去一些文学史著作更能显示先民的文学成就。如文中所引"甲寅,冥,气不嘉,惟女"条,从口气看生动地表现了商王重男轻女的失望心理;"……卜,翌日壬王其田? 欶呼:西有麋兴,王于之擒",记录商王驰骋捕麋的生动场面。这些文字,显然能给人留下深刻的印象。

　　正英博士在研究这些甲骨文、金文的时候,既大量参考、吸收了当代许多学者的成果,又都能认真鉴别,绝不盲从。例如在《殷商甲骨刻辞中的文艺思想因素考论》中,谈到《尚书·汤诰》时,他采取怀疑的态度,因为此篇为伪"古文"而非"今文",在目前尚无确切证据推翻阎若璩、惠栋的结论时,仍应取慎重态度。又如同一篇文章中讲到"伐"字的解释,他认为罗振玉的说法,不能全部否定,这也是很有见地的。因为自古以来,对一个字的解释,就有"本义"和"引申之义"的区别。这一点,许多古人都已经注意到《说文》的解释,有时和毛公、郑玄等"经师"不同。他们认为就是"本义"与"引申之义"的区别。说到"伐"字,据《说文》云:"击也。"从这个字看来,从人持戈,显然是"砍击"的意思。"伐"可以是杀人,也可以是伐木(如《诗经》中的"伐木"、"伐檀"等等)。引申为征伐,也可以引申为冲杀,如《礼记·乐记》的"驷伐",据郑注为"一击一刺为一伐"。这解释我看是有道理的。因为《尚书·牧誓》就有"六伐七伐"之语。这个"六伐"、"七伐"大约就是六次、七次冲击吧。"武舞"中的"一伐",当即象征这种冲击。关于一些先秦已佚古书的佚文,正英博士也作了仔细的研究,例如所谓的"金人铭",他认为是春秋时代的作品,这很有见地。《从几则佚文看先秦诸子的言辞观及其趋同倾向》①一文,亦极有见地。因为先秦时代的"百家争鸣",一方面既是争论,另一方面也在互相吸收对方的论点,走向融合。这是思想史上必然的趋向。正英博士此论,可谓极当!

---

　　①　该文原为摘发,在收入《先唐文学与文学思想考论》(增补本)中时恢复全文原貌,作为《先秦佚文中的文艺思想》一文中的一节。

除了这些关于先秦的论文以外,有关六朝的一些文章,亦颇见功力。如《20世纪最后二十年江淹研究述评》一文,就显示出作者对《江淹集》本身的研究下了很深功夫,因此论证翔实,深有见地。《顾炎武研究〈昭明文选〉的成就及不足》一文,更显示出作者对顾炎武的著作尤其是《日知录》一书的熟习,能够从明末社会风气来看顾炎武论《文选》的言论,所以很是深刻。

当然,正英博士此书,似乎还有些地方尚可推敲。如前面提到"伐"字的解释,除了征引考古材料外,像《牧誓》文字似亦可一提,更可体现"双重论证"之意。

正英博士长期执教于郑州大学文学院,上世纪末,曾来北京跟我进修,由于他工作繁忙,我自愧对他没有多少帮助。后来他到西北师大,师从赵逵夫先生,在赵先生指导下,他的论文取得了飞速的进步,读后令人欣喜。现在正英博士把他的文章收集起来出版,要我作序。我自以为对传统文献虽有一知半解,然而对考古资料所知甚少,本不当充此重任。勉力为之,不妥之处请大家指正。

曹道衡序于中国社会科学院文学所
2004年7月9日

(《先唐文学与文学思想考论》(增订本),徐正英著,上海古籍出版社2015年12月出版,定价98元)

《儒学嬗变与魏晋文风建构》序

林家骊

有关中国文学与儒学关系的探讨,是近些年学界较为关注的话题。不过,就目前的相关成果来看,还没有专门针对魏晋儒学和文学进行宏观论证的著作问世。本书对魏晋文学与儒学进行多层面的复合式研究,有助于恢复对魏晋历史原貌的理解,可开拓当前学界相关研究的视野和空间。

本书揭示了魏晋文学改变两汉以来一直作为儒学附庸的屈从地位,进而走向与儒学并峙、互融的历史进程。其首先弄清了魏晋文学与儒学发生关联的条件及表现,然后分上、中、下三编各有侧重地进行阐述。上编集中探讨魏晋王室的兴儒举措及对士风的督导作用,中编集中探讨魏晋文士的儒学思想及创作中的儒学意蕴,下编则主要从儒家文艺批评思想中汲取若干命题,考察其在魏晋时代演化及对文坛的影响。全文骨架坚实,叙述眉目清晰,尤其中编对于个体作家的儒家思想及文风特色的解析实为全书写作的基础,其详尽分析了21位魏晋作家的儒学思想构成和文风样貌,在此基础上对魏晋儒学环境、兴儒举措、私学发展、儒家文艺批评理论等对士格、士风、文风的建构作用,进行了宏观又客观的叙述,因此其立论是比较扎实的。没有对魏晋个体作家的分析解读,就谈不上对魏晋文学规律总体上的把握,本书正是以此为切入点,把上编的儒运兴替、士风迁转与下编的儒学文艺观的渗透有力的绾结起来。

魏晋儒学与文学间的相互推动和制约,是书中始终围绕的重心。在对汉末、三国、两晋儒学嬗变的历时叙述中,书中没有简单的征引正史儒林传、艺文志、经籍志、文苑传等资料,进行平面化罗列陈述,而是从众多的经史材料中加以悉心甄别,将魏晋不同历史阶段的儒学变迁和士人的价值选择、文艺趣尚及文风特质有机结合,归纳出了许多令人深受启发的结论。如书中在"汉末儒风转换与建安文坛"、"魏、吴、蜀易代之际的儒风与文风"、"东晋儒学文化型态与士风"、"儒学融通与东晋文运的演进"等章节的写作中,就不乏精到的见解。本书下编从儒家"情性论"、"山水自然观"、"诗言志"观、《周易》情辞观、意象论、王道正统意识、"比德"观等范畴,考察上述儒家文艺思想对于魏晋诗、赋及应用文体创作的深刻影响,并通过大量的作品解读,论证上述影响的积极性和阻抑性,分析细致入微,又不失纵贯魏晋全局的把握,体现出作者运用这一阶段经、史、子、集等各类材料的较为纯熟的能力。

本书的创新之处较为明显,其以魏晋儒学史与文学史交叉研究的复合视野,通过翔实的材料与众多的个案分析予以印证,归纳出魏晋文学发展的若干规律。历来关注较少的魏晋颂、诔、箴、铭等几十种应用文体的儒学内涵和艺术特色在书中得到集中探析;其立足魏晋儒学政治化、学术化、个体化、生活化、艺术化等多重特质,多视角、多维度的搭建起儒学与文学相互影响的宏阔景观。这既有利于对魏晋作家的思想面貌与文学创作的关系作出全面评价,也有助于加深对这一时期各种思潮的多层面及文学发展的复杂性的认识,可拓展魏晋乃至六朝思想与文学交叉研究的新领域。这也正是本书的价值所在。

孙宝自2003年9月开始做我的硕士研究生,2005年5月通过本校文学所相关专家的考核将其转为我的直接攻博生。又经过三年的磨砺锤炼,其于2008年6月顺利毕业,获得博士学位。此书的前身就是他的博士学位论文。其初稿字数六十余万字,经过这几年的不断打磨,此书较之原初的样貌已有了较大的删润调整,其文笔也日趋干练谨严。《文心雕龙·风骨篇》说:"夫翚翟备色,而翾翥百步,肌丰而力沉也;鹰隼乏采,而翰飞戾天,骨劲而气猛也。"鹰隼的羽毛虽然没有野雉的富美鲜丽,但是却骨力强劲、气势刚猛,自然飞得更高。可知,繁芜总不如质朴有力。也正因如此,我对其书现在的进步是表示赞赏的。

孙宝从我问学期间,衣着简朴,待人谦和,为人正派。其讷于言,敏于行,师友间颇多好评。他于2008年6月通过答辩后,研究所拟定他留校任教,但是按照浙江大学留人的规矩要先做两年博士后。我曾就其日后规划与之长谈。近些年就业前景日趋严峻,各行各业的准入门槛相应抬高,即使高学历群体也概莫能外。我希望他当时就着手准备入站深造,以寻求将来留校工作的机会。他坦言出自农门,为家中独子,且父母年事已高,时不我待,需要他尽快自食其力,并承担相应的责任;至于深造之事,则可俟之来日。这种责任心和担当意识,不可多得,值得嘉许。2008年9月,孙宝入蜀任教。当时四川正处于汶川地震灾后重建阶段,大大小小的余震不断,着实为其担心了一番。不过,其所在西华师范大学前身为四川师范学院,曾涌现出伍非百、汤炳正、郑临川等众多学术名家,教学和科研的平台均较好;同时,他始终爱岗敬业,踏踏实实,不断提高业务水平。2011年至2013年间,他又进入山东大学高等儒学研究院师从杜泽逊先生从事博士后研究工作,其博士后报告延伸了博士论文的论题,名为"南北朝儒文互动关系研究",其相关论述也在出站答辩中得到与会专家的认可。对于他的每一点进步,我都倍感欣慰。

现在孙宝的博士论文即将出版,嘱我为之作序。作为他的授业之师,自然是非常乐意的。我希望他能够以此书作为新的起点,顺势不骄,逆境不馁,勤耕不辍,自强不已,在自己的工作岗位上不断取得更多更大的业绩。

是为序。

2014年3月于浙江大学寓所

(《儒学嬗变与魏晋文风建构》,孙宝著,人民文学出版社2014年8月出版,定价75元)

《谶纬与两汉政治及文学之关系研究》序

伏俊琏

谶纬的产生是中国文化史上值得研究的一种现象。西周以来,理性得到了极大的高扬,到了春秋战国时期,老子、孔子、墨子、荀子、韩非子等更是以冷峻的眼光看待社会和人生,他们面对纷乱的社会,各自提出了自己疗世的"药方"。这些药方,完全是理性的分析和论证,基本排除了乱力神怪的荒诞因素。但是,到了汉代,尤其是武帝之后,谶纬却大量出现,对两汉的政治和文化、文学产生了很大的影响。罗建新博士的新著《谶纬与两汉政治及文学之关系研究》对这些问题进行了深入讨论。通读全书,我觉得这部著作的学术价值是多方面的。

首先是全书所显示的作者钩稽和考辨材料的功力。谶纬虽在汉代非常盛行,对当时的政治文化产生了巨大的影响,为汉代学术之显学。但从晋代起,就被历代统治者禁毁,大量的材料散佚不存。元明以来的辑佚之学兴,谶纬才能够以残简片断存于学人的著作,但也七零八乱,真伪混淆,时代窜乱。所以,研究汉代谶纬,首要问题是材料的甄别和辨析。这是判断一个学者的学术素养,判断一部学术著作是否实事求是的关键。如果用伪的史料,或真伪参半的史料,或后世的史料论证前代的社会文化现象,其得出的结论自然是不可靠的,而且会误导后来的学者在错误的路上继续前行。著名学者潘重规先生曾多次讲过类似的话:"我们根据正确的新材料,可以得到正确的新学说;如果根据不正确的新材料,推论出来的新学说,自然也不正确了。因此我们必须把握新材料的正确性,才能消除不正确的新学说,才能产生正确的新学说。"(《瀛涯敦煌韵辑新编》序)此书开宗明义就对"谶纬"的内涵和外延做了认真的界定,对保存至今的谶纬文献生成的时间、流变做了深入考辨,对汉代谶纬的特征和生存状态作了全角度的论证,在此基础上,选择以光武所定之"八十一卷图谶"为主体的,兼及汉唐典籍曾见征引、历代书目载录较为完整之谶纬文献作考察依据,以汉征汉,使得其相关论断合理有据,以确定所使用文献的真实性。

其次是全书论证之完整、严密和透彻,值得肯定。

讨论谶纬与汉代政治的关系,作者从两个方面入手。一是把谶纬文献的生成和嬗变放到当时社会政治文化的大背景之下,二是对谶纬在当时政治制度的建构、政治举措的实施等方面的积极作用进行论证。这种双向的论证,既使论题谶纬与政治关系的讨论更为深入,同时也是对谶纬生成状态的动态展现。汉王朝建立之初的几十年间,统治阶层一直思考这么一个问题:秦国积百余年之盛威,在数十年间以锐不可挡之势吞并六国,统一全国,但建国后不久,却被一批斩木为兵、揭竿为旗的"瓮牖绳枢之子,氓隶之人,迁徙之徒"打得土崩瓦解;楚汉战争期间,项羽为六国贵族,兵强马壮,不可一世,而最终却败在氓隶之徒的刘邦手下。刘氏取胜是历史的偶然,是匆匆的过客还是天命所赋,合法而合理?汉初的政论家大都围绕这个主题思考写文章,谶纬正是伴随着汉政权合法性的讨论和宣教而生成的。到了武帝时代"罢黜百家,独尊儒术",董仲舒的"天人感应"学说得以占统治地位,谶纬借此而得以大致定型。两汉之际,社会大乱,各家皆借用谶纬为自己取得统治地位服务,谶纬由此盛行。东汉末年,不仅军阀混战,儒学地位骤降,民间信仰更为纷乱,谶纬之说达到泛滥程度。而谶纬一旦形成,其对政治和文化的反作用也不可低估。汉代的官制、礼乐制度、天文历法制度、都城建制、祭祀制度、改元,还有选任或罢免官吏、减免徭役和赋税等都与谶纬有着千丝万缕的关系。本书对这些问题的论述很细致。对于全面了解认识汉代政治、汉代经学之具体面貌而言,这些考察是有益的。

谶纬与汉代文学的关系,本书的论述也全面透彻。我们只要看《谶纬与两汉文学的发展》《两汉文学与谶纬的传播》章题,就知道作者的思路是多么流畅。尤其是《谶纬与两汉文学的发展》一章,沉潜了作者诸多的深入思考。研究文学,首先要涉及作家。本章从两汉文人的知识构成入手,钩稽史书中相关史料,对这一时期文士所接受的知识内涵进行了详细的分析,尤其重点关注谶纬在他们知识构成中所占的地位和分量。在此基础上,就谶纬观念对两汉作家心态的影响进行了挖掘。对这一时期的文学作品,本书深入到其创作题材,通过具体系统地分类阐释,可以说解剖分析了汉代文学作品中的谶纬元素。作为共同构成汉文化体系的要素,谶纬与文学间的关系应该是相互的,这就意味着,两汉文学除却接受谶纬的影响外,也会通过诸种途径对谶纬发生作用。作者显然看到了此点,其系统考察了两汉文学对谶纬观念传播、谶纬文献创制、谶纬体系完善与谶纬材料保存的影响等问题,在一定程度上拓展了两汉文学的研究空间。

先秦至西汉的学术,刘歆《七略》作了系统总结,其要点见于班固的《汉书·艺文志》,其中的六艺、诸子、诗赋、兵书四略是"学",数术、方技是"术"。当然也不是泾渭分明,比如"六艺略"中《考工记》(西汉学者补入《周礼》"冬官"),就主要是"术","兵书略"中有"兵技巧",也大致是"术"。如果"术"的运用依乎天理而游刃有余,可以达到"道"的境界,自然就进入了"学"的范围。辨章学术、考镜源流是中国学术研究的基本原则。汉代谶纬之学是"学"和"术"结合,也是官方学术和民间学术的结合。《四库全书总目》云:"谶者,诡为隐语,预决吉凶,《史记·秦本纪》称卢生'奏录图书'之语,是其始也。纬者,经之支流,衍及旁义,《史记·自序》引《易》'失之毫厘,差以千里',《汉书·盖宽饶传》引《易》'五帝官天下,三王家天下',注者均以为《易纬》之文是也。"所以,纬主要是官方学术,而谶则多为民间学术。后来二者渐次混淆,纬"渐杂以术数之言,既不知作者为谁,因附会以神其说。迨弥传弥失,又益以妖妄之词,遂与谶合而为一"。因此,在汉人的学术眼光下,谶纬是不大分的,或者是异名而同实,因为作为文体名,汉代学者总是根据其运用情况给予适当的不同的名称,比如同样解经的文体,就有传、内传、外传、记、序、说、故、故训、解故、章句等不同的名称。谶、纬是文体名,运用的场合不同,关注的重点不同,则有不同的名称。陈槃先生《古谶纬研讨及其书录解题》说得好:"谶、纬、图、候、符、书、录,虽称谓不同,其实止是谶纬,而纬复出于谶。故谶、纬、图、候、符、书、录七名者,其于汉人,通称互文,不嫌也。盖从其占验言之则曰谶,从其附经言之则曰纬,从《河图》及诸书之有文有图言之则曰图、曰书、曰录,从其占候之术言之则曰候,从其为瑞应言之则曰符。"根据所用而起名,正是民间学术的特点。

谶纬因其中荒诞不经的因素受到统治者的利用,也因此受到晋以来历代统治者的禁毁。但作为包含民间文化的谶纬,不是秦汉诸子对社会和人生的思考,而是民间学人对人类过往的生命体验进行的思考和阐释,是下层老百姓与数千年前古圣先贤的心灵碰撞和交流,是中国民族潜意识中慎终追远情怀的一种表达。而汉代从上层贵族到老百姓普遍的谶纬信仰,也值得我们深入思考。为什么当人类的理性高度发展以后,荒诞不经的理论总会在一段时间内迷惑一个团体,一个民族,甚至一个国家,以至于黑白颠倒,是非不分。对汉代普遍的谶纬信仰的研究,应当促使我们对这个问题更进一步的思考。

《谶纬与两汉政治及文学之关系研究》序

　　以上是我读了《谶纬与两汉政治及文学之关系研究》的一点粗浅想法，承蒙罗建新博士的信任，就算作本书的序言吧！

2015 年 6 月 25 日

（《谶纬与两汉政治及文学之关系研究》，罗建新著，上海古籍出版社 2015 年 7 月出版，定价 48 元）

·书评·

评《敦煌文学总论》

傅璇琮

1900年敦煌石室出土了六万余件中古时代的写卷,由此形成了一门世界性学问"敦煌学"。敦煌文学是敦煌学中最早开展的学科,1908年底,罗振玉《敦煌石室书目及发现之原始》开始了敦煌文献(包括文学作品)的著录和介绍。次年,王仁俊《敦煌石室真迹录》刊布敦煌文献30余篇,这是第一部敦煌文献的资料集,其中有数篇文学作品。王国维《敦煌发见唐朝之通俗诗与通俗小说》(1920),在敦煌文学研究史上具有开创之功。罗振玉《敦煌零拾》(1924),收录了13种通俗文学写本,是敦煌学史上第一部文学类文集。刘复《敦煌掇琐》(1925)对以前敦煌文献的辑录作了总结,书中校录的104件文献中,民间文学资料占了三分之一以上。郑振铎《敦煌的俗文学》(1929)对敦煌通俗文学进行了探源和分类,极力推崇敦煌俗文学的价值,在敦煌文学研究史上具有不可磨灭的思想光辉和理论价值。此后,胡适、向达、王重民、孙楷第、傅芸子、容肇祖、吴世昌、姜亮夫、周绍良、程毅中等先生发表了一系列论文,或辑佚,或考证,或探源,或辨析,对敦煌文学进行了深入探讨。

1980年代以来,敦煌文学的研究出现了更为繁荣的局面。主要表现在:第一,世界各地馆藏的敦煌文献大量公布,英藏、法藏、俄藏、国内各收藏单位的敦煌文献大多影印出版。第二,出现了一批分类整理的高质量的敦煌文学校录本。第三,研究领域进一步扩展,理论的研究更为深入。除了一大批研究论文外,还出现了《敦煌文学概论》《敦煌文学源流》等概论性的著作。

伏俊琏的《敦煌文学总论》正是这样的学术背景下产生的。在此之前,伏俊琏曾先后完成了《敦煌赋校注》《百年敦煌文学研究》《敦煌文学叙录与编年》等课题,为本书的撰写做了比较充分的准备。《敦煌文学总论》与已经出版的《敦煌文学概论》（颜廷亮主编）、《敦煌文学源流》（张锡厚）等相比较，其特点主要体现在以下几个方面：

第一，对敦煌文学重新进行定义，对其特点进行了独到的分析。关于敦煌文学，本书的定义与以往的有所不同："敦煌文学是指敦煌遗书中保存的文学活动、文学作品和文学思想。"这里把文学活动放到第一位，特别强调文学活动在文学生成中的作用。本书认为，民间性是敦煌文学的本质特点，对唐五代的敦煌民众来说，他们对文学并不自觉；对他们来说，文学仅是某种社会文化活动的一种形式，或者说，是某种社会文化仪式的组成部分。正是从这种认识出发，本书以为，敦煌民众心目中的文学，和文人心目中的文学并不完全相同。比如，敦煌遗书中保存且见于传世文献的文学，像《诗经》《文选》《玉台新咏》及部分唐代诗人的作品，以及独赖敦煌遗书保存下来的一部分文人作品，如韦庄的《秦妇吟》等，这是文人心目中最正宗的文学，但它们是不是敦煌民众心目中的文学，还要做具体分析。这些中原文人的作品只能是敦煌文学的哺育者，是敦煌民众学习文学、创造文学的样板，其本身并不是他们心中的文学。然而，这当中还有一种情况要区分。从中原传来的文人文学，当敦煌人把它们运用到自己生活的各种仪式中的时候，敦煌民众已赋予他们另一种涵义；在这种情况下，它们已经变成敦煌文学了。敦煌文学写卷中有诸多民间歌赋和文人作品混淆杂抄在一起，其原因也在于此。明乎此，我们才能理解敦煌写卷中抄录的文人作品很多没有题目和作者：它们是用在某种民间仪式上的诵词，无须知道作者。

比如，P. 2976 卷首尾俱残，残存部分依次抄写：①《下女夫词》，②《咒愿新女婿》，③ 无题诗一首（经考为高适的《封丘作》），④ 阙题诗四首（每首五言四句），⑤ 五更转，⑥《自蓟北归》（无作者，经考为高适诗），⑦《宴别郭校书》（无作者，经考为高适诗），⑧《訓李别驾》（无作者，经考为高适诗），⑨《奉赠贺郎诗一首》（无作者，《敦煌宝藏》以为高适诗，徐俊以为不是高适所作），⑩《驾行温泉赋》一首。

这个写卷是民间仪式上的讲诵词的汇编，其中高适的诗，也是作为同类讲诵词而被抄在一起的。《下女夫词》和《祝愿新郎文》都是配合说唱的婚礼作品。以下所抄的作品除《温泉赋》外，原卷都没有作者名。这不是抄写者的疏漏，而是本卷作品的应用性质决定的。我们知道，民间歌手或讲诵者利用流传的文人作品，多是不顾其全篇的意旨，而是看重其中的一些句子，尤其是开头的几句，断章取义，以便在特定的场合表达一种意味。《封丘作》是高适的名作，但此诗开头"我本渔樵孟诸野，一生自是悠悠者。乍可狂歌草泽中，宁堪作吏风尘下"几句，一个狂傲不羁的落魄文人形象跃然而前；一位文郎在欢快的仪式上诵读这些句子，会立即引起参加者的关注，起到镇静听众，调节气氛的效果。其后三首高适的诗，第一首《自蓟北归》"驱马蓟门北，北风边马哀。苍茫远山口，豁达胡天开"，也是讲诵文郎借来自塑其形象的诵词，用意相当于起兴。第二首《宴别郭校书》，是宴会上遇到多年不见的朋友，"彩服趋庭罢，贫交载酒过"，饮酒交酬，感慨时光流逝、事业无成，而青春不再，"云宵莫相待，年鬓已蹉跎"。第三首《訓李别驾》用意与第二首相同，"去乡不远逢知己，握手相欢得如此。礼乐遥传鲁伯禽，宾客争过魏公子"。这些诗作，是作为节日仪式上的诵词准备的，不需要了解作者，所以也就无需要抄写下来。《奉赠贺郎诗》其实是一首民间流传的婚礼诵词。唐五代时期敦煌有这样一种婚俗，在婚礼结束后，在婚仪上办事的乡人要嬉闹，向新郎索要酒食、赏钱。这首诗正是乡民索闹时的唱词。《温泉赋》以描绘唐玄宗驾幸华清宫温泉为内容，作品语言诙谐调侃。唱诵者抽出其中的某些段落，比如用第三段比喻新婚的美好，是贴切而富有趣味的："于是空中即有紫云磊对，白鹤翱翔。烟花素日，水气喷香。忽受颛顼之图样，串虹霓之衣裳。共喜君遇，拱天尊傍。请长生药，得不死方。执王乔手，至子晋房。寻李瓒法，入丁令堂。驾行玉液，盛设三郎。"民间文学中的借用和断章取义，在这里表现得无以复加。

因此，本书认为敦煌文学最典型的特点是：以讲诵、演唱、传抄为其基本传播方式，以集体移时创作为其创作的特征，以仪式讲诵为其主要生存形态，而在我们看来随意性很大的"杂选"的抄本也比较集中地体现着这种仪式文学的意义。

第二，基于对敦煌文学特质的认识，本书对敦煌文学的分类也与以往有所不同：它把敦煌文学分为以下几类；

一、唐前经典文学和文人创作的典雅文学。唐前经典文学主要有《诗经》《文选》《玉台新咏》、诸子散文和史传散文以及文学批评著作《文心雕龙》等。这些经典文学，被敦煌人民传阅珍藏了数百年，其养育敦煌本土文学之功不可磨灭。文人创作的典雅文学主要指保存在敦煌遗书中的唐代文人的创作，它们是哺育敦煌文学的源泉之一。

二、敦煌民俗仪式文学。敦煌民间仪式，大致可分为世俗仪式和宗教仪式。世俗仪式主要包括人生里程仪式，如冠礼、婚礼、丧礼等；岁时礼俗仪式，如辞旧迎新的驱傩仪式、元日敬亲仪式、三月三日禊洁仪式、七月七日乞巧仪式、九月九日登高避邪御寒仪式、腊祭仪式；还包括其他仪式，如各种祭祖仪式、求神祈福仪式、民间娱乐仪式等。民间宗教仪式主要指世俗化的佛教仪式,如俗讲仪式、转变仪式、化缘仪式等。在这些仪式中,唱诵是必不可少的内容,唱诵的内容,除了少量的佛经、道经外,大都是民间歌诀。

伴随各种民俗仪式,文学也呈现出繁荣昌盛、多姿多彩的风貌。如婚礼上的《崔氏夫人训女文》《下女夫词》及大量的"祝愿新郎新娘文",驱傩仪式上大量的《儿郎伟》,燕乐仪式上的曲子词,敬亲仪式上的《父母恩重赞》《十恩德赞》,其他民间俗仪式上的《十二时》《五更转》《百岁篇》等。还有"说话"仪式上的话本,"论议"(一种由两个或两个以上的演员争辩斗智的艺术形式,相当于现代的双人相声或群口相声)仪式上的对问体俗赋(《晏子赋》和《茶酒论》等)。

唐五代时期的敦煌,是一个佛教圣地,佛教化俗仪式对文学影响很大。其中最有影响的仪式就是"俗讲"。"俗讲"所用的底本就是讲经文。另外还有"俗讲"前用来安静听众的"押座文","俗讲"结束时劝听众早日回家、明天再来听讲的"解座文"。佛教通俗化"说因缘"的底本"缘起"和"因缘"。还有"转变"的底本"变文"等。以王梵志诗为代表通俗诗是和尚云游化缘的产物,也是在仪式活动中产生的。

第三,本书侧重于从文献学的角度对敦煌文学进行总结,在写法上重视文学写卷的整体探讨、作品句式的分析、作品的叙录、以往研究情况的综述等。

《敦煌文学总论》探讨敦煌文学写卷,总是把一个写卷作于一个整体,尤其重视其中抄写的非文学作品提供的信息。这是敦煌文学写本不同于"刻本时代"的典型"写本时代"文献的特征,也是不同于"经典文献"的以"民间文本"为主的特征。比如第五章《敦煌的唐诗》把敦煌文人诗写卷分为一般流通或保存意义上的"书籍"和个人随意的"杂抄"两类进行分析,以讨论敦煌文人诗歌在敦煌的传播和运用。第七章《敦煌歌辞》对敦煌歌辞的文学审美价值一笔带过,而用专节讨论敦煌歌辞的特殊句式及校勘。第九章《敦煌的小说》用传统的叙录体方式对敦煌遗书中的17篇小说进行了详细的分析,包括写卷情况、小说体制、情节单元、故事演变轨迹等。第十一章《敦煌婚仪文学》除介绍敦煌文献中有关婚仪与婚仪文学的内容外,重点是比较敦煌文献与传世文献所见婚仪及其诗文的运用场合,以及敦煌文献与传世文献所见婚仪文学的异同。

第四,本书在理论的探讨方面也取得了突出的成就。如关于"仪式文学"概念的提出和论证,对敦煌文学演进各阶段特点的分析,对俗赋的类型和文学史意义的论述,对上古时期的"看图讲诵"和变文起源的讨论,对敦煌文学在中国文学史上地位的探讨等,都闪烁着理论思辨的色彩,蕴含着作者多年的覃思深悟。

当然,作为一部敦煌文学的总论,本书还有诸多方面的不足,比如一些文学体式尚未论及,尤其是大量的民间文学、佛事文学体式没有纳入其中;对一些文学类型的论述没有很好地贯彻"仪式文学"的思想;对国外、尤其是日本的敦煌文学研究的成果没有很好的吸收。

(敦煌讲座书系《敦煌文学总论》,伏俊琏著,甘肃教育出版社2013年12月出版,定价65元)

编者按:校对完傅璇琮先生的文章,心情久久不能平静。2014年春,我把刚刚出版的《敦煌文学总论》寄给傅先生,很快就得到先生的回信。先生信中特别提到:近若干年来,我是尽可能地推荐年轻学者的著作,你们西北的学者,我更要推荐。两年前,我原来工作的西北师范大学筹备成立国学院,傅先生不但答应做顾问,而且还题写了多幅国学院院名(当时饶宗颐、袁行霈先生也题了院名)。由于种种原因,西北师大的国学院未能建立,但先生支持文化相对落后地区的心愿没有减弱。遵照先生的意见,我把《敦煌文学总论》的写作情况向先生做了书面汇报。不久,先生就寄来了他整理的书评稿。除了粘贴了几段我寄给他的打印稿文字外,其余皆是他密密麻麻的亲手书写。我把先生的手稿整理打印寄回不久,就得到先生重病住院的消息。一恍一年多时间过去了,先生身体状况一直不佳。2015年11月,我到北京电力总医院看望重病的傅先生,先生很虚弱,听力尤其差。但他仍记得这篇文章,还说:请柴剑虹先生看看,以他的名字发表吧,他是敦煌文学专家。我告诉先生,您去年已给柴先生讲了,柴先生说,傅先生用了那么大的功夫,还是以傅先生名字发表为好。

2016年1月23日下午16时左右,我得到唐代文学学会会长陈尚君教授的短信,说傅先生已经于中午去世了。我茫然坐着,好长时间没有动,眼前总是浮现傅先生的音容笑貌。我从书架上取下先生送我的七种有签名的书,还有我30年前购得的《唐代诗人丛考》,以及我近来常翻阅的《唐代文学编年史》,摩挲翻阅,从先生著作的字里行间和签名感受这位学者的生命脉搏。"所不朽者,垂万世名;孰谓公死,凛凛犹生。"我把南宋辛弃疾悼念朱熹的文字抄录在《唐代诗人丛考》的扉页,作为此时此刻对先生的悼念。17时,我给陈尚君教授发去了挽联:

> 文章览胜，诗学探微，天下学人能有几；
> 师哲云亡，唐音寂寞，京城流水不堪听！

当天晚上，征得王胜明执行院长的同意，我以西华师大文学院、国学院和"四川省古代文学特色文献研究团队"的名义，给傅璇琮先生治丧委员会发去了唁电：

> 得知傅璇琮先生不幸逝世，不胜悲悼。傅先生不仅是著作等身的著名学者，而且非常关心我们偏远地区的传统文化研究和学科建设事业。2015年，西华师范大学建立了"四川省古代文学特色文献研究团队"和国学院，傅先生不但答应做研究团队的学术顾问，还给我们的学术辑刊《古代文学特色文献研究》惠赐宏文。今辑刊尚未出版，先生却离我们去。我们深感悲痛，请向傅师母转达我们的问候，望节哀！

唁电末也引用了这副挽联。

十分幸运的是，当晚在傅先生家设置灵堂，这副挽联就被选用，作为全体弟子表达心声的文字，挂在先生遗像两侧。27日在八宝山先生追悼会的灵堂正方，也选用了这副挽联。傅先生的弟子、著名学者、南开大学卢盛江教授，在傅先生去世后，长时间沉浸在悲痛之中，他多次书写这副挽联，表达对傅先生的悼念。2月25日，卢先生来信："明天为傅先生仙逝第五周，是为五七。冒昧再书兄撰挽联，欲明天五七之日作为缅怀之念。"下面这幅影件，就是卢先生"斋戒静心"书写的，以表达我们本刊同仁对傅先生的怀念。

> 尊敬的傅璇琮先生千古
> 文章揽胜 詩境探微 天下學人能有幾
> 師哲云亡 唐音寂寞 京城流水不堪聽
> 晚伏俊琏敬撰　海内弟子敬輓　晚盧盛江敬書

评《空间与审美——文化地理视域中的中国古代文学》

胥洪泉

作为一种文化现象,任何民族的文学,都无一例外地受特定地理环境的影响和制约,任何文学的民族特色,都无一例外地潜含着该民族特定的地理基因。这不仅是学术界的共识,更是文学的一个基本事实。就中国古代文学研究而言,我们欣喜地看到,一批从地域环境的视角研究中国古代文学的成果相继面世,其中尤其值得一提的是周晓琳、刘玉平合著的《空间与审美——文化地理视域中的中国古代文学》(以下简称《空间与审美》)。

此前的同类研究成果或着眼于地域空间,梳理中国古代作家的分布形态(如曾大兴《中国历代文学家之地理分布》,湖北教育出版社 1995 年出版);或以地理区域为边界,以历史进程为轴心,编撰地域文学史(如广东高等教育出版社 1993 年出版的陈永正《岭南文学史》、巴蜀书社 2003 年出版的杨世明《巴蜀文学史》);或融合文学与地理学,尝试用跨学科的研究方法建立"文学地理学"(如梅新林《中国古代文学地理形态与演变》,复旦大学出版社 2006 年出版)。所有这些成果,不仅极大地拓展了中国古代文学的研究视野,而且进一步丰富了我们对中国古代文学的认识,为推进和深化中国古代文学研究构筑了一个新的学术平台,其意义丝毫不容低估。但是,我们又必须看到,此前的同类研究成果还存在诸多未尽人意之处。例如,尽管充分注意到地理因素对文学的影响,但对这种影响在文学世界的具体呈现,迄今尚无系统的研究;尽管充分肯定特定的地理环境是作家创作的一种制约因素,但它通过何种路径影响和制约作家创作的价值取向、意象构建、风格特征等,还缺乏深入的思考和具体的阐释;更多地强调地理环境对文学的影响,却忽略了文学在历史进程中对地理环境的文化建构作用。《空间与审美》一书,在这些方面用力颇勤且卓有成效,弥补了此前同类研究成果之缺憾。

综观全书,《空间与审美》表现出以下几个鲜明特点。

第一、构架谨严,思路清晰。《空间与审美》始终以"地理——作家——文本"作为构架的轴心,具体而深入探讨地理环境对于中国古代文学文化精神与审美风貌的巨大影响。全书凡四章,第一章《中国古代文学与地理环境的不解之缘》,总论地理环境对中国古代文学的影响和制约。然后分别从自然地理环境与作家的审美心理,政治地理环境与古代文学的政治品格,经济地理环境与古代文学的发展轨迹等方面进行具体阐释,彰显文化地理视阈中中国古代文学的特殊景观。平心而论,在同类研究成果中,这是围绕人地互动关系进行论析最为全面的一部著作。尤其值得指出的是,该书基于文化地理的视角,针对不同的文学现象,始终分别遵循地理环境——作家环境认知——文本价值取向;地理环境——作家地域流向——文学地图分布;地理环境——作家气质禀赋——文学地域风格;地理环境——作家审美心理——文学地理形象;地理环境——作家审美观照——人文景观建构的基本思路,在广阔的学术视野中,更多的在中观和微观的层面上具体而细致地诠释地理环境对中国古代文学的影响及其路径,成功避免了将文学与文化地理学简单相加的弊端。

第二、论析中肯,新见迭出。衡量一部学术著作的价值,不仅在于其构架和思路,更重要的还在于是否能够较之前人的研究提出新的见解,是否能够充分而中肯地"坐实"每一个论断。只有具备这种质量,才不失学术之本义。《空间与审美》在这方面是特别值得称道的。无论在宏观的层面还是在微观的层面,《空间与审美》多有言人之未言,显示了作者独到的学术眼光。在宏观的层面上,例如,对于文学世界的自然地理形象的意义,作者提出了"三重价值说",即文献学价值、文艺学价值和文化学价值,这种定位,不仅更加全面,而且更加精当。又如,在文化地理的视域中,传统的研究大都把眼光聚焦于乡土文学,而该书作者则别具慧眼,将中国古代城市文学纳入自己的研究视野,不仅具体阐释了城市文学蕴含的地理"因子",而且敏锐地概括了城市文学"以富为美"和"以俗为美"的审美特征,弥补了此前同类研究的缺憾。在微观的层面上,该书这类颇富新意的思考更是随处可见,兹举一例以证。譬如蜀地之雨对于杜甫寓蜀期间创作的影响。对于杜甫这样的大诗人,研究者们更多地着眼于政治理想、人生抱负、友朋交游、坎坷经历乃至于个体气质对其创作的影响,这无疑是十分必要而且十分重要,非如此不能准确理解杜甫。但是,这不是问题的全部。《空间与审美》一书从地域视角出发,解读了"蜀地之雨"与寓蜀期间杜甫诗中愁苦、忧恐、欣悦等情感体验的内在联系,令人信服地揭示了特定地理气候条件对作家创作的制约和影响。这类思考虽系个案且着眼小处,但却昭示出一种新的视角带来的新的文学景观。正如该书"后记"所云:"选择一种新的视角,就会拓展一片新的视野,发现一条新的路径,从而能够领略一方新的景观"。信哉斯言。《空间与审美》一书微观层面上的诸多富有新意的思考正是视角转换的结果。

学术研究的创新必须以中肯的分析、严谨的论断作为基础和前提,否则,所谓的"新"就不过是无源之水,无本之木,沦为信口开河而贻笑大方。《空间与审美》始终坚守文化地理这一基本视角,力求让每一个论断都成为严肃的学理性思考的结果。不妨以该书对"故乡情结"的分析为例。思乡之作无疑是中国古代文学引人注目的一大景观,而"思乡"何以成为中国古代作家无法释怀的"情结"?作为一个学术问题,却言人人殊。作者基于该书的基本视角,首先将"故乡"定位为一个特定的地域范畴,"依附于特定的地域而存在,在特定的地缘关系中体现"。这种个体独特的经验内化为一种地域环境的认知参照,如影随形地终其一生。更重要的是由这种地缘所承载的血缘,对于中国古代作家而言,构成了他们自我生命的确证,"具有生命之源与生命归宿的双重象征意义",使得"故乡"在他们心中,从来不是一个抽象的概念,而是鲜活的精神家园。由此,在他们的生命历程中,无论出处穷达,"故乡情结"都不会稍减。所以,或登临怀乡,或梦回故园,成为中国古代文学不绝于耳的深情吟唱。又如该书对"江湖"这一范畴的剖析。"江湖"一语,在中国古代文学中出现频率颇高,但其意何指,却少有研究。《空间与审美》的作者抽丝剥茧,条分缕析,在还原"江湖"作为地理范畴的基础上,凸显其"阻隔与疏离"的地域特征。进而引申出"江湖"作为一种具体生存空间的含义,既远离政治权力中心同时又与主流社会保持某种思想联系,由此具有闲适清幽、自由宁静的特征。最后,"江湖"是作为一种符号性的文化空间存在,特指存在于民间、与主流文化相抵牾、相抗衡的文化准则和行为方式。正是因为作者的这种努力和追求,使得《空间与审美》一书具有了相当高的学术含量。

第三、视野开阔,思维辩证。《空间与审美》的作者在"后记"中写道:"我们始终追求在开放而广阔的视野中观照和把握中国古代文学,深化和丰富对这笔优秀遗产的认识",他们认为,"任何一个学科,都是在与其他学科的联系中存在,这种联系的多维性一方面内在地决定了研究物件特质的复杂性,另一方面也为我们多视角、跨学科研究中国古代文学提供了学理依据"。纵观全书,确乎贯穿着作者这种追求的自觉。首先是空间视野的开阔。该书基于文化地理的视角,认为"特定的地理环境经由物质生产这一中介,为不同的文化类型奠定物质基础,为人类的文学艺术活动提供物质生活环境与审美观照物件",进而以西方文学为参照,力图揭示中国古代文学因独特的地理环境而异于西方文学的特质。不仅如此,该书还"充分注意到中国大陆南北地域分异的基本规律",从而导致"古代文学创作风格以二元为主、多元并存的区域性特色"。正是这种开阔的空间视野,使得该书具有一种高屋建瓴的力量。其次是学科视野的开阔。《空间与审美》尽管是基于文化地理视角研究中国古代文学,但并不妨碍多学科观照中国古代文学。事实上,该书作者紧扣地理与中国古代文学之关系这一核心,针对不同的文学现象,分别从政治学、社会学、经济学、民俗学、心理学、美学等,展开解读和诠释,让我们充分感受和领略到中国古代文学的丰饶内涵及其特殊魅力。开阔的视野极大地拓展了研究空间,不仅使得该书具有一种厚重感,更为我们的后续研究提供了一种有益的启示。

还特别值得一提的是该书的思维充满辩证意味。所谓"关系",总是相互的,所谓"影响",也总是双向的。在此前的同类研究中,人们更多地注意到地理环境对于中国古代文学的深刻影响,但却忽略了中国古代文学对于地理环境,特别是人文地理景观巨大的建构作用。如果说这是一种遗憾的话,那么,《空间与审美》则弥补了这一遗憾。以"西湖断桥"为例,作者通过对该景观得名、扬名的翔实考察,令人信服地说明,因为文学的描写、文人的吟咏,丰富了人们的想象力,赋予了寻常自然景观以特殊的文化内涵,从而使之成为著名的人文景观。同样,"桃花源"、"黄鹤楼"、"兰亭"等等,无不如是。又如该书对"逐臣遗迹"的分析。在自然地理的视域中,"逐臣遗迹"不过就是政治舞台上的失败者们一个寄寓生命的自然空间,但在历史的视域中,"逐臣遗迹"却成为古代作家"阅读历史,神游古今,释放自我的绝佳场所"。他们面对"逐臣遗迹",或叩问历史、寻觅知音,或寄恨伤怀、借古喻今,或凭吊先贤、励德明志。正是因为他们的参与,"逐臣遗迹"才由单纯的自然空间演变和升华成为民族的"文化驿站"。凡此种种,无不显示出该书作者思维的辩证色彩,而这种辩证的思维,贯穿全书的每一个章节,成为《空间与审美》的突出特色。

平心而论,《空间与审美》一书基于文化地理的视角,对中国古代文学多维度、跨学科的审视和探询,其意义并不仅仅在于由此获得的学术创见本身,更在于作者的努力为我们昭示了中国古代文学研究的一种新的可能性。在这个意义上,《空间与审美》尤其值得我们重视。

(《空间与审美——文化地理视域中的中国古代文学》,周晓琳、刘玉平著,人民出版社2009年9月出版,定价49元)

·国家社科基金项目介绍·

国家社科基金后期资助项目：中国古代政治诗史

负责人：文航生（西华师范大学文学院教授）
项目编号：12FZW004
内容介绍：

一、概念范畴

中国古代政治诗即反映中国古代政治事务的诗歌。政治是指国家各级政权权力的运行及各种社会利益关系的处理。与国家各级政权权力运行及各级社会利益关系处理直接相关的一切事务，都可归入政治的范畴。从中国古代政治的实际情况出发来判断，政治事务涉及君主权力、朝廷政令、官吏治理、征战讨伐、财税征收、刑狱惩罚、徭役派遣、府衙运行等等，具体分布在农政、兵政、吏治、税政、漕政、盐政、荒政等政事政务的各个领域。在中国古代政治文化传统里，政治的权力属性又与道德属性密不可分，形成了举世无双的德型政治。有关君主德行、官吏政德等方面的事物也可归属中国古代政治的范畴。中国古代政治诗对中国古代政治事务的关照是全方位的。

从内容属性看，中国古代政治诗包括颂政诗和怨政诗两大类。颂政之诗，可分为正颂之诗和谀颂之诗；怨政之诗，主要抒写对政事的怨责、忧愤。

1."颂政诗"是一个广义的概念，是对中国古代诗歌史上称颂政德、政绩、政务的社会政治诗的总称。颂政诗的基本内容包括，颂扬皇帝圣德伟业，歌颂朝廷良政善治，颂赞国家统一，称颂国泰民安，歌咏轻徭薄赋，歌赞官吏尽忠职守，赞扬官吏政德良行，等等。

2."怨政诗"是一个广义的概念，是对中国古代诗歌史上批判性地反映政事、社情、民意的社会政治诗的总称。怨政诗的基本内容包括：怨责朝政昏暗，愤恨奸佞馋谄，痛斥官吏贪酷，力陈徭役之苦，控诉战争灾难，谴责投降苟安，嘲讽奢侈靡费，抱怨社会不公，不满贫富悬殊，等等。

3.中国古代政治诗的诗歌文本出自中国历代诗歌中包含政治诗歌的总集和别集。

如《诗经》《楚辞》《先秦汉魏南北朝诗歌》《全唐诗》《全宋诗》《全元诗》《列朝诗集》《明诗综》《清诗汇》《清诗铎》等,以及多种明清别集。

二、发 展 历 史

1. 先秦时期的政治诗创作是中国古代政治诗发展的辉煌起点。先秦政治诗主要由《诗经》《楚辞》中的作品构成,它们在先秦诗歌中占有较大比例,是先秦诗歌高度成就的重要基石,《诗经》《楚辞》里的这些整篇或章节蕴含歌颂性或批判性反映政情民意内容的诗作共同构成了先秦政治诗的主体。

2. 汉魏南北朝时期的政治诗创作在中国古代政治诗发展中处于成长阶段。汉魏南北朝政治诗在汉魏南北朝全部诗歌中占有一定比例。其中颂政诗数量很大,呈现出创作兴旺的局面;怨政诗数量很少,近乎集体失语。

3. 唐宋时期是中国古代政治诗发展的高峰时期。如果仅从诗作所占比例看,政治诗在唐宋全部诗歌中并不算多,但考量到唐宋时期是中国古代文明的兴旺时期,是中国古代诗歌创作的兴盛阶段,诗人众多,诗作巨量,题材繁富,其中大量的优秀政治诗作在整个中国古代诗歌中也属上乘精品。唐宋政治诗,尤其是其中的怨政诗与前代怨政诗相比,不仅数量大有增长,境界也大有突破。

4. 元明清时期是中国古代政治诗发展的持续兴盛阶段。元明清时期政治诗的数量大大高于唐宋时期。元代的戴表元、揭傒斯、王冕、萨都剌、马祖常、朱德润、杨维桢等,明代的高启、于谦、谢铎、李东阳、李梦阳、何景明、杨爵、王世贞、吴应箕等,清代的吴伟业、钱澄之、吴嘉纪、施闰章、郑燮、陆嵩、魏源、贝青乔、黄遵宪、金和等优秀政治诗人,共同创造出了政治诗创作兴旺不衰的诗歌史奇观。

三、研 究 价 值

1. 在中国历史文化传统中,诗歌的作用从来就不局限于纯文学领域,"政治诗"作为歌颂性或批判性反映政情民意的特殊窗口,是中国古代社会进行"民意调查"的重要渠道,是采集社会危机信号的有效手段,是辅助安邦治国的苦药良方,也是舒解社会对立的减压阀门。从先秦至明清,历代无数诗人的"政治诗"兼容了反映社情民意、改良国家治理、保持社会稳定、伸张公平正义、维护公众利益等多项社会政治功能。

2. 政治诗为我们提供了考察中国古代社会政治演变的真实生动材料。政治的核心内容是政权运行和经济利益,而政治的最高形式是战争。在中国古代政治诗中,颂政类诗歌数量最多的是反映国家政治统一、政权安稳、君臣政德、良政善治等内容的作品;怨政诗诗歌数量最多的是反映农民遭受沉重赋税压榨的作品,以及反映百姓遭受战争徭役影响的作品,这些作品折射了各个时代的社会危机根源及其后果,这些社会危机实质上都是当时社会各阶层、各群体之间因经济利益博弈而引发的。所以,反映赋税压迫、战争侵害、徭役负担、官吏贪酷、贫富不公等内容的题材就成为中国古代怨政类政治诗最主要的题材。

3. 政治诗是我们了解中国古代诗人政治文化心态的一扇极好的窗口。从历代政治诗的作者身份统计中刻意看出,除了少数民歌民谣作品外,政治诗作者绝大多数都是士大夫文人。尤其是唐宋以来的文人士大夫,在自身利益相对超脱的情况下,长期在诗中反复表达对朝政、赋税、徭役、战争、吏治等问题的关切、焦虑、不满、愤懑、思考、建言,让我们更真切考察到中国古代文人作家在儒家文化体系中的所具有的态度立场,即一种以天下为己任的使命感、责任感,是中华民族的优秀分子追求公平正义的基本价值取向的最好见证。

四、学术创新

关于"政治诗"的研究,迄今为止,尚未有"中国古代政治诗史"为题的专文和专著问世,本项目是"政治诗"研究的一种尝试。通过本项目的研究,以专著的形式总结和阐明中国古代政治诗史传达的文学精神和具备的艺术特征。

1. 从政治伦理的角度对中国古代政治诗进行创新研究。政治诗中的颂政类作品在中国古代诗歌史上延续了歌功颂德的传统,怨政类作品传承了不平则鸣的精神。自先秦至晚清,中国古代政治诗中的颂政类作品始终传递着对统一、安宁、仁政、善治等正面价值的精神追求;怨政类作品始终激荡着对恶政、欺凌、压榨、不公等负面价值的精神批判,对包含这些价值传统和文学精神的政治诗进行总体的分析评价,是对中国古代诗歌作品进行政治文化研究的新尝试。

2. 从文学情感的角度对中国古代政治诗进行创新研究。中国古代政治诗之所以具有强烈的抒情性和感染度,是由于政治诗所反映的题材内容都是来自社会现实和历史事实,被诗人们以赞赏、拥戴、支持、愤懑、伤痛、同情、悲哀、担忧、焦虑的真诚态度加以描述,往往就具有了超过实情实景本身的强烈感染力。从先秦到晚清,无数的政治诗艺术再现了历朝历代的各种社会成就和社会苦难,成为情动于中而感动于人的诗歌艺术典范。

国家社科基金一般项目：历代楚辞图像文献研究

主持人： 罗建新（西华师范大学文学院教授）
批准编号： 14CZW039
内容介绍：

在漫长的中华文化史上，生长过一丛丛枝繁叶茂的艺术奇葩：大量以屈原或楚辞为题材的书画、天象地理图、芳草谱、壁画、人物造像及各类工艺品等，构成了蔚为壮观的楚辞图像文献丛；其以不同方式，融汇着楚辞学、文学、艺术学和文化学中的诸多核心要素，构成了中华文化中的一道独特风景；而且，围绕这些作品，还衍生出不少诗歌、散文、诗文评、艺术理论，以及帝王、文士、艺术家间的交往活动材料；这些材料对学界深入认知楚辞学、艺术学与文化学中的相关问题都有重要参照价值。

然而，在很长时期里，研究者多将视野集中在文字材料上，对自贾谊、司马迁、王逸以来诸多学者的楚辞笺注诠释文字予以精心细致之考索，却甚少将以图像形态而存在的诸多资料纳入考察范畴，遂使整个楚辞研究领域中出现了"尽采语言，不存图谱"之现象，在一定程度上影响了人们对楚辞传播、接受形态及其价值与意义的合理认识。

有鉴于此，本研究拟从历时层面对楚辞图像文献进行全面整理与系统考察，并在此基础上，摆脱从艺术学或文学角度开展单向研究之局限，跨越学科界限，综合运用文献学、图像学、艺术考古学、文化学等理论和方法，对楚辞图像文献进行整体、系统、动态之解析。

具体而言，此项研究主要包括以下方面内容：

一、历代楚辞图像文献汇编

此项工作主要包括两个层面：一方面，从历代书目、书画谱、图录、艺术谱录中细致搜集关涉楚辞图像之材料，对相关作品的存佚、重出、真伪等问题进行考辨，在此基础上，编制《历代楚辞图像文献总目》，详细著录具体作品的名称、作者、版本、流传、庋藏等信息，对有图存世者，尽可能提供不同版本的图像，而因研究条件限制无法获取图像者，亦明其藏处或来源，至于那些有目而无图传世者，则尽可能提供其在历代书目中的著录信息及其他相关材料,从而为学界提供较为系统完整的两千余年间的楚辞图像文献信息,利于其按图索骥,展开新的研究。另一方面,从现存楚辞图像中搜寻相关款识、题跋、赞语等材料,编纂《历代图像文献所见之楚辞论述》;同时,以楚辞图像名称及作者等要素为线索,从历代诗文集、诗文评、书画论、艺术谱及相关类书中爬梳材料,编纂《历代楚辞图像评论资料汇编》;为楚辞学研究、艺术史与文化史研究提供基础文献材料。

二、楚辞图像的艺术学研究

从艺术学角度切入,对历代楚辞图像文献进行分阶段研究,揭示其在各个历史时期所展示出的基本特征,并选择典型作品进行个案考察,深入探讨其与时代背景、学术思想、主体际遇、楚辞学观点诸因素之联系;在此基础上,从历时角度汇总先前分期研究之成果,并予以整体审视,勾勒中国艺术史上楚辞图像产生、发展、流变的主要进程,概括其在题材、风格、技法等方面的主要特征,总结其变化规律,从而为考察中国艺术史提供一个典型个案。

三、楚辞图像与文学关系研究

从文学角度切入,对历代楚辞图像文献进行重点考察:发掘图像文献中所体现出的楚辞学观念,厘定楚辞研究中的某些归属性认知错误,并按历时顺序补充楚辞学史的相关内容;在此基础上,结合所整理的由楚辞图像而派生之材料,联系时代背景、政治文化制度、主体观念及其社会境遇诸因素,系统讨论政治、经济、社会、文学、艺术诸因素与楚辞及其图像的复杂关系,深度解析图像文献与屈原圣哲化、楚辞经典化之关系,进而考察文学经典艺术化的多元路径、机制等问题,以期能对文学与艺术的互动关系有具体认知。

四、楚辞图像的海外传播

楚辞是中华民族优秀传统文化中的一份极为丰富、珍贵的遗产,对中国社会的发展与世界文明之进步,产生过巨大影响,而在当前国家推行"走出去"与"请进来"的文化战略形势下,传播楚辞对于提升国际学术交流的质量与水平、增强中国学术的国家影响力而言,具有重要意义。应该注意的是,因楚辞在文辞、意旨上存在着诸多的难题与歧见,即便是经过专业训练的研究人员,对其也会存在着理解困难,遑论异域之士。面对此种难题,倘若转换视角,从历代楚辞图像中遴选出优秀作品,编纂英语版、双语版或多语版《楚辞图像》,作为海外人士阅读的对象,或许能够使得其在文字障碍之外,直观、具体可感地了解屈原与楚辞,认知中华文明,从而为中西文化交流提供载体。

  此项研究的价值是多方面的:就学术价值而言,其既能为楚辞研究提供诸多图像领域中的、学界甚少涉猎的材料,增加学术史的宽广度;又有助于认清艺术领域中楚辞题材作品的总体面貌、主要特征及其所受文学影响的具体表征等问题,拓展艺术史的纵深度;还能给学界深入考察文学、艺术与时代文化背景之互动关系提供参照,加强文化史研究的实证性。就实用价值而言,其既能为海内外人士提供经典的楚辞图像,从而增加中华文化的影响力;又能广泛应用于当下的各项文化建设工作,如为海内外人士的寻根归宗文化活动提供图像资料与文字依据,增强民族凝聚力;为城镇文化景观、旅游景点的宣传、规划与建设工作提供参考;为文艺工作者的各种创作提供素材;从而有效传播楚辞文化,带来可观的经济效益。更为重要的是,此项研究能启发文学研究者在关注文字文献的既有研究理路之外,将图像文献纳入考察视域,从而带来研究对象、思路与方法的转变;同时,对全面、深入认识中国古代艺术品的生成要素及其与文学之关系等复杂问题,也有一定借鉴意义。

国家社科基金后期资助项目：李绅及其诗歌研究

主持人：严正道（西华师范大学文学院副教授）
编号：15FZW012
内容介绍：

  本项目是以中唐新乐府诗的首倡者、重要政治人物李绅及其诗歌为研究对象，立足于中唐文学新变，从政治与文学关系的角度，对李绅及其诗歌进行全面系统的研究。在比较全面、准确掌握相关文献的基础上，文史互论，考论结合，既充分继承前人研究成果，又不囿于既有观点，追求创新，时有独立见解，力求客观公允地分析评价李绅其人及其诗歌特点与文学地位。全文共分九章，从李绅的家族、生平、思想、交游，在牛李党争中的立场与态度，在中唐新乐府运动中的作用，诗集的版本流传，诗歌中抒发的情感，诗歌风格的变化轨迹，诗歌创作的渊源等诸方面进行细致论析，并以《古风》二首为例，从接受与阐释两方面分析其影响。后附李绅年谱，穷搜广采相关材料，编列其生平事迹，为正文知人论世、知人论诗提供依据。各部分章节内容具体如下：
  第一章主要论述李绅的生平经历与思想。首先对传统史料所称的李绅赵郡李氏家族身份提出质疑，认为他实是庶族出身，不过这一家族在初盛唐时期实为显宦。其次在重新解读文献的基础上考证李绅生年，提出自己的新看法，并把李绅一生主要经历分为四个阶段进行简要叙述，勾勒其具体行踪。最后从李绅一生谨守儒家思想的观念出发，分析构成其人格追求的几个方面，以及建构在此基础上的社会政治理想，及不同于一般人的佞佛主张。
  第二章考察的是李绅的主要交游对象。李绅与中唐的重要诗人和政治人物都有一定的交往，首先是元稹和白居易，李绅与他们关系密切，共同发起了新乐府运动，并结成终生友谊。其次是刘禹锡与韩愈，李绅与他们交往虽不多，但却从中可以看出当时诗人之间的微妙关系。再次是韦夏卿与裴度，两人于李绅有提携之力，是李绅尊敬之人。最后是蒋防与章孝标，作为李绅的门生故吏，可以看出李绅对后辈人才的奖拔。
  第三章考察李绅与牛李党争的关系。首先选取其中对中唐政治生活有着重要影响的三个典型事例：长庆元年科试案、李绅与李逢吉长庆年间之争、吴湘案，再通过李绅与李党党魁李德裕、牛党党首牛僧孺之间的复杂关系,仔细梳理史料,并作一一考辨,具体了解和分析李绅在牛李党争中所采取的立场、态度,澄清史书和前人的一些偏见和误解,认为李绅在党争中的行为并非完全出于私心,而是以国家、朝廷利益为重,光明磊落,但在具体行为上有时失于偏激。

第四章主要阐述李绅对中唐新乐府运动的贡献。首先针对学术史上有关新乐府运动的争论表明自己的观点,辨清李绅的新乐府诗人身份,然后追本溯源,从元白的和作中首次考证其《新题乐府二十首》中失传的八首诗题,还原其主题,形成对《新题乐府二十首》的完整认识,并由此从两方面比较具体地分析评价李绅对新乐府运动的贡献。

第五章主要论述李绅诗集的版本流传情况。首先针对《全唐诗》收录的李绅诗歌情况,结合今人研究成果,考辨其讹误。其次对李绅开成间自编的诗集《追昔游集》从其版本方面作文献梳理,考察其流传情况。最后分析李绅部分诗歌失传的社会政治与个人原因及传播因素。

第六章是对李绅流传诗集《追昔游集》的内容分析。从其抚今追昔的回顾心理出发,其诗集主要反映和表现了四种情感:对无故遭贬的冤屈与造谤者的怨恨;流贬远荒与游宦异乡的羁旅愁思;对高官厚禄的满足与炫耀;流连自然美景的闲适自得。

第七章分析李绅诗歌风格的变化轨迹。早期的诗歌不管是乐府诗,还是叙事诗、咏物诗,都具有通俗易懂、明白浅近的特点。贬谪端州之后,社会环境、自身处境以及个人情感的变化,导致诗歌内容雍容典雅,追求艺术技巧,形式工整、音韵谐畅。

第八章分析李绅诗歌的渊源。首先,受当时追求新变、复古齐梁风气的影响,李绅远效六朝,特别是齐梁诗人,如何逊、吴均、萧纲、丘迟、谢惠连、鲍照等。同时,也师法前辈优秀诗人,如杜甫、韦应物、大历诗人等,兼取众家。诗歌表现出不拘一格,追求多样性的特点。

第九章就《古风》二首作专题研究。先就其流传过程中出现误收他人名下的情况作辨析,并结合相关史料考证其创作时间,然后从接受史角度考述其从普通干谒之作逐渐成为庙堂之上的经典作品的过程。之所以如此,是因为其契合了历代封建统治者一直奉行的以农为本的根本思想。

附录是对李绅年谱的重新编定,既借鉴了前人所编各谱,又补充了较多史料,重点是对史实的辨析,订正前人的讹误之处。

国家社科基金一般项目：宋代散佚乐书辑考

项目负责人：余作胜（西华师范大学文学院副教授）
项目编号：15BZW100
内容介绍：

一、本课题研究的现状

乐书有广义、狭义之分。广义的乐书包括单体的音乐典籍、史书乐志律志以及其他典籍中论乐述乐的篇章，狭义的乐书专指单体的音乐典籍。本课题研究对象是狭义的乐书。宋代（960—1279）音乐文化发达，是中国古代乐书撰述的高峰期。根据目录所载及古书古注之征引考索，宋代产生的乐书有230余种，这一数字随着研究的展开应当还会有所增加。然而可惜的是，这些乐书传至今日者仅30余种，其余尽皆散佚，未有完帙。不过，在已经散佚的近200种乐书之中，尚有约50种存有佚文。这些散佚乐书及其留存的佚文数量不菲，值得研究和关注。

宋代乐书研究的学术史从宋代即已开始，历经宋元明清而至今。不过，现代学术意义上的研究起步较晚，始于20世纪80年代，进入21世纪以来才真正形成研究气候和规模。宋代乐书已有的研究成果可分为如下四个方面：

1. 目录学著作对宋代乐书的著录

宋元时期《崇文总目》《郡斋读书志》《直斋书录解题》《宋史·艺文志》等公私书目，著录了宋代大多数乐书，为我们理清宋代乐书的概貌提供了很好的基础与线索。进入20世纪后，随着现代音乐独立学科的建立，专门的音乐文献目录也随之出现。周庆云《琴书存目》、黄友棣《中国古代音乐书谱目录》、中国艺术研究院音乐研究所编《中国音乐书谱志（先秦—1949年）》是几部很有学术价值的音乐书目，各自收录了不同数量的宋代乐书。

2. 其他论著对宋代乐书的介绍

赵如兰《宋代音乐文献及其阐释》第一章介绍了《皇祐新乐图记》《律吕新书》等十几种乐书。李方元《〈宋史·乐志〉研究》第三章第一节较为系统地梳理了宋元时期乐书存目。喻意志《汉唐音乐典籍叙录》叙及宋代琴书及乐府著作二十余种。王小盾《论道藏中的音乐史料》一文,介绍了《道藏》中所收道乐典籍十余种。

3. 对宋代散佚乐书的辑佚

这类成果数量有限,目前所见仅有零星几项:日本学者增田清秀《乐府历史的研究》、杨晓霭《刘次庄〈乐府集〉考辨》辑录了《乐府集》的一些佚文。张春义《刘昺及〈大晟乐书〉辑考》考证了刘昺生平事迹、《大晟乐书》的编撰、成书时间及卷数、篇目及原书结构等问题,并辑录《大晟乐书》佚文十余条。

4. 对今传宋代乐书的个案研究

有传本存世的宋代乐书,自来即受到关注。朱长文《琴史》、郭茂倩《乐府诗集》、陈旸《乐书》、蔡元定《律吕新书》、姜夔《白石道人歌曲》、张炎《词源》等都得到了较充分的研究,成果丰富。

前人在宋代乐书著录、考证、文献整理及个案研究等方面做了许多工作,为今后的宋代乐书研究奠定了良好基础。尤其是近些年来,随着宋代音乐及音乐文献日益受到学界重视,宋代乐书受到的关注也越来越多,对宋代乐书进行系统清理和深入研究已是大势所趋。

二、本课题的学术价值及应用价值

相较已有成果,本课题主要具有以下学术价值及应用价值:

1. 可勾勒出宋代乐书著述的整体状貌,使人们对宋代乐书有一个较为清晰而完整的把握,有助于人们更深入更全面地认识宋代音乐知识结构和著述成就。

2. 通过对宋代散佚乐书的逐一考证,可以辨明这些乐书的撰人、撰时、流传、内容等具体情况。以往人们对散佚乐书的认识主要来自公私目录的记载,而目录提供的信息较为简单,故人们对散佚乐书的认识也较粗浅、模糊,本课题有助人们更具体、更详细、更明确地认识这些乐书。

3. 通过对乐书佚文的辑录、校勘等整理,建立可信可用的文本,为宋代音乐文献的进一步研究奠定基础。同时,也会丰富宋代文献的品种与数量,为宋代音乐史、文学史、思想史及礼乐文化等方面研究提供一批"新颖"的原始资料。

4. 在廓清宋代乐书整体状貌、辑录整理乐书佚文的基础上,还可形成一些新的研究领域,催生新的研究课题,为宋代音乐研究添加学术增长点。

5. 从现实意义看,在当今复兴传统文化的社会背景下,有助于认识、研究和传承古代礼乐文化,为中华文化的再造与发展提供有益素材。

三、本课题的主要研究内容

本课题研究对象是宋代近 200 种散佚乐书,研究内容主要是乐书的考证、佚文的辑录与校勘。总体规划分为两大部分:

上编为《宋代散佚乐书考证》。本编主要内容是对宋代近 200 种散佚乐书的考证。考证的项目包括书名、篇卷、撰人、撰时、著录、流传、散佚、辑本、内容等方面。由于各书存在的具体问题以及材料多寡等均有所不同,因此上述考证项目并非每书皆备,可因书而异,有则考之,无须考或不可考者则付诸阙如。

下编为《宋代散佚乐书辑校》。本编主要目的是对有佚文存世的近 50 种散佚乐书进行辑佚和校勘,整理出可资采用的乐书文本。具体任务如下:一是辑佚。将尽可能广搜群籍和金石、出土等资料,辑录散佚乐书的佚文。对佚文具备一定规模,且能考知原书体例篇次的乐书,尽可能恢复原书旧貌。对于佚书原来体例、篇第不可考者,所辑佚文的编排也尽量做到合理、科学。二是校勘。将综合采用四校之法,参括众本,旁据他书,校勘所辑乐书佚文的异、讹、脱、衍、倒文,做到证据确凿,论证详明,撰写校记,整理出可资利用的文本。此外,对典籍误引误收乐书之文予以辨伪,确保所辑佚文的真实可靠。经过辨证的误引误收之文,将作为附录文字存于书后,以免继续误导今后的乐书重辑与研究。

简介与约稿

《古代文学特色文献研究》是四川省古代文学特色文献研究团队、中国人民大学古典文献研究中心、西华师范大学国学院联合主办的学术论集。由上海古籍出版社出版,暂定每年一辑。

本论集主要发表出土文献(敦煌文献、石刻文献、简帛文献)与文学研究、艺术文献(音乐、美术、曲艺、戏剧、歌辞)与文学研究、地方志文献与文学研究等研究领域的学术论文、科学报告、书评和综述等。

《古代文学特色文献研究》欢迎海内外学者自由投稿,也依托两个研究团队向相关专家约稿。

每篇文章以一万字左右为宜,作家年谱可不受此限制。每篇文章后请提供作者简介和联系方式,有基金项目者请提供项目名称和批准号。

  稿件信箱:tesewenxian@163.com

  联系人:伏俊琏

  电话:139-1943-8782

稿件基本要求

一、正文:宋体,小四号,1.5倍行距。引文:楷体,小四号,1.5倍行距,左缩进2格。

二、注释:用脚注形式,每页注码另起。

引用专著,注释一般包括:① 作者(含编译者),古代作家注明朝代,使用[ ]符号,外国作家注明国籍,使用( )符号;② 书名;③ 篇名、子目或卷次;④ 版本(含出版机构、出版年份);⑤ 页码(影印本出新编页码,线装书或影印无新编页码者出原书叶面)。如:

《汉书》卷九九《王莽传》,中华书局,1962年,第4121页。

[清]李斗著,周光培点校《扬州画舫录》卷五,江苏广陵古籍刻印社,1984年,第107页。

李零《中国方术正考》,中华书局,2006年,第52页。

（瑞士）卡尔·古斯塔夫·荣格著,储昭华等译《象征生活》,国际文化出版公司,2011年,第151页。

如引用报刊,则包括:① 作者(含编译者);② 篇名;③ 报刊名;④ 刊物出版年份及期次、卷次或报刊出版日期(年、月、日)。如:

孙作云《敦煌画中神怪画》,《考古》1960年第6期。

范宁《〈桃花扇〉作者孔尚任》,《光明日报》1951年11月10日。

三、正文中如含有插图,请另附图片文件。

《古代文学特色文献研究》编辑部
2015年11月8日

图书在版编目(CIP)数据

古代文学特色文献研究. 第一辑／伏俊琏，徐正英主编. —上海：上海古籍出版社，2016.5
 ISBN 978-7-5325-8087-3

Ⅰ.①古… Ⅱ.①伏… ②徐… Ⅲ.①中国文学—古典文学研究 Ⅳ.①I206.2

中国版本图书馆CIP数据核字(2016)第095638号

古代文学特色文献研究(第一辑)

伏俊琏 徐正英 主编

上海世纪出版股份有限公司
上海古籍出版社出版
(上海瑞金二路272号 邮政编码200020)

(1)网址：www.guji.com.cn
(2)E-mail:guji1@guji.com.cn
(3)易文网网址：www.ewen.co

上海世纪出版股份有限公司发行中心发行经销
上海惠敦印务科技有限公司印刷
开本787×1092 1/16 印张24.25 插页5 字数431,000
2016年5月第1版 2016年5月第1次印刷
印数：1—1,100
ISBN 978-7-5325-8087-3
I·3056 定价：128.00元
如发生质量问题，读者可向工厂调换